LIZ FENWICK

Der Himmel über Cornwall

GOLDMANN

Buch

Theodora – genannt Theo – hat in einer Kurzschlussreaktion ein altes Cottage im idyllischen Cornwall gekauft, um nach ihrer gescheiterten Ehe ein wenig Frieden zu finden. Doch als sie zum ersten Mal vor dem Boatman's Cottage steht, muss sie feststellen, dass ihr neues Heim einer Ruine gleicht. Entschlossen krempelt Theo die Ärmel hoch, beginnt mit der Renovierung des Hauses und verhilft dem verwilderten Garten zu alter Pracht. Dabei stößt sie auf geheimnisvolle Briefe, die von einer tragischen Liebesgeschichte erzählen, die sich vor über hundert Jahren an diesem Ort ereignet hat. Während Theo immer tiefer in die Geschichte der Liebenden eintaucht, öffnet sich auch für sie selbst ein Weg zu neuem Glück …

Liz Fenwick

Der Himmel über Cornwall

Roman

Aus dem Englischen
von Kristina Lake-Zapp

GOLDMANN

Die englische Originalausgabe erschien 2021 unter dem Titel
»The River Between Us« bei HQ,
an imprint of HarperCollins Publishers Ltd, London.

Alle Übersetzungen der Shakespeare-Sonette sind von
Dorothea Tieck mit Ausnahme von Seite 226,
diese Übersetzung stammt von August Wilhelm Schlegel.

FSC www.fsc.org
MIX
Papier | Fördert gute Waldnutzung
FSC® C014496

Penguin Random House Verlagsgruppe FSC® N001967

1. Auflage
Deutsche Erstveröffentlichung Juni 2023

Published by arrangement with Ahlander Agency
Umschlaggestaltung: UNO Werbeagentur, München
Umschlagmotive: Getty Images/Ben Ivory;
Trevillion Images/Paul Knight; FinePic®, München
Redaktion: Gabriele Zigldrum
ES · Herstellung: ik
Satz: KCFG – Medienagentur, Neuss
Druck und Bindung: GGP Media GmbH, Pößneck
Printed in Germany
ISBN: 978-3-442-49318-0

www.goldmann-verlag.de

Teil Eins

Manchmal findet man sich wieder inmitten des
Nichts, und manchmal, inmitten des Nichts,
findet man sich selbst.

UNBEKANNT

Fall Nr. 752

14. März 2019

Saint-Waast, Frankreich

- Madame Marie Auch stieß beim Verlegen von Drainagerohren auf einem Feld auf die Überreste zweier Leichen.
- Sie entdeckte außerdem einen Siegelring und ein Abzeichen der Leichten Infanterie des Duke of Cornwall

---

Laut Kriegstagebuch (KTB) der DCLI wurden in dieser Gegend vier Soldaten und ein Offizier am 2. November 1918 als vermisst gemeldet. Besondere Erwähnung findet Captain St. Loy.

- Captain Edmund St. Loy, der Earl St. Loy
- Sergeant William Bowman
- Private Zachariah Carne
- Private Samuel Lyons
- Private Benjamin Skewes

Vorgehensweise: Überprüfung der Einberufungsregister, Suche nach Angehörigen

Kapitel 1

2019

Am Anfang ihres neuen Lebens stand Theo allein auf einer mittelalterlichen Brücke, die den Tamar überspannte, bibbernd vor Kälte in Nebel und Dunkelheit, weder in Devon noch in Cornwall. So war Theo: Sie entschied sich nie für eine Seite – aber jetzt musste sie genau das tun. Epische Abenteuer endeten oder begannen immer mit einem Fluss, rief sie sich in Erinnerung, als sie über die Brücke zum kornischen Ufer ging, ganz gleich, ob es sich um den Styx, die Seine, die Themse oder den Tamar handelte.

Sie richtete den Strahl ihrer Handytaschenlampe auf das große weiße Schild an der Brüstung und las, dass man die Horsebridge im Jahr 1437 erbaut hatte. Ihre Finger strichen über die kalten Steine. Im Augenblick kam sie sich älter vor als die Brücke und um einiges instabiler. Es war Mitternacht, Geisterstunde, und da stand sie nun, todmüde, und blickte auf ihren alten Volvo Estate mit dem platten Reifen und dem Wagenheber, der so verrostet war, dass er sich nicht mehr gebrauchen ließ. Ein vernünftiger Mensch hätte sich darum gekümmert, bevor er zu einer so langen Fahrt aufbrach. Das hatte sie versäumt. Hätte sie nicht die Brücke versperrt, hätte sie sich im Wagen schlafen gelegt und gebetet, dass die Dinge bei Anbruch der Morgendämmerung nicht mehr ganz so finster aussahen. Schließlich bedeutete die Reifenpanne bloß eine kleine Verzögerung. Nichts Endgültiges, Verhängnisvolles.

Zum Glück hatte sie Handyempfang, um Hilfe anfordern können. Die Ironie, dass der Pannendienst unterwegs zu einer Mrs Piers Henshaw war, entging ihr nicht, denn eine Mrs Piers Henshaw gab es nicht mehr. Gestern war ihre Scheidung rechtskräftig geworden.

Über ihr schrie eine Eule. Kein Mond, keine Sterne, nur ein leichter Nieselregen. Ein paar Meilen von hier stand ein altes Cottage. Es gehörte ihr. Sie hatte es gekauft, ohne es zuvor zu besichtigen. Ihre Mutter würde bei Gelegenheit zweifelsohne behaupten, das sei mal wieder typisch für Theo: ein Haus allein anhand von ein paar unscharfen Fotos und einem halbwegs angemessen erscheinenden Preis zu erwerben. Das Cottage schien sie zu brauchen, und wenn ihr Bruder Martin recht hatte, brauchte auch sie es. Dort zu leben wäre ein Neuanfang.

Während sie auf den Pannendienst wartete, zog sie ihr Handy hervor und las noch einmal die Details.

Boatman's Cottage

Nach 70 Jahren erstmalig auf dem Markt. Ein hübsches kleines Haus mit zwei Schlafzimmern und vier Hektar Wald am kornischen Ufer des Tamar in einer Gegend von besonderer landschaftlicher Schönheit. 1819 erbaut, befindet sich das Cottage in renovierungsbedürftigem Zustand.

Ursprünglich errichtet als Teil von Abbotswood, Anwesen des Duke of Exeter, entworfen im pittoresken Stil von Sir Jeffrey Wyattville, wurde das Cottage bis in die 1950er-Jahre als Dienstbotenquartier genutzt. Es besteht aus einem Wohn-/Esszimmer, einer Küche, einem Hauswirtschaftsraum, einem geräumigen Bad und zwei Schlafzimmern. Dazu gehören verschiedene kleine Nebengebäude in reparaturbedürftigem Zustand.

Das mit dem Cottage verkaufte Gelände reicht vom Ufer des Tamar bis auf den dahinterliegenden Hügel, bewaldet mit einheimischen und diversen großen Solitärbäumen, die nach den Plänen des bekannten Landschaftsarchitekten Humphry Repton gepflanzt wurden.

Von Norden kommend lässt sich das Cottage nach Überquerung der Horsebridge über eine zu Abbotswood gehörende Zufahrt am kornischen Ufer des Tamar erreichen.

Das Royal Inn war geschlossen, die wenigen Häuser darum herum lagen im Dunkeln. In der Ferne dröhnte ein Motor. Theo sah die hellen Scheinwerfer eines Fahrzeugs über die weite Flussniederung auf der kornischen Seite schweifen. Die Lichtkegel erfassten zwei boxende Hasen – ein ergreifender Anblick. Sie hoffte, dass ihr Liebeswerben erfolgreich war.

Die Scheinwerfer kamen näher, die Hasen verschwanden wieder im Dunkeln. Theo sprang ins Auto und schaltete das Licht ein, um dem Fahrer ihren Standort anzuzeigen, dann stellte sie fest, dass es sich nicht um ihren Retter handeln konnte, denn das herannahende Fahrzeug sah eher nach einem altersschwachen Land Rover aus als nach dem Wagen des Pannendienstes.

Der Land Rover Defender hielt direkt vor ihrer Motorhaube an. Ein hochgewachsener Mann stieg aus. Seine Silhouette zeichnete sich dunkel im Scheinwerferlicht ab. Sie schloss die Hände fest ums Lenkrad und holte tief Luft.

»Kann ich Ihnen helfen?«, fragte der Mann und beugte sich zum Fahrerfenster vor, das ein Stück heruntergelassen war.

»Ich weiß nicht.« Sie zuckte die Achseln und deutete auf den Reifen vorn links. »Ich habe einen Platten.«

»Haben Sie einen Ersatzreifen dabei?« Er zog eine Taschenlampe hervor und schaltete sie an.

»Ja, aber der Wagenheber ist durchgerostet.«

»Soll ich mal einen Blick darauf werfen?«, fragte er.

Sie schluckte. Der Fremde war freundlich, und seine Stimme erinnerte sie an die ihres Sohnes. »Das wäre wunderbar. Vielen Dank.«

Er trat einen Schritt zurück. Im Schein der Taschenlampe erkannte sie, dass er dunkle Haare, ein breites Lächeln und die dreißig definitiv überschritten hatte. Sie stieg aus und brachte ihm den Wagenheber.

Er drehte ihn in den Händen, warf einen Blick auf den Volvo und sagte: »Da nützt kein Öl mehr, und ich glaube auch nicht, dass der Wagenheber aus dem Land Rover etwas ausrichten kann.«

»Da stimme ich Ihnen zu. Ich habe bereits den Pannendienst gerufen.«

»Hat man Ihnen gesagt, wann der ungefähr hier sein kann?«, fragte er und legte den Wagenheber in ihren bis zur Decke mit den Überresten ihres alten Lebens vollgepackten Volvo.

»Innerhalb der nächsten zwei Stunden.«

Er lachte. »Eine Frau, allein, nach Mitternacht, die mit Wagen und Anhänger die Straße versperrt. Das ist gut.«

»Ja, nicht wahr?« Sie stimmte in sein Lachen mit ein.

»Erlauben Sie, dass ich mich vorstelle: Ich bin Hugo Mounsey.«

»Ich bin Theo …« Sie zögerte. »Pascoe.«

»Was führt Sie zu dieser nachtschlafenden Zeit auf die Horsebridge?« Er warf einen Blick auf den Anhänger. »Urlaub?«

»Nein, kein Urlaub.« Sie dachte an ihren letzten richtigen Urlaub in Cornwall, der nun schon Jahre zurücklag … nur sie und ihr Sohn David. »Ich ziehe hierher.«

»Willkommen im Tamar Valley«, sagte er.

»Danke.« Sie stützte sich auf die alte Steinmauer der Brücke und blickte hinunter aufs Wasser, das sie in der Dunkelheit doch nicht sehen konnte. Feiner Niesel, der sich schnell in richtigen Regen verwandelte, durchnässte ihre Kleidung. Sie sah Hugo an. »Sie müssen nicht mit mir im Regen warten.«

Er lachte leise. »Nun, ich könnte zur Greystone Bridge fahren, aber das würde einige Zeit dauern, und mir gefällt der Gedanke nicht, dass Sie ganz allein hier warten.«

»Gibt es in der Gegend Raubtiere?« Sie blickte über die Schulter in die Dunkelheit.

Er lachte. »Definitiv … hier findet man Wildtiere zuhauf. Sollen wir uns in den Land Rover setzen? Da drinnen ist es warm und trocken …«

Sie folgte ihm und kletterte auf den Beifahrersitz des alten Geländewagens, in dem es nach Erde, nassem Hund und Geborgenheit roch. Erschöpft schloss sie die Augen und entspannte sich für einen Moment. Wenn sie erst einmal ihr neues Zuhause erreicht hatte, würde bestimmt alles gut werden.

Es war nach drei Uhr morgens, als Theo endlich ihr Auto nebst Anhänger über die matschige, mit Schlaglöchern übersäte Fahrspur lenkte, die ihre neue Zufahrt sein würde. Trotz der Erschöpfung spähte sie mit weit geöffneten Augen in den Starkregen, auf der Suche nach ihrem Cottage.

Schließlich parkte sie neben Hugo, der, wie sie während ihrer gemeinsamen Wartezeit herausgefunden hatte, der Manager des Abbotswood Hotels auf der anderen Seite des Tamar in Devon war. Sie hatte dem Anwesen vor Jahren mit ihrer Großmutter väterlicherseits, Claire Pascoe, einen Besuch abgestattet. Bei der Erinnerung an die alte Dame durchfuhr Theo ein schmerzhafter Stich der Trauer. Grannie war vor ein paar Tagen gestorben. Im Augenblick hätte ihr eine große Dosis großmütterlicher Optimismus gutgetan. Als sie aus dem Wagen stieg und in den prasselnden Regen trat, war sie sich hinsichtlich ihres überstürzten Immobilienkaufs nicht mehr so sicher.

Im hellen Licht der Land-Rover-Scheinwerfer sah sie, dass die Dachrinne vom Haus herabhing wie ein weit ausgestreckter Arm, bereit zu einer Umarmung, doch mit einer sprudelnden, durchtrennten Arterie. Das Wasser stürzte in Strömen herab, nicht nur aus der Dachrinne, sondern auch vom Dach und klatschte gegen die Seitenwände des Cottage. Das war also ihr Neuanfang, ihr neues Zuhause, das noch ausgelaugter und kaputter zu sein schien als sie selbst. Was um alles in der Welt hatte sie da gekauft? Das Baugutachten hatte ergeben, dass das Gemäuer solide war und die massiven Steinwände auch die nächsten Generationen überdauern würden. Das Dach, die Fensterrahmen und vermutlich auch die Bodendielen machten dagegen einen eher fragwürdigen Eindruck.

Hugo kam mit einem großen Golfschirm auf sie zu. Sie war froh, dass er da war. »Ich habe mich immer gefragt, wie es hier wohl aussieht.«

Sie wischte sich mit dem Handrücken den Regen von der Stirn. »Wissen Sie etwas über das Haus?«

»Nicht viel.«

Mit zusammengekniffenen Augen betrachtete sie die Umrisse ihres neuen Zuhauses. In die Regentropfen mischten sich Tränen. Wie hatte sie sich nur einbilden können, das Ganze allein zu bewältigen? Ihre Mutter hatte recht: Sie war ein Dummkopf. Das Gemäuer vor ihr war der Beweis dafür.

Hugo berührte ihren Arm. »Sie haben einen langen Tag hinter sich. Ich kann Ihnen ein Bett im Hotel anbieten, und dann hoffen wir mal, dass das hier bei Tageslicht nicht ganz so … herausfordernd aussieht wie nachts um halb vier.«

Sie lachte, nicht unbedingt hysterisch, doch sie fühlte, dass sie kurz davorstand, genau das zu werden. So verlockend das gastfreundliche Angebot dieses völlig fremden, wenngleich sympathischen Mannes auch sein mochte, sie würde es nicht annehmen, ganz gleich, wie erschöpft sie war.

»Vielen Dank, aber das ist jetzt mein Zuhause.« Theo betrachtete das Cottage skeptisch. Sie würde im Auto schlafen.

»Wenn Sie meinen.« Sein Gesichtsausdruck spiegelte Besorgnis wider.

»Ja, das meine ich«, bekräftigte sie mit mehr Überzeugung, als sie tatsächlich empfand.

Er reichte ihr eine Visitenkarte. »Darauf steht meine Handynummer.« Er lächelte. »Zögern Sie nicht, mich anzurufen.«

»Danke.« Sie steckte die Karte ein, damit sie im Regen nicht durchweichte, und sah zu, wie er in seinen Allradwagen stieg. Anschließend wandte sie sich wieder dem Cottage zu.

Ein Haus zu kaufen, ohne es zuvor zu besichtigen, war das Unbesonnenste, was sie seit Ewigkeiten getan hatte. Nun, es könnte ein Abenteuer werden.

Kapitel 2

Der Schmerz in Theos Hüfte riss sie aus ihrem Traum, in dem sie in einem Café in Paris gesessen hatte, die wärmende Sonne im Gesicht. Stöhnend öffnete sie die Augen. Die Gangschaltung bohrte sich in ihre linke Seite, ihr Kopf lag auf dem Lenkrad. Die Morgensonne schien, die Motorhaube des verblichenen roten Volvos glänzte im Licht, das durch die Zweige der umstehenden Bäume fiel. Bald würden die ersten Blätter sprießen. Die Immobilienmaklerin hatte die Worte »ein perfekter Rückzugsort von der Welt, ein wahres Kleinod« verwendet. Danach sah es momentan weiß Gott nicht aus, eher nach einer Kulisse für einen Film noir mit dem dicht bewaldeten Grundstück und den Brombeerranken, die das Cottage überwucherten.

Sie seufzte. Es gab viele Dinge, auf die sie sich freuen konnte … zum Beispiel auf den Sommer am Fluss und darauf, einen Garten anzulegen.

Sie richtete sich auf und öffnete die Wagentür, dann stieg sie aus und atmete tief ein. Die Luft roch süß und nach feuchter Erde. Auf den Zweigen glitzerten aneinandergereihte Regentropfen im Sonnenschein wie magische Lichterketten. Die strahlend gelben Blüten der *Ficaria verna*, auch bekannt als Großes Schellkraut oder Scharbockskraut, bedeckten den Boden unter den Bäumen. Sie hatte das

Schellkraut in ihrem früheren Garten in Higston Manor nicht gemocht, aber sie hatte es stehen lassen, weil es so früh blühte und den Bienen Nahrung bot. Hier sorgten die gelben Blumen für fröhliche Farbtupfer auf dem Waldboden.

Die Luft war erfüllt von Vogelgezwitscher, das sich mit dem Rauschen des schnell fließenden Tamar mischte. Eine beruhigende Geräuschkulisse. Vielleicht war es unüberlegt gewesen, das abgeschiedene, renovierungsbedürftige Cottage einem soliden Bungalow vorzuziehen, aber sie fand die Herausforderung reizvoll. Schließlich war auch Higston Manor in keinem guten Zustand gewesen, als ihr Ex-Mann Piers es »zu einem Spottpreis« gekauft hatte – seine Worte, nicht ihre. Nach vier Jahren sorgfältiger Planung, in denen sie nur die drei beheizbaren Räume bewohnt hatten, war es ihr gelungen, das Haus mit Piers' Geld und einem Team äußerst fähiger Handwerker in das Juwel zu verwandeln, das es heute war.

Sie fasste das Cottage erneut ins Auge. Diesmal würde es einfacher werden, allerdings war sie mittlerweile vierundfünfzig, nicht mehr fünfundzwanzig.

Wie zur Erinnerung machte sich nun schmerzhaft ihr Rücken wegen der unbequemen Schlafposition bemerkbar. Sie streckte sich. Am liebsten hätte sie gleich damit begonnen, den dichten Baumbestand rund ums Haus zu lichten und das wild rankende Gestrüpp herauszureißen. Die Gartenarbeit bereitete ihr keine Sorgen, damit würde sie fertigwerden, aber das Haus … das wäre eine andere Nummer, zumal sie diesmal, anders als bei der Renovierung von Higston Manor, weder über ein erfahrenes Handwerkerteam noch über die schier unerschöpflichen Geldmittel ihres Ex-Mannes verfügte. Zu ihrer Erleichterung sah es bei Tageslicht zumindest so aus, als wäre das Schieferdach intakt. Die Dachrinne musste befestigt werden, schien aber ansonsten funktionstüchtig zu sein. Das konnte sie selbst erledigen, sobald sie eine Leiter gekauft hatte.

Sie nahm den Schlüssel aus der Handtasche. Im Dunkeln hatte sie sich nicht getraut, das Haus zu betreten, doch jetzt, da sie dringend einen Kaffee brauchte und zur Toilette musste, war sie bereit.

Die Haustür stand einen Spaltbreit offen. Das war ihr gestern Nacht gar nicht aufgefallen. Tiere? Illegale Hausbewohner? Theo holte tief Luft und stieß die Tür bis zum Anschlag auf. Die Angeln quietschten. Im Geiste fügte sie ihrer stetig wachsenden Einkaufsliste Multifunktionsöl hinzu.

Das große Wohnzimmer war leer bis auf einen alten Spiegel. Sie fuhr mit dem Finger über die holzverkleideten Wände. Das Holz hatte eine hübsche Maserung, aber es war trocken und musste dringend geölt werden. Theo machte einen Schritt zurück, um den Raum als Ganzes auf sich wirken zu lassen. Es war offensichtlich, dass das Cottage zu Abbotswood, dem Anwesen auf der anderen Seite des Flusses, gehörte. Selbst Jahre später erinnerte sie sich noch genau an die wunderschöne Holzvertäfelung in der Hotelhalle. Anders als im Hotel befanden sich hier unter ihren Füßen jedoch keine breiten Bodendielen, sondern große, dicke Schieferplatten.

Theo ging an dem großen Kamin vorbei und öffnete eine Tür, die in die Küche führte. Schlagartig fand sie sich im neunzehnten Jahrhundert wieder. Die Einrichtung gehörte ins Museum. Nein, sie gehörte ihr, aber vielleicht gehörte sie ja ebenfalls ins Museum. In einer Mischung aus Lachen und Verzweiflung inspizierte sie den verrosteten kornischen Eisenherd, den die Maklerin unter »besonders begehrtes Inventar« aufgeführt hatte, und fügte ihrer mentalen Liste einen Campingkocher hinzu. Anschließend machte sie ein Foto mit ihrem Handy und schickte es Martin und David, zusammen mit der Nachricht:

Bin in den frühen Morgenstunden angekommen. Habe im Auto geschlafen. Sieht so aus, als wäre es eine Herausforderung, hier Frühstück zu machen, aber alles ist gut.

Hoffentlich würde die WhatsApp durchgehen, der Empfang hier draußen war bestenfalls als grenzwertig zu bezeichnen.

Unter einem der Fenster, von dem aus man nach Westen auf die Bäume blickte, befand sich ein großes Keramikspülbecken. Obwohl die Äste zu dieser Jahreszeit noch kahl waren, kam nur wenig Licht herein. Ihr wahres Herzblut würde sie in das stecken, was außerhalb des Cottage lag, aber das Innere hatte nun mal oberste Priorität. Sie nahm das Smartphone erneut zur Hand und fing an, eine ordentliche Liste anzufertigen.

Einkaufsliste:

- Leiter
- Mittel gegen Holzwurm
- Leinöl
- Holzseife
- Essig

Ihre Gedanken begannen zu wandern, als sie eine weitere Liste anlegte mit all den Pflanzen, die sie für ihren zukünftigen Garten besorgen wollte. Mit etwas Mühe konnte sie sich Hortensien mit ihren zarten, spitzenumrandeten Blütenhauben zwischen den Bäumen vorstellen; außerdem *Lonicera* wegen ihrer Farbenpracht und des lieblichen Dufts. Geißblatt, das wild aus den Hecken wuchs, erinnerte sie stets an Cornwall. Würde David den Bezug zu den idyllischen Urlauben ihrer Kindheit erkennen? Er war ihr während der Scheidung eine Stütze gewesen, doch er hatte sich von ihr distanziert. Sie sehnte sich nach der früheren Vertrautheit, aber sie verstand, dass es schwierig für ihn war. Selbst mit zweiunddreißig waren die Scheidung der Eltern und die Geburt des außerehelichen Kindes seines Vaters zumindest unangenehm. Noch komplizierter wurde die Situation dadurch, dass er zusammen mit Piers für die alteingesessene Baufirma Henshaw & Son arbeitete. Hoffentlich würde das Unbehagen mit der Zeit nachlassen.

Piers' Stolz über den schwellenden Babybauch seiner Sekretärin ließ keinen Zweifel daran, wer die Schuld an dieser Scheidung trug. Doch auch ohne die bitteren Worte ihrer Mutter wusste Theo tief im Herzen, dass man niemals von einseitiger Schuld sprechen durfte. Sie hatte es ihm leicht gemacht zu bleiben, und er hatte es ihr schwergemacht zu gehen. Seine Anwälte hatten auf Zahlungsunfähigkeit plädiert, weil das Unternehmen so viel Geld verschlang, und er hatte sich strikt geweigert, Higston Manor zu verkaufen. Also hatte sie ihm das große Herrenhaus und seinen Traum gelassen, bedeutender zu sein, als er es tatsächlich war. Sie lachte trocken. David hatte vor Kurzem erwähnt, dass Piers seinen Stammbaum bis zu einer Baroness zurückverfolgt hatte. Seine Geliebte stammte angeblich von einem Lord ab. Sie hatten DNA-Tests eingeschickt, um genauere Informationen zu erhalten. Piers' Geltungsbedürfnis war immer schon groß gewesen.

Als Angehörige des Mittelstands – sie war die Tochter eines Vikars und laut ihrer Mutter, die aus einer langen Reihe von Akademikern stammte, nicht die hellste Kerze auf der Torte – waren ihr derartige Illusionen fremd. Eines war Theo nie gewesen: intellektuell. Anders als ihre Mutter mit ihrem Doktor in Altphilologie, ihr Bruder, der promovierte Astrophysiker, oder ihr verstorbener Vater, ein Doktor der Theologie, interessierte sie sich nicht sonderlich für die Wissenschaft. Theo war eine fortwährende Enttäuschung. Ihre Lateinkenntnisse beschränkten sich auf Pflanzennamen, und letztlich hatte sie nicht einmal ihr Gartenbau-Studium am Agricultural College abgeschlossen. Sie seufzte. Letzteres bedauerte sie am meisten. Sie war eine liebevolle Mutter, eine Gärtnerin, eine Floristin, und sie hatte versucht, eine gute Ehefrau zu sein. Hätte noch mehr aus ihr werden können? Am besten, sie dachte nicht weiter darüber nach.

Ihr Handy pingte. David hatte ihr eine Nachricht geschickt.

Oh, Mum. Alles okay?

Sie tippte eine Antwort.

Ja, alles gut.

Es pingte erneut.

Puh!

Im Anhänger waren ihre Pflänzchen verstaut; sie würde sie später abladen. An ihrem letzten Tag in Higston Manor war sie durch ihren Garten geschlendert, der sich bis zum Oberlauf der Themse erstreckte, und Ableger genommen. Ein albernes Unterfangen, denn zu dem Zeitpunkt hatte sie weder ein neues Haus geschweige denn einen Garten besessen, wo sie sie hätte anpflanzen können. Sie hatte nicht einmal gewusst, wie die Scheidungsvereinbarung lauten würde. Doch eines war klar gewesen: Das alte Herrenhaus und ihr wundervoller Garten würden nicht länger ihr gehören. Sie wäre ohnehin nicht in der Lage gewesen, die laufenden Kosten zu bestreiten. Allein die Heizung verschlang ein durchschnittliches Jahreseinkommen. Das Geld, das sie bei der Scheidung zugesprochen bekäme, würde ihr ein bescheidenes Auskommen sichern.

Es schmerzte sie noch immer, dass sie Higston Manor verloren hatte. Das alte Herrenhaus gehörte zu ihrem Leben, seit David drei war, und sie hatte länger dort gewohnt als irgendwo sonst. Die Herausforderung, den vernachlässigten Garten wieder in Schuss zu bringen, hatte ihr Freude gemacht, und sie hatte ihr ganzes Können einbringen müssen. Sie hatte etwas ganz Besonderes geschaffen. Piers' Geliebte würde es zweifelsohne zunichtemachen.

Theo holte tief Luft und verdrängte die Gedanken an ihren geliebten Garten. Stattdessen wandte sie sich wieder ihrer To-do-Liste zu, doch dann hielt sie inne. Wenn sie tatsächlich alles aufschrieb, was sie erledigen wollte, gerieten diese Dinge zur lästigen Pflicht. Sie würde sich lieber in die Arbeit stürzen, denn dann würde sie die Tage nicht in »Erfolg« oder »Misserfolg« einteilen, sondern die Herausforderungen so annehmen, wie sie sich ihr Tag für Tag stellten.

Ihr Handy pingte. Martin hatte ihr geantwortet.

Wie gut, dass du Herausforderungen liebst, Schwesterchen.

Sie lachte und tippte:

Nun, das wird sich zeigen, aber aufregend ist es allemal.

Sie durchquerte die Küche und gelangte in den hinteren Bereich des Cottage, wo sie den Hauswirtschaftsraum und das Bad entdeckte. Die Badewanne war aus Emaille, das altmodische Stand-WC mit dem unter der Decke befestigten Spülkasten funktionierte. Die Rohre quietschten und ächzten unheilvoll, als sich der Kasten nach dem Spülen mit Wasser füllte. Sie würde definitiv einen Klempner bestellen müssen. Auf dem Weg zurück zur Küche entdeckte sie einen fast schon antik aussehenden Sicherungskasten an der Wand neben der Tür. Tote Fliegen fielen heraus, als sie einen Blick hineinwarf. Laut Makler-Exposé sollte die Elektrik funktionieren.

Sie stieg die Treppe hinauf, wobei sie inständig betete, dass der Holzwurm die Stufen nicht zur lebensgefährlichen Falle gemacht hatte. Unbeschadet erreichte sie den oberen Treppenabsatz und schlug die Hände über dem Kopf zusammen, als sie die in Fetzen herabhängende, vergilbte Blümchentapete in dem schmalen Flur erblickte. Sie würde sie ganz ablösen und den Flur in einem matten Weiß streichen, dann wäre es hier oben gleich viel heller. Sie drückte auf den Lichtschalter. Die Lampe flammte auf, dann gab es einen Knall, und es war schlagartig wieder dunkel. So viel zum Thema Elektrik. So viel zum Thema Kaffee oder Tee.

Die Tür zur linken Hand führte in das größere der beiden Schlafzimmer über dem Wohnzimmer. Es hatte breite dunkle Bodendielen und an zwei Seiten Fenster. Ein großes ging nach Norden auf den Fluss hinaus. Früher musste man von hier aus aufs Wasser geblickt haben, aber das war wegen der dicht stehenden Bäume nicht mehr möglich. Allerdings konnte sie das Rauschen hören. Aus dem Südfenster auf der gegenüberliegenden Seite des Zimmers blickte man auf Bäume und einen Hügel. Das Licht würde ein Problem darstellen, doch das konnte sie mit Lampen, einem frischen weißen Anstrich und einem Baumchirurgen lösen.

Das kleinere Schlafzimmer sah ähnlich aus, aber es war nicht ganz leer. Ein schlichter Holzstuhl stand darin, außerdem ein Einbauschrank links neben dem Kamin. Hier würde sie sich ihr Arbeitszimmer einrichten und die Nachmittagssonne des nach Westen gehenden Fensters ausnutzen. Sie konnte sich sehr gut vorstellen, wie es aussah, wenn es denn einmal fertig war und nicht wie im Moment voller Spinnweben, Asseln und Köteln, die hoffentlich von Mäusen und nicht von größeren Nagetieren stammten.

Theo kehrte ins Erdgeschoss zurück und drückte auf den Lichtschalter in der Küche, aber es tat sich nichts. Sie kontrollierte den Sicherungskasten und schaltete die Hauptsicherung wieder ein, trotzdem hatte sie keinen Strom. Ratlos zog sie ihr Handy hervor und schrieb Hugo Mounsey. Er würde ihr bestimmt einen Elektriker und Klempner empfehlen können. Außerdem wollte sie ihm für seine Hilfe in den frühen Morgenstunden danken. Seine Antwort kam beinahe sofort, und sie rief die beiden Handwerker an und hinterließ ihnen eine Nachricht.

Als das erledigt war, sah sie nach ihren Pflanzen im Anhänger und stellte sie für ein paar Stunden in die Sonnenflecken, die durch die Bäume auf den Boden fielen. Anschließend holte sie ihre Putzsachen aus dem Auto und versuchte, sich nicht von der gewaltigen Aufgabe entmutigen zu lassen. Immerhin hatte sie schon einmal gut anderthalb Hektar Wildnis und ein heruntergekommenes Haus in ein blühendes Anwesen verwandelt. Allerdings hatte sie damals jede Menge Geld zur Verfügung gehabt: Piers' Geld, das er mit Grundstückserschließungen im ganzen Land gemacht hatte. Damit hatte sie fähige, denkmalschutzkundige Handwerker und die Gärtner bezahlt. Einst waren sie und Piers voller Pläne gewesen, ihre Zukunft eine Verheißung. Als sie sich kennengelernt hatten, hatte Theo im letzten Jahr Gartenbau am Agricultural College studiert, er ging bei seinem Vater in die Lehre. Oh, sie hatten großartige Ideen, hatten sich ausgemalt, wie er die neuen Häuser errichten und sie die Gärten dazu anlegen würde.

Doch das war Schnee von gestern. Um das Cottage würde sie sich allein kümmern müssen. Sie krempelte die Ärmel hoch und fing an, Küche und Bad zu schrubben – harte Arbeit, aber sie hielt sie vom Grübeln ab, stattdessen plante sie in Gedanken ihren zukünftigen Garten. *Osmanthus delavayi* würde mit seinen weißen Blüten im Frühling für Duft sorgen, was sehr viel besser wäre als der beißende Geruch des Bleichmittels, der ihr momentan in die Nase stieg. Vielleicht sollte sie *Viburnum plicatum,* Japanischen Schneeball, hinzufügen oder *Cornus controversa*, Pagoden-

Hartriegel, der mit seinen Etagen an die Schichten einer Hochzeitstorte erinnerte. Die weißen Blüten würden im Mai ein elegantes Bild abgeben.

Einige Stunden später hatte sie beide Räume, soweit es ging, auf Hochglanz gebracht. Als Nächstes nahm sie das kleinere der beiden Schlafzimmer in Angriff. Während sie putzte, malte sie sich weiter ihren zukünftigen Garten aus. Die lateinischen Namen der Pflanzen verdrängten alle übrigen Gedanken, und mit Pflanzen verband sie nichts anderes als Freude. Pflanzen boten ihr Sicherheit. Natürlich konnte sie sich an ihnen die Haut aufreißen, konnte Ausschlag davon bekommen oder sogar eine Vergiftung, aber sie wusste, woran sie bei ihnen war und was sie brauchten.

Sie beschloss, als Erstes den Einbauschrank zu säubern, denn dann könnte sie zumindest ein paar Sachen einräumen. Mit Handfeger und Kehrblech arbeitete sie sich von oben nach unten vor und leerte Blech um Blech voll Staub und toter Insekten in den bereitgelegten Müllbeutel. Anschließend schrubbte sie die Regalböden, bis ihre Hände schmerzten. Ihre Knie taten ebenfalls weh, als sie sich das unterste Brett vornahm. Martin würde behaupten, dass ihre Knie nur deshalb schmerzten, weil sie nicht oft genug zum Beten niederkniete. Typisch Jesuit. Bei dem Gedanken an ihn trat ein Lächeln auf ihre Lippen. Martin war der Rebell der Familie. Ihr gläubiger Vater, Reverend Thomas Pascoe, Mitglied der Church of England, war zutiefst entsetzt gewesen, als Martin in seinem letzten Studienjahr der Astrophysik die Absicht verkündet hatte, Jesuitenpriester zu werden.

Amüsiert schüttelte sie den Kopf, putzte weiter und zog sich prompt einen Splitter ein. Nachdem sie ihn entfernt hatte, fasste sie den untersten Regalboden genauer ins Auge und stellte fest, dass er schief war. Sie versuchte, ihn zurechtzurücken, aber er ließ sich nicht richten. Schließlich hob sie ihn heraus. Offensichtlich war ein Holzstift, auf dem er auflag, abgebrochen. Der Schein ihrer Handytaschenlampe fiel jedoch nicht auf den restlichen Stift, sondern vielmehr auf eine Metallkiste. Ein Geheimversteck. Wie spannend! Als Teenager hatte sie ihre persönlichen Sachen vor Martin unter einer losen Diele in dem Pfarrhaus versteckt, in dem sie kurze Zeit gewohnt hatten.

Sie nahm die Kiste aus dem Versteck und setzte sich auf ihre Fersen zurück. Würde sie einen Schatz finden oder bloß das Tagebuch einer Heranwachsenden? Sie stellte ihren Fund vor sich auf den Fußboden. Der Deckel sprang auf wie ein zahnloses Maul.

Und natürlich waren keine funkelnden Juwelen darin. Stattdessen entdeckte sie mehrere Briefe, zusammengehalten von einem blassblauen Seidenband. Die meisten waren ungeöffnet und steckten in verblichenen grünen Umschlägen. Wahrscheinlich Liebesbriefe. Warum hätte man sie sonst verstecken sollen? Was würden sie ihr über die vorherigen Bewohner ihres Cottage erzählen? Theo sah sich in dem schlichten Zimmer um, als könnte sie sich die Menschen von damals so vor Augen rufen.

Inzwischen war es fast sechs Uhr abends, und ihre Gelenke protestierten, als sie aufstand und die Metallkiste mit nach unten nahm. Sie stellte sie ins Wohnzimmer zu ihren Sachen, als sie ihr Handy pingen hörte. David erkundigte sich, wie es ihr ging. Sie lächelte und antwortete beinahe wahrheitsgemäß, alles sei bestens. Sie habe zwar weder Heizung noch Strom, aber es sei ja mild. Ihr Sohn dachte an sie, und das Cottage gehörte ihr – das war alles, was zählte.

Der Elektriker, der ihren Anruf erwiderte, riss Theo aus ihren Gedanken. Er würde versuchen, morgen früh vorbeizukommen.

Sie suchte Kerzen für den Abend heraus und eine Stabtaschenlampe. Im neunzehnten Jahrhundert zu leben war nicht so ihr Ding, aber Kerzenlicht schmeichelte, und genau das brauchte sie jetzt, wenn sie dem angelaufenen Spiegel Glauben schenken konnte. Während einer Putzpause hatte sie ein Feldbett im Wohnzimmer aufgeschlagen und einen Klappstuhl aufgestellt, mehrere Kartons dienten als Tische, und als sie nun die Kerzen anzündete, glänzte die Holzvertäfelung im sanften Licht. Sie würde wunderschön aussehen, wenn sie sie erst mal wieder hergerichtet hatte.

Theos Magen knurrte. Kurz entschlossen blies sie die Kerzen wieder aus, nahm ihre Fleischpastete mit nach draußen und folgte dem Pfad zum Fluss. Die untergehende Sonne spiegelte sich in den Fenstern des gegenüberliegenden Hotels, das stolz auf einer Anhöhe thronte. Die steinerne Fassade von Abbotswood war in goldenes Licht getaucht, das die Kanten glättete und seine bezaubernd uneinheitliche, wildromantische Bauweise betonte. Aus dieser Entfernung sah das Hotel aus wie ein Märchenschloss.

Sie lehnte sich gegen einen Baumstamm und aß krümelnd die Pastete. Der pfeffrige Geschmack katapultierte sie augenblicklich an einen breiten Strand, an dem sie mit Grannie saß. Pasteten, Eis und Sonnenbrand. Sie war sechs Jahre alt gewesen und ihre Mutter schwanger mit Martin, deshalb hatte Grannie sie mit zu sich nach Cornwall genommen. Es war der erste von vielen wundervollen Urlauben gewesen, in denen sie am Strand entlanggewandert waren und alte Häuser und Gärten besucht hatten. Claire

Pascoe, eine engagierte Schulschwester, war ihr eine hervorragende Großmutter gewesen, die stets einen guten Rat und ein offenes Ohr für sie hatte. Theo hatte ihre Liebe zu Cornwall und den dortigen Gärten geteilt. Grannie war so lebendig gewesen, dass Theo gedacht hatte, es würde für immer so weitergehen.

Sie vermisste ihre Großmutter so sehr. *Kopf hoch!*, würde Grannie sagen. *Du schaffst das!* Ihr Begräbnis würde Ende nächster Woche stattfinden. Theo, Martin und ihre Mutter Virginia wollten sich mit Grannies Anwalt treffen und ihr Apartment in Saltash räumen. All das brachte die Erinnerung an den Verlust ihres Vaters vor zehn Jahren zurück. Theo war dankbar, dass ihr Dad ihre Trennung von Piers nicht mehr miterlebt hatte.

Anders als Theos Mutter hatte Grannie verstanden, warum Theos Leben auseinandergebrochen war. Mums Worte schmerzten sie noch immer: »Es ist deine Schuld, dass die Ehe gescheitert ist. Du warst eben nicht gut genug.« Theo zuckte zusammen, als sie den nächsten Teil so klar und deutlich hörte, als würde ihre Mutter Virginia neben ihr stehen. »Er hätte doch niemals seine Geliebte geschwängert, wenn du ihm ein weiteres Kind geschenkt oder dich ausreichend um seine Bedürfnisse gekümmert hättest.« Das Traurige war, dass Theo sich ein weiteres Kind gewünscht hatte, aber nicht schwanger geworden war, obwohl sie sich »um Piers' Bedürfnisse gekümmert« hatte, wie ihre Mutter es ausdrückte.

Der Himmel wurde schon dunkel, als sie zum Cottage zurückkehrte. Trotz einer zweistündigen Auszeit für eine Einkaufstour am frühen Nachmittag hatte sie viel geschafft. Vor der Granitstufe, die zur Haustür führte, blieb sie stehen und schaute sich noch einmal um. Die Luft war kühl und roch nach Kiefern. Die Natur um sie herum hatte sich zurückerobert, was Humphry Repton einst als kultivierte Landschaft angelegt hatte.

Jetzt, zweihundert Jahre später, war sie üppig und wunderschön, aber ungebändigt und verwildert. Theo blickte mit verengten Augen ins Zwielicht. Sie sehnte sich danach, mit den Arbeiten an einem Waldgarten zu beginnen, aber das würde warten müssen. Entschlossen ging sie zum Volvo und stellte die zarten jungen Pflanzen und Ableger zurück in den schützenden Anhänger. Anfang April war es oft noch recht frisch, viel zu früh, um einen Garten anzulegen. Aber ihre Zeit würde noch kommen.

Drinnen packte sie das Radio aus, das Martin ihr zum Einzug geschenkt hatte für den Fall, dass der Strom abgeschaltet war oder – wie jetzt – schlicht und einfach nicht funktionierte. Theo öffnete die Flasche mit gereiftem Whisky – eines ihrer ganz persönlichen Vergnügen. Sie schenkte sich ein, hob das Glas und trank auf ihren Neuanfang. Trotz der Tatsache, dass das Cottage dringend Farbe, Möbel und wer weiß was sonst noch alles benötigte, was sie beim Kauf nicht bedacht hatte, sah es bei Kerzenschein wirklich einladend aus.

Radio 3 spielte Puccini. Theo machte es sich auf dem Campingstuhl bequem und zog eine Kerze und die Metallkiste, die sie unter dem Bodenbrett des Einbauschranks entdeckt hatte, zu sich heran. Dann setzte sie ihre Lesebrille auf, nahm einen weiteren Schluck Whisky und fragte sich, auf was sie wohl stoßen würde.

Sie öffnete den ersten Umschlag und zog einen beschriebenen Bogen Papier heraus. Ihre Hand fing leicht an zu zittern, als sie das Datum und den Ort sah.

Frankreich, 30. September 1915

Meine Geliebte,

wir sind vor Monaten in Frankreich gelandet und direkt in die Schlacht gezogen. Es hätte wunderschön sein können. Überall hätte es Sommer sein sollen, aber die Natur lässt mich nur erahnen, dass sie uns nicht im Stich gelassen hat. Schwalben versammeln sich am Himmel auf ihrer Reise nach Süden, so schön wie zu Hause. Eine Erinnerung daran, dass das Leben anderswo weitergeht. Es fällt mir schwer, bei dem Lärmen der schweren Artillerie an alltägliche Dinge zu denken. Ich kann mir nicht mal mehr die Stille am Flussufer ins Gedächtnis rufen.

Der Lieutenant berichtet mir Neuigkeiten aus Penhale. Er ist wohlauf und in seine Rolle hineingewachsen, vor allem, da er nie vorhatte zu kämpfen. Aber Du kennst das. Die meisten Offiziere, die Unteroffiziere eingeschlossen, sind gute Jungs – ein Glück, denn hier zu sein ist alles andere als gut. Gestern sind zwei Männer gefallen, mit denen ich mich verpflichtet hatte. Erinnerst Du Dich an Timo Tonks, der im Küchengarten gearbeitet hat? Er ist gestern gestorben, außerdem ein netter junger Bauer aus Bodmin.

Ich habe versucht, Dir zu schreiben. Ich habe Dir viele Briefe geschrieben, aber ich habe sie nie abgeschickt. Ich habe versucht zu verstehen, aber ich verstehe es nicht. Es ergibt nur Sinn, wenn das mit uns eine Lüge war, wie Du behauptet hast. Aber mein Herz weigert sich, das zu akzeptieren. Ich bin nicht so gebildet wie Du, aber ich dachte, ich würde über Menschenkenntnis verfügen. Ich merke, ob jemand das richtige Temperament zum Angeln hat. Du hattest den Dreh raus. Du hast den Fisch gefangen, und Du hast mich gefangen, mein Herz, meinen Leib und meine Seele.

Ich tue so, als wäre ich am Leben, aber ich bin es nicht. Ja, ich atme, ich esse, ich schlafe, aber ich vegetiere bloß. Dein Verrat hat mir die Zukunft geraubt. Trotz der Spätsommertage und des blauen Himmels sehe ich nichts als die Ödnis des Winters. Kahle Bäume, brache Felder vor einem Himmel, der mir zuvor als ein unendliches Wunder erschien. Jetzt ist er weder blau noch grau, weder dunkel noch hell. Er ist einfach nur da, und ich befinde mich in einem Schwebezustand, der der Hölle gleicht, denn ich kann nie mehr mit Dir zusammen sein. Du hast geheiratet. Ich bin allein. Ich hatte Dir mein Herz geschenkt, Dir mein Versprechen gegeben, und Du hattest Dich mir versprochen.

Ich erinnere mich noch immer an Deine Worte bei unserer letzten Begegnung, die so anders waren als die Worte, die Du in Augenblicken der Leidenschaft sprachst – wie konnten diese Liebesworte Lügen sein? Das ist es, was mich quält, wenn sich die Dunkelheit herabsenkt und die Waffen schweigen. Mein von Schlafentzug gepeinigter Verstand martert mich, und ich fühle Deine Hände auf mir. Ich erinnere mich an Deine Stimme, die meinen Namen ruft. Nicht seinen Namen, sondern meinen. Und trotzdem lassen sich Deine Worte nicht zurücknehmen.

Ich bin noch immer voller Zorn, daher weiß ich nicht, warum ich schreibe, ich weiß nur, dass ich das Gefühl habe, Dir schreiben zu müssen. In Gedanken rede ich die ganze Zeit mit Dir. Ich höre Dein Lachen und sehne mich nach Dir. Ich verzehre mich mit jeder Faser meines Körpers und meiner Seele nach Dir. Ich sage mir, dass ich Dich loslassen muss, aber das kann ich nicht, also hasse ich mich. Je früher mich dieser Krieg umbringt, desto besser. Es ist der einzige Weg, um frei zu sein.

Z

Theo ließ den Brief in den Schoß sinken und griff nach ihrem Whiskyglas. Sie nahm einen Schluck und behielt ihn im Mund, um das Brennen des Alkohols zu spüren, bevor sie ihn hinunterschluckte. *Es ist der einzige Weg, um frei zu sein.* Hatte besagte Geliebte den Brief gelesen? Hatten die beiden hier, in diesem Cottage, gewohnt? Wer mochten sie sein? War »Z« der Flussmeister des Boatman's Cottage gewesen? Sie warf einen Blick auf die restlichen Briefe und unterdrückte ein Gähnen. So verlockend es war, sie zu lesen, so wusste sie doch, dass sie Schlaf brauchte, außerdem war es gar nicht so leicht, die Worte bei Kerzenlicht zu entziffern.

Doch der Brief ließ sie nicht los; die Gefühle, die darin zum Ausdruck gebracht wurden, berührten sie nahezu körperlich. Sie blies die Kerzen aus und versuchte, die Vorstellung von diesem Z und seiner Geliebten hier im Haus auszublenden, doch als sie in ihren Schlafsack auf dem Feldbett krabbelte und den Reißverschluss schloss, konnte sie die beiden überall spüren. Sie schauderte. Der Whisky trübte weder ihre Sinne noch wärmte er sie von innen heraus. Ein Feuer hätte den Raum aufgewärmt, aber sie traute sich nicht einzuheizen, solange der Kamin nicht gekehrt war. Sie musste Geduld haben. Bald schon würde sich das Cottage anfühlen wie ein richtiges Zuhause, nicht so, als wäre sie im Campingurlaub. Sie kuschelte sich in den Schlafsack, der selbst für Arktisexpeditionen taugte.

Alles hatte seine gute Seite – sie musste sie nur finden.

Kapitel 3

Theo riss die Augen auf. Ihr Körper spannte sich an. Irgendjemand oder irgendetwas ging geräuschvoll über die Bodendielen im ersten Stock. Es klang, als würde er/sie/es bei jeder Bewegung stöhnen. Sollte sie einfach still liegen bleiben und beten, dass er/sie/es verschwinden würde, wenn sie sich nicht regte? Allerdings war ihr so heiß, dass sie fürchtete, sich selbst zu entzünden und eine Hitzeexplosion zu verursachen, die einem Kernkraftwerk gerecht wurde. Wer brauchte schon alternative Energien, wenn es Frauen in den Wechseljahren gab, die nächtliche Schweißausbrüche und jede Menge Hitzewallungen am Tag vorzuweisen hatten?

Sie wand sich mit einem Arm aus dem Schlafsack und öffnete den Reißverschluss. Die Geräusche oben wurden lauter. Sie wünschte sich, es wäre jemand bei ihr, damit sie dem, was auch immer da oben war, nicht allein begegnen müsste. Ja, zum Teufel, sogar Piers wäre in diesem Falle nützlich gewesen. Aber ihr Ex-Mann war nicht hier. Sie war allein. Wie immer.

Noch vor einigen Stunden war ihr das wie ein Segen vorgekommen. Sie konnte die Musik hören, die ihr gefiel, musste nicht reden oder fernsehen. Fröstelnd setzte sie sich auf und stellte die Füße auf die kalten Schieferplatten. Die Menopausenhitze war schlagartig verschwunden. Sie stand auf, zog ihren Mantel über und leuchtete mit der Taschenlampe, bis sie ihre Schuhe entdeckte. Was immer da oben ächzte und rumorte, ließ sich von ihrer Anwesenheit nicht stören.

Am schlimmsten wäre es, wenn sie auf eine Ratte stoßen würde. Um einen Geist würde es sich gewiss nicht handeln, auch wenn das Stöhnen klang wie der alte Jacob Marley aus Dickens' *Weihnachtsgeschichte*. Sie glaubte nicht an Geister, an Ratten dagegen sehr wohl, denn sie war ihnen oft genug begegnet. Für gewöhnlich flitzten sie um den Komposthaufen herum.

Vorsichtig schlich sie in die Küche und leuchtete mit der Taschenlampe in sämtliche dunkle Ecken, nur für alle Fälle. Für was für Fälle, wollte sie sich lieber nicht vorstellen. Selbst wenn sie aus Leibeskräften schrie, konnte sie hier doch niemand hören. Warum sollte sich auch jemand in einer eiskalten Küche in einem Cottage am Ende der Welt herumdrücken? Was machte sie eigentlich hier? Sie musste verrückt sein.

»Du liebst Cornwall«, teilte sie der skeptischen Stimme in ihrem Kopf laut mit, die verdächtig nach ihrer Mutter klang. »Es ist perfekt hier … nicht allzu weit weg …«

Theo wandte sich zur Treppe. Auf jeder Stufe blieb sie stehen, horchte, betete und wagte kaum zu atmen. Sie konnte sich gut vorstellen, wie sie aussah: eine verrückte Frau Mitte fünfzig mit zerzausten Haaren, feucht von nächtlichen Schweißausbrüchen, die mit einer Taschenlampe herumfuchtelte wie mit einem Schwert. Sie fing an zu lachen – nicht durchgeknallt hysterisch, sondern eher so, als wäre sie betrunken. Eine Nacht in ihrem eigenen Haus, und sie war reif für die Irrenanstalt.

Die Tür zu dem großen Raum, der ihr Schlafzimmer werden sollte, war geschlossen. Zuvor hatte sie offen gestanden. Wahrscheinlich hatte der Wind sie zugeschlagen. Vielleicht war sie von dem Knall wach geworden. Sie drehte den Knauf und wappnete sich, dann schob sie die Tür Zentimeter für Zentimeter auf. Der Strahl ihrer Taschenlampe zitterte. Grundgütiger, sie war wirklich ein nervliches Wrack. Es ging doch bloß um ein ekeliges Nagetier, wenn überhaupt, und sie war um einiges größer als eine Ratte.

Jetzt war die Tür offen. Zwei gelbe Augen starrten sie an. Theo schrie auf. Das Ding sprang auf die Fensterbank. Nun war es fast auf Augenhöhe. Als ihr Herz an seine gewohnte Stelle zurückkehrte, stellte sie fest, dass sie es mit einer riesigen Katze zu tun hatte. Nicht so groß wie die Bestie von Bodmin Moor, aber doch ungewöhnlich groß, mit langem, dichtem Fell und scheinbar völlig unbeeindruckt. Nein, diese Katze fürchtete sich nicht vor ihr. Sie warf Theo einen letzten Blick zu, dann sprang sie auf die Bodendielen und schlenderte zur Tür hinaus.

Theo ließ sich gegen die Wand sacken. Eine blöde Katze, die in der Falle saß und das Zimmer durchstreifte. Ein lautes Seufzen schallte durchs Zimmer. Sie fuhr zusammen. »Reiß dich zusammen, Theo«, sagte sie laut und folgte dem Geräusch zum Nordfenster, das einen Spaltbreit offenstand. Als sie es fest schloss, stellte sie fest, dass ein kühler Luftzug um ihre Finger strich. Der Kitt, der die dünne Scheibe hielt, fehlte. Das war die Ursache des seltsamen Geräuschs. Sie hatte nichts mitgebracht, womit sich das Fenster reparieren ließe, also würde sie erneut zum Baumarkt fahren müssen, vermutlich nicht zum letzten Mal.

Sie verließ das Zimmer und zog die Tür hinter sich zu,

dann kehrte sie in die Küche zurück. Wie gern hätte sie sich einen Tee gemacht! Stattdessen trank sie einen Schluck Wasser und wollte gerade wieder in ihren Schlafsack schlüpfen, als sie sah, dass die riesige Katze tief und fest darauf schlief. Hoffentlich hatte sie keine Flöhe. Als sie sie anstupste, öffnete das Tier ein Auge und funkelte sie ungehalten an.

»Hör mal, Freundchen, das ist mein Bett.« Theo hob den Schlafsack an, und die Katze richtete sich entsprechend neu aus.

»Nun, ich wollte ja Gesellschaft«, sagte Theo zu niemand Bestimmten, kuschelte sich in den Schlafsack und drehte sich auf die Seite. Hoffentlich würde sie vor Sonnenaufgang ein bisschen Schlaf finden. Die Katze rollte sich in ihre Kniebeuge.

Als die Morgendämmerung anbrach, hörte Theo verschlafenes Vogelgezwitscher. Die Katze tappte über ihren Bauch. Kaffee!, war Theos einziger Gedanke, und Kaffee war das Einzige, was sie nicht hatte. Hoffentlich tauchte bald der Elektriker auf, den Hugo ihr empfohlen hatte.

Gerade als Theo aufstehen wollte, machte die Katze es sich wieder bequem. Theo schob sie – oder war die Katze in Wirklichkeit ein Kater? – zur Seite. Sie oder er öffnete ein Auge und schaute sie ungehalten an. Bei der Größe und dem langen, gepflegten Fell war das Tier kein Streuner. Die großen, flauschigen Ohren ließen auf eine Züchtung schließen, vielleicht eine Maine Coon oder eine Norwegische Waldkatze. Sie würde bestimmt ein Zuhause haben, und zwar nicht dieses kleine, verwahrloste Cottage. Zögernd streckte Theo die Hand aus und kraulte der Katze den Kopf. Sie fing an, tief und leise zu schnurren, doch das Schnurren schwoll zu einer Lautstärke an, dass Theo nicht überrascht gewesen wäre, wenn das Feldbett vibriert hätte.

»Okay, Katze, ich muss aufs Klo. Du kannst das Bett haben.« Sie stand auf. Die Kälte der Schieferplatten kroch so schnell ihre Beine hinauf, dass sie fürchtete, ihr würde das Herz stehen bleiben. Eilig schlüpfte sie in ihre Schuhe und ging ins Bad. Verglichen mit dem Wohnzimmerboden war der Badezimmerboden eisig. Gestern hatte sie das Bad geputzt, jetzt freute sie sich auf den Moment, in dem etwas anderes als Eiswasser aus den Wasserhähnen fließen würde, aber noch war es nicht so weit.

Zurück im Wohnzimmer, zog sie sich hastig an und warf einen verstohlenen Blick in den alten Spiegel, dann strich sie mit dem Finger über die abgeschrägte Kante, um eine Verbindung zu dem herzustellen, was schon so viel länger hier war als sie. Als sie sich umdrehte, sah sie, wie die Katze es sich im Schlafsack bequem machte. Das Tier öffnete ein Auge, doch es regte sich nicht, bis sie beide das Geräusch eines sich nähernden Fahrzeugs hörten. Theo sah auf ihre Uhr. Halb neun. Wenn das der Elektriker war, wäre sie schwer beeindruckt, doch ein Blick auf den alten Defender zerstörte ihre Hoffnung.

Der Wagen parkte hinter ihrem. Eine junge Frau stieg aus. Sie hatte die blonden Haare zurückgebunden, doch eine Strähne hatte sich gelöst und umspielte eine Seite ihres gebräunten Gesichts. Auch ohne die schweren Stiefel hätte Theo sofort gewusst, dass diese Frau draußen arbeitete und es genoss. Sie strahlte das Selbstvertrauen glücklicher Freiluftmenschen aus.

»Guten Morgen!«, rief sie, nahm eine große Thermoskanne und eine Tasche aus dem Wagen und schlenderte auf Theo zu.

»Hallo«, erwiderte Theo ihren Gruß und setzte sich ebenfalls in Bewegung, wobei sie ihre Überraschung verbarg.

Die Frau betrachtete das Haus. »Ich bin Gayle«, stellte sie sich vor. »Die Gärtnerin von Abbotswood.«

Theo lächelte.

»Als Hugo mir erzählt hat, dass Theo Pascoe das Boatman's Cottage gekauft hat, musste ich einfach vorbeikommen und herausfinden, ob Sie *die* Theodora Pascoe sind.«

Theo lachte. »Ich bin mir nicht sicher wegen des *DIE,* aber ja, ich bin Gartengestalterin.«

Gayle stand jetzt neben ihr. »Sie haben Ihre Entwürfe in Chelsea ausgestellt und eine Goldmedaille gewonnen!« Sie holte tief Luft und stieß hervor: »Der Garten von Higston Manor ist perfekt!«

Theo zwang sich, ihr Lächeln beizubehalten. Nicht einmal die Goldmedaille für Gartendesign hatte ihrer Mutter oder Piers Anerkennung abtrotzen können. »Das ist schon Jahre her; fünfzehn, um genau zu sein.« Piers hatte sie dazu gedrängt, ihren Mädchennamen für ihre »Garteleien« zu verwenden, wie er es ausdrückte, doch das war nach hinten losgegangen. Zumindest für ihn. Die Goldmedaille wurde ihr unter ihrem Mädchennamen verliehen, und auch das Buch über Blumenarrangements, das sie anschließend schrieb, wurde darunter veröffentlicht. Sein Gesicht war puterrot angelaufen, als man ihn bei einer Veranstaltung mit »Mr Pascoe« ansprach.

»Und jetzt entwerfen Sie Blumendesigns«, stellte Gayle fest.

Theo seufzte und ging ihr voran ins Cottage. »Nein, jetzt setze ich ein heruntergekommenes Haus instand.«

Gayle schmunzelte und reichte ihr die Thermoskanne. »Hugo dachte, Sie könnten einen Kaffee gebrauchen. Anscheinend haben Sie keinen Strom.«

Theo zog eine Augenbraue in die Höhe.

Gayle lachte. »Die Welt ist klein, vor allem in dieser Gegend. Er hat Ihnen außerdem frische Croissants aus der Küche eingepackt.«

»Mein Gott, er ist ein Engel!« Theo schnupperte und atmete genussvoll das buttrige Aroma ein.

»Na ja, er ist gar nicht so schlecht.«

Theo wollte widersprechen, aber dann schraubte sie lieber den Deckel der Thermoskanne ab und fragte: »Haben Sie Lust, eine Tasse mit mir zu trinken?«

Gayle warf einen Blick auf ihr Handy. »Liebend gern.«

In der Küche nahm Theo zwei Becher aus dem fast leeren Regal. Zwei Teller, zwei Gläser, zwei Gabeln und so weiter. All das, was sie über die Jahre hinweg für ein glückliches Leben angesammelt hatte, gab es nicht mehr. Jetzt besaß sie Schnäppchen aus Wohltätigkeitsläden, und es war besser als zuvor, denn es bedeutete Freiheit.

Sie trug die vollen Kaffeebecher ins Wohnzimmer und sah, wie Gayle die Katze streichelte.

»Kennen Sie ihn oder sie?«, erkundigte sie sich.

»Nein. Was für ein schönes Tier.«

»Ja.« Theo reichte ihr einen Becher und sagte: »Tut mir leid, ich habe keine Milch da.«

»Ich glaube, in der Tasche mit den Croissants ist welche«, sagte Gayle.

Theo sah nach, und tatsächlich: Neben den noch warmen

Croissants entdeckte sie eine kleine Flasche Milch, zwei Töpfe Marmelade, eine Dose mit braunem Zucker, eine Butterdose, Servietten sowie ein Bambusmesser und einen Löffel. Hugo Mounsey hatte an alles gedacht.

»Croissant?«, fragte Theo. Der Duft war göttlich.

»Nein danke, ich hatte vorhin Schinkenspeck und Eier.« Gayle sah sich im Zimmer um. »Ich weiß noch, wie ich damals, als ich anfing, in Abbotswood zu arbeiten, herkam, um einen Blick auf das Cottage zu werfen.«

»Und?«

»Es war abgeschlossen, deshalb konnte ich nicht allzu viel sehen.« Sie nahm einen Schluck Kaffee. »Die Leute behaupteten, hier würde es spuken.«

Theo lachte.

»Und?«, wollte Gayle wissen. »Ist etwas dran?«

»Hätten Sie mich das heute früh gefragt, hätte ich mit Ja geantwortet, denn da habe ich diese Gespensterkatze …«, sie hielt inne und streichelte dem Tier den Kopf, »oben im Schlafzimmer entdeckt, wo der Wind schaurig durch eine Lücke zwischen Scheibe und Rahmen pfeift …«

»Dann haben Sie gestern Nacht offenbar wunderbar geschlafen!«

»Absolut.« Theo verdrehte die Augen, bevor sie fragte: »Kennen Sie die Geschichte des Cottage?«

Gayle schüttelte den Kopf. »Leider nicht. Ich weiß nur, dass es jahrelang leer stand. Ich hatte mich schon gefragt, wer es wohl kaufen würde, als es auf dem Markt angeboten wurde.« Sie nahm einen Schluck Kaffee. »Hugo weiß bestimmt mehr, auf alle Fälle aber kann er Sie mit der Archivarin des Duke of Exeter bekannt machen.«

Theo legte den Kopf schräg. »Das wäre gut.«

»Ich weiß, dass er mit ihr gesprochen hat, als er für die Hotelgäste die Geschichte von Abbotswood zusammenstellte.«

»Das ergibt natürlich einen Sinn.« Theo umschloss den Kaffeebecher mit beiden Händen und schaute zu den hoch aufragenden Bäumen hinaus. Dann drehte sie sich wieder zu Gayle um und fragte: »Kennen Sie einen guten Baumchirurgen?«

»Ja.« Gayle lächelte.

»Das dachte ich mir.« Theo trank einen weiteren Schluck. »Wie ist es, an einem Repton-Garten zu arbeiten?«, wollte sie dann wissen. Der Garten von Abbotswood war der erste Garten des Landschaftsarchitekten Humphrey Repton, den Theo je zu Gesicht bekommen hatte. Damals war sie erst zehn gewesen. Sie hatte sich sofort in den Garten verliebt, und sie erinnerte sich daran, dass Grannie ihr erklärt hatte, was daran so besonders war: Eingebettet in die Umgebung stach das Haus ins Auge und schien doch ein natürlicher Bestandteil der Landschaft zu sein. So riefen Haus und Garten genau die Gefühle hervor, die Repton von einer Landschaft erwartete. Den größten Eindruck hatte die Schlucht auf sie gemacht. Darin befand sich ein Klanggarten, erschaffen, indem man die Strömungsgeschwindigkeit des Wassers kontrollierte, welches durch das Tal in den Tamar floss. Sie war über die Brücken und durch die Tunnels gerannt, die naturgetreu in die Landschaft eingefügt waren.

»Mittlerweile macht es mir Freude, doch als ich anfing, dachte ich, ich würde durchdrehen.« Gayle lachte. »Aber es ist irgendwie magisch, all das am Leben zu erhalten und die Wirkung zu erzielen, die er sich gewünscht hat.«

»Haben Sie das Gartenbuch von Abbotswood gesehen?«,

erkundigte sich Theo, die an ihre Studien dachte und wie sie über den verschiedensten Gartenbüchern gebrütet hatte. Repton hatte ein Buch mit den von ihm entworfenen Landschaftsgärten angelegt.

Gayle nickte. »Im Hotel liegt eine Ausgabe. Sie sollten mal vorbeikommen und einen Blick hineinwerfen.« Sie strich sich eine verirrte Haarsträhne hinters Ohr. »Vielleicht finden Sie ja heraus, welche Pläne er für das Gelände rund um das Cottage hatte.«

»Das ist eine brillante Idee.« Theo grinste. »Wie lange sind Sie schon hier?«

»Ich habe gleich nach dem Abschluss angefangen.«

In der Ferne hörte Theo, wie ein weiterer Wagen die holprige Fahrspur zum Cottage entlangrumpelte. »Das ist hoffentlich der Elektriker.«

»Ja. Er ist mein Onkel.«

Theos Augen weiteten sich. »Die Welt ist wirklich sehr klein.«

»Diese Gemeinde ist sehr klein.« Gayle lächelte.

Theo stellte ihren Kaffeebecher auf eine Kiste und ging hinaus, um ihren Retter zu begrüßen.

Gayle folgte ihr. »Ich schicke Ihnen nachher Jim rüber. Er soll mal einen Blick auf Ihre Bäume werfen.« Sie gab ihrem Onkel einen Kuss auf die Wange, dann kletterte sie in den alten Defender.

»Mr Thompson«, sagte Theo.

»Nennen Sie mich bitte Rich«, erwiderte er und streckte ihr die Hand entgegen.

Sie schüttelte sie. »Theo Pascoe.«

»Freut mich, Sie kennenzulernen. Ich bin froh, dass hier wieder jemand einzieht. Das war längst überfällig.«

»Wissen Sie etwas über die Geschichte des Boatman's Cottage?«

Er schüttelte den Kopf. »Soweit ich weiß, hat es zuletzt Zwillingsschwestern gehört. Möglich, dass meine Mutter Näheres weiß. Sie hat in Abbotswood gearbeitet. Wenn Sie möchten, werde ich sie fragen.«

»Ja, bitte.« Theo nickte, dann fuhr sie fort: »Ich habe einen Blick auf den Sicherungskasten geworfen. Er sieht aus, als stammte er noch aus der Zeit vor dem Krieg ... dem Ersten Weltkrieg, um genau zu sein.«

Er lachte. »Dann lassen Sie uns mal einen Blick darauf werfen.«

Als sie am Kamin vorbeigingen, blieb sie stehen. »Bevor wir loslegen – Sie kennen nicht zufällig einen Kaminkehrer?«

»Zufällig ist mein Neffe einer.«

»Gayles Bruder?«, fragte Theo.

»Nein, der Sohn meiner Schwester. Hier ist seine Nummer.« Er zog sein Handy aus der Hosentasche, tippte ein paarmal aufs Display und reichte es Theo, die ein Foto von den Kontaktdaten an ihr Smartphone schickte. Mittlerweile war das Handy ihr zweites Gehirn. Es enthielt nicht nur Kontakte und Listen, sondern auch Anschauungsmaterial, Inspirationen und Notizen, was sie im Alltag besorgen oder erledigen musste. Sie wusste gar nicht mehr, wie sie früher ohne zurechtgekommen war.

»Danke.« Theo reichte ihm sein Handy zurück und führte ihn zu dem Sicherungskasten an der Wand neben der Küchentür, bevor sie seinen Neffen anrief. Wenn sie Glück hatte, hätte sie es bald hell und warm. Doch dann hörte sie, wie Rich einen langen Pfiff ausstieß. Vielleicht würde es doch noch länger dauern.

Nun, letztendlich war alles nur halb so schlimm – oder halb so gut, es kam ganz darauf an, wie Theo die Dinge betrachtete. Sie hatte Strom in der Küche, allerdings musste das ganze Cottage neu verkabelt werden, doch damit hatte sie gerechnet. Auf die Kosten war sie dagegen nicht gefasst gewesen, genauso wenig auf die Tatsache, dass sie erst mal nur in einem einzigen Zimmer Licht hätte. Immerhin konnte sie in der Küche ihr Handy aufladen und Wasser aufsetzen. Zum Kochen würde sie die Doppelkochplatte anschließen, die sie gekauft hatte. Im Badezimmer würde sie wohl oder übel weiterhin mit kaltem Wasser auskommen müssen, die Wäsche zu erledigen wäre schwieriger, aber in der Stadt gab es bestimmt einen Waschsalon.

Am Spätnachmittag war Richs Neffe, der Kaminkehrer, eingetroffen und hatte Schmutz, alte Vogelnester und verschiedene Kleintierskelette aus dem Hauptkamin entfernt. Zum Glück keine menschlichen. Der Kamin war nun sauber, aber er musste neu verfugt werden und ein neues Einsatzrohr bekommen. Auf ihre vehemente Nachfrage hin hatte der Kaminkehrer gesagt, es sei im Wesentlichen sicher, darin Feuer zu machen, solange sie es nicht unbeaufsichtigt ließ, allerdings solle sie sich Rauchmelder besorgen. Sie hatte etwas zu herzhaft gelacht, als er meinte, wegen der Lüftung müsse sie sich im Augenblick keine Sorgen machen. Diese würde erst dann zum Problem, wenn sie neue, doppelverglaste Fenster einsetzen ließe.

Sie betrachtete das schwindende Tageslicht, das durch die alten Scheiben ins Zimmer fiel, und kam zu dem Schluss, dass sie es nicht eilig hatte, sie zu ersetzen. Im oberen rechten Fenster entdeckte sie zwei ineinander verschlungene Buchstaben: A und Z, Anfang und Ende. Sie ging hinüber und wischte mit dem Taschentuch über die schlierige Scheibe. Hatte besagter Z aus den Briefen die Buchstaben dort eingeritzt? Sie lehnte den Kopf gegen das Fenster und dachte an diejenigen, die vor ihr hier gelebt hatten. A und Z und zweifelsohne noch andere, darunter die Katze, die Achten um ihre Beine zog und eine Spur langer grauer Haare auf ihren schwarzen Leggins hinterließ.

Ihr Handy pingte. Gayle hatte ihr eine Textnachricht geschickt.

Lust auf einen Drink und die Bekanntschaft mit anderen Einheimischen heute Abend im Pub?

Theo wollte schon zusagen, aber ein herzhaftes Gähnen brachte sie zur Vernunft.

Dürfte ich das auf ein andermal verschieben? Ich bin todmüde und wäre bestimmt keine unterhaltsame Gesellschaft.

Gayles Antwort kam prompt:

Selbstverständlich. Ich habe Hugo auf die Archivarin angesprochen. Er schickt Ihnen die Kontaktdaten. Wir bleiben in Verbindung.

Theo spürte, wie sie aufgeregt wurde. Mit ein bisschen Glück und ein paar Nachforschungen würde sie bald die Geschichte des Boatman's Cottage in Erfahrung bringen.

Eine weitere Nachricht ging ein. Hugo hatte ihr den Namen und die E-Mail-Adresse der Archivarin des Duke of

Exeter geschickt. Nachdem sie sich bei ihm bedankt hatte, warf Theo einen Blick auf die Metallkiste. Was du heute kannst besorgen, das verschiebe nicht auf morgen, dachte sie und schrieb eine E-Mail.

Liebe Ms Jones,

Hugo Mounsey vom Abbotswood Hotel hat mir Ihre Kontaktdaten übermittelt. Ich habe vor Kurzem das Boatman's Cottage am kornischen Ufer des Tamar erworben, welches einst zum Anwesen von Abbotswood gehörte. Beim Aufräumen bin ich in einem Schrank auf ein Bündel Briefe gestoßen. Ich habe sie noch nicht alle gelesen, aber sie wurden während des Ersten Weltkriegs von einem Mann verfasst, der sie, mit der Signatur Z versehen, an seine Geliebte gerichtet hat.

Ich würde liebend gern herausfinden, wer die beiden waren und ob sie in diesem Cottage gelebt haben. Vielleicht können Sie mir dabei helfen? Auch für alle anderen Informationen, das Haus betreffend, wäre ich dankbar.

Mit freundlichen Grüßen
Theo Pascoe

Sie fügte ihre Telefonnummer hinzu, dann drückte sie auf Senden und legte das Smartphone auf den Holztisch, den sie zusammen mit zwei Stühlen in dem angrenzenden Schuppen gefunden hatte. Während der Elektriker sein Wunderwerk vollzogen hatte, hatte sie die Möbel gesäubert und poliert. Jetzt standen sie zusammen mit ihrem Feldbett und den Kartons mit ihren Habseligkeiten im Wohnzimmer. Den mitgebrachten Klappstuhl hatte sie fürs Erste im Garten abgestellt. Der silberne Kandelaber von ihrer Großmutter mütterlicherseits passte perfekt zu dem alten Eichentisch. Wie gut hätten sich erst die wunderschönen alten Teller mit dem blau-weißen chinesischen Muster, die sie über die Jahre für Higston Manor gesammelt hatte, in diesem Ensemble gemacht. Sie hatte das Haus mit Liebe und Sorgfalt eingerichtet, damit es zu dem Garten passte, den sie geschaffen hatte. Theo stand auf. Sie wollte jetzt nicht an das denken, was hätte sein können. Higston Manor und den Garten gab es nicht mehr. Zumindest nicht für sie.

Nachdem den ganzen Nachmittag über ein Feuer im Kamin gebrannt hatte, war es etwas angenehmer im Wohnzimmer, auch wenn sie vermutete, dass ein Großteil der Wärme durch den Schornstein verloren ging. Nichtsdestotrotz schien mit dem Feuer auch die Seele des Hauses zurückgekehrt. Die Katze machte es sich bereits auf dem Feldbett bequem. Sie hatte das Trockenfutter verschlungen, das Theo für sie gekauft hatte, und war offenbar entschlossen, die Nacht hier zu verbringen. Theo hatte die tote Maus, die sie ihr zum Dank gebracht hatte, am Rand des Grundstücks, das einmal ihr Garten werden sollte, begraben. Zum ersten Mal seit Ewigkeiten verspürte sie wieder den Drang, etwas zu entwerfen, sich zu profilieren. Sie hatte sich lange Zeit treiben lassen und auf den Lorbeeren der Vergangenheit ausgeruht. Die hässliche Scheidung hatte sie ausgelaugt.

Nun öffnete sie rastlos einen der Kartons, die sie mit dem Anhänger hertransportiert hatte. Obenauf lag der zerfledderte edwardianische Baedeker-Reiseführer von Paris. Er war wie ein Tor zu einer anderen Zeit. Sie setzte sich mit einem Glas Whisky ans Feuer und strich über den Einband. Sie hatte dieses Buch so lange wie einen Schatz gehütet, auch wenn es keinerlei materiellen Wert besaß. Der Einband war verblichen, der Buchrücken eingerissen. Die Seiten waren voller Eselsohren, der Stadtplan hatte sich gelöst und fiel heraus, wenn man nicht aufpasste. Trotzdem hielt sie den Reiseführer so vorsichtig in den Händen, als wäre er ein neugeborenes Baby. Dieser Baedeker stand stellvertretend für ihr altes Ich, für ihre abenteuerlustige Seite. Die Seite, die sie vor so vielen Jahren verloren hatte.

Theo schauderte. Nein, es war nicht das Jahr 1986, und sie genoss nicht die Wärme eines sonnigen Junitags in Paris. Sie saß allein mit einer Katze in einem baufälligen Haus in Cornwall. Versunken in Erinnerungen, stand sie auf und legte ein weiteres Holzscheit in die Flammen. Sie hatte so viel Zeit damit vergeudet, ihr Leben in Abschnitte einzuteilen und diese Abschnitte zu kennzeichnen. Die wechselnden Pflanzensaisons im Garten und der Türrahmen im Hauswirtschaftsraum, der Davids Entwicklung vom Kleinkind zum Mann festhielt, waren die wichtigsten Markierungen, ihre Orientierungspunkte. Doch anstatt die Zeit einfach weiterhin in Abschnitte einzuteilen, würde sie sie von jetzt an nutzen. Sie konnte durchaus so sein wie Grannie, die fast hundert Jahre alt geworden war und keinen einzigen Moment ihres Lebens verschwendet hatte.

Kapitel 4

Einige Tage später lehnte Theo sich gegen den Türrahmen, sah dem Klempner zu und betete, dass die uralte Vorrichtung weniger marode war, als sie aussah. Der Klempner warf einen Blick darauf und fing an zu lachen. Theo wurde blass. Lachen bedeutete nur eins: nicht mehr zu retten.

»Na ja, ich habe ja schon viele veraltete Sanitäranlagen gesehen, aber dieser Boiler verdient die Bezeichnung ›antik‹.« Er schüttelte den Kopf, dann fügte er schmunzelnd hinzu: »Er ist so alt, dass man ihn eigentlich unter Denkmalschutz stellen müsste. Er wurde anscheinend seit Jahrzehnten nicht benutzt. Man muss ihn mit Kohle befeuern.«

»Dann kann man ihn also nicht reparieren? Oder lohnt sich der Aufwand nicht?«

»Ich möchte es lieber nicht versuchen, und Kohle zählt ja nicht gerade zu den sauberen Energien …« Er verstummte.

Vor ihrem inneren Auge sah Theo Pfund-Scheine durch den Schornstein flattern.

»Welche Optionen habe ich dann?«, fragte sie.

»Na ja«, sagte er wieder und zog den Bleistift hervor, den er hinters Ohr geklemmt hatte. »Sie brauchen einen Boiler, der entweder mit Gas oder mit Öl betrieben wird. Platz genug für einen Tank haben Sie, die Frage ist bloß, ob jemand herkommen würde, um Sie zu beliefern.« Er überlegte kurz, dann sagte er: »Hm, ich denke Flüssiggas in Kanistern wäre eine Möglichkeit.«

»Kann man eine Heizung installieren, wenn der neue Boiler da ist?«, fragte sie.

»Eine Heizung?« Er schaute sich im Raum um.

Theo senkte den Blick. »Ich dachte an eine Fußbodenheizung.«

Der Klempner betrachtete die großen Schieferplatten unter seinen Füßen. »Ich bezweifle, dass darunter etwas anderes ist als Erde. Es dürfte ganz schön teuer werden, den Fußboden anzuheben, um eine Betonplatte mit Isolierung einzuziehen. Haben Sie sich eine elektrische Heizung vorgestellt, oder wollen Sie Rohre verlegen lassen?«

Sie seufzte. »Tja, dann eben Heizkörper, die altmodischen aus Gusseisen.«

Er kratzte sich am Ohr. »Das dürfte machbar sein.«

»Und was wird das kosten?«, erkundigte sie sich, wenngleich sie die Antwort fürchtete. Es wäre angenehmer, es nicht zu wissen, doch die Zeiten, in denen sie die Kosten ignorieren konnte, weil jemand anders die Rechnungen bezahlte, waren vorbei.

»Da muss ich mich noch einmal bei Ihnen melden.« Er steckte den Bleistift wieder hinters Ohr.

»Okay, und wie lange wird das Ganze dauern?«, wollte sie wissen und zog innerlich den Kopf ein aus Furcht vor der Antwort.

Er warf einen Blick an die Decke. »Ungefähr eine Woche, wenn ich erst einmal angefangen habe.«

»Und wann wird das sein?« Sie schenkte ihm ein strahlendes Lächeln und betete insgeheim, dass er sagen würde, in ein paar Tagen oder spätestens in zwei Wochen.

»Voraussichtlich im Juli.«

Theo räusperte sich. Es war April. »Geht es nicht etwas früher? Ich habe weder Heizung noch warmes Wasser.«

»Ich verstehe, dass Sie es eilig haben, aber ich habe noch andere Aufträge.« Er packte seinen Werkzeugkoffer zusammen. »Möchten Sie, dass ich Ihnen einen Kostenvoranschlag mache?«

Theo unterdrückte einen neuerlichen Seufzer und sagte: »Ja bitte. Und bitte geben Sie mir Bescheid, sollte jemand einen Auftrag stornieren.«

Er sah sie an, als wäre sie verrückt, und vielleicht war sie das ja auch. Sie wohnte erst ein paar Tage in dem Cottage, doch sie sprach schon mit sich selbst und mit der Katze ohne Namen. Ihr Leben bestand aus nichts anderem als frischer Luft, die durch alle möglichen Ritzen ins Haus strömte. Warum hatte sie bloß gedacht, es wäre eine gute Idee, in einem Cottage mitten im Wald zu wohnen?

Voller Sorge stellte sie fest, dass ihre Chancen auf heißes Wasser, geschweige denn Wärme, zu schwinden schienen. Bald würde sie im Fluss baden müssen, um sich anständig zu waschen. Heute Morgen hatte sie sich die Haare in der Küchenspüle gewaschen und mit dem Handtuch trocken gerubbelt, weil sie fürchtete, ihr Föhn würde die Sicherung rausfliegen lassen. Wenn es so weiterging, würde Trockenshampoo ein treuer Begleiter werden. Sie setzte es mit auf ihre Einkaufsliste.

Als der Klempner weg war, ging sie zur Spüle und gab sich alle Mühe, wegen des Boilers nicht zu verzweifeln. Die Katze rieb sich an ihrer Wade. Es war Theo gelungen, sie – denn es handelte sich tatsächlich um ein weibliches Tier – einzufangen und zum Tierarzt zu bringen. Der hatte

»Katze«, wie Theo sie nannte, untersucht und festgestellt, dass sie kastriert, aber nicht gechipt war. Der Tierarzt fand keinen Eintrag über das Tier, aber er bestätigte, dass es sich um eine Norwegische Waldkatze handelte.

»So, Katze«, sagte Theo jetzt, »nun sind wir wieder allein.« Das Tier sah sie an, blinzelte, dann schlenderte es ins Wohnzimmer und legte sich vor den warmen Kamin.

Theo stemmte die Hände in die Hüften. Also schön: kein heißes Wasser, keine Heizung. Andere hatten das auch überlebt. Sie würde sich nicht unterkriegen lassen. Als Nächstes wollte sie das Feldbett in das große Schlafzimmer stellen, zusammen mit den Kartons, die noch im Wohnzimmer standen. Vorgestern hatte sie die Bodendielen mit einem Mittel gegen Holzwurm behandelt und die Wände zartgelb gestrichen. Der Hauch von Farbe ließ den Raum wärmer erscheinen, und das Kaminfeuer im darunterliegenden Wohnzimmer machte ihn tatsächlich wärmer.

Nachdem sie fast alle Sachen nach oben gebracht hatte, zog sie ein elegantes Etuikleid und flache Pumps an und kehrte ins Wohnzimmer zurück. Jetzt, da nur noch der Tisch und die beiden Stühle drinstanden, wirkte es leer.

Morgen war Grannies Beerdigung, und heute Nachmittag wollten sich Theo, Martin und ihre Mutter mit Grannies Anwalt treffen. Martin hatte bereits verkündet, dass er kein Interesse an Grannies Möbeln habe, weshalb Theo überlegte, ob sie sie vielleicht verwenden konnte. Es wäre schön, im Boatman's Cottage ein paar Erinnerungsstücke an ihre Großmutter aufzustellen.

Sie warf einen letzten Blick in den Spiegel. Bei Tageslicht war er nicht so gnädig wie bei Kerzenschein. In den vergangenen Monaten waren die Falten wegen des Scheidungsstresses tiefer geworden, und man sah ihr jedes einzelne ihrer vierundfünfzig Jahre an. Martin war sechs Jahre jünger als sie und sah noch lange nicht aus wie achtundvierzig. Sie schüttelte den Kopf über ihre eigenen Gedanken, dann verabschiedete sie sich von der Katze und versprach, rechtzeitig zur Fütterungszeit zurück zu sein. Anschließend stieg sie in ihren Wagen und fuhr nach Plymouth zum Anwalt ihrer Großmutter.

Als Theo mit fünfminütiger Verspätung in der Kanzlei eintraf, weil sie vor dem Parkhaus in der Schlange hatte warten müssen, saß Martin bereits neben ihrer Mutter im Büro von Mr Simmons.

»Entschuldigung.« Theo nahm auf dem Stuhl neben Martin Platz und nickte ihrer Mutter zu, die die Geste nicht erwiderte.

»Mrs Henshaw, darf ich Ihnen einen Kaffee oder einen Tee anbieten?«, fragte der Anwalt.

Theo holte tief Luft. »Ich brauche nichts, vielen Dank. Ich heiße jetzt übrigens Theo Pascoe.« Sie hob die linke Hand, an deren Ringfinger nicht länger der Ehering steckte. Martin lächelte ihr aufmunternd zu.

»Verzeihen Sie, das wusste ich nicht.« Der Anwalt verschränkte die Hände auf dem Schreibtisch. »Danke, dass Sie alle gekommen sind. Wir hätten auch telefonieren können, aber da Sie ohnehin wegen des Begräbnisses anwesend sind, ist es besser, die Angelegenheit persönlich zu regeln.«

»Ja«, pflichtete Martin ihm bei. Mit seiner schwarzen Kleidung und dem Priesterkragen sah er durch und durch aus wie ein Geistlicher, doch seine Motorradjacke, die über der Stuhllehne hing, offenbarte eine andere Seite.

»Claire Pascoe hat nach dem Tod ihres Sohnes vor zehn Jahren ihr Testament aktualisiert.« Mr Simmons machte eine Pause und sah alle drei ernst an.

Theo warf einen Blick auf ihre Mutter. Virginia Pascoes Mund war zu einer schmalen Linie verkniffen.

»Mrs … Verzeihung, Ms Pascoe, Ihr Sohn David erbt ein kleines Ölgemälde.« Er öffnete einen Ordner. »Das Vermögen der Verstorbenen umfasst zwei Sparkonten sowie ihre Wohnung plus Einrichtung.«

Theo sah aus dem Fenster. Grannies Drei-Zimmer-Apartment lag auf der anderen Seite des Plymouth Sound in Saltash. Ihre Großmutter hatte es vor zwanzig Jahren gekauft, weil es sich im Erdgeschoss befand und einen hübschen Blick auf den Tamar und die Brücken bot, die diesen überspannten. Theo hatte ihr geholfen, einen Garten anzulegen, den Grannie selbst pflegen konnte und der dem starken Wind standhielt, der dort toste. Bis zu ihrem letzten Lebenstag hatte sich Grannie darum gekümmert.

Der Anwalt holte Luft. »Angesichts Ihres Armutsgelübdes, Pater Martin, hat sie die Wohnung und ihre Ersparnisse Mrs … Ms Pascoe hinterlassen.« Er hustete.

»Bitte sagen Sie Theo zu mir, nicht dass Sie mich noch Mrs Pascoe nennen, wie meine Großmutter.« Theo lächelte.

Der Anwalt räusperte sich. »Ihre Großmutter war nicht Mrs Pascoe, sondern Miss.«

Theo sah Martin an, der den Kopf schüttelte.

»Das ist sicherlich ein Irrtum.« Virginia stellte ihre Teetasse ab.

»Nein, Claire Pascoe hat unmissverständlich angegeben, dass sie als Claire Pascoe geboren wurde und als Claire Pascoe sterben würde.«

»Das meinte ich nicht.« Virginia räusperte sich. »Das ist Schnee von gestern, und es interessiert mich nicht. Es ist mir gleich, ob meine Schwiegermutter … unvorsichtig war. Ich befürchte allerdings, dass das Testament ein Irrtum ist.«

»Nein, Mrs Pascoe, diesbezüglich ist ein Irrtum ausgeschlossen.« Der Anwalt verschränkte die Finger und schenkte ihr seine volle Aufmerksamkeit.

»Sie hat alles meinem Ehemann hinterlassen.«

»Das war vor seinem Tod der Fall, in der Tat, doch nach seinem Tod hat sie das Testament geändert.«

Virginia wandte sich an Theo. »Wusstest du davon?«

Theo schüttelte den Kopf. Grannie und Virginia hatten sich nie sonderlich gut leiden können, daher war sie nicht überrascht.

»Ich glaube dir nicht.« Sie stand auf und sagte: »Martin, wir werden das Testament anfechten.«

Er hob abwehrend die Hand. »Nein, Mutter, das werden wir nicht. Ich wusste davon. Wegen meines Armutsgelübdes habe ich Grannie vorgeschlagen, dass sie alles Theo hinterlässt.«

Virginia zog scharf die Luft ein, dann nahm sie ihre Handtasche und sagte: »Ich werde wohl kaum mein Geld für ein Hotelzimmer verschwenden, nur um zuzusehen, wie sie unter die Erde gebracht wird. Ich fahre umgehend zurück nach Oxford.«

Theo zuckte unter dem strengen Blick ihrer Mutter zusammen.

Virginia schob die Hand in ihre Handtasche. »Der Bestatter hat mir ihre schäbige goldene Uhr und den protzigen Strassring geschickt. Die kannst du ebenfalls haben.« Sie reichte Theo einen kleinen gefütterten Umschlag und verließ das Büro des Anwalts.

Martin räusperte sich. »Nun, Mr Simmons, gibt es noch weitere Enthüllungen?«

»Nicht diese Familie betreffend.« Der Anwalt schob Theo einen Stapel Papiere zu. »Das sind die Unterlagen, die wir für Ihre Großmutter aufbewahrt haben. Ich habe unserem Vorgespräch entnommen, dass Sie die Wohnung verkaufen möchten. Bitte halten Sie mich auf dem Laufenden.«

»Ich bin mir nicht sicher, ob ich es gutheiße, dass Martin gar nichts bekommt.« Theo sah Mr Simmons an. »Es erscheint mir nicht fair.«

Martin stand auf und sagte: »Das Leben ist nicht fair, aber ich brauche nichts, im Gegensatz zu dir, liebe Schwester.« Er nahm seine Lederjacke und führte sie aus der Kanzlei.

Theo setzte den Wasserkessel auf und blickte auf den Nebel, der vom Plymouth Sound aufzog und den Fluss mitsamt den Brücken verhüllte. Ohne Grannies beruhigende Anwesenheit kam ihr die Wohnung leer vor. Theo warf einen Blick über die Schulter, voller Sehnsucht, sie in ihrem Sessel am Fenster sitzen zu sehen, doch der Sessel war leer. Theo ging hinüber und strich mit der Hand über die Lehne. Dort, wo ihre Großmutter jahrelang den Kopf angelehnt hatte, befand sich eine Vertiefung. Mein Gott, wie sehr sie Grannie vermisste! Nichts würde die Lücke füllen können. Sie nahm einen Bilderrahmen in die Hand und betrachtete das Foto ihrer Großmutter, die den fünfjährigen David an der Hand hielt. Vorsichtig strich sie mit dem Finger über die Aufnahme in der Hoffnung, die alte Dame spüren zu können.

Grannie hatte ihre Geheimnisse für sich bewahrt. Sie hatten nie an ihrer Geschichte gezweifelt. Sie war schlicht und einfach: Ihr Ehemann John, ein Kampfpilot im Zweiten Weltkrieg, war nicht zurückgekommen. Hatte Theos Vater diese Version hinterfragt? Sie schüttelte den Kopf. Der Reaktion ihrer Mutter nach zu urteilen, nicht.

Sie nahm die Teekanne, zwei Tassen und Untertassen aus dem Regal. In der ganzen Wohnung gab es nur einen Becher, und das war der, den David für Grannie getöpfert hatte. Laut Claire Pascoe schmeckte Tee besser aus gutem Porzellan. Dem konnte Theo nicht widersprechen, aber Becher waren nun einmal um einiges praktischer.

Sie sah erneut aus dem Fenster. Die Brücken über dem Fluss waren nicht mehr zu erkennen. Während sie die Kanne mit dem kochenden Wasser füllte, fragte sie sich unwillkürlich, ob es tatsächlich einen Kampfpiloten namens John gegeben hatte. Offenbar keinen John Pascoe. Hatte Grannie lediglich eine leidenschaftliche Nacht verbracht, aus der neun Monate später Thomas Pascoe hervorgegangen war? So etwas kam vor. Sie rief sich ihre Großmutter vor Augen. Eine hochgewachsene, elegante Frau, die die Haare stets zu einem ordentlichen Knoten im Nacken geschlungen trug. Ihr Lächeln ließ ihr Gesicht erstrahlen, vor allem ihre strahlend blauen Augen. Jedes Mal, wenn Theo sich nach ihrem Großvater erkundigte, hatte Claire wehmütig gelächelt. John existierte, wenn auch nur in Grannies Erinnerung.

Sie gab zwei gehäufte Löffel voll grünem Tee – Gunpowder – in die Teekanne. Grannie hatte die zu Kügelchen gerollten Blätter für ihren Nachmittagstee geliebt, und sie hatte stets ein Stück Kandiszucker hinzugefügt.

Theo nahm die silberne Zange und fragte sich, was um alles auf der Welt sie damit machen sollte. Heutzutage gab es Kandiszucker nur noch in Cafés und Hotels. Sie sah sich in der schmucken Küche ihrer Großmutter um. Die Arbeitsflächen waren leer, das Einzige, was darauf stand, war eine Rosenvase ohne Rosen. Wer war sie wirklich gewesen, diese Claire Pascoe mit ihrem blumengemusterten Porzellan, dem Gunpowder-Tee, der silbernen Zange und dem weißen Kandiszucker?

Während der Tee zog, ging Theo zurück ins Wohnzimmer zu dem Gemälde, das David so liebte. Es zeigte eine alte Brücke, die einen Fluss überspannte. Der Boden war sonnengesprenkelt, das Wasser funkelte. Theo musste an die Horsebridge denken. Sie trat näher, um das kleine Ölbild genauer zu betrachten, aber es waren nur die Brücke und der Fluss darauf zu erkennen, der genaue Ort blieb ein Geheimnis. Sie nahm es von der Wand, um nachzusehen, ob sie auf der Rückseite irgendwelche Informationen fand. Ein Aufkleber nannte die Galerie und den Preis, zu dem Grannie es erworben hatte. Hundert Pfund, vor vierzig Jahren. Sie musste es geliebt haben, denn Grannie hatte stets sorgfältig auf ihr Geld geachtet, war niemals geizig, aber wählerisch gewesen.

Theo machte mit dem Handy ein Foto und schickte es mit einer Nachricht an David, der morgen zur Beerdigung kommen wollte. Virginia würde nicht teilnehmen, worüber Theo aufrichtig erleichtert war. Inzwischen geriet jede Begegnung mit ihrer Mutter zu einer Art Kampf, auch wenn Theo selbst nicht mehr wusste, worüber oder worum sie eigentlich stritten.

Martin betrat das Wohnzimmer, reichte ihr eine Tasse

Tee und sagte: »Stell dir mal vor, du müsstest so etwas die ganze Zeit über verschweigen.«

Theo zuckte die Achseln. Mitunter war es eben besser, Dinge für sich zu behalten. »Ich denke, die Schande war ein triftiger Beweggrund.«

»Gott sei Dank hat sich das geändert.« Er öffnete den Sekretär und enthüllte all die kleinen Fächer und Schubladen, die sie als Kinder so geliebt hatten. »Passt der in dein Cottage?«

Sie nickte. »Bist du dir sicher, dass du ihn nicht haben möchtest?«

»Ich habe den von Dad.«

»Ja, richtig.« Bei dem Gedanken an ihren Vater musste sie lächeln.

Er legte einen Arm um ihre Schulter. »Möchtest du sie behalten?«

»Die Wohnung?« Sie kniff die Augen zusammen und sah sich um. Grannies Apartment hatte in etwa so viele Quadratmeter wie das Cottage. Alles befand sich auf einer Ebene, und die Verkehrsanbindung nach London war ausgezeichnet. »Willst du damit andeuten, dass ich alt werde?« Sie trat einen Schritt zurück und boxte ihn leicht gegen den Arm.

»Wenn du dir den Schuh anziehen willst …«

»Mistkerl.« Sie lachte. »Nein, ich möchte die Wohnung nicht behalten. Ich liebe mein Cottage.«

»Keine Heizung, kein heißes Wasser und nur in einem Raum Strom.« Er hob skeptisch eine Augenbraue und wandte sich dann zum Fenster. »Beide liegen am Tamar.«

»Das stimmt, aber ich liebe mein kleines Zuhause, auch ohne die Annehmlichkeiten, die hoffentlich noch kommen werden.«

Er sah sie an. »Du könntest hier wohnen, bis die Renovierungsarbeiten abgeschlossen sind.«

Sie betrachtete die gepflegte, in die Jahre gekommene Einrichtung und sehnte sich nach ihrer Holzvertäfelung und dem Rauschen des Flusses. »Nein danke. Aber du könntest das Apartment als Rückzugsort nutzen.«

Er schüttelte den Kopf. »Nicht nötig, vorausgesetzt, du hast ein Gästezimmer.«

Zusammen betraten sie Grannies Schlafzimmer. Theo öffnete das Schmuckkästchen auf dem Frisiertisch, wie sie es als Kind so oft getan hatte, fasziniert von dem glitzernden Inhalt. »Glaubst du, sie hat ein Foto von unserem Großvater?«

»Zwei Dumme, ein Gedanke.« Er grinste. »Du schaust hier nach, ich suche im Sekretär.«

Im Schmuckkästchen lagen eine wunderschöne Perlenkette, drei einzelne Strassohrringe, ein Armband, das Theo aus Muscheln für Grannie gebastelt hatte, sowie eine merkwürdige Haarnadel-Sammlung, außerdem ein schöner Schildpatt-Haarkamm. Jedes einzelne Stück erzählte die Geschichte einer Frau, die Theo geliebt hatte, mit all ihren Geheimnissen.

Ganz unten stieß sie auf den schmalen goldenen Ehering, den Grannie all die Jahre über getragen hatte. Sie nahm ihn heraus und drehte ihn in den Fingern. Vor fünfzehn Jahren hatte sie ihrer Großmutter geholfen, den Ring über ihre geschwollenen Fingerknöchel zu streifen. Was hatte sie damals noch gleich erwidert, als Theo vorschlug, ihn weiten zu lassen? »Dazu besteht kein Grund. Ich weiß, wer ich bin.«

Jetzt warf Theo einen Blick in den Spiegel über der Frisierkommode und sagte laut: »Du magst gewusst haben, wer du bist, aber du warst nicht ehrlich zu uns.« Seufzend legte sie den Ring zurück in das Kästchen. Das alles war schwerer, als sie erwartet hatte. Claire Pascoe hatte ein langes, erfülltes Leben geführt. Theo wünschte sich, es hätte noch länger gedauert, aber das war ein selbstsüchtiger Gedanke. Grannie war bereit gewesen, und hoffentlich war sie nun mit ihrem John vereint, wer immer er gewesen sein mochte.

Neben dem Schmuckkästchen stand ein gerahmtes Foto von Theos Eltern bei ihrer Hochzeit, daneben eins von Martin bei seiner Priesterweihe. Theo öffnete die Rahmen und nahm die Fotos heraus. Anstatt die Oberflächen vollzustellen, hatte Grannie einfach Foto auf Foto gelegt, wann immer ein neues dazugekommen war, und tatsächlich stieß sie in beiden Rahmen auf frühere Aufnahmen. Sie ließ sie auf der Kommode liegen, damit Martin sie betrachten konnte, dann drehte sie sich einmal um sich selbst und sah sich in dem schlicht möblierten Schlafzimmer um. Ein Doppelbett stand darin, ein Nachttisch, der Frisiertisch und eine Kommode. Theo überlegte, was sie über den Zweiten Weltkrieg wusste. Fast alles war rationiert gewesen, Papier eingeschlossen. Wenn es denn ein Foto gab, würde es klein sein.

Mit wenig Hoffnung durchsuchte sie die Schubladen der Kommode und versuchte, nicht in Tränen auszubrechen, als ihr der Duft ihrer Großmutter, Lavendel und Rose, in die Nase stieg. Ja, sie würde die Dinge aussortieren, aber weder heute noch morgen. Sie nahm einen schweren Seidenschal aus einer der Schubladen und ließ ihn durch die Finger gleiten. Die Farbe war ein wenig verblasst. Grannie hatte ihn oft getragen. Er verwandelte jede einfache Strickjacke in ein modisch elegantes Kleidungsstück. Theo legte ihn um ihre Schultern und betrachtete sich im Spiegel. Sie sah sowohl sich als auch ihre Großmutter. In ihrer Kehle bildete sich ein Kloß. Die Zeit verging wie im Flug. Sie wandte sich ab und schlenderte zum Nachttisch hinüber. In der Schublade lagen eine Bibel und ein Gebetbuch. Sie blätterte die Seiten durch, doch sie entdeckte nichts. Anschließend schüttelte sie die Kissen auf und strich mit der Hand über die Bettdecke.

Martin blieb in der Tür stehen und sah ihr zu. Erst letztes Jahr hatte sie Grannie geholfen, eine neue Matratze zu kaufen, doch das Bettgestell aus Holz war alt. Sie fuhr über das Kopfteil und dachte, dass sich das Bett gut im Boatman's Cottage machen würde. Sie brauchte ein Bett, das Feldbett war lediglich eine vorübergehende Lösung. Sie richtete sich auf und fragte: »Hast du etwas gefunden?«

Martin schüttelte den Kopf und verschränkte die Arme. »Ich bin auf mehrere alte Briefe von uns gestoßen, außerdem auf Fotos in Hülle und Fülle, aber alle erst aus Dads früher Kindheit.«

Sie legte den Kopf schräg. »Keine Aufnahmen von ihr als Kind?«

»Nein, keine einzige.«

»Glaubst du, man hat sie verstoßen?«, fragte Theo und betete gleichzeitig, dass dies nicht der Fall gewesen war.

»Das wäre eine Möglichkeit, allerdings gaben die meisten unverheirateten Frauen ihre Kinder damals zur Adoption frei«, sagte er.

»Das hat Grannie nicht getan.«

Martin lehnte sich gegen den Türrahmen und sagte: »Ich habe die Dokumente durchgesehen, die sie bei ihrem Anwalt hinterlegt hatte.«

»Und?«, fragte Theo.

»Das Wichtigste darunter waren ihre alten Pässe sowie die Geburtsurkunden von ihr und Dad.«

»Was steht darin?« Theo drängte sich an ihm vorbei ins Wohnzimmer und setzte sich an den Sekretär.

Martin folgte ihr. »Sieh selbst«, sagte er.

Sie zog ihre Lesebrille vom Kopf und schob sie auf die Nase, dann nahm sie die Geburtsurkunde ihres Dads zur Hand und suchte die Stelle, an der der Name seines Vaters hätte stehen sollen. In der entsprechenden Spalte stand »unbekannt«. Mit Sicherheit hatte Grannie doch gewusst, wer der Vater war.

»Ich habe schnell bei Google recherchiert. Man konnte den Namen des Vaters ohne dessen Unterschrift nicht in die Geburtsurkunde eintragen lassen.«

»Tatsächlich?«

Er nickte. »Das Gesetz wurde erst 1953 geändert.«

»Selbst wenn sie den Vater kannte, war es ihr nicht möglich, ihn erfassen zu lassen.« Theo strich mit der Fingerspitze über das Wort »unbekannt« auf dem Formular.

Martin zuckte die Achseln. »Wir vermuten ja nur, dass sie ihn kannte.«

Theo runzelte die Stirn.

»Es war Krieg. Dinge passierten, und nicht alle waren gut.«

Theo schüttelte den Kopf. »Grannie hat Dads Vater geliebt. Das hat sie mir mal gesagt.«

»Und du glaubst ihr, bei alldem, was wir nun wissen?«, fragte er.

»Ja, und du tust es auch«, beharrte sie.

»Dir kann ich wohl nichts vormachen.« Martin legte ihr

die Hand auf die Schulter. »Das konnte ich noch nie, obwohl ich es weiß Gott versucht habe.« Er tippte auf Grannies Geburtsurkunde. »Sie wurde in Truro geboren, beide Elternteile sind eingetragen.«

Theo betrachtete die Dokumente und versuchte, sich einen Reim darauf zu machen.

Martin schenkte ihr Tee nach. Mit einem Blick über die Schulter sagte er: »Fährst du bei dem Wetter nach Hause, oder bleibst du heute Nacht hier?«

Sie schaute aus dem großen Fenster in die weiße Nebelwand. »Ich fahre zum Boatman's Cottage. Katze wird mir niemals verzeihen, wenn ich nicht pünktlich wieder da bin, um ihr das versprochene Fisch-Trockenfutter zu kredenzen.«

»Dann trink aus und brich auf, solange es noch hell ist.«

»Das mache ich.« Gehorsam leerte sie ihre Tasse und stellte sie in die Küchenspüle.

»Heute Abend werde ich mir Fish & Chips besorgen und ein bisschen Ahnenforschung auf der Website von Ancestry.com betreiben. Mal sehen, vielleicht bringe ich etwas Licht ins Dunkel um die geheimnisvolle Claire Pascoe, bevor ich morgen die Trauerrede für sie halte.«

Theo lächelte. »Ich denke, du solltest wissen, dass sie ihren Whisky-Vorrat unter der Küchenspüle aufbewahrte.«

»Unter der Spüle? Vor wem hat sie ihn versteckt?«

»Gute Frage.« Sie stellte sich auf die Zehenspitzen und küsste ihn auf die Wange. »Bis morgen früh.«

»Ach, übrigens, ich finde es sehr freundlich von dir, dass du den Damen das Blumenarrangement morgen überlässt.«

Theo verdrehte die Augen. Sie hatte keine Wahl gehabt. Grannie war eine der Blumendamen in ihrer Gemeinde gewesen, und nun wollten die ihr die Ehre erweisen, was Theo ihnen nicht verwehren mochte. Auch wenn sie bestimmt nicht mehr so freundlich gesinnt wäre, wenn sie morgen das Ergebnis sah.

Kapitel 5

Bisher war der Tag von Grannies Beerdigung nicht so gelaufen wie erwartet. Zunächst einmal war da die tote Ratte, ein Geschenk von der Katze, die wegen der verspäteten gestrigen Trockenfutterlieferung offenbar glaubte, Theo müsse um Nahrung kämpfen. Dann war eine E-Mail von der Archivarin des Duke of Exeter eingegangen, die sie von der Ratte abgelenkt hatte. Die Archivarin schrieb, dass sie die Briefe liebend gern sehen würde. Sie könne bestätigen, dass ein gewisser Zachariah Carne in den Jahren 1913 und 1914 im Boatman's Cottage gelebt hatte. Er war Flussmeister gewesen, der Junior-Fischereibegleiter von Abbotswood, und er war nach dem Ersten Weltkrieg nicht auf das Anwesen zurückgekehrt.

Diese Auskunft hatte dazu geführt, dass sie verspätet in Grannies Wohnung eintraf. Deshalb war ihr keine ruhige Minute mit Martin oder David geblieben, die die Vorbereitungen für den kleinen Empfang nach der Beerdigung ohne ihre Hilfe getroffen hatten. Gleich nach ihrer Ankunft waren sie zum Gottesdienst in die St Stevens Church gefahren, dabei hatte sich Theo so viel von dem heutigen Tag erhofft, vor allem Zeit mit David. Beerdigungen führten nun einmal dazu, die Dinge ins rechte Licht zu rücken. Hoffentlich fühlte er sich nicht mehr ganz so unbehaglich wegen der

Scheidung, seit Piers' Tochter vor sechs Monaten zur Welt gekommen war.

Jetzt drehte sie sich um und beobachtete ihren Sohn, der soeben das letzte Mitglied der Trauergemeinde aus Grannies Wohnung führte. Er war wundervoll gewesen, hatte jedem Einzelnen aufmerksam zugehört, während sie eher zerstreut gewesen war. Ihre Gedanken pendelten zwischen Grannies Geheimnis, über das Martin gestern Abend auf der Ahnenforschungsseite womöglich etwas herausgefunden hatte, und Davids leicht reserviertem Verhalten ihr gegenüber hin und her.

Noch immer hielt sie die Zeitung umklammert, die ihr jemand in die Hände gedrückt hatte. Darin, so hatte man ihr mitgeteilt, stand der Nachruf auf Claire Pascoe. Jetzt legte sie die Ausgabe auf den Tisch, räumte die letzten Tassen ab und brachte sie in die Küche. Martin hatte bereits mit dem Abwasch begonnen. Sie nahm sich ein Tuch und fing an abzutrocknen.

»Ist doch gut gelaufen«, sagte ihr Bruder und warf ihr einen fragenden Blick zu.

Sie nickte. »Etwas ruhig vielleicht.«

»Wenn du das hohe Alter von hundert erreichst, werden auf deiner Beerdigung auch nicht viele einen Jig tanzen.« Er reichte ihr die Teekanne.

Sie lachte. »Das ist richtig, aber …«

»Das ist interessant.« David kam in die Küche marschiert, die Zeitung aufgeschlagen, die sie auf den Tisch gelegt hatte.

Theo sah ihn fragend an. »Grannies Nachruf?«

Er schüttelte den Kopf. »Nein, der Artikel über die nicht identifizierten sterblichen Überreste zweier Soldaten aus dem Ersten Weltkrieg, die man in Frankreich entdeckt hat.«

»Ein weiteres Geheimnis, das gelüftet werden muss«, sagte Martin, ließ das Wasser ablaufen und griff nach der Whiskyflasche unter der Spüle.

David deutete auf die Seite. »Vier Soldaten und ein Offizier der Leichten Infanterie des Duke of Cornwall wurden in der Gegend als gefallen gemeldet, aber nie gefunden.«

»Faszinierend«, sagte Martin und nahm drei Tumbler aus dem Schrank. Theo lächelte. Grannie hatte einen guten Single Malt Whisky geliebt. Bei ihr war Theo auf den Geschmack gekommen.

»Ja, es werden Angehörige gesucht, insbesondere direkte männliche Nachfahren, damit ein DNA-Abgleich vorgenommen werden kann«, teilte David ihnen mit. »Es wäre großartig, wenn die Männer unter ihren Namen bestattet werden könnten.«

Theo spähte über seine Schulter und überflog den Artikel. Ihr Herz machte einen Satz. Zachariah Carne. Sie deutete auf den Namen. »Der hier, Zachariah Carne, könnte der Flussmeister sein, der in meinem Cottage gewohnt hat.«

Martin reichte ihr ein Glas. »Nun, das ist interessant.«

»Und das hier«, sie tippte auf den Artikel, »könnte erklären, warum er nach dem Krieg nicht zurückgekehrt ist.«

David blickte zwischen den beiden hin und her. »Woher wisst ihr das alles?«

»Ich habe beim Saubermachen ein Bündel Briefe gefunden.« Theo zögerte, als sie an die aufgewühlten Gefühle in dem Brief dachte, den sie gelesen hatte, dann fuhr sie fort: »Der Manager vom Abbotswood Hotel hat mich an die Archivarin des Duke of Exeter verwiesen, dessen Vorfahren das Anwesen Anfang des neunzehnten Jahrhunderts errichtet haben.«

Martin ging zu der Tür, die in den Garten führte. »Es ist ein herrlicher Abend, wollen wir uns raussetzen?«

Theo und David folgten ihm. David reichte Martin die Zeitung.

»Hm, St Loy«, sagte Martin. »Ist das nicht die Familie, die Penhale besaß?«

»Penhale?«, hakte Theo nach.

»Ich erinnere mich, dass ich nach einem Besuch dort mit Grannie einen Artikel darüber gelesen habe. Es war eines der ersten Anwesen, die nach dem Zweiten Weltkrieg dem National Trust, der Organisation für Denkmalpflege und Naturschutz, überschrieben wurden.« Martin ließ die bernsteinfarbene Flüssigkeit in seinem Glas kreisen. »Grannie hat Penhale regelmäßig besucht.«

»Tatsächlich?« Theo erinnerte sich daran, dass sie vor Jahren einmal mit ihr dort gewesen war. »Das hat sie gar nicht erzählt.«

Martin nickte. »Die Kapelle hat ihr besonders gut gefallen.« Er hob das Glas. »Auf Grannie, die uns ein Rätsel ist.«

Theo hob ihr Glas. »Das kannst du laut sagen.«

»Was meint ihr damit?« David nahm einen Schluck Whisky.

Martin sah Theo an. »Soll ich ihm mitteilen, dass er von einer unehelichen Linie abstammt, oder willst du das übernehmen?«

Theo begegnete Martins fragendem Blick. »Du«, entschied sie und schlenderte ein paar Schritte durch den Garten, um die Aussicht zu genießen.

»Es sieht so aus, als hätte Grannie ihren Piloten nie geheiratet. Sie wurde als Claire Pascoe geboren, und sie ist Claire Pascoe geblieben.«

David lächelte. »Und das hat sie all die Jahre über geheim gehalten?«

»Hm. Mit Geheimnissen ist es so eine Sache. Nicht immer steckt etwas dahinter.« Martin zog eine Augenbraue in die Höhe.

»Ach, komm, Geheimnisse bewahrt man aus einem guten Grund.« David stand auf.

»Normalerweise denken die Menschen so, dabei bedeutet es lediglich, dass man der Wahrheit aus dem Weg geht.«

»Ist das schlimm?«, fragte Theo.

»Meiner Erfahrung nach ja. Geheimnisse schwären und werden im Verborgenen nur noch schlimmer.«

»Diese Erfahrung kommt zweifelsfrei aus dem Beichtstuhl.« David lachte. »Ich wette, du hast schon alles gehört.«

»Fast alles.« Martin legte den Kopf schräg und sah Theo an. »Licht auf die Dinge zu werfen scheint sie im ersten Moment schlimmer zu machen, doch sobald der erste Schock vorbei ist, findet sich in der Regel eine Lösung. Keinen von uns hätte es gekümmert, wenn Grannie verkündet hätte, dass sie nie mit ihrem Piloten verheiratet war.«

»Da hast du recht«, pflichtete Theo ihm bei. Sie blickte auf Grannies Wohnung und dachte an all die Fragen, die sie ihrer Großmutter gern gestellt hätte und die nun für immer unbeantwortet bleiben würden.

»Wir hätten sie trotzdem geliebt und gleichzeitig mehr über ihn und damit auch uns gewusst.« Martin nahm einen Schluck aus seinem Glas.

»Nun, sie hat ihn geliebt«, stellte David fest.

Theo wandte sich ihm zu. »Woher weißt du das?«

»Wenn ich bei ihr war, hat sie mir von ihrem Leben erzählt.« David grinste. »Und ich habe zugehört.«

Martin sah ihn neugierig an. »Vielleicht haben wir sie einfach nie danach gefragt … weil wir keine alten Kriegsgeschichten hören wollten.«

»Sie war ein Einzelkind, ihr Vater arbeitete als Anwalt.« David betrachtete den Whisky in seinem Glas. »Wohlgemerkt, sie hat nie erwähnt, dass sie ›ihren Piloten‹, wie ihr ihn nennt, nicht geheiratet hat. Sein Name war John, und er kam ebenfalls aus Cornwall. Dort haben sie sich wohl auch kennengelernt.«

Theo setzte sich wieder. »Wo?«

»Das ist echt krass!« David schüttelte den Kopf. »Ihr wisst ja gar nichts über sie.« Er stand auf und ging in die Küche, um sich nachzuschenken. »Oxford.«

»Grannie war also in Oxford.«

David nickte. »Sie hat zwei Jahre dort verbracht, dann kam der Krieg. John war ebenfalls in Oxford, aber zu jener Zeit waren sie nur Bekannte.«

»Wie sind sie sich wiederbegegnet?«, wollte Martin wissen.

»Sie haben sich in einem Londoner Nachtklub getroffen.« Er kam wieder heraus und setzte sich. »An den Namen kann ich mich nicht erinnern, aber sie wusste noch jedes einzelne Detail. Damals arbeitete sie für das Kriegsministerium, und er war Bomberkommandant.«

»Das passt zu dem, was sie uns mitgeteilt hat«, sagte Theo.

»Was hat sie dir sonst noch erzählt?«, fragte Martin.

»Nicht besonders viel, aber sie hatte ein wunderschönes Foto von ihrer Verlobung.«

»Wo ist es?« Theo wandte sich zum Wohnzimmer und ließ den Blick suchend durch die Scheibe schweifen.

David erhob sich. »Wo ist ihre Handtasche?«

»Ich habe sie neben das Bett gestellt, aber als ich gestern hineingeschaut habe, war kein Foto darin.« Sie hatte ein spitzengesäumtes Taschentuch, eine Busfahrkarte, die abgegriffene braune Ledergeldbörse und eine halbe Rolle extra starker Pfefferminzdrops gefunden. Es waren die Bonbons, die Theo gestern überwältigt hatten. Pfefferminz war Grannies Schwäche. Sie liebte die Bonbons, und Theo wusste, dass sie sich nie mehr als eins pro Tag gegönnt hatte – zweifelsohne ein Vermächtnis aus den Jahren der Rationierung.

David kehrte mit der Handtasche zurück, und Theo sah, wie er zielstrebig in die Seitentasche fasste und Grannies Busfahrkarte herauszog, die sie in einem hübschen, altmodischen, praktischen Lederetui verwahrte. Er klappte es auf. Die Fahrkarte, die Theo gestern schon gesehen hatte, kam zum Vorschein, doch David nahm sie heraus. »Hier. Ist das nicht ein umwerfendes Foto?« Er hielt die Aufnahme hoch. Theo sah ihre Großmutter als junge Frau, mit einem breiten Lächeln im Gesicht. Der gutaussehende Pilot an ihrer Seite hielt ihre Hand in die Höhe. Die Schwarz-Weiß-Fotografie war verblasst, die Züge unscharf, aber es ließ sich nicht leugnen, dass dieser Mann ihr Großvater war. Martin sah aus wie er. Am Finger ihrer Großmutter prangte unübersehbar ein Verlobungsring, der viel zu groß war für ihre schmale Hand.

David reichte ihr das Foto, und Theo setzte ihre Lesebrille auf, um einen genaueren Blick darauf zu werfen. Grannie trug die dunklen Haare offen und nach der damals aktuellen Mode aus dem Gesicht frisiert. Ihr tailliertes Kostüm betonte ihre schlanke Figur. John, ihr Verlobter, war in Uniform. Hinter ihnen sah man die Themse. Sie wirkten überglücklich.

Theo gab Martin das Foto und sagte: »Jetzt ist mir klar, von wem du deine Wangenknochen hast.«

Er lächelte und betrachtete eingehend das Foto. »Ich erinnere mich an den Ring«, sagte er nach einer Weile und blickte auf. »Sie hat ihn an einer Kette um den Hals getragen.«

»Ja.« Theo holte ihre Handtasche, in der sich der gefütterte Briefumschlag befand, den ihre Mutter ihr gestern in der Kanzlei zugeschoben hatte. Sie öffnete ihn und überflog den Brief des Bestatters. Die Goldkette glitt heraus, gefolgt von der Uhr und dem Ring, in dessen Mitte ein großer Smaragd prangte, flankiert von zwei Diamanten. »Hier.« Sie reichte ihn David.

Er drehte ihn in den Fingern. »Der muss eine Menge wert sein.«

Sie schüttelte den Kopf. »Die Steine sind nicht echt.«

»Weshalb sagst du das?«, fragte David.

»Ein Ring mit Steinen dieser Größe wäre ein kleines Vermögen wert.« Sie betrachtete wieder das Foto. »Er war Pilot, nicht irgendein Duke, deshalb denke ich, dass ein echter Ring für ihn unerschwinglich gewesen wäre.«

»Vielleicht war es der Ring seiner Großmutter«, gab David zu bedenken.

Theo lachte. »Wie meine Mutter gestern so schön sagte: ein protziger Strassring.« Sie legte sich die Kette mit dem Ring um den Nacken, der auf ihrem Herzen liegen blieb.

»Glaubst du, Grandpa wusste davon?«, fragte David.

Theo und Martin sahen einander an und antworteten wie aus einem Munde: »Nein.«

Die Uhr auf dem Kaminsims schlug die Stunde. David warf einen Blick auf seine Armbanduhr. »Tut mir leid, ich kann nicht bleiben, um euch mit der Wohnung zu helfen.«

»Das ist schon okay. Der Immobilienmakler kommt morgen früh, dann werden Martin und ich wissen, was zu tun ist.« Theo warf ihm ein liebevolles Lächeln zu.

»Danke für euer Verständnis; der Grund ist der, dass Dad momentan Vaterschaftsurlaub nimmt.« Er blickte auf seine Füße.

Theo ging zu ihm und nahm seine Hand. »Es ist wirklich in Ordnung, David. Ich verstehe das.«

Er warf ihr einen kurzen Blick zu. »Danke, Mum. Und jetzt muss ich los, wenn ich meinen Zug erwischen will.« Er trank den letzten Schluck Whisky, stellte das Glas ab und eilte zur Tür hinaus, bevor Theo noch ein Wort sagen konnte.

Als er weg war, wandte sich Theo Martin zu und fragte: »Was denkst du, geht es ihm gut?«

»Gib ihm Zeit«, erwiderte Martin nachdenklich.

Sie presste die Lippen zusammen.

»Du schaffst das. Er liebt dich, und du liebst ihn, aber er befindet sich in einer unangenehmen Situation.«

Theo nickte. Sie musste Geduld haben.

Fall Nr. 752

Status: offen

6. Mai 2019

Weitere Untersuchungen der sterblichen Überreste haben ergeben, dass es sich um zwei Männer von ungefähr 23 – 25 Jahren und einer Größe von etwa 1,80 m – 1,85 m handelt. Damit scheidet Benjamin Skewes aus, der zum Zeitpunkt seiner Einberufung 35 Jahre alt war.

Von den sterblichen Überresten wurden DNA-Proben genommen.

Die Familie von Samuel Lyons wurde kontaktiert und ein DNA-Test zugestellt.

Angehörige von William Bowman konnten bislang nicht ausfindig gemacht werden.

Captain Edmund St Loy, der Earl of St Loy, hatte einen Sohn, der im Zweiten Weltkrieg ohne Nachkommen starb. Wir nehmen Kontakt zu den Verwandten von St Loy auf.

Kapitel 6

Theo wärmte die Bärlauchsuppe auf, die sie gestern gekocht hatte, und schaute sich um. Es war noch gar nicht lange her, dass ihr dieser Ort fremd vorgekommen war, doch mittlerweile fühlte sie sich zu Hause in dem Raum mit dem Strauß Roter Waldnelken und Wiesenkerbel in einem Krug auf der Fensterbank und Grannies altem Küchentisch mitsamt den beiden Windsor-Stühlen, deren Sitzflächen abgenutzt waren und glänzten. Sie hatte die offenen Regale mit Grannies buntem Blumenporzellan bestückt, Davids Abschlussarbeit im Fach Kunst, von der Schulleitung bei der Zeugnisvergabe lobend erwähnt, zierte die große Wand, die Küche und Wohnzimmer voneinander trennte, was weitere Farbe und Fröhlichkeit in ihre neuen vier Wände brachte.

Grannies Wohnung hatte einen Käufer gefunden, ohne dass der Makler sie auf den Markt bringen musste, und jetzt füllten viele ihrer Besitztümer das Boatman's Cottage, als wären sie dafür gemacht worden, während sie in dem in den 1970er Jahren erbauten Apartment stets ein wenig fehl am Platz gewirkt hatten.

Theo fühlte sich lebendig in dem kleinen Haus, auch wenn sie nicht erklären konnte, warum. Fast hatte es den Anschein, als wäre sie über die Hälfte ihres Lebens schlafgewandelt, bis man sie buchstäblich ins kalte Wasser der

Realität gestoßen hatte, genau wie heute Morgen. Wenn es nach ihr ginge, konnte der neue Boiler gar nicht schnell genug kommen. Außerdem wäre es schön, wenn sie nicht länger Gayles Waschmaschine benutzen müsste.

Sie schüttete die Suppe in eine große Tasse und ging zur Hintertür hinaus, um nach dem kleinen Feuer zu sehen, das sie in ihrem zukünftigen Garten angezündet hatte. Eine dünne Rauchsäule stieg in die Luft. Der Boden rund um das Cottage war voller Frühlingsblumen. Es war Ende Mai, und der Bärlauch wetteiferte mit den Glockenblumen. Der penetrante Knoblauchgeruch kämpfte mit dem süßen Duft der kleinen blauen Glocken. Theo liebte beides. Die Waldveilchen und Primeln entlang der Wege waren fast schon verblüht. Heute Morgen hatte sie eine Ansammlung weißer Waldanemonen entdeckt. Ihr war das Herz aufgegangen. Jetzt, da der Baumchirurg wahre Wunder vollbracht, ausladende Äste zurückgeschnitten und mehrere mickrige Bäume gefällt hatte, konnte sie erkennen, wo früher der Garten gewesen war. Hinter dem Schuppen hatte sie beim Entfernen von Brombeergestrüpp ein kleines Ruderboot entdeckt. Sie würde nur noch herausfinden müssen, ob es auch wassertauglich war.

Mit Gayles Hilfe hatte sie ein Gewächshaus auf der Westseite des Boatman's Cottage für ihre Ableger und Setzlinge wiederhergerichtet, dann hatte sie ein Gartencenter geplündert und sämtliche heruntergesetzten, leicht beschädigten Pflanzgefäße hergeschafft. Dieses Jahr würde sie den Garten beobachten und herausfinden, was da war, bevor sie größere Veränderungen vornahm; im Sommer würde sie sich daher auf Topfpflanzen beschränken müssen.

Sie lehnte sich mit dem Rücken gegen die Hauswand,

leerte ihre Suppentasse und genoss die warme Sonne, die mittags auf das Cottage fiel. Anschließend kehrte sie in die Küche zurück und setzte den Wasserkessel auf. Wieder fiel ihr Blick auf die Metallkiste mit den Briefen. Jetzt, da die Erbschaftsangelegenheiten weitestgehend geregelt waren, hatte sie wieder Zeit, sich der Geschichte des Boatman's Cottage zuzuwenden. Mal sehen, was sie noch über diesen Ort in Erfahrung bringen konnte. Der Elektriker sollte in dieser Woche mit der Neuverkabelung beginnen und hatte vorgeschlagen, zu einem der Termine seine Mutter mitzubringen. Theo freute sich darauf, sie mit Fragen über das Cottage zu löchern. Heute Nachmittag wollte sie sich jedoch erst einmal das zweite Schlafzimmer vornehmen. Farbe hatte sie bereits besorgt.

Ihr Handy klingelte.

»Theo, ich bin froh, dass ich Sie erwische«, sagte Hugo. »Sind Sie zu Hause?«

Sie spähte aus dem Küchenfenster. »Ja.«

»Ich stecke in der Klemme – der Florist hat sich einen Magen-Darm-Infekt eingefangen.«

»Oh.« Theo nahm die Suppentasse von der Anrichte und stellte sie in die Spüle.

»Gayle hat erwähnt, dass Sie das beruflich gemacht haben.« Er räusperte sich.

»Ich … bin ziemlich eingerostet.« Sie hatte ihren Beruf schon zwei Jahre nicht mehr ausgeübt. Ihr Blick schweifte zu den Blumen auf der Fensterbank.

»Ich bin wirklich in der Zwickmühle. Heute Abend findet eine Goldene Hochzeit im Hotel statt.«

Theo holte tief Luft. »Womöglich bin ich dem nicht gewachsen.«

»Ich bin mir sicher, Sie schaffen das. Ich würde Sie nicht darum bitten, wenn die Gehilfin nicht die Nerven verloren hätte.«

Sie schloss für einen Moment die Augen. »Na gut. Und die Feier findet heute Abend statt?«

»Ja. Dic Blumen sind hier, genau wie die Pläne.«

»Ich komme.«

»Mit dem Boot?«, fragte er.

Sie lachte. »Eher nicht. Ich bin mir nicht sicher, ob das Boot, das ich gefunden habe, überhaupt schwimmtauglich ist.«

»Ich schicke Ihnen den Flussmeister mit einem von unseren Booten.«

»Okay.« Theo blickte auf ihre fleckige Trainingshose. Sie musste sich dringend umziehen, das Streichen des zweiten Schlafzimmers, was sie nun schon länger vor sich her schob, würde wohl bis morgen warten müssen. »Ich bin in zehn Minuten am Anleger.«

Wassertröpfchen sammelten sich auf den glänzenden Blättern des Kletterjasmins. Der Duft erinnerte sie an Paris im Juni. Theo machte einen Schritt zurück und gab sich der Erinnerung hin. Sie ging ihr unter die Haut, darum zwang sie sich, sich auf das Hier und Jetzt zu konzentrieren. Der Effekt des in voller Blüte stehenden Jasmins, der sich um einen Blumenbogen rankte, war atemberaubend. Er umhüllte den Eingang des Zelts, in dem die Jubiläumsfeier stattfinden sollte, mit seinem betörenden Duft. Fünfzig gemeinsame Jahre waren schon eine Leistung, dachte Theo.

»Hallo, meine Liebe«, sagte eine wohlklingende, wenngleich leicht heisere Stimme.

Theo drehte sich um und sah eine ältere Frau in einer frisch gebügelten weißen Bluse, mit einer klobigen silbernen Kette um den Hals. Ihr Haar war zeitlos kurz geschnitten; pure, mühelose Eleganz.

»Sind Sie die Floristin?«, erkundigte sie sich.

Theo lächelte. »Nein, nur die Aushilfe.«

»Ich habe Sie beobachtet, Sie sind keine Aushilfe.« Sie hielt kurz inne, um den Duft der Pflanzen einzuatmen. »Um ehrlich zu sein, kommen Sie mir bekannt vor.«

Theo legte den Kopf schräg. »Tatsächlich?«

»Ja.« Die Frau musterte sie. »Ich kann Sie allerdings nicht recht einordnen.«

»Das passiert mir oft«, erwiderte Theo lächelnd. »Ich bin Theo.«

Die alte Dame streckte ihr die Hand entgegen. »Jeanette.«

Theo nahm ihre Hand und betrachtete die leuchtenden Augen in Jeanettes wohlgeformtem Gesicht. »Ist das Ihre Goldene Hochzeit?«

»Um Himmels willen, nein. Meine Zwillingsschwester Sophie feiert, ich hätte es niemals so lange mit einem Mann ausgehalten.« Sie kicherte.

»Fünfzig Jahre sind schon eine beeindruckende Zeit«, stimmte Theo ihr zu.

»Sie haben sich in Paris kennengelernt. Ich habe dort als Model gearbeitet, und sie hat mich besucht. Obwohl – das ist nicht ganz richtig. Sie ist gekommen, um mich auf den Wunsch unserer Mutter hin auszuspionieren!«

»Um herauszufinden, ob Sie sich anständig benehmen?« Theo zog eine Augenbraue in die Höhe.

»Tja, ich musste sie enttäuschen.« Ihr Lachen kam aus tiefstem Innern und klang herrlich verrucht.

»Ach du liebe Güte!« Theo stimmte mit ein.

»Am ersten Abend stellte ich sie einem englischen Reporter vor, den ich kannte, der Rest ist Geschichte.«

»Und Sie?«, wollte Theo wissen und sicherte den Jasmin mit einem weiteren Binder.

»Nun, ich bin in Paris geblieben, dann bin ich nach New York und Rom gegangen.« Jeanette hielt sich ein blaues Veilchen an die Nase.

»Wegen der Liebe?«, fragte Theo.

»Ach, Liebe hatte ich jede Menge, aber nie von der Art, die die Langeweile des Alltags überlebt.« Man sah Jeanette an, dass sie ein intensives Leben geführt hatte. Am ausgeprägtesten waren ihre Lachfältchen.

»Ah, verstehe.« Und das tat Theo tatsächlich. Sie spürte Jeanettes Energie und sah den Schalk in ihren Augen tanzen.

Die alte Dame erwiderte Theos prüfenden Blick. »Ja, das kann ich mir vorstellen.« Sie blickte betont auffällig auf den Ringfinger von Theos linker Hand, an dem noch deutlich der Abdruck ihres Eherings zu erkennen war. »Alles wird gut, besser als vorher, das können Sie mir glauben.« Sie legte die Hand auf Theos Arm.

»Danke«, sagte Theo.

Vom Hotel aus winkte ihnen eine junge Frau. »Ich glaube, mein Dirty Martini wartet.«

»Genießen Sie ihn.« Theo lächelte.

»Oh, das habe ich vor … Und denken Sie daran: Es ist alles eine Frage der Einstellung.«

Theo ging ins Zelt und widmete sich der vor ihr liegenden Aufgabe. Mit ein bisschen Glück würde sie bald fertig sein und könnte mit dem Dekorieren des Zeltinnenraums beginnen.

Als Theo zum Fluss zurückschlenderte, gesellte sich Jeanette zu ihr. Theo blieb stehen und fragte: »War der Dirty Martini schmutzig genug?«

»Das war er.« Die Krähenfüße um Jeanettes funkelnde Augen wurden tiefer.

»Ich kann mich gar nicht mehr daran erinnern, wann ich das letzte Mal einen Martini getrunken habe.« Theo seufzte.

»Nun, das ist eine Todsünde.«

Theo lachte. »Da fallen mir aber noch ein paar andere Sünden ein.«

Jeanette hakte sich verschwörerisch bei ihr ein und zog sie mit sich. »Das klingt nach einem interessanten Auftakt.«

»Auftakt?« Theo zog fragend eine Augenbraue hoch.

Jeanette nickte lächelnd. »Dem Auftakt unserer Bekanntschaft. Wir stehen am Beginn einer wunderbaren Freundschaft.« Sie hob die Schultern und schauderte leicht. »Das spüre ich in meinen Knochen.« Sie blieb stehen und wandte sich dem Fluss zu. »Sie wollten mit diesem kleinen Boot übersetzen?«

»Ja.« Theo hatte dem Flussmeister mitgeteilt, dass sie gern auf eigene Faust zurückrudern würde, wenn er damit einverstanden sei. Er hatte sie von oben bis unten gemustert, als wollte er ihre Ruderfertigkeiten abschätzen, und ihr dann gestattet, es zu versuchen.

»Sehen Sie, Ihr Leben ist bereits faszinierend«, sagte die alte Dame und deutete mit einer anmutigen Handbewegung auf den Fluss, fast wie eine Tänzerin.

»Inwiefern?« Theo krauste die Nase. Prosaisch, das mochte zutreffen, »faszinierend« dagegen eher weniger, es sei denn, kein heißes Wasser zu haben fiel in diese Kategorie.

»Sie überqueren einen magischen Fluss, ohne sich etwas dabei zu denken.«

Der Tamar glitzerte im Licht der Nachmittagssonne und reflektierte den hellblauen Himmel und die frischen grünen Blätter an den Bäumen entlang des kornischen Ufers.

»Magisch?«, fragte Theo.

»Kennen Sie nicht die Legende der Tamara, nach der der Fluss benannt ist?«

Theo schüttelte den Kopf. Sie sah nicht die Magie, sondern die starke Strömung des Wassers. Sie würde ordentlich Kraft aufbringen müssen, um flussaufwärts zu dem kleinen Anleger zu rudern. Jetzt machte sie das Boot los und hielt die Leine fest. Das Boot zerrte daran, als spürte es die Freiheit.

»Es war einmal eine Nymphe, die den Sonnenschein liebte.« Jeanette wedelte mit der Hand. »Sie war so wunderschön, dass sich zwei von ihren Eltern gefürchtete Riesen in sie verliebten. Die Riesen hießen Tawridge und Tavy. Sie tollte mit ihnen herum und weigerte sich, in die dunkle Höhle zurückzukehren, zu ihren Eltern, die fürchteten, sie würde einen von den beiden Riesen heiraten.«

Theo zog das Boot zurück ans Ufer und stellte sich die verzauberte Welt vor, die Jeanettes Worte heraufbeschworen.

»Eines Tages saß Tamara zwischen den Riesen. Ermüdet vom Spiel, schliefen sie ein. So fanden sie ihre Eltern.«

»Und die zwei griffen ein«, stellte Theo fest.

Jeanette nickte. »Da sie auf keinen Fall wollten, dass ihre geliebte Tochter einen ihrer Feinde ehelichte, verwandelten sie sie in einen Fluss. Ihre Tränen vermischten sich mit dem Wasser, das auf ewig ins Meer strömte.« Jeanette bückte sich und ließ die Hand durch den Tamar gleiten. »Ein Fluss aus Tränen.«

»Was ist mit den Riesen passiert?«, wollte Theo wissen und schlang die Bootsleine fester um ihre Hand.

»Tavy wachte als Erster auf. Verzweifelt wandte er sich an seinen Vater, der Verständnis für ihn hatte und ihn ebenfalls in einen Fluss verwandelte, einen Fluss, der für immer neben seiner Liebe floss, ohne sie jemals zu berühren.«

»Und was war mit dem anderen?«

»Tawridge wachte später auf und lief zu einem Zauberer, der auch ihn zu einem Strom machte, doch in seiner Eile schlug er die falsche Richtung ein, die ihn von seiner Geliebten wegführte.«

Die Sonne kam hinter einer Wolke hervor. Theo blinzelte. »Der arme Kerl.«

»Sehen Sie nun, wie magisch der Tamar ist?« Jeanette lächelte.

Gegenüber am kornischen Ufer fielen die Sonnenstrahlen auf einzelne Flecken tief violetter Glockenblumen, die ihre Blütenkelche weit öffneten. »Ja«, sagte Theo. »Das ist ein ganz besonderer Ort.«

»Gut möglich, dass dort Feen leben«, überlegte Jeanette.

Theo lachte und dachte an ihr kleines Cottage, in dem es nur heißes Wasser gab, wenn sie es im Kessel erhitzte. »Sonderlich glamourös ist er allerdings nicht.«

Jeanette zuckte die Achseln. »Wer braucht schon Glamour? Was Sie jetzt brauchen, sind Abwechslung und Zufriedenheit.«

»Nun, Abwechslung hatte ich zur Genüge, und an der Zufriedenheit arbeite ich.«

»Freut mich zu hören«, erwiderte Jeanette.

»Ich wohne im Boatman's Cottage auf der anderen Seite des Flusses. Es liegt gleich da drüben, außer Sichtweite, dort, wo der Hang ansteigt.« Sie dachte eine Sekunde nach, dann fragte sie: »Möchten Sie es gern sehen?«

»Ich dachte schon, Sie fragen nie.« Jeanettes Lachfältchen wurden tiefer.

Theo half ihr ins Boot, dann kletterte sie selbst hinein und löste die Leine. Sie trieben vom Ufer weg. Theo spürte die Kraft der Strömung, doch als sie sich in die Ruder legte, bewegte sich das Boot zum Glück flussaufwärts. Es dauerte nicht lange, und sie konnte es am Anleger festmachen.

Theo wandte sich an ihren Gast. »Bitte folgen Sie mir, und passen Sie auf, wo Sie hintreten.«

Schweigend gingen sie den schmalen, von Glockenblumen gesäumten Pfad entlang, der zum Cottage führte. Der warme Wind wehte ihnen den schweren Duft in die Nase. Theo fühlte sich so leicht wie die weiße Feder, die sie aus einem der Baumwipfel schweben sah. Jeanette hob sie auf und reichte sie Theo. »Sie hatten Besuch.«

Theo sah sie fragend an.

»Ein Engel ist hier entlanggegangen.« Jeanette sah sich um, dann fügte sie hinzu: »Und die Liebe ebenfalls.«

Theo blieb stehen und betrachtete das steinerne Cottage mit dem dunklen Schieferdach. Ihr Blick blieb an dem Fenster neben der Tür hängen. A und Z. Die wunderschön verschlungenen Buchstaben. Darunter, auf dem Fenstervorsprung, saß die Katze. Seit sie damit begonnen hatte, Theo geköpfte Kleintiere zum Geschenk zu machen, hatte Theo beschlossen, kein Fenster aufzulassen, durch das die Katze namens Katze ins Haus klettern konnte. Alles, was die Katze tat, wirkte irgendwie gemächlich, selbst das Jagen.

Sie legte sich einfach in die Glockenblumen und wartete so lange, bis ein nichts ahnendes Wesen an ihr vorbeikam. Der Rest erledigte sich sozusagen von allein.

Theo öffnete die Tür und sagte: »Willkommen in meinem kleinen Zuhause.«

»Ich habe mich immer gefragt, was daraus geworden ist.« Jeanette strich über den Türrahmen.

»Sie kennen das Cottage?«, fragte Theo.

»O ja, ich habe hier viele Sommer mit meiner Familie verbracht.«

Theo sah sie verblüfft an. Jeanette hätte fast alles sagen können, und sie wäre nicht allzu überrascht gewesen, aber damit hatte sie nicht gerechnet.

Die Katze strich jetzt um Jeanettes Beine. Theo holte tief Luft und versuchte, das Cottage mit Jeanettes Augen zu betrachten. Die beiden Sessel von Grannie, die neben dem Kamin standen, waren im Augenblick noch in weiße Überwürfe gehüllt. Außerdem gab es die große Ottomane, bedeckt mit einem türkischen Teppich, den die Katze für sich beanspruchte.

»Ich habe mich gefragt, wer das Cottage wohl gekauft hat.« Jeanette hob die Katze hoch und ging zum Kamin, wo sie stehen blieb und über den Sturz strich, als wäre er ihr Geliebter.

Sie wandte sich zum Fenster und sagte: »Ameisenbär und Zebra.«

»Was?«, fragte Theo.

Jeanette lachte das heisere Lachen einer Frau, die jahrelang zwei Schachteln am Tag geraucht hatte. »Meine Zwillingsschwester und ich haben uns eine Liebesgeschichte zwischen einem Ameisenbär und einem Zebra ausgedacht.«

Ihre Fingerspitzen berührten die Buchstaben. »Aber die Wahrheit ist weitaus bewegender.«

»Es tut mir leid, ich kann Ihnen nicht folgen.« Theo schüttelte verwirrt den Kopf.

»Entschuldigung.« Die alte Dame lächelte. »Ich nehme nicht an, dass Sie mir etwas zu trinken anbieten, damit ich Ihnen eine Geschichte erzählen kann?«

»Aber selbstverständlich. Tee?«

»Vielleicht etwas Stärkeres.« Jeanette nahm auf einem der Sessel Platz, während sich Theo verblüfft auf die Suche nach ihrem guten Whisky machte. Kurz darauf kehrte sie, mit zwei Gläsern bewaffnet, zu Jeanette zurück. Die Katze lag zusammengerollt auf dem Schoß der alten Dame und schnurrte. Jeanette hielt einen Brief aus der Metallkiste in der Hand.

Als sie Theo kommen hörte, blickte sie auf. »Sie haben die Briefe entdeckt?«

Theo nickte.

»Ich dachte, sie wären verschwunden, nachdem wir sie zurückgelegt hatten.« Sie hielt den dünnen Papierbogen hoch. »Die ungeöffneten durften wir nicht aufmachen. Das hat uns meine Mutter verboten. Sie jetzt zu lesen – mein Gott, was für ein Leid!« Jeanette räusperte sich und fing an vorzulesen.

30. Juli 1916

Meine dunkle Lady,

die Vögel mögen singen, aber ich höre sie nicht. Ich habe alles Schöne ausgesperrt, allein das Lärmen der Gewehre und die Schreie der sterbenden Männer dringen in meine Gedanken vor. Es passt zu dem, wie ich mich fühle. Wie konnte ich in eine solche Situation geraten? Ich wusste von Anfang an, dass wir nicht füreinander bestimmt waren. Es bestand nie die Möglichkeit, dass es hätte funktionieren können. Dass wir hätten fliehen können. Das war immer nur ein Traum.

Genau wie die Träume, die ich als Junge hatte, wenn ich Dein Pferd führte und fantasierte, dass Du meine Freundin wärst, nicht seine. Doch das Herz hört nicht auf den Verstand. Liebe besiegt nicht alles.

Ich versuche, nicht an Dich zu denken, aber auch wenn ich mich verausgabe, bis mein Körper nicht mehr kann, ist meine Seele erfüllt von Dir. Der Schlaf bringt keine Erleichterung, genauso wenig wie die Langeweile während der endlosen Stunden, in denen wir nichts anderes tun können, als die Käfer zu beobachten, die über den Boden des Schützengrabens krabbeln. Ich genieße harte körperliche Arbeit, möchte spüren, wie sich mein Rücken beim Graben verspannt und meine Hände Blasen bekommen.

Alles, was mich davon abhält, an Deine Haut, den Geschmack Deiner Lippen, die Laute Deiner Lust zu denken. Im Flüstern des Windes höre ich Dein Lachen. Im Flug eines Falken sehe ich Deine Anmut. Die Natur gönnt mir keine Atempause. Ich fand Dich im Wald, wie Du durch die verblühenden Glockenblumen und den sprießenden Fingerhut spaziertest. Wie wütend Du damals warst über diese ungerechte Verbannung ins Paradies. Ja, es ist ein Paradies, nicht die Hölle, für die Du es gehalten hast. Die Hölle ist hier. Meine Großmutter pflegte zu sagen, es sei die Hölle, von denen ferngehalten zu werden, die man liebt. Hier, in diesem Schützengraben, liege ich mit meinem Bruder, doch ich bin fern von Dir.

Der Schlamm ist tief, die Langeweile unbarmherzig, und man hält mich von Dir fern. Ganz gleich, was ich tue, ich werde nie mehr bei Dir sein können. Dafür hast Du gesorgt. Du hast ihn geheiratet. Er geht an mir vorbei, und ich sehe sein Mitleid. Also ja, ich bin in der Hölle, nur dass es hier kein Fegefeuer gibt. Die Flammen versengen mich in der Nacht, wenn ich träume. Unsere Leidenschaft verzehrt mich.

Ich habe den Bleistift abgeleckt, das Blei schmeckt bitter. Auch die Worte, die ich schreibe, sind bitter. Ich bin ein Narr, und ich lebe, um die Befehle des Ehemanns meiner Geliebten auszuführen. Warum er? Ich verstehe es nicht.

Z

Jeanettes Hand zitterte, als sie den Brief sinken ließ. Theo blieb stehen, ohne die Gläser abzustellen. Irgendwann setzte sie sich in Bewegung und reichte Jeanette das großzügig gefüllte Glas.

»Das kann ich gut gebrauchen.« Jeanette hielt den Tumbler ins Licht.

»Ich auch. Wissen Sie, wer er ist?«, fragte Theo.

Jeanette schüttelte den Kopf. »Meine Mutter wusste es.« Sie blickte auf die Scheibe mit den ineinander verschlungenen Buchstaben und nahm einen großen Schluck Whisky. »Deshalb hat sie uns ausgeschimpft und angewiesen, die Briefe zurückzulegen.«

»Wie kam es dazu, dass Sie hier Ferien gemacht haben?« Theo setzte sich auf den Sessel ihr gegenüber.

Jeanette lächelte. »Oh, meine Mutter war die jüngste Tochter des zehnten Duke of Exeter, und als Geld für das Anwesen benötigt wurde, standen Teile davon zum Verkauf. Sie hat das Boatman's Cottage erworben.«

»Dann habe ich es Ihnen abgekauft?«

»In gewisser Hinsicht ja.« Die alte Dame nickte. »Das Cottage und einiges andere waren in einen komplizierten Treuhandfonds eingebunden, der erst kürzlich aufgelöst wurde, daher der Verkauf.«

»Verstehe.«

Kopfschüttelnd entgegnete Jeanette: »Das glaube ich kaum. Es hat Jahre gedauert, bis ich alles geklärt hatte. Ihr Vermögen entpuppte sich als so komplex wie ihr Leben.«

»Inwiefern?« Theo sah Jeanette neugierig an.

Die alte Dame schnaubte. »Nun, zunächst einmal ist da die Tatsache, dass sie das hohe Alter von hundertvier erreicht hat.«

»Wow.«

»Bis zum Schluss war sie voll dabei.« Jeanette lächelte. »Und jetzt zeigen Sie mir, was Sie aus dem Ort gemacht haben.«

Theo stand auf. »›Nicht viel‹, lautet die simple Antwort, aber ich führe Sie trotzdem gern herum.«

»Wunderbar.« Jeanette erhob sich eilig und schreckte die Katze auf, die abrupte Bewegungen gar nicht schätzte. »Was haben Sie mit diesem Raum vor?«

»Abgesehen davon, ein kleines Sofa hineinzustellen und eine Heizung zu installieren, eigentlich nichts.«

»Würde ich auch so machen«, pflichtete Jeanette ihr bei.

Gemeinsam gingen sie in die Küche. Theo schaltete das Licht an. Jeanette sah sich um.

»Hier muss ja einiges auf einen neueren Stand gebracht werden.«

»Leider.« Theo holte tief Luft und dachte an die vor ihr liegenden Arbeiten, aller Wahrscheinlichkeit nach ein nervenaufreibendes Unterfangen.

Jeanette musterte Theo eingehend. »Sie erinnern mich an jemanden, den ich kenne, aber ich kann Sie nicht einordnen. Anders als bei meiner Mutter lässt mein Gedächtnis nach. Auch wenn das Leben meiner Mutter außergewöhnlich war, sehr außergewöhnlich für ihre Zeit, habe ich es doch ein bisschen mehr krachen lassen – was mich vermutlich ein paar meiner Gehirnzellen gekostet hat.« Sie lächelte verschmitzt, dann fügte sie hinzu: »Ich glaube allerdings, das war es wert.«

»Darauf wette ich.« Theo grinste.

»Ich hoffe, Sie haben das Leben in vollen Zügen ausgekostet.« Sie trat näher an Theo heran, so nah, dass diese dem Drang widerstehen musste zurückzuweichen. »Hm, es ist ja noch Zeit.« Schmunzelnd wandte sich Jeanette ab und betrachtete nun Davids Gemälde. »Es ist schön und sehr, sehr gut.«

Theo nickte und dachte an das Talent, das ungenutzt in ihrem Sohn schlummerte. Wann hatte David zum letzten Mal einen Pinsel zur Hand genommen? Bestimmt nicht mehr, seit er sich mehr oder weniger allein um das Unternehmen kümmerte, weil Piers noch einmal Vater geworden war. Der Klang von Grannies Uhr hallte zu ihnen herüber.

»Mein Gott, ist es schon so spät?« Jeanette warf erschrocken einen Blick auf ihre Armbanduhr.

»Ich fürchte, ja.«

»Ist es wohl möglich, dass Sie mich übersetzen?«

Theo nickte. Gemeinsam gingen sie hinaus in den wundervollen Abend. Als Theo sich in die Ruder legte, war sie fest davon überzeugt, dass ihre Muskeln sie morgen an all das erinnern würden, was sie heute erlebt hatte.

Kapitel 7

Theo antwortete auf Davids Textnachricht, in der er sich nach ihrem Befinden erkundigte, dann räumte sie sämtliche Sachen aus dem Weg, damit der Elektriker freie Bahn hatte, und warf zum Schluss einen Blick auf die Metallkiste. Jeanette hatte ihr nicht erzählt, was sie über A und Z und die Geschichte des Cottage wusste, aber sie hatten sich für heute Nachmittag verabredet. Theo konnte nicht sagen, wen sie sehnlicher erwartete: den Elektriker oder Jeanette.

In der Küche setzte sie den Wasserkessel auf und füllte eine Thermoskanne mit Kaffee und eine mit Tee. Hoffentlich würde das für sie und ihren Besuch reichen, solange der Strom abgestellt war! Auf einem hiesigen Bauernhof hatte sie hausgemachten Kuchen besorgt. Nun stellte sie alles zusammen auf den Wohnzimmertisch und richtete die Iris in dem Einmachglas, das sie zuvor dort hineingestellt hatte. Die Blumen stammten ebenfalls vom Bauernhof. Theo hatte herausgefunden, dass die Bauersleute kommerziell Blumen pflanzten, so wie es in der Vergangenheit viele Höfe im Tamar Valley getan hatten. Auf dem Markt boten sie außerdem Äpfel, Kirschen, Pfirsiche und natürlich Narzissen an.

Vielleicht könnte sie mit ihnen zusammenarbeiten, sobald sie mit den Renovierungsarbeiten in Cottage und Garten fertig war. Sie konnte sich gut vorstellen, Kurse zu geben; allerdings war sie sich nicht sicher, ob sie Lust verspürte, Blumenarrangements für Hochzeiten und andere Events anzubieten. Jahrelang hatte ihr so etwas große Freude bereitet, aber jetzt, nach zwei Jahren, war sie ein wenig aus der Übung und wusste nicht, ob sie noch gut genug darin war. Ständig meldeten sich Zweifel.

Ihr Handy klingelte. »Hallo, Martin.«

»Ich rufe nur an, weil ich wissen möchte, ob es dir in der Wildnis gut geht.« Er lachte.

»Ich lebe noch, und das Beste ist: Das gesamte Cottage wird entweder noch heute, aber spätestens morgen Strom haben!« Sie sah sich im Wohnzimmer um. Das Kerzenlicht war schön, aber damit konnte sie am Abend kaum lesen. Sie hatte zwei wundervolle Lampen entdeckt, die aus einem alten Kandelaber gefertigt waren. Sie hatte das Messing poliert und konnte kaum erwarten, es im Glanz des elektrischen Lichts zu sehen.

»Großartig. Dann kann ich dich ja jetzt besuchen.«

»Brauchst du Elektrizität, um das zu tun?« Theo ging in die Küche.

»Ja, außerdem heißes Wasser und WLAN.«

Sie lachte. »Träum weiter.«

»Brauche ich ein Zelt?«, wollte er wissen.

»So schlimm ist es nun auch wieder nicht. Aber eins nach dem anderen: erst der Elektriker, anschließend der Heizungsmonteur.« Sie hielt kurz inne, dann fragte sie: »Und, was hast du in letzter Zeit so gemacht?«

»Ich habe für den Sommer mit dem Unterrichten für das Priesterseminar abgeschlossen und werde nun Amateur-Ahnenforscher.«

»Wirklich?«, fragte sie ungläubig.

»Ja. Ich habe etwas über Grannie, ihre Eltern und ihr kornisches Erbe herausgefunden.«

»Brillant.« Sie ging zur Hintertür hinaus und sah nach ihren Pflanzen.

»Und ich habe einen DNA-Test gemacht.«

Theo blieb stehen. »Großer Gott, warum das denn?«

»Einem meiner Kollegen ist es auf diese Weise gelungen, seine leiblichen Eltern ausfindig zu machen.«

»Du bist auf der Suche nach John?« Sie goss die Pflanzen und knipste die Petersilie aus, die bereits zu blühen anfing. »Dürfte schwierig werden ohne Nachnamen.«

»Mal sehen.«

»Ist das wirklich möglich?«

»Ja und nein. Passt es dir, wenn ich morgen vorbeikomme?«

»Selbstverständlich.« Sie stellte einen umgekippten Blumentopf auf. »Ich habe das Gästezimmer aber noch nicht gestrichen.«

»Dann zelte ich eben.«

»Nicht nötig. Du hast ein Bett und ein Dach über dem Kopf.«

»Dann bis morgen Nachmittag.« Sie hörte ein Piepsen und stellte fest, dass ihr Akku zur Neige ging. In der Küche steckte sie das Handy an die Station, um es zu laden, bis der Elektriker kam. Sie hätte gestern Abend daran denken sollen.

Die Sonne war rausgekommen, und Theo saß mit Mrs Thompson, Gayles Großmutter, draußen vor dem Haus. Mrs Thompson war eine reizende alte Dame, weniger reizend dagegen war der Lärm, den ihr Sohn und sein Gehilfe im Haus veranstalteten. Immer wieder wurde Theo abgelenkt, weil Rich sie fragte, ob er die Holzvertäfelung aufschlitzen dürfe, um die Kabel zu ziehen, da dies die einfachste und kostengünstigste Möglichkeit sei. Jedes Mal schüttelte sie den Kopf. Die Vertäfelung sollte auf keinen Fall Schaden nehmen.

Dies führte zu einer langen Diskussion darüber, wie der Strom ins Wohnzimmer kommen sollte. Eine Möglichkeit bestand darin, die Kabel vom Schlafzimmer aus durch die Decke ins Wohnzimmer zu verlegen, eine andere, den Fußboden aufzustemmen. Sie erkundigte sich nach den voraussichtlichen Kosten und den zu erwartenden Resultaten. Bis sie einen neuerlichen Voranschlag erstellt hatten, so lautete Theos Vorschlag, sollten sie zunächst den Hauswirtschaftsraum, das Bad und die Schlafzimmer in Angriff nehmen und anschließend Außensteckdosen verlegen, um den angrenzenden Schuppen und das geplante Gewächshaus mit Strom zu versorgen.

Als Rich Thompson und sein Gehilfe sich wieder an die Arbeit machten, schenkte sie Tee nach, schlug einen Notizblock auf und fragte Mrs Thompson nach ihren Erinnerungen an das Cottage und die Arbeit im großen Haus.

Die Frau lächelte. »Als ich dort tätig war, gehörte das Cottage nicht zum Haupthaus. Es befand sich im Besitz von Lady Constance.« Sie zog vielsagend eine Augenbraue in die Höhe.

»War das ein Problem?«, wollte Theo wissen, die nicht ganz verstand, was Gayles Großmutter andeuten wollte.

»Aber nein. Allerdings war Lady Constance so etwas wie das schwarze Schaf in der Familie.« Ein Lächeln umspielte die Lippen der alten Dame.

Theo dachte an Jeanette und lächelte bei dem Gedanken, dass der Apfel vermutlich nicht weit vom Stamm fiel. »Was Sie nicht sagen.«

»Na ja, sie hat nie geheiratet.« Mrs Thompson stellte ihre Teetasse ab.

»Verstehe.« Wenn sie ehrlich war, verstand sie gar nichts.

»Nun, das kann ich mir nicht vorstellen, denn sie lebte mit einer anderen Frau zusammen.«

»Oh.« Das musste zu jener Zeit absolut ungewöhnlich gewesen sein. Wer war Jeanettes Vater?

»Es wurde viel über Lady Constance geredet, wenn die Familie dachte, das Personal würde nichts mitbekommen, aber natürlich war das nicht der Fall. Ihr Bruder, Francis Neville, der elfte Duke, hat sie vergöttert, was seiner Frau gar nicht gefiel. Lady Constance ging Mitte der 1920er Jahre nach Oxford, zusammen mit ihrer Gefährtin. Sie wurde eine Schmetterlingsexpertin.«

»Beeindruckend. Und ihre Töchter?«

»Wir haben nie erfahren, wer der Vater war. Er ist nie aufgetaucht, wenn Lady Constance im Sommer mit ihrer Familie hier Urlaub machte.«

Sie würde Jeanette nach ihrem Vater fragen müssen. Mit einem Blick auf das Cottage erkundigte Theo sich: »Fällt Ihnen noch etwas zu dem Haus ein?« Sie deutete auf die Scheibe mit den eingravierten Buchstaben.

»Nein.« Mrs Thompson schüttelte lächelnd den Kopf. »Die Nevilles waren gute Arbeitgeber. Ich war traurig, als sie das Anwesen verkauften. Das Fischereisyndikat hat es für eine Weile übernommen.«

»Haben Sie weiterhin dort gearbeitet?«, erkundigte sich Theo.

»Nein, ich habe kurz darauf geheiratet und hatte genug um die Ohren. Sind Sie verheiratet?«

»Ich war es.« Theo ließ den Stift sinken.

»Verwitwet?«

Theo schüttelte den Kopf.

»Schlechte Partie gemacht, was?«

Theo lachte. »Ich glaube, er würde es eher umgekehrt sehen.«

»Das tun sie immer, meine Liebe. Sie schieben den Frauen stets die Schuld zu, dabei braucht es zwei, um eine Ehe zum Scheitern zu bringen.« Ihr Sohn kam aus dem Cottage, gefolgt von seinem Gehilfen. Mrs Thompson stand auf.

»Heute können wir nichts weiter tun«, erklärte Rich. »Ich benötige ein paar Dinge und muss erst einmal die Kosten für Sie zusammenrechnen.«

»Habe ich denn Strom?«

Rich nickte. »Ja, in der Küche, wie zuvor.«

Mrs Thompson legte eine Hand auf Theos Arm. »Meine Mutter war während des Ersten Weltkriegs Kammerzofe in Abbotswood.«

Theo hob erstaunt den Kopf.

»Sie hat nicht viel aus dieser Zeit erzählt, denn man bezichtigte sie des Diebstahls.«

»Sie soll gestohlen haben?«

»Ja. Aber das stimmte nicht, und zum Glück fand Lady Alice heraus, dass man sie zu Unrecht beschuldigt hatte. Sie brachte sie nach Penhale und sorgte dafür, dass es ihr gut ging.«

»Lady Alice? Die Schwester von Lady Constance?«

Mrs Thompson schüttelte den Kopf. »Die Cousine. Es muss irgendeinen Skandal um sie gegeben haben, doch darüber hat meine Mutter nie gesprochen. Sie hielt große Stücke auf Lady Alice.« Sie hakte sich bei ihrem Sohn unter und ließ sich von ihm zum Wagen führen. Er half ihr beim Einsteigen und schlug die Tür zu.

»Vielen Dank!«, rief Theo winkend, dann kehrte sie ins Haus zurück und begutachtete die Elektroarbeiten. Nach dem Gespräch mit Mrs Thompson war sie noch verwirrter als zuvor. Wer war diese Lady Alice, und in was für einen Skandal war sie verwickelt gewesen?

Theo wischte gerade den Staub auf, als Jeanette erschien. »Oh, hallo.«

Die alte Dame hielt eine Flasche Wein und einen Korb in den Händen. »Gehe ich recht in der Annahme, dass die Sache mit dem Elektriker heute nicht nach Plan gelaufen ist?« Sie stellte alles auf dem Küchentisch ab.

Theo nickte, richtete sich auf und leerte das Kehrblech.

»Es ist ein herrlicher Abend, und ich habe Abendessen und Wein besorgt, weil es doch etwas später geworden ist, als ich dachte«, sagte Jeanette.

Theo lächelte. »Danke.« Sie bückte sich, um das Kehrblech zur Seite zu stellen, wobei die Kette mit Grannies Ring aus ihrem Shirt rutschte.

»Das ist ja ein Klunker!«, rief Jeanette. »Ist der von Ihrem Ex-Mann? Kein Wunder, dass Sie den behalten haben.«

Theo lachte und streckte Jeanette den Ring entgegen, damit sie ihn genauer betrachten konnte. »Nicht von meinem Ex, sondern der Verlobungsring meiner Großmutter. Die Steine sind nicht echt.«

Mit konzentriert gekrauster Nase nahm Jeanette den Ring in Augenschein. »Ich kenne mich nicht in vielen Dingen aus«, sie setzte ihre Lesebrille auf, »aber ich erkenne sofort, wenn etwas echt ist.« Sie ließ den Ring zurück auf Theos Brust fallen.

Theo streifte die Kette über den Kopf und sagte: »Sehen Sie ihn sich ruhig genauer an. Ich kann mir beim besten Willen nicht vorstellen, dass meine Großmutter einen derart kostbaren Verlobungsring besaß.«

Jeanette hielt den Ring in den Schein der Küchenlampe und fragte: »Haben Sie eine Lupe da? Ich kann den Stempel nicht erkennen.«

Theo wühlte im Nähkästchen ihrer Großmutter. Das kleine Vergrößerungsglas war dekorativ in Silber eingefasst und warf ein Prisma aus Licht an die Wand.

Jeanette nahm es, betrachtete den Ring eingehend und sagte dann: »Genau wie ich gedacht hatte: Der Ring ist echt. Ein Stück von Garrard, und er kommt mir bekannt vor.«

»O Gott, wollen Sie etwa behaupten, meine Großmutter sei eine Diebin gewesen?« Theo holte tief Luft. »Wir haben gerade erst herausgefunden, dass sie nie verheiratet war.«

»Ich denke, dahinter steckt eine Geschichte. Es klingt so, als sei sie eine wundervolle Frau gewesen.«

Theo nickte und öffnete den Wein.

»Erzählen Sie mir von ihr«, bat Jeanette und nahm das Glas, das Theo ihr reichte.

»Zunächst einmal würde ich gern wissen, was ein Smaragd dieser Größe und Reinheit wohl wert ist«, sagte Theo.

Jeanette zuckte die Achseln. »Ich bin keine Expertin, aber ich tippe auf mindestens fünfzigtausend Pfund, wenn nicht sogar mehr.«

Theo schluckte.

»Aber reden wir von etwas anderem. Ich habe eine Idee.«

Theo runzelte die Stirn. Sie wollte weiter über den Ring sprechen.

»Haben Sie morgen Nachmittag Zeit?«, fragte Jeanette. »Heute ist es leider schon zu spät.«

Theo schüttelte den Kopf. »Mein Bruder Martin kommt zu Besuch.«

»Wunderbar, dann kann er mitkommen.«

»Wohin denn?«, fragte Theo verwirrt und packte den Korb aus. Eine Quiche und Salat kamen zum Vorschein.

»Nach Penhale, wo Sie vermutlich Antworten auf Ihre Fragen zu dem Ring erhalten werden. Außerdem möchte ich gern herausfinden, warum Sie mir gleich so bekannt vorkamen.« Jeanette nahm einen Schluck Wein.

»Jetzt bin ich noch verwirrter.«

»Ja, diese Wirkung habe ich nun mal auf Menschen.« Die alte Dame grinste. »Und ich mag es.« Sie lachte ihr tiefes, rauchiges Lachen, und Theo beschloss, sich auf den Vorschlag einzulassen. Vermutlich hatte sie sowieso keine Wahl.

Kapitel 8

Martin hatte von einer Tankstelle aus angerufen, um ihr mitzuteilen, dass er sich verspätete. Jeanette unterhielt sich im Wohnzimmer mit der Katze, während Theo Kaffee kochte. Sie war sich nicht sicher, was dieser Ausflug nach Penhale bringen würde. Martin war begeistert, aber das war er ja immer. Anders als sie wollte er stets alles entdecken. Sie sollte sich eine Scheibe von ihm abschneiden, aber sie war nun mal nicht so wie er, wie ihre Mutter nicht müde wurde zu betonen.

Sie trug das Tablett mit dem Kaffee ins Wohnzimmer.

Jeanette betrachtete den alten Baedeker. »Was für ein wunderschöner Reiseführer.« Behutsam strich sie mit der Hand über den verblichenen Einband.

»Ja, ich habe ihn vor langer Zeit geschenkt bekommen.« Theo holte tief Luft, spürte die Sonne im Rücken und das aufgeregte Kribbeln in ihrem Bauch, wenn sie daran dachte.

»Sie sehen ganz verändert aus«, stellte Jeanette fest. »Da ist ein Funkeln in Ihren Augen, das ich noch nie gesehen habe. Erzählen Sie mir die Geschichte, die dahintersteckt?«

Theo räusperte sich. »Es gibt keine Geschichte.«

»Unsinn. Ihre Hände zittern, und Sie sind errötet. Dahinter steckt etwas Bedeutsames, vielleicht eine verbotene Liebesaffäre, das spüre ich.«

Theo nahm auf dem Stuhl Jeanette gegenüber Platz. »Ein Maler hat mir das Buch an einem der Stände am Seine-Ufer gekauft, im Juni 1986, zwei Wochen vor meiner Hochzeit.«

Jeanette griff nach der Kaffeekanne und schenkte ihnen beiden eine Tasse ein. »Geht es etwas ausführlicher, bitte?«

Theo schüttelte den Kopf.

»Ich weiß, dass die Geschichte größer ist. Das kann ich Ihrem Gesicht ablesen. Sie hatten eine Affäre mit diesem flotten französischen Maler: Er hat Sie nackt gemalt und Sie anschließend verführt.«

Theo schloss die Augen.

»Na, habe ich ins Schwarze getroffen?« Jeanette schmunzelte.

Theo schüttelte erneut den Kopf.

»Doch, habe ich. Vergessen Sie nicht, ich kenne die Verlockungen von Paris, die Verlockungen der Maler, Fotografen, und, um ehrlich zu sein, die Verlockungen der Männer an sich.«

»Er war kein Franzose.«

»Oh, wie interessant! Wie war sein Name?«

Theo riss verlegen die Augen auf, doch dann lächelte sie. »Ich kenne nur seinen Vornamen. Patrick.«

»Köstlich!« Jeanette lachte. »Ich freue mich für Sie.«

»Er hat mich gemalt, nackt, und …«

»Ich kann es mir vorstellen, denn ich war in der gleichen Situation, mehrfach. Zunächst ist es diese Exponiertheit, dann das Bewusstsein, dass jemand einen so genau betrachtet.« Sie trank ein Schlückchen Kaffee. »Dann die Frage, wie sie einen sehen, und zu guter Letzt ist jeder Pinselstrich auf der Leinwand … eine Liebkosung.«

»Ähm, nun ja.« Theo griff nach ihrer Tasse. Sie hatte sich

lange nicht mehr gestattet, ihre Gedanken in diese Richtung schweifen zu lassen. Hatte alles, was damit zusammenhing, ausgeblendet. Vergangen war vergangen. Ein Fehler. Sie war dumm gewesen. Sie zuckte zusammen, hörte sie doch in ihrem Innern die Stimme ihrer Mutter, die ihr genau diesen Vorwurf machte: Sie war dumm.

Theo war verlobt gewesen, und sie hatte kurz vor der Hochzeit mit einem anderen Mann geschlafen. Bei ihrer Rückkehr nach Großbritannien hatte sie die Hochzeit absagen wollen, aber Piers war ihr mit seinem eigenen Geständnis zuvorgekommen. In ihrem Lieblingspub am Ufer der Themse hatte er ihr gebeichtet, dass er mit der Sekretärin seines Vaters geschlafen hatte, während sie in Paris ihre Diplomarbeit über die Trocadero-Gärten beendete. Er hatte behauptet, es habe ihm nichts bedeutet, es sei um nichts anderes gegangen als um Sex. Ob sie ihm verzeihen könne?

Sie hatte dagesessen, wie vor den Kopf geschlagen, und ihm in die Augen gesehen. Er war der Mann, von dem sie geglaubt hatte, dass sie ihn liebte, und dem sie ihr Jawort geben wollte. Konnte sie ihm verzeihen in Anbetracht dessen, dass sie ebenfalls schuldig war? Auch sie hatte ihn betrogen, allerdings konnte sie nicht behaupten, dass es ihr nur um Sex gegangen sei – sie hatte Leidenschaft empfunden und das Gefühl von Freiheit.

Sie hatte den Verlobungsring an ihrem Finger gedreht, Piers vergeben und Paris und Patrick hinter sich gelassen. Piers zu heiraten war die richtige Entscheidung. Hätte sie es nicht getan, hätte er annehmen müssen, sie hätte ihm nicht verziehen, doch das hatte sie. Er hätte behauptet, sie wäre hart und grausam, doch das war sie nicht. Er verdiente eine zweite Chance. Für sie galt das Gleiche, doch sie bat ihn nicht darum. Ihn zu heiraten und zu versprechen, dass in Zukunft alles perfekt laufen würde, war ihre Art, Buße zu tun. Paris und Patrick waren Erinnerungen, mehr nicht.

Piers zu heiraten bedeutete natürlich, dass sie ihrer Mutter recht gab. Theo war schwanger, und deswegen blieb ihre Diplomarbeit unvollendet. Sie schloss ihr Studium nicht ab, sondern wurde zur Krönung aller »Rolle-rückwärts«-Frauen, indem sie jahrelang ein Leben als Hausfrau und Mutter lebte. Ihre Ausbildung – in den Augen ihrer Mutter ohnehin eher jämmerlich – war vergeudet. Auch als sie anfing, Gärten zu entwerfen, wurde dies als Hobby abgetan, und das Schlimmste daran war, dass sie sich nicht dagegen wehrte. Was noch dümmer war.

»Oh, Sie waren gerade aber weit weg.« Jeanette kicherte. »Haben Sie ihn bei dem Bücherstand kennengelernt?«

»Nein, er hat in den Gärten des Trocadero gemalt, während ich dort an meinem Diplom gearbeitet habe, eine ganze Woche lang.« Theo lächelte. Jetzt durfte sie daran zurückdenken. Es würde weder Piers noch David wehtun. »Am letzten Tag ist er mir gefolgt, hat *Aufruhr in Oxford* für sich und den Reiseführer für mich gekauft. Ich weiß noch genau, wie er mit dem Standinhaber um den Preis gefeilscht hat!«

»Wie wunderbar! Und anschließend hat er Sie in seine Mansarde entführt, Donne zitiert und andere Dinge angestellt, die Lord Wimsey getan hat?«

»Nein«, wehrte Theo lachend ab. »Ich wollte ihm das Geld für den Baedeker zurückgeben, aber er zog es vor, dass ich ihn auf einen Drink einlade.«

»Und das haben Sie getan.«

Theo nickte. Am längsten Tag des Jahres war Paris genauso atemlos gewesen wie sie selbst, denn sie hatte so intensiv gelebt wie nie zuvor und auch nie mehr danach. Sie hatte mit allen Sinnen gelebt und dabei vergessen, dass sie nicht gut genug war. In Patricks Augen war sie alles gewesen. Es war der Duft des Jasmins, der ihr jene Nacht immer wieder in Erinnerung rief. Er rankte um sein Balkonfenster.

Theo konzentrierte sich auf Jeanette und auf das Hier und Jetzt, wandte sich ab von dem Kaninchenbau ihrer Pariser Vergangenheit. Jeanette blätterte durch die Seiten des alten Reiseführers und klappte die Karte auf. »Sie sollten das Buch restaurieren lassen, es fällt ja schon auseinander.« Sie fuhr mit dem Finger über die hintere Klappe, wo sich das Papier ablöste. Theo hatte den Baedeker seit Jahren nicht mehr aufgeschlagen. Sie hatte ihn einfach deshalb behalten, um die Erinnerung an diesen kurzen Moment ihres Lebens aufrechtzuerhalten.

In Patricks Atelier hatte sie Hunderte Skizzen entdeckt, alle von ihr. Die ganze Woche über hatten sie sich aus der Ferne angelächelt und zugenickt, aber er hatte nicht die Gartenanlagen gemalt, wie sie vermutet hatte, sondern sie.

»Hallo, was ist denn das?« Jeanette zog ein Foto zwischen den Seiten hervor, drehte es um und zeigte es Theo. Zwei Männer standen Seite an Seite nebeneinander. Sie betrachteten die Aussicht, nicht den Fotografen. Schulter an Schulter, Handrücken an Handrücken.

»Liebende«, sagte Jeanette.

Theo nickte. Sie erkannte den Ort wieder, an dem die beiden gestanden haben mussten.

»Haben Sie das schon mal gesehen?«, wollte Jeanette wissen und nahm Theo die Aufnahme wieder ab.

»Nein.«

»Das ist wundervoll! Ich liebe es, wenn alte Bücher ein wenig von ihrer Vergangenheit enthüllen. Glauben Sie, die beiden Liebenden haben den Reiseführer benutzt, als sie durch die Stadt der Liebe geschlendert sind?«

»War das denn damals möglich?«

»O ja. Die Franzosen waren sehr viel empfänglicher für Liebe und Sex und all die Variationen, die die Liebe mit sich bringt. Homosexualität war in Frankreich nicht verboten. Soweit ich weiß, wurde sie Ende des achtzehnten Jahrhunderts entkriminalisiert.« Jeanette betrachtete erneut das Foto und strich mit den Fingern über die fast nicht vorhandene Lücke zwischen den beiden Männern. »Es ist eine Schande, dass Großbritannien so lange dafür gebraucht hat. So viel Kummer, und so unnötig.«

Theo nickte. Sie war in Gedanken noch bei dem homosexuellen Liebespaar, als Martin eintraf. Eilig sprang sie auf, um ihn zu begrüßen, und sah aus den Augenwinkeln, wie ein breites Lächeln auf Jeanettes Gesicht trat. Wie die meisten Frauen hatte sich Jeanette sofort in Theos zölibatären Bruder verliebt. Sie konnte sehen, dass auch er von ihr verzaubert war.

»Es tut mir leid, dass ich mich verspätet habe. Ich wurde in London aufgehalten.« Er öffnete den Reißverschluss seiner Lederjacke. Jeanette sah ihm gebannt zu. »Ist noch Kaffee da? Ich könnte eine Tasse gebrauchen, bevor wir aufbrechen.« Er grinste Theo an, dann ging er zu Jeanette. »Hallo, Theo hat mir schon alles von Ihnen erzählt.«

Jeanette reichte ihm die Hand. »Das bezweifle ich. Außerdem bedauere ich es zutiefst, dass Sie ein Geistlicher sind. Was für eine ungeheure Verschwendung von Schönheit!«

Martin lachte schallend. »Das höre ich des Öfteren, aber seien Sie versichert, dass ich mir die Hörner abgestoßen habe, bevor ich meine Berufung fand.«

»Na, Gott sei Dank!«

»Das können Sie laut sagen.« Er ließ sich auf den Stuhl fallen, auf dem zuvor Theo gesessen hatte, und machte es sich gemütlich. Theo schüttelte den Kopf. Wahrscheinlich konnte sie froh sein, wenn sie die beiden dazu bewegen könnte, zu dem geplanten Ausflug nach Penhale aufzubrechen.

Kapitel 9

Theo, Martin und Jeanette standen im Innenhof von Penhale, hinter ihnen ein mittelalterliches Tor, vor ihnen der repräsentative Saalbau. Ein Déjà-vu. An derselben Stelle hatte Theo bei einem ihrer Ausflüge mit Grannie zu den der Öffentlichkeit zugänglichen Herrenhäusern mit ihren prächtigen Gärten gestanden. Sie fröstelte. Martin warf ihr einen Blick zu. Empfand er das Gleiche wie sie? Die Geschichte des Hauses war faszinierend mit ihren mittelalterlichen Ursprüngen, aber da war noch etwas anderes.

»Ich liebe diesen Ort. Er zeigt, wie stark zwei Weltkriege die Lebensweise damals verändert haben.« Jeanette marschierte durch den Hof und betrat das Haus. »Ein wundervoller Mix aus Mittelalter und Tudor, und der Garten steht ganz im Zeichen des neunzehnten Jahrhunderts.« Sie ging weiter, gefolgt von Martin und Theo.

Theo sah sich nach allen Seiten um und betrachtete die Wappen an den Wänden und der gewölbten Decke der großen Eingangshalle. Am liebsten wäre sie stehen geblieben, um die Atmosphäre in sich aufzusaugen, aber Jeanette eilte schnellen Schrittes weiter und sagte: »Alle halten meine Mutter für die Rebellin in der Familie, und in gewisser Hinsicht war sie das sicherlich auch, aber ihre Cousine Alice … Sie war die eigentliche Rebellin. Als einziges Kind des neunten

Duke of Exeter konfrontierte sie den König und die Königin mit ihrer Forderung nach mehr Rechten für Frauen und kämpfte so lange, bis diese das volle Wahlrecht erhielten.«

Jeanette hielt inne, als sie das alte Speisezimmer betraten. Die Wand vor ihnen war mit Gobelins bedeckt. Theos Blick schweifte zu einer wunderschönen Gartenszene. Sie trat näher, um sie genauer zu betrachten, und hörte Jeanette nur mit halber Aufmerksamkeit zu.

»Aber das war noch lange nicht das Ende ihrer radikalen Aktionen. Sie nutzte ihren sozialen Status, um auf die Rechte von Frauen und Homosexuellen aufmerksam zu machen, außerdem setzte sie sich für Rassengleichheit ein. Sie war unermüdlich.« Jeanette machte eine Verschnaufpause, dann sagte sie: »Verstehen Sie jetzt, warum Sie mich an jemanden erinnern, Theo?« Sie streckte die Hand aus und deutete auf ein großes Gemälde.

Martin stieß einen leisen Pfiff aus. »Mein lieber Schwan, Theo! Wann hast du denn dafür Modell gestanden?«

Das Blut wich aus Theos Gesicht. Sie drehte sich um in der Erwartung, eine splitternackte Theo in einem großen roten Sessel zu sehen, doch sie erblickte sich selbst in einem enganliegenden goldenen Gewand, das ihre Kurven zur Geltung brachte, genau wie ihre porzellanweiße Haut. Ein blauer Seidenschal lag lose über ihren Armen und betonte ihre blauen Augen, an ihrer linken Hand steckte Grannies Ring. Es war ein exquisites Gemälde, das Schönheit und Grazie ausstrahlte. Ganz anders als das, das Patrick von ihr gemalt hatte, auch wenn sie es nie vollendet gesehen hatte. Anscheinend hatte Lady Alice beim Modellstehen eine andere Erfahrung gemacht als sie. »Sie sieht aus wie ich als junge Frau«, stellte sie leise fest und trat näher, um zu überprüfen, ob sie halluzinierte. Doch auch von Nahem hätte sie es sein können, trotz der etwas helleren Haare. Auf der kleinen Tafel stand:

LADY ALICE, COUNTESS ST LOY
GEMALT VON PHILIP DE LASZALO, 1918

Außerdem war darauf zu lesen, dass es sich um eine Leihgabe der Familie Carew handelte.

Jeanette schob ihre Hand in Theos und sagte: »Unheimlich, nicht wahr? Haben Sie ihre linke Hand gesehen?«

Theo nickte, nicht imstande, auch nur ein Wort hervorzubringen.

»Glauben Sie immer noch, dass der Ring nicht echt ist?«, wollte Jeanette wissen.

Theo legte die Hand auf ihre Brust und tastete nach dem Ring an der Kette. »Vermutlich nicht, aber wie sollte meine Großmutter darangekommen sein?«

Martin trat ebenfalls einen Schritt näher. »Er sieht in der Tat sehr ähnlich aus.«

»Ich habe ein wenig recherchiert«, teilte Jeanette ihnen mit und führte sie über eine Treppe in einen in Rot gehaltenen Raum. »Ich denke, Sie tragen den St-Loy-Smaragd.« Sie blieb vor einem weiteren Porträt stehen – einem wahrhaft faszinierenden Bild.

LORD EDMUND, EARL ST LOY
GEMALT VON PHILIP DE LASZALO, 1917

stand auf der Messingtafel. Das Gemälde strahlte Empfindsamkeit aus, gepaart mit Stolz, dennoch war es irgendwie nahbar. War es Traurigkeit, oder war es Resignation in den leicht verschleierten Augen, die der Künstler eingefangen hatte? Dahinter steckte eine Geschichte, und ein Teil dieser Geschichte, vermutete Theo, war ziemlich übel. Lord Edmunds Mund war voll und ausdrucksstark.

»So ein trauriges Schicksal«, sagte Jeanette.

»Was ist geschehen?«, fragte Theo.

»Nun, er starb einige Tage vor Ende des Ersten Weltkriegs.« Sie rieb sich die nackten Arme. »Was für eine Tragödie. Ganze Güter und Dörfer schlossen sich zusammen und zogen in den Tod.« Sie ließ die beiden vor dem Porträt stehen und ging zu dem ehrenamtlichen Mitarbeiter des für Denkmalpflege zuständigen National Trust hinüber, um ein paar Worte mit ihm zu wechseln.

Martin drehte sich zu Theo um. »Erinnerst du dich an diesen Artikel in der Lokalzeitung wegen der sterblichen Überreste der Soldaten?«

»Ja«, antwortete Theo.

»Das könnte er sein.« Er trat noch näher an das Gemälde heran.

»Es könnte genauso gut der Flussmeister aus dem Boatman's Cottage sein«, hielt sie dagegen.

»Das stimmt.« Martin wartete, bis sich Jeanette wieder zu ihnen gesellt hatte, dann fragte er: »Können wir einen Blick in die Kapelle werfen?«

Die alte Dame nickte. »Verspüren Sie plötzlich das Bedürfnis zu beten?«

Er lachte. »Immer.« In seinem Nirvana-T-Shirt, Jeans und Lederjacke sah er so gar nicht aus wie ein Geistlicher.

»In Anbetracht all dessen ...«, Jeanette machte eine ausladende Handbewegung, dann nahm sie Martins Arm und schritt Richtung Kapelle, »… brenne ich darauf zu erfahren, wie Sie mit der Familie verbunden sind.«

»Ich ebenfalls«, sagte er und trat beiseite, um ein Paar vorbeizulassen, das den heiligen Ort gerade verließ, dann traten sie alle zusammen ein.

Es gab einen gewissen Klang der Stille in leeren Gotteshäusern, den Theo gut kannte. Das gedämpfte Flüstern und die Gebete der Vergangenheit verharrten und verliehen der Lautlosigkeit eine Anmutung von Bedeutung. Durch das Westfenster am Altar fiel das Licht des frühen Nachmittags herein. Martin ließ sich auf die Knie fallen. Jeanettes Gesichtsausdruck war unbezahlbar.

Theo sah sich suchend in der kleinen Kapelle um. Es musste einen Grund dafür gegeben haben, dass Grannie regelmäßig hierhergekommen war. An der Wand entdeckte sie eine Liste der Männer von Penhale, die im Ersten Weltkrieg gefallen waren, außerdem ein separates Ehrenmal für Captain Edmund St Loy, den Earl St Loy. Langsam ging sie weiter zur nächsten Gedenkstätte.

Martin tauchte an ihrer Seite auf. »Denkst du, was ich denke?«, fragte er sie.

Sie nickte.

ZWEITER LIEUTENANT DER LUFTWAFFE
JOHN ST LOY
EARL ST LOY

AM 23. MAI 1940 ÜBER FRANKREICH VERSCHOLLEN

»Jeanette, wissen Sie, ob wir irgendwo Fotografien von John finden können?«, erkundigte sich Martin.

»Selbstverständlich. Sie müssten bei seinem Halbbruder Toby sein, und dann gibt es noch ein weiteres Porträt von ihm, in der Nationalgalerie. Sie sehen ihm ähnlich.« Sie legte den Kopf schief. »Die Wangenknochen.«

»Gibt es noch weitere St Loys?«, fragte Theo.

Jeanette schüttelte den Kopf. »Er war der Letzte seiner Linie, denn sein Vater, Lord Edmund, war ein Einzelkind, und sein Großvater ebenfalls.« Jeanette sah Martin lächelnd an. »Ich habe das Gefühl, ich stehe dem Earl St Loy direkt gegenüber.«

»Ein solcher Titel wäre bei mir reine Verschwendung, außerdem wissen wir, dass John unsere Großmutter nie geheiratet hat.«

»Was wirklich schade ist, denn das war ganz eindeutig seine Absicht, sonst hätte er ihr wohl kaum den St-Loy-Smaragd geschenkt. Es handelte sich um eine Art Vertrag, wenn auch nicht mehr ganz so bindend wie früher.«

Theo berührte die kleine Messingtafel und fuhr mit den Fingern Johns eingravierten Namen nach. Sie fragte sich, ob das wirklich möglich war. David hatte gar nicht so danebengelegen, als er überlegte, ob der Ring vielleicht Johns Großmutter gehört hatte. Doch was hatte all das zu bedeuten? Hatte es überhaupt etwas zu bedeuten? Plötzlich musste sie daran denken, wie stolz Piers auf seine Abstammung gewesen war, und verbiss sich ein Lachen. Ein Earl übertrumpfte eine Baroness und einen Lord mühelos, und Lady Alice war die Tochter eines Dukes gewesen. Piers würde vermutlich nie davon erfahren, aber sie wusste es, und das genügte.

»Ich habe keine Ahnung, wie es Ihnen beiden geht, aber ich bin am Verdursten und brauche dringend einen Tee.

Setzen wir uns ins Café, und ich rufe Toby wegen der Fotos an. Allerdings muss ich ihn warnen, dass Sie, Theo, seiner Mutter wie aus dem Gesicht geschnitten sind.«

Theo gähnte. »Ich weiß nicht, wie es euch geht, aber ich bin fix und fertig. Und ich bekomme langsam den Eindruck, dass diese seltsame Familiengeschichte eine Art Büchse der Pandora ist.«

Sie drehte sich zu ihrem Bruder um, der auf der Eingangsstufe des Boatman's Cottage hockte und auf seinem Handy scrollte. An diesem Juniabend war es um neun Uhr noch hell. Jeanette, ein Glas Wein in der Hand, setzte sich zu Martin auf die Stufe.

»Vielen Dank für den schönen Tag«, sagte Jeanette.

»Ich denke, ich sollte mich bei Ihnen bedanken«, sagte Theo und nahm einen Schluck Wein. »Wir können es natürlich nicht mit Bestimmtheit sagen, aber es ist gut möglich, dass Sie uns die Frage nach der Identität unseres Großvaters beantwortet haben.«

»Das steht definitiv fest«, widersprach Jeanette und spähte auf Martins Handy. »Ja, das ist das Porträt von John. Geschickt, mein Lieber.«

»Die Gene werden für Klarheit sorgen«, sagte Martin.

»Laut einem der Kinder meiner Schwester kann man darüber alles nachweisen. Stellen Sie sich vor, zum siebzigsten Geburtstag habe ich einen DNA-Test geschenkt bekommen!«

»Und? Haben Sie ihn gemacht?«, erkundigte sich Martin interessiert und reichte Theo das Handy. Das Gemälde von John aus der Nationalgalerie zeigte definitiv denselben Mann wie auf Grannies Foto.

Jeanette grinste. »Selbstverständlich. Das Ergebnis ist schon vor Monaten eingetroffen.«

»Hast du dein Ergebnis auch schon bekommen?«, wandte sich Theo an Martin und reichte ihm das Handy zurück.

»Vor zwei Tagen.« Er stand auf. »Ich hole nur schnell meinen Laptop.«

»Haben Sie ebenfalls einen Gentest gemacht?«, wollte Jeanette von Theo wissen.

Theo schüttelte den Kopf. »Ich habe keinen wirklichen Anlass gesehen.«

»Es ist faszinierend. Anscheinend sind viele Linien nicht so direkt, wie sie sein sollten.« Ihr heiseres Lachen füllte die Luft, dann verstummte sie und nahm einen Schluck Wein. »Wenn wir gerade beim Thema sind: Haben Sie diese Briefe noch, oder haben Sie sie schon der Archivarin geschickt?«

»Ich habe sie gestern zur Post gebracht. Sie wird sie zurückschicken, sobald sie abfotografiert wurden.«

»Nun, wenn sie wieder da sind, sollten wir sie gründlich lesen, denn ich gehe davon aus, dass es sich bei Zs dunkler Lady um Alice handelt.«

Theo starrte sie an. »Wie kommen Sie darauf?«

»Der Zeitpunkt passt.« Jeanette drehte das Weinglas zwischen den Fingern.

Theo nickte.

»Außerdem war meine Mutter gar nicht überrascht, als wir ihr unseren Fund präsentierten …«

Martin kam zurück nach draußen, Laptop und Handy in den Händen. »Wann bekommst du hier endlich einen Internetanschluss?«

Theo lachte. »Sobald die Elektroarbeiten abgeschlossen sind, aber das kann noch dauern.«

»Kein Problem, dann verbinde ich den Laptop eben mit meinem Handy. Wissen Sie noch, welchen Gentest-Anbieter Sie genutzt haben, Jeanette?«

»Irgendwas mit 23 …«

»Okay, hier sind meine Ergebnisse …«

»Haben Sie mehr als einen Test gemacht?«

Er nickte. »Haben Sie Ihr Profil öffentlich gemacht, oder verwenden Sie ein Pseudonym, Jeanette?«

»Meinen Namen.« Sie studierte den Bildschirm. »Das hier setzt natürlich voraus, dass meine Mutter tatsächlich die Tochter ihres Vaters war.«

»Und Alice die Tochter ihres Vaters«, fügte Martin hinzu. »Und so weiter und so fort.«

Jeanette tippte mit dem Zeigefinger auf den Monitor. »Da bin ich.«

Theo kniff die Augen zusammen und betrachtete konzentriert den Bildschirm. »Moment … nur damit ich das richtig verstehe: Sie denken, dass Ihr Großvater möglicherweise nicht der Vater seiner Kinder war?«

»Zur damaligen Zeit war das keine Seltenheit. Die Ehe war meist nicht mehr als ein geschäftliches Arrangement. Liebe spielte dabei nur selten eine Rolle. Sobald der männliche Erbe geboren war und bestenfalls noch der Ersatz, fiel der Druck auf beiden Seiten ab. Alle Kinder trugen den Namen des Vaters, aber nicht alle – wie wir mittlerweile dank der DNA-Tests wissen – auch dessen Gene.«

»Oh«, sagte Theo.

»Wie gesagt: Ein solches Arrangement funktionierte, und mitunter erwies es sich als nützlich, wenn die Ehefrauen fremdgingen, falls es mit der Empfängnis nicht klappen wollte.« Jeanette trank einen Schluck Wein. »Vor allem, wenn es sich – wie in den meisten Fällen – nicht um eine Liebesheirat handelte.«

Kopfschüttelnd versuchte Theo, das Gehörte zu verdauen.

»Gesetzlich gehört jedes ehelich geborene Kind zu diesem Vater«, Martin tippte nun ebenfalls auf den Bildschirm, »aber nur weil ich Jeanettes genetischer Cousin dritten Grades bin, bedeutet das noch lange nicht, dass John unser Großvater war.«

»Wir könnten Toby fragen, ob er einen Test macht.« Jeanette füllte ihr Glas nach.

»Das könnte eine Verbindung zu Alice herstellen, aber er ist kein St Loy.«

»Richtig.« Theo starrte weiter auf den Monitor, doch sie verstand immer noch nicht, was sie da eigentlich sah. Zum Glück war sie sich sicher, dass Martin wusste, was er tat.

»Allerdings gibt es da möglicherweise einen St Loy, den wir testen lassen könnten«, sagte er jetzt und öffnete ein neues Fenster auf seinem Laptop.

»Wen denn?«, fragte Theo.

»Das Verteidigungsministerium befindet sich möglicherweise im Besitz der sterblichen Überreste eines St Loy, und ich denke, wir haben einen guten Grund, uns an die zuständigen Mitarbeiter zu wenden.«

»Gut, dass diese DNA-Tests früher noch nicht erfunden waren«, bemerkte Jeanette trocken. »Dann würde es viele Adelsgeschlechter nämlich gar nicht mehr geben. Wenigstens wusste ich von Anfang an, dass ich außerehelich gezeugt wurde. Ich habe keine Ahnung, wer mein Vater war, und natürlich habe ich im Leben auch nie etwas Ordentliches zustande gebracht.« Jeanette wedelte abschätzig mit der Hand.

»Ich finde, Sie gehen etwas zu hart mit sich ins Gericht.« Theo warf ihr einen fragenden Blick zu.

Jeanette schnaubte. »Nein, nicht im Geringsten. Mag sein, dass ich ein bisschen Schönheit, Spaß und gelegentlich ein bisschen Freundlichkeit in die Welt gebracht habe.«

»Dann haben Sie mehr getan als die meisten«, stellte Theo fest.

Jeanette drehte sich zu ihr um. »Sie ebenfalls, Theo.«

Martin sah auf.

»Sie haben eine ganz besondere Gabe.« Jeanette legte Theo eine Hand auf den Arm und hob ihr Glas. »Sie schaffen Magie, Schönheit mit Blumen.«

Theo schüttelte den Kopf. »Meine Mutter und mein Ex-Mann hielten das für ein Hobby.«

»Um Himmels willen, vergiss Piers und vergiss auch Mum!« Martin klappte seinen Laptop zu.

»Ich wünschte, das könnte ich«, erwiderte Theo leise.

»Ich habe gesehen, wie Sie den Blumenschmuck auf dem Tisch vor dem Gedeck meiner Schwester umarrangiert haben«, sagte Jeanette. »Sie haben Tulpen hinzugefügt … für die ewige Liebe.«

Theos Mundwinkel zuckten nach oben. Ja, das war ihre Absicht gewesen. Fünfzig Jahre Ehe standen zumindest für Durchhaltevermögen, doch die beiden Jubilare, die sie kennengelernt hatte, hatten unverbrüchliche Liebe ausgestrahlt.

Jeanette warf einen Blick auf ihr Handy. »Verdammt. Toby ist in den Vereinigten Staaten, wo er mit seiner Tochter und deren Familie kreuz und quer im Auto durch die Gegend reist. Er meldet sich, sobald er wieder da ist.« Sie schürzte die Lippen. »Nun, wir wissen, wer Sie sind, wir müssen nur die richtigen Zusammenhänge herstellen, wie man so schön sagt.«

Theo stand auf, um noch etwas Wein zu holen. Ihr Blick blieb an der Fensterscheibe hängen. A und Z. Alice und Zach?

»Und jetzt, Martin, wären Sie bitte so freundlich, mich über den Fluss zu rudern. Ich lasse mich noch eine Nacht verwöhnen, dann muss ich wieder nach Hause. Ich besitze die gesamten Unterlagen meiner Mutter, und ich brenne darauf, darin zu stöbern. Ich bin übrigens die Einzige, die ihre Schrift lesen kann.« Sie seufzte, küsste Theo auf beide Wangen und nahm Martins Arm, um sich von ihm zum Fluss begleiten zu lassen.

Theo folgte den beiden und blickte über den Tamar auf Abbotswood, wobei sie an Lady Alice und ihre potenzielle Verbindung mit ihr dachte. Im Großen und Ganzen spielte sie sicher keine Rolle, aber irgendwie fügte sich etwas zusammen.

Sie war dazu bestimmt gewesen, Boatman's Cottage zu kaufen, so viel stand fest.

Teil Zwei

»Woher weißt du, dass ich wütend bin?«,
fragte Alice.
»Du musst wütend sein«, antwortete die Grinsekatze, »sonst wärst du nicht hergekommen.«

Alice im Wunderland, Lewis Carroll

Fall Nr. 752

Status: offen

10. Juni 2019

Die Suche nach der Familie von William Bowman wird fortgesetzt. Erneute Medienanfrage wegen Mithilfe der Bevölkerung wird vorbereitet.

Die DNA von Samuel Lyons' Großneffen ergab keine Übereinstimmung.

Nach dem Zeitungsaufruf wurde Kontakt mit der Familie von Zachariah Carnes Bruder aufgenommen und ein DNA-Test zugestellt.

Kapitel 10

1914

»Ich finde, du solltest den Marquess of Ware in Erwägung ziehen«, sagte Lady Alice' Tante, die Duchess of Exeter, und legte die zierliche Kuchengabel ab, die sie in der Hand hielt.

Alice sah, wie ihre Mutter, die verwitwete Duchess of Exeter, diesen Vorschlag verdaute. Sie selbst konnte sich nichts Schlimmeres vorstellen. Der Marquess of Ware war abscheulich.

»Vielleicht, aber Ware ist …« Ihre Mutter presste die Lippen zusammen, während Alice sich darauf konzentrierte, ruhig und gleichmäßig zu atmen. »Alt« war das Wort, das ihre Mutter nicht aussprach. Mindestens vierzig.

»Selbstverständlich ist da auch noch Lord Edmund, wenn er sich denn überreden lässt.« Die Mundwinkel ihrer Tante zuckten.

Ihre Mutter seufzte. Obwohl Edmund nach dem Tod seines Vaters der Earl St. Loy werden würde, reichte das nicht aus, um das Machtgleichgewicht zwischen ihrer Mutter und ihrer Tante wiederherzustellen, das wusste Alice. Auch eine Ehe mit Ware könnte das nicht bewirken. Seit dem gesellschaftlichen Abstieg der Mutter nach dem Tod von Alice' Vater vor vier Jahren herrschte ein erbitterter Wettstreit zwischen den beiden Frauen. Das Ganze war falsch, und zwar alles daran. Es gab jedoch nur wenig, was sie dagegen tun konnte, aber sie hatte zumindest einen Plan.

Die frohlockenden Cherubim auf dem Gobelin hinter ihrer Tante an der Wand des Damenzimmers erinnerten Alice an das Gemälde im Schulraum, wo Miss Parkes mit ihr zum ersten Mal über das Wahlrecht für Frauen gesprochen hatte. In jenem Augenblick hatte sich das Leben, wie sie es kannte, verändert. Ihre Zeit in der Schule war nicht länger ein Exil, in das ihre Gouvernante, Nanny Roberts, sie verbannt hatte, sondern ein Ruf zu den Waffen. Die Schule war ihre Chance zu lernen, die Welt zu verändern, genau wie den Kurs ihres eigenen Lebens. Von da an wartete Alice auf den richtigen Augenblick. Ihre Zeit würde kommen, und bis dahin wollte sie alles tun, was man von ihr erwartete. Bald würde sie bei Hofe in die Gesellschaft eingeführt werden, und sie würde sich gedulden müssen, auch wenn Geduld nicht zu ihren Tugenden zählte. Die himmlischen Kleider, die sie für die Saison hatte anfertigen lassen, waren die Entschädigung für das lange Warten.

Wenn sie nicht gerade ihrem neuesten Liebhaber nachstellte, plante ihre Mutter Olivia Alice' Heirat mit keinem Geringerem als einem Duke oder – besser noch – dem Prince of Wales, und zwar noch in diesem Jahr. Deshalb hatte sie auch nicht an Alice' Garderobe gespart. Ihre Mutter wünschte sich die bestmögliche Partie für ihre Tochter, was nicht zwangsläufig auch den bestmöglichen Ehemann bedeutete. Soweit Alice wusste, war so etwas nur selten vereinbar und oft nicht einmal wünschenswert.

Ihre Tante wedelte abschätzig mit der Hand. »Du lieber Himmel, Constance, könntest du nicht etwas mehr so sein wie deine Cousine Alice?«, riss sie Alice mit scharfer Stimme aus ihren Gedanken und griff nach der zierlichen Teetasse.

Constance' Gesicht nahm die Farbe von Roter Bete an, was ihr gar nicht stand. Arme Constance, dachte Alice. Das Korsett ihrer Cousine war voller Kuchenkrümel, genau wie das Buch in ihrem Schoß. Alice verengte die Augen. Es wäre schön, wenn ihre Tante endlich den Mund halten und das arme Mädchen in Ruhe lassen würde.

»Wir werden keine Schwierigkeiten haben, den richtigen Ehemann für Alice zu finden, aber bei dir, Constance, wird sich das als Problem erweisen, solltest du dein Benehmen nicht ändern. Zumal du nicht gerade mit Schönheit gesegnet bist.« Die Duchess musterte ihre Tochter streng, die die Finger in ihrem Schoß rang, bis sie weiß waren.

Alice fing den Blick ihrer Cousine auf. Der Tic an Constance' Wange machte sich wieder einmal bemerkbar, der Muskel zuckte und zuckte, während sie darum kämpfte, ihre Emotionen unter Kontrolle zu bringen. Wenn sie nicht augenblicklich den Raum verließ, würde Alice womöglich verkünden, dass sie sich für die Frauenrechte einsetzte, und ihre Tante bitten, freundlicher zu ihrer jüngsten Tochter zu sein. Damit hätte das Gespräch sicherlich eine neue Wendung genommen, und niemand hätte mehr das Problem bei Constance gesucht. Doch Alice wünschte sich ein größeres Publikum, daher atmete sie lediglich tief durch, drehte sich zu ihrer Cousine um und forderte sie mit ausgestreckter Hand auf: »Komm, Constance, begleite mich auf einen Spaziergang in den Garten.«

»Das ist ein guter Vorschlag. So kannst du etwas von deiner Cousine lernen.« An Alice' Mutter gewandt, fügte die

Tante hinzu: »Du weißt, dass Henry recht hatte. Sie zur Schule zu schicken hat ihr sehr gutgetan.«

Das hätte die Tante bestimmt nicht gesagt, hätte sie Alice' Gedanken gekannt. Natürlich war es gar nicht erwünscht, dass Alice dachte, aber die Schule hatte ihr genau das beigebracht. Sie unterdrückte ein Grinsen, nahm ihre jüngere Cousine an die Hand und führte sie durch die deckenhohen Glastüren auf die Terrasse und die Stufen hinunter in den Garten von Exeter House, einem der größten in London.

Alles war feucht, denn es hatte gerade erst aufgehört zu regnen. Bestürzt blickte Alice auf ihre Schuhe und blieb auf dem mit Platten belegten Weg, anstatt über den Rasen zu schlendern. Sie hasste die vielen Einschränkungen in ihrem Leben, einschließlich ihrer Schuhe, obwohl sie hübsch waren.

Die Luft roch nach frisch gemähtem Gras, die kühle Brise vertrieb die Röte von Constance' Wangen. Sie hielt den Blick noch immer gesenkt. Erst als sie am hinteren Ende des Gartens angelangt waren, schaute sie auf und sagte: »Danke.«

Alice lächelte. Ihre Cousine hatte ihr einen Grund gegeben, den überheizten Raum zu verlassen und der Diskussion um ihre anstehende Heirat mit Gott weiß wem zu entkommen. Hauptsache, er verfügte über einen möglichst hohen Adelstitel, möglichst viel Land und möglichst viel Geld. Sie selbst hatte keine Absicht zu heiraten. Warum wollte man sie dazu zwingen? Sie hatte Geld oder vielmehr: Sie würde Geld haben, wenn sie fünfundzwanzig oder verheiratet war. Wenn sie heiratete, hätte ihr Ehemann Zugriff auf ihr Vermögen, nicht sie. Sie atmete laut aus. Constance sah sie fragend an, aber Alice konnte nicht darüber sprechen.

In gut einem Monat würde sie achtzehn werden. Alt genug, um zu heiraten. Alt genug, um Kinder zu gebären. Aber nicht alt genug, um zu denken – wenn man ihrer Mutter, ihrer Tante, ihrem Onkel und der Gesellschaft Glauben schenken durfte. Wäre ihr Vater noch am Leben, lägen die Dinge anders. Sie wäre frei. Das wusste sie. Laut ihrer Mutter hatte er sie verwöhnt und laut ihrer Gouvernante vermutlich verdorben. Aber wenigstens hatte Nanny diese Worte liebevoll ausgesprochen, was Alice von ihrer Mutter nicht behaupten konnte. Ihre Mutter war nicht liebevoll … nie.

Miss Parkes vertrat die Ansicht, dass alle Frauen ihr Schicksal selbst bestimmen sollten, und das setzte das Recht zu wählen voraus. Frauen waren keine Gegenstände, die man unter den Besitztümern der Männer auflisten konnte. Wenn sie ihrer Mutter und Tante zuhörte, klang es jedoch so, als wäre genau das etwas Erstrebenswertes. Mit einem verärgerten Schnauben setzte sie sich auf die Bank unter einem kahlen Rosenbogen.

Constance beobachtete sie. Sie war gerade erst dreizehn und momentan ein bisschen pummelig, was sich hoffentlich bald verwachsen würde. Alice genoss ihre Gesellschaft. Sie hatte ein schüchternes, freundliches Lächeln und würde sicherlich eine passende Partie finden. Aber hatten Constance und all die Frauen nicht mehr verdient?

»Du bist gerade erst aus Paris zurückgekehrt«, stellte Constance fest und setzte sich neben sie.

»Ja.« Alice zog eine Kamelienblüte zu sich heran und schnupperte daran. Sie duftete nicht. Wie immer spürte sie Enttäuschung in sich aufsteigen. Wie konnte eine Blume äußerlich so perfekt sein und so wenig für die Sinne bieten?

Sie ließ die Kamelie los. Der Stiel schnellte zurück, dann fiel die Blüte ins Gras. Ganz in der Nähe entfaltete der Flieder seine volle Pracht und machte den mangelnden Duft der Kamelien wett.

»War das nicht herrlich?« Constance verschränkte die Finger im Schoß.

Paris. Alice lächelte. »Ja.« Sie mochte es, wie die Männer sie dort angeschaut hatten. Sie waren viel direkter. Ihre Mutter hatte mit den Männern geflirtet, aber sie hatte Alice verboten, auch nur einen Blick auf sie zu werfen. Doch wie hätte sie dem widerstehen können? Blitzende Augen, strahlendes Lächeln und der untrügliche Eindruck, dass sie mehr über sie erfahren wollten, dass sie sich nicht nur für sie interessierten, weil sie Lady Alice Neville war, Tochter des neunten Duke of Exeter. Nein, sie interessierten sich für sie, weil sie eine Frau war, und das war aufregend.

»Hast du deine Mutter tatsächlich überredet, dein Debütantinnenkleid von Paul Poiret anfertigen zu lassen?«

Alice ließ sich zu einem kleinen triumphierenden Lächeln hinreißen. »Ja, aber den Rest meiner Garderobe habe ich von Worth entwerfen lassen müssen.«

Constance nickte. »Ich bin ja mal gespannt, wer meine entwerfen wird.«

Alice warf ihr einen Seitenblick zu. »Möglicherweise hat sich die Mode in fünf Jahren ja verändert …«

»Glaubst du?« Constanze knetete den Stoff ihres Rocks. Sie trug die Haare immer noch offen, aber das dürfte sie nicht mehr lange. Dies würde ihr letzter Sommer in Freiheit sein, eine Freiheit, die Alice vermisste.

»Die Mode hat sich schon verändert, seit Beatrice im vergangenen Jahr in die Gesellschaft eingeführt wurde.« Alice dachte an ihre herrische Cousine. Beatrice, Constance' ältere Schwester, war ein grässliches Wesen, das ständig auf Alice herabschaute, jetzt, da ihr Vater der Duke of Exeter war. Trotz allem hatte Alice sie nie gehasst und ihr nie etwas Böses getan, obwohl sie allen Grund dazu gehabt hätte. Sie rümpfte die Nase. Nein, das stimmte nicht ganz. Sie und Edmund St Loy, ihr langjähriger Freund aus Kindertagen, hatten ihr einmal eine große Zitterspinne in den Nacken gesetzt. Aber es war wirklich bloß eine Zitterspinne gewesen, und Beatrice hatte definitiv überreagiert. Nanny hatte sowohl Alice als auch Edmund ohne Abendessen ins Bett geschickt. Sie lächelte bei der Erinnerung und dachte daran, wie laut ihr Magen und der von Edmund protestiert hatten. Er war ein echter Verbündeter.

Im vergangenen Jahr hatte Beatrice den Viscount Fancot geheiratet, der zwanzig Jahre älter war als sie. Alice konnte sich kaum vorstellen, wie grauenhaft das sein musste. Doch ihre Tante war entzückt gewesen.

Ihr würde das nicht passieren, dafür würde sie sorgen. Alice dachte an all die heiratswürdigen Männer, denen sie bislang begegnet war. Sie waren furchtbar, aber sie zwang sich, gute Miene zum bösen Spiel zu machen. Es ging ohnehin allein um Macht. Beide, ihre Tante genau wie ihre Mutter, übten das bisschen Macht, das sie besaßen, über sie aus und versuchten, sich gleichzeitig gegenseitig klein zu halten.

In der Ecke eines etwas abgelegenen Blumenbeets neigten sich späte weiße Narzissen im Wind. Ihr Duft wehte zu ihnen herüber und erinnerte Alice an Edmunds Familiensitz in Penhale. Als Kind hatte sie dort viel Zeit verbracht, sorglose Tage, in denen sie mit Edmund um die Wette gelaufen war, während ihre Mütter den neuesten Klatsch und

Tratsch austauschten und die Väter auf der Jagd waren. Sie erinnerte sich zudem grob daran, dass sie auf einem wunderschönen grauen Pony gesessen hatte. Wie neidisch sie gewesen war, dass Edmund nicht hatte geführt werden müssen, während man bei ihr darauf bestanden hatte! Schon damals hatte sie den Eindruck gewonnen, dass man ihr weniger zutraute, nur weil sie ein Mädchen war.

Das Ganze war einfach nur lächerlich. Sie stand auf und strich ihren Rock glatt. Sie wollte nicht heiraten, und sie wollte nicht an dieser Debütantinnenscharade teilnehmen, nicht einmal wegen der Kleider, aber vorerst würde sie sich dem fügen müssen. Es brachte nichts, ungeduldig zu sein, aber genau das war sie. Sie könnte etwas von Constance lernen: Resilienz. Ihre Tante war immer gemein zu Constance, aber das Mädchen begehrte nie auf. Das würde Alice niemals gelingen.

»Wann fährst du aufs Land?«, fragte Constance und stand ebenfalls auf.

»Nach der Henley Royal Regatta, denke ich«, log Alice. Alles würde sich ändern, sobald sie diesen Debütantinnenkram hinter sich hatte. Dann würde sie frei sein.

»Fährst du nach Schottland?«, fragte Constance weiter.

»Wahrscheinlich.«

»Nicht nach Devon?«

Alice schüttelte den Kopf. Sie hätte es vorgezogen, nach Abbotswood zu fahren und die Landschaft zu genießen, aber das wäre zu schmerzhaft gewesen. Dort war ihr Vater bei einem Reitunfall ums Leben gekommen. Dort, hatte sie geglaubt, wäre ihr Zuhause, doch das war es nicht länger.

Constance runzelte die Stirn. »Du scheinst gar nicht aufgeregt zu sein.«

»Das ist doch auch alles Unsinn.« Sie gingen auf die Gärtner zu, die ihr Bestes gaben, sich unsichtbar zu machen und einfach nur ihre Arbeit zu verrichten.

»Wieso ist das Unsinn?« Constance folgte einen Schritt hinter ihr.

»Ich möchte keinen Ehemann.« Alice schürzte die Lippen. Sie konnte ihrer Cousine das ruhig sagen, denn selbst wenn diese es ihrer Tante weitertratschen würde, würde niemand einem dreizehnjährigen Mädchen zuhören, geschweige denn Glauben schenken. Das wusste Alice aus eigener Erfahrung. Mädchen hatten nichts zu sagen, das hatte ihre Mutter sie gelehrt.

Constance fasste sie am Arm. »Aber du brauchst einen Ehemann.«

»Nein«, sagte Alice und blieb stehen. »Ich brauche keinen.«

»Aber möchtest du denn nicht geliebt werden?«, fragte Constance mit weit aufgerissenen Augen.

Alice zog scharf die Luft ein. Ihre Cousine las definitiv zu viele Romane. »Sei nicht albern. In einer Ehe geht es nicht um Liebe. Es geht um Macht und Besitz.«

Constance' Pupillen verengten sich, als sie diese Aussage einsickern ließ.

»Ich möchte keine Liebe«, erklärte Alice mit fester Stimme, »ich möchte Freiheit.« Da, jetzt hatte sie es laut ausgesprochen.

»Aber Liebe ist wichtig«, beharrte Constance und legte den Kopf schräg.

Alice fühlte sich wie ein Käfer, der unter die Lupe genommen wurde, weil er sich nicht so verhielt, wie er sollte. »Liebe ist nicht wichtig. Sie mag nett sein, aber Freiheit bedeutet alles«, sagte sie und hörte Miss Parkes' Worte in ihrem Kopf. Ihre Mutter erschien auf den Stufen vor der Terrasse und ließ den Blick suchend über den Garten schweifen. Sie war noch immer eine schöne Frau, und sie wusste dies zu ihrem Vorteil einzusetzen. Alice wollte mehr als das, so viel mehr. Ihre Mutter entdeckte sie beide, gerade als Nanny Roberts an ihre Seite trat. Alice hatte Nanny seit zwei Jahren nicht gesehen, und sie hatte sie vermisst. Wortlos eilte sie mit Constance zum Haus zurück.

Liebste Sylvia,

ich hoffe, dieser Brief trifft bei Dir ein, wenn sich Dein gesundheitlicher Zustand verbessert hat. Ein permanenter Husten ist ein Grund zu großer Sorge. Hast Du den Doktor aufgesucht? Hat er Dir sagen können, was es ist? Sieh zu, dass Du es immer schön warm hast und Dich von Zugluft fernhältst.

Ich bin in Exeter House eingetroffen. Es platzt aus allen Nähten, denn in London ist die Ballsaison in vollem Gange. Gerade habe ich Lady Alice gesehen. Wie sie sich während meiner Abwesenheit entwickelt hat! Verschwunden ist das ungezogene Kind, vor mir steht nun eine selbstbewusste junge Frau. Doch etwas bereitet mir Sorge, auch wenn ich nicht genau erklären kann, was. Hinter der kultivierten Fassade braut sich einiges zusammen. Ich habe das schon einmal erlebt. Lady Alice war stets eine Person, die sich durchsetzen konnte, und ich glaube kaum, dass die Zeit im Pensionat ihr diese Eigenschaft ausgetrieben hat. Ihr geliebter verstorbener Vater zeigte stets Nachsicht mit ihr, und das tat ich womöglich auch. Von allen Kin-

dern, die ich großgezogen habe, wurde ihr am meisten gewährt, vielleicht mehr, als ihr gutgetan hat.

Natürlich bete ich, dass ich mich täusche und dass sie in dieser Saison die passende Partie findet. Ihr Onkel wird mich aus seinen Diensten entlassen, damit ich mich um Alice' Kinder kümmern kann, sobald sie eintreffen. Ich habe ihrem Vater versprochen, dass ich mich um seine Tochter kümmere, und diese Pflicht endet erst, wenn ich meinen letzten Atemzug tue.

Doch zu einem anderen Thema: Die junge Lady Constance wächst mit großer Geschwindigkeit heran. Sie ist körperlich weit für ein dreizehnjähriges Kind, und ich bin mir nicht sicher, ob ihre Mutter es bemerkt hat, obwohl ich mir alle Mühe gegeben habe, sie darauf hinzuweisen. Die Duchess ist viel zu beschäftigt mit dem neuesten Klatsch und ihrer eifersüchtigen Furcht, dass Alice als Debütantin der Saison gefeiert werden könnte, während sich die arme Lady Beatrice im letzten Jahr als Mauerblümchen entpuppte und nun damit kämpft, einen Erben für den Viscount zur Welt zu bringen. Lady Beatrice ist eine hübsche Frau, aber sie hat nichts von Lady Alice' Lebhaftigkeit oder Intelligenz. Natürlich wird Lady Alice genau das zu Fall bringen, sollte sie nicht vorsichtig sein. Ich hoffe wirklich, dass sich eine gute Partie für sie findet. Ich weiß, dass die Familie Lord Edmund wegen seiner Neigungen ablehnt, aber ich finde, er wäre genau der richtige Ehemann für Lady Alice.

Ich kann förmlich hören, wie Du Dich nach meinem Befinden erkundigst. Nun, es ist mir schon besser gegangen, geliebte Schwester, aber ich bin hier, und ich darf dem Debüt meines lieben Mädchens beiwohnen. Das bringt mir große Freude und die Kraft zurück, von der ich vergessen hatte, dass ich sie besitze.

In Liebe
Eve

Im Kinderzimmer stieß Alice auf Nanny. Sie saß unter dem Dach am Schreibtisch und schrieb. Auf Zehenspitzen tappte Alice über die nackten Bodendielen und schlich geduckt um die Dachvorsprünge und das Schaukelpferd herum, das der Vater ihr einst geschenkt hatte. Viele Dinge in den Regalen hatten ihr oder ihrem Vater gehört, doch das taten sie nicht länger. Alles war vor vier Jahren ungefragt in den Besitz ihres Onkels übergegangen, einschließlich ihrer Zukunft, bis er sie einem anderen Mann übergeben würde. Ihre Brust wurde eng.

Bunte Bauklötze lagen ordentlich im Regal neben Humbert Bär. Alice nahm ihn hoch. Er roch nach Staub und Honig. Sie krauste die Nase. Wer hatte ihn zuletzt geknuddelt? Constance? Francis, der jüngste ihrer Cousins? Niemand? Sie drückte ihn fest an sich, dann ging sie weiter zu Nanny, die sich am Schreibtisch umdrehte und sie betrachtete. Ein Lächeln trat auf Nannys Gesicht.

»Hatten Sie ihn vergessen?«, fragte sie.

Alice nickte und ließ sich in den Schaukelstuhl neben dem Schreibtisch fallen. Früher hatte Nanny hier mit ihr gesessen und geschaukelt, um sie zu trösten, wenn sie sich das Knie aufgeschürft oder den Ellbogen angestoßen hatte. Alice hatte es immer schon eilig gehabt, sich gern bewegt. Ungeduldig, auf Entdeckungsreise zu gehen und sich zu entfalten. Doch genau wie man sie mit vierzehn in ein

Korsett eingeschnürt hatte, wollte man ihr jetzt einen Ring an den Finger stecken und sie noch weiter fesseln. Unten hatte sie ein Gespräch zwischen ihrem Onkel und ihrer Mutter mit angehört, wie sie über die potenziellen Kandidaten sprachen. Es war jeden Tag das Gleiche, Woche für Woche. Wer würde einen Antrag machen? Wen würden sie bewirten müssen?

»Was bedrückt Sie, Lady Alice?«, fragte Nanny und legte den Füllfederhalter beiseite.

Alice presste den Bären fester an ihre Brust und spürte das stoppelige Fell an ihrem Kinn, als sie den Kopf senkte, um Nannys durchdringendem Blick auszuweichen. »Ist das so offensichtlich?«

»Für mich schon.« Sie beugte sich vor und legte einen Finger unter Alice' Kinn. »Was haben sie gesagt?«

»Dass ich heiraten soll.« Alice streichelte den Bärenkopf.

Nanny ließ die Hand sinken. »Natürlich.«

Wie sollte sie Nanny verständlich machen, was sie empfand? Sie umarmte Humbert noch fester.

»Sie möchten den Antrag nicht annehmen.«

Alice sah sie zwischen den abgewetzten Ohren des Bären hindurch an. »Bislang hat niemand einen Antrag gemacht … noch nicht.«

Nanny kniff die Augen zusammen. »Ist das ein Problem?«

Alice schüttelte den Kopf. »Ich habe nicht vor zu heiraten.«

Nanny lachte leise. »Mein liebes Kind, wir wissen beide, dass es niemanden interessiert, was Sie vorhaben.« Sie nahm eine von Alice' Händen in ihre. »Sie können nur darauf hoffen, dass man Sie mit einem passablen Mann verheiratet.«

Alice zog ihre Hand weg. Wie hatte sie nur in Erwägung

ziehen können, dass Nanny sie verstehen würde? Nanny war ein Teil des Problems.

»Nun, soweit ich gehört habe, ist der Duke of Cleveland eine anrüchige Person, aber er ist überaus vermögend und verfügt über riesige Besitztümer. Es könnte schlimmer sein.«

Alice stand auf, den Bären noch immer fest an sich gedrückt.

»Kind, Sie müssen heiraten. Das ist Ihre Pflicht … und Ihr gutes Recht.« Nanny blickte auf ihre linke Hand und wackelte mit dem nackten Ringfinger.

»Ich pfeife auf dieses Recht.« Alice drehte sich um und verließ zusammen mit Humbert Bär das Kinderzimmer. Gerade Nanny hätte sie verstehen müssen, aber sie war genauso schlimm wie ihre Mutter und die Übrigen. Nur Miss Parkes verstand sie. Alice wusste, was sie bei dem Ball in ein paar Tagen zu tun hatte. Das war ihr jetzt noch klarer als je zuvor. Solange sie eine Stimme hatte, musste sie sie erheben.

Liebste Sylvia,

ich freue mich zu hören, dass es Dir besser geht und dass Du meinen Ratschlag befolgt hast. Ich kann mir Dich gut im Garten vorstellen, umgeben von Rosen.

Hier in London erwacht der Garten mit Riesenschritten zum Leben. Die Glyzinien stehen in voller Blüte. Sie erinnern mich stets an ein Kleid von Dir, das blassblaue mit dem Rüschenkragen. Was für glückliche Gedanken!

Lady Alice hat mich gerade im Kinderzimmer besucht. Sie hat sich an den alten Bären ihres Vaters geklammert, als hinge ihr Leben davon ab. Für einen Moment meinte ich, wieder das Kind vor mir zu sehen, das ich kannte, aber nein, jemand anders hat seinen Platz eingenommen. In ihren Augen und in ihrem Herzen brennt jedoch immer noch das altvertraute Feuer. Noch weiß ich nicht, was in ihrem klugen Kopf vor sich geht, ich weiß nur, dass sie gegen die Ehe Stellung bezogen hat.

Das ist neu. Keines der Kinder, die ich großgezogen habe, hat jemals gegen diese Pflicht rebelliert. Etwas sagt mir, dass sich Ärger zusammenbraut. Sollte tatsächlich etwas passieren, dann hat ihre Mutter sich das selbst zuzuschreiben. Die verwitwete Duchess hat sich nie etwas aus ihrer Tochter gemacht, genauso wenig wie aus ihrem Ehemann. Ich erinnere mich noch genau daran, wie die achtjährige Lady Alice wieder und wieder schluchzend hervorstieß: »Ich bin nicht gut genug. Ich bin nicht genug. Ich bin ein Mädchen. Töchter zählen nicht. Ich bin nicht genug. Ich werde niemals genug sein.« Als ich sie endlich beruhigt hatte, stellte sich heraus, dass sie eine der ständigen Auseinandersetzungen ihrer Eltern mit angehört hatte. Bitter. Von Liebe zwischen den beiden konnte man damals kaum reden. Er fing an zu trinken, wegen seiner Frau. Das arme Mädchen wusste, was ihre Mutter von ihr hielt, und die Ansichten der Witwe haben sich nicht geändert. Aber genug davon.

Die junge Lady Constance erweckt weiterhin großes Wohlgefallen, und der jüngste Sohn des Dukes, Lord Francis, ist eine liebenswerte, sanftmütige Seele. Es geht das Gerücht, er sei nicht das Kind des Dukes, aber wegen der beiden älteren Söhne hat Seine Gnaden keine Sorgen. Ich habe mit Francis' Hauslehrer gesprochen, der zufrieden mit seinen Fortschritten ist. Der Junge geht dieses Jahr nach Eton.

Ich warte auf eine neue Aufgabe. Dass man mich zu Lady Beatrice schickt, bezweifle ich. Die Schwiegermutter wünscht, dass ihre eigene Kinderfrau diese Aufgabe übernimmt. Ich habe nicht den Eindruck, dass die beiden Damen auf gutem Fuße miteinander stehen.

Ich bin dankbar, dass ich hier in London sein und sehen darf, wie mein Schützling flügge wird. Und sie wird flügge werden, denn ihre Schönheit ist ebenso unanfechtbar wie ihr Selbstvertrauen. Wenn es ihr gelingt, ihre rebellische Natur im Zaum zu halten, wird sie sich am Ende der Ballsaison den Ehemann ihrer Wahl angeln, nicht den, den ihre Mutter für sie aussucht. Irgendwie muss ich ihr diesen Gedanken eintrichtern. Sie darf nicht glauben, dass sie nicht heiraten muss, denn das muss sie. Wenn sie clever ist, wird sie begreifen, dass sie das Recht hat zu wählen, wenn sie sich nur geschickt genug anstellt. Sie muss einfach ihre Möglichkeiten abwägen. Der Duke of Cleveland ist an ihr interessiert. Er ist extrem vermögend und interessiert sich mehr für die Jagd als für alles andere. Sie könnte einen schlechteren Fang machen, aber es gibt bessere. Ich werde tun, was ich aus der Distanz des Kinderzimmers heraus tun kann.

Wenn Du Zeit hast, fertige doch eine Skizze von den Blumen an, die momentan im Garten blühen, und ich beschreibe Dir die Ballsaison in allen Einzelheiten, sobald sie denn begonnen hat.

Für immer die Deine
Eve

Kapitel 11

Zwanzig Kraftwagen waren vor ihnen auf der Mall, Londons Prachtstraße, und Gott weiß wie viele hinter ihnen. Nicht ein einziges Wölkchen trübte den Abendhimmel, was für gewöhnlich Alice' Stimmung gehoben hätte, doch heute brachte es sie nur zum Kochen, trotz der offenen Fenster. Ihre Finger in den Handschuhen waren nass vor Schweiß. Ihre Mutter fächelte sich träge Luft zu, doch damit wedelte sie die Hitze lediglich in Alice' Richtung.

Die Tore des Buckingham Palace in der Ferne waren geschlossen. Bald schon würden sie sich öffnen, und all die Debütantinnen und ihre Begleitungen würden hineinstürmen, als wäre Handicap-Tag bei den Pferderennen. Und irgendwie war es das ja auch. Wer wäre am Ende der Gewinner? Alice bestimmt nicht. In weniger als einer Stunde würde sich der Lauf ihres Lebens verändern. Sie würde nicht länger an der aberwitzigen Suche nach einem Ehemann teilnehmen, und das Beste daran war: Sie würde damit etwas für andere tun. Jede noch so kleine Tat im Kampf für die Gleichberechtigung war von Bedeutung. Das zu tun, was sie sich vorgenommen hatte, würde ihrer Existenz einen Sinn verleihen. Es würde nicht dazu führen, Kinder zu gebären, stattdessen würde es ihr und allen anderen Frauen helfen. Das war es, worauf sie sich konzentrieren musste.

Nicht auf die Hitze, nicht auf die Schönheit ihres Kleids oder der Federn in ihrem Haar.

Sie würde sich für die Sache einsetzen und von einem stimmlosen, nutzlosen, dekorativen Anhängsel zu einer machtvollen Frau werden. Diese bevorstehende Veränderung war gleichermaßen aufregend wie erschreckend und brachte ihren Magen in Aufruhr. Doch seltsamerweise empfand sie weder Aufregung noch Furcht. Sie verspürte Macht. Ein flirrendes Gefühl.

Das Einzige, womit es sich vergleichen ließ, war die Hoffnung, die sie vor ihrem ersten Kuss verspürt hatte. Sie und Edmund hatte es ausprobiert, nachdem sie gesehen hatten, wie ihr Cousin seine Verlobte küsste. Die Vorfreude war sehr viel besser gewesen als das tatsächliche Erlebnis. Sie hatten beide reglos voreinander gestanden, die Lippen aufeinandergedrückt und auf irgendetwas gewartet, was nicht passierte. Schließlich war Edmund zurückgetreten und hatte erklärt, dass er sie vermutlich heiraten müsse, sollte sie irgendwer dabei gesehen haben. Wie aufs Stichwort hatte es neben ihnen im Gebüsch geraschelt. Edmund hatte behauptet, das sei nur der Sohn des Flussmeisters gewesen, der würde nichts verraten. Sie war sich da nicht so sicher, aber der Junge war verschwunden, und sie fragte sich, ob er wirklich da gewesen war. Die Vorstellung, dass man sie beobachtet hatte, war aufregender gewesen als der Kuss an sich. Der hatte sich nun ganz und gar nicht als zufriedenstellend erwiesen.

»Alice!« Ihre Mutter zog sie am Arm. »Es ist so weit.« Sie ließen sich aus dem Wagen helfen, dann führte die verwitwete Duchess of Exeter ihre Tochter über die Mall, durchs offene Tor und in den Palast. Sie sah dabei weder nach links noch nach rechts, sondern konzentrierte sich voll und ganz auf ihr Ziel. Die starre Maske, die Olivia aufgesetzt hatte, ermutigte Alice nicht gerade, sich nach ihren Gedanken zu erkundigen.

Jeder Schritt brachte sie ihrer Zukunft näher. Alice zwang sich, langsamer zu atmen, damit sie ruhig und anmutig wirkte. Am wichtigsten aber war, dass man ihr ihre Absichten nicht anmerkte. Außerdem war sie fest entschlossen, sich jedes Detail ganz genau einzuprägen, von den Blumen bis hin zu den anderen Debütantinnen.

Lakaien öffneten die Türen zu einem Salon neben dem Thronsaal. Nachdem sich alle eingefunden hatten, wurde es still. Still bis auf gelegentliches gedämpftes Flüstern, unterdrücktes Husten und das Rascheln von Seide. Gerade laut genug, dass Alice weder ihren hämmernden Herzschlag noch das Orchester hören konnte, das nebenan spielte. Der intensive Duft nach Gardenien war sowohl betörend als auch abstoßend. Anders als die anderen Begleiterinnen um sie herum, wirkte ihre Mutter reglos und wachsam. Ahnte sie etwas? Nein, das war unmöglich.

Für einen Moment rang Alice in dem stickigen Saal nach Luft. Schweißtröpfchen rannen zwischen ihren Brüsten hinab. Worauf warteten sie jetzt schon wieder? Ein Tag mit unendlich vielen Pausen. Sie wollte es hinter sich bringen. Je länger sie hier standen, desto enger wurde ihre Kehle. Sie war die fünfte in der Reihe. Ihr Kleid glänzte im gedämpften Licht, die Perlen brachten ihre Haut zum Strahlen. Sogar ihr Onkel hatte sich zu einem Kompliment über ihr Aussehen hinreißen lassen.

Die Tür zum Thronsaal öffnete sich, die erste Debütantin trat ein. Alle drängten vorwärts. Alice sah sich selbst in einem der Spiegel, die Federn auf ihrem Kopf. Sie sah aus wie ein Fasan, auf den man gleich zur Jagd blasen würde. Ihre Mutter richtete die Perlen um Alice' Hals, während Alice den geflüsterten Ermutigungen der Mütter hinter ihnen lauschte. Sie warf einen verstohlenen Blick über die Schulter auf die Reihe von Gleichaltrigen hinter ihr. Sie würde es für sie tun, genau wie für sich selbst. Wieder setzte sich die Schlange in Bewegung, als die nächste Debütantin angekündigt wurde. Jetzt würden sie nicht mehr lange warten müssen. Sie warf einen Blick auf ihre Mutter, die konzentriert auf die offene Tür starrte.

Endlich waren nur noch Lady Blomfield und ihre Tochter Mary vor ihnen. George V. und Queen Mary saßen unter einem überladenen Baldachin, ein Kreis von Duchesses an einer Seite. Alice war mit vielen von ihnen verwandt, und nun würden sie Zeuginnen ihres Handelns werden. Sie würde respektvoll sein, aber sie würde dafür sorgen, dass sie gehört wurde. Ihr Moment war beinahe gekommen.

Mary Bloomfield ließ die Schleppe ihres Kleids fallen, und der Lakai breitete sie mit einem Stab aus. Er erinnerte Alice an einen Schäfer, der die Schafe sortierte. Wie hatte der amerikanische Botschafter die Einführung bei Hofe noch gleich genannt? »Die wohlorganisierteste, wohlgesittetste Schau auf der ganzen Welt.« Die internationale Presse würde anwesend sein. Alice' Handeln würde rund um den Globus Widerhall finden.

Durch einen Spalt in der Tür sah Alice Lady Blomfield vor dem König knicksen und dann weiter zur Queen gehen. Mary erreichte nun die Stelle, an der sie einen tiefen Hofknicks machen sollte. Sie blieb stehen, und Alice fürchtete schon, sie würde einen Nervenzusammenbruch erleiden, doch plötzlich fiel Mary auf die Knie und sagte: »Eure

Majestät, wendet um Himmels willen keine Gewalt an …«
Bevor Mary zu Ende sprechen konnte, wurde sie eilig von zwei Gentlemen untergefasst und hinausgeführt.

Alice schwankte. Die verwitwete Duchess of Exeter fasste fest Alice' Hand. Die Musik spielte so laut, dass weder Alice noch sonst wer etwas anderes hören konnte. Alice drehte sich der Magen um, als der Lakai sie nach vorn winkte. Sie rührte sich nicht vom Fleck. Mary hatte es getan. Mary hatte zum König und der Königin gesprochen. Alle machten einfach so weiter, als wäre nichts gewesen. Wie konnten sie nur! Was sollte sie tun? Das hier war ihr Moment!

Ihre Mutter stieß sie mit ihrem spitzen Ellbogen an, was dazu führte, dass Alice automatisch ihre Schleppe fallen ließ, die der Lakai mit seinem Stab richtete. Sämtliches Blut war aus ihrem Gesicht gewichen. Man erwartete von ihr, dass sie das durchstand. Alice schauderte. Ihre Mutter warf ihr einen strengen Blick zu, der so viel wie »Sei nicht albern!« sagte. Sie hatte recht. Alice könnte dies im Schlaf bewerkstelligen. Sorgen zu stolpern oder in die falsche Richtung zu gehen hatte sie nicht.

»Ihre Gnaden, Olivia, die verwitwete Duchess of Exeter, und Lady Alice Neville.« Ihre Mutter sah sie an, dann betrat sie hoch erhobenen Hauptes den Saal. Sie knickste zuerst, während Alice zögerte, es ihr gleichzutun. Schließlich tat sie es doch, und als sie sich wieder aufrichtete, sah sie dem König direkt in die Augen. Ihre Mutter knickste bereits vor der Königin. King George V. verzog keine Miene. Sein Gesicht war völlig ausdruckslos. Alice ging weiter und verneigte sich vor Queen Mary, die sie nicht einmal ansah. Die Meinung der Königin über diese »Furien«, wie sie die Suffragetten nannte, war allgemein bekannt.

»Gott sei Dank ist das vorbei«, sagte ihre Mutter, nachdem sie von einem weiteren Lakaien in den Ballsaal geleitet worden waren. »Kaum zu glauben, was dieses Blomfield-Mädchen getan hat. Ausgerechnet zu diesem Anlass …« Sie schnalzte verächtlich mit der Zunge, und Alice wünschte sich inständig, sie wäre an Mary Blomfields Stelle gewesen. Sie hätte an ihrer Stelle sein sollen. Sie hätte es tun sollen, denn dann wären sie nicht in der Lage gewesen, einfach so weiterzumachen. Jetzt würde sie neu überlegen, sich einen anderen Plan einfallen lassen müssen, vor allem aber müsste sie diese schreckliche Farce fortsetzen.

Ihre Füße schmerzten, und sie war ein wenig beschwipst. Um ehrlich zu sein, mehr als nur ein wenig. Debütantinnen durften eigentlich keinen Alkohol trinken, aber jemand hatte den Fruchtpunsch, der für sie vorgesehen war, mit etwas Hochprozentigem versetzt, und plötzlich war ihr der langweilige Ball sehr viel unterhaltsamer erschienen. Alice stand auf dem Balkon und atmete die nach Jasmin duftende Nachtluft ein. Nein, Morgenluft, denn es war schon beinahe zwei Uhr. Was sollte sie tun? Mary hatte ihr den Moment geraubt. Sie musste sich etwas einfallen lassen, einen Plan schmieden, aber sie konnte kaum noch klar denken.

»Ist das etwa ein Fluchtversuch?«, fragte eine tiefe Stimme hinter ihr.

Alice drehte sich um und blickte in das vertraute Gesicht von Arthur Carew, der zu ihr auf den Balkon hinaustrat.

»Definitiv.« So elegant sie konnte, schlüpfte sie wieder in ihre Schuhe. Sie fühlte sich entlarvt.

Er zündete eine Zigarette an. »Das kann ich Ihnen nicht zum Vorwurf machen.«

Sie lachte, dann bekam sie einen Schluckauf.

»So gut war der Punsch also?« Im Licht, das aus dem Ballsaal fiel, sah sie, wie er eine Augenbraue in die Höhe zog.

»Ist das so offensichtlich?«, fragte sie.

Er lachte leise. »Bis gerade eben war es das nicht.«

»Gut zu wissen«, sagte sie und lächelte.

»Haben Sie den Abend genossen?«, fragte er und zog fest an seiner Zigarette. Er blies den Rauch ins Licht, der eine Art Heiligenschein um seinen blonden Schopf bildete. Sie legte den Kopf schräg und betrachtete ihn eingehend. Er war groß, sah gut aus, und es hieß, er sei außergewöhnlich klug und einer der besten Parlamentsabgeordneten des ganzen Landes.

»Der Punsch hat geholfen«, erwiderte sie.

Sein Lachen wurde lauter. »So schlimm also.«

»Es fühlt sich an wie auf einer Landwirtschaftsausstellung. Die anderen Debütantinnen und ich wurden fein gestriegelt und mit Schleifen herausgeputzt, damit wir einen Preis gewinnen.«

»Und? Haben Sie einen Preis gewonnen?«, wollte er wissen und stützte sich auf die Balustrade.

Sie reckte das Kinn vor und antwortete: »Ich möchte nicht gewinnen.«

»Wie interessant.« Er musterte sie mit scharfem Blick. »Was wollen Sie dann, Lady Alice?«

»Das Wahlrecht für Frauen.« Sie hatte nicht darüber nachdenken müssen. Es war so wichtig. Man musste die Männer dazu bringen, dass sie erkannten, wie wichtig es war.

»Dann stimmen Sie mit Mary Blomfield überein?«

»Ja. Die Zwangsernährung der Suffragetten in den Gefängnissen muss aufhören, die Frauen müssen ihre Stimme abgeben dürfen.«

»Verstehe.« Er klopfte die Asche seiner Zigarette ab, die über die Balustrade auf den menschenleeren Weg darunter fiel.

»Tun Sie das? Tun Sie das wirklich?« Sie betrachtete sein intelligentes Gesicht.

»Ich habe die Sache unterstützt«, sagte er.

Sie lehnte sich zurück. Das stimmte. Das hatte er tatsächlich getan.

»Frauen sind nicht weniger bedeutend.« Sie straffte die Schultern.

»Da haben Sie recht.«

Wieder blickte sie ihm forschend ins Gesicht. Er hörte zu, und er pflichtete ihr bei. »Danke.«

»Ich werde mich weiterhin für das Wahlrecht für Frauen einsetzen, für alle Menschen.« Sein Blick begegnete ihrem.

»Werden wir noch lange darauf warten müssen?«, fragte sie. Sie mochte es, wie seine blauen Augen an ihren Lippen hängen blieben.

»Das kann ich nicht sagen. Manche Dinge brauchen Zeit, vor allem die erstrebenswerten.«

»He, Schlingelchen, hier bist du!«, sagte Edmund und streckte den Kopf zur Tür heraus. Im selben Moment begann das Orchester wieder zu spielen. Sie lächelte, als er sie bei dem Spitznamen nannte, den er ihr als Kind gegeben hatte. »Komm schon, ich weiß, dass ich nicht der Duke bin, hinter dem du her bist, aber du schuldest mir einen Tanz.« Er sah Arthur an. »Sie haben doch nichts dagegen, oder, Carew?«

»Aber gewiss nicht.« Arthur verbeugte sich, und Alice nahm Edmunds Hand, um sich von ihm zurück auf den Viehmarkt führen zu lassen. An der Tür blieb sie stehen und drehte sich ein letztes Mal zu Arthur Carew um, der ihnen lächelnd nachsah.

Kapitel 12

Es war zehn nach zehn, der Abendhimmel immer noch hell. Die Luft war warm, als Alice an der Royal Albert Hall aus dem Wagen stieg. Der heute stattfindende angloamerikanische Friedensball erinnerte an den Vertrag von 1814. Jeder, der etwas auf sich hielt, ganz gleich, von welchem Ufer des Atlantiks, war hier, darunter auch sechs Mitglieder der königlichen Familie und – das Wichtigste für Alice – der König und die Königin.

Vor ihr betraten Pilger das Gebäude, und Alice versuchte zu erkennen, wer sich unter den adretten Hauben verbarg. Jedes Kostüm musste einen Bezug zum Empire oder der Neuen Welt haben. Alice und ihre Mutter stiegen die Stufen hinauf. Ein Stück von ihnen entfernt entdeckte Alice Lady Astor als Columbia und Lady Maud Warrender als Britannia, die einen finsteren Eindruck machte mit ihrem metallenen Brustharnisch. Als eine der Kriegerinnen Britannias war sie froh, dass sie sich nicht auch noch mit einem Helm herumschlagen musste, was an diesem warmen Abend ziemlich unangenehm gewesen wäre.

Alice stolperte, und ihre Mutter warf ihr einen strengen Blick zu. Es war nicht einfach, mit dem großen Schild, der riesigen Feder und dem weiten Rock die Balance zu halten, wenngleich sie sich fangen konnte. Ihre Mutter hatte sich zur Präsentation der Vereinigten Staaten als Kentucky herausgeputzt. Auch sie trug einen Schild und einen Helm mit Sternen.

Im großen Saal hielt Alice Ausschau nach Edmund. Wenn er wirklich den Federkopfschmuck trug, sollte er nicht schwer zu finden sein. Ihr Blick blieb an Christopher Kolumbus beziehungsweise Roland Hill hängen. Es gab sogar jemanden, der Kolumbus' Flaggschiff *Santa Maria* darstellte. Im Augenwinkel sah sie Sir Walter Raleigh und Siedler seiner Kolonie in Virginia. Die Royal Albert Hall hatte noch nie eine so bunte Vielfalt an Kostümen gesehen.

Alice entdeckte Arthur Carew, der als amerikanischer Trapper verkleidet war. Ein Waschbärenhut schmückte seinen Kopf. Er nickte ihr zu. Sie lächelte. Ganz in der Nähe sah sie weitere Kriegerinnen der Britannia und atmete erleichtert auf. Für den Augenblick war es das Beste, mit der Menge zu verschmelzen. Heute empfand Alice keine Furcht, nur Ungeduld.

»Schlingelchen!« Ein rot-brauner Edmund mit prächtigem Federschmuck eilte in ihre Richtung. Er mochte zwar zwei Jahre älter sein als sie, doch verkleidet als Apache sah er immer noch aus wie der Junge, den sie seit ihrer frühen Kindheit kannte.

»Du siehst außergewöhnlich aus«, bemerkte sie und unterdrückte ein Kichern. Er wirkte größer als sonst, was an seinem Kopfschmuck liegen musste.

Edmund verbeugte sich und drückte seinen Tomahawk an die nackte, bemalte Brust. »Vielen Dank.«

»Hast du vor, heute Abend irgendwen zu skalpieren?«, erkundigte sie sich.

Er richtete sich wieder auf und ließ den Blick über die Menge schweifen, dann hielt er plötzlich inne. Ein Lächeln trat auf sein gutaussehendes Gesicht. »Hm, vielleicht habe ich Glück.«

Sie konnte nicht sehen, wen er ins Auge gefasst hatte, das Gedränge war einfach zu dicht.

»Und nun, Schlingelchen, wirst du einen Tanz für mich reservieren.«

»Immer doch«, sagte sie und warf einen Blick aufs Orchester. Die Musiker spielten bereits zum Tanz auf, einige Paare drehten sich in der Mitte des Saales. Das Defilee würde um Mitternacht stattfinden. Jetzt musste es ungefähr elf sein. Ihr Ziel war es, dem Duke of Cleveland aus dem Weg zu gehen und sich einen direkten Weg zur Königsloge zu bahnen, wo sie sich an den König und die Königin wenden wollte. Das hier war Alice' Chance. Sie könnte etwas gegen die unhaltbaren Zustände unternehmen. Die Frauen in den Gefängnissen zwangszuernähren war nicht hinnehmbar. Die amerikanische Presse schrieb, die Regierung dürfe das nicht tun, doch die erwiderte bloß, dass sie die Suffragetten auf keinen Fall verhungern lassen würde. Die richtige Reaktion wäre gewesen, den Frauen das Wahlrecht zuzugestehen.

Jemand tippte ihr auf die Schulter und riss sie damit aus ihren Gedanken. Ihre Cousine Beatrice war neben sie getreten, gekleidet in einen indischen Sari in prächtigen Grüntönen. Er stand ihr. »Cleveland sucht dich«, teilte sie ihr mit.

Alice rümpfte die Nase.

Beatrice schürzte die Lippen, dann sagte sie: »Du kannst dich genauso gut in dein Schicksal fügen.«

Alice schauderte.

»Glaubst du wirklich, du kannst aus Liebe heiraten?«, fragte Beatrice mit hochgezogener Augenbraue.

»Nein.« Gar nicht zu heiraten war der Plan, den Alice insgeheim verfolgte.

Einer von Beatrice' Mundwinkeln zuckte verächtlich in die Höhe. »Das ist gut. Liebesehen sind eher etwas für die Mittelklasse.«

»Dann liebst du Fancot also nicht?« Alice musterte ihre Cousine und stellte fest, wie dieser die Röte in die Wangen stieg.

»Oh, Liebe gibt es jede Menge, bis der Erbe auf der Welt ist.« Sie blickte auf ihren flachen Bauch. Beatrice' Kinderlosigkeit war das Hauptgesprächsthema zwischen ihren beiden Müttern. Constance musste unzähligen unangemessenen Gesprächen lauschen, weil sie vergaßen, dass sie da war. Sie wusste beinahe über genauso viele Geheimnisse Bescheid wie die Bediensteten.

»Lady Alice.« Der Duke of Cleveland trat hinter sie. Seine aufdringliche Nähe bestärkte sie nur in ihrer Entschlossenheit. Nach dem heutigen Abend würde er nichts mehr mit ihr zu tun haben wollen, und dafür war sie jetzt schon dankbar.

»Ein Tanz?« Er hauchte sie mit seinem whiskygeschwängerten Atem an. Sie drehte sich um und betrachtete sein Kostüm: ein Puritaner, genauer gesagt, ein betrunkener Puritaner. Alice hatte keinen Wein zum Abendessen getrunken, auch nicht bei der Soiree, die ihre Tante in Exeter House vor dem Ball veranstaltet hatte. Sie wollte nicht, dass ihre Sinne getrübt waren, doch jetzt wäre sie gern beschwipst gewesen, vor allem bei dem Tanz mit Cleveland. Seine Hand glitt über ihren nackten Arm. Sie hatte nicht einmal Handschuhe, die seine Berührung weniger unangenehm gemacht hätten, als er nun seine Finger mit ihren verschränkte.

Er überragte sie um Haupteslänge mit seinem breitkrempigen Hut. Sein weißer Kragen war voller Rotweinflecken. Als er sie zur Tanzfläche führte, drehte sich ihr der Magen um vor Abscheu. Zum Glück wurde ein schnelles Stück gespielt, ein Foxtrott, sodass er sie nicht allzu eng halten konnte. Sie stellte fest, dass sie auch ihren Schild zu ihren Gunsten einsetzen konnte, und schob ihn wiederholt zwischen sie. Während er sie drehte, sah sie, wie ihre Tante und ihre Mutter sie lächelnd beobachteten.

Ein rascher Blick bestätigte ihr, dass der König und die Königin in der Königsloge saßen. Ihre Majestäten, die den Friedensfeierlichkeiten zwischen den beiden Ländern vorstanden, hatten sich nicht extra kostümiert, doch sie wirkten ohnehin verkleidet. Das hier war eine reine Machtdemonstration. Das Empire hatte noch immer eine große Reichweite.

»Lady Alice«, sagte der Duke, als die Musik langsamer wurde, und beugte sich zu ihrem Ohr vor.

»Euer Gnaden.« Sie machte einen Schritt zurück und schob den Schild zwischen sie.

Er rülpste, dann fuhr er fort: »Sie wirken heute Abend wild entschlossen.«

Genau das musste sie sein.

»Was für ein Feuer.« Er musterte sie mit schmalen Augen und versuchte, ihre Hand zu halten.

Sie wandte sich ab und entdeckte Edmund, der mit einem anderen Apachen ins Gespräch vertieft war. War er es, den er zuvor so interessiert betrachtet hatte? Cleveland hielt noch immer ihre Hand. Sie entzog sie ihm nicht, spielte ihre Rolle.

»Ich beabsichtige …«

»Verzeihung, Euer Gnaden.« Sie entzog sich ihm und trat einen Schritt zurück. Sie wollte nicht, dass er ihr einen Antrag machte, weder hier noch sonst wo.

»Bitte nennen Sie mich Cleveland.« Er schloss die Lücke zwischen ihnen.

Sie riss erschrocken die Augen auf. Irgendwie musste sie ihn aufhalten. Nicht hier. Nicht jetzt. Niemals.

»Verzeihen Sie, Euer Gnaden.« Er schnitt eine Grimasse, und sie verbesserte sich eilig: »Ich meine, Cleveland: Ich habe Lord Edmund den nächsten Tanz versprochen.« Sie schob sich durch die Menge, bis sie vor ihm stand.

»Du lieber Himmel, Schlingelchen, du siehst aus, als hätte man Jagd auf dich gemacht, nicht umgekehrt.«

»Tanz mit mir, sofort«, flüsterte sie.

Er nickte dem Gentleman zu, mit dem er gesprochen hatte, und führte sie auf die Tanzfläche. »Was ist passiert, Schlingelchen?«

Sie blickte sich verstohlen um, um sicherzustellen, dass Cleveland nicht in der Nähe war, und flüsterte: »Allmächtiger, er wollte mir gerade einen Antrag machen.«

»Der Tollpatsch?«, fragte er.

Sie nickte. Sie schwebten zur Musik durch den Saal. Ihr Schild lag auf Edmunds nacktem Rücken, genau wie ihre bloße Hand. Es sollte ihr Unbehagen bereiten, ihn so zu berühren, aber das tat es nicht. Sie kannte ihn schon viel zu lange, als dass sich Verlegenheit zwischen ihnen hätte breitmachen können. Er stand ihr so nahe wie ein Bruder. Ihre Mütter waren beste Freundinnen und hatten das grauenhafte Debütantinnenritual gemeinsam durchgestanden. Sie hatten beide ihre Pflicht erfüllt, indem sie heirateten und Kinder gebaren, aber die Countess hatte einen Erben hervorgebracht, ihre Mutter dagegen nur eine Tochter. Ein Mädchen. Alice schloss für einen Moment die Augen. War das alles, was sie war?

»Jetzt sag schon, Schlingelchen. Hat er dir einen Antrag gemacht oder nicht?«, bohrte Edmund und führte sie über die Tanzfläche.

»Nein, Gott sei Dank nicht. Ich bin weggelaufen.« Sie lachte.

Er rückte ein kleines Stück von ihr ab und sah ihr ins Gesicht. »Es passt gar nicht zu dir wegzulaufen.«

»Stimmt.« Sie nickte.

»Allerdings ist es fast immer besser, sich den Dingen zu stellen. Also, wie willst du Cleveland einen Korb geben?«

Sie presste die Lippen zusammen.

»Du wirst auf keinen Fall Ja sagen.« Er musterte sie eindringlich. »Bitte sag mir, dass du ihn nicht heiraten wirst.«

»Ich habe nicht vor, irgendjemanden zu heiraten«, flüsterte sie.

Er zwinkerte. »Ja, das sagtest du bereits.«

Aus dem Augenwinkel sah sie, wie Cleveland sich ihrem Onkel näherte. Sie konnte nur hoffen, dass dieser heute Abend zu beschäftigt war, ihm zuzuhören, und sei es auch nur für eine Weile. Sosehr sie Cleveland auch verabscheute, wollte sie ihn dennoch nicht bloßstellen.

Das Orchester hörte auf zu spielen, und sie wurden gebeten, sich für das Defilee aufzustellen. Das Königspaar rückte nach vorn, um das Geschehen zu verfolgen. Alice entdeckte Lady Maud und ihre Mitstreiterinnen, alle fünfzig, und setzte sich in Bewegung.

Als die festliche Prozession an der Loge vorbeigeschritten war, stellte der Fotograf die Debütantinnen für ein Foto auf.

Sobald es im Kasten war, schlängelte sich Alice durch die Menge und stieg die Treppe hinauf, vorbei an mehreren Bediensteten, die sie nicht einmal ansahen.

Sie stand kurz davor, etwas so Unerhörtes und gleichzeitig so Richtiges zu tun, dass man es ihr mit Sicherheit vom Gesicht ablesen oder die nervöse Energie spüren konnte, die sie verströmte. Die Furcht brachte ihre nackte Haut zum Kribbeln, doch es war die seltsame Euphorie, die sie am meisten erschreckte. Das Gefühl von Macht, das sie durchströmte. Sie flog förmlich durch den breiten, leeren Korridor, während alle anderen den Schluss des Defilees verfolgten.

Ihr Gewand wehte hinter ihr her, der Schild drohte ihrer schweißnassen Hand zu entgleiten. Sie trug das Kostüm einer Kriegerin, und sie würde sich einer Kriegerin würdig erweisen. Wahlrecht für Frauen. Ein Ende der Zwangsernährung der Suffragetten. Mehr musste sie nicht sagen. Sie formte die Worte mit den Lippen, prägte sie sich ein, während sie sich der Königsloge näherte. Die Tür stand offen, die zuvor gedämpften Geräusche schlugen ihr in voller Lautstärke entgegen und ließen sie zurückschrecken. Sie hob ihren Schild, wie um die Klänge des Orchesters abzuwehren, das nun Pomp and Circumstance spielte. Sie würde schreien müssen, wollte sie gehört werden.

Als Alice die Königsloge betrat, drehte sich die Königin zu ihr um. Als sie Alice erblickte, kniff sie verwirrt die Augen zusammen und sagte etwas zum König, der eine Hand auf ihren Arm legte. Dann drehte er sich ebenfalls um und sah Alice an. Alice erstarrte. Die Musik unter ihnen wurde lauter. Man würde sie ganz sicher nicht verstehen können, aber sie musste jetzt handeln, solange sie allein mit dem Königspaar war. Das war ihre Chance. Queen Mary funkelte sie an und sah aus, als wollte sie etwas sagen, aber die Musik steigerte sich zu einem Crescendo.

Bis zum Zerreißen gespannt wartete Alice auf den letzten Paukenschlag, dann rief sie: »Eure Majestäten!« Sie schnappte nach Luft, dann fuhr sie mit angemessenerer Stimme fort: »Ich bitte Eure Majestäten, die Zwangsernährung zu beenden. Gebt den Frauen das Wahlrecht.«

Die Königin wurde bleich. Im Saal wurde es totenstill.

Alice sah, wie die Menge unter ihr zur Königsloge hinaufstarrte. Eine Hand packte sie von hinten. Sie verlor das Gleichgewicht und stürzte, dann wurde sie aus der Loge geschleift und die Hintertreppe hinunterbefördert.

Sie hatte es geschafft.

Kapitel 13

Alice hatte nicht mehr als Ja oder Nein gesagt, seit sie vor Stunden aus London abgereist waren. Die arme Constance war dazu verdonnert worden, sie zu begleiten, zusammen mit Nanny Roberts. Es tat Alice leid, dass Constance die Stadt verlassen musste, aber ihrer Cousine schien das nichts auszumachen. Die Mütter gingen anscheinend davon aus, dass Constance einen guten Einfluss auf Alice nehmen würde. Wie schnell sich die Dinge geändert hatten.

Die Abschiedsworte ihrer Familie kreisten durch ihren Kopf. Sie hatten geredet, als stünde sie nicht gleich neben ihnen.

»Sie ist eine Schande«, hatte ihr Onkel gesagt.

»Nun wird sie niemals einen Ehemann finden.« Ihre Tante hatte beinahe begeistert geklungen.

»Was für eine dumme, haarsträubende Sache!« Die Stimme ihrer Mutter in ihren Gedanken war so klar, als würde sie direkt neben ihr sitzen, aber nein, ihre Mutter war natürlich nicht bei ihr, jetzt, da Alice ins Exil geschickt wurde.

Nein, dachte Alice trotzig. Sie war weder dumm noch eine Schande, aber sie konnte leidenschaftlich und ungestüm sein.

Die Kutsche, die sie vom Bahnhof abgeholt hatte, bog scharf ab, und Alice rutschte gegen Nanny, die leise schnarchte. Die arme Nanny war dazu auserkoren worden, während ihrer Verbannung nach Abbotswood auf sie aufzupassen. Gott bewahre, dass ihre Mutter selbst die Unannehmlichkeiten auf sich nehmen und auf die Freuden der Ballsaison verzichten würde.

»Devon ist der richtige Ort für Alice. Um diese Jahreszeit ist dort niemand, und bald schon wird das Debakel vergessen sein«, hatte ihr Onkel behauptet.

Als sie das Haus verlassen hatte, hatte es weitere gedämpfte Gespräche gegeben, und sie hatte die Worte »schön«, »halsstarrig« und »dumm« aufgefangen. Letztes hatte sie am meisten getroffen, und es schmerzte sie noch immer. Sie presste die Lippen zusammen. Dumm. Dumm, weil sie sich für das Frauenwahlrecht einsetzte. Das war nicht dumm. Es war richtig gewesen, zum König zu sprechen. Zwangsernährung war falsch. So vieles war falsch, so auch die Anweisung, sie im tiefsten Devon zu verstecken.

Die Sonne brach durch die tief hängende Wolkendecke, als sie auf den Duke's Drive einbogen. Früher einmal hatte sie sich gefreut, wenn sie nach Abbotswood fuhren. Als sie klein war, hatte es sie glücklich gemacht, die Wälder zu durchstreifen und im Schwimmteich schwimmen zu gehen. Nichts hatte sie eingeschränkt – sie war geritten, auf die Jagd gegangen, war ungestüm gewesen und hatte nach Herzenslust und aus voller Kehle gebrüllt.

Sie warf einen weiteren Blick aus dem Fenster. Dort verlief der Tamar. Er erinnerte sie an alles, was sie verloren hatte. Als sie vierzehn gewesen war, war ihr Vater gestorben, und man hatte ihr die Haare hochgesteckt und ihre Bewegungsfreiheit eingeschränkt. Ein Jahr später war sie aus Nannys Obhut genommen und fortgeschickt worden.

Mit dem Tod des neunten Duke of Exeter hatte sich alles verändert. Abbotswood war das Zuhause ihres Onkels geworden, wo seine Regeln galten – und sie galten dort noch immer. Als sie in dem Sommer nach dem Tod ihres Vaters ein letztes Mal mit Nanny nach Abbotswood gekommen war, hatte sie gegen all die Zwänge angekämpft, die man ihr auferlegt hatte. Sie hatte mitbekommen, wie ihre Cousins, William und Charles, ihre Scherze trieben, aber sie hatte nicht mitmachen dürfen, selbst dann nicht, wenn Edmund zu Besuch gekommen war. Sie war zu einem Wesen geworden, das sich selbst fremd war.

Das Licht brach sich auf der Flussoberfläche. Wenigstens stand sie hier, in der abgeschiedenen Gegend zwischen Cornwall und Devon, nicht unter Beobachtung. Mit ein bisschen Glück würde man sie vergessen, was ihr durchaus zum Vorteil gereichen konnte.

Sie kamen an der ersten Fähre vorbei, die den Fluss überquerte. Kurz darauf konnten sie Abbotswood sehen. Es thronte hoch oben auf dem Hügelkamm über dem Fluss. Der Rasen erstreckte sich bis hinunter zum Wasser. Ihre Erinnerungen wirbelten hinunter ans Ufer, dann sausten sie hinauf zu dem großen Herrenhaus und einem Teetisch, der sich unter der Last der vielen Kuchen bog. Jetzt, im warmen Licht des Nachmittags, schimmerte die steinerne Fassade golden. Für einen Moment ließ Alice sich von ihren Erinnerungen erfüllen. Es war ihr ein Leichtes, sich ihren Vater vorzustellen, der an der Rabatte stand und ihr zusah, wie sie durch den Parcours rannte, den er aus Gartenpfählen für sie errichtet hatte.

Sie kamen am Boatman's Cottage vorbei und gelangten zur Furt. Obwohl man Bescheid gegeben hatte, dass sie eintreffen würden, war keine Menschenseele zu sehen. Allerdings war alles in überstürzter Eile organisiert worden, und das war zweifelsohne auch der Grund dafür, warum man sie mit der Kutsche und nicht mit dem Auto abgeholt hatte. Sie beugte sich aus dem Fenster und gab dem Kutscher ein Zeichen. »Ich möchte aussteigen.« Ein Schatten huschte über sein Gesicht, aber er hielt an, sprang vom Kutschbock und öffnete die Tür, um ihr hinauszuhelfen.

»Möchtest du Gesellschaft?« Constance sah von ihrem Buch auf.

»Nein, danke.« Sie trat ans Ufer, blickte in das klare Wasser und atmete die kühle Luft ein. Der Fluss hatte sich nicht verändert, auch wenn das natürlich nicht stimmte. Er war nie gleich, veränderte sich von Augenblick zu Augenblick. Hinter ihr stieg der Rauch eines Holzfeuers aus dem Kamin des Boatman's Cottage auf und erfüllte die Luft mit seinem Geruch. Als sie klein gewesen war, hatte sie das Cottage mit Edmund aufgesucht. Der alte Förster, der darin lebte, war ein ausgezeichneter Geschichtenerzähler gewesen. Sie und Edmund hatten immer wieder darüber gestritten, welcher ihrer Väter den größeren Anteil des Flusses besaß. Nun wusste sie, dass das Anwesen des Duke of Exeter weitaus größer war als das des Earl St Loy in Penhale, aber die St Loys waren die ältere Familie.

Anders als im Fall des abgeschiedenen Abbotswood konnten die Boote flussaufwärts zum Kai von Penhale fahren und die reichhaltigen Mineralstoffe und die landwirtschaftlichen Produkte der Bauernhöfe abtransportieren. Hier in Abbotswood gab es keine Industrie. In Devon und Cornwall fanden sich durchaus Zinn- und Kupferminen, aber die konnte man von Abbotswood aus nicht sehen … außer vielleicht vom Swiss Cottage, das hoch oben auf am Hang oberhalb des Flusses stand. Von dort aus konnte man bis zu den Hügeln von Bodmin Moor blicken. Die nächste Mine befand sich hinter Horsebridge, dort wurde Arsen gewonnen.

Der Tamar teilte die beiden Grafschaften, aber nicht das Anwesen von Abbotswood. Als Kind hatte Alice sich vorgestellt, dass sie eine heilige, magische Welt betrat, sobald sie den Fluss überquerte, eine Welt, in der Feen lebten und Träume wahr wurden. Es wäre sicher gut, noch immer daran zu glauben.

Ihre Stimmung hob sich. Die leuchtenden neuen Blätter warfen ein kräftiges grünes Licht auf die Farne, die den Boden bedeckten. Der gestrige Regen hatte den Großteil des Weges schlammig werden lassen. Vorsichtig ging sie Richtung Cottage. Als sie dort ankam, schwang die Tür auf. Ein hochgewachsener Mann blickte mit stolzem Blick auf sie herab. Dunkelbraune Haare lockten sich hinter seinen Ohren. Er war zwar nicht der Prinz, den sie einst in diesen Wäldern zu finden gehofft hatte, aber er konnte nicht viel älter als sie selbst sein. Er kam ihr entgegen und fragte mit einem Blick auf ihre Füße: »Wie kann ich Ihnen helfen, Mylady?«

»Sie wohnen hier?«, fragte sie.

»In der Tat, Mylady«, erwiderte er und verneigte sich.

»Dann sind Sie der neue Förster?«

»Der Flussmeister«, sagte er.

»Was ist mit Tucker?«, fragte sie und dachte an den Mann, der ihr zusammen mit ihrem Vater das Angeln beigebracht hatte.

»Die Gicht macht ihm zu schaffen, deshalb unterstütze ich ihn bei der Arbeit.« Er sah sie direkt an. »Ich bin Zach Carne.«

»Aha.« Sie musterte ihn. Er durchschaute sie, dessen war sie sich ganz sicher. Er sah nicht Lady Alice Neville, sondern eine ungezähmte junge Frau, die in diese Wälder gehörte und sonst nirgendwohin. Sie selbst hatte das Geschöpf vergessen, das einst vollkommen frei gewesen war.

Sie warf einen letzten Blick auf den jungen Flussmeister und das Cottage, dann machte sie kehrt. Ihr Absatz blieb an einer Wurzel hängen, und sie stolperte. Eine kräftige Hand fing sie auf.

»Danke«, sagte sie.

Carne neigte den Kopf. Er war nah. Roch nach Holzfeuer und Rosmarin. Seine Hand hielt sie immer noch fest. Sie richtete sich auf, er nahm die Hand weg, und sie zwang sich, zurückzutreten und den Weg zurück zum Fluss einzuschlagen.

»Alice!«, schallte Constance' Stimme zu ihr.

»Darf ich Ihnen bis zum Anleger behilflich sein?«, fragte er.

»Nein, ich komme schon zurecht.« Für einen kurzen Moment begegnete sie Carnes Blick. Dienstbeflissenheit lag nicht darin.

Wieder deutete er eine Verneigung an. »Wie Sie wünschen.« Seine Augen begegneten erneut den ihren, und sie spürte, wie ihr ein erregter Schauder über den Rücken lief. Vorsichtig einen Fuß vor den anderen setzend kehrte sie zum Anleger zurück. Sie sah sich nicht um, denn sie wusste, dass der neue Flussmeister ihr nachsah. Ihre Haut kribbelte, als sein Blick in ihrem Nacken verweilte.

Der Schiffer wartete auf sie, die Mütze in der Hand.

»Verzeihen Sie, Mylady. Die Kutsche wartet auf der anderen Seite auf Sie. Die Herrschaften haben bereits übergesetzt.«

Sie nickte seufzend. Sie würde den Zauber des Waldes hinter sich lassen müssen, würde Cornwall hinter sich lassen und den Tamar überqueren müssen. Alice nahm die Hand des Schiffers und stieg in das kleine Ruderboot, wo sie auf der harten Holzbank Platz nahm. Der Fluss floss träge in Richtung Meer. Mücken und Libellen tanzten über die Wasseroberfläche, als würden darunter keine Fische auf der Lauer liegen. Alice wusste genau, dass sie da waren. Und als hätte er ihre Gedanken gehört, sprang ein Lachs aus dem Wasser und schnappte sich eine Libelle. Weiter flussabwärts entdeckte sie den jungen Flussmeister am Ufer. Wenn sie zurücksah, konnte sie im Wald die Umrisse des Cottage erkennen. Vor Jahren waren hier ganz besondere Bäume gepflanzt worden, doch im Augenblick boten die letzten Glockenblumen den schönsten Anblick. Vor einem Monat noch mussten sie einen dichten blau-violetten Teppich gebildet haben. Der Duft war verflogen, aber im nächsten Jahr würden sie wieder blühen. Das war etwas, worauf sie sich freuen konnte: auf den Duft der Glockenblumen. Sie blickte über den Fluss zum Herrenhaus. Nein, sie freute sich nicht nur auf den betörenden Duft. Abbotswood hatte eine Bibliothek. Glockenblumen und Bücher. Das würde ihr genügen müssen.

Am Ufer von Devon angekommen holte sie tief Luft und schlug den Weg zum Haus ein. Nanny streckte den Kopf aus der wartenden Kutsche und sagte: »Da sind Sie ja.«

Alice blieb stehen. Sie hätte es vorgezogen, zu Fuß zum Haus zu gehen, aber sie stieg in die Kutsche, die zu dem Haus hinaufrollte, das einst ihren Urururgroßeltern als Jagdsitz gedient hatte. Aus dem Fenster sah sie, wie sich der Himmel hinter Abbotswood verdüsterte, doch vorn brach die Sonne durch die Wolken, spiegelte sich in den Scheiben und blendete sie. Ob jemand dahinterstand und ihre Ankunft beobachtete? Sie schalt sich selbst, denn selbstverständlich beobachtete man sie. Es war ein Donnerstag im Juni, und anstatt sie als diesjährige Ballkönigin zu feiern, hatte man sie mit Schimpf und Schande nach Abbotswood verbannt.

Die Kutsche erreichte den Hof und hielt ruckelnd an. Anders als das große palladianische Haus im Landesinneren, das Sitz der Dukes of Exeter war, war Abbotswood in dem malerischen Stil erbaut worden, der vor fast hundert Jahren so beliebt gewesen war. Es sollte mit der Landschaft verschmelzen und eher so aussehen wie traditionelle Gebäude mit verschiedenen Dachlinien. Ein Haus, das sich der Umgebung anpasste, nicht umgekehrt. Sie warf einen Blick über die Schulter hinunter zum Fluss und auf das kornische Ufer. Rauch stieg vom Boatman's Cottage zwischen den Bäumen auf.

Immer, wenn sie Abbotswood House sah, musste Alice an ihre Kinderzeichnungen denken, auf denen alles unterschiedlich groß war, auch die Fenster. Hier fehlte die für die meisten Häuser typische Symmetrie. Das hier war ein Märchenhaus wie aus einem Märchenbuch, umgeben von einem Märchenwald.

Sie stieg aus der Kutsche und setzte einen Fuß auf das Kopfsteinpflaster. Ein Hüsteln hallte von den Steinwänden wider. »Lady Alice.«

Sie drehte sich in die Richtung, aus der die Stimme kam, zwang sich zu einem Lächeln und sagte: »Burton.«

Da stand der Butler, stocksteif, wie immer. Er sah auch aus wie immer, nur dass sich ein paar graue Haare in seinen Schopf gemischt hatten. Sie sollte nicht überrascht sein – es waren drei Jahre vergangen, seit sie ihn das letzte Mal gesehen hatte, und er diente nun einem ganz anderen Herrn.

Sie schlenderte durch die Tür in die Halle. Obwohl es Juni war, brannte ein Feuer. Das Licht der tanzenden Flammen spiegelte sich in den glänzenden Holzvertäfelungen der Wände wider. Als sich ihre Augen an das dämmrige Licht gewöhnt hatten, nahm sie die vertrauten Details in sich auf. Der runde Tisch stand in der Mitte des Raumes, dort, wo er immer gestanden hatte. Darauf eine Vase mit Rosen, deren süßer Duft mit dem Geruch des Holzfeuers konkurrierte.

»Wir haben in der Bibliothek Erfrischungen vorbereitet, oder möchten Sie sich lieber auf Ihr Zimmer zurückziehen?«

Alice erstarrte für eine Sekunde. Hatte man ihn etwa angewiesen, dafür zu sorgen, dass sie auf ihrem Zimmer blieb? Nein, sie reagierte über. Sie drehte sich um und schritt auf den langen Korridor zu, der zum Kinderflügel führte.

»Nein, Mylady. Ihre Gnaden hat angeordnet, dass Sie im Haupthaus untergebracht werden.«

Alice hielt inne. Aus irgendeinem Grund klang diese Aussage wie ein Todesurteil. Fortan sollte jegliche Freude aus ihrem Leben verbannt sein. Sie holte tief Luft. Burton befolgte lediglich Anweisungen. »Ich werde einen Tee zu mir nehmen, bevor ich nach oben gehe.«

»Sehr wohl, Mylady.« Er verbeugte sich, und sie floh in die Bibliothek, Nanny und Constance im Schlepptau. Ein flüchtiger Blick bestätigte ihr, dass dieser Zufluchtsort unverändert war. Trotz der hier eher schlichten Bauweise waren die Decken im Erdgeschoss hoch und die Fenster groß, um einen weiten Ausblick auf die Landschaft und den Fluss zu bieten.

Sie zog ihre Handschuhe aus, nahm einen köstlichen Kuchen von einer der Platten und ließ sich in einen großen Sessel fallen, den Lieblingssessel ihres Onkels. Er war so ausgerichtet, dass man von dort aus durch drei Fenster blicken konnte. Die Aussicht war einfach spektakulär. Und nun würde sie sie genießen. Nur mit Nanny, Constance und den Bediensteten hätte Alice das Haus und die Gärten beinahe für sich.

Sie blickte auf den Fluss hinab zur Biegung, wo sie am Ufer den jungen Flussmeister entdeckte, den sie vorhin kennengelernt hatte. Zweifelsohne fing er den Lachs für das Abendessen. Sie seufzte tief. Während der letzten Stunden hatten Nanny und sie jedes sichere Gesprächsthema erschöpft. Das Abendessen würde eine Herausforderung werden, genau wie die übrigen Mahlzeiten. Zum Glück musste sie bei Constance nicht allzu vorsichtig sein.

Alice sprang auf und nahm ein Buch aus einem der Regale. Bücher mochten ihre Rettung sein, aber nicht dieses. Sie stellte *Das Leben der Heiligen* zurück und hielt nach etwas Unterhaltsamerem Ausschau. Ihr Finger glitt über den Buchrücken von *Stolz und Vorurteil.* Nein, sie würde es nicht lesen. Es würde ihr doch nur vor Augen führen, in welcher prekären Lage sie sich befand. Sie war nicht auf der Suche nach einem Ehemann. Ihr Finger verharrte.

Eine passende Partie konnte noch immer ohne ihre Mitsprache gefunden werden.

Bei diesem Gedanken rutschte ihr Finger ab, und ihre Hand fiel kraftlos zur Seite.

Kapitel 14

Burton zeigte Alice ein Zimmer, das sie bis dahin gar nicht gekannt hatte. Diesen Raum hatten weder ihre Eltern noch ihre Großmutter benutzt. Die Wände waren mit einer Tapete voller Schwalben, Fasanen und unzähligen Schmetterlingen versehen. Man hatte beinahe den Eindruck, die Natur hätte Einzug ins Haus gehalten. Im Kamin brannte ein Feuer, um die kühle Luft des frühen Abends zu vertreiben. Darüber hing ein großer Spiegel, und sie betrachtete die erschöpft aussehende Frau, die er reflektierte. Der Schlafmangel machte sich bemerkbar: Sie war blass und hatte tiefe dunkellila Schatten unter den Augen.

Alice wandte sich ab und trat an das große, nach Südosten ausgerichtete Fenster, welches auf einen kleinen Balkon hinausging. Der Raum befand sich über dem Speisezimmer und bot einen eindrucksvollen Blick auf die Rabatte, die momentan mit Sommerstauden und bunten Einjährigen gefüllt war. Auch den Rosengang konnte man von hieraus sehen und weiter unten den Fluss. Doch ihr Blick wurde nicht von dem Rosengang angezogen, sondern von der dünnen Rauchsäule im Wald am anderen Ufer des Tamar. Wer war dieser neue Flussmeister?

»Alice«, sagte Constance, die soeben das Zimmer betrat und neben dem Bett stehen blieb.

Alice drehte sich um und lächelte ihre Cousine an.

»Nanny fühlt sich nicht wohl. Sie würde ihr Abendessen gern im Kinderflügel einnehmen.«

»Soll ich zu ihr gehen?«, fragte Alice.

»Es ist ihre Lunge. Sie hustet viel und hat mitunter Mühe, Luft zu bekommen.« Constance hielt kurz inne, dann fügte sie hinzu: »Sie ruht sich jetzt aus. Wir essen um acht im Speisezimmer.« Sie grinste.

Alice wusste, warum. Für ihre Cousine stellte dies eine Ausnahmesituation dar. Mit dreizehn hörte für gewöhnlich niemand auf sie, und nun würde sie am Kopf der Tafel sitzen, obwohl Alice die Ältere war. Lächelnd erwiderte Alice: »Dann sehen wir uns um acht.«

Constance nickte und tänzelte aus dem Zimmer. Alice wandte sich wieder dem Fenster zu. Es war jetzt halb sieben, Zeit genug für einen Spaziergang. Ohne lange nachzudenken, huschte sie nach unten und zur Tür hinaus, ohne Burton oder irgendwem zu begegnen, der ihre Freiheit einschränken konnte.

Sie eilte am Orchideenhaus und der Brauerei vorbei, die schon lange nicht mehr in Betrieb war. Wasser floss den Hang hinunter, lockte den Besucher durch die verschiedenen Bereiche des Gartens, doch sie brauchte diese künstlich geschaffene Landschaft mit ihren Bächen und Wasserfällen nicht. Sie sehnte sich nach der ungezähmten Natur, nach dem Wald, der einem die Möglichkeit gab, allein und unbeobachtet zu sein, was mit fünfzig Gärtnern kaum möglich war.

Fingerhut. Sie blieb stehen, um die traubigen Blütenstände zu bewundern. Sie sahen aus wie farbenprächtige Speere. Der Duft des Geißblatts füllte die Luft, eine süße Erinnerung an ihre Kindheit. Damals war Alice' Vater am glücklichsten gewesen. Er hatte seine Zeit hier genossen … und den Großteil davon mit Angeln verbracht.

Mit langsamen Schritten durchstreifte sie den Hauptgarten. Von dem oberen Wasserfall, der so laut war, dass sie kaum ihre eigenen Gedanken hören konnte, ging es weiter nach unten, wo das Wasser durch Steingärten rauschte und dann leiser unter Brücken hindurchfloss. Sie blieb stehen und blickte an dem riesigen Mammutbaum und der hoch aufragenden Douglasie hinauf. Sie fühlte sich wieder wie ein kleines Kind. Sie ballte die Hand zur Faust, so groß war die Sehnsucht nach ihrem Vater. Als sie weiterstolperte, flossen Tränen über ihr Gesicht. Sie wollte nichts empfinden, und doch konnte sie ihre Gefühle nicht ausschalten. Sie verharrte, um durch den Bambushain zu spähen, und erinnerte sich an das Gelächter und die Liebe ihres Vaters.

Die Uhr an der Remise schlug zur vollen Stunde. Sie versteckte sich unter der Hängebirke, wischte ihr Gesicht ab und riss sich zusammen. Sie würde vor dem Abendessen nach Nanny sehen.

Die abendliche Brise duftete nach Rosen und trocknete auch ihre letzten Tränen, als sie sich auf den Weg zum Kinderzimmer machte. Vor dem großen, hellen Raum blieb sie stehen und blickte durch die offenen Terrassentüren. Nanny saß in einem Sessel und schlief tief und fest. Ein Buch lag aufgeschlagen in ihrem Schoß. Alice zog sich vorsichtig zurück, sie wollte sie nicht wecken. Sie fuhr mit den Fingern durch die ans Parterre angrenzende Wasserrinne, mit deren Hilfe der Garten vor dem Kinderflügel bewässert wurde. Das Wasser reflektierte die weißen Kumuluswolken am blauen Himmel. Die Sonne stand immer noch hoch. Es würde mehr Sinn ergeben eine leichte Mahlzeit in ihrem Zimmer zu sich zu nehmen, als sich zum Abendessen umzukleiden. Ihr fehlte schlichtweg die Energie für die unnötige Anstrengung eines förmlichen Auftritts. Allerdings freute ihre Cousine sich so sehr auf die gemeinsame Mahlzeit, dass Alice sich zusammenriss.

Sie setzte ihren Weg rund ums Haus fort, blickte hinunter zum Fluss und betrat schließlich den Korridor zwischen Wohn- und Damenzimmer. Die Geräusche aus der Küche, wo die Angestellten mit den Vorbereitungen für das Abendessen beschäftigt waren, hallten zu ihr herüber. Mit bleiernen Füßen stieg sie die Treppe hinauf. Sie sehnte sich nach Schlaf. Als sie ihr Zimmer betrat, wartete bereits die Zofe auf sie. Aus reiner Gewohnheit ließ sie sich beim Ankleiden helfen. Wieder dachte sie an Constance' Begeisterung und beschloss, sich Mühe zu geben. Die Zofe legte ihr die Perlenkette an, und Alice betrachtete sich im Spiegel. Eine gelangweilte junge Frau blickte ihr entgegen. Sie hatte nur daran gedacht, sich für die Suffragetten einzusetzen und sich gleichzeitig der Ehe zu entziehen, die Konsequenzen jedoch hatte sie nicht mit einbezogen. Nun saß sie in der Falle. Vor ihr lagen sieben Jahre, bis sie ihr Erbe antreten konnte.

Als sie endlich fertig war, schritt sie die Haupttreppe hinunter und grübelte, was sie tun konnte, um ihre Zeit zu füllen. Glücklicherweise konnte sie den Duke of Cleveland aus ihren Überlegungen streichen, doch womöglich würde ihre Mutter mit der Zeit einen anderen Kandidaten finden. Der Skandal würde nicht ewig in aller Munde sein. Vielleicht sollte sie danach streben, ein Blaustrumpf zu werden? Doch auch wenn man ihr eine gewisse Intelligenz nicht absprechen konnte, war sie keine Gelehrte.

Constance stand mit glänzenden Augen unten an der Treppe. »Bereit?«

Alice nickte und folgte ihrer Cousine ins Speisezimmer – den Raum, den sie am wenigsten mochte. Im ganzen Raum hingen die Wappen all jener Familien, mit denen die Nevilles durch Heirat verbunden waren.

Nachdem sie Platz genommen und die Bediensteten ihre Gläser gefüllt und den Lachs aufgetragen hatten, blickte Constance auf und sagte: »Ich liebe diesen Raum.«

Alice riss die Augen auf. »Warum? Ich fand ihn immer etwas trostlos.«

»Weil ich es liebe, hier zu sitzen, die ganzen Wappen an den Wänden zu betrachten und mir auszumalen, wen ich einmal heiraten werde.« Sie lächelte verträumt. »Er wird mich vergöttern, und ich werde ihn bis in alle Ewigkeit lieben.«

Alice blickte von dem strahlenden Gesicht ihrer Cousine auf die Wappen. Sie bezweifelte, dass auch nur eines davon für eine Liebesheirat stand. Es gab keine namhafte Familie im ganzen Königreich, mit der die Nevilles nicht verbunden waren. Jedes dieser Wappen schrie stumm: »Erfülle deine Pflicht!« Constance sah dies eindeutig anders.

»Ich denke, wenn du einmal heiratest, wird dein Wappen gleich hier hängen.« Constance deutete auf einen Fleck neben der Tür.

»Ich werde nicht heiraten, und du wirst den Platz neben dem Wappen deiner Schwester einnehmen.«

Constance zog eine Gräte aus ihrem Fisch. Alice war sich nicht sicher, wie ihre Cousine diese Liebesfantasien aufrechterhalten konnte. Sie hatte doch gewiss die Realität von Beatrice erfahren.

»Wenn du nicht heiraten möchtest«, fragte Constance, als ihre Teller abgeräumt wurden, »wirst du dann studieren?«

Alice zog eine Augenbraue in die Höhe.

»Du warst in einem Mädchenpensionat, dort musst du doch viel gelernt haben.«

Alice nahm einen Schluck Wasser. »Das habe ich.«

»Ich würde gern Insekten studieren und nach Oxford gehen.«

Alice stellte ihr Glas ab. »Die Töchter des Dukes gehen nicht nach Oxford.«

Constance schmollte. »Warum denn nicht? Das Buch über Schmetterlinge, das ich gelesen habe, wurde von Lady Arabella Carvon geschrieben.«

»Und die war in Oxford?«

Constance kniff die Augen zusammen, als versuchte sie, sich vor ihrem inneren Auge die entsprechende Buchseite in Erinnerung zu rufen.

»Möglich ist es. Und später hat sie vielleicht einen Baronet geheiratet, der sich ebenfalls für Käfer interessierte«, überlegte Alice.

»Lepidopterologie ist Lady Arabellas Spezialgebiet.«

Alice nickte. Sie würde nicht Constance' Traum zerstören, eine Liebesheirat einzugehen und in Oxford zu studieren. Jeder Mensch brauchte Träume, und schließlich hatte Alice früher einmal davon geträumt, eine Feenprinzessin zu werden.

»Heute habe ich einen Edelfalter und einen Trauermantel entdeckt.« Constance' Gesicht rötete sich vor Begeisterung. »Ich brauche unbedingt ein Netz.« Sie sah Alice an. »Glaubst du, der Flussmeister hat ein Netz übrig, das ich für meine Zwecke nutzen könnte?«

»Der Flussmeister?« Alice legte den Kopf schief und sah ihre Cousine durchdringend an.

»Ja.«

Sie dachte an den jungen Mann, dem sie zuvor begegnet war. »Soll ich ihn für dich nach einem Netz fragen?«

»Ja bitte!« Constance' Gesicht leuchtete auf vor Begeisterung.

Als sie das Abendessen endlich hinter sich gebracht hatten, stand Alice auf und schlenderte hinaus. Die Luft war frisch und roch nach Regen. Alice atmete tief ein, spazierte über die mit Rasen bedeckte Terrasse und bewunderte die Beete im verblassenden Licht. Ein Spalier mit den üppig blühenden Rosen überdachte den Weg, der Abendwind trug den süßen Duft zu ihr. Das Rauschen des Bachs, der sich hangabwärts durch Rinnen und Wasserfälle ergoss, füllte die Luft. Erst als sie sich dem kleinen sechseckigen Gebäude näherte, in dem eine Vielzahl geologischer Präparate und Muscheln aufbewahrt wurden, konnte sie den Tamar hören.

Kletterrosen und Geißblatt bedeckten die Außenwände und wucherten über das Dach. Ihr Duft war betörend. Auf dem Kiesweg neben dem Eingang zum Muschelhaus, wie das sechseckige Gebäude genannt wurde, blieb sie stehen und blickte auf die Biegung im Fluss bei Black Rock. Obwohl die Oberfläche glatt blieb, schien er auf seinem Weg zum Meer an Geschwindigkeit zuzunehmen. Wie sehr sie das Wasser um seine Freiheit beneidete.

Sie ging über den Kiesweg zur Tür und drehte den Knauf, aber sie war abgesperrt. Das war noch nie der Fall gewesen. Die altbekannte freudige Erregung, die dieses so besondere Gebäude in ihr hervorrief, wenn sie an die schöne Zeit dachte, die sie mit ihrem Vater – vertieft in Gespräche über Muscheln und Mineralien – darin verbracht hatte, verpuffte. Noch einmal versuchte sie, den Knauf zu drehen, dann machte sie kehrt und ging zum Haus zurück.

In der Bibliothek brannten nun die Lampen, genau wie in ihrem Schlafzimmer. Von hier aus konnte sie den Kinderflügel sehen, doch sie war sich sicher, dass Nanny schon fest schlief, obwohl es erst zehn war. Der armen Frau ging es offenbar gar nicht gut. Alice konnte sich nicht daran erinnern, dass Nanny während ihrer Kindheit auch nur einen Tag krank gewesen wäre. Es konnte doch nicht so anstrengend gewesen sein, sich um Constance und Francis zu kümmern! Im Augenblick lag Constance bestimmt mit einem Buch im Bett. Alice würde sich ebenfalls zurückziehen müssen, auch wenn der Himmel noch immer nicht dunkel war. In wenigen Tagen war Mittsommer, und wäre es nicht anders gekommen, hätte sie auf dem Mitternachtsball tanzen sollen. Sie blieb stehen und betrachtete den blassen Himmel. In ihr kämpften zwei Gefühle: die Befürchtung, etwas zu verpassen, und Erleichterung.

Kapitel 15

Nebel hing in der Luft, als Alice den Tennisplatz überquerte. Die Sonne war gerade aufgegangen, und wäre sie noch in London, würde sie jetzt erst nach Hause kommen. Stattdessen war sie in Devon, war um zehn Uhr zu Bett gegangen und bei Anbruch der Morgendämmerung aufgewacht. Niemand hatte damit gerechnet, dass sie schon aufstehen würde. Das Dienstmädchen war noch nicht einmal in ihrem Zimmer gewesen, um das Feuer anzumachen. Alice hatte das Schlafzimmer durchstöbert und in einer der unteren Schubladen die Schlafanzüge ihres Cousins William entdeckt. Sie hatte einen davon angezogen und darüber seinen Morgenmantel. Ihre Füße waren nackt. Sie war schon seit Jahren nicht mehr draußen barfuß gelaufen. Das feuchte Gras kitzelte zwischen ihren Zehen, und sie krempelte die Beine der Pyjamahose bis zur Wade auf, damit sie nicht nass wurden. Wenn jemand sie so erblickte, wäre er schockiert. Doch es war erst vier Uhr in der Früh, niemand würde auf den Beinen sein, dachte sie, als sie zum Fluss hinunterging.

Sie kam an dem ehemaligen Schwimmteich vorbei, über dessen Oberfläche Nebelschwaden hingen. Lose Grashalme, die sich zu ihren Füßen angesammelt hatten, trieben auf der Oberfläche, als sie den Zeh hineinsteckte, um zu prüfen, wie kalt das Wasser war. Sie hatte hier schwimmen gelernt, und das kalte Wasser rief förmlich nach ihr. Alice sah sich um. Weit und breit war keine Menschenseele zu entdecken. Sie legte Williams Morgenmantel und Schlafanzug ab und hängte die Sachen sorgfältig über den Metallhandlauf der Leiter. Einen Moment lang blieb sie am Rand des Teichs stehen und stellte sich vor, dass sie aussehen musste wie eine Marmorstatue im Nebel. Sie hatte Gänsehaut.

Alice machte einen Hechtsprung in den Teich und kam nach Luft schnappend an die Oberfläche. Das Wasser war um einiges kälter, als sie gedacht hatte. Jede Faser ihres Körpers spannte sich an und protestierte. Sie schwamm von einer Seite des Teichs zur anderen, wobei sie die wuchernden Wasserpflanzen ignorierte, die sich um ihre Knöchel schlangen und ihren Bauch streiften. Als sie die Metallleiter erreichte und gerade den Fuß auf die unterste Sprosse setzte, hörte sie einen Schritt.

Sie erstarrte.

Sie schwamm nackt in einem Teich. Wenn man sie entdeckte, würde man sie in sehr viel abgelegenere Gefilde verbannen als nach Devon. Mit zusammengekniffenen Augen spähte sie in die riesige Gunnera, die den Schwimmteich vor neugierigen Blicken schützte. Ihr Herz hämmerte. Jetzt hörte sie wieder Schritte. Dann erblickte sie einen Stiefel. Er rührte sich nicht vom Fleck, genauso wenig wie sie. Wer stand dort zwischen den Mammutblättern? Wenn es jemand aus dem Haus war, würde er sich doch bestimmt abwenden, um sie nicht zu brüskieren, doch die Stiefelspitze blieb ihr zugewandt. Was sollte sie tun?

Im eisigen Wasser fing Alice an zu zittern. Sie musste aus dem Teich raus, sonst würde sie erfrieren. Entschlossen holte sie Luft, fasste den Handlauf der alten Leiter und kletterte hinaus. Sie sah nicht nach vorn. Das Beste wäre, sie wüsste gar nicht, wer sie beim Schwimmen beobachtet hatte. Hastig zog sie Williams Pyjama an. Der Stoff klebte an ihrer nassen, kalten Haut. Nachdem sie in den Morgenmantel geschlüpft war, blickte sie auf und sah die Spitze einer Angelrute, die sich von ihr wegbewegte.

Sie wickelte den Morgenmantel enger um ihren Körper und ging zurück zum Haus, sorgfältig darauf bedacht, dass nicht zu viel Gras und Erde an ihren nackten Füßen kleben blieben. Sie musste sich hineinstehlen, ohne dass jemand sie bemerkte. Sie war erst gestern angekommen, und doch hatte sie bereits das Gefühl, dass man rund um Abbotswood Gitterstäbe errichtet hatte wie um ein Gefängnis. Zwar war das Anwesen ein weitaus angenehmeres Gefängnis als Holloway, aber ein Gefängnis war es allemal.

Eigentlich dürfte sie nicht so empfinden, immerhin war sie diejenige, die sich das mit ihrem eigenen Handeln eingebrockt hatte. Es war allein ihre Entscheidung gewesen. Nicht einmal Miss Parkes hatte dabei eine Rolle gespielt, obwohl sie den Grundstein gelegt hatte – Alice hatte beschlossen zu handeln, und sie hatte sich für genau diesen Zeitpunkt entschieden.

Dennoch fühlte sie sich alleingelassen, was ein seltsames Wort war und ein seltsames Gefühl. Als sie sich dem Haus näherte, das in all seiner Pracht auf dem Höhenzug thronte, fühlte sie sich so einsam wie nie zuvor. Hier, im tiefsten Devon, gab es keine nahen Nachbarn, und Tavistock war meilenweit entfernt. Ihre Mutter hatte die Verantwortung für sie abgegeben, nicht dass sie sich jemals viel um sie gekümmert hätte. Zum Glück war Nanny noch bei ihr.

Im Kinderflügel bewegte sich ein Fensterladen. Wahrscheinlich war es Nanny, vielleicht auch Constance oder einfach nur ein Diener. Ganz gleich, wer – man hatte Alice entdeckt. Sie rannte das letzte Stück zurück zum Haus und sah Burton an der Tür stehen. Sie holte tief Luft und versuchte, sich zu beruhigen. Sie würde sich nicht einschüchtern lassen. Mit hocherhobenem Kopf schritt sie durch die Tür, die der Butler ihr aufhielt.

»Guten Morgen, Burton. Wurde der Tee schon nach oben gebracht?«

»Jawohl, Mylady.«

Sie flog an ihm vorbei, wobei sie nasse Fußabdrücke auf den Dielen hinterließ wie ein energiegeladener Welpe. Da sie nicht darauf warten wollte, dass er noch irgendetwas hinzufügte, flüchtete sie die Stufen hinauf in ihr Zimmer, wo sie das Dienstmädchen erschreckte, das dabei war, das Feuer zu schüren.

»Guten Morgen.«

Das Dienstmädchen stand auf und verneigte sich. »Wünschen Mylady ein Bad?«, erkundigte es sich, die Augen auf die Pfützen geheftet, die sich um Alice' Füße herum bildeten.

»Ja.« Alice griff nach der Teekanne und schenkte sich ein. Mit großen Schlucken trank sie die heiße Flüssigkeit, ohne zuvor Milch oder Zucker hinzuzufügen. Weiß der Himmel, was die Angestellte gedacht hatte, als sie das Bett leer vorgefunden hatte. Es gab keinen Ort, an den Alice hätte gehen können, und auf die Idee, dass sie im Teich schwimmen gewesen war, kam bestimmt niemand. Auch Alice hatte das nicht geplant, und nun war sie völlig durchgefroren. Das Dienstmädchen ging ins Badezimmer, während Alice ans Fenster trat und den Sonnenaufgang betrachtete. Sie schauderte, aber nicht wegen der Kälte, sondern weil sie am Flussufer den jungen Flussmeister entdeckt hatte.

»Mylady, Ihr Bad ist bereit.« Das Dienstmädchen hielt ihr die Badezimmertür auf.

Alice stellte ihre Tasse ab. Im selben Moment schaute der Flussmeister auf. Er blieb stehen und blickte zum Haus. Sie war sich sicher, dass er sie hinter der Scheibe nicht erkennen konnte; aber vielleicht hatte er bereits genug von ihr gesehen.

Hering, Bücklinge, Nierchen. Ihr drehte sich der Magen um. Trotz der körperlichen Ertüchtigung am frühen Morgen brauchte und wollte sie das viele Essen nicht. Nach einigem Zaudern füllte Alice ein Schälchen mit Porridge und setzte sich ans hintere Ende des langen Tisches. Von dort aus konnte sie in den Garten hinausblicken. Es war ein buntes Farbenspiel, und die Rosen standen in voller Blüte.

Constance kam ins Zimmer gestürmt, gefolgt von Burton, der die Zeitungen brachte. Obenauf lag der *Bystander*. Heute war Freitag, so schnell würde nicht über den Ball berichtet werden. Wenn es so weit war, würde Alice' Name nicht in den Zeitungen erscheinen, aber sie wusste genauso gut wie die anderen, dass er in aller Munde sein würde, selbst im Munde des Monarchen.

»Du bist heute Morgen schwimmen gegangen«, stellte Constance fest und belud ihren Teller mit Eiern.

»Ja, es war äußerst erfrischend«, erwiderte Alice lächelnd.

»War es im Schwimmteich nicht etwas …« Constance wedelte mit einem Stück Brot in der Luft herum.

Ohne auf ihre Cousine einzugehen, sagte Alice: »Es war kalt und erfrischend. Ich kann dir das nur empfehlen.«

Constance setzte sich ihr gegenüber ans Kopfende des Tisches. »Du hast tatsächlich mehr Farbe im Gesicht.« Sie zwinkerte Alice zu. »Ja, heute Morgen siehst du wieder mehr aus wie du selbst. Nanny dachte schon, du hättest dir irgendein Fieber eingefangen.«

Alice sah von ihrem Porridge auf. »Tatsächlich?«

»Ja, ich habe sie gestern Abend mit deiner Mutter telefonieren hören.«

Alice ließ den Löffel sinken. Ihre weit entfernten Kerkermeister erhielten einen vollständigen Bericht. Sie stand auf und sagte: »Ich mache einen Spaziergang. Hast du Lust, mich zu begleiten?«

»Nein danke.« Constance betrachtete ihren Frühstücksteller. »Vielleicht möchte Nanny mitgehen. Sie ist im Kinderflügel in dem kleinen Zimmer, das auf den Garten hinausgeht, und schreibt ihrer Schwester.«

»Ich werde bei ihr vorbeischauen und sie fragen.« Alice verließ das Damenzimmer und schlenderte durch den langen Korridor, darauf gefasst, sich eine Lektion von Nanny erteilen lassen zu müssen, bevor sie hinausgehen durfte.

Nanny saß an dem kleinen Tisch am Fenster. Das Sonnenlicht glitzerte im Wasser des Springbrunnens, in dem zwei ausgelassene Ringeltauben badeten. Leuchtende Kosmeen begannen in dem fächerförmigen Hof zu blühen, der den zum Kinderflügel gehörenden Garten bildete. Rosa und weiße Blütenköpfe tanzten im Morgenwind. Alice blieb stehen, um sie zu bewundern, während sie Nanny husten und schnaufen hörte.

Nanny schrieb mit großer Geschwindigkeit. Ohne aufzusehen, sagte sie: »Ich hoffe, Sie haben das Schwimmen heute Morgen genossen. Sollte das zur Gewohnheit werden, wählen Sie bitte angemessenere Kleidung. Zudem werden Constance oder ich Sie beim nächsten Mal begleiten.«

Woher wusste Nanny, dass sie nackt geschwommen war? Natürlich, sie wusste es, weil ihre Kleider andernfalls durchweicht gewesen wären und nicht nur feucht.

»Ich …« Alice verstummte. Sie wusste nicht, was sie sagen sollte.

»Ja, Sie dürfen jetzt sehr gern einen Spaziergang allein unternehmen«, sagte Nanny, »aber über das morgendliche Schwimmen müssen wir noch reden.« Ein Husten schüttelte ihren Körper, der zart war wie der eines Vögleins.

Trotz ihrer Sorge um Nannys Gesundheit stieg Trotz in Alice auf. Wofür wurde sie bestraft? Dafür, dass sie schwimmen gegangen war, oder dafür, dass sie den König und die Königin brüskiert hatte? Sie versuchte, Nanny vom Gesicht abzulesen, was sie wirklich dachte, aber die hatte sich schon wieder über das Blatt gebeugt und schrieb ihren Brief.

Alice verließ das Zimmer und betrat das große Vestibül am Fuß der Haupttreppe, dann blieb sie stehen, um sich zu sammeln. Sie hörte Nanny erneut husten. Heute Morgen hatte sie besser ausgesehen, aber der Husten war hartnäckig und besorgniserregend.

»Ich erwarte Sie in einer Stunde zurück!«, hörte sie Nanny rufen.

»Ja, Nanny!« Alice' Freude über den herrlichen Morgen war getrübt, als sie zur Molkerei schlenderte, wo schon die fünfte Duchess of Exeter Milchmädchen gespielt hatte, so wie seither jede Tochter des Hauses. Sie bildete keine Ausnahme, doch im Augenblick hatte dies für sie keinen Reiz, denn sie wollte ihr Leben nicht länger spielen, sie wollte ihr Leben leben, und zwar nicht nur oberflächlich.

Alice blieb an einer der Brücken stehen, die den Bach im Garten überspannten. Der Bach staute sich zu einem kleinen Teich, bevor er sich weiter hangabwärts schlängelte. Der Morgennebel hatte sich gehoben, das Wasser glitzerte im Sonnenlicht. Ihr ging das Herz auf.

Nach einer Weile riss sie sich los und suchte den geweihten Brunnen auf, der an der Seite des weiter unten gelegenen Teichs verborgen war. Er war überwuchert mit Blattwerk und Moos, fast, als würde er Teil der Natur werden. Erst als sie den Efeu zur Seite geschoben hatte, enthüllten die gemeißelten Steine ihre Schönheit. Einst hatte sie sich vorgestellt, sie würde in einer Kirche stehen, nicht vor einer Quelle.

Abgesehen von der Statue des Abts, der hoch oben an der Westwand des Hauses thronte, waren diese Steine, die die heilige Quelle umschlossen und zu einem unerschöpflichen Brunnen machten, die einzigen Hinweise auf die Ursprünge von Abbotswood – Abtswald. Das Land hatte einst dem Abt von Tavistock gehört, bis König Heinrich VIII. die Klöster zugunsten von Familien wie den Nevilles auflöste. Der Brunnen war sehr berühmt gewesen; hier hatten die Pilger auf dem Weg nach Rom und ins Heilige Land Rast gemacht, bevor sie ihre Reise fortsetzten.

Als Kind hatte Alice sich hier etwas gewünscht. Sie hatte so gern eine Feenprinzessin sein wollen. Jetzt war sie sich nicht sicher, was sie sich wünschen sollte. Alles, was ihr einst Halt gegeben hatte, war verschwunden. Dabei war ihr vor ein paar Tagen alles noch so glasklar erschienen.

Sie bückte sich und tauchte die Hand ins Wasser, dann richtete sie sich eilig auf, als sie Schritte hinter sich hörte.

»Sie können sich wohl nicht vom Wasser fernhalten,

Mylady«, sagte der Flussmeister und sah sie an, wie einst die Männer in Paris sie angesehen hatten.

Sie errötete. Also hatte er sie tatsächlich beobachtet. Sie rutschte auf den schlüpfrigen Steinen aus. Seine Hand schoss vor, um sie festzuhalten, aber sie zuckte zurück. Ihr stockte der Atem, als sie in seine dunklen Augen blickte.

»Arbeiten Sie schon lange hier?«, fragte sie und strich ihren Rock glatt, während sie versuchte, nicht daran zu denken, was er heute Morgen gesehen haben mochte.

»Nein, erst seit Dezember.« Er sah ihr direkt ins Gesicht. Er wusste, wer sie war. Wusste nicht nur von ihrem morgendlichen Bad im Schwimmteich. Bei der Vorstellung, was er gesehen haben könnte, wurden ihre Wangen tiefrot. »Benötigen Sie weitere Hilfe?«, fragte er nun.

»Nein.« Sie schürzte die Lippen. Er verneigte sich und wandte sich ab. Sie sah ihm nach, als er davonging. Sein Gang war stolz. Er war viel zu selbstbewusst für einen Gehilfen, der lediglich Tucker bei der Arbeit zur Hand ging, außerdem hatte er einen weichen Akzent. Wer war dieser Flussmeister?

»Da bist du.« Constance tauchte neben ihr auf, die Hände in die Hüften gestemmt. »Nanny sagte, sie habe dich diesen Weg einschlagen sehen.«

»Ach, sagte sie das?« Alice verengte die Augen und beobachtete, wie der Flussmeister ins Boot stieg und den Tamar überquerte. Sie rührte sich erst wieder vom Fleck, als er nicht mehr zu sehen war. Sie wusste, wohin er gegangen war, denn kurz darauf stieg Rauch zwischen den Bäumen auf der anderen Seite des Flusses auf. Wahrscheinlich hatte auch heute früh ein Feuer gebrannt, aber der Rauch war mit dem Morgennebel verschmolzen.

»Ja, sie dachte, dir wäre vielleicht langweilig so allein …« Constance lächelte und klemmte das Buch, das sie mitgebracht hatte, unter den Arm.

Alice blickte weiter über das Wasser. »Da hat sie recht«, sagte sie, wandte sich vom Fluss ab und schaute erst ihre Cousine an, dann zu Abbotswood House hinauf. »Vielleicht sollte ich wieder mit dem Angeln beginnen.«

Constance machte unwillkürlich einen Schritt zurück. »Angeln?«

»Ja, ich war mit meinem Vater ständig beim Angeln, wenn wir hier waren.« Alice setzte sich in Bewegung und kehrte zurück in Richtung Haus.

»Oh«, sagte Constance und schlug ein schnelleres Tempo an, um mit ihrer Cousine Schritt zu halten.

Ja, dachte Alice, Angeln wäre die Lösung für ihre Langeweile.

Liebe Sylvia,

wie wundervoll, all die Neuigkeiten von Dir zu erfahren und zu wissen, dass es Dir mittlerweile so gut geht, dass Du es zu Fuß bis ins Dorf schaffst. Ruh dich weiterhin aus und setz Dich nicht zu sehr unter Druck.

Hat der Doktor eine Diagnose gestellt und Dir etwas verschrieben?

Wir haben uns nach Abbotswood zurückgezogen, und ich vermag Dir gar nicht zu sagen, wie wundervoll es ist, wieder hier zu sein. Die Luft ist frisch, und ich kann sehen, wie die Farbe in Lady Alice' Wangen zurückkehrt. Ihre Mutter und ihr Onkel wollten sie in die Highlands schicken, aber ich habe diesen Ort vorgeschlagen, und schließlich haben sie eingewilligt und so getan, als wäre es ihre Idee gewesen.

Fernab von ihrer Mutter und dem Einfluss der anderen wird sich Lady Alice auf ihre Pflicht besinnen und darauf, wer sie ist. Ich weiß, dass ich Dir nur sehr sparsam geschildert habe, was ihren tiefen Fall verursacht hat, nachdem sie zunächst eine gefeierte Debütantin war. Ihr Onkel hatte gehofft, dass der Duke of Cleveland ihr auf dem Ball einen Antrag machen würde, doch das alberne Mädchen zog es vor, den König und die Königin mit dem Frauenwahlrecht zu behelligen.

Wenn ich ehrlich bin, verstehe ich, warum sie das getan hat, allerdings hat sie nicht begriffen, in welch prekäre Lage sie sich damit gebracht hat. In den Augen ihres Onkels lässt ihr Handeln auf mentale Probleme schließen, was ihre Mutter zur Verzweiflung treibt. Tatsächlich ist die verwitwete Duchess so verzweifelt, dass sie nun womöglich eine noch unglückseligere Ehe arrangiert. Wenn Lady Alice den Duke für abstoßend hält, weiß sie nicht, wer sich sonst noch um ihre Gunst beworben hat.

Schon jetzt ist zu erkennen, dass sie in die Verhaltensweisen ihrer Kindheit zurückfällt. Heute Morgen ist sie nackt im Teich geschwommen, als wäre sie ein kleines Mädchen und nicht eine Frau in heiratsfähigem Alter. Im Grunde ist das gut, nicht schlecht. Hier zu sein bedeutet, dass sich die Verblendung löst, die ihr dieses vermaledeite Mädchenpensionat auferlegt hat. Dort hat man ihr allerlei Unsinn in den Kopf gesetzt. Meine Aufgabe ist es nun, das arme Kind bis zur nächsten Ballsaison zur Vernunft zu bringen, damit es ein Mitspracherecht bei der Wahl des zukünftigen Ehemanns hat, auch wenn es nicht der strahlende Stern am Ballhimmel sein wird wie in diesem Jahr.

Und ja, mein Husten ist wieder da. Die überstürzte Reise hat mich erschöpft, doch ich hoffe, dass sich mein Zustand bei dem guten Wetter, das wir momentan haben, rasch bessert. Ich schreibe Dir mehr, sobald wir uns hier in Abbotswood wieder eingelebt haben.

In Liebe
Deine Schwester Eve

Kapitel 16

Gemeinsam betraten Alice und Constance das Haus. Alice' Gedanken waren beim Angeln, und sie wollte gerade Burton danach fragen, als er sagte: »Lady Alice, Ihre Mutter ist am Telefon.«

Sie ging zu dem Apparat in der kleinen Kammer, die vom Vestibül abging. »Hallo, Mutter.«

»Alice, wie geht es Nanny?«

Alice zwang so viel Munterkeit wie möglich in ein einziges Wort: »Besser.«

»Gut. Ich möchte nicht, dass du unbeaufsichtigt bist.«

Sie sah sich um. »Mutter, hier ist meilenweit keine Menschenseele.«

»Die Leute reden noch immer«, teilte ihre Mutter ihr mit und holte tief Luft. »Dein Foto war auf der ersten Seite der *Country Life*, der *Bystander, Tatler* und der *Spectator* haben ebenfalls über das berichtet, was du getan hast. Gott sei Dank ist es deinem Onkel gelungen, unseren Namen aus der Presse herauszuhalten, aber alle wissen natürlich, wer gemeint ist, und reden von nichts anderem.«

»Verstehe.« Alice presste die Lippen zusammen.

»All die mitleidigen Blicke, die ich ertragen muss!«

Da Alice nicht wusste, was sie darauf erwidern sollte, stellte sie die Frage, auf die sie sich dringend eine Antwort wünschte: »Wann kann ich nach London zurückkehren?« Obwohl sie Abbotswood liebte, vermisste sie doch die Vorzüge der Großstadt, vor allem die Museen, Theater und ganz besonders die Bibliotheken und Zeitungen. Sie hatte weder Zugang zu *The Suffragette* noch den *International Woman Suffrage News*. Doch das war nicht alles: Wie sollte sie aus dieser Abgeschiedenheit heraus irgendetwas bewirken können? Nach dem Ball hatte sie gedacht, sie wäre zufrieden damit, ihren Anteil geleistet zu haben, doch nun begriff sie, dass es damit noch lange nicht getan war, und sie sehnte sich nach mehr.

»Du wirst auf absehbare Zeit in Abbotswood bleiben«, erklärte ihre Mutter mit Nachdruck.

»Aber …« Sie warf einen Blick ins Vestibül, wo Burton stand und das Gespräch belauschte. *Unbeaufsichtigt.* Sie könnte sich glücklich schätzen, wenn sie einen Moment für sich allein fand.

»Keine Widerrede. Dein Onkel und ich sind uns einig: Das ist die einzige Möglichkeit, den Skandal zu überstehen und die bösen Stimmen zum Verstummen zu bringen.«

»Ja, Mutter.« Alice wollte sich verabschieden, aber Olivia Neville hatte bereits aufgelegt. Frustriert legte Alice den Hörer auf die Gabel und verließ die kleine Telefonkammer. Sie schlenderte in Richtung Damenzimmer und versuchte, sich einen Plan zurechtzulegen. Das Einzige, worüber Alice hier verfügte – abgesehen von der frischen Luft –, war jede Menge Zeit. Wie sollte sie diese Zeit füllen? Sie konnte keine Briefe schreiben, in denen sie sich für die Sache stark machte, denn alles, was sie im Augenblick tat, wurde überwacht. Doch sollte sie tatsächlich noch Monate hier festsitzen, musste sie etwas tun, irgendetwas. In diesem Moment sah sie den jungen Flussmeister, der einen großen Lachs in die Küche trug.

Alice klingelte nach dem Butler und sah aus dem Fenster, während sie wartete. Als sie noch jünger war, war es ihr wichtiger gewesen, wie ein Fisch im Wasser zu schwimmen, als einen zu fangen. Damals hatte sie nicht gern Fisch gegessen, aber ihr Geschmack hatte sich geändert.

Ein leises Hüsteln verkündete, dass Burton eingetroffen war. Lächelnd drehte sie sich um. »Burton, ich möchte angeln gehen. Würden Sie bitte dem Flussmeister Bescheid geben?«

Er zögerte, dann erwiderte er: »Ich fürchte, Tucker liegt mit der Gicht darnieder.«

Sie sah ihm direkt in die Augen und sagte: »Nun, es muss doch jemanden geben, der mir dabei behilflich sein kann.«

»Ich werde mit Johns sprechen. Vielleicht steht der junge Zachariah Carne zur Verfügung.«

Alice zog die Augenbrauen zusammen. Das ergab keinen Sinn. »Warum sollte er nicht zur Verfügung stehen?«

»Er ist erst vor Kurzem von Penhale zu uns gekommen, wo er mit seinem Vater und seinem Bruder zusammengearbeitet hat.« Burton verlagerte das Gewicht von einem Fuß auf den anderen.

»Dann sollte er hervorragend qualifiziert sein, sonst hätte der Earl ihn bestimmt nicht engagiert.«

»In der Tat. Wann?«, erkundigte sich der Butler.

»In einer Stunde«, gab sie zurück.

Er verbeugte sich und verließ das Morgenzimmer. Alice wusste, dass sie ihn dazu gebracht hatte, etwas zu tun, was er nicht tun wollte, und sie war sich nicht sicher, warum. Er war doch nicht etwa der Ansicht, er könne sie mit dem

Flussmeister nicht allein lassen? Herrgott, was die Leute von ihr dachten! Sie setzte sich für das Frauenwahlrecht ein und nicht für eine indiskrete Liaison mit einem Bediensteten. Die freie Liebe mochte zwar von einem Teil der Bewegung befürwortet werden, aber dafür musste es zunächst einmal Liebe geben.

Burton hatte ein Treffen mit dem Flussmeister unten am Ufer in der Nähe des Anlegers arrangiert. Der Morgen war warm, ihre feste Kleidung passte eher zur Witterung in Schottland als zu der in Devon. Auf halbem Weg zum Fluss blieb sie stehen, um die Taillenschnüre zurechtzuziehen, da trotz der Bemühungen der Zofe ihr Rock verrutscht war. Zu ihrer Linken bewegte sich der Zweig einer Birke. Die Blätter raschelten, doch die Luft war unbewegt. Sie drehte sich um, gerade als es erneut raschelte. Als sie nähertrat, entdeckte sie eine junge Dohle, die sie mit hellen, seelenvollen Augen ansah. Über ihr kreiste ein Turmfalke, und sie wandte sich zu der Dohle um, um sie zu warnen, doch sie war schon fort.

Heute war der erste Juli, und ihre Tage in Abbotswood vergingen langsam, während sich die Natur um sie herum im Eiltempo zu entfalten schien. Ihre Mutter irrte sich: Die Leute würden sich längst für andere Neuigkeiten interessieren, trotz der jüngsten Berichterstattung über den Ball. In London reihte sich eine Veranstaltung an die nächste, es gab immer Ereignisse, über die man tratschen konnte, außerdem war da all das Gerede über das, was in Ulster passierte, ganz zu schweigen von den Aktionen, die ihre Mitstreiterinnen im Kampf für das Frauenwahlrecht unternahmen. Sie sehnte sich nicht nach London, aber sie vermisste es, ein Teil von etwas zu sein.

In Abbotswood wurde sie stets vom Gesang der Vögel und einer kleinen Blaumeise geweckt, die mit dem Schnäbelchen an ihr Fenster klopfte. Sie mochte den winzigen Vogel, dennoch wäre es ihr lieber gewesen, sie hätte bis zum Mittag schlafen können, denn dann wäre der Tag schon halb vorbei. Aber nein, sie wachte stets beim ersten Vogelgezwitscher auf, und wenn ihr kleiner Blaumeisenfreund eintraf, trat sie vorsichtig ans Fenster, um ihn nicht zu erschrecken. Er sah sie durch die Scheibe hindurch an wie die junge Dohle vorhin. Doch die Augen der Meise waren nicht so seelenvoll. Sie waren schelmisch. Jeden Morgen legte der kleine Vogel den Kopf schräg, als wollte er sagen: »Noch im Bett? Warum verschwendest du deinen Tag?« Dann flatterte er davon, ehe sie ihm beipflichten konnte. Er hatte recht: Sie verschwendete den Tag, die Woche, den Sommer, das Leben.

An diesem Morgen würde sie Fische fangen, zumindest hoffte sie das. Das letzte Mal, als sie beim Angeln gewesen war, hatte sie die Haare noch offen getragen. Damals war das Leben einfacher gewesen. Sie hatte sich frei bewegen können, ungehindert von den Erwachsenen, die jeden ihrer Schritte kontrollierten. Nun würde Nanny trotz ihres schlechten Zustands bei ihrer Rückkehr am Fenster nach ihr Ausschau halten, genau wie Burton.

Als sie den Fluss erreichte, blieb sie stehen und wartete. Ja, ihr Leben bestand in der Tat daraus, stets auf irgendetwas zu warten. Sieben Jahre, bis sie an ihr Geld kam. Sieben Jahre warten. Und doch wollte sie in diesem Augenblick, in dem sie hier stand – mit der Sonne, die soeben durch die Wolken brach und den Wald auf der anderen Seite des Tamar in helles Licht tauchte, sodass der mit sonnigen Flecken gesprenkelte Waldboden an einen grün-braunen Orientteppich erinnerte –, keine einzige Sekunde davon missen. Aus den Augenwinkeln sah sie, wie sich der Flussmeister näherte. Sie drehte sich zu ihm und fragte: »Wo wollen wir angeln?«

»Wohin möchten Sie, Mylady?« Er deutete eine Verbeugung an.

»Machen Sie einen Vorschlag.« Sie holte tief Luft.

»Ich schlage Black Rock vor«, antwortete er und deutete mit der Hand in die entsprechende Richtung, als würde sie die Stelle nicht kennen.

»Vielen Dank.« Sie setzte sich in Bewegung, gereizt wegen seines Gehabes, wenngleich sie selbst nicht genau sagen konnte, was sie daran störte. Sie wusste selbst nicht, warum sie plötzlich diesen Unmut verspürte, wenn sie auf das Wasser blickte, das um den Felsvorsprung wirbelte. Frustriert blieb sie stehen. Am liebsten wäre sie auf die Felsen geklettert, so wie sie es in der Vergangenheit getan hatte. Damals jedoch hatte sie nicht mit langen, schweren Röcken oder einem Korsett kämpfen müssen, die ihre Bewegungsfreiheit beeinträchtigten.

Der Flussmeister sprang den schroff abfallenden Hang zum Flussufer hinunter und streckte ihr die Hand entgegen. Ihr blieb keine andere Wahl, als sie zu ergreifen. Sie benötigte Hilfe, und sie musste sich von ihm führen lassen, wenn sie auf den Felsvorsprung wollte. Als sie sicheren Stand hatte, ließ er ihre Hand los, doch sie spürte noch immer die Wärme seiner Finger. Mit gesenktem Kopf blickte sie über das Wasser und hoffte inständig, dass sie nicht allzu rot angelaufen war. Es war nichts dabei, wenn ein Gentleman ihr seine Hand anbot, und trotzdem stieg ihr die Röte in die Wangen …

»Burton hat mir mitgeteilt, dass Sie bereits Erfahrung im Angeln haben«, sagte er.

Sie hob den Blick und antwortete: »Ja, das stimmt«, dann wandte sie sich erneut ab.

Er reichte ihr die Rute. Sie spürte, wie biegsam sie war. Die Fliege am Ende tanzte, die große Fasanenfeder fing das Sonnenlicht ein. Dennoch war alles anders als beim letzten Mal. Damals war die Rute kürzer gewesen. Jetzt hielt sie ein völlig anderes Modell in der Hand.

»Benötigen Mylady Unterstützung?«, erkundigte er sich.

Alice hielt die Luft an. Es gefiel ihr nicht, wie er »Mylady« sagte, und sie wollte auch keine Unterstützung, aber es wäre ratsam, seine Hilfe anzunehmen. Die Zeiten, in denen sie hier mit ihrem Vater und dem alten Flussmeister geangelt hatte, schienen eine Ewigkeit her zu sein. Es war verwirrend, hier mit dem neuen Flussmeister zu stehen.

»Soll ich es Ihnen trotzdem noch mal zeigen?« Er streckte die Hand nach der Rute aus, die er ihr gegeben hatte. Ihr Griff wurde fester. Sie wollte kompetent erscheinen, aber sie war es nicht. Also reichte sie ihm die Rute, energischer, als sie beabsichtigt hatte, und er machte einen Schritt zurück und wäre beinahe vom Felsen gefallen, aber er sagte kein Wort.

»Hallo!«, rief Constance vom Ufer. Alice wirbelte herum und hätte ebenfalls beinahe das Gleichgewicht verloren. Reflexartig streckte sie die Hand nach dem Flussmeister aus, um sich zu fangen. Sie schwankten, als würden sie tanzen, ihre Hand auf seinem Unterarm, dann fingen sie sich wieder. Unterdessen kletterte Constance ohne Mühe auf den Felsen, denn ihre Röcke waren längst nicht so lang und ausladend wie die von Alice.

»Habt ihr schon etwas gefangen?« Der Blick von Constance huschte neugierig von dem Flussmeister zu Alice und wieder zurück.

»Wir haben noch gar nicht angefangen.« Alice zog ihre Hand zurück.

»Nanny dachte, es würde mir Spaß machen, wenn ich euch begleite.« Constance rümpfte die Nase und betrachtete die Fliege am Ende der Schnur.

»Tatsächlich?« Alice glaubte kaum, dass dieser Ausflug Constance Freude bereiten würde.

»Ja, und Burton hat ebenfalls vorgeschlagen, dass ich euch Gesellschaft leiste.« Constance warf ihre offenen Haare über die Schulter auf den Rücken.

Alice presste die Lippen zusammen, damit sie nicht das aussprach, was ihr auf der Zunge lag. Ein Roter Admiral flatterte dicht am Gesicht ihrer Cousine vorbei, und sie wedelte mit der Hand, sodass er zurück ans Ufer flog, wo er auf einem Gänseblümchen landete. Behände sprang Constance vom Felsen und folgte ihm.

Alice wandte sich an den Flussmeister. »Sie wollten mir gerade zeigen …«

Er holte wortlos aus, und sie trat zurück. In der Morgensonne schwirrten träge Insekten über die Wasseroberfläche. Der Flussmeister warf mühelos die Schnur aus. Ohne die Fliege zu beachten, verfolgte Alice gebannt seinen Bewegungen. Ihre Augen schweiften über seinen sonnengebräunten Nacken zu seinen braunen Locken.

Er drehte sich um und begegnete ihrem Blick. Das Schweigen dehnte sich. Seine Augen waren nicht ganz braun, sondern hatten grüne Einsprengsel, grün wie das sommerliche Gras und golden wie ein Feld mit trockenem

Stroh. Seine Lippen waren voll, die Mundwinkel nach oben gezogen, als würde er sich über irgendetwas amüsieren.

Die Angelrute bog sich, die Schnur wurde straff und zuckte. »Möchten Sie den Fisch einholen?«

Alice warf einen Blick auf die Rute und die Spule, dann sagte sie: »Ja, ich würde es gern einmal versuchen.«

Sie stellte sich neben ihn.

»Legen Sie Ihre linke Hand auf meine«, sagte er mit gesenkter Stimme.

Sie gab sich alle Mühe, eine Berührung zu vermeiden, aber das war unmöglich.

»Und jetzt heben Sie die rechte Hand.« Er sprach leise, als wären seine Worte nur für sie bestimmt.

Alice tat, wie geheißen. Nun standen sie dicht nebeneinander. Durch ihre Kleidung hindurch konnte sie jede einzelne Bewegung seiner Muskeln spüren. Das Rucken an der Schnur lenkte sie ab, doch sie war sich seiner Nähe allzu bewusst, als er sich hinter sie schob.

Mit aller Kraft riss sich Alice zusammen und konzentrierte sich auf den Fisch, der am anderen Ende der Angelschnur zappelte. Nein, sie durfte nicht daran denken, wie nah ihr der junge Flussmeister war und dass er noch immer nach Holzfeuer, Rosmarin und … Seife roch. Die Angel bog sich noch mehr, und sie lehnte sich zurück, gegen seinen starken Körper.

»Sie haben ihn, Mylady«, flüsterte er. Sein Atem war so dicht an ihrem Ohr, dass sie ihn auf ihrer Haut spüren konnte. Jede Faser ihres Körpers spannte sich an.

»Ich habe ihn!«, rief Constance und rannte so schnell sie konnte am Ufer entlang, den Schmetterling zwischen den hohlen Handflächen.

Alice riss an der Schnur. Der Fisch befreite sich, und sie taumelte zurück und prallte gegen den Flussmeister, der sie auffing und ihr half, die Balance wiederzufinden, dann rückten sie eilig auseinander. Alice reichte ihm die Angelrute, kletterte vorsichtig vom Felsen und eilte zu ihrer Cousine, wobei sie inständig hoffte, dass diese vor lauter Aufregung um den Schmetterling die Röte in ihrem Gesicht nicht bemerken würde.

Ihr ganzer Körper stand in Flammen, genau wie ihre Gedanken.

Kapitel 17

»Hallo.« Nanny lächelte, als Alice das Kinderzimmer betrat.

Alice musterte sie prüfend und stellte erleichtert fest, dass etwas Farbe in Nannys Wangen zurückgekehrt war.

»Sie sehen besser aus«, sagte sie und beugte sich vor, um ihr einen Kuss zu geben. Nannys anhaltend schlechter Gesundheitszustand bereitete ihr Sorgen. Nanny hustete in ihr Taschentuch, aber nicht so schlimm wie zuvor.

»Ich habe eine Weile im Garten gesessen.« Sie zog den Schal enger um die Schultern und griff nach ihrer Handarbeit.

»Nun, das hat Ihnen gutgetan.« Alice setzte sich ihr gegenüber.

»Genau wie Ihnen das Angeln.« Sie betrachtete Alice, die inständig hoffte, dass sie nicht erhitzt wirkte.

»Ich konnte mich gar nicht mehr richtig daran erinnern, wie es geht«, sagte sie.

»Das ist keine Überraschung. Es ist Jahre her, seit Sie das letzte Mal beim Angeln waren, und Sie waren damals noch sehr jung.« Nanny sah Alice unentwegt an, als versuchte sie, deren Gedanken zu lesen. Alice zwang sich, an etwas anderes zu denken als an den Flussmeister.

»Wie ist der neue Flussmeister denn so?«, erkundigte sich Nanny prompt.

Alice sah aus dem Fenster. »Schweigsam«, antwortete sie dann. »Er sagt nur das Allernötigste.«

»Er ist Ihnen keine Hilfe?«, wollte Nanny wissen.

»Nun, er sagt kein Wort zu viel.«

Nanny lachte. »Das klingt sehr tugendhaft für einen Flussmeister.«

Alice schmunzelte. »Ich nehme an, das ist er.«

»Sie waren lange fort, Burton hat sich schon Sorgen gemacht«, sagte Nanny und legte ihre Handarbeit beiseite.

Alice straffte die Schultern. »Dass ich mich für das Frauenwahlrecht einsetze, heißt nicht, dass man mich nicht mit einem Flussmeister allein lassen kann.«

»Genau das habe ich auch gesagt.« Sie spähte über ihren Brillenrand hinweg und lächelte.

Alice verspürte eine Woge der Zuneigung für Nanny. Sie kannte sie so gut.

»Hat es Constance gefallen?«, erkundigte sich Nanny.

Alice schüttelte den Kopf. »Nein. Sie hat Schmetterlinge gejagt. Sie kann einfach noch nicht lange genug stillsitzen.«

»Sie waren genauso in dem Alter.« Um Nannys Augen zeigten sich Lachfältchen.

»Das stimmt wohl.« Alice nahm Nannys Hand und spürte die tröstliche Wärme.

»Lord Edmund hat von Penhale aus angerufen. Er hat gehört, dass Sie hier untergebracht sind.«

Alice stand auf. »Ist er nicht in London?«

»Er sagte, er brauche eine Pause von all den Festivitäten und der Hitze in der Stadt.«

»Kommt er zu Besuch?«

»Ich denke schon.« Nanny legte die linke Hand auf ihren Hals und hustete.

Alice klatschte in die Hände. »Nun, das ist etwas, worauf ich mich freuen kann.«

»Das dachte ich mir.« Nanny verschränkte die Hände.

»Ich freue mich wirklich sehr. Und jetzt ruhen Sie sich aus, damit Sie Lord Edmunds Gesellschaft ebenfalls genießen können.« Alice beugte sich vor und küsste Nanny erneut auf die Wange.

»Das mache ich.« Nanny schloss die Augen, und Alice verließ den Kinderflügel. Sie machte einen kurzen Abstecher zu ihrem Zimmer, um ihr Buch zu holen – eine Kurzgeschichtensammlung von P. G. Wodehouse. Im Vestibül traf sie auf Burton, der sich dort herumdrückte. Am liebsten hätte sie »Verschwinden Sie!« geschrien, doch sie sagte nichts. Er tat nur seine Arbeit. Bevor er sich nach ihren Absichten erkundigen konnte, nahm sie ihren Hut und die Handschuhe und flüchtete. Es war unerträglich, aber anders als in London konnte sie nach draußen fliehen, ohne dass irgendwelche Fotografen ihr auflauerten.

Im Hof wandte sie sich nach links und stieg die Stufen zu dem Pfad hinauf, der in den Wald führte. Es dauerte nicht lange, und sie war außer Atem und musste stehen bleiben. Es war heiß, ihre Kleider juckten. Sie sehnte sich danach, sie abzustreifen und schwimmen zu gehen. Also schlug sie den Weg Richtung Molkerei ein und lauschte dem plätschernden Geräusch des Bachs. Sie überquerte eine der Brücken mit ihren reich verschnörkelten gusseisernen Geländern und spähte durch die Farne. Ein Gärtner bückte sich über eines der Beete. Mein Gott, sie war wirklich nie allein.

Es war nicht seine Schuld, daher lächelte sie, als sie an ihm vorbeiging und zu dem Teich in der Nähe der Molkerei gelangte. Plötzlich musste sie daran denken, dass Arthur

Carew gesagt hatte, er würde sich das Stimmrecht für Männer und Frauen gleichermaßen wünschen. Sie verlangsamte ihre Schritte. Keiner der vielen Menschen, die hier in Abbotswood arbeiteten, hatte eine Stimme. Arthur hatte recht: Es sollte ein allgemeines Wahlrecht eingeführt werden. All diese Menschen, die für ihren Onkel arbeiteten, waren in derselben Lage wie sie.

Sie schlenderte über die Brücke und die Stufen zu der kleinen, reetgedeckten Molkerei hinauf. Anders als das Muschelhaus war diese Stätte ihrer Kindheit offen. Sie trat ein. Das Plätschern des Wassers verstummte, alles war still. Drinnen war es kühl. Fröstelnd rieb sie ihre Arme, dann trat sie wieder hinaus unter das Vordach.

»Lady Alice.«

Alice zuckte zusammen und wirbelte herum, als sie eine Hand auf ihrem Arm spürte. Hinter ihr stand der Flussmeister, der sich ihr unbemerkt von der Seite genähert haben musste.

»Burton schickt mich«, sagte er. »Ich sollte Sie suchen.«

Die Freude, die Alice beim Anblick des Flussmeisters verspürte, verpuffte schlagartig, als er den Namen des Butlers erwähnte. »Nun, Sie haben mich gefunden.«

Sein Blick begegnete ihrem. Ihre Brust zog sich zusammen. Er sah sie nicht so an, wie er sie ansehen sollte. Er sah sie an, wie ein Mann eine Frau ansah. Nicht einmal ihre Verehrer in London hatten es gewagt, sie so dreist anzustarren. Sie sollte ihn zurechtweisen, aber ihr fehlten die Worte. Sie wandte sich ab und schaute zum Haus. Dort stand der Butler, ein Fernglas in der Hand.

»Lässt Burton mir etwas ausrichten?«, fragte sie.

»Ja.« Der Flussmeister nickte. »Lord Edmund wird heute

Abend in Abbotswood erwartet.« Er machte einen Schritt von ihr weg.

Alice nickte. »Vielen Dank.« Sie zögerte, suchte nach einer Ausflucht. »Denken Sie, die Fische beißen heute gut?«

Er schaute über den Teich hinunter zum Tamar. »Weiter oben ja. Während Sie das Mittagessen eingenommen haben, bin ich eine Meile flussaufwärts gegangen, wo die Bedingungen äußerst vielversprechend wirken.« Er musterte sie.

Eine Meile weg von Burton. Der Flussmeister hatte ihre Angelausrüstung nebst Rute bei sich. »Schön, gehen wir dorthin.« Ihr Blick fiel auf den Gärtner im Beet. Eilig fügte sie hinzu: »Bitte.«

Er musterte sie aus seinen braunen Augen, die von dichten Wimpern umkränzt waren. Im hellen Sonnenlicht schimmerten sie golden. Er reichte ihr seinen Arm, sie hakte sich unter, dann gingen sie schweigend am Ufer entlang. Sie ließ die Hand auf seinem Unterarm liegen. Der dicke Stoff seiner Jacke konnte nicht darüber hinwegtäuschen, wie kräftig seine Muskeln waren. Er hatte etwas Unbändiges an sich. Sie konnte nicht sagen, was genau diesen Eindruck erweckte, aber sie spürte seine aufgestaute Energie. Er verlangsamte seine Schritte, damit sie mit ihm mithalten konnte. Sie trug hübsche Stiefel – das praktischste Schuhwerk, das sie bei sich hatte –, aber sie waren nicht für Wanderungen auf dem Land gemacht.

»Sagen Sie«, sie warf ihm einen Seitenblick zu, »stören Sie sich an der Aberkennung des Wahlrechts?«

Er blieb stehen und sah sie stirnrunzelnd an.

»Entschuldigung, ich meinte, stört es Sie, dass Sie nicht wählen dürfen?«

»Ich habe Ihre Frage sehr genau verstanden, Mylady, aber ich habe meine Antwort erwogen.«

»Oh, Verzeihung, es tut mir leid.« Sie nahm die Hand von seinem Arm. »Nichts für ungut. Ich wollte bloß … ich war neugierig.«

»Sie wollen wissen, wie sich die Bediensteten fühlen?« Er trat einen Schritt zurück und musterte sie interessiert.

»So hatte ich es nicht gemeint, aber ja, ich denke, das kann man so sagen.« Sie hielt kurz inne, dann fuhr sie fort: »Ich bin noch immer voller Zorn über diese Ungerechtigkeit.«

»Meinetwegen müssen Sie Ihren Zorn nicht verschwenden. Ich bin glücklich mit meinem Los.«

Alice blinzelte. Das hatte sie nicht erwartet. »Wie ist das möglich? Nur weil Sie kein Land besitzen, besitzen Sie keine Macht!«

Er wandte sich dem Tamar zu. »Ich habe den Fluss, an dem ich arbeiten kann, und Seine Gnaden ist gerecht.«

Alice öffnete den Mund, um zu widersprechen, doch dann hielt sie inne. Er deutete auf die alten Stufen, die zum Wasser hinunterführten. Hier floss der Tamar langsamer, das kornische Ufer war weiter entfernt und das Wasser klarer. Ihr Blick schweifte über die Oberfläche. Dort, wo das Wasser hell glitzerte, befand sich ihre Beute.

»Mylady.« Er blieb auf der Stufe hinter ihr stehen und reichte ihr die Angel. Sie lockerte die Schultern und warf die Leine aus, doch sie verfing sich an der Böschung hinter ihnen.

Der Flussmeister löste sie und sagte ruhig: »Wenn ich Ihnen behilflich sein darf, Mylady.« Anschließend schlang er die Arme um sie und umschloss ihre Hände mit seinen.

Er nahm die Rute zurück, dann schleuderte er sie ruckartig nach vorn. Die Fliege landete flussabwärts in Ufernähe, wo das Wasser noch träger floss.

Sie standen dicht beisammen. Alice spürte, wie sich seine Brust hob und senkte, und wagte kaum zu atmen. Nach einer Weile passte sich ihr Atmen seinem an. Sie wusste nicht, wie lange sie so dagestanden hatten, aber ein Rucken an der Angelschnur riss sie beide aus ihrer Starre. Die Arme noch immer um sie geschlungen, holte er die Schnur ein. Ihre Lunge war erfüllt von dem Geruch nach Holzrauch … und ihm.

Sie schloss die Augen, als er sich vorbeugte und mit dem widerspenstigen Fisch an der Angel kämpfte. Seine Hand umfasste die ihre. Ihre Finger schmerzten, doch es war das Gefühl, das in ihr aufstieg, wenn sie seinen an sie gedrückten Körper spürte, welches ihr Sorge bereitete. Das hier war falsch. Sie sollte von ihm abrücken, sollte eine Szene machen, aber da erschien der Lachs über der Wasseroberfläche.

»Gut gemacht«, lobte er sie, trat zurück und ließ sie den Fisch einholen, während er das Netz bereit machte. Anschließend nahm er ihr die Angel ab. »Ein ordentlicher Bursche.«

»Es ist Ihr Fisch«, sagte sie.

»Nein, das stimmt nicht«, widersprach er. Er legte den Fisch in den mitgebrachten Korb.

Sie schnaubte. Sie wollte nicht streiten, doch irgendwie musste sie den seltsamen Gefühlen in ihrem Inneren Luft machen. »Es ist der Fisch meines Onkels.«

»Das ist richtig. Möchten Sie weiterangeln?«

Ihr Mund war trocken. Würde er dann wieder so dicht hinter ihr stehen? Am besten, sie kehrten zum Haus zurück, denn sie wusste nicht, ob sie wollte, dass er ihr noch einmal so nahe kam. »Nein, das genügt für heute.« Sie sah ihm in die Augen. »Vielen Dank.«

Er deutete eine Verbeugung an, dann sammelte er die Ausrüstung ein und ging ihr voran am Ufer entlang zum Haus. Die Wolken des Vormittags waren verschwunden, die Sonne strahlte auf ihr viel zu warmes Kleid. Am Schwimmteich blieb sie stehen. Wieder wünschte sie sich, sie wäre allein, könnte ihre Kleidung ablegen und schwimmen gehen. Sie betrachtete den Rücken des Flussmeisters und fragte sich, wie er nackt aussehen mochte. Als hätte er ihre Gedanken gelesen, drehte er sich um. Obwohl sie sich alle Mühe gab, konnte sie die Vorstellung, wie sie beide die Kleider abstreiften, nicht aus ihrem Kopf verbannen.

»Gehen Sie ruhig ohne mich weiter«, sagte sie und fächelte sich mit der Hand Luft zu. »Ich bleibe für einen Moment im Schatten stehen.« Ihre Stimme klang unnatürlich hoch.

Er zog die Augen schmal. »Geht es Ihnen gut? Soll ich eins der Dienstmädchen holen?«

»Das ist nicht nötig.« Sie wandte sich von ihm ab und heftete den Blick auf die Gunnera. Als sie sicher sein konnte, dass er fort war, zog sie Stiefel und Strümpfe aus. Das Gefühl des kühlen Rasens an den Füßen war wundervoll. Binnen Sekunden hatte sie das Ufer des Schwimmteichs erreicht und tauchte abwechselnd die Füße ein, bis ihr Körper wieder eine normale Temperatur angenommen hatte. Er hatte sie hier gesehen. Sie dachte an seinen Atem an ihrem Hals, als er ihr ins Ohr geflüstert hatte, und sofort wurde ihr wieder heiß. Sie spürte, wie sie errötete. Nein, sie durfte nicht daran denken. Es hatte nichts zu bedeuten. Er machte nur seine Arbeit. Das war alles.

Kapitel 18

Die Zofe ließ den Verschluss der Perlenkette zuschnappen, und Alice warf ihr über die Schulter einen dankbaren Blick zu. Sie musste im selben Alter sein wie sie. Alice wurde von Reue überwältigt, weil sich das Mädchen seit ihrer Ankunft um sie gekümmert hatte, und sie wusste gar nichts über die Zofe, nicht einmal ihren Namen.

»Danke für deine Hilfe.« Alice lächelte. »Wie heißt du?«

»Susan, Mylady.«

»Danke für deine Hilfe, Susan.«

Susan senkte den Kopf und knickste. Als sie wieder aufschaute, begegneten sich ihre Blicke.

Alice wollte ihr so viele Fragen stellen, am dringendsten aber wollte sie wissen, wie Susan über das Wahlrecht für Frauen dachte.

Doch jetzt war nicht die Zeit für Fragen. Edmund wartete unten auf sie. Sie musste sich nicht für Edmund herausputzen, aber irgendwie fühlte es sich richtig an. Das Kleid, das sie trug, zählte zu ihren Lieblingskleidern. Entworfen hatte es Lady Duff Gordon, auch bekannt als Lucille. Die Art und Weise, wie der cremeweiße geschlitzte Rockstoff fiel und ihr rechtes Bein ein klein wenig enthüllte, war göttlich. Das Mieder dazu war tiefschwarz. Der schwarze Satin reichte in üppig drapierten Falten bis zu ihrer rechten Schulter und fiel dann seitlich über den in zwei verschiedenen Längen gerafften Rock – ein umwerfender Kontrast.

Sie öffnete die Schachtel mit dem aufwendig gearbeiteten Lorbeer-Diadem ihrer Großmutter väterlicherseits. Das Schmuckstück war ein Teil ihres Vermächtnisses an Alice. Erst wenn sie heiratete, würde sie es auf dem Kopf tragen dürfen, doch zum Glück konnte man es auseinandernehmen und als Collier oder Brosche verwenden.

Sie reichte der Zofe – Susan, korrigierte sie sich eilig – die Brosche, damit sie sie feststecken konnte, und rief sich die Geschichte in Erinnerung, die hinter dem Diadem steckte. Ihr Großvater hatte es für seine Braut Daphne anfertigen lassen. Zwischen den Lorbeerblättern befanden sich kleine Blumen aus Diamanten. Ihre Großmutter hatte ihr einst erzählt, er habe ihr das kostbare Stück überreicht mit den Worten, sie habe um sein Herz gekämpft und es schließlich gewonnen, und er hoffe nun, sie würde das Diadem an ihrem Hochzeitstag tragen, um der Welt zu zeigen, dass sie siegreich gewesen war. Ihre Großmutter hatte ihm diesen Wunsch erfüllt. Sie hatte Alice außerdem die Geschichte der Nymphe Daphne erzählt, die sich von ihrem Vater Peneios in einen Lorbeerbaum hatte verwandeln lassen, um den lüsternen Avancen des Apoll zu entkommen. Alice runzelte die Stirn. Cleveland. Wie hatten ihre Mutter und ihr Onkel je in Erwägung ziehen können, sie mit ihm zu verheiraten? Ihr Vater hätte das Gleiche getan wie Daphnes Vater und sie vor einem solchen Schicksal bewahrt, davon war sie überzeugt.

Doch im Augenblick wollte sie nicht über ihr Schicksal nachdenken. Sie wollte Edmunds Gesellschaft genießen. Heute Abend würde es Wein geben. Burton bot ihr nie etwas an, wenn sie mit Constance und Nanny allein war.

Trotz ihrer achtzehn Jahre behandelte er sie noch immer so, als würde sie im Kinderflügel wohnen.

»Sie sehen wundervoll aus, Mylady«, sagte Susan bewundernd.

»Danke.« Alice warf einen letzten Blick in den Spiegel, dann ging sie nach unten in den Salon. Im Kamin loderte ein Feuer.

Nanny saß in einem Sessel, Edmund beugte sich zu ihr, ins Gespräch vertieft.

Als er Alice erblickte, richtete er sich auf. »Nun, Schlingelchen, wie geht es dir?«

»Wie soll es mir gehen? Ich bin in Abbotswood!«

»Das sehe ich, und du bist schöner denn je. Das Landleben bekommt dir.« Er nahm ihre Hand, um einen Kuss darauf zu hauchen, ohne dass seine Lippen ihre Haut berührten. Er war immer so anständig in der Gegenwart von anderen. Der Edmund hinter der polierten Fassade – ihr Edmund – war ein ganz anderer: lustig, frei und einfach umwerfend.

»Es ist fantastisch, dich zu sehen.« Sie grinste.

»Ich habe gehört, du sehnst dich verzweifelt nach ein wenig Gesellschaft.« Er zwinkerte Nanny zu.

Nanny lächelte. »Ich dachte, der Besuch würde Sie ein wenig aufmuntern, Alice.«

»Zweifelsohne«, erwiderte sie, hakte sich bei Edmund ein und führte ihn zum Sofa, wo sie Nanny gegenüber Platz nahmen. »Erzähl mir sämtliche Neuigkeiten aus London. Sind meine Schandtaten immer noch in aller Munde?«

»Ja, aber die Leute reden auch über Maud Dalrymple. Sie hat den Antrag eines Mannes angenommen, der dreimal so alt ist wie sie.«

»Nein …« Alice schnitt eine Grimasse. »Entweder er verfügt über großartige Verbindungen, oder er schwimmt in Geld.«

»Diesmal steht das Geld im Vordergrund, fürchte ich«, sagte Edmund und zog ein silbernes Zigarettenetui aus seiner Anzugtasche.

»Ist Ihnen schon jemand ins Auge gestochen, Lord Edmund?«, fragte Nanny und nippte an ihrem Sherry.

»Ich hebe mich auf«, erwiderte er theatralisch und presste eine Hand aufs Herz.

Alice lachte schallend.

»Für unsere entzückende Lady Alice, will ich hoffen.« Nanny lächelte.

Edmund hob sein Glas. »Selbstverständlich.«

»Nun, dann werden Sie eben auf die nächste Saison warten müssen«, sagte Nanny.

Alice holte tief Luft und wandte sich Edmund zu. Er hatte es leicht. Der Nachlass seines Vaters würde an ihn fallen, und seine einzige Pflicht war es, einen Erben zu produzieren. Etwas, was ihrem eigenen Vater nicht gelungen war. Eine Tochter zu zeugen genügte nicht, obwohl ihr Vater sie das nie hatte spüren lassen.

Burton betrat das Zimmer. »Es ist angerichtet, meine Herrschaften.«

Edmund stand auf und ging zu Nanny hinüber. Er half ihr gerade auf, als Constance den Salon betrat. Sie sah blass aus. »Edmund, wie schön, dich zu sehen, aber …« Sie wurde noch bleicher, schlug eine Hand vor den Mund und flitzte hinaus.

Nanny sah Edmund und Alice an und sagte: »Ich werde Ihnen ebenfalls keine Gesellschaft leisten. Es sieht so aus, als würde meine Hilfe benötigt.« Damit drehte sie sich um und verließ den Raum.

»Ich hoffe, es ist nichts Ernstes.« Alice überlegte. »Vielleicht hat sie etwas Falsches gegessen.« Obwohl … Constance hatte gar nicht zu Mittag gegessen. Sie zog die Brauen zusammen und versuchte, sich an das Frühstück zu erinnern.

Edmund hielt Alice den Arm hin. »Dann sind also nur noch wir zwei übrig, Schlingelchen. Welchen Unfug sollen wir anstellen?«

»Unfug ist hier Mangelware.« Sie warf ihm einen Seitenblick zu.

Im Esszimmer räumte Burton eilig die Gedecke von Constance und Nanny ab und wollte gerade für Alice am unteren Ende des Tisches eindecken, als sie ablehnte: »Das ist nicht nötig, Burton. Lassen Sie das Gedeck ruhig dort liegen, wo es ist.«

»Aber Lady Alice.« Er verharrte in der Bewegung.

»Keine Sorge, Burton, ich werde gut auf Lady Alice achtgeben.« Edmund setzte sein ernstestes Gesicht auf. Alice musste an sich halten, damit sie nicht laut losprustete. Ein Diener trat vor und rückte ihr den Stuhl zurecht. Es wäre schrecklich gewesen, allein am anderen Ende des Tisches zu sitzen, Edmund gegenüber und doch so weit weg von ihm. So konnten sie sich wenigstens unterhalten, ohne so laut reden zu müssen, dass die ganze Dienerschaft mitbekam, was sie sagten. Edmund hatte immer den besten Klatsch und Tratsch im Gepäck.

Burton schenkte den Wein ein, ihr nicht mehr als einen Schluck, Edmunds Glas dagegen randvoll.

Er beugte sich vor und flüsterte: »Verstehe, du wirst an der kurzen Leine gehalten.«

»Leider ja.« Alice hob den Blick und stellte fest, dass Burton sie aufmerksam beobachtete. Sie setzte ihr süßestes Lächeln auf.

Der erste Gang – eine Brunnenkressesuppe – wurde aufgetragen.

»Du hast wirklich was verpasst, Schlingelchen«, sagte Edmund und griff nach seinem Löffel.

Sie hingegen ließ ihren Löffel sinken und forderte ihn leicht bedrückt auf: »Erzähl!«

»Nun, Lady Diana Manners und ihre lasterhafte Clique sorgten für den üblichen Wirbel, aber alle sprachen über Iris Tree und Nancy Cunard, die man nach einem Ball vor zwei Tagen beim Schwimmen in der Serpentine verhaftet hat.«

Alice riss die Augen auf. »Und?«

»Oh, die Aufregung ist bereits verflogen. Ich habe sie gestern Abend vor dem Devonshire Park Theatre gesehen.«

Alice schob ihre Suppe von sich. Sie waren verhaftet worden, und sie waren immer noch in London. Sie hatten eine harmlose Dummheit begangen, während Alice sich für andere eingesetzt hatte. Sie seufzte. »Wie ist es denn so in Penhale? Abgesehen von Abbotswood, bin ich dort am liebsten.« Als Kinder hatten sie dort viele glückliche Tage verbracht. Obwohl es um einiges kleiner war als das Anwesen, das sie einst ihr Zuhause genannt hatte, war Penhale hübsch und, verglichen mit Abbotswood, um einiges heimeliger. Edmund konnte sich glücklich schätzen, dass es ihm gehören würde.

»Es ist schön. Die Magnolien bieten in diesem Jahr einen besonders prächtigen Anblick.«

»Das muss deine Mutter freuen.« Alice lächelte. Die Countess war eine entzückende Dame. Alice hatte nie verstanden, warum sie mit ihrer Mutter befreundet war, denn die konnte man nun wahrlich nicht als entzückend bezeichnen.

Der zweite Gang wurde serviert, und wieder schenkte Burton ihr nur ein Schlückchen Rotwein ein, während er Edmunds Glas randvoll füllte. Edmunds volle Lippen verzogen sich zu einem Grinsen. Mit seinen schwarzen Haaren und den grauen Augen war er mit Abstand der bestaussehendste Mann, dem sie je begegnet war. Ihre Mutter hatte ihn einen »hübschen Jungen« genannt, und aus dem hübschen Jungen war ein umwerfender Mann geworden. Als Burton sich vom Tisch entfernt hatte, wandte er sich wieder Alice zu und stieß, immer noch grinsend, mit ihr an.

Sie schlug die Hand vor den Mund, um nicht laut loszulachen. Es war wie damals, während ihrer Kindheit, wenn sie zusammen im Kinderzimmer gegessen hatten und er jedes Mal mehr bekam als sie, damit er auch ja satt wurde. Edmund hatte ihr stets heimlich Kuchen zugesteckt. Woran lag es, dass man ihr immer weniger geben wollte? Wirkte sie so gierig?

Sie nahm einen Schluck Wein. Er schmeckte köstlich. Edmund lehnte sich zu ihr und flüsterte: »Und jetzt erzähl mir ganz genau, was in dich gefahren ist, als du dich in einer solchen Angelegenheit an das Königspaar gewendet hast.«

Ihre Brust hob und senkte sich schneller, als sie all das noch einmal erlebte. Sie wusste gar nicht, wo sie anfangen sollte.

»Nicht dass du nicht recht hattest, aber es war ein herrlicher Ball, der noch bis in die frühen Morgenstunden ging. Du hast den ganzen Spaß verpasst!« Er musterte sie über sein Weinglas hinweg.

Sie stieß die Luft aus, die sie angehalten hatte, und ließ sich gegen die Stuhllehne sacken. »Ich habe das Bedürfnis verspürt, meine Geschlechtsgenossinnen zu unterstützen.«

Er zog eine Augenbraue in die Höhe. »Allerdings hast du dir damit nur selbst geschadet. Glaubst du, der König liest nicht die Zeitungen oder redet mit dem Premierminister?«

Sie drehte den Stiel ihres Weinglases zwischen den Fingern, bevor sie einen weiteren Schluck nahm. »Ließe sich der Abend wiederholen, würde ich nicht anders handeln.«

»Das ist wirklich leichtfertig, aber ich bin froh, dass du deinem Herzen gefolgt bist und dich für das eingesetzt hast, woran du glaubst.«

Sie suchte in seinem Gesicht nach Anzeichen von Ironie, aber sie fand keine. Seine Worte waren aufrichtig gemeint, und im Grunde hatte sie von ihm nichts anderes erwartet. Sie hatten einander schon immer ihre Geheimnisse anvertraut. Sie fragte sich, ob seine noch die gleichen waren wie damals. Menschen änderten sich. Sie hatte sich verändert. Früher hatte sie sich für ihre Zukunft nur einen einzigen Weg vorstellen können, doch dann hatte sie auf dem Pensionat, mit der Hilfe von Miss Parkes, entdeckt, dass es noch andere Möglichkeiten gab. Eine Zukunft, die nicht an eine Ehe gebunden war, in der sie über keinerlei Selbstbestimmung verfügte und selbst die Kontrolle über ihren eigenen Körper abgeben musste. Doch wem hatte sie etwas vorgemacht? Sie war die Tochter eines Dukes, auch wenn dieser nicht länger am Leben war. Sie hatte keine andere Wahl, als zu heiraten, und zwar möglichst gut. Dabei konnte sie sich nichts Stumpfsinnigeres vorstellen.

»Mir ist zu Ohren gekommen, dass du angeln warst«, sagte Edmund.

Ihre Wangen wurden warm. Eilig trank sie den letzten Schluck Rotwein.

Der Diener verließ für einen kurzen Moment das Speisezimmer.

»Endlich allein.« Er grinste.

»Bestimmt nicht lange. So unter Aufsicht wie bei diesem Besuch stand ich noch nie.«

»Tja, Schlingelchen, du hast entschieden, dir einen gewissen Namen zu machen, und nun hast du deinen Ruf weg.« Er hob das Glas.

»Nur weil ich mich für das Frauenwahlrecht einsetze, brenne ich doch nicht mit einem der Gärtner durch«, hielt sie entrüstet dagegen.

»So was soll schon vorgekommen sein«, zog er sie auf.

»Sei nicht albern.« Sie schürzte die Lippen zu einem Schmollmund.

»Du hast ja recht«, lenkte er ein. »Dir würde nur ein europäischer Prinz mit Aussicht auf die Krone den Kopf verdrehen.«

»Wohl eher dir«, erwiderte sie seine Frotzelei.

»Du bist wirklich dreist, Schlingelchen.«

Alice spürte, wie sie sich entspannte. »Finde ich nicht.«

Er stand auf, ging zur Anrichte hinüber und holte den Dekanter, um ihnen nachzuschenken, bevor der Diener zurückkehrte. »Meines Erachtens denkt Nanny, ich würde einen guten Ehemann für dich abgeben«, sagte er, stellte den Wein auf die Anrichte und setzte sich wieder.

»Ah, du bist gekommen, weil du um meine Hand anhalten möchtest?« Sie lächelte.

Sein Blick begegnete ihrem, und sein Gesicht wurde ernst. »Wenn ich jemals heirate, dann dich.«

Sie legte ihre Hand auf seine und drückte sie. Das war ein echtes Kompliment. Edmund interessierte sich nicht auf diese Weise für Frauen. »Dir steht es frei, zu heiraten oder nicht, und niemand denkt sich etwas dabei«, beschwerte sie sich und zerknüllte ihre Serviette.

»O doch, die Leute denken sich sehr wohl etwas dabei, und aus diesem Grund werde ich traurigerweise irgendwann heiraten müssen.« Er hielt inne und blickte in seinen Wein. »Aber ich werde diese unangenehme Pflicht so lange wie möglich hinauszögern.« Er stieß mit ihr an. »Auf dass du einen passenden Ehemann findest. Du hast wirklich ganze Arbeit geleistet, indem du so viele Bewerber wie nur möglich abgeschreckt hast, die sich allein von deinem gesellschaftlichen Rang angezogen fühlten.«

Sie sah Edmund nachdenklich über den Rand ihres Glases hinweg an. Auch er würde irgendwann heiraten und seine Pflicht erfüllen müssen; er brauchte einen Erben, oder der Grafenstand würde enden.

Burton kehrte geräuschvoll ins Zimmer zurück und unterband damit jede weitere interessante Konversation. Sie nahmen den Nachtisch ein und sprachen über das morgige Wetter und ob der Fisch gut beißen würde oder nicht. Irgendwann entschuldigte sich Edmund, er wolle im Garten eine Zigarre rauchen, und Alice zog sich auf ihr Zimmer zurück.

Nachdem sie sich entkleidet hatte, trat sie hinter die Vorhänge am Fenster und spähte durch eine Lücke hinunter auf den Rasen. Die rot glühende Spitze von Edmunds Zigarre bewegte sich die Rabatten entlang.

»Hatten Sie einen angenehmen Abend, Mylady?«, erkundigte sich die Zofe, als sie Alice' Schuhe öffnete.

»Ja, Susan. Lord Edmund ist ausgezeichneter Stimmung.«

Susan streifte Alice' zweiten Schuh ab und hob den Kopf. »Er sieht so gut aus.«

Alice nickte, während Susan ihr die Strümpfe auszog.

»Werden Sie ihn heiraten?« Die Zofe schlug erschrocken die Hand vor den Mund. »Verzeihung, das hätte ich nicht fragen dürfen, Mylady.«

Alice sah sie an. »Ich habe nicht vor zu heiraten.«

»Das geht mir genauso, Mylady, wenn ich mir diese Bemerkung erlauben darf.«

»Du darfst. Und warum möchtest du nicht heiraten?« Alice stand auf.

»Ich würde meine Stellung verlieren.«

Alice sah sie an. »Ja, das stimmt. Aber wenn du verheiratet wärst, könntest du als Hauswirtschafterin arbeiten.«

»Das ist keine besonders glamouröse Arbeit«, sagte sie, stellte die Schuhe in den Garderobenschrank und brachte Alice das Nachtgewand.

»Aber du hättest mehr Einfluss.« Alice hob die Hände. Susan ließ den Stoff über ihren Kopf gleiten, dann nahm Alice wieder Platz.

»Daran hatte ich noch gar nicht gedacht.« Susan zog vorsichtig die Klemmen aus Alice' Haar.

Alice betrachtete Susan im Spiegel und stellte fest, wie hübsch die Zofe war mit den leichten Sommersprossen auf der Nase und den weichen braunen Haaren. »Interessierst du dich für jemanden?«, wollte sie wissen.

Susan blickte auf ihre Hände und errötete.

»Du musst nicht antworten.«

»Danke, Mylady.« Die Zofe knickste, nahm Alice' Kleid und verschwand damit. Alice stand auf und trat erneut ans

Fenster. Jemand hatte sich zu Edmund gesellt. Sie spähte blinzelnd in die Dunkelheit. Es war der junge Flussmeister. Warum war er hier?, fragte sie sich, doch dann fiel ihr ein, dass die beiden einander aus Penhale kannten. Der Wind trug das Lachen der beiden Männer zu ihr und versetzte ihr einen Stich der Eifersucht. Edmund war *ihr* Freund, und Zachariah Carne *ihr* Flussmeister. Sie wollte keinen von beiden teilen.

Fast rechnete sie damit, dass ihr irgendwer sagte, sie solle vom Fenster weggehen, aber niemand kam. Also blieb sie stehen, wo sie war, und beobachtete die beiden, wobei sie versuchte, die Emotionen auszublenden, die in ihr tobten und die sie doch nicht erklären konnte.

Kapitel 19

Ohne den Tee auf dem Tisch zu beachten, eilte Alice ans Fenster und zog die Vorhänge zurück, um die Strahlen der aufgehenden Sonne zu betrachten, die den Nebel im Flusstal durchdrangen. Zeitlos oder aus der Zeit gefallen, ein feiner Unterschied. Abbotswood war unberührt vom Lauf der Zeit, die hier allein an der Höhe der Bäume zu erkennen war.

Auf den heutigen Tag freute sie sich so sehr, wie sie sich schon seit Jahren nicht mehr auf etwas gefreut hatte. Sie atmete tief die kühle Morgenluft ein. Als sie wieder ausatmete, verflog ihre Freude. Constance. Hatte sie sich erholt, oder ging es ihr noch schlechter als gestern?

Alice griff nach der Teetasse. Sie wollte keine Minute dieses Tages vergeuden, selbst wenn sie nicht mit Edmund zum Angeln gehen würde, weil sie keine Anstandsdame hatte. Dennoch könnte sie Zeit mit ihm verbringen.

Nachdem sie ihren Tee hinuntergestürzt hatte, wusch sie sich hastig. Heute Abend würde sie ein Bad nehmen, aber jetzt wollte sie nur noch nach draußen. Wie immer dauerte es Ewigkeiten, bis sie angekleidet war. Schicht um Schicht, bis sie verpackt und so fest verschnürt war wie ein Weihnachtsgeschenk. Nachdem ihr die Zofe den Rock über den Kopf gezogen und befestigt hatte, entdeckte Alice ihren alten Fischkorb. Anscheinend hatten Nanny oder Burton ihn aus einer der Spielzeugkisten gekramt. Der Weidenkorb war extra für sie angefertigt worden und in Wahrheit eher hübsch als nützlich. Doch in dem Staub, der an den Weidenruten hing, steckten die Erinnerungen an ihre Kindheit, ihren Vater und ihre früheren Erwartungen. Er hatte sie seine Prinzessin genannt, und sie hatte gestrahlt. Inzwischen wusste sie, dass Prinzessinnen und ihre Gefährtinnen keine echte Macht besaßen.

»Susan, weißt du, wie es Lady Constance in der Nacht ergangen ist?«

»Der Doktor wurde vorsichtshalber geholt, Mylady.« Als auch der letzte Knopf geschlossen war, eilte Alice die Treppe hinunter in der Hoffnung, auf Nanny zu treffen. Hoffentlich hatte sich Nannys Gesundheitszustand nicht verschlechtert, denn gewiss war sie die ganze Nacht über auf den Beinen gewesen, um Constance zu pflegen, und hoffentlich befand sich ihre Cousine auf dem Weg der Besserung.

Weder Nanny noch Edmund waren im Speisezimmer, also ging Alice in den Kinderflügel, wo sie dem Arzt begegnete.

»Guten Morgen, Lady Alice«, begrüßte er sie und blieb stehen.

»Was ist mit Lady Constance?«, erkundigte sich Alice besorgt.

»Magen-Darm-Katarrh. Sie ist übernächtigt, aber sie ist auf dem Weg der Besserung.«

»Und wie geht es Nanny?«, wollte sie wissen.

»Nun, ich denke, sie hat Asthma. Ich habe schon einmal deswegen mit ihr gesprochen, aber sie besteht darauf, dass ihr nichts fehlt.«

»Was können wir tun?«, fragte Alice.

»Ich habe ihr Zigaretten dagelassen, die Belladonna enthalten. Das dürfte die Atemwege beruhigen, aber sie sollte extreme Aufregung meiden.«

Alice nickte.

»Beide sollten sich ein paar Tage ausruhen.«

»Danke«, sagte Alice und sah dem Doktor nach, der sich zum Gehen gewandt hatte.

Sie selbst kehrte ins Hauptgebäude zurück. Diesmal stieß sie auf Edmund, der im Speisezimmer mit Burton plauderte. Alice überlegte, wie sie den Tag verbringen sollten. Im Augenblick konnte sie nichts weiter für Constance oder Nanny tun.

Edmund lächelte sie aufmunternd an, als sie hereingeschlendert kam. Heute Morgen gab es Porridge, Bücklinge und Speck. Sie hatte auf nichts davon Appetit. Ihre Vorfreude auf den heutigen Tag war mit der Sorge um Nanny verpufft. Asthma, hatte der Doktor gesagt. Das erklärte das Husten und das pfeifende Keuchen.

Edmund trat zu ihr und legte eine Hand auf ihre Schulter. »Kopf hoch, Schlingelchen. Iss etwas. Zach sagt, heute ist ein ausgezeichneter Tag zum Angeln. Ich habe Burton gebeten, uns etwas zum Lunch einpacken zu lassen.«

»Denkst du, das ist gestattet?« Sie blickte von ihrem Schälchen auf, das sie mit Porridge befüllte.

»Ich habe Burton versichert, dass Zach Carne eine ausgezeichnete Anstandsdame abgeben wird und ich samt und sonders ehrenwerte Absichten hege.«

Alice lachte.

»So ist es schon viel besser.« Er legte einen Bückling auf seinen Teller. »Nanny und Constance müssen sich ausruhen.

Das wird ein Wahnsinnsspaß heute, außerdem habt ihr hier den besten Flussmeister der ganzen Gegend.«

»Kennst du ihn gut?« Sie dachte daran, wie die zwei gestern Abend miteinander gescherzt hatten.

»Ich bin mit ihm aufgewachsen, und er wurde mit mir unterrichtet, bis ich nach Eton ging. Er war der Klügere von uns beiden. Ganz besessen von Shakespeare.« Edmund verdrehte die Augen. »Eigentlich hätte er nach Eton gehen sollen, nicht ich. Sein Vater ist ein Schatz, und Zachs Bruder wird zu gegebener Zeit in seine Fußstapfen treten. Abbotswood kann sich glücklich schätzen, Zachariah Carne abgeworben zu haben, denn meiner Meinung nach ist er noch besser als sein Bruder Brindley.« Er drehte sich um, als der Bedienstete mit dem Kaffee hereinkam, dann fragte er: »Entsinnst du dich seiner?«

Im Geiste ging sie ihre Erinnerungen an Penhale durch, dann antwortete sie: »Nein.«

»Er war eigentlich ständig an meiner Seite und damit auch an deiner, wenn du zu Besuch warst.«

Alice dachte an ihre vielen Aufenthalte in Penhale und versuchte, sich an den Sohn des dortigen Flussmeisters zu erinnern, aber sie konnte sich Zach einfach nicht jünger und weniger männlich vorstellen als heute. Burton, der die Tageszeitungen brachte, riss sie aus ihren Gedanken.

»Ich weiß nicht, ob ich Lust habe, sie zu lesen«, sagte Edmund, setzte sich mit seinem Teller an den Tisch und rührte Zucker in seinen Kaffee. »Die Lage in Europa ist mittlerweile ziemlich angespannt.«

»Glaubst du, es kommt zum Krieg?«, fragte sie besorgt.

»Ich hoffe nicht.« Er stand wieder auf und nahm sich ein paar Scheiben geröstetes Brot. »Es ist so ein herrlicher Tag.

Lass ihn uns einfach genießen und nicht an die schlimmen Dinge denken. Sie ereilen uns sowieso, ganz gleich, ob wir es uns heute schön machen oder nicht.«

Alice blickte auf ihr Schälchen mit Porridge. Sie war nicht hungrig, doch sie wusste, dass sie etwas essen musste. Sie hatte abgenommen, seit sie hier war – kein Wunder, war sie doch ständig draußen unterwegs und konnte die Mahlzeiten in diesem Raum einfach nicht entspannt einnehmen. Die Zofe hatte es auch schon bemerkt. Vielleicht würde sie heute ihren Appetit wiederfinden, doch wenn sie ehrlich war, bezweifelte sie das.

»Jetzt zieh nicht so ein mürrisches Gesicht. Bald wirst du aus dem Käfig gelassen und wieder die Ballkönigin sein.« Er rückte mit seinem Stuhl zu ihr und legte ihr den Zeigefinger unters Kinn.

Alice schüttelte so heftig den Kopf, dass er seine Hand wegzog. »Das will ich aber gar nicht!«

»Hm. Wir haben uns wahrhaftig verändert.« Er nahm sich eine Zeitung und schlug sie auf. »Vor ein paar Jahren war das alles, was du wolltest.«

»Ich weiß.« Sie schüttelte den Kopf. »Aber inzwischen möchte ich so viel mehr als das.«

»Das Frauenwahlrecht, ich weiß.« Er musterte sie über den Rand der Zeitung hinweg. »Das kommt so oder so.«

»Glaubst du wirklich?«

»Ja.« Er nickte und legte die Zeitung zurück auf den Tisch.

Sie lächelte, dann griff sie zum Löffel und würgte etwas Porridge herunter. Es würde ihr guttun, den Tag in Edmunds Gesellschaft zu verbringen.

Ihre morgendlichen Angelversuche blieben erfolglos, aber Edmund und der Flussmeister verbrachten eine wundervolle Zeit, lachten und scherzten miteinander genau wie gestern Abend, als Alice sie durch den Spalt in den Vorhängen beobachtet hatte. Sie brauchten keine Worte, um sich zu verständigen, arbeiteten Hand in Hand, als würden sie die Bewegungen des anderen voraussehen. Edmund schien Zach, wie er ihn nannte, genauso zugetan zu sein wie ihr. Sie würde sogar so weit gehen zu behaupten, dass er ihn behandelte wie einen Gleichgestellten. Ihr dauerndes Geplänkel hatte etwas Intimes. Ständig zitierten sie Shakespeares *Romeo und Julia,* wobei der junge Flussmeister die Rolle des Romeo übernahm und Edmund die des Mercutio.

Obwohl sie sich darüber amüsierte, beschlich sie ein unbehagliches Gefühl, das sie sich selbst nicht erklären konnte. Nein, nicht wirklich unbehaglich, trotzdem kam sie sich vor wie ein Störfaktor. Weder hatte sie Edmund für sich, noch hatte sie die Aufmerksamkeit des Flussmeisters.

Zachariah stellte den Picknickkorb mit ihrem Mittagessen in den Schatten neben sie und sah Edmund an. »Ich hatte diese Nacht 'nen Traum.« Er warf ihr einen Blick zu.

Edmund nahm neben ihr Platz und sagte: »Auch ich.« Er öffnete die Weinflasche.

»Was war der Eure?«, fragte der Flussmeister.

Edmund bedeutete ihm, sich zu ihnen zu setzen, dann erwiderte er: »Dass auf Träume sich nichts bauen lässt, dass Träume öfter lügen.«

»Hat euer Lehrer euch nichts anderes als Shakespeare beigebracht?«, erkundigte sich Alice.

Edmund lachte. »Er liebte Shakespeare über alle Maßen und ließ uns beinahe jeden Tag Szenen nachspielen. Ich habe es dem Lateinlernen vorgezogen. Zach war in beidem exzellent.«

Der Flussmeister senkte den Blick.

»Komm schon, Zach, du warst ein sehr viel besserer Schüler als ich.« Edmund reichte Alice ein Glas Wein.

Zach sah auf, seine Augen funkelten. »Hör auf mit dem Unsinn, Edmund.« Seit sie allein waren, hatte er Edmund geduzt, was eigentlich ein Unding war.

»Du wünschst, dass ich meine Ergüsse unzeitig beende.« Edmund hielt theatralisch eine Erdbeere in die Höhe.

»Schluss jetzt.« Alice hob grinsend die Hand.

Der Flussmeister sah sie an, dann schaute er zu Boden.

Sie aß ihr Mittagessen, lauschte den Gesprächen über Penhale und den Erinnerungen an all die Streiche, die sie als Kinder ausgeheckt hatten. Einmal hatten sie eine Falle gebaut und einen Eimer mit Äpfeln über dem Kopf von Zachariahs älterem Bruder ausgeleert. Das Gelächter der beiden Männer war ansteckend, und der Wein hob Alice' Stimmung und vertrieb die Gereiztheit, die sich in ihr breitgemacht hatte. Sie sollte nicht eifersüchtig auf Edmunds Freundschaft mit dem Flussmeister sein. Es war offensichtlich, dass die zwei sich mochten und einander respektierten, was sie eigentlich nicht hätte überraschen dürfen. Er schätzte sie nicht geringer, weil sie eine Frau war, warum sollte er es bei einem Bediensteten anders halten? Vielleicht hatte er Zachariah deshalb die größere Rolle des Romeo überlassen. Vielleicht aber auch, weil Mercutio den besseren Text hatte.

Nachdem Edmund abgereist war, schlenderte Alice durch den Garten. Sie konnte kaum glauben, wie heiß es war.

Hier, am Oberlauf des aufgestauten Bachs, hatte sie eine Bank gefunden, auf der sie im Schatten sitzen und lesen konnte. Sie hatte ein Buch mit Shakespeares Sonetten bei sich. Das Geplänkel zwischen Edmund und dem Flussmeister hatte sie auf den Geschmack gebracht. Sie ließ das Buch des großen Barden in ihren Schoß fallen, wo es aufgeklappt liegen blieb. Diesen Trick hatte sie während ihrer Zeit im Pensionat entdeckt: Das Buch öffnete sich stets auf den meistgelesenen Seiten. Sonett 30. Das hatte sie nicht erwartet. Sie blätterte vor zur ersten Seite, um festzustellen, ob ein Name oder eine Widmung drinstand. Es hatte ihrem Vater gehört.

Sie fuhr mit den Fingern über seine Schrift, dann schlug sie wieder Sonett 30 auf. Laut las sie vor:

»›Wenn zur Gedankensitzung in der Brust
Ich die Erinn'rung ruf' entschwundner Tage …‹«

»›Bewein' ich, einst ersehnt', entflohne Lust
Um vor'ge Zeit tönt neu die alte Klage‹«,

ergänzte eine andere Stimme.

Alice klappte der Mund auf. Vor ihr stand der junge Flussmeister. Trotz der vorherigen *Romeo und Julia*-Zitate war es anders, ihn die Verse des Sonetts vortragen zu hören. Es verunsicherte sie.

»Verzeihen Sie die Störung, Mylady, aber Nanny Roberts sucht Sie«, sagte er.

»Vielen Dank.« Sie klappte das Buch zu und stand auf. Er rührte sich nicht vom Fleck. Verriet ihr Gesichtsausdruck ihre Überraschung?

»Das ist nicht mein Lieblingssonett.« Er deutete auf das Buch.

Sie streckte es ihm entgegen.

Er blätterte durch die Seiten, dann sah er sie an. »Ich ziehe das hier vor.«

Zach deutete auf Sonett 130 und gab ihr das Buch zurück. Schnell überflog sie den ersten Vers:

»›Der Liebsten Blick ist nicht wie Lichtgefunkel‹ …«

»Verstehe«, sagte sie, dabei verstand sie gar nichts. Es war, als hätte ihr Verstand sich ausgeschaltet, und alles, was ihr noch blieb, waren ihre Gefühle. Sie schloss das Buch und machte heimlich einen Knick in die Seite, um das Sonett später zu lesen und seine Bedeutung zu begreifen, denn momentan begriff sie gar nichts. Begriff nicht, wie ihr geschah. Sie warf einen letzten Blick auf Zachariah Carne, dann wandte sie sich ab und ging mit großen Schritten aufs Haus zu. Auch wenn sie kaum an sich halten konnte, sah sie sich weder um, noch blieb sie stehen, bis sie die große Halle betreten hatte. Kaum hatte sich die Tür hinter ihr geschlossen, öffnete sie das Buch wieder und las das Sonett in ganzer Länge, jedes Wort mit den Lippen formend, bis sie zu den letzten beiden Versen gelangte.

»›Doch wird der Liebsten kein Weib vorgezogen,
Sei sie durch Gleichnis noch so sehr belogen.‹«

Alice schloss die Sonettsammlung und schlug den Weg zum Kinderflügel ein, während sie im Kopf immer wieder hörte, wie der Flussmeister die Verse zitierte. Sie blieb stehen, als sie Nanny in der kleinen Kammer am Fenster sitzen und lesen sah. Neben ihr lagen die Zigaretten, die der Doktor ihr verordnet hatte.

Nanny schaute von ihrem Buch auf. »Wo waren Sie?«

»Ich habe im Garten gelesen.« Lächelnd trat Alice näher und vergewisserte sich, dass sich Nannys Zustand gebessert hatte.

Nanny legte den Kopf schräg und sah aus dem Fenster.

»Nicht dort, dazu ist es viel zu heiß. Ich bin zu den Douglasien am Bach gegangen und habe mich auf die Bank gesetzt, die darunter steht, bis der Flussmeister mir Bescheid gegeben hat.«

»Und da ist es kühler?«, wollte Nanny wissen.

Alice nickte.

»Ich dachte mir, dass er Sie findet«, sagte Nanny und warf einen Blick auf das Buch in Alice' Hand.

Alice runzelte die Stirn. Das war eine seltsame Bemerkung.

»Hast du die Fotografie von dir im *Tatler* gesehen?«, fragte Constance, die soeben das Zimmer betrat. Sie sah schon sehr viel besser und erholter aus.

Alice hatte sich nicht getraut, in die Zeitungen zu blicken. »Nein.«

»Sie haben das genommen, auf dem du mit meinem Vater durch den Park gehst.«

»Nicht das mit dir und Beatrice?«, fragte Alice.

Constance blickte zu Boden.

Sie wirkte so enttäuscht, dass Alice intuitiv die Hand nach ihr ausstreckte. »Deine Zeit wird kommen«, tröstete sie die Jüngere.

»Ganz bestimmt wird sie das.« Nanny nahm Constance' Hand. »Ich würde gern einen Spaziergang machen.«

Die frühe Abendsonne schien noch immer heiß, ihre Strahlen spiegelten sich in der kleinen Wasserrinne, die den Blumengarten umgab. Während Alice' Kindheit hatten sie kleine Boote darin schwimmen lassen.

»Die Boote sind noch im Schrank«, sagte Nanny, als hätte sie ihre Gedanken gelesen.

»Das könnte lustig sein.« Ein Lächeln trat auf Constance' Lippen.

Alice lachte.

»Tut mir leid, Alice«, sagte das jüngere Mädchen. »Ich weiß, dass du darauf keine Lust hast.«

»Ich könnte in Versuchung geraten«, gab Alice zurück. Sie erwiderte das Lächeln ihrer Cousine, doch ihr Blick folgte dem Flussmeister am Ufer entlang.

»Das kann ich mir gut vorstellen, Alice«, sagte Nanny.

Alice drehte sich abrupt um und zwang sich, wieder auf die Wasserrinne zu blicken. Sie durfte nicht vergessen, wie leicht Nanny sie schon immer durchschaut hatte. Vielleicht konnte sie wirklich ihre Gedanken lesen.

Kapitel 20

Die erste Juliwoche war wie im Flug vergangen. In der Ferne ragten die »Tors« genannten Felsformationen von Cornwall auf. Alice saß auf der Veranda des Swiss Cottage. Sie hatte ihren Tee längst getrunken und sollte nun eigentlich zum Haus zurückkehren, damit ihr noch genügend Zeit blieb, sich zum Dinner umzukleiden. Verzagt rief sie sich das Gespräch mit Nanny und Constance in Erinnerung, welches sie beim Frühstück geführt hatten. Es war um Schmetterlinge gegangen. So liebenswert die zwei auch waren – Alice hätte viel lieber über Poesie als über Insekten gesprochen.

Sie stand auf, nahm ihr Tagebuch, in dem sie neuerdings über ihre Spaziergänge und gelegentlichen Angeltouren berichtete, anstatt darüber, wem sie begegnet war und welches Kleid sie getragen hatte. Vielleicht war es besser so, denn hier hatte sie etwas mehr Kontrolle über ihr Leben. Die Fülle der Natur um sie herum gewährte ihr eine gewisse Freiheit. Sie überlegte, auf welchem Weg sie zum Haus zurückkehren sollte. Sollte sie den Weg nehmen, der parallel zur Zufahrt verlief, oder sollte sie zum Fluss hinuntergehen und seinem Lauf folgen, bis sie auf Höhe des Hauses war? Das würde einige Zeit in Anspruch nehmen. Sie konnte sich des Gefühls nicht erwehren, dass sie lediglich versuchte, die Stunden zu füllen. Worauf wartete sie? Ihre Mutter hatte recht gehabt, als sie ihrem Vater damals vorgeworfen hatte, Alice sei nicht gut genug, und es sei seine Schuld, dass er nur ein Mädchen zustande gebracht hätte. Genau das war sie, nur ein Mädchen, und obwohl Miss Parkes behauptet hatte, auch Mädchen sei weit mehr möglich, als man ihnen zugestand, war Alice verunsichert.

Sie nahm das Buch mit den Shakespeare-Sonetten und stieg die Stufen vor dem Swiss Cottage hinunter. Susan kam ihr in den Sinn, ihre Zofe. Wie mochte sie sich fühlen? Sie hatte eine Arbeit, eine Funktion, anders als Alice. Alice existierte, mehr nicht.

Sie kletterte auf höchst undamenhafte Weise über einen Felsbrocken und stieg den steilen Hang hinunter, dankbar, dass niemand mitbekam, wie sie mit dem Rock an einem Dornengestrüpp hängen blieb. Als sie ihre Kleidung wieder gerichtet hatte, setzte sie ihren Weg fort. Unten am Fluss blieb sie stehen, dann ließ sie sich auf einen großen Stein am Ufer fallen, ließ den Nacken kreisen und blickte hinauf in den blassen Himmel. Es war die Zeit am Abend, zu der die Schwalben auf der Jagd nach Insekten durch die Luft segelten. Hoch über den hungrigen Vögeln konnte sie die Venus ausmachen.

Ein Hüsteln ließ sie aufspringen.

»Entschuldigen Sie, Mylady«, sagte Zach.

Seit Edmunds Besuch hatte sie aufgehört, ihn allein über seine Stellung zu definieren. In ihren Gedanken war er nicht länger »der junge Flussmeister«, sondern schlicht und einfach »Zach«. Er bewegte sich so leise, dass sie ihn nie kommen hörte, doch sie beobachtete ihn stets, wenn er sich von ihr entfernte. Nun blieb er vor ihr stehen und blickte auf das Buch in ihrer Hand. Edmund hatte behauptet, er sei ganz besessen von Shakespeare.

»Möchten Sie es sich ausleihen?«, fragte sie und hielt ihm das Buch hin.

Er nahm es und strich mit den Fingern über die marmorierten Schlussseiten. »Danke, aber es ist ein zu schönes Buch.«

»Ich dachte, Sie lieben Shakespeare?«

Er hob den Blick. Ein Lächeln trat auf sein Gesicht. »Das tue ich.«

Alice erbebte.

»Es wird langsam spät, und Sie frösteln«, stellte er in seiner ruhigen Stimme fest.

»Mir geht es gut«, versicherte sie ihm.

Er streckte ihr das Buch entgegen.

Sie rührte sich nicht. »Bitte, leihen Sie es ruhig aus.«

»Ich kann sie alle auswendig, die Sonette, oder sagen wir lieber fast alle.«

»Ach?« Sie konnte sich nur ein oder zwei zur Gänze ins Gedächtnis rufen.

»Das war die einzige Möglichkeit, sie jederzeit bei mir zu haben«, fügte er hinzu.

Sie riss die Augen auf und musterte ihn eindringlich. »So sehr lieben Sie sie?«

»Nein, Liebe kann man das nicht nennen.« Er erwiderte ihren prüfenden Blick und blieb an ihren leicht geöffneten Lippen hängen. »Sie drücken Dinge aus, für die ich keine Worte finde. Von denen ich dachte, dass man sie gar nicht in Worte fassen kann.«

Sie legte den Kopf schräg. »Ich verstehe nicht.«

»Worte verleihen den Dingen eine Bedeutung, aber mitunter mindert es die Bedeutsamkeit der Dinge, wenn man sie benennt oder darüber spricht.«

»Oh.« Alice betrachtete das Buch, das er ihr immer noch hinhielt.

»Ihr Buch«, sagte er.

Schritte in der Ferne verwirrten ihre Gedanken. Nein, das stimmte nicht: Er war es, der sie verwirrte. Sie nahm ihm das Buch ab. Ihre Finger berührten sich. Alice schnappte nach Luft, er hielt ihren Blick fest. Er spürte es ebenfalls. Sie hatte das Gefühl, sie hätte sich verbrannt, doch hier gab es nirgendwo Brennnesseln. Dennoch – wie den Stich einer Brennnessel spürte sie seine Finger noch lange Zeit nach dem flüchtigen Kontakt auf ihrer Haut.

Endlich riss sie sich los. Sie fühlte seinen Blick in ihrem Rücken, als sie sich zum Haus wandte. Zachariah Carne war ihr ein Rätsel. Er konnte mühelos Shakespeare rezitieren, kannte diesen Flussabschnitt wie seine Westentasche und pflegte einen so vertrauten, ungezwungenen Umgang mit Edmund, dass es sie beinahe schockierte. Sie lachten, scherzten und kommunizierten nahezu wortlos miteinander. Man hatte ihr beigebracht, die Bediensteten zu übersehen, doch dass das nicht richtig war, lag auf der Hand. Sie war blind gewesen.

Und nun war Zach in ihr Sichtfeld getreten. Füllte es aus. Jede Berührung seiner Hand brachte ihre Haut zum Kribbeln, und selbst wenn sie noch so kurz war, hielt das Gefühl noch lange Zeit danach an.

Bis zu diesem Moment hatte Alice noch nichts gefangen, und der Fisch, der nun an ihrer Angel zappelte, war zu jung. Mit geschickten Fingern befreite Zach ihn vom Haken. Er sah sie an, und auch ohne Worte wusste sie, was er sie fragen wollte.

»Lassen Sie ihn frei«, bat sie.

»Danke, Mylady«, erwiderte er, dann bückte er sich zum Wasser, den Fisch in den Händen, der plötzlich aufhörte, sich zu bewegen. Alice hielt die Luft an. Zach hatte ihn schnell befreit, er konnte doch nicht tot sein! Alice bückte sich ebenfalls, tauchte die Hände in den Fluss und strich über den Fisch zwischen Zachs Fingern. Er bewegte sich, und Zach öffnete die Hände. Der Fisch entwand sich und schwamm eilig flussabwärts. Zach sah sie an. Sein Gesicht war dicht neben ihrem. Sein Atem liebkoste ihre Wange. Sie schaute auf seine Lippen, die Intensität seines Blicks war zu viel. Auf seinen Mund zu sehen war allerdings auch nicht besser. Sie konnte sich nicht rühren. Sie war gefangen.

Er neigte sich zu ihr, und sie beugte sich vor, rutschte aber mit dem Fuß ab und blieb zwischen den Felsen unter der Wasseroberfläche hängen.

»Es tut mir leid«, sagte er hastig und richtete sich auf.

Es gelang ihr, den Fuß zu befreien, und er half ihr das Ufer hinauf. Der Stiefel rieb, sie humpelte. Zach nahm ihren Arm, und gemeinsam legten sie ein kurzes Stück Weges zurück. »Das geht so nicht.«

»Darf ich Ihnen helfen?«, fragte er.

Sie schüttelte den Kopf. »Sie werden mich nicht zum Haus zurücktragen.«

»Das wäre immerhin eine Möglichkeit«, sagte er.

In Anbetracht seiner breiten Schultern und starken Arme war das nur richtig. Allerdings wäre es gar nicht gut, ihm so nahe zu sein. Sie gestattete sich nicht, diesen Gedanken weiter zu verfolgen. »Nein«, sagte sie stattdessen, »ich werde einfach meinen Stiefel ausziehen.« Sie setzte sich auf den Stamm eines umgestürzten Baumes und fing an, die Senkel aufzuschnüren.

Er schob ihre Hände beiseite und öffnete die vom Wasser aufgequollenen Senkel, dann zog er ihr den Stiefel vom Fuß. Ihr Strumpf war völlig durchweicht, rot und klebte am Fuß.

»Danke«, stieß sie hervor.

Er sah sie an. »Ihr Strumpf ist blutig.«

»Ja.« Ihr Knöchel pochte, doch andere Gefühle waren stärker als der Schmerz. Er drückte seine Finger darauf, und sie schrie leise auf.

»Wir sollten uns den Knöchel besser einmal ansehen.«

Alice nickte. Sie konnte nicht mehr klar denken, als seine Finger ihr Bein hinaufglitten und ihr Strumpfband lösten. Seine Fingerspitzen berührten ihre nackte Haut, als er den Strumpf vorsichtig herunterrollte und vom Fuß abstreifte. Der feine weiße Stoff bildete einen starken Kontrast zu seinen gebräunten Händen. Er ließ den Strumpf zu Boden fallen und hielt ihren Fuß in der Hand. Ihre Wade wies eine blutige Schramme auf, am Rist prangte ein blauer Fleck. Behutsam bewegte er den Fuß und suchte nach weiteren Verletzungen, prüfte jeden einzelnen Zeh. Ihr Herz hämmerte, und sie schnappte nach Luft.

Er sah auf. »Schmerzen? Sie müssen sich den Fuß verstaucht haben, als Sie ausgerutscht sind.«

Sie schüttelte den Kopf. Es gelang ihr nicht zu sprechen. Seine Berührung raubte ihr die Worte. Es war nicht Schmerz, was sie empfand, sondern etwas ganz anderes. Es kroch ihr Bein hinauf zu der Stelle, an der seine Finger zuvor verweilt hatten.

»Ich hole Wasser, um das Blut abzuwischen. Sie haben sich die Wade an einer der Felskanten aufgeschnitten.« Er legte ihren Fuß im Gras ab. Es kitzelte und stach, aber es war nichts im Vergleich zu dem Kribbeln, das die Erinnerung an seine Berührung in ihr hervorrief. Es war wie bei gutem Wein: Sobald sie ihre Lippen damit benetzt hatte, verlangte es sie nach mehr.

Sie betrachtete ihren Strumpf und ihr Bein. Die Gefühle in ihrem Inneren wurden nicht von der Verletzung hervorgerufen, sondern von ihm. Er sah sie mit einer Intensität an wie kein anderer, betrachtete sie, wie er den Fluss betrachtete, achtete auf jede noch so feine Nuance, jede noch so kleine Welle an der Oberfläche, achtete auf jeden Atemzug, den sie tat, jede Bewegung, die sie machte, lauschte jedem Wort, das sie sprach.

Er ging erneut auf die Knie und hob ihren Fuß an. Wieder fing ihre Haut an zu kribbeln. Sie schluckte schwer. Spürte er es auch? Sein Blick begegnete ihrem und hielt ihn fest. Seine Augen sahen beinahe schwarz aus, so groß waren seine Pupillen. Endlose Teiche der Dunkelheit. Das Lied einer Lerche brach den Zauber. Er öffnete seine Feldflasche und goss kühles, klares Wasser über ihre Wade.

Als das Blut abgespült war, sah man deutlich die Wunde. Auch wenn sie schmerzte, war sie zum Glück nicht tief. Er tupfte sie mit einem sauberen Tuch trocken.

»Es tut mir leid.« Er hob den blutbefleckten Strumpf auf.

»Warum entschuldigen Sie sich?«, murmelte sie, obwohl sie am liebsten gesagt hätte: Bitte, leg deine Hand wieder auf mein Bein.

»Sie sind gestürzt, und ich hätte Sie auffangen müssen.« Er senkte den Blick. »Ihr Strumpf ist verdorben.«

Sie räusperte sich, dann stieß sie hervor: »Wären Sie nicht da gewesen, wäre es sicher noch schlimmer gekommen.«

Er sah erst sie an, dann betrachtete er wieder den feinen, rot gefleckten Stoff in seiner Hand.

Constance kam den Hügel hinabgerannt. »O nein, was ist passiert?« Ihr Blick schweifte von Alice' nacktem Fuß zu dem blutigen Strumpf in der Hand des Flussmeisters. Sie ließ ihr Netz fallen. Ein Schmetterling flatterte davon.

»Ich bin ausgerutscht und habe mir eine Schnittwunde am Bein zugezogen.« Alice holte tief Luft. »Nichts Ernstes.«

»Wie sollen wir dich bloß zurück ins Haus bringen?«, fragte ihre Cousine.

»Ich laufe«, beschloss Alice.

»Mit nur einem Stiefel und einem verletzten Bein?« Constance schüttelte den Kopf. »Nein, das wird nicht funktionieren.« Sie wandte sich an Zach. »Können Sie sie tragen?«

Er nickte, bückte sich und hob Alice hoch. Sämtliche Luft wich aus ihrer Lunge, nicht weil sie gegen seine muskulöse Brust prallte, sondern weil sie ihm so nahe war, dass sie seinen Duft riechen konnte: Lavendel und Holzrauch.

Constance rannte ihnen voraus, und Alice ließ ihre Hände verstohlen über seine Schultermuskeln gleiten, während er sie den Hügel hinauftrug.

Nanny stand an der Terrassentür, während Burton sie vom Rasen aus beobachtete. Sie schloss die Augen und atmete tief Zachs Duft ein, während sie sich inständig wünschte, er würde einfach am Haus vorbeigehen.

»Sie müssen besser aufpassen.« Nanny betrachtete Alice' verletzte Wade.

»Ich weiß, ich weiß.« Alice seufzte. »Dabei war ich bloß

für einen winzigen Moment unachtsam … Ich habe einen kleinen Fisch freigelassen.« Während sie sprach, dachte sie nicht an den Augenblick, in dem sich der Fisch Zachs Händen entwunden hatte, sondern an das, was daraufhin geschehen war.

»Vielleicht sollten Sie lieber nicht angeln gehen.«

Alice holte tief Luft. »Ich bin hier, im Fluss gibt es Fische. Ich habe den Großteil der lohnenden Bücher in der Bibliothek gelesen. Malen kann ich nicht, und meine Handarbeiten sind grauenhaft – Ihre Worte, nicht meine.«

Nanny stützte sich auf die Lehne eines Sessels, sie war anscheinend noch immer nicht ganz bei Kräften. »Ich kann Ihre Argumente nachvollziehen, aber wir dürfen nicht zulassen, dass Sie sich verletzen.«

Alice winkte ab. »Ich habe mir den Knöchel verstaucht und eine Schnittwunde an der Wade, das ist alles.«

»Sie mussten zum Haus zurückgetragen werden.«

»Nur weil Constance darauf bestanden hat.« Sie wandte den Blick ab, erinnerte sich an das Gefühl, in seinen Armen zu liegen. Es wäre einfacher gewesen, auch den anderen Stiefel auszuziehen und zu Fuß zu gehen. Natürlich hätte ihr das Barfußlaufen hochgezogene Augenbrauen eingetragen, aber es hätte weitaus weniger Wirbel provoziert. Burtons Gesichtsausdruck war einem Donnerwetter gleichgekommen, und Nanny hätte nicht missbilligender dreinblicken können. Ihre Erklärungsversuche machten die Situation nicht besser.

Alice sah den *Tatler* von letzter Woche auf dem Tisch liegen. War Nanny deshalb so aufgewühlt? Constance hatte völlig aufgebracht gewirkt, als sie hügelabwärts auf sie zugestürmt kam.

Alice ließ sich in einen Sessel fallen, griff nach dem Magazin und schlug die Klatschseiten auf. Die Schlagzeile »Der ›Friedensball‹ in der Royal Albert Hall« stach ihr ins Auge. Aufgeregt las sie: »Paradiesvögel feiern Hundertjährigen Frieden bei Tanz, Musik und Leckerbissen.« Eine Fotografie von Edmund mit seinem Apachen-Federschmuck und seinen Freunden war untertitelt mit den Worten: »Am nächsten Morgen um fünf Uhr früh – noch immer in aufgekratzter Stimmung!«

Ihr Magen setzte zu einem unangenehmen Sturzflug an. Sie hätte auch auf diesem Foto sein sollen. Darunter war eine Aufnahme von Lady Warrender als Britannia abgedruckt, auf der Seite gegenüber ein Foto von Alice, die hinter Lady Warrender stand. Überschrieben war es mit den Worten: »Wegbereiterinnen – möge Britannia sie lange beherrschen.« Alice' Blutdruck schnellte in die Höhe. Sie las den kurzen Artikel. Ihr unbefugtes Eindringen in die königliche Loge war so geschildert, dass man meinen konnte, sie habe es auf Britannias Thron abgesehen, wodurch ihr Handeln ins Lächerliche gezogen wurde.

Alice sah von der Zeitschrift auf und stellte fest, dass Nanny sie beobachtete. Ihr Onkel musste eine ordentliche Summe hingeblättert haben, damit man ihren Namen unerwähnt ließ.

»Ich hoffe, das war es wert.« Alice hielt Nannys Blick stand. Ja, es war die Sache wert gewesen, auch wenn man sich im *Tatler* über sie lustig machte. Sie hatte ihren Beitrag geleistet.

»Ihre Mutter und Ihr Onkel geben sich noch immer alle Mühe, Ihren Ruf zu retten.«

Alice presste die Lippen zusammen. Am liebsten hätte sie

Nanny entgegengeschleudert, dass es ihnen doch nur um ihren eigenen Ruf ging, nicht um ihren, doch es war besser, die Worte nicht auszusprechen. Nanny wusste ohnehin, was sie dachte.

»Sind Sie etwa wie Mutter der Ansicht, dass ich den grässlichen Cleveland heiraten soll?«, fragte sie.

»Nein, das habe ich nicht gesagt, und bei dieser Sache ging es auch nicht um ihn, habe ich recht?« Nanny zog eine Augenbraue in die Höhe.

Alice verschränkte die Arme. »In der Tat nicht.«

»Dann behaupten Sie nicht das Gegenteil.« Nanny ging um den Sessel herum und nahm Platz.

Alice richtete sich auf und straffte die Schultern. »Nanny, Frauen sollten das Recht auf eine eigene Stimme haben.«

Mit einem bedächtigen Kopfschütteln erwiderte Nanny: »Dem kann ich zustimmen, aber nicht dem, was Sie getan haben.«

»Was hätte ich denn sonst tun sollen?«

»Sie hätten Ihre gesellschaftliche Position nutzen können, um Einfluss zu nehmen.« Nannys Blick wurde noch eindringlicher.

»Wen sollte ich schon beeinflussen können? Auf mich hört doch niemand!« Als sie die Worte aussprach, dachte sie an Zach. Er hörte ihr zu. Genau wie Edmund. In Gedanken ging sie all die anderen Leute ihres Bekanntenkreises durch und landete schließlich bei Arthur Carew. Auch er hatte ihr zugehört, und er war Parlamentsmitglied.

Nanny lächelte das Lächeln, das Alice so oft gesehen hatte, wenn sie ihr die Gedanken vom Gesicht ablesen konnte. »Sehen Sie, Sie könnten noch immer etwas bewirken, auch ohne den König zu brüskieren.«

Alice schnaubte. Die ganze Sache wurde unter den Teppich gekehrt. Sie hatte etwas getan, und doch hatte der *Tatler* einen ulkigen Zwischenfall daraus gemacht. Suffragetten waren nicht ulkig.

»Mein Kind, Sie haben Ihren Teil geleistet, jetzt vergessen Sie die Sache und denken Sie an Ihre Zukunft.«

Alice sah die ältere Frau an. »Welche Zukunft?«

»Sie verfügen über alles, was Sie für eine glückliche Zukunft brauchen.«

Alice sah sich mit zusammengekniffenen Augen um, doch außer den finsteren Wolken, die von Cornwall heranrollten, entdeckte sie nichts.

»Sie haben Schönheit, Bildung und Geld.« Nanny hielt drei Finger in die Höhe.

»Und was nützt mir das, wenn ich doch nicht tun darf, was ich möchte? Man traut mir nicht zu, für mich selbst zu entscheiden«, hielt sie dagegen.

»Sie können wählen, aber dafür müssen Sie geschickt vorgehen.« Nanny klatschte in die Hände, so wie sie es immer getan hatte, wenn Alice als Kind stur gewesen war und etwas einfach nicht hatte einsehen wollen.

Alice nahm vorsichtig das verbundene Bein von dem gepolsterten Hocker, der vor ihrem Sessel auf dem Boden stand. »Ich will Cleveland nicht heiraten.«

»Das verstehe ich, und ich bezweifle, dass er Sie jetzt noch nehmen würde.« Nanny warf ihr einen Seitenblick zu. »Allerdings kann man sich bei dieser Sorte Mann nie sicher sein.«

»Vielen Dank.« Alice verschränkte die Arme vor ihrer Brust.

»Sie haben ein Mitspracherecht bei der Wahl Ihres Ehemanns.«

»Ich will keinen Ehemann.« Alice stand auf und spürte, wie der frische Schorf auf der Schnittwunde feine Risse bildete.

Nanny schürzte die Lippen. »Warum nicht?«

»Weil damit lediglich eine andere Person die Kontrolle über mein Leben übernimmt.«

Nanny presste die Lippen aufeinander.

»Sehen Sie, dieser Tatsache können nicht einmal Sie widersprechen. Wenn ich für mich selbst bestimmen möchte, darf ich schlichtweg nicht heiraten.« Alice humpelte zum Fenster, bemüht, nicht zusammenzuzucken, wenn sie ihren Knöchel belastete.

Nanny schüttelte den Kopf und sagte: »Aber was für ein Leben werden Sie führen?«

»Ein freies Leben.« Alice schob das Fenster auf und hörte Burton im Garten mit jemandem reden.

Nanny lachte bitter.

»Sie glauben nicht daran«, stellte Alice fest und drehte sich zu Nanny um.

»Freiheit ist eine interessante Angelegenheit.« Nanny musterte sie.

Alice kehrte zu ihrem Sessel zurück, setzte sich Nanny gegenüber und legte ihr Bein hoch. »Sie sind frei.«

»Ich?«, fragte Nanny ungläubig.

»Ja.« Alice stand wieder auf. »Sie sind frei zu gehen, wohin Sie wollen, sich zu kleiden, wie Sie wollen, und sich mit den Menschen zu umgeben, die Sie interessieren.«

»Das mag vielleicht für Sie so aussehen, doch in Wirklichkeit bin ich mein Leben lang an diese Familie gebunden.« Sie wedelte mit den Händen, als wollte sie tanzen.

Alice sah sie fragend an. »Wie meinen Sie das?«

»Ohne die Nevilles habe ich kein Zuhause.« Nanny ließ die Arme auf die Sessellehnen sinken. Sie atmete pfeifend, und Alice fiel ein, dass der Doktor sie gebeten hatte, jegliche Aufregung von Nanny fernzuhalten.

Alice nahm einen Porzellanhund vom Kaminsims. »Haben Sie kein eigenes Geld?«

»Ich habe gespart, aber nicht genug für ein eigenes Zuhause und um Essen auf den Tisch zu bringen.«

»Verstehe.« Alice drehte die Porzellanfigur und betrachtete das fein gearbeitete Halsband. »Geld verleiht Freiheit.«

»Das ist richtig«, pflichtete Nanny ihr bei.

Alice stellte den Hund zurück. »Es verleiht aber auch Macht.«

»Ja, doch es gibt andere Möglichkeiten, an Macht zu gelangen.« Nanny tippte die Fingerspitzen gegeneinander. »Jugend und Schönheit verleihen Macht, genau wie Bildung und Verstand.«

Alice schnaubte erneut. »Jugend und Schönheit sind vergänglich, Geld nicht.«

Nanny nickte.

»Ich muss einfach so lange abwarten, bis ich Zugang zu meinem Geld erhalte.«

Nanny stand auf. »Sie sind achtzehn.« Sie trat zu Alice. »Eigenwillig, intelligent und schön.« Sie legte ihre Hand auf Alice' Arm. »Sieben Jahre sind eine lange Zeit.« Damit verließ sie den Raum. Alice blieb allein zurück und starrte in den Spiegel über dem Kaminsims.

Sie würde sieben Jahre lang auf ihre Freiheit warten müssen. Sich standesgemäß benehmen müssen. Einer Ehe aus dem Weg gehen müssen. Sie würde es schaffen. Sie würde ihnen allen ein Schnippchen schlagen.

Kapitel 21

Das Feld war mit hohem Gras bedeckt und voller Wildblumen. Gelbe Wicken und Wilde Möhren leuchteten im Licht der untergehenden Sonne, aber wie immer wurde Alice von dem intensiven Blau der Kornblumen angezogen. Sie bückte sich und pflückte eine, bevor sie weiter flussaufwärts ging, fort von den wachsamen Augen des Hauses. Constance hatte sie nicht auf ihren Spaziergang begleiten wollen, und Nanny war zu erschöpft. Die Zigaretten, die der Arzt ihr verordnet hatte, schienen ihr das Atmen zu erleichtern, aber sie war noch immer nicht wieder ganz in Form. Alice hatte sich in der vergangenen Woche absolut damenhaft verhalten, auch wenn sie diese Rolle verabscheute. Allerdings hatte sie damit bewirkt, dass man ihr gestattete, heute Abend ohne Begleitung frische Luft zu schnappen. Was sollte ihr auf dem Anwesen ihres Onkels schon zustoßen? Meilenweit standen hier alle bei ihm in Lohn und Brot und würden ihn gewiss nicht verärgern.

Ein Fisch sprang aus dem Wasser, und Alice trat näher ans Ufer. Sie dachte an ihren letzten Angelausflug und wie er geendet hatte. Selbst jetzt noch konnte sie Zachs Finger an ihrem Bein spüren. Sie schauderte und ließ den Blick über den Fluss schweifen. Das Licht glomm in den Fenstern des Boatman's Cottage, Rauch stieg über den

Baumkronen auf. War er dort, saß am prasselnden Kaminfeuer und las? Rezitierte weitere Shakespeare Gedichte? Er bereitete ihr Kopfzerbrechen. Er war so ganz anders als der alte Tucker, ein besonnener, sanfter Mann. Aber an Zach war alles aufregend, obwohl er so ruhig war. Ihr war aufgefallen, dass er überall zur Ruhe kommen konnte, aber ihr gelang das nur hier unten, am Fluss. Das Wasser besänftigte ihre Seele.

Der Schrei einer Eule, die durchs Tal glitt, riss sie aus ihren Gedanken. Sie schaute auf, auch wenn sie nicht glaubte, dass sie den Vogel entdecken würde.

Die Geräusche schallten von weit her übers Wasser, und wenn jemand auf der gegenüberliegenden Seite des Flusses etwas sagte, gewann man mitunter den Eindruck, dass er direkt neben einem stand. Es hatte sie als Kind immer fasziniert, wenn sie hören konnte, was die Leute sprachen. Jetzt war das anders. Sie wünschte sich, die Leute würden ihre Geheimnisse für sich behalten, genau wie sie sich wünschte, dass ihre eigenen Geheimnisse bewahrt blieben. Doch was hatte sie schon für Geheimnisse?

Sie ging weiter, hob eine Fasanenfeder auf und ließ sie durch ihre Finger gleiten. Sie fühlte sich glatt an und seidig. Sie stammte von einem Fasanenmännchen, war prächtig und auffällig.

»Mylady.« Der Flussmeister stand vor ihr. Verblüfft sah sie von ihm zu den erleuchteten Fenstern im Cottage.

»Ich habe etwas gehört und wollte vorsichtshalber nachsehen«, erklärte er.

»Wilderer?«, fragte sie.

»Möglich.« Er schaute hinauf in den Himmel, der mittlerweile die Farbe von blauem Samt angenommen hatte und von Minute zu Minute dunkler wurde. Die ersten Sterne blinkten am Firmament.

»So spät noch unterwegs?«, fragte er.

»Ja, ich wollte nach dem Abendessen noch ein wenig frische Luft schnappen.« Sie stand dicht vor ihm. Ein Schritt weiter, und sie würde ihn unweigerlich berühren.

»Wo ist Lady Constance?«, fragte er.

»Sie ist zu müde.«

»Ihnen geht es gut?« Er sah sie an.

»Ja, obwohl Nanny sich große Sorgen wegen meines Knöchels gemacht hat. Aber sehen Sie«, sie streckte den Fuß aus und ließ ihn kreisen, »alles ist in Ordnung.«

Er senkte den Blick, und Alice errötete. Sie drehte die Pfauenfeder zwischen ihren Fingern.

»Soll ich Sie zum Haus begleiten?«, fragte er.

»Das ist nicht nötig.« Sie sah wieder zum Boatman's Cottage. Warmes gelbes Licht fiel aus den Fenstern.

»Wie Sie wünschen.« Er ging zu dem Ruderboot, das ein Stück von ihnen entfernt am Ufer lag, und hatte bald darauf den Tamar überquert.

Als er außer Sicht war, trat Alice den Rückweg an.

Im Haus war alles still, als sie ankam. Nur Burton lungerte in der Eingangshalle herum. Als er sich vergewissert hatte, dass sie sich auf dem Weg in ihr Zimmer befand, zog er sich zurück. Sobald er weg war, schlich sie in den Kinderflügel und hoffte inständig, Nanny und Constance würden schon schlafen.

Im Kinderzimmer kramte sie in einem Schrank, ganz hinten. Ihr Korb mit dem Zubehör fürs Fliegenbinden war noch da. Sie zog ihn hervor und nahm ihn mit in ihr Zimmer. Seit Jahren hatte sie keine Köder mehr gefertigt, doch ihre Finger wussten, was sie zu tun hatten. Sie machte alles genau so, wie ihr Vater es ihr beigebracht hatte. Stolz begutachtete sie schließlich ihr Werk. Aus Bindfäden, einem Widerhaken und Federn hatte sie eine Fliege gefertigt. Morgen würde sie angeln gehen. Mit der Angelrute am Fluss zu stehen schenkte ihr Trost und Frieden. Wie konnte das jemand missbilligen? Sie wagte sogar zu behaupten, dass die meisten Heiratskandidaten ihre Begeisterung für diesen Sport gutheißen würden.

Sie legte die Fliege auf ihren Nachttisch und blies die Kerze aus. Die Vorhänge ließ sie offen, damit sie vom Bett aus die Sichel des Mondes betrachten konnte. Der Wind trug den Schrei einer Eule zu ihr, zusammen mit dem Geruch eines Holzfeuers.

Nanny zog die Stirn kraus. »Ich dachte, nach letzter Woche hätten Sie sich diese Flausen aus dem Kopf geschlagen.«

»Das Wetter ist herrlich, und gestern Abend habe ich meine Liebe zum Fliegenbinden wiederentdeckt.«

Nanny warf einen kritischen Blick auf den fein gearbeiteten Köder. »Ich hatte ganz vergessen, dass Sie das können.«

»Mein Vater …«

»Sie bringen keine gerade Naht zustande, aber Sie fertigen diese filigranen Dinger an.« Sie musterte die Fliege und drehte sie so, dass die Feder das Licht einfing. »Passen Sie gut auf, was Sie an Land ziehen«, sagte sie und trat ans Fenster. »Ich schicke Ihnen Constance, damit sie nach Ihnen sieht.«

Es war ein perfekter Julitag. Alice wartete nicht auf dem Vorplatz auf Zach. Die neue Fliege lag in ihrem Fischkorb, zusammen mit Shakespeares Sonetten. Nicht dass diese zwei Dinge etwas miteinander zu tun hatten, doch das kleine Buch sah hübsch aus in dem Korb, und der rote Ledereinband harmonierte hervorragend mit dem Rot der Feder.

Mit wehenden Röcken rannte sie zum Wasser hinunter. Ihre Wagen waren gerötet vor Anstrengung. Zach schlenderte am Ufer entlang, den Blick aufs Wasser gerichtet.

»Morgen«, begrüßte sie ihn außer Atem.

Er drehte sich zu ihr um.

»Was denken Sie, wo beißen die Fische heute am besten?«, fragte sie.

»Das Wasser fließt heute Morgen ziemlich träge. Wir sollten bis zur Biegung gehen, an die Stelle, wo sich der Fluss verengt.«

In gemächlichem Tempo ging er flussabwärts, und sie folgte ihm ungeduldig. Hoffentlich waren die Bedingungen für das Trockenfliegenfischen wirklich so gut, wie seine Worte vermuten ließen. Aufregung, wie sie sie seit Jahren nicht mehr verspürt hatte, stieg in ihr auf. Am liebsten wäre sie vorausgerannt, anstatt sich seinem langsamen Schritt anzupassen. Alles in ihr drängte zur Eile, also überholte sie ihn und schlug ihr eigenes Tempo an.

»Mylady!«, rief er hinter ihr her.

Sie warf einen Blick über die Schulter und entdeckte Burton, der sie vom Rasen aus durch ein Fernglas beobachtete. Gab es denn keinen Ort, an dem man sie nicht beobachtete? Sie lief schneller. Ihr Blick schweifte über das Ufer auf der anderen Seite des Tamar, wo der Hang dicht bewaldet war. Dort könnte man sie nicht sehen, dort wäre sie so gut wie unsichtbar.

»Wir sind schon vorbei am Fischrevier«, hörte sie Zach sagen. Abrupt blieb sie stehen, und er prallte gegen sie.

»Können wir es nicht ein Stück weiter flussabwärts versuchen?«, fragte sie.

»Selbstverständlich«, erwiderte er, »allerdings weiß ich nicht, ob Sie dann sonderlich erfolgreich sein werden.«

Sie sah zurück. Endlich waren sie außer Sichtweite des Hauses. Sie deutete auf eine Stelle hinter der Biegung, wo der Fluss wieder breiter wurde. Zach nickte und nahm ihre Hand, um ihr zum Ufer hinunterzuhelfen. Erst dort ließ er sie los, um prüfend die Wasseroberfläche zu betrachten. Sie öffnete ihren Fischkorb, holte vorsichtig die Fliege heraus, legte sie auf ihre Handfläche und streckte sie ihm entgegen. Er sah von der Fliege zu ihr und wieder zurück.

»Wunderschön«, sagte er.

»Danke.« Sie lächelte.

»Darf ich?«

»Ja.«

Seine Fingerkuppen streiften ihre Handfläche, als er nach der Fliege griff. Ihr stockte der Atem. Er hielt den Köder ins Licht und drehte ihn hin und her. Die Feder glänzte.

»Woher haben Sie die?«, fragte er.

»Ich habe sie gestern Abend gebunden.« Sie straffte die Schultern.

Wieder blickte er von ihr zu der Fliege und zurück zu ihr. »Sie ist wundervoll.«

»Danke.« Sie legte den Kopf schräg. Es schien ihn nicht zu überraschen, dass die Fliege von ihr stammte. »Sind die Bedingungen an dieser Stelle passend?«

Erneut schaute er prüfend auf die Wasseroberfläche, und sie folgte mit angehaltenem Atem seinem Blick, wobei sie sich bemühte, den Fluss mit seinen Augen zu sehen. Ihr Vater und Tucker hatten ihr viel darüber beigebracht, aber so wie Zach hatten sie ihn nie betrachtet. Sein Blick schien die Wasseroberfläche zu liebkosen, als könnte er so in die darunterliegenden Tiefen schauen.

»Ja«, sagte er schließlich, nahm die Angelrute und entfernte die alte Fliege. Mit geschickten Fingern löste er die Knoten und befestigte den neuen Köder. Als er fertig war, sah er sie an und blickte dann über den Fluss.

»Am besten wäre es, wenn wir noch ein kleines Stück weitergehen und dann auf die andere Seite übersetzen würden.«

Sie holte tief Luft und betrachtete den verwilderten Waldrand gegenüber, dann nickte sie.

»Warten Sie hier«, sagte er, »ich hole das Boot.« Er stellte seinen Fischkorb ab und war schon fort, ehe sie etwas erwidern konnte. Kurz darauf kehrte er zurück. Das Übersetzen dauerte nicht lange. Bei jedem Ruderschlag spannten sich seine Muskeln an, und sie musste sich zwingen, nicht ihn, sondern das Wasser zu betrachten. Dennoch musterte sie seine geschmeidigen Bewegungen verstohlen aus den Augenwinkeln.

Am anderen Ufer angekommen sicherte er das Boot und half ihr an Land. Seine Hand hielt die ihre etwas länger fest als notwendig. Als er sie losließ, um alles vorzubereiten, vermisste sie das Gefühl seiner Berührung.

Die Steine, auf denen sie standen, sahen aus, als wären sie vom Hang in den Fluss gerollt. Als sie jünger gewesen war, hatte sie mit ihrem Vater bis zur Taille im Wasser gestanden und gewartet, doch nun wäre das unschicklich. Sie erinnerte sich noch genau an die Kälte und die Strömung, die gegen ihre Beine gedrückt hatte.

Er sprang auf den ersten Stein und streckte die Hand aus.

Sie nahm sie, und sie sprangen von Stein zu Stein, bis sie auf dem angekommen waren, der am weitesten im Fluss lag. Erst dort zog er seine Hand zurück und betrachtete prüfend das Wasser. Seine Ruhe war hypnotisierend.

Irgendwann drehte er sich um. Sein Gesicht war nur wenige Zentimeter von ihrem entfernt. Bernsteinfarbene Einsprengsel waren in dem satten, dunklen Braun seiner Iris zu erkennen.

»Mylady«, flüsterte er.

»Ja?«

Er reichte ihr die Angelrute und trat zurück. Alice atmete tief durch, dann konzentrierte sie sich auf Rute, Schnur und Fliege. Sie warf die Schnur aus. Die Fliege blieb auf der Wasseroberfläche liegen. Sie warteten. Keiner von ihnen regte sich. Selbst die Luft, schwül und stickig, schien stillzustehen. Ein Fisch kam neben dem Felsen an die Wasseroberfläche, aber ihre Fliege war ein ganzes Stück entfernt. Sie spulte die Schnur auf und warf sie erneut aus. Diesmal landete die Fliege in der Nähe. Wieder standen sie so dicht beisammen, dass sie sehen konnte, wie sich seine Brust hob und senkte.

Die Fliege ging unter. Beide hielten gespannt die Luft an, als die Angelrute ruckte. Vorsichtig holte Alice die Schnur ein. Bei ihrem Kampf mit dem Fisch verlor sie das Gleichgewicht, doch Zach fing sie auf, schlang seine Arme um sie, und zusammen, eng aneinandergeschmiegt, zogen sie die Forelle näher. Alice wusste, dass sie sich auf den Fisch konzentrieren sollte, doch seine Nähe überwältigte sie. Sie konnte nicht mehr klar denken.

»Langsam«, flüsterte er.

»Ja.«

Der Fisch war jetzt unter den Steinen, die Schuppen schillerten im Sonnenlicht.

»Ich hole das Netz.« Seine Worte kitzelten ihr Ohr, und als er sie losließ, zitterten ihre Beine.

Er nahm das Netz, bückte sich und zog damit den Fisch aus dem Wasser. Die Forelle wand sich im Netz. Tropfen sprühten. Blitzschnell erschlug er den Fisch und entfernte den Haken. Alice' Adrenalinspiegel sank ebenso schnell ab, wie er gestiegen war, und sie verspürte ein überwältigendes Gefühl der Schwäche. Er sah sie an, reichte ihr die Hand und führte sie ans schattige Ufer, wo sie sich gegen einen Baum lehnte.

»Mylady.« Er reichte ihr eine Feldflasche und schraubte den Deckel auf. Der Geruch von etwas Hochprozentigem stieg ihr in die Nase.

»Nehmen Sie einen Schluck«, forderte er sie auf. Seine Augen wirkten im Schatten der Bäume noch dunkler, die bernsteinfarbenen Einsprengsel verschmolzen mit dem tiefen Braun, bis sie nicht länger zu erkennen waren. »Das wird Ihnen helfen.« Er lächelte. »Ich habe in Abbotswood noch nie eine so große Forelle gesehen und in Penhale auch erst ein Mal.«

Ohne den Blick von ihm zu lösen, hob sie die Feldflasche an die Lippen. Die Flüssigkeit brannte, doch sie schmeckte auch süß. Sie reichte ihm die Flasche zurück und fuhr sich kurz mit der Zunge über die Lippen. Seine Augen hingen an ihrem Mund.

Er schraubte den Deckel zu und ließ die Flasche wieder in seine Jackentasche gleiten. »Wenn Sie so weit sind, sollten wir vielleicht zum Haus zurückkehren.«

Sie nickte. Worte waren überflüssig. Er half ihr in das

schmale Boot und ruderte sie flussaufwärts. Ihre Knöchel berührten sich. Sie senkte den Blick und hoffte, dass er nicht bemerkte, wie sie heimlich das Spiel seiner Muskeln beobachtete, während er gegen die Strömung anruderte. Jedes Mal, wenn er einen Blick über die Schulter warf, nutzte sie die Gelegenheit und musterte blitzschnell seine kräftigen Oberschenkel, den schlanken Oberkörper und die breiten Schultern. Sie schluckte.

Zach drehte sich um, fing ihren Blick auf und hielt ihn fest. Sie öffnete den Mund, um etwas zu sagen, irgendetwas – vergeblich. Das Blut peitschte durch ihre Adern, und sie verstand gar nichts mehr.

Endlich löste er den Blick und vertäute das Boot am Anleger. Er stieg aus, hob den Fisch und die Ausrüstung heraus, dann beugte er sich vor und nahm ihre ausgestreckte Hand. Von Süden zogen mit bedrohlicher Geschwindigkeit Gewitterwolken auf. Ein dicker Regentropfen platschte auf ihre verschränkten Hände. Über der Anhöhe zuckte ein greller Blitz auf, Donner grollte. Eilig zog er sie aus dem Boot. Sie taumelte gegen ihn.

»Mylady«, sagte er und hielt sie fest.

»Ja«, hauchte sie. In dem Moment öffnete der Himmel seine Schleusen, und sie rannten gemeinsam aufs Haus zu.

Kapitel 22

Alice stand auf und durchquerte mit großen Schritten den Raum. Die Rastlosigkeit, die von ihr Besitz ergriffen hatte, machte sie fast wahnsinnig. Burton betrat das Zimmer. Unvermittelt blieb sie stehen.

»Möchten Sie heute Nachmittag noch einmal angeln?«, erkundigte er sich.

Alice starrte ihn an. Bei dem Wetter? »Nein.« Sie schaute aus dem Fenster. Es regnete stark, man konnte keine fünf Meter weit blicken.

»Wie Sie wünschen. Ich schicke den Flussmeister fort«, sagte er.

»Nein, schicken Sie ihn bitte zu mir.«

Burton deutete eine Verbeugung an und verließ das Zimmer. Alice schritt weiter auf und ab, bis sie ein leises Husten vernahm. Hinter ihr stand Zach. Er war klatschnass.

»Warum trocknen Sie sich nicht am Kamin?«, schlug sie vor und deutete auf das munter lodernde Feuer.

»Sie wünschten, mich zu sprechen?«, erwiderte er, anstatt ihr eine Antwort zu geben, und stellte sich vor die Flammen.

Sie nickte und begegnete seinem Blick. »Ich würde gern angeln gehen.«

«Sehr wohl, Mylady«, antwortete er und wollte schon

den Raum verlassen, doch sie hielt ihn auf: »Natürlich nicht jetzt, aber sobald der Regen nachlässt.«

»Sehr wohl.« Er trat einen Schritt vom Kamin weg.

»Glauben Sie, das Unwetter zieht bald vorüber?«, fragte sie, weil sie ihn nicht gehen lassen wollte.

Er sah aus dem Fenster. »Unwahrscheinlich.«

»Aber der Regen wird nachlassen?« Sie machte ein paar Schritte auf ihn zu.

Er wich zurück. »Möglich.«

»Gut.« Auch sie schaute aus dem Fenster. Hinter dem grauen Regenvorhang war nun verschwommen das Muschelhaus auszumachen. »Ich könnte mir die Zeit bis dahin in der Grotte vertreiben«, murmelte sie. Sie liebte die Grotte des Muschelhauses, deren Wände von oben bis unten mit glitzernden Kristallen und Muschelschalen in allen möglichen Formen und Größen verziert waren.

Er neigte den Kopf, dann verließ er das Zimmer, bevor sie noch etwas hinzufügen konnte. Sie ging zur Tür, aber sie durfte ihm nicht folgen. Das wäre unüberlegt gewesen, und sie konnte es sich nicht leisten, etwas Unüberlegtes zu tun. Sie durfte willensstark sein, stur, kühn und sogar arrogant, aber niemals dumm. Nun jedoch hätte sie gern eine Dummheit begangen.

Burton stand im Gang neben der Tür. Alice wartete darauf, dass er etwas sagte, aber er schwieg.

»Ja, bitte, Burton?«

»Lady Alice.« Er verneigte sich, doch er sagte nichts.

»Burton, ich sehe Ihnen an, dass Sie mir etwas mitteilen möchten.« Mit geradem Rücken blieb sie in der Tür stehen.

»Seine Gnaden würden es vorziehen, wenn …«

Sie reckte das Kinn vor. »Was würde mein Onkel vorziehen?«

»Er würde es vorziehen, wenn Sie vom Angeln Abstand nehmen.« Er wich ihrem Blick aus, fixierte stattdessen einen Punkt oberhalb ihrer Schulter.

Sie presste die Hände fest zusammen. Ihr Onkel angelte gern. Das ergab keinen Sinn. »In der Vergangenheit hat er mich stets dazu ermutigt«, wandte sie daher ein.

Burtons Gesicht lief rot an. »Ja, Lady Alice.« Er sah aus dem Fenster.

»Heute ist das Wetter gar nicht gut, aber morgen werde ich angeln gehen.« Sie erwartete, dass er sich zurückziehen würde, doch er blieb stehen. »Was ist denn noch, Burton?«

»Es wäre besser, nicht zu angeln«, beharrte er.

»Warum denn nicht, um alles in der Welt?« Sie trat näher. »Der Fluss ist gleich dort drüben, es gibt genügend Fisch, und der Flussmeister hat nichts anderes zu tun.«

»Aber er ist nicht Tucker.«

»Nein, er ist sein Gehilfe, sein Nachfolger.« Sie sah dem Butler prüfend ins Gesicht. »Ah, daher weht der Wind. Er ist jung.«

Burton räusperte sich. »Er ist aus Cornwall.«

Die Konnotation gefiel ihr gar nicht. »Ich werde mich mit Nanny beraten, um herauszufinden, ob sie meine Entscheidung für angemessen hält.« Burton rührte sich nicht vom Fleck. »Das wäre dann alles, Burton.« Sie drehte ihm den Rücken zu und nahm das Buch zur Hand, in dem sie zuvor gelesen hatte. Ein Teil von ihr schäumte, ein anderer Teil empfand Mitleid mit dem Butler. Doch im Augenblick gewann der Zorn die Oberhand.

Der Sturm hatte sich gelegt, als sie durch den Garten an den Rabatten entlangschlenderte. Die Wolkendecke war hier und da aufgebrochen, der Starkregen war in Niesel übergegangen. Die Tropfen sammelten sich auf ihrem Umhang. Als sie das Muschelhaus erreichte, schnürte sich ihr Magen zusammen. Hatte sie ihm tatsächlich vorgeschlagen, sich hier mit ihr zu treffen?

Vor der Tür entdeckte sie eine wunderschöne Elsternfeder. Sie hob sie auf und sagte: »Eins für die Sorge, zwei zum Erlaben, drei für ein Mädchen, vier für einen Knaben.« Sie strich mit den Fingern über die Feder und ließ die Regentropfen davon abperlen. »Fünf für Silber, sechs für Gold, sieben für ein Geheimnis, das ihr bewahren sollt.« Ein Zweig knackte. Alice sah sich um. Nichts. Sie ging auf die Tür des Muschelhauses zu. Sie stand einen Spalt offen. »Acht für einen … Wunsch.« Sie stellte sich Zachariah Carne mit seinen tiefgründigen, dunklen Augen vor. »Neun für einen …«

»Kuss.«

Sie fuhr zusammen. Die Stimme kam aus dem Muschelhaus. Alice schob die Tür auf und fragte: »Wissen Sie noch, was zehn war?«

»Nun, das kommt darauf an.«

Er warf einen Blick auf die Feder in ihrer Hand. Sie streckte sie ihm entgegen. Er nahm sie und strich mit den Fingern darüber. Die Farben wechselten von Blau zu Grün und zu Schwarz.

»Der Jäger hat heute Morgen Elstern abgeschossen«, sagte er und reichte ihr die Feder zurück. »Sie haben die Fasaneneier gefressen.«

Sie nickte. »Vielleicht mache ich daraus eine neue Fliege.«

»Ich habe Ihnen etwas mitgebracht.« Er drehte sich um

und nahm einen Korb von der Bank. Alice entdeckte eine große Auswahl an Bindegarn, Haken und anderem Zubehör, das man zum Fliegenbinden benötigte.

»Gehört das Ihnen?« Sie sah ihn an.

Er nickte.

Sie betrat die Grotte, setzte sich auf die Bank und betrachtete die Dinge im Korb, dann wandte sie sich ihm zu und sagte: »Das ist wundervoll.« Sie nahm eine Pfauenfeder in die Hand.

»Ja.« Er lächelte, und ihr stockte der Atem. Sie hob den Korb auf ihren Schoß.

»Bitte.« Alice klopfte auf den freien Platz auf der kühlen Steinbank. Er setzte sich neben sie auf die schmale Bank, Hüfte an Hüfte, Schenkel an Schenkel. Die Wände um sie herum glitzerten und funkelten, aber sie hatte nur Augen für ihn. Er griff in den Korb und nahm blauen Faden und eine Nadel heraus. Sie griff nach dem Bindestock und reichte ihn Zach, dann spannte sie den Haken ein, kramte das Wachs hervor und fing an, den Faden zu wachsen und um den Haken zu wickeln. Als sie den Schaft umgarnt hatte, hielt sie inne und sah auf. Begegnete seinem Blick.

»Das haben wir schon einmal gemacht«, sagte sie.

»Ja.« Er sah sie unverwandt an.

Und auf einmal kehrte alles zurück. Schwappte wie eine Woge über sie hinweg. Jedes Mal, wenn sie als Kind Penhale besucht hatte, war er da gewesen. Sie hatte ihn damals für Edmunds Schatten gehalten, doch wenn sie ihn heute betrachtete, war er alles andere als ein Schatten. Er hatte ihr Pony geführt, war an ihrer Seite gewesen, wie jetzt, hatte den Haken im Bindestock für sie gehalten, als sie unter der Anleitung des Flussmeisters ihre ersten Fliegen gebastelt hatte. Er hatte am Ufer gestanden und zugesehen, wenn sie und Edmund zusammen im Fluss geschwommen waren. Er war immer da gewesen, aber sie hatte ihn nie wirklich wahrgenommen, bis jetzt.

Ihre Fingerkuppe streifte den Widerhaken. Sie schnappte nach Luft. Er ließ den Bindestock fallen und nahm ihre Hand in seine, dann hob er sie an seine Lippen und küsste ihren verletzten Finger, um Druck auf die Wunde auszuüben. Sie sollte ihre Hand wegziehen, aber sie konnte sich nicht bewegen. Sie wollte sich nicht bewegen.

Er ließ ihre Hand sinken. Der Finger blutete nicht mehr. Sie schaute auf seinen Mund. An seiner Lippe war etwas Blut. Sie wischte es ab. Ihre Blicke begegneten sich, dann berührten sich ihre Lippen. Sie schmeckte Blut und ihn, der Kuss wurde intensiver. Der Korb auf ihrem Schoß geriet ins Wanken, als sie sich an ihn drückte.

Er umschloss ihr Gesicht mit den Händen und küsste sie wieder und wieder. Die Türangel quietschte. Sie fuhren auseinander. Mit zitternden Fingern nahm Alice den Faden, er griff nach dem Bindestock.

»Da bist du.« Constance stand auf der Schwelle, Regentropfen perlten von ihrem Umhang ab und bildeten eine Pfütze um ihre Füße. »Nanny hat sich gewundert, was um alles in der Welt du so lange allein im Muschelhaus machst.« Ihr Blick fiel auf Zach an Alice' Seite. Alice verbarg ihre bebenden Hände im Schoß.

»Aber du bist ja gar nicht allein«, stellte Constance fest.

»Nein«, sagte Alice und rückte den Korb auf ihrem Schoß gerade. »Wir binden Fliegen.«

Ihre Cousine trat auf sie zu und spähte in den Korb mit den Federn und Garnen. »Oh.« Sie nahm die Elsternfeder und ließ sie durch ihre Finger gleiten. »Die ist wunderschön, aber soll sie nicht Unglück bringen?«

»Nein, nur wenn man einen Vogel allein sieht, hat man Pech oder …«

»Kummer«, ergänzte Constance. Sie deutete auf die Federspitze. »Da ist Blut dran.« Mit gefurchten Brauen hielt sie sich die Elsternfeder dicht vors Gesicht, um sie genauer zu betrachten. »Frisches Blut.«

»Ja, ich habe mich am Widerhaken verletzt.«

»Tss! Du solltest wirklich besser aufpassen, Alice.«

Constance blieb vor ihnen stehen. Alice spürte, dass das Mädchen nicht recht wusste, wie es mit der Situation umgehen sollte.

»Möchten Sie zuschauen und anschließend versuchen, eine eigene Fliege zu binden?«, fragte Zach.

Sie schüttelte den Kopf. »Nein, ich finde es gemein, den Fisch auszutricksen, indem man ihm vorgaukelt, dass er es mit einer richtigen Fliege zu tun hat.«

Zach lachte. »Wie wollen Sie sonst Fische fangen?«

»Ich mag keinen Fisch.« Constance schauderte. »Ich esse ihn nur, weil ich keine andere Wahl habe.«

Alice stand auf und ging zu ihrer Cousine. »Frierst du? Wir sollten zum Haus zurückgehen, du bist ja klatschnass!«

»Haben Sie noch ein weiteres Netz für mich?«, fragte Constance, an Zach gewandt.

»Ja, Lady Constance. Soll ich es Ihnen morgen bringen?«

Sie nickte, dann sah sie Alice an. »Nanny möchte dich sehen.«

Alice suchte das Gesicht ihrer Cousine ab, um einen Hinweis darauf zu finden, was diese wohl dachte. »Das hast du gar nicht gesagt.«

Constance tastete nach dem Band an ihrem Hals, das ihr Cape zusammenhielt. »Deine Mutter hat angerufen.«

Alice ballte die Hände zu Fäusten. Das bedeutete gewiss nichts Gutes. Sie spähte durch die geöffnete Tür des Muschelhauses in den Regen, dann drehte sie sich zu Zach um und sagte: »Vielen Dank für Ihre Hilfe.« Sein Blick begegnete ihrem. Sie wollte nicht gehen, aber sie musste. »Soll ich Sie morgen um zehn am Black Rock treffen, vorausgesetzt, das Wetter ist gut?«

Er neigte den Kopf.

Alice nahm Constance' Arm, dann machten sie sich gemeinsam auf den Weg zum Haus.

Sie konnte Burton hinter dem Fenster des Speisezimmers stehen sehen, der ihnen entgegenblickte. Ein Schauder lief ihr den Rücken hinunter, während ihr Regentropfen über die Wangen rollten.

Kapitel 23

Alice beäugte voller Freude die *Suffragette* vom 17. Juli 1914, während Susan ihr aus den nassen Kleidern half.

»Vielen Dank. Woher hast du die?«, fragte sie und strich über die Zeitung.

»Von der Freundin einer Freundin, Mylady.« Susan senkte den Blick.

»Nun, ist ja auch egal. Noch einmal: Danke, ganz gleich, wie du darangekommen bist.«

Die Zofe lächelte. Alice überflog die Schlagzeilen. Mrs Pankhurst war aus dem Gefängnis entlassen worden, die große Versammlung stand an, die Zwangsernährung wurde fortgesetzt. Nichts hatte sich verändert. Sie seufzte, dann stieß sie auf den Namen von Arthur Carew, der lobend erwähnt wurde. Er stand zu seinem Wort.

»Bitte versteck sie für mich, ich lese sie später.«

»Sehr wohl.« Susan knickste, und Alice machte sich auf den Weg zu Nanny, die in dem kleinen Zimmer, das auf den Garten des Kinderflügels hinausging, auf sie wartete.

Unterwegs machte sie einen Abstecher in die Bibliothek und zog erneut das kleine Buch mit Shakespeares Sonetten heraus. Wenn sie sich zu Nanny setzte, würde sie sich gern ein wenig ablenken, um nicht immer an Zachs Küsse denken zu müssen. Sie wollte gar nicht wissen, was ihre

Mutter am Telefon gesagt hatte. Es wäre ohnehin nichts Gutes.

Im kleinen Salon blieb sie stehen, um die Tapete zu bewundern. Große Vögel schienen an den Wänden entlangzuflattern, weshalb sie als Kind gern so getan hatte, als befände sie sich in einem exotischen Garten oder weit entfernten Dschungel, nicht in einem Salon mit einer uralten Tapete. Sie berührte die Schwanzfeder eines Vogels und dachte an ihre Urururgroßmutter. Auch sie war die Tochter eines Dukes gewesen, auch ihre Mutter hatte mehr von ihr erwartet. Auch sie war in einem Käfig gefangen gewesen, aber sie hatte sich hier, in Abbotswood, daraus befreit.

»Da sind Sie ja.« Nanny blickte von ihrer Näharbeit auf, als sie eintrat.

Alice zwang sich zu einem Lächeln. Sie wollte jetzt nicht an das Muschelhaus und den Kuss denken. Hastig senkte sie den Blick.

»Constance hat mir erzählt, dass Sie Fliegen gebunden haben«, sagte sie.

»Ja.« Alice' Stimme brach.

Nanny berührte ihre Hand. »Sie konnten das damals sehr gut.«

Alice nickte, die Augen immer noch auf den Boden geheftet. Nanny kannte sie einfach zu gut. Sie würde sie durchschauen, und Alice wollte und musste dieses Geheimnis unbedingt für sich behalten.

»Ich freue mich, dass Sie außer dem Angeln noch etwas gefunden haben, was Ihnen Abwechslung verschafft.«

Der Unterton in Nannys Stimme entging Alice nicht. War es möglich, dass sie sich amüsierte?

»Ihre Mutter hat noch einmal bestätigt, dass Sie auf absehbare Zeit hierbleiben werden. Sie und Ihr Onkel hoffen, dass dies die beste Entscheidung ist, wenn Sie an der kommenden Ballsaison teilnehmen möchten.« Nannys amüsierter Ton schlug um in Missbilligung. »Sie wissen, wie gewagt das ist, trotz Ihrer Schönheit.«

Alice holte tief Luft. »Ja.« Sie hatte die Geschichten von Frauen gehört, die nicht gleich während der ersten Saison einen Ehemann fanden. Es schien ein Schicksal zu geben, das schlimmer war als der Tod: Ehelosigkeit. Eine überflüssige Frau, mit der niemand etwas anzufangen wusste. Sie öffnete den Mund, um zu verkünden, dass es genau das war, was sie wollte, doch als sie Nannys Gesicht sah, schloss sie ihn wieder.

»Das ist kein erstrebenswertes Schicksal für Sie.« Nanny nahm ihre Nadel wieder auf und warf ihr einen Blick zu. »Sie sind so voller Leben und … Liebe, es wird Ihnen schwerfallen, enthaltsam zu sein.« Die letzten Worte sprach sie beinahe flüsternd aus, was sie nur noch bedeutsamer machte. Alice versuchte zu entschlüsseln, was Nanny damit meinte. Enthaltsam sein. So voller Leben und Liebe.

»Nanny, Sie wissen …«

»Ich kenne Sie gut«, fiel Nanny ihr ins Wort. Sie zögerte und musterte Alice durchdringend. »Ich weiß, was Sie zu wollen glauben, aber Sie wissen nicht, was Freiheit bedeutet. Genauso wenig, was es bedeutet, allein zu sein.« Sie hielt die Hand hoch, bevor Alice etwas erwidern konnte. »In dieser Welt gibt es keine Freiheit.« Sie legte die Hände in den Schoß und sah Alice direkt ins Gesicht. »Es gibt gewisse Grade von Freiheit, die mit Geld, Geschlecht und Status einhergehen, aber niemand ist frei, nicht einmal der Eremit in der Wüste. Bedenken Sie das, Alice, und bedenken Sie genau, welchen Freiheitsgrad Sie erreichen können, denn auch Sie werden niemals frei sein.«

Alice zog die Luft ein, dann stand sie auf. Sie musste sich das nicht anhören, denn Nanny irrte sich. Alice könnte frei sein. Sie verließ das Zimmer und kehrte zurück in den Haupttrakt. Im großen Vestibül blieb sie stehen und schaute aus den Fenstern. Es hatte aufgehört zu regnen, also marschierte sie zur Tür hinaus und an den Stallungen vorbei in den Garten.

Alle möglichen Gedanken wirbelten ihr durch den Kopf. Bei jedem Schritt setzte sie den Fuß fester auf, bis sie endlich zwischen den hohen Bäumen verschwinden konnte, weit weg von den Augen und Ohren der anderen. Sie blieb stehen und füllte ihre Lunge mit der nach Kiefern und Eukalyptus duftenden Luft. Hinter ihr lag Abbotswood House, vor ihr Bäume, Farne und die vom Regen aufgeweichte Erde. War dies der einzige Weg, um frei zu sein?

Ein Zweig knackte, und sie wirbelte herum. Ein paar Schritte von ihr entfernt stand Zach. War er ihr gefolgt? Sie hob die Hand mit dem roten Sonettbuch. Als er näher kam, wich sie nicht zurück.

»Ich habe gesehen, wie Sie das Haus verlassen haben«, sagte er und blieb neben ihr stehen.

»Sie sind mir gefolgt.« Sie drückte das Buch an ihre Brust.

»Ja. Ich habe mir Sorgen gemacht.« Seine Stimme verklang.

»Warum?«, fragte sie. Ihr Blick schweifte zu seinem Mund.

»Weil Sie wütend wirkten, aufgewühlt und …« Er verstummte.

»Und was?« Sie war völlig außer Atem, als wäre sie gerade einen steilen Hang hinaufgerannt.

»Sie sind meinetwegen in Schwierigkeiten geraten«, sagte er.

Sie verzog die Lippen zu einem feinen Lächeln. »Nein, Fliegenbinden ist eine annehmbare Beschäftigung.«

»Tatsächlich?« Er trat noch näher.

»Ganz offensichtlich.«

»Sollen wir es noch einmal versuchen?« Seine Finger strichen über ihre, die das Buch umklammert hielten.

»Das sollten wir nicht tun«, flüsterte sie.

»Ich weiß.«

Sie waren einander jetzt so nahe, dass ihre Körper sich beinahe berührten. »Sie könnten so viel mehr verlieren als mich.«

Er schluckte. Sie sah, wie sein Adamsapfel hüpfte. Das hier – sie beide – war in vielerlei Hinsicht verboten.

Sie schauderte. Seine Hand strich über ihren Arm. Es war falsch, dennoch wollte sie ihn erneut küssen. Sie stellte sich auf die Zehenspitzen und brachte ihr Gesicht dicht an das seine. Hoch über ihnen schallte das Krächzen der Saatkrähen durch die Lüfte. Sie wurden beobachtet. Eilig trat sie zurück. »Ich glaube, wir sind nicht allein.«

Er machte ebenfalls einen Schritt nach hinten und verbeugte sich leicht. »Da könnten Sie recht haben.« Er wandte sich nicht ab, wandte den Blick nicht von ihr. In seinen Augen entdeckte sie etwas, von dem sie wusste, dass sie es ebenfalls wollte. Doch sie sollte es nicht wollen. Sie durfte es nicht wollen. Sie wollte es trotzdem.

Schritte näherten sich. Alice drückte ihm das Buch in die Hände, dann sagte sie laut: »Danke, dass Sie mir mein Buch zurückgebracht haben.« Sie räusperte sich. »Ich war ganz verzweifelt, als ich feststellte, dass ich es verloren hatte.«

Er verneigte sich erneut, doch er hielt Blickkontakt. Der Jäger trat zwischen den Bäumen hervor.

»Ist alles in Ordnung, Mylady?«, wollte er wissen.

»Ja, Evans.« Sie schickte sich an, hangaufwärts zu gehen, und spitzte die Ohren.

»Etwas weit weg vom Fluss, oder?«, wandte sich der Jäger an Zach.

»Ich habe nach Federn gesucht«, entgegnete der.

»Ach ja, verstehe.«

Das Plätschern des kleinen Bachs, der in Richtung Wasserfall floss, übertönte den Rest des Gesprächs. Eine Libelle schwirrte vorbei. Alice blieb stehen und strich sich eine lose Haarsträhne aus dem Gesicht. Ihr Buch war bei ihm. Lächelnd schlenderte sie weiter zu den Weiden, auf denen die Milchkühe grasten.

Nach dem Essen entdeckte Alice das Buch mit den Sonetten auf dem runden Tisch im Vestibül. Sie wollte es gerade an sich nehmen, als Burton erschien.

»Der Flussmeister hat das hier für Sie hinterlegt. Er sagte, Sie hätten es wohl im Wald verloren.«

»In der Tat. Er wollte es mir gerade zurückgeben, als Evans zu uns kam.« Sie griff nach dem Buch und wandte Burton den Rücken zu. In diesem Haus schien jeder auf irgendeine Art und Weise hinter ihr her zu spionieren. Sie musste sehr vorsichtig sein.

Sie schlenderte in die Bücherei und setzte sich ans Fenster, um von dort den Fluss und die dahinterliegenden Wälder zu betrachten. Wieder stieg eine sich kräuselnde Rauchsäule hinter den Bäumen in die Höhe. Sie sehnte sich danach, bei ihm zu sein. Sie schlug das Buch auf und blätterte durch die Seiten, bis sie bei Sonett 29 auf eine Schwalbenfeder stieß. Aufgeregt überflog sie die ersten beiden Verse.

Wenn mit dem Menschen und dem Glück entzweit
Ich einsam wein' ob meines Schicksals Tücke.

Lächelnd ließ sie die seidige Feder durch ihre Finger gleiten, dann las sie laut die letzten beiden Verse.

»Denn Deine Lieb' gibt mir so süße Freuden
Selbst Kön'ge, scheint mir, sollten mich beneiden.«

Ja, dachte sie und betrachtete die Rauchsäule, selbst Könige sollten sie beneiden.

Sämtliche Geräusche im Haus waren verstummt. Es war Mitternacht. Sie hatte dies als Kind viele Male getan, doch damals war es nicht mehr als ein Abenteuer gewesen, während diesmal sehr viel auf dem Spiel stand, sollte man sie entdecken. Mit nackten Füßen huschte sie lautlos die Stufen hinab, wobei sie die viertunterste Stufe ausließ, weil sie knarzte. Unten angekommen schlich sie durch den Gang und schlüpfte durch den Dienstboteneingang hinaus auf den Hof. Der fast volle Mond war hinter einer Wolke verschwunden, aber sie kannte den Weg. Der Hut auf ihrem Kopf verbarg ihr blondes Haar. Sie trug die Kniehose und die Jacke ihres Cousins in der Hoffnung, dass man sie nicht erkannte, sollte sie tatsächlich gesehen werden.

Verborgen hinter einem Baum, zog sie ihre Schuhe an

und eilte vorsichtig über den schlüpfrigen Pfad zu dem kleinen Boot am Ufer. Es war sehr viel leichter hineinzusteigen, wenn man eine Hose trug, auch Jacke und Hemd machten das Rudern um einiges angenehmer. Am anderen Ufer angekommen kletterte sie aus dem Boot und vertäute es. Über ihr schrie eine Eule. Alice erstarrte. Sie riskierte alles, aber dieses Wissen konnte sie nicht aufhalten, als sie den Weg zum Cottage einschlug. Sie stieß sich den Zeh an einer Baumwurzel an und blieb stehen. Was um alles in der Welt machte sie hier? Er hatte sie nicht eingeladen.

Eine Schwalbenfeder in einem Buch mit Shakespeare-Sonetten kam nicht gerade einer Aufforderung oder gar Einladung gleich. Sie holte tief Luft und ging weiter. Aus einem der Fenster des Boatman's Cottage fiel warmes gelbes Licht. Offenbar war er noch wach. Mit kleinen Schritten, um ja kein Geräusch zu machen, näherte sie sich der Scheibe. Eine Vielzahl von Emotionen schwappte über sie hinweg und kämpfte um die Oberhand: Furcht, freudige Erregung und etwas, was sie nicht benennen konnte. Sie sah ihn am Feuer sitzen und lesen. Sehnsucht, Verlangen, Begierde. Eine Weile verharrte sie reglos und nahm seine Schönheit in sich auf. Könnte sie malen, würde sie ihn mit ebendiesen Schatten auf den Wangen und unter den Augen auf die Leinwand bannen. Er schaute auf. Ihre Blicke begegneten sich. Sie musterten einander stumm, bis sie schließlich den Hut von den Haaren zog und er aufstand und zur Tür ging.

Er nahm ihre Hand und führte sie ins Cottage, während er ihr mit der anderen über die Wangen und den Nacken strich. Dann schloss er die Tür und zog sie in seine Arme. »Mylady«, sagte er, bevor er sie küsste, und seine Finger mit ihrem Haar verflocht.

Als er den Kopf hob, zog sie ihn zu sich heran und erwiderte seinen Kuss, drückte sich an ihn. Er streifte ihr die Jacke ab, und das Hemd, das sie trug, öffnete sich und entblößte ihre Brüste.

Er stöhnte leise auf, hob sie auf seine Arme und trug sie durch die Küche und die Treppe hinauf. Oben angekommen wandte er sich nach rechts, betrat ein kleines Zimmer und ließ sich mit ihr aufs Bett sinken. »Du bist so schön«, stieß er atemlos hervor. Sie nahm seine Hand und legte sie auf ihre nackte Taille.

»Bist du sicher, dass du das möchtest?«, fragte er.

»Ja.« Sie schaute in seine Augen. War sich so sicher, wie sie sich noch nie im Leben einer Sache sicher gewesen war. Sie küsste ihn und zog ihn an sich.

»Eine Schwalbenfeder, Sonett 29«, sagte sie und drehte sich auf die Seite.

»Du bist zu mir gekommen.« Er fuhr mit den Fingerspitzen die Linie ihres Halses nach.

»Ja.« Sie nahm seine Finger und küsste jeden einzelnen. »Wusstest du, dass ich kommen würde?«

»Ich hatte es gehofft.« Er drückte die Lippen auf ihr Schlüsselbein.

»Wir müssen vorsichtig sein.« Sie setzte sich auf und zog die Bettdecke über ihren nackten Körper. Woher diese Scham rührte, obwohl er doch gerade eben jeden Zentimeter ihrer Haut geküsst hatte, wusste sie nicht, doch nun verspürte sie das Bedürfnis, sich zu verstecken.

Er stand auf, sein wohlgeformter nackter Körper schimmerte im Kerzenlicht. Gesicht, Nacken und Arme waren von der Sonne gebräunt, während der Rest seiner Haut fast weiß glänzte. Eine Begierde, die sie nicht erklären konnte, erfüllte sie. Sie war eine gänzlich andere Person als die, die vorhin durch die Tür dieses kleinen Hauses geschritten war. An der Wand hing ein alter Spiegel. Er sah aus, als stammte er aus dem Haupthaus. Vermutlich war er nur hier gelandet, weil der Rahmen an ein, zwei Stellen angeschlagen war. Sie stand auf, eingehüllt in die Bettdecke, trat davor und schaute hinein. Er stand neben ihr, Frau und Mann. Trotz des schmerzhaften Verlangens in ihrem Innern fühlte sie sich auf seltsame Art vollkommen.

Er lachte. »Bist du ein Geist oder einfach nur eine Erscheinung?« Er zog sie in seine Arme. Die Decke zwischen ihnen konnte seine Erregung nicht verbergen.

»Weder noch.« Sie holte tief Luft und drückte ihre Hüfte an seine. »Ich bin eine Frau.«

»Ja, Mylady«, wisperte er und knabberte an ihrem Ohrläppchen.

»Nenn mich nicht so, nicht nachdem … nachdem …« Sein Mund glitt ihren Nacken hinunter. Es fiel ihr schwer, an etwas anderes zu denken als an ihn.

»Wie sollte ich dich anders nennen als Mylady?«, fragte er und nahm ihr die Decke aus den Händen.

Sie schloss die Augen, als er ihre Brust berührte und mit dem Daumen über die harte Spitze strich.

»Nein, das öffnet eine Kluft zwischen uns«, stieß sie angestrengt hervor.

Er legte eine Hand auf ihr Herz. »Du bist die Dame meines Herzens, meine Lady, und nun auch die meiner Seele.«

»Dann nenn mich bei meinem Namen«, wisperte sie.

Er schüttelte den Kopf.

»Bitte, ich kann nicht mit dir zusammen sein, wenn mein

Titel zwischen uns steht.« Ihre Hände streichelten seine Taille.

Er umschloss ihr Gesicht mit den Händen. »Wie du wünschst. Dann werde ich dich Ali nennen.«

Sie lächelte. Genauso hatte ihr Vater sie genannt. Sie hatte diesen Namen seit Jahren nicht mehr gehört.

»Und wie wirst du mich nennen?«, fragte er.

»Für mich bist du ›mein Geliebter‹.« Sie nahm seine Hand und führte ihn zum Bett.

»Das bin ich.« Ein Lächeln trat auf seine Lippen.

»Mein Herz.« Sie zog ihn auf sich.

Er strich ihr die Haare aus dem Gesicht. »Ich hoffe, das bin ich.«

»Mein Alles.« Mehr konnte sie nicht sagen, denn er küsste sie. Als er innehielt, hauchte sie: »Zach, wie …«

»Ich habe keine Ahnung, aber irgendwie werden wir es schaffen.« Er streichelte ihr Schlüsselbein. »Doch nun müssen wir dich erst einmal sicher ins Haus zurückschmuggeln, bevor irgendwer merkt, dass du verschwunden bist.«

Sie seufzte. Er hatte recht, aber sie wollte nichts anderes, als die Nacht und den Rest ihres Lebens in seinen Armen zu verbringen. Es musste eine Möglichkeit geben. Er nahm ihre Hand, zog sie aus dem Bett und reichte ihr die Kniehose, dann half er ihr, sich anzukleiden, schob ihre Arme in die Ärmel und knöpfte das Hemd über ihrer Brust zu. Sie konnte kaum atmen vor Verlangen, als er das Hemd in ihren Hosenbund steckte. Seine Finger liebkosten ihre Haut, und als sie endlich fertig angekleidet war, führte er sie die Treppe hinunter. Die Küche war dunkel, doch neben dem Sessel, in dem er vor wenigen Stunden gesessen hatte, brannte noch die Öllampe. Er nahm die Jacke und half ihr hinein, dann hob er ihre Haare hoch und steckte sie unter den Hut. So war sie perfekt verkleidet.

»Du gibst einen ausgesprochen hübschen Jungen ab«, wisperte er ihr ins Ohr, das er anschließend küsste. »Aber ich weiß es besser.« Seine Hand schlüpfte in ihre Jacke und unter das Hemd und berührte ihre Brüste.

Sie schluckte. »Das macht mir den Abschied nicht leichter.«

»Nicht?« Ein Lächeln umspielte seine Lippen, als er ihre Hand nahm und sie hinaus in die schwarze Nacht führte. Die Luft war jetzt kühler, der Geruch der Bäume intensiver, nun, da das Holzfeuer im Cottage erloschen war.

»Morgen am Strand von Black Rock«, flüsterte sie und versuchte, in der Dunkelheit sein Gesicht zu erkennen.

Am Anleger blieben sie stehen und warfen einen Blick zum klaren Himmel. Der Mond war hinter dem Horizont verschwunden, Sterne blinkten. Noch nie hatte Alice eine so wundervolle Nacht erlebt.

»Ich werde um zehn Uhr dort sein.« Er küsste sie innig, dann half er ihr ins Boot, löste die Leine und warf sie ihr zu. Sie legte sich in die Ruder und spürte eine tiefe Traurigkeit in sich aufsteigen. Weil sie wusste, dass er dort stand, konnte sie seine Silhouette am Ufer ausmachen, die mit jedem Ruderschlag kleiner wurde. Als sie das Boot auf der anderen Seite sicherte, stand er immer noch da. Die Entfernung zwischen Devon und Cornwall war ihr nie so groß vorgekommen wie in diesem Moment.

Sie winkte, dann lief sie aufs Haus zu, sich stets im Schatten der Bäume haltend, um nicht entdeckt zu werden. Am Horizont war bereits ein feiner Lichtstreif zu sehen. Es war später, als sie gedacht hatte.

Teil Drei

»Ich könnte euch mein Abenteuer von heute früh an erzählen«, sagte Alice ein wenig verschämt, »aber bis gestern zurückzugehen wäre unnütz, denn da war ich jemand ganz anderes.«

Alice im Wunderland, Lewis Carroll

Fall Nr. 752
Status: offen
1. Juli 2019

William Bowmans Familie konnte ausfindig gemacht und eine DNA-Probe angefordert werden. Weitere Ermittlungen haben ergeben, dass Sergeant Bowman auf die Suche nach Captain St Loy geschickt wurde und nie zurückkehrte.

DNA stimmte nicht mit dem Neffen von Zachariah Carne überein.

Kapitel 24

2019

Die Fenster waren weit geöffnet, die Luft schwer von der Hitze des Tages. Theo arrangierte Hortensien mit weißen Japan-Anemonen und orangefarbenen Gartenmontbretien auf dem Tisch. In einer halben Stunde würden Jeanette, Hugo und Gayle zum Dinner kommen. Ihre erste richtige Einladung, seit sie in das Boatman's Cottage eingezogen war. Endlich war es möglich, Gäste zu empfangen – der Elektriker hatte seine Arbeiten abgeschlossen, der Boiler war installiert, genau wie die Fußbodenheizung. Was sie Grannie zu verdanken hatte. Die Erbschaft hatte ihr Leben verändert, und sowohl für sie als auch für das Cottage sah es nun sehr viel besser aus.

Alles war bereit, einschließlich der großen Forelle, fangfrisch aus dem Tamar. Leider hatte nicht sie sie gefangen, sondern einer der Hotelgäste, dem es nicht gelungen war, sie rechtzeitig wieder freizulassen. Der Gast hatte sie nicht essen wollen, weshalb Theo die glückliche Nutznießerin war, als sie am Ufer den Flussmeister getroffen hatte.

Heute Nachmittag hatte sie einen grünen Bohnensalat mit Chili und Knoblauch vorbereitet und anschließend die Forelle in Weißwein gedünstet. Außerdem gab es Erdbeeren aus der Region mit Clotted Cream, kornischer Clotted Cream, da sie hier in Cornwall waren. Man hatte ihr heute die Unterschiede zwischen der Clotted Cream aus Devon und der aus Cornwall erklärt. Farblich unterschiedlich, aber beides ausgesprochen köstlich. Genauso köstlich wie der Käse, den sie besorgt hatte. Die Auswahl war riesig gewesen, doch schließlich hatte sie sich für Helford Blue, kornischen Yarg – einen halbfesten Schnittkäse aus pasteurisierter Kuhmilch – und Vulscombe Ziegenkäse aus Devon entschieden.

Die Katze sprang auf die Anrichte. Sie musste sich noch immer an das Halsband mit dem Glöckchen gewöhnen, auf das Theo bestand, um die hiesige Spitzmaus- und Vogelpopulation zu verschonen. Zum Ausgleich verwöhnte sie ihr neues Haustier dreimal pro Woche mit sündhaft teurem Gourmetfutter. Allerdings schien die Forelle der Katze noch besser zu gefallen. Zweimal hatte Theo sie verteidigen müssen – gerade noch erfolgreich –, deshalb hatte sie sie jetzt mit einer dicken Schicht Alufolie umhüllt und unter zwei Trockentüchern versteckt.

Theo betrachtete die Blumen auf dem für vier Personen gedeckten Tisch, setzte sich und holte tief Luft. Das Wort, das ihr durch den Kopf schwirrte, war »Zuhause«. Ja, dieses Haus fühlte sich mittlerweile tatsächlich an wie ein Zuhause. Sie sah sich um. Ihr Blick fiel auf die Briefe auf dem Beistelltisch, die die Archivarin zurückgeschickt hatte. Sie hatte gezögert, sich erneut darin zu vertiefen. Vielleicht, weil ihr Bauchgefühl ihr sagte, dass die fragliche Dame möglicherweise ihre Urgroßmutter war. Es fühlte sich so an, als würde sie spionieren, anstatt einfach nur etwas über die Leute in Erfahrung bringen zu wollen, die im Boatman's

Cottage gelebt hatten. Allerdings wusste sie, dass Jeanette in diesen Dingen völlig unbekümmert war und sich die Briefe sicher gleich schnappen würde, wenn sie sie entdeckte. Jeanette hatte Lady Alice zu einer Art Heldin verklärt, und eine schnelle Suche bei Google hatte diese Einschätzung nicht mindern können.

Sie nahm den obersten Brief vom Stapel und bemerkte die rostbraunen Flecken darauf. Hoffentlich war es kein Blut, doch tief im Innern wusste sie, dass genau das der Fall war. Die armen Jungs und Männer waren durch die Hölle gegangen, und es klang so, als hätte Zach noch zusätzliche innere Qualen gelitten. Sie legte den Umschlag zurück und ging in die Küche, um nach den neuen Kartoffeln zu sehen.

»Hallo!« Hugo kam herein.

»Wow, Sie haben ja ordentliche Fortschritte gemacht.« Er bemerkte den Kühlschrank in der Ecke und den alten kornischen Herd, den sie hatte überholen lassen. Zusätzlich hatte Theo einen gebrauchten Herd angeschafft, der leichter zu bedienen war. Sie drehte sich um und betrachtete das Cottage mit seinen Augen. Als sie damals in den frühen Morgenstunden angekommen war, hatte es heruntergekommen und verfallen gewirkt. Jetzt war es heimelig und gemütlich, auch wenn sie noch viel Arbeit hineinstecken musste.

Hugo reichte ihr eine Flasche Champagner. Gayle kam herein und brachte ihr eine Topfpflanze mit.

»Ein Seidelbast?«, fragte Theo.

»Ja, ich durfte vor zwei Jahren in Penhale einen Steckling schneiden. Ich dachte, nachdem Sie die Bäume haben stutzen lassen, bekommt er jetzt genug Licht, um seine Schönheit zu entfalten. Und erst der Duft … ach, dieser Duft!«

Sie grinste. Theo bemerkte, wie sich Hugos Gesichtsausdruck veränderte. Irgendetwas war zwischen den beiden vorgefallen, da war sie sich ganz sicher. Sie haben sich ganz schön viel Zeit gelassen, dachte Theo. In vielerlei Hinsicht schienen der geschliffene Städter Hugo und die praktische veranlagte Freiluftfanatikerin Gayle zu verschieden zu sein, um zueinander zu passen, aber irgendwie funkte es zwischen ihnen, wie Theo ein wenig eifersüchtig feststellte. Nein, es war keine Eifersucht, die sie empfand, es war Wehmut. Sie dachte an Patrick und Paris. Auf lange Sicht hätte es niemals mit ihnen funktioniert, dennoch ging ihr die Frage »Was wäre gewesen, wenn?« nie ganz aus dem Kopf.

»Das ist perfekt«, sagte sie und schlenderte ins Wohnzimmer, wo sie auf Jeanette traf, die in einem Sessel Platz genommen hatte und las.

Als sie Theo erblickte, wedelte sie mit dem Brief und fragte: »Darf ich noch einen lesen?«

»Selbstverständlich, wenn Sie das ertragen können.« Theo legte ihr eine Hand auf die Schulter.

»Es ist ein wundervoller Abend. Sollen wir uns nicht nach draußen setzen?«, fragte Hugo.

Theo nickte, dann sagte sie: »Wenn Jeanette einverstanden ist, kann sie Ihnen ein Stück Geschichte von vor über hundert Jahren vorlesen.«

»Ich hole den Champagner!« Gayle flitzte in die Küche. Hugo folgte ihr. Theo sah, wie er kurz über ihre Hand strich, bevor er nach den Gläsern griff. Als sie nach draußen gingen, beugte sich Jeanette zu Theo und flüsterte: »Ich glaube, da hat ein Topf seinen Deckel gefunden.«

»So ernst?« Theo drehte sich um und sah die beiden aus dem Haus kommen.

»Ich habe die Anzeichen schon länger bemerkt.« Jeanette zwinkerte.

Von der frisch gerodeten Lichtung vor dem Cottage konnte man auf den Tamar blicken. Sie setzten sich auf zwei Bänke an einen langen schmalen Tisch. Theo war ganz besonders stolz auf diese Möbel, denn sie waren aus dem Holz ihrer Bäume angefertigt, und zwar von einem von Gayles Cousins. Und das Beste daran war, dass Theo ihm beim Entwurf und beim Bau hatte helfen dürfen.

Als Hugo den Korken knallen ließ und den Champagner einschenkte, zog Jeanette einen einzelnen Bogen Papier aus dem Briefumschlag und begann vorzulesen.

10. September 1917

Meine tiefgründige Lady,

als die Sonne heute Morgen aufging, spiegelte sich der blaue Himmel im Wasser. Ich drehte mich um, um Fred darauf aufmerksam zu machen, aber die Worte erstarben auf meinen Lippen. Denn es war nicht Fred, mit dem ich diese Schönheit teilen wollte, sondern Du. Wie hatte ich es wagen können zu träumen? Ich wusste von Anfang an, dass Du niemals die Meine sein könntest, und dennoch, dennoch habe ich geträumt. Als Du mich angeschaut hast, habe ich kein Arg gesehen, keine Lügen; ich habe eine Frau gesehen, die ich liebte. Ich, ein einfacher Mann, liebte Dich, eine einfache Frau. Du warst keine Lady, Du warst meine unbändige Flussnymphe voller Lachen und Liebe und Leidenschaft. Ich weiß nicht, was mich mehr verfolgt: Ist es der Verlust Deiner Berührungen, Deiner

Stimme, Deines Anblicks, Deiner Anwesenheit in meinem Leben, oder sind es Deine Worte? Deine Worte, die mich zu der Annahme ermutigten, ich wäre mehr. Ich könnte mehr sein.

Kann ich weiterhin so tun, als wären wir ohne diesen elenden Krieg gemeinsam geflohen, um uns ein neues Leben aufzubauen, Du und ich? Würden Deine tanzenden Augen jetzt auf mich herabblicken? Aber Du wärst schockiert über den Schmutz der Schützengräben, der sich nicht länger abwaschen lässt. Er ist mir unter die Haut gegangen und hat einen unauslöschlichen Stempel hinterlassen, genau wie Du. Ich habe versucht, Dich aus meinem Kopf, aus meinem Herzen, aus meiner Seele zu verbannen, doch Du bleibst unverbrüchlich treu darin, auch wenn Du selbst nicht treu warst.

Dein Verrat verletzt mich so tief, dass mich mein eigenes Leben nicht länger kümmert. Die Vorstellung, dass er Dich in seinen Armen hält, geht mir durch und durch, wie die Kugeln, die die Leiber meiner Kameraden durchlöchern. Und in der Ferne sehe ich ihn, unseren adretten Offizier, der mit einem der Männer scherzt. Ich möchte ihn hassen, aber er ist ein guter Offizier, der nichts von uns verlangt, was er nicht selbst zu geben bereit wäre. Doch das Eine, was ich will, was ich brauche, gibt er mir nicht: Dich. Mein Gott, wie gern würde ich mir vormachen, Du wärst noch immer mein. Dass Du wieder die Meine wirst, sobald dieser Krieg vorbei ist. Aber Du bist verheiratet, und das darf ich niemals vergessen.

Z.

»Wow.« Gayle nahm den Briefumschlag und drehte ihn in den Händen. »Es steht keine Adresse darauf.«

»Langsam denke ich, er hatte nie vor, diese Briefe abzuschicken«, sagte Jeanette und trank einen Schluck Champagner. »Er war ganz offensichtlich ein sehr nachdenklicher, empfindsamer junger Mann.« Sie hielt kurz inne, dann fuhr sie fort: »Seine Sprache klingt beinahe poetisch.«

»Ich dachte beim Zuhören dasselbe.« Hugo nahm den Umschlag aus Gayles Händen und betrachtete ihn. »Diese grünen Umschläge wurden verwendet, wenn man nicht wollte, dass der unmittelbare Vorgesetzte den Brief zensierte.«

»Tatsächlich?« Gayle starrte ihn fasziniert an.

»Nun, wir dürfen nicht vergessen, dass viele der Männer aus ein und derselben Gegend stammten. Er wollte seiner Geliebten leidenschaftliche Dinge mitteilen, ohne dass sein Boss davon erfuhr.« Seine Stimme wurde leicht brüchig. Jeanette warf Theo einen wissenden Blick zu.

»Z.« Hugo berührte den Buchstaben unten auf der Seite. »Und Sie haben die Briefe hier gefunden?«

»Ja«, antwortete Theo und füllte die Gläser nach. »Ich denke, sie stammen von Zachariah Carne, der 1914 in Abbotswood als Gehilfe des Flussmeisters arbeitete.«

»Die Geliebte war definitiv Alice«, ließ Jeanette sich vernehmen.

Theo nickte.

Gayle beugte sich vor. »Sie greifen vor …«

Jeanette griff nach ihrem Glas. »Lady Alice – aller Wahrscheinlichkeit nach mit mir verwandt – ist definitiv Theos Urgroßmutter. Sie wurde nach Abbotswood geschickt, nachdem sie den König und die Königin wegen des Frauenwahlrechts kompromittiert hatte.«

»Wie wundervoll, dass in Abbotswood radikale Tendenzen zu finden waren.« Gayle grinste. »Und wie wundervoll, dass Sie Boatman's Cottage gekauft und diese Briefe gefunden haben.« Gayle hob ihr Glas. »Auf neue Freunde, ein altes Haus und eine verbotene Liebe.«

»Darauf trinke ich, vor allem auf die Freunde und die verbotene Liebe«, sagte Jeanette und stieß mit den anderen an.

Hugos Handy pingte. »Entschuldigung, da muss ich drangehen.« Er stand auf und trat ein Stück zur Seite. Theo bemerkte, dass ihm Gayles Blick folgte.

»Ich bin dabei, die zahllosen Papiere meiner Mutter durchzusehen, um herauszufinden, ob ich irgendwelche Informationen für Theo und ihren Bruder Martin finde.« Jeanettes Augen blitzten. »Haben Sie ihn schon kennengelernt, Gayle?«

Gayle schüttelte den Kopf.

»Er ist Priester, aber denken Sie nur an *Dornenvögel,* falls Sie die Geschichte kennen.«

»Oh, wie in *Fleabag.*«

Theo prustete in ihren Champagner. »Mein Bruder Martin ist ein Jesuitenpriester.«

»Oh, was gäbe ich darum, ein bisschen jünger zu sein und ihn von seinem frommen Weg abzubringen!« Jeanette strich über den Stiel ihres Champagnerglases.

Hugo kehrte zurück. »Entschuldigen Sie mich, ich muss los – Krisenbewältigung: Morgen findet eine Hochzeit statt.« Er nahm einen Schluck Champagner und fuhr fort: »Ich muss Sie erneut um einen großen Gefallen bitten, Theo.«

Sie nickte und sah ihn abwartend an.

»Karen ist in der Notaufnahme. Sie hat sich den Fuß gebrochen.«

»O nein.« Theo holte tief Luft. Sie wusste, was jetzt kam.

»Sie wird morgen operiert.«

»Selbstverständlich springe ich ein«, versicherte Theo ihm. »Ich bin mir sicher, es ist kein Problem, ihren Plan auszuführen.«

»Leider muss ich gleich aufbrechen. Die Braut hat anscheinend wegen irgendetwas einen Wutanfall.« Er schüttelte den Kopf. »Dabei weiß sie noch gar nichts von den Blumen.«

»Dann sagen Sie es ihr nicht.« Jeanette stand auf. »Das macht ohnehin alles nur schlimmer, und eine kleine Notlüge hat schon so manche Veranstaltung gerettet.«

»Das ist wohl wahr!« Er lachte. »Ich bitte nochmals um Verzeihung.« Er sah Theo an. »Sie haben sich so viel Mühe gegeben.«

»Kein Problem. Allerdings werde ich früh schlafen gehen müssen, wenn ich morgen für die Braut parat stehen soll.«

»Oh, Karen hat mir mitgeteilt, dass ihre Assistentin morgen früh um sieben mit den Blumen und dem Plan auf dem Platz vor dem Haupteingang wartet. Sie lässt Ihnen außerdem ganz herzlichen Dank ausrichten … auch wenn ihre Worte ein wenig verschliffen klangen, weil wohl gerade die Schmerzmittel zu wirken begannen.«

»Keine Sorge, es wird schon schiefgehen.« Theo stand auf. »Ab mit Ihnen, Hugo. Meine Damen, wir werden uns im Eiltempo durch das Menü arbeiten, damit ich um halb zehn aufgeräumt habe und im Bett verschwunden bin.«

»Jawohl, Ma'am.« Jeanette flitzte ins Cottage, Gayle folgte ihr, nicht ohne Hugo zuvor einen sehnsuchtsvollen Blick zuzuwerfen.

»Wilf soll das Boot zurückbringen, sobald ich drüben angekommen bin!«, rief er über die Schulter. »Ach, Theo, wollen Sie morgen früh selbst rüberrudern, oder soll ich ihn zu Ihnen schicken?«

Theo schaute über die Lichtung zum Ufer.

»Das wird nicht nötig sein. Es wäre nur schön, wenn Sie einen Kaffee für mich bereithalten würden«, sagte sie und wedelte mit der Hand, damit er endlich abzog. In ihrer Hosentasche vibrierte das Handy. Sie zog es heraus und wollte gerade drangehen, als sie sah, dass es ihre Mutter war. Sie ließ es klingeln. Sie würde sich nicht von ihrer Mutter die erste Einladung im Boatman's Cottage verderben lassen.

Kapitel 25

1914

Alice stand am Fenster. Das Kaminfeuer war heruntergebrannt. Bald würde die Sonne aufgehen. Es war Zeit, den Fluss zu überqueren. Sie wünschte sich von ganzem Herzen, sie könnte für immer hierbleiben. Bei dem Geräusch von Zachs leisen Schritten spannte sich Alice' Körper voller Vorfreude auf seine Liebkosungen an. Er stellte sich hinter sie, ohne sie zu berühren. Sie lehnte sich gegen seine nackte Brust. Durch das Leinenhemd, das sie trug, fühlte sich seine Haut anders an. Ihr Atem ging schneller. Die Scheibe vor ihr beschlug.

»Ich möchte bleiben«, sagte sie.

»Das ist auch mein Wunsch.« Er hob ihre Haare an und küsste ihren Nacken. Sie drückte ihre Hände gegen das Glas. Seine Küsse zogen sich vom Nacken über ihre Schulter. Das Leinenhemd rutschte hinab, und er strich mit der Hand über ihre nackte Haut und tastete nach ihrer Brust.

»Zach«, stieß sie hervor. Ihre Finger hinterließen eine Spur auf der beschlagenen Scheibe.

»Hmmm.« Er zog das Hemd aus der Kniehose und schob die andere Hand über ihre Pobacken.

»Das hilft mir nicht gerade beim Nachdenken.«

»Ich habe auch nicht versucht, dir beim Denken zu helfen, sondern beim Fühlen.« Er lachte. »Manchmal grübelst du zu viel.«

»Das tue ich …« Sie konnte weder denken noch sprechen, als seine Hand den Weg zwischen ihre Schenkel fand. Er drehte sie um, und sie schob die Hüfte vor, ihm entgegen. Er ließ sich auf die Knie fallen, zog ihre Hose herunter und liebkoste sie mit dem Mund an der Stelle, wo zuvor seine Finger gewesen waren.

Sie krallte haltsuchend die Finger in seine Schultern und biss sich auf die Lippe, um nicht laut aufzuschreien, bevor sie sich auf ihn sacken ließ und ihm die Freude schenkte, die er ihr gerade bereitet hatte. Anschließend lagen sie eng umschlungen auf dem Fußboden, sagten kein einziges Wort und warteten darauf, dass ihr Herzschlag zur normalen Geschwindigkeit zurückkehrte. Als draußen die ersten Vögel zu zwitschern begannen, stand Alice auf. Zach sammelte ihre Kleidung zusammen und half ihr, sich anzuziehen.

»Ich hasse es, dich zu verlassen.« Sie küsste seine Schulter, dann schaute sie aus dem Fenster. Es war noch dunkel. Sie schrieb ein A und ein Z in den Beschlag auf der Scheibe, dann drehte sie sich um. »Ich weiß, wie ich immer hier sein könnte.«

Er sah sie mit gefurchter Stirn an.

»Hast du ein scharfes Messer?«, fragte sie.

»Warum?«

»Lass uns unsere Initialen in das Glas ritzen.«

Er lächelte. »Du bist verrückt.«

»Schon möglich, aber so werden wir auf ewig in diesem Cottage vereint sein.«

Er ließ sie vor der Scheibe stehen und kehrte kurz darauf

mit einem Angelmesser zurück. Sie nahm es ihm aus der Hand und probierte es an der unteren Scheibe aus, um festzustellen, wie viel Kraft sie aufwenden musste. Zach stand dicht hinter ihr, als sie das A einritzte, dann griff er nach dem Messer und fügte ein in das A verschlungenes Z hinzu.

»A und Z, der erste und der letzte Buchstabe des Alphabets, Anfang und Ende.«

»Ich will nicht, dass es endet«, sagte er und küsste sie, »aber du musst jetzt gehen.«

Hastig zog sie ihre Jacke an und drückte den Hut auf ihren Kopf. Gemeinsam liefen sie zum Ufer, und sie ruderte im grauen Licht der Morgendämmerung über den Fluss.

Es war ein schöner Tag gewesen; sie hatten Freude gehabt beim Angeln und beim Liebesspiel noch viel mehr. Alice hatte etwa die Hälfte des Hanges zum Haus hinauf zurückgelegt, als sie Edmund auf dem Rasen stehen sah. Ihr Lächeln verschwand. Sie warf Zach einen verstohlenen Blick zu. Er hatte die Lippen zu einer schmalen Linie verkniffen. Noch wenige Augenblicke zuvor hatte er sie geküsst. Sie hatten den ersten Fang des Tages eingeholt, und Constance war mit ihrem neuen Netz unterwegs, also waren sie flussabwärts spaziert, bis sie sich sicher sein konnten, dass sie allein waren. Im Schutz des Waldes hatten sie sich geküsst und miteinander gelacht, dann hatte er sie geliebt, mit Farnwedeln als Kissen. Anschließend hatten sie dicke Scheiben Brot, belegt mit Käse, gegessen, und er hatte ihr aus dem Sonettbuch vorgelesen.

»Na, seid ihr endlich zurück, Schlingelchen?« Edmund trat zu ihnen, um sie zu begrüßen. »Hallo, Zach. Erfolgreich gewesen?« Er lächelte und hakte sich rechts und links bei ihnen ein. Gemeinsam kehrten sie zum Haus zurück. »Meine beiden Lieblingsmenschen.« Er sah sie nacheinander an und sagte: »Ich hoffe, du hast dir bloß einen Sonnenbrand eingefangen.« Er berührte Alice' Wange. »Du bist ziemlich rot.«

Sie tastete nach ihrem Gesicht. Die Haut fühlte sich gereizt an und brannte. Lag das tatsächlich an der Sonne, oder war es Zachs Bartschatten letzte Nacht geschuldet? Sie hatte es nicht gewagt, heute Morgen in den Spiegel zu schauen aus Angst, was sie erblicken würde. Offenbar war das falsch gewesen. Kein Wunder, dass Burton sie so seltsam angeblickt hatte. Sie hatte kaum die Kleidung ihres Cousins versteckt und war ins Bett gestiegen, als auch schon Susan in ihrem Zimmer erschienen war. Alice hatte bis kurz vor zehn geschlafen, dann war sie ohne Frühstück zum Fluss gelaufen, was der Butler mit stummer Missbilligung zur Kenntnis genommen hatte.

Vor der großen Eingangstür angekommen ließ Edmund Zachs Arm los. »Ich fahre bald wieder nach Penhale. Soll ich dir irgendetwas von dort mitbringen?«

Zach schüttelte den Kopf und machte sich auf den Weg ums Haus herum. Edmund geleitete Alice in den Salon, wo der Tee auf sie wartete, genau wie Nanny und Constance.

»Ist das nicht eine wundervolle Überraschung?« Nanny lächelte sie strahlend an.

»Aber ja!« Alice zwang sich zu einem Lächeln. Constance sah von ihrem Skizzenbuch auf und warf Alice einen prüfenden Blick zu, aber sie sagte nichts, als Alice sich Nanny gegenübersetzte.

Alice war froh darüber. Wenn Edmund recht hatte und ihre Haut tatsächlich gerötet war, wollte sie sich nur ungern einer näheren Betrachtung unterziehen. Sie griff nach der ihr angebotenen Teetasse und trank durstig, während sie in die Gesichter von Nanny, Edmund und Constance blickte. Ihre Gedanken rasten. Früher hätte sie behauptet, sie wären alle auf ihrer Seite, nun schien sie sich nur noch auf Zach verlassen zu können. Sie hatten sich für heute Nacht verabredet, genau wie in den meisten Nächten zuvor. Mit einem Lächeln auf den Lippen dachte sie daran, wie sie ihre Initialen in die Scheibe im Boatman's Cottage geritzt hatten. Leichtsinnig, aber die beiden ineinander verschlungenen Buchstaben dort zu sehen machte es irgendwie realer – beständiger.

»Was gibt es Neues, Edmund? Der *Tatler* und die *Sphere* sind ja hier beinahe unsere einzigen Informationsquellen.« Nanny verstummte und hustete. Alice kniff die Augen zusammen.

»Hast du die Sache von deiner Cousine Isabelle gehört?«, fragte Edmund, an Alice gewandt.

Sie schüttelte den Kopf.

»Sie wird Viscount Barnes heiraten.«

Alice strahlte. »Das freut mich für sie.«

»Außerdem wird es dich erleichtern zu erfahren, dass Cleveland Martha Mayhew, die amerikanische Erbin, zur Frau nehmen wird.«

»Nun, das ist schade«, sagte Nanny.

»Ich hätte ihn ohnehin nicht genommen.« Alice stellte Tasse und Untertasse ab.

Nanny warf ihr einen Blick zu. »Du kannst diese Dinge nicht entscheiden. Deine Mutter und dein Onkel haben sich alle Mühe gegeben, ihn dazu zu bringen, dass er noch einmal um deine Hand anhält.«

Alice setzte sich aufrecht.

»Du siehst ziemlich blass aus«, stellte Edmund fest.

»Ja, mir wird ganz elend bei der Vorstellung, dass ich an den alten Blödmann verschachert werden sollte!«

»Alice!« Nanny stellte ihre Tasse mit mehr Nachdruck ab als nötig. Das Porzellan klirrte.

Alice verkrampfte die Hände in ihrem Schoß. »Ich bin kein Eigentum, das man kaufen und verkaufen kann.« Sie stand auf, warf Nanny einen erbosten Blick zu und verließ das Zimmer. Im Vestibül blieb sie stehen, dann stürmte sie aus dem Haus. Sie ertrug es keinen Moment länger, in diesen Wänden zu sein. Sie standen für alles, was sie nicht wollte: Macht, Status und Unterdrückung: *ihre* Unterdrückung.

Ihr Bedürfnis zu fliehen war überwältigend. Aber wie? Sie sah Zach in Richtung Fischteiche gehen. Das Einzige, dessen sie sich sicher war, war Zach, und er war das Einzige, was sie ihr niemals zugestehen würden. Sie würde einen Weg finden müssen, um es dennoch zu bekommen.

Fertig gekleidet fürs Abendessen stand sie an der Tür zur Bibliothek und lauschte. Edmund plauderte mit Nanny.

»Ja, ich kann ein paar Tage bleiben, ich habe es nicht eilig«, sagte er.

»Gut, es ist Ihnen schon immer gelungen, zu ihr durchzudringen, wenn jeder andere gescheitert ist«, erwiderte Nanny.

»Sie ist wundervoll, eine einzige Freude, und so eigensinnig … genau das macht ihren Charme aus.« Edmund lachte leise.

»Das mag ja sein, aber sie muss einsehen, dass sie ihre Pflicht erfüllen muss.« Nannys Stimme wurde lauter.

Alice wollte nichts mehr hören. Lächelnd betrat sie das

Zimmer. Sie hatte sich Mühe gegeben mit ihrem Äußeren, was Nanny gefallen würde. An ihrem Hals schimmerte eine Perlenkette mit einer großen Diamantschließe, Diamantspangen glitzerten in ihren Haaren. Sie hatte sich für ein blaugraues Kleid entschieden, das die Farbe ihrer Augen betonte. Rein äußerlich war sie der Inbegriff einer Dame ihres Standes, nicht eine Frau, die sich als Junge verkleidete, wie sie es später tun würde. Später – das bedeutete Zach und Freiheit im Cottage.

»Du bist schön wie immer, Schlingelchen.« Edmund verneigte sich. Schon vor Jahren hatte er ihr diesen Spitznamen gegeben. Sie hatte ihn nach dem Grund gefragt, und er hatte behauptet, er habe ihn deshalb gewählt, weil sie kein gewöhnliches Mädchen sei, denn sie könne schießen, angeln, klettern, reiten und laufen wie ein Junge – ein echter Schlingel. Nichts von dem traf noch zu. Sie hatte all diese Dinge verlernt, seit man ihr den Zugang dazu verwehrte, um eine echte Dame aus ihr zu machen, und nach dem Tod ihres Vaters hatte man sie nur noch mehr eingeschränkt. Mit ihm war auch Schlingelchen gestorben, doch Edmund rief immer wieder die Erinnerung an jene Zeiten in ihr wach.

»Stattlich wie immer«, gab sie zurück und musterte anerkennend den Schnitt seines Jacketts und der weißen Weste. Edmund war eine schlanke, elegante Erscheinung mit ruhigen, geschmeidigen Bewegungen. Er würde auf ihrer Seite sein, wenn sie sich ihm anvertraute. Er würde sie verstehen, das hatte er in der Vergangenheit immer getan. Aber sie durfte es ihm nicht erzählen. »Wird Constance sich zu uns gesellen?«

Nanny nickte. »Sie war in ein Buch über Schmetterlinge vertieft und hat darüber wohl die Zeit vergessen.«

Alice ließ sich von Burton ein Glas Sherry reichen.

»Ich sagte gerade zu Nanny, dass die Wetteraussichten gut sind, weshalb ich gern angeln gehen würde«, teilte Edmund ihr mit. »Ich habe vor, ein paar Tage zu bleiben.«

Alice holte tief Luft. »Wie schön! Ist denn das Angeln in Penhale um diese Jahreszeit nicht ertragreich?«

Edmund warf ihr einen überraschten Blick zu. »Das Wasser ist stärker von den Gezeitenwechseln betroffen.«

Sie zog die Augenbrauen hoch und hoffte, dass Nanny es nicht bemerkte. Zum Glück stürmte in diesem Moment Constance herein und kam schlitternd vor dem Kamin zum Stehen. Burton folgte ihr.

»Das Dinner ist vorbereitet«, verkündete der Butler. Edmund half Nanny auf. Sie hustete leicht. Alice war erleichtert, dass die Medikamente Wirkung zu zeigen schienen.

Als sie am Tisch Platz genommen hatten, lehnte Alice den Wein ab, den Burton plötzlich so großzügig ausschenkte. Sie musste einen klaren Kopf für später behalten.

»Constance sagt, Sie haben kurz vor dem Lunch einen Fisch gefangen.« Nanny sah von ihrer Suppe auf.

»Ja, eine ansehnliche Forelle.«

»Aber Sie haben doch noch weitergeangelt.« Ihr Blick wich nicht von Alice.

»Ich hatte ein paar weitere Fische am Haken, aber ich konnte sie nicht einholen.« Alice verschränkte fest ihre Hände im Schoß.

»Versteht der Flussmeister seine Arbeit nicht?« Nanny ließ den Löffel sinken. »Ich dachte, er sei auf Ihre Empfehlung hier, Lord Edmund.«

Alice krümmte die Zehen. »Das hat nichts mit den

Fähigkeiten des Flussmeisters zu tun, sondern ganz allein mit meinen eigenen und der Tatsache, dass die Fische um diese Jahreszeit besonders listig sind.«

»Ja, im Juli ist es definitiv herausfordernder, etwas zu fangen.« Edmund hob das Weinglas und sagte in die Runde: »Anständige Forellen wird es nur noch ungefähr eine Woche lang geben.«

»Ich nehme an, Sie werden sich in Kürze nach Schottland aufmachen?«, erkundigte sich Nanny und nahm einen Löffel Tomatensuppe, nicht ohne zuvor die Brunnenkresse zu entfernen.

Alice war überzeugt, dass die Suppe köstlich schmeckte. Auf dem Rückweg von ihrem Spaziergang hatte sie gesehen, wie die Dienstboten die Tomaten pflückten. Dank des guten Wetters waren die Früchte rot und saftig. Doch obwohl sie bereits den halben Teller geleert hatte, hatte sie im Grunde gar nichts geschmeckt.

»Ja, bald«, bestätigte Edmund.

Zerstreut lauschte Alice dem Gespräch zwischen Edmund und Nanny. Die Suppe wurde abgetragen, der Fang des Tages, die Forelle serviert. Als sie sie sah, musste Alice unweigerlich lächeln.

»Alice?« Nanny sah sie konsterniert an.

»Entschuldigung.« Alice beugte den Kopf über den Teller.

»Ich habe Ihnen eine Frage gestellt.« Nannys Stimme klang streng.

»Ich fürchte, ich war in Gedanken.« Alice schaute auf. »Die viele frische Luft hat mich ermüdet.« Sie täuschte ein verhaltenes Gähnen vor und schlug eilig die Hand vor den Mund. »Es tut mir leid.«

»Nun, Sie können sich nach dem Hauptgang zurückziehen. Ich hoffe, Sie haben eine angenehme Nachtruhe.« Nanny sah sie mit verengten Augen an.

»Ich freue mich aufs Angeln morgen, Schlingelchen.« Edmund lächelte Alice an. »Mittlerweile solltest du doch eine wahre Expertin sein.«

Alice räusperte sich. »Na ja, es gibt hier ja auch nicht viel anderes zu tun.«

»Du hast Fliegen gebunden«, ließ Constance sich vernehmen. Alle Blicke richteten sich auf sie. »Ja, Alice und der Flussmeister haben die Fliegen selbst gefertigt.«

Edmund hob die Brauen. »Ich hatte ganz vergessen, dass du das kannst. In dir schlummern unendlich viele Talente.« Seine Mundwinkel zuckten. »Nur beim Angeln eines Ehemanns hast du wohl kein so geschicktes Händchen.«

»Da bin ich ganz Ihrer Meinung«, pflichtete Nanny ihm bei. »Ist nicht Lord Buchan auf der Suche nach einer neuen Ehefrau?«

Alice hätte sich beinahe verschluckt. Lord Buchan besaß riesige Ländereien in den Highlands, aber er war fünfzig und hatte einen Schnauzbart. »Nein danke.« Sie wischte sich die Hände an der Serviette ab, dann stand sie auf. »Wenn Sie mich bitte entschuldigen. Ich fühle mich nicht ganz wohl.« Früher hatte sie den Wirbel um Schutz und Wachstum der Familie verstanden, doch mittlerweile sah sie keinen Sinn mehr darin. Es hatte sie zu einem Besitztum gemacht, zu einem wertlosen Besitztum, wenn sie nicht heiratete und eine gute Partie machte. »Etwas zu viel Sonne, fürchte ich.«

Nanny musterte sie. »Ich dachte mir gleich, dass Sie leicht verbrannt aussehen.« Sie schüttelte den Kopf. »Das ist nicht gut für Ihren Teint.«

Edmund erhob sich ebenfalls. »Ich werde deine Gesellschaft vermissen, Schlingelchen, aber wir sehen uns beim Frühstück.«

Alice nickte und zwang sich, das Speisezimmer gemessenen Schrittes zu verlassen. Jetzt hieß es abwarten.

Susan erwartete sie in ihrem Zimmer, die Hände gefaltet. »Mylady, Sie werden …« Sie zögerte und trat näher. »Werden Sie vorsichtig sein?«

Alice warf ihr einen Seitenblick zu. Susan wusste sehr wohl, dass Alice die Nächte nicht in ihrem eigenen Bett verbrachte, und sie sorgte dafür, dass Williams Kleidung sauber und gut versteckt war. Doch jetzt hatte sie sich zum ersten Mal dazu geäußert.

»Das werde ich, Susan.«

»Es könnte etwas passieren, und dann erfahren die Leute davon.«

»Danke, Susan. Ich werde achtgeben.«

Susan knickste und verschwand, und Alice blieb im Dunkeln sitzen und schmiedete Pläne.

Es war schon eins, als im Haus endlich alles still wurde. Edmund war eine Nachteule, aber Zach würde das wissen und verstehen, warum sie so spät kam. Der abnehmende Mond schien hell, als sie eilig über den Fluss ruderte. Sie durfte auf keinen Fall gesehen werden. Ihre größte Sorge galt dem Jäger, vor allem heute Nacht, da sie eine Tasche bei sich hatte, aber zu ihrer Erleichterung hatte es in letzter Zeit keine Gerüchte über Wilderer gegeben. Wenn sie Glück hatte, lag Evans in seinem Bett, anstatt Patrouille zu gehen. Außerdem wären Wilderer töricht, in der Nähe eines Hauses ihr Unwesen zu treiben, in dem gerade die Familie residierte.

Zach stand wartend an der Haustür. Noch bevor sie etwas sagen konnte, küsste er sie. Ein paar Minuten später löste er sich von ihr, zog sie ins Haus und schloss die Tür hinter ihnen. Nur der Schein der Flammen im Kamin erhellte den Raum. Auf dem Tisch standen zwei Gläser mit einer bernsteinfarbenen Flüssigkeit, daneben sah sie Brot und Fleisch. Mit einem Kloß im Hals trat sie an den Tisch. Es war so echt, so heimelig. Es war alles, was sie wollte. Ach, könnten sie hier doch nur zusammenleben! Es wäre einfach perfekt.

»Unser Mittagessen heute hat mir sehr gefallen.« Er folgte ihr. »Deshalb wollte ich gern eine weitere Mahlzeit mit dir genießen.« Seine Gedanken spiegelten ihre eigenen wider. Sie streichelte sein Gesicht und setzte sich auf den Stuhl, den er ihr zurechtrückte. Er hatte den Tisch vom Fenster weggeschoben, damit sie niemand von draußen sehen konnte.

Sie hob das Glas an die Nase und schnupperte. Die Flüssigkeit darin roch intensiv nach Alkohol und nach frischen Äpfeln.

»Cider Brandy.« Zach zuckte die Achseln. »Etwas anderes habe ich nicht. Ich hätte dir gern einen Wein angeboten.« Sein Blick schweifte zu Boden. Beinahe ohne nachzudenken, griff sie nach seiner Hand und verschränkte ihre Finger mit seinen, bevor sie das Glas an ihre Lippen hob. Sie wandte den Blick nicht von ihm ab, als sie das süße, brennende Getränk kostete.

»Es schmeckt wunderbar.« Sie fuhr sich mit der Zunge über die Unterlippe, um auch den letzten Tropfen aufzufangen. »Genau wie du.«

Er runzelte die Stirn.

»Raffiniert und doch ungekünstelt, frisch und süß und köstlich.« Sie lachte.

»Das ist ziemlich poetisch«, sagte er.

»Du bringst mich nun mal dazu, so zu empfinden.« Sie nahm einen weiteren Schluck. »Bei dir bin ich frei, bei dir bin ich ich.«

»Wer bist du, Ali?«, fragte er.

»Ich … ich weiß es nicht.« Sie stand auf.

»Du bist meine Lady.« Er lächelte.

»Nein, bitte sag das nicht.« Sie schüttelte den Kopf. »Ich habe heute schon genug davon gehört – Mylady hier, Mylady da –, außerdem habe ich einen Plan.«

»Einen Plan?« Er lehnte sich auf seinem Stuhl zurück.

»Ja, aber ich muss wissen, ob du mich liebst.« Sie griff über den Tisch nach seiner Hand.

Er umschloss ihre Finger. »Ja, von ganzem Herzen.«

»Gut, denn ohne dich kann ich das nicht tun.« Sie nahm einen weiteren Schluck Cider Brandy.

»Was tun?«, fragte er und stand auf, ohne ihre Hand loszulassen.

»Ich gehe.«

Er blickte sie entgeistert an. »Du willst Abbotswood verlassen?«

»Nicht nur Abbotswood, sondern England.« Sie verschränkte ihre Finger mit seinen. »Ich möchte England verlassen und an einen Ort gehen, an dem ich nicht Lady Alice Neville bin und du nicht mein Flussmeister, sondern mein gleichberechtigter Lebenspartner.«

»Du willst mich heiraten?« Er trat näher.

»Du hast mich ja nicht gefragt.« Sie hielt den Atem an. Plötzlich spürte sie Furcht in sich aufsteigen.

Er sah sie einen langen Moment an, bevor er sagte: »Ich … ich hatte nie darauf zu hoffen gewagt.«

»Hoffe, bitte, hoffe!« Sie legte eine Hand auf sein Herz.

Er fiel vor ihr auf ein Knie. »Ich liebe dich schon so lange.« Er holte tief Luft. »Ich habe jede Nacht von dir geträumt, und in diesen Träumen habe ich dich geliebt.«

Sie beugte sich vor und küsste ihn. Wieso hatte sie ihn all die Jahre über nicht bemerkt? Sie war so blind gewesen.

»Als du mich geküsst hast, dachte ich, ich dürfte niemals mehr erwarten. Ich hätte auf der Stelle sterben können vor Glück.« Er nahm ihre Hände in seine. »Und dann bist du zu mir gekommen und hast dich mir aus freien Stücken geschenkt.« Er schüttelte den Kopf, seine Augen füllten sich mit Tränen. »Nun stehst du hier und legst mir alles zu Füßen.«

»Ja.«

»Ali, mein Herz, mein Traum, mein alles. Wirst du mir die Ehre erweisen und meine Frau werden?«, fragte er sie.

»Ja, ich will.« Sie zog ihn hoch und küsste ihn mit aller Liebe und Leidenschaft, dann sanken sie zusammen auf den Fußboden. Sie wollte ihn, jetzt, aber er hielt inne, strich ihr die Haare aus dem Gesicht und sagte: »Nicht hier, nicht auf dem Boden.«

»Warum nicht?« Kühle Luft füllte die schmale Lücke zwischen ihnen.

»Es soll perfekt sein, wenn ich zum ersten Mal mit meiner Verlobten schlafe.« Er nahm ihre Hand und führte sie wortlos ins Schlafzimmer, wo er die Tür hinter ihnen schloss. Dann führte er sie zum Spiegel, vor dem sie sich Seite an Seite aufstellten.

»Wir sind im Moment die Einzigen, die unser Eheversprechen bezeugen können«, sagte er.

Sie sah ihn an.

»Willst du meine Ehefrau werden?«

»Ich will. Willst du mein Ehemann werden?«

»Ich will.« Er trat vom Spiegel zurück und nahm ihr Gesicht in die Hände. »Danke dafür, dass du mich liebst.«

Sie lachte und fühlte sich freier als je zuvor in ihrem Leben. Er schob ihr das Hemd von den Schultern und trug sie ins Bett.

Als sie wieder nach unten gingen, hörte Alice die ersten Vögel, obwohl es noch immer dunkel war. Sie nahm sich ein Stück Brot, fühlte sich plötzlich wie ausgehungert.

»Wie sollen wir es anstellen?«, fragte er und fuhr sich mit den Fingern durch die Haare.

Sie griff nach ihrer Tasche, die an der Stuhllehne hing, und zog eine blaue Schatulle heraus. Er schaute von ihr zu der Schatulle.

»Die hier zählt zu den wenigen Dingen, die wirklich mir gehören.« Sie lächelte.

»Genau wie ich«, sagte er.

»Und dafür bin ich dankbar.« Sie küsste ihn und öffnete die Schatulle. Die Diamanten glitzerten im Licht des Kaminfeuers und warfen tanzende Regenbogen an die Wände. Er schnappte nach Luft. Seine Finger berührten das Diadem.

»Damit dürften die Schiffspassage und andere Kosten, die bei unserer Flucht entstehen, abgedeckt sein.«

»Es gehört dir?« Er strich vorsichtig über die Blätter. »Lorbeer?«

»Ja. Mein Großvater hat es für meine Großmutter anfertigen lassen, nachdem sie sein Herz gewonnen hatte.«

Er nickte.

»Wir müssen eine Möglichkeit finden, es zu verkaufen.«

Sie schloss die Schatulle. »Ich weiß, dass es in London entsprechende Orte gibt, aber vielleicht finden wir ja etwas in der Nähe …«

»Exeter«, sagte er.

»Ja. Exeter.« Sie straffte entschlossen die Schultern. »Bestimmt kann ich Nanny überreden, mit mir nach Exeter zu fahren.«

»Was ist mit den Papieren?«

»Das dürfte schwierig werden, aber auch da wird sich eine Lösung finden.«

»Möglicherweise …« Seine Stimme verklang.

»Ja?«

»Möglicherweise kenne ich jemanden, aber …« Er verstummte.

»Ich habe noch mehr Schmuck, den wir verkaufen können, sobald wir dort sind – wohin auch immer wir gehen.« Sie begegnete seinem Blick.

»Amerika«, sagte er.

»Ja, Amerika«, pflichte sie ihm bei.

»Der Westen.« Ein sehnsuchtsvolles Lächeln trat auf seine Lippen.

»Weit weg von hier und allen, die uns kennen.« Sie hielt inne und ging in Gedanken ihr Wissen über die Vereinigten Staaten durch. »In den Westen, in einen Bundesstaat, in dem Männer und Frauen das Wahlrecht haben. Vielleicht nach Kalifornien.«

»Meine Rebellin.«

»Ist es so falsch, nach Gleichheit zu streben?«, wollte sie wissen.

»Nein«, antwortete er.

Sie griff nach den Tellern, um sie abzuräumen.

»Lass nur.«

Sie schüttelte den Kopf. Sie stand kurz davor, ein neues Leben zu beginnen, das sich grundlegend von ihrem jetzigen unterschied. Es war Zeit, dass sie lernte, wie man ein solches Leben führte. »Nein, ich mache das schon.«

Er ging ihr voran in die Küche. Eine Öllampe stand auf der Fensterbank. Sie genügte, um den kleinen Raum mit dem Waschbecken, einem gusseisernen Herd und einer Anrichte mit einem Regal darunter zu erhellen. Die Küche war sauber und aufgeräumt. Die Pfanne stand bereits gespült auf dem Abtropfbrett. Alice ging zur Spüle und drehte den Wasserhahn auf. Als das Becken mit kaltem Wasser gefüllt war, wusch sie die Teller ab. »Kleine Schritte«, sagte sie.

»Du hast noch nie im Leben etwas gewaschen, sogar dich selbst nicht.« Er küsste ihren Nacken, um seinen Worten die Schärfe zu nehmen. Sie hatte sich auch nie selbst angekleidet, außer für diese mitternächtlichen Exkursionen.

»Willst du mein Lehrer sein?«, fragte sie und drehte sich in seinen Armen um.

»Mit Vergnügen, aber nur wenn …« Seine Stimme verklang.

»Wenn was?« Sie versuchte, seinen Gesichtsausdruck zu deuten.

»Wenn ich dich zuvor baden darf.«

Begierde wallte in ihr auf. Sie stellte sich ihn mit ihr im Wasser vor, küsste ihn voller Leidenschaft und drängte sich an ihn. »Ja.«

Das lauter werdende Vogelgezwitscher vor dem Küchenfenster ließ sie auseinanderfahren. Sie war zu lange geblieben. Zusammen rannten sie zum Steg, wo sie ins Boot sprang, das er kraftvoll in die Strömung stieß.

Kapitel 26

Gähnend machte sich Alice zusammen mit Edmund auf den Weg zum Fluss, wobei sie sich alle Mühe gab, aufmerksam zu sein. Constance bildete das Schlusslicht.

»Schlecht geschlafen?«, fragte Edmund.

»Das würde sie gewiss mit Ja beantworten, hätte sie einen Blick in die Zeitungen geworfen«, antwortete Constance an Alice' Stelle und beeilte sich, zu den beiden aufzuschließen.

»Warum?« Alice unterdrückte ein weiteres Gähnen.

»Interessierst du dich eigentlich für irgendetwas anderes als für dich selbst und deine Angelei?« Constance blieb stehen und stemmte die Hände in die Hüften.

»Es wird Krieg geben.« Edmund zog an seiner Zigarette und inhalierte tief.

»Ich glaube nicht, dass es so weit kommt.« Alice hatte die Zeitungen in den vergangenen Tagen fast immer durchgeblättert. Seit dieser Erzherzog und seine Ehefrau ermordet worden waren, liefen die Dinge mehr und mehr aus dem Ruder, aber sie vertraute darauf, dass eine friedliche Lösung gefunden wurde. Niemand brauchte Krieg.

»Ich wünschte, ich würde deine Zuversicht teilen, aber ich bin mir sicher, dass es einen kurzen, erbitterten Krieg geben wird«, sagte er, ließ seine Zigarette auf den Weg fallen und trat sie mit der Stiefelspitze aus.

»Das hoffe ich, Lord Edmund.« Constance überholte die beiden und ging rückwärts vor ihnen her. »Doch sind Kriege jemals so, wie die Leute behaupten?«

»Weise Worte für einen so jungen Menschen wie Sie.« Edmund lächelte Constance an. »Ihnen entgeht scheinbar gar nichts, nicht einmal die Obskuritäten der Außenpolitik.«

Zach stand wartend am Flussufer. Alice blickte unauffällig zur Seite. Jede Faser ihres Körpers sehnte sich nach ihm, aber sie durfte ihn nicht verraten, sie beide, ihren Plan.

»Guten Morgen, Zachariah.« Edmund klopfte Zach jovial auf den Rücken. »Sieht der Fluss vielversprechend aus an diesem herrlichen Morgen?« Edmund warf einen Blick in den strahlend blauen Himmel.

»Der Wasserstand ist etwas niedrig, aber beim Flussbecken habe ich Forellen aufsteigen sehen.«

»Hervorragend. Gehst du voran?«

Schweißtropfen rannen über Alice' Rücken, als sie durch die Hitze des späten Vormittags schlenderten. Edmund bat um Erlaubnis, sein Plastron lösen zu dürfen, und ermunterte Zach, das Gleiche zu tun. Das klare Wasser neben ihnen wirkte einladend, aber sie alle trugen bei der drückenden Hitze ihre beengende Kleidung. Das Flussbecken glitzerte und spiegelte das Blau des Himmels und das Grün der am Ufer stehenden Bäume wider. Weit und breit war nicht ein kleines schattenspendendes Wölkchen zu sehen.

»Ich werde mich dort drüben hinsetzen.« Constance deutete auf eine alte Eiche. Für einen kurzen Moment war Alice neidisch. Wären sie und Zach allein, könnten sie ans gegenüberliegende Ufer fliehen und sich im Schatten der Bäume ausruhen, doch stattdessen stand sie hier in der prallen Sonne und starrte auf den Fluss, während Zach ihre Angelruten bereit machte. An ihrer befestigte er eine Fliege, die sie gemeinsam gebastelt und die er für sie fertiggestellt hatte. Er bemerkte ihren Blick und lächelte kurz. Das war wichtig. Alles musste so sein wie immer, damit niemand Verdacht schöpfte.

»Da drüben«, flüsterte Edmund und deutete mit dem Finger auf eine Stelle im Wasser. Forellen. Zach verteilte die Ausrüstung, den Blick aufs Wasser geheftet. Es war so klar, dass Alice die Steine am Flussufer zählen konnte, doch sie warf die Angelschnur ungefähr in die Mitte des Beckens, auf die kornische Seite. Ihre Fliege tanzte über einer aufsteigenden Forelle auf dem Wasser, aber die schnappte eine Mücke ganz in der Nähe. Die Fische waren wachsam, und sie wollte schon aufgeben, als einer auf den Köder anbiss. Nun musste sie ihn nur noch an Land ziehen.

Zach stand dicht neben ihr, sein Atem mischte sich mit ihrem, als sie anfingen, die Forelle einzuholen. Je näher sie ans Ufer kam, desto mehr wehrte sich die Forelle. Alice besann sich auf das, was Zach und ihr Vater ihr beigebracht hatten, und kurz darauf gelang es Zach, den Fisch mit dem Netz einzufangen und aus dem Wasser zu ziehen. Er grinste. Ihre Blicke begegneten sich, dann brach Edmunds muntere Stimme den Zauber zwischen ihnen: »Gut gemacht, Schlingelchen. Du scheinst deine Zeit hier am Fluss gut genutzt zu haben!« Seine Augen schweiften von Alice zu Zach, dann drehte er sich zu Constance um, die mit einem Buch im Schatten der alten Eiche saß. »Alice hat den ersten Fang gemacht! Sind Sie sicher, dass Sie nicht mitmachen wollen, Lady Constance?«

Sie schüttelte den Kopf, ohne von der Lektüre aufzusehen.

Zach deutete auf die andere Seite des Flusses, Edmund

nickte und warf die Angel aus. Zach trat einen Schritt zurück und sah zu, wie die Fliege auf dem Wasser landete. Eine Forelle durchbrach die Oberfläche und schnappte eine richtige Fliege. Edmund holte die Schnur ein und warf sie erneut aus.

Alice' Finger spielten mit der Feder ihrer Fliege. Sie war leicht beschädigt. Vielleicht sollte sie eine andere benutzen. Diese hier musste erst repariert werden, wollte sie damit eine weitere Forelle fangen.

Sie nahm eine andere Fliege aus ihrem Korb. Als sie sie zwischen den Fingern drehte, stellte sie fest, dass es eine von denen war, die ihr Vater gebunden hatte. Alice brachte es nicht übers Herz, sie zu benutzen, zählte sie doch zu den wenigen Dingen, die sie von ihm besaß. Der rote Buchrücken des Sonettbands fing das Licht der Sonne ein. Sie würde auch das behalten und nicht in die Bibliothek zurückstellen. Ihre Finger strichen über den Einband. Sie dachte an ihr Diadem, das sie gestern Nacht im Cottage gelassen hatte. Zach würde es gut versteckt haben, davon war sie überzeugt. Sollte man es bei ihm finden, würde er verhaftet werden. Es war nachlässig von ihr gewesen, dass sie das nicht bedacht hatte. Sie musste so rasch wie möglich mit ihm darüber reden.

Nachdenklich wählte sie eine andere Fliege aus und verstaute die beschädigte in ihrem Korb, dann wandte sie sich wieder den Männern zu. Sie arbeiteten schweigend zusammen, und es schien beinahe so, als würde Zach Edmunds Handlungen voraussehen. Seine Familie war seit Jahrzehnten bei den St Loys beschäftigt, kein Wunder, dass zwischen den beiden ein enges Band bestand. Bald hatten sie eine weitere Forelle gefangen.

»Gut gemacht«, lobte sie die zwei grinsend. Es wäre einfacher, auf der anderen Seite des Flusses die Angel auszuwerfen. Sie wollte gerade einen entsprechenden Vorschlag machen, als die Schuppen einer Forelle im Sonnenlicht glitzerten. Ohne nachzudenken, warf sie mit einer flüssigen Bewegung die Angel aus. Die Fliege landete direkt über dem Fisch. Er schnappte danach, und Sekunden später kämpfte sie darum, die Forelle einzuholen, ohne dass sie ihr vom Haken ging, doch diesmal schien der Fisch den Kampf zu gewinnen. Er war älter und stärker als die anderen, und sie war sich beinahe sicher, dass er ihr entwischen würde. Zach trat blitzschnell hinter sie, schlang die Arme um sie und gab ihr und der Angel Halt. Zusammen zogen sie die Forelle ans Ufer. Edmund brachte das Netz. Zach trat zurück und nahm es ihm ab, dann bückte er sich, während Edmund Alice an der Taille festhielt. So bewahrte sie Standsicherheit und konnte ihren Fang dennoch selbstständig an Land ziehen.

Als sie es geschafft hatte, ließ Edmund sie los und flüsterte ihr ins Ohr: »Gut gemacht, Schlingelchen. Sei vorsichtig, dass du dich nicht übernimmst.«

Alice schauderte.

»Ich brauche etwas zu essen!«, rief Constance und spähte in den Korb, in dem jetzt drei Forellen lagen. »Alles, nur keinen Fisch!«

»Das ist eine gute Idee«, pflichtete Edmund ihr bei und warf einen Blick in den Himmel. »Dann könnte ich mich auch ein wenig frisch machen. Ich denke, wir alle können eine Abkühlung gebrauchen.« Er sah erst Zach an, dann Alice.

Alice hatte keinen Hunger, aber ihr war schrecklich heiß.

Jetzt im Speisezimmer Platz zu nehmen und sich von Burton etwas zu essen bringen zu lassen war das Letzte, wonach ihr im Augenblick der Sinn stand. Nein, sie wollte Käse und Brot und Liebe.

»Die Forellen steigen noch immer, und ich würde gern noch ein wenig bleiben, vorausgesetzt, du vermisst meine Gesellschaft nicht allzu sehr.« Sie schenkte Edmund ihr charmantestes Lächeln.

»Ich kann den Reiz des Angelns nachvollziehen«, sagte er und fasste Constance' Arm. »Aber vergiss nicht: Es ist nur eine Jagd.« Damit traten sie den Rückweg zum Haus an.

Alice sah ihnen nach, die Augen zu schmalen Schlitzen verengt. Constance plauderte, und Edmund nickte. Zweifelsohne wurde er soeben über die Feinheiten der Schmetterlingspaarung in Kenntnis gesetzt.

Als sie außer Sichtweite waren, drehte sie sich zu Zach um. »Sollen wir auf die andere Seite übersetzen?«

Lächelnd sammelte er die Ausrüstung zusammen. Sie gingen ein Stück weit flussaufwärts, bis sie zu einem Boot kamen. Dort ließen sie die Angelausrüstung unter einem Baum am Ufer in Devon zurück, und Zach ruderte sie hinüber in den kühlen Schatten des bewaldeten Ufers von Cornwall. Als sie sicher waren, dass niemand sie sehen konnte, zog Alice ihn an sich. Es war ihr eine Qual gewesen, ihn den ganzen Morgen über so dicht bei sich zu haben, ohne ihn berühren oder küssen, geschweige denn lieben zu können.

Seine Leidenschaft traf auf ihre. Es dauerte nicht lange, und er hatte ihre Röcke hochgeschoben und war in ihr, ihren Rücken gegen einen Baumstamm gedrückt. Sie kam zum Höhepunkt, und er folgte kurz darauf. Stöhnend sackten sie auf den Waldboden, lagen zusammen zwischen den Farnen. Sie hörte das Pochen ihres Herzens, den Fluss und die Vögel über ihnen. Ihre Finger verschränkten sich. Seite an Seite lagen sie da und warteten darauf, dass sich ihr Herzschlag wieder normalisierte, genau wie der Überschwang ihrer Gefühle.

»Zach?«

»Hm?« Er rollte sich auf die Seite und strich mit der Fingerspitze über ihr Ohr und ihren Nacken, dann legte er die Hand auf ihre bebende Brust.

»Das war kein Traum letzte Nacht, oder?«, fragte sie ihn.

»Nein, ich denke nicht«, erwiderte er.

Sie schloss für einen Moment die Augen. »Ich liebe dich.«

»Ich liebe dich, Mylady.«

Sie schürzte die Lippen, doch dann lächelte sie. »Oh, das Diadem, ich habe es bei dir vergessen.«

»Ich weiß.« Seine Hand glitt tiefer zu ihrer Taille. »Ich habe es in der Nähe des Cottage vergraben.«

»Ist es dort sicher?«

»Ja. Ich würde doch niemals unsere Freiheit aufs Spiel setzen.«

Lächelnd zog sie seinen Kopf zu sich heran und küsste ihn. »Ich möchte so sehr deine Frau sein, dass es wehtut, und ich zähle die Tage, bis wir nach Amerika fliehen können.«

Er setzte sich auf, zog ein Knie an die Brust und schlang einen Arm darum. »Es dürfte eine Weile dauern, alles Notwendige in die Wege zu leiten.«

»Ich habe Nanny heute Morgen einen Ausflug nach Exeter vorgeschlagen. Sie schien nicht abgeneigt zu sein.« Alice legte eine Hand auf sein Bein.

»Gut.« Er nahm den Korb und holte ein Stück Brot

heraus, das er ihr zusammen mit einem Stück Käse reichte. Dann schenkte er aus seiner Feldflasche etwas Cider Brandy in ein Glas.

»Wenn ich heute Nacht zu dir komme, nehme ich das Diadem wieder mit. Ich weiß nicht, wann Nanny nach Exeter fahren möchte, aber ich muss vorbereitet sein.«

Er nickte. Sie sah zu, wie er ein kleines Stück Brot abriss und mit Käse belegte. Alles, was er tat, schien wohlüberlegt, das fiel ihr sogar auf, wenn er sie liebte.

Er sah auf und schaute ihr in die Augen. »Ali, ich liebe dich schon so lange, und ich kann immer noch nicht glauben, dass meine Träume Wirklichkeit geworden sind und nicht bei Anbruch des Tages verschwinden.«

Alice nahm seine Hand. »Es ist schon nach Mittag. Die Sonne steht hoch, und du hast mich gerade geliebt.«

In der Ferne hörten sie einen Hund bellen. Eilig packten sie ihre Sachen zusammen und kehrten zurück ans schattige Ufer. Wenn man sie zusammen sah, musste alles absolut korrekt wirken – ein Flussmeister, der sich mit der Anglerin im Schatten stärkte. Schweigend saßen sie mit über drei Metern Abstand unter einem der Uferbäume und widmeten sich erneut ihrem Picknick, als der Jäger bei ihnen auftauchte.

»Mylady.« Er verneigte sich. »Carne.«

»Evans«, erwiderte Zach. »Auf dieser Seite des Flusses ist es um einiges kühler.«

Der Jäger sah zum anderen Ufer hinüber. »Das ist richtig, aber ich denke, drüben lässt es sich besser angeln. Ich habe die Ausrüstung unter einem der Bäume gesehen.«

»Es war ein erfolgreicher Morgen.« Alice stand auf, und der Jäger nahm Haltung an.

»Das freut mich zu hören, Mylady.« Er verbeugte sich förmlich, dann ging er von dannen. Sie sah ihm nach. Einmal drehte er sich um, stellte fest, dass sie ihn immer noch beobachtete, und setzte seinen Weg fort. Er nahm ihr Boot und setzte über den Fluss. Alice verschränkte die Arme vor der Brust. »Er ist ein unangenehmer Mensch.«

»In der Tat.« Zach kam näher, aber für ihren Geschmack noch lange nicht nah genug. Sie wusste, dass sie jetzt nichts riskieren durften.

Sie packten die Reste ihres kleinen Picknicks ein.

Alice war nicht länger hungrig, stattdessen spürte sie Zorn in sich aufsteigen. Ihr Groll wurde noch größer, als sie am Ufer entlanggingen, bis sie das andere Boot erreichten. Er berührte sie nicht. Alles, was sie taten, geziemte sich für eine Dame und ihren Flussmeister, aber es gefiel ihr ganz und gar nicht.

Fall Nr. 752

Status: offen

16. Juli 2019

Sergeant William Bowmans sterbliche Überreste wurden identifiziert, die Familie benachrichtigt.

DNA-Test an Frater Martin Pascoe, Dr., St Johns's College

Kapitel 27

2019

Der Handywecker klingelte. Theo tastete hektisch danach, bis sie ihr Telefon gefunden hatte. Es war halb sechs. Die Katze putzte noch nicht einmal ihr Gesicht mit den Pfoten. Theo aber musste aufstehen, denn sie würde heute für die bedauernswerte Karen einspringen, und sie wollte auf Zack sein.

Die Katze regte sich nun doch und überholte sie sogar auf dem Weg die Treppe hinunter, dann sprang sie auf die Anrichte und sah Theo erwartungsvoll an.

»Frechdachs«, sagte Theo und füllte ihren Futternapf.

Die Katze verschlang das nach Fisch riechende Trockenfutter. Warum Theo sich ausgerechnet für Fisch entschieden hatte, wusste sie selbst nicht. Die Katze hatte einen üblen Morgenmundgeruch – nun, wenn sie ehrlich war, den ganzen Tag über. Aber ihr Fell sah besser aus, genau wie nach der Makrelenhaut, die sie neulich Abend verspeist hatte.

Theos Handy klingelte. Sie schaute erneut auf die Uhr. Noch nicht einmal sechs. Es musste sich um einen Notfall handeln. Ohne auf den Namen zu blicken, der auf dem Display aufblinkte, nahm sie das Gespräch an. »Hallo?«

»Ignorierst du mich absichtlich?«, fragte ihre Mutter.

»Nein«, antwortete Theo mit zusammengepressten Zähnen.

»Ich habe gestern Abend angerufen.«

Theo setzte den Kessel auf. »Ich hatte Freunde zu Besuch.«

»Wie bitte? Du bewirtest schon Leute in deinem kleinen Cottage?«

»In der Tat.« Theos Lippen bildeten eine schmale Linie.

»Jetzt, im Sommer, scheint die Sonne, die Blumen blühen, aber im kommenden Winter wirst du schon merken, wie finster, abgeschieden und nasskalt es in deinem kleinen Luftschloss tatsächlich ist.«

Theo betrachtete den Schieferboden mit der darunter verlegten Fußbodenheizung, die dafür sorgen würde, dass sie es während der Wintermonate warm und kuschelig hatte.

»Du rufst doch sicher nicht nur an, um mir das mitzuteilen?«

»Nein.« Ihre Mutter holte tief Luft. »Ich verkaufe das Haus, und ich möchte, dass du deine Sachen abholst.«

Theo rieb sich die Augen. Sie war mit zweiundzwanzig von zu Hause ausgezogen, und sie konnte sich nicht vorstellen, dass ihre Mutter irgendetwas von ihren Sachen aufgehoben hatte.

»Also, was soll ich damit anfangen? Ich kann es mir nicht leisten, das Haus zu behalten, nachdem deine Großmutter mich so schnöde abgefertigt hat.«

Theo holte tief Luft. »Ist es viel? Könntest du mir die Sachen zuschicken?«

»Es sind zwei Kisten voller Bücher und Krimskrams.«

Theo konnte sich beim besten Willen nicht vorstellen, was darin war.

»Gut, dann überweise ich dir das Geld für die Portokosten.«

»Und was ist mit meiner Zeit?«, blaffte ihre Mutter.

Theo setzte zu einer Erwiderung an, doch dann hielt sie inne und fragte stattdessen: »Wie hoch ist dein Stundenlohn?« Sie konnte selbst nicht glauben, dass es so weit zwischen ihnen gekommen war.

»Nun, wenn man mit einberechnet, dass ich die Sachen bereits durchsehen musste ... Oh, noch eins: Ich kann nicht glauben, dass du mit einem anderen Mann ins Bett gegangen bist, bevor du Piers geheiratet hast, aber das hat mir nur bestätigt, dass du nach der Mutter deines Vaters kommst, nicht nach meiner Seite der Familie ...«

»Du hast meine Tagebücher gelesen?«, fiel Theo ihr ins Wort.

»Selbstverständlich.«

Sie atmete tief aus, bis kaum noch Luft in ihrer Lunge war, und zählte bis zehn, bevor sie sagte: »Schick mir die Kisten, und ich überweise dir die Portokosten plus deinen Stundenlohn.« Weiter würde Theo nichts unternehmen. Sie war dankbar, dass sie Grannie ähnlicher war als ihrer eigenen Mutter.

»Das macht insgesamt fünfhundert.«

»Okay.« Wenn das der Preis war, um mit ihrer Mutter abschließen zu können, würde sie ihn bezahlen.

»Warum dein Vater sie behalten hat, habe ich nie verstanden, aber er hatte ja immer schon eine Schwäche, wenn es um dich ging.«

Theo schluckte die Worte hinunter, die sie entgegnen wollte, und sagte stattdessen: »Ich muss Schluss machen, in einer Stunde fange ich an zu arbeiten. Mach's gut!« Sie schaltete das Handy aus und sah sich in ihrem Zuhause um. Ihre Mutter täuschte sich in vielerlei Hinsicht, aber es gelang ihr noch immer, ihrer Tochter bei jedem Gespräch den Boden unter den Füßen wegzuziehen. Sie war vierundfünfzig, was bedeutete, dass das eigentlich nicht passieren durfte, aber so war es nun einmal. Heute würde sie sich ganz auf die vor ihr liegende Aufgabe konzentrieren. Dafür brauchte sie einen starken Kaffee und ein ordentliches Frühstück, aber zuvor wollte sie ihrer Mutter das Geld für Porto und Stundenlohn überweisen. Hoffentlich würde Theo keinen weiteren Anruf über sich ergehen lassen müssen.

Der Himmel war von einem verwaschenen Grau, der Boden feucht. Der Wind strich durch die Bambusblätter. Manchmal musste sie sich kneifen, weil sie so nah an Abbotswood und diesem Garten wohnte. Zusammen mit Gayle war sie Reptons Gartenbuch für Abbotswood durchgegangen, aber leider hatte nicht viel über Boatman's Cottage dringestanden. Doch wenn sie über den Tamar nach Abbotswood Garden blickte, konnte sie an den angepflanzten Bäumen deutlich seine Handschrift erkennen. Der Wind ließ die Blätter rascheln und zauste die Haare in ihrem Nacken. Eine Warnung oder ein Versprechen.

Bewaffnet mit dem Grün für die Dekoration auf den Tischen der Hochzeitsgesellschaft, eilte sie zum Steg. Es war ein entscheidender Tag für die Brautleute. Ihre eigene Hochzeit war nett gewesen, aber sie hätten nie heiraten dürfen, erst recht nicht, da sie beide einander schon vorher untreu gewesen waren. Theo holte tief Luft und füllte ihre Lunge mit dem Duft der Kiefernnadeln. Sie war am Leben, und sie musste leben, in diesem Augenblick, im Hier und Jetzt.

Nachdem sie über den Fluss gesetzt hatte, ging sie hangaufwärts zum Haus. Die große Uhr an der Fassade schlug die volle Stunde. Kurz darauf vernahm sie das Geräusch von Autoreifen, die über den Kies rollten. Als sie das Nummernschild erkannte, erstarrte sie und zog sich in den Schutz einiger Sträucher zurück. Sie hatte weder die Braut kennengelernt noch die Gästeliste gesehen, aber sie kannte den Range Rover. Piers war hier, und vermutlich brachte er seine Geliebte und das Kind mit.

Theo huschte durchs Haus in den hinteren Garten, in dem das Zelt aufgebaut war. Sie arbeitete schnell und fertigte den Brautstrauß und die Blumenkronen für die kleinen Mädchen an. Sie wollte fertig sein und flüchten, bevor irgendwer sie entdeckte. Es war nicht so, dass sie Piers nicht gegenübertreten konnte, sie wollte es schlichtweg nicht. In ihrem jetzigen Leben hatte er nichts zu suchen.

Sie trat einen Schritt zurück und schaute sich um. Die Kulisse war perfekt, was die Blumen nur noch mehr unterstrichen. Der Auftrag war einfach gewesen: weiß und grün. Elegant und unaufdringlich und vielleicht etwas zu jungfräulich für Theos Geschmack. Sie hätte gern ein wenig Leidenschaft gesehen. Trotzdem war sie mit dem Ergebnis zufrieden, und sie war nicht von Karens Vorgabe abgewichen.

»Mum.«

Theo wirbelte herum. David stand im Cutaway vor ihr, einen Zylinder in der Hand. Er trat verlegen von einem Fuß auf den anderen. Theo ging im Geiste die Liste der Personen durch, die sowohl Piers als auch David zu ihrer Hochzeit einladen würden, aber ihr wollte niemand einfallen.

»Was um alles auf der Welt machst du hier?«, fragte er und sah sich um.

»Die Blumen«, antwortete sie.

Er winkte seiner Freundin Natasha, die ein Stück entfernt stand. »Gott, das macht es nicht leichter.« Er fuhr sich mit den Fingern durch die Haare. »Ich habe jetzt keine Zeit für eine Erklärung.« Er warf einen Blick auf die Uhr. »Ich muss mich beeilen, aber ich rufe dich morgen an, okay?«

»Klar.« Sie lächelte und sah ihm nach, bis er bei Natasha war. Es musste unangenehm für ihn sein, sich am selben Ort zu befinden wie Piers und sie. Ihr machte es nichts aus, aber sie verspürte auch jetzt nicht den Wunsch, ihrem Ex-Mann zu begegnen. Sie zupfte die letzten Zweige zurecht und fragte sich, ob er sie morgen besuchen würde, wenn er über Nacht hierblieb. Es wäre wundervoll, ihm das Cottage zu zeigen. Schwer zu glauben, dass es bereits auf Ende Juli zuging und David immer noch nicht bei ihr gewesen war. Er hatte viel um die Ohren, da er Piers während seines ausgedehnten Vaterschaftsurlaubs vertreten musste.

Theo kehrte ins Haus zurück. Im Flur, der zur Küche führte, blieb sie stehen und warf einen Blick auf ihr Handy. Der Akku war leer, deshalb machte sie einen Abstecher zur Rezeption und bat darum, es aufladen zu dürfen. Sie zuckte zusammen, als sie Piers' Stimme hörte. Je eher sie über den Tamar in die Sicherheit ihres kleinen Cottage rudern konnte, desto besser. Um eins sollte sie sich um die Braut und die Blumenmädchen kümmern. Jetzt war es zwölf Uhr fünfundvierzig. Es wäre ihr mehr als unangenehm, Piers zu begegnen, aber sobald sie wieder in ihrem Häuschen war, könnte sie ihn aus ihren Gedanken streichen. Das Boatman's Cottage war ihr Refugium, ihre Vergangenheit hatte dort nichts zu suchen.

Sie strich sich die Haare hinters Ohr und machte sich auf den Weg zur Hochzeitssuite. Sie hörte Gelächter, ein Champagnerkorken knallte. Theo klopfte an und lächelte, dann machte sie einen Schritt zur Seite und griff haltsuchend nach dem Türrahmen, als sie sich der Braut gegenübersah. Ein blütenweißes Satinkleid umschmeichelte Tinas makellose Figur. Ihre Nägel und Lippen waren feuerrot. Sie starrte Theo mit offenem Mund an und wurde trotz ihrer Sonnenbräune blass. Zweifelsohne war sie noch schockierter als Theo, die beinahe den Korb mit den Ersatzblüten, Blumenkränzen und dem Brautstrauß hätte fallen lassen.

»Du«, stieß die Braut hervor. Hätte Theo nicht die Sprache verloren, hätte sie dasselbe gesagt, aber so starrte sie Tina nur fassungslos an. Sie hatte den heutigen Morgen damit verbracht, den Blumenschmuck für die Hochzeit ihres Ex-Mannes mit seiner Geliebten zu arrangieren. Kein Wunder, dass David so verlegen gewirkt hatte.

Für diese Hochzeit hatte man keine Kosten und Mühen gescheut. Sie hatte heute Morgen die Liste mit den Details einsehen können, und all das war von dem Geld bezahlt worden, das Theo schon vor Monaten als letzte Scheidungsabfindung hätte erhalten sollen.

»Raus hier!« Die Braut machte einen Schritt auf Theo zu und riss ihr den Brautstrauß aus den Händen, sodass er gegen den Türrahmen prallte. Zarte weiße Rosenblätter rieselten zu Boden. »Sieh nur, was du angerichtet hast!« Sie schwenkte den Strauß durch die Luft. Weitere Blütenblätter fielen herab wie Konfetti.

»Beruhige dich, Tina. Wo liegt das Problem?« Eine Frau mit zu viel Selbstbräuner nahm ihr den Brautstrauß aus der Hand und reichte Tina ein Glas Champagner.

»Hier!« Sie deutete anklagend auf Theo. »Das ist … das ist … Piers' Ex!«

»Und du hast sie für die Blumen engagiert?« Die Frau stieß einen Pfiff aus.

Theo spürte, dass sie kurz davorstand, laut loszuprusten, und presste die Lippen zusammen.

»Nein«, wehrte Tina entsetzt ab, »ich habe die Beste gebucht, Karen Smith.«

Die Frau musterte Theo. Theo straffte die Schultern und sah ihr direkt in die Augen.

»Und wo ist diese Karen?«, fragte sie.

»Sie ist gestern beim Verladen der Blumen gestürzt und hat sich mehrere Fußknochen gebrochen«, erklärte Theo und warf Tina einen warnenden Blick zu. »In diesem Augenblick wird sie operiert.«

»Oh.« Die Frau nickte. »Und Sie sind ebenfalls kompetent?«

»Ja.« Theo ignorierte die innere Stimme, die im Tonfall ihrer Mutter das Gegenteil behauptete. »Mehr als kompetent. Karen hat mich gebeten einzuspringen, da sie die Braut nicht hängen lassen wollte.«

»Ich will sie nicht in meiner Nähe haben.« Mit einem großen Schluck leerte Tina ihr Champagnerglas.

»Das ist kein Problem für mich«, erwiderte Theo ruhig. »Es ist alles vorbereitet, und ich lasse die hier einfach da.« Damit nahm sie die Blumenkronen und die Ersatzblüten aus dem Korb und legte sie vorsichtig auf einen Tisch neben dem Eingang zur Suite.

»Du bist doch nur hier, um mir den Tag zu ruinieren!«, jammerte Tina vorwurfsvoll.

Theo lachte trocken. »Lustigerweise ging es heute allein darum, der Braut den Tag zu verschönern – das Ironische an der Sache ist nur, dass ich keine Ahnung hatte, wer die

Braut ist.« Damit drehte sie sich um und entfernte sich mit zügigen Schritten, um nicht doch noch laut loszulachen. Es hätte nicht perfekter sein können: Tinas Tag war ruiniert, denn wo immer sie hinschaute, sah sie Blumen, die Theo arrangiert hatte. Sie hätte sich keinen besseren Racheplan ausmalen können, und das Allerbeste war: Das hier passierte ganz ohne ihr Zutun. Beinahe wünschte sie sich, sie hätte es tatsächlich geplant.

Im großen Korridor, der vom ehemaligen Kinderflügel zum Hauptgebäude führte, stieß sie auf Hugo.

»Meine Großmutter würde sagen, Sie sehen aus wie eine Katze, die das Sahnetöpfchen ausgeschleckt hat.«

»Oh, das trifft zu, und glauben Sie mir: Es war köstlich.« Sie schmunzelte, dann legte sie eine Hand auf seinen Arm. »Ich sollte Sie besser warnen. Die heutige Hochzeit …«

Er sah sie fragend an. »Ja?«

»Mein Ex heiratet.« Sie schüttelte den Kopf, um die Vorstellung davon zu vertreiben, aber es wollte ihr nicht gelingen. Vor nicht allzu langer Zeit war sie selbst noch verheiratet gewesen und hatte gedacht, eine Form von Glück gefunden zu haben. Doch jetzt betrachtete sie alles mit anderen Augen, und sie war froh, dass sie nicht auch noch den Rest ihres Lebens versäumen würde. Nein, sie würde sich dem Leben stellen, würde ihr Leben leben.

Hugo hüstelte. »Nein.«

Theo nickte, immer noch schmunzelnd. »Ich glaube, die Braut ist außer sich, weil ausgerechnet ich mich um die Blumen gekümmert habe.«

Er lachte. »Um Himmels willen, nein!«

»Doch.« Sie blickte auf den leeren Korb in ihren Händen. »Ich wollte eigentlich bleiben für den Fall, dass irgendetwas gerichtet werden muss, aber ich denke, es ist besser, wenn Gayle einspringt. Nicht dass die Braut einen weiteren Wutanfall erleidet.«

Hugo sah sie erschrocken an. »So schlimm?«

»So schlimm, dass es einfach wundervoll war.« Theo konnte ihr Grinsen kaum unterdrücken.

»Ich schulde Ihnen einen Drink«, sagte er, als er zum Empfang ging, um jemanden loszuschicken, der Gayle ausfindig machen sollte.

Theo setzte ihren Weg fort. All die ordentlich aufgereihten Gummistiefel und Regenmäntel in dem langen Flur hatten etwas Friedliches. Als sie zur Tür hinausschlüpfte, fiel ein dicker Tropfen auf ihre Nase. Theo blickte hinauf in den verhangenen Himmel. Ja, die Gummistiefel und Regenmäntel würden noch Verwendung finden, wenn der Regen stärker wurde, und es sah ganz danach aus. Sie reckte ihr Gesicht den Tropfen entgegen und fühlte sich gut. Verdammt gut. Ihr war bewusst, dass das nicht richtig war, aber sie konnte es nicht ändern. Beinahe wäre sie gehüpft, als sie sich auf den Weg zu ihrem Ruderboot am Flussufer machte.

Kapitel 28

Als sie am Fluss ankam, regnete es Bindfäden. Was als grauer Sommertag für eine Hochzeit in Weiß begonnen hatte, verwandelte sich in einen buchstäblichen Schlag ins Wasser, was Theo nicht sonderlich leidtat. Sie wusste, dass sie nicht schadenfroh sein durfte, aber sie war es. Schuldbewusst schob sie die Hand in ihre Hosentasche und fluchte. Sie hatte ihr Handy zum Laden an der Rezeption gelassen. Die Augen mit der Hand beschirmend, schaute sie zum Haus hinauf. Sie hatte keine Lust auf einen Zusammenstoß mit Tina oder Piers, aber ihr blieb keine Wahl. Entschlossen kramte sie einen breitkrempigen Regenhut und eine leichte Wetterjacke aus der Tasche, die sie im Boot verstaut hatte, und zog beides über, dann marschierte sie ein weiteres Mal den Hang hinauf. In diesem Aufzug würde sie hoffentlich niemand erkennen, auch die Braut nicht, sollte sie zufällig aus dem Fenster schauen.

Der Regen wurde noch kräftiger, der wolkenverhangene Himmel war tiefgrau, keine Spur von dem für diese Jahreszeit typischen milden Sommerregen, sondern ein wütendes, unablässiges Geprassel. Sie lachte. Zwar hieß es, Regen am Hochzeitstag sei ein gutes Vorzeichen, doch sie bezweifelte, dass die Braut das auch so sah.

Als sie endlich den Vorplatz erreichte, wählte sie den ehemaligen Dienstboteneingang und ging durch den Küchentrakt, um so unsichtbar wie möglich zu sein. Im Gang stieß sie auf Gayle.

Gayle fuhr zusammen. »Herrgott, haben Sie mich erschreckt!«

»Tut mir leid.« Theo lächelte entschuldigend.

»Nein, mir tut es leid. Das liegt nur an dieser schrecklichen Frau!« Sie schauderte.

Theo kicherte. »Danke, dass Sie für mich einspringen.«

»Kein Problem. Ich habe Ihren Sohn kennengelernt. Er ist echt in Ordnung«, sagte sie.

Theos Lächeln wurde breiter. »Ja, das ist er.«

»Er erinnert mich an jemanden, aber ich komme einfach nicht darauf, an wen.« Gayle nahm ihren Regenmantel von einem der vielen Haken, zog ihn über und eilte zum Zelt, um es gegen den plötzlich auffrischenden Wind zu sichern. Eine Böe schlug mit lautem Knall ein Küchenfenster zu.

Hoffentlich könnte David nach der Hochzeit entspannter mit der Situation umgehen. Theo warf einen letzten Blick aus dem Fenster auf das festlich geschmückte Zelt, dann huschte sie weiter zur Rezeption, um ihr Handy abzuholen.

Vor dem Empfangstisch stand ein wutschnaubender Piers, der der Rezeptionistin die Hölle heißmachte … vermutlich ihretwegen. Theo verharrte außer Sichtweite und versuchte, einen positiven Gedanken zu fassen. Es war schwer, aber sie musste es versuchen. Sie hatten auch gute Zeiten erlebt, hatten gemeinsam gelacht. Das Traurigste war, dass sie bei ihm geblieben wäre, obwohl sie von seiner Affäre mit seiner zukünftigen Ehefrau und all den anderen Seitensprüngen davor gewusst hatte. Er hatte ihr Sicherheit geboten, hatte Higston Manor gekauft und damit ihre

Muse geweckt. Neben David hatte die Arbeit an Haus und Garten ihrem Leben einen weiteren Sinn gegeben. Allein deswegen hatte sie seine Untreue toleriert. Was für eine verzweifelte Situation. Sie reckte das Kinn. Sie würde den Kopf hochhalten, und sie könnte und würde freundlich sein.

»Ich gratuliere dir zur Hochzeit und zu deiner kleinen Tochter, Piers.«

Er wirbelte herum. Sie sah, wie er sich bemühte, seine Gefühle unter Kontrolle zu bringen, erst recht in Gegenwart einer Zeugin – der Rezeptionistin, der nach Piers' Tirade die Haare zu Berge zu stehen schienen. Sein Gesicht war puterrot, und er erinnerte kaum noch an den attraktiven Mann, den sie vor über dreißig Jahren geheiratet hatte. Er war um einiges unvorteilhafter gealtert als sie, und er konnte nicht die Menopause dafür verantwortlich machen.

»Theodora, du bist hier«, stieß er hervor.

»In der Tat.« Sie lächelte höflich.

»Um den Tag zu ruinieren«, sagte er in leisem Ton.

Sie lachte freudlos. »Aber nein, Piers, dafür sorgst du schon selbst. Du hast es doch noch nie geschafft, auch nur einen Tag ohne Hilfe auf die Reihe zu bringen.« Es war stets sie gewesen, die dafür gesorgt hatte, dass alles reibungslos lief, angefangen bei den perfekt zubereiteten Mahlzeiten bis hin zu den akkurat gebügelten Hemden. Sie war seine Haushälterin und gelegentliche Bettgefährtin gewesen. Warum hatte sie das nicht bemerkt? Weil sie geglaubt hatte, dass sie nicht gut genug für ihn war. Dass sie sich glücklich schätzen konnte, ihn zu haben. Sie hatte Angst gehabt vor einem Leben ohne das, was er ihr bot. »Ich wohne weniger als eine Meile von hier entfernt. Du bist in meine Welt eingedrungen, nicht ich in deine.«

»Das erklärt die Textnachricht von Tina.« Er schwenkte sein Handy durch die Luft.

Theo grinste. »Ja, ich habe die Blumenarrangements für eure Hochzeit gemacht. Mögen sie euch alles Glück der Welt bringen, all das Glück, das ihr verdient.« Sie hielt inne, sah, wie er nach Worten rang, die er in Gegenwart anderer äußern konnte, dann wandte sie sich an die Rezeptionistin. »Ich hole nur schnell mein Handy ab und verschwinde wieder, Jane.« Sie warf der Frau ein aufmunterndes Lächeln zu. Jane hatte die Farce mit unbewegtem Gesicht verfolgt, bemüht, sich ihr Missfallen nicht anmerken zu lassen. Jetzt streckte sie Theo das Handy entgegen.

»Danke fürs Aufladen«, sagte Theo, dann drehte sie sich noch einmal zu Piers um und flüsterte: »Herzlichen Glückwunsch zur zweiten Hochzeit.« Damit verschwand sie in Richtung Küche. Ihre Hände zitterten, aber das konnte er nicht sehen.

Sobald sie Abbotswood House durch den Dienstboteneingang verlassen hatte, stellte sie ihr Handy an. Es pingte ungefähr hundert Mal. Alle Nachrichten kamen von Martin, und alle enthielten dieselbe Kernaussage: Halte dich heute von Abbotswood fern.

Dein Ex heiratet. Lass dich von den Arschlöchern nicht unterkriegen. Hab dich lieb. M.

Theo drückte das Handy ans Herz. Wenigstens hatte sie nicht ihre Selbstachtung verloren, im Gegenteil: Sie hatte sie endlich gefunden.

Sie huschte unter dem Vordach hervor und lief mit gesenktem Kopf durch Wind und Regen. Hoffentlich war der Fluss nicht zu reißend, um ihn zu überqueren.

Jemand tippte ihr auf die Schulter. Sie erschrak so heftig,

dass sie beinahe laut aufgeschrien hätte. Hugo stand hinter ihr, in ein Regencape gehüllt, und hielt ihr einen Schlüssel hin. »Sie können jetzt nicht übersetzen, und das Wetter soll noch schlimmer werden. Hier ist der Schlüssel zu meinem Cottage. Wilf fährt Sie später nach Hause. Momentan blockiert ein umgestürzter Baum die Straße.«

»Danke. Sie sind mein Retter.«

»Nein, einfach nur ein Freund.« Damit stürmte er von dannen. Theo sah ihm nach. Sie beneidete ihn nicht um seine Aufgabe, inmitten eines Unwetters eine Hochzeit in einem Festzelt auf dem Rasen mit einem stinksauren Brautpaar auszurichten.

Bei dem tosenden Sturm wirkte Hugos Zuhause, das Swiss Cottage, wie ein einladendes Hobbit-Haus. Nach dem kurzen Weg vom Hotel hierher war Theo völlig durchweicht. Sie sperrte die Tür auf, betrat die Küche und schüttelte sich wie ein nasser Hund.

Drinnen zog sie ihre Jacke aus und hängte sie zum Trocknen auf. Da auch ihre übrigen Sachen tropften, verließ sie die Küche und öffnete eine Tür zur Rechten am Fuß der Treppe. Sie führte in ein Zimmer mit Stockbetten. Am Ende des Flurs fand sie den Hauswirtschaftsraum, der tadellos aufgeräumt war, doch auch hier war nirgendwo ein Handtuch zu entdecken. Kurz entschlossen zog sie sich bis auf die Unterwäsche aus und steckte ihre Kleidung in den Trockner. Sie fröstelte und bekam eine Gänsehaut. Sie brauchte etwas zum Anziehen, bis ihre Sachen trocken waren. Da sie wusste, dass Hugo nichts dagegen hätte, machte sie sich auf die Suche nach seinem Zimmer. Dort gab es doch bestimmt einen Morgenmantel oder etwas Ähnliches.

Im ersten Stock stieß sie auf ein kleines Esszimmer und ein Wohnzimmer, doch anstatt sich umzusehen, stieg sie eine weitere Treppe hinauf. Hinter der ersten Tür, die sie öffnete, befand sich ein Bad, hinter der nächsten ein lang gezogener Raum mit abgeschrägten Decken an beiden Seiten. Sie hatte Mühe, gerade zu stehen, und fragte sich, wie Hugo das gelingen mochte. Hochgewachsen, wie er war, würde er sich nur in der Mitte des Zimmers aufrecht bewegen können.

Obwohl sie immer mehr fror, trat sie an das Stabwerksfenster und schaute hinaus. Das Unwetter tobte so heftig, dass sie nichts mehr erkennen konnte. Als gäbe es da draußen keinen Fluss, kein Cornwall, kein Boatman's Cottage. Der Regen hatte die Welt ausgelöscht.

Der Wind ließ die Scheiben klirren. Theo strich sich bibbernd über die Arme, dann hielt sie Ausschau nach einem Morgenmantel. Sie wollte nicht in die Schränke oder Kommoden schauen, da sie damit eine Grenze überschreiten würde.

Sie entdeckte einen Morgenmantel an der Zimmertür – und erstarrte. Daneben an der Wand hing ein großes Ölgemälde. Eine nackte Frau saß in einem roten Lehnsessel. Mondlicht fiel über ihre Schulter. Theo konnte kaum atmen. Konnte sich nicht regen. Von dem Bild ging eine ungeheure Kraft aus. Selbst aus der Distanz spürte sie seine Verheißung, die sexuelle Spannung, die es verströmte. Sie hatte den Entwurf, die Skizze zu dem Gemälde gesehen, die schön gewesen war, doch mit den Jahren hatte sie die Fotos vergessen, die er gemacht hatte. Er musste das Gemälde nach diesen Aufnahmen angefertigt haben, oder vielleicht hatte die Erinnerung an jene Nacht bei ihm einen genauso großen Eindruck hinterlassen wie bei ihr.

Endlich setzte sie sich in Bewegung. Machte ein paar Schritte nach vorn, streckte die Hand aus und berührte die dicke Ölfarbe. Aus dieser Nähe betrachtet, löste das Gemälde nicht ganz so viele Emotionen in ihr aus, doch sie konnte jeden einzelnen Pinselstrich erkennen und wusste, dass er sie mit jedem einzelnen wieder berührt hatte. Ihr Mund wurde trocken. In der unteren rechten Ecke sah sie seine Signatur. Patrick Mounsey. Ihre Knie wurden weich. Sie ließ sich aufs Bett fallen und starrte auf den Namen. Seinen Namen. Er musste mit Hugo verwandt sein. Der Raum fing an, sich zu drehen, und sie legte sich auf den Rücken und wartete darauf, dass der Schwindel nachließ.

Er hatte versprochen, das Bild niemals zu verkaufen. Sie lachte. Natürlich hieß das nicht, dass er es nicht jemandem schenken konnte. Sie war froh, dass Hugo anscheinend keinen Zusammenhang hergestellt hatte, trotzdem spürte sie, dass ihre Wangen glühten wie schon seit Jahren nicht mehr. Dieser junge Mann hatte ein Gemälde in seinem Schlafzimmer, das sie splitterfasernackt zeigte, aber natürlich hängte man ein solches Bild nicht ins Wohnzimmer. Vielleicht sollte sie nicht erleichtert, sondern beleidigt sein, weil er sie nicht erkannt hatte. Sie schüttelte den Kopf. Was für ein widersprüchliches Wesen sie doch war!

Theo holte tief Luft, stand auf, zog den Morgenmantel an und strich das Bett glatt. Sie fühlte sich exponiert wie nie zuvor, nicht einmal als Patrick die Fotos gemacht hatte. Es ging nicht um die sexuelle Energie auf dem Bild. Außerdem war ihre Pose zwar einladend, aber eher schüchtern. Vielleicht war es deshalb so aufwühlend, das Gemälde hier zu sehen, an der Schlafzimmerwand eines jungen Mannes, den sie kannte.

Ein letzter Blick, dann riss sie sich los, eilte die Treppen hinunter und warf BH und Höschen in den Trockner zu den anderen Sachen. Anschließend ging sie in die Küche und setzte den Kessel auf. Sie war völlig durchgefroren und sehnte sich nach einem heißen Grog. Was war das nur für ein Tag!

In den Küchenschränken fand sie keinen Whisky, aber sie war überzeugt, dass er welchen im Haus hatte. Also ging sie hinauf in das kleine Esszimmer, und als sie dort ebenfalls keinen fand, öffnete sie die Tür zum Wohnzimmer, wo sie tatsächlich fündig wurde. In dem Bücherregal gegenüber dem Kamin bewahrte er seinen Whisky, Wein und so ziemlich alle Spirituosen auf, die man sich nur vorstellen konnte. Theo nahm die Flasche mit Blended Whisky, weil sie keinen Single Malt für einen Grog verwenden wollte, dann blieb sie stehen und betrachtete das Gemälde über dem Kamin. Die Flasche rutschte ihr aus der Hand, doch es gelang ihr gerade noch, sie aufzufangen, bevor sie auf den Kaminrost prallte. Vorsichtig stellte sie den Whisky auf dem Fußboden ab, dann richtete sie sich auf und betrachtete ein Selbstporträt von Patrick, im Hintergrund ein Gemälde von ihr, das an der Atelierwand lehnte.

Ihr Blick wanderte über das Selbstporträt. Sein Gesichtsausdruck spiegelte Verlust wider. Doch da war noch etwas anderes. Seine Augen waren ihr nur allzu vertraut. Noch vor wenigen Stunden hatte sie sie gesehen, voller Unbehagen und Verlegenheit … Davids Augen. Theo bückte sich, nahm die Flasche vom Fußboden und ging nach unten in die Küche, wo sie einen ordentlichen Schuss Whisky in einen Becher gab. Das brauchte sie jetzt. Erst Piers und dann die Bilder. Sie setzte den Becher an die Lippen und trank einen großen Schluck. Ihre Vergangenheit in Paris war kein Traum. Sie war real, und in Patricks Selbstporträt hatte sie David wiedererkannt. All die Jahre über hatte sie den Gedanken verdrängt, dass David Patricks Sohn sein könnte. Verdammt, sie hatte nicht einmal seinen Nachnamen gekannt!

Patrick Mounsey.

Sie nahm den Kessel vom Herd und füllte heißes Wasser in den Becher. Ob sie hier im Swiss Cottage ausreichend Empfang für eine Internetrecherche hätte? Sie war sich nicht sicher, was dabei herauskommen würde, genauso wenig wie sie sich sicher war, ob sie überhaupt wissen wollte, was aus Patrick geworden war. Wäre es nicht besser, die Vergangenheit auf sich beruhen zu lassen? Andererseits würde sie so vielleicht herausfinden, in welchem Verhältnis Patrick zu Hugo stand.

Den Becher mit Grog in der Hand, kehrte sie ins Wohnzimmer zurück und suchte nach Hinweisen. Sie entdeckte ein Foto von Hugo und seiner Mutter, aber nirgendwo eine Aufnahme des Vaters, nicht einmal auf einem offiziellen Abschlussbild. Das genügte, um sie noch einmal die Treppe zum Dachgeschoss hinaufsteigen zu lassen und nach einem Handysignal zu suchen. Am Fenster von Hugos Schlafzimmer hatte sie vier Balken 4G.

Sie tippte seinen Namen ein. Patrick Mounsey.

Er hatte einen Wikipedia-Eintrag, was ein guter Anfang war. Trotzdem sträubte sich ein Teil von ihr nach wie vor, mehr über ihn herauszufinden. Ihre gemeinsame Zeit in Paris lag dreiunddreißig Jahre zurück. Er blieb ihr ein Rätsel, aber wegen David musste sie Genaueres in Erfahrung bringen. Vielleicht war Patrick auf keinem von Hugos Fotos zu sehen, weil er ein Onkel war oder seine Eltern sich hatten scheiden lassen. Sie konzentrierte sich wieder aufs Display. Ganz oben in dem Wikipedia-Eintrag war das Geburtsjahr aufgeführt, 1962. Als Todesjahr war 1990 angegeben. Sie atmete tief aus. Nur vier Jahre, nachdem sie einander begegnet waren. So jung. Sie überflog die Details, ohne sie wirklich aufzunehmen, bis sie zur Familie gelangte. Er hatte nie geheiratet, aber er hatte einen Bruder. Hugo musste sein Neffe sein.

Theo schloss den Browser und durchquerte langsam den Raum. Blieb vor dem Gemälde von ihr in dem roten Sessel stehen und betrachtete die Frau, die sie damals gewesen war, mit seinen Augen. So vielversprechend, so verheißungsvoll. Eine Woche später war die Frau für immer verloren gewesen.

Sie strich mit dem Finger über die Signatur. Sie hatte ihm nie mitgeteilt, was sie empfand, welche Gefühle er in ihr hervorrief. Sie hätte ihm schreiben, ihm erklären können, dass sie verlobt war. Stattdessen hatte sie sich davongestohlen, als er noch schlief. Den Paris-Führer hatte sie mitgenommen. Keine Nachricht, nur ein Kuss, dann war sie fort gewesen, für immer. Kein Wunder, dass sein Gesicht Traurigkeit spiegelte. Er hatte sie genauso geliebt wie sie ihn. Liebe auf den ersten Blick. Ihr Herz hatte es gewusst, aber sie hatte nicht darauf gehört.

Theo kehrte ins Wohnzimmer zurück, den Becher mit beiden Händen fest umschlossen. Die Freude darüber, ohne böse Absicht Piers' Hochzeit ruiniert zu haben, war verschwunden. Die drückende Last des Verlusts legte sich auf sie, Tränen traten in ihre Augen, doch sie wischte sie weg. Sie hatte um Patrick getrauert und diese Trauer am Tag ihrer Hochzeit mit Piers in sich verschlossen, doch irgendwo tief in ihrem Innern war er immer da gewesen, und sie hatte fest an die Möglichkeit geglaubt, ihn irgendwann wiederzusehen. Jetzt, da sie wusste, dass er nicht mehr lebte, war die zarte Flamme der Hoffnung erloschen.

Kapitel 29

1914

Es war schon eine halbe Stunde nach Mitternacht, als Alice sich aus dem Haus stahl. Diesmal nahm sie eine andere Route zum Fluss. Sie konnte sich des Eindrucks nicht erwehren, dass das Haus Augen hatte, die sie beobachteten, aber alles war dunkel und still, nur der Geruch nach ausgeblasenen Kerzen und gelöschten Öllampen lag in der Luft.

Drüben, am kornischen Ufer, war es frischer. Regen zog auf. Sie hoffte, das Wetter würde halten, bis sie wieder in Abbotswood House war.

Sie schlich zum Cottage in der Hoffnung, Zach würde draußen auf sie warten, doch stattdessen hörte sie Stimmen. Edmund. Was zum Teufel hatte er hier zu suchen?

»Um Himmels willen, Zach, das ist kein Spiel!«, hörte sie ihn sagen.

»Das weiß ich«, erwiderte Zach ruhig.

»Was denkst du, wie hoch du pokerst? Glaubst du wirklich, die anderen würden nichts bemerken?«

»Niemand sieht uns zusammen.«

»Das stimmt nicht. Du hast sie heute zum Haus zurückbegleitet, und mindestens zehn Leute haben das Spektakel verfolgt. Mein Gott, ihr beide habt förmlich geglüht im Nachmittagslicht.«

Alice trat lautlos ans Fenster und beobachtete, wie Edmund an den Kamin trat.

»Ist dir klar, wie ihre Zukunft aussieht?«, fragte Zach.

»Nichts Schlimmes.« Edmund wirbelte herum. Im Licht der Flammen sah Alice sein Gesicht. Er hatte noch nie so ernst dreingeblickt. »Nein, das ist nicht ganz richtig. Es gibt bereits Gerede, dass sie mental instabil sei und dass man sie fortschicken wird, wenn sie nicht bald einen Ehemann findet.«

»Nein.« Zachs Stimme wurde lauter.

Alice fasste sich an die Kehle. Ihre Beine gaben nach, sie sackte zu Boden. Ihre Ohren rauschten.

»Was ist mit dir? Du kannst dir gar nicht vorstellen, was man mit dir machen wird, wenn die Sache auffliegt, und ich werde kaum in der Lage sein, dich zu schützen.«

Schweigen. Auf allen vieren krabbelte Alice hinter ein Gebüsch und gab sich alle Mühe, klar zu denken. Edmund durfte sie hier nicht sehen. Die Tür schwang auf, und ihr Freund aus Kindertagen stürmte heraus, dann blieb er stehen und drehte sich um. »Zach, ich würde alles für dich tun, aber sei um Himmels willen kein gottverdammter Narr. Ruiniere nicht euer beider Leben.« Damit marschierte er hinunter zum Fluss.

Alice erbebte, als sie sah, wie sich Zach mit den Fingern durchs Haar fuhr. Sie wollte zu ihm laufen, aber zunächst musste sie sich sicher sein, dass Edmund fort war. Sie konnte nur hoffen, dass er in Abbotswood nicht nach ihr suchte. Gerade als Zach die Tür schließen wollte, sprang sie auf. Er erstarrte.

»Zach«, wisperte sie und rannte zu ihm. Er zog sie nicht in seine Arme, stattdessen trat er zur Seite und ließ sie eintreten, bevor er fest die Tür hinter ihnen schloss. Edmunds Worte hingen zwischen ihnen in der Luft. Sie spürte die Macht, die ihnen innewohnte, aber sie würde nicht zulassen, dass sie ihre Liebe zu ihm besiegten.

»Ich habe alles gehört.« Sie stemmte die Hände in die Seiten und nahm am Tisch Platz.

Er riss die Augen auf.

»Ja, vielleicht nicht alles, aber doch genug, um zu wissen, warum du so distanziert bist.«

Er setzte sich ihr gegenüber. Zwischen ihnen auf dem Tisch stand das mitternächtliche Festmahl, das er wie bei jedem ihrer Besuche für sie vorbereitet hatte. Diesmal hatte er eine Schale Himbeeren gepflückt, dazu gab es Schinken und Brot. Sie kämpfte gegen die Tränen an. Sie musste einen kühlen Kopf bewahren.

»Noch ist nicht alles verloren«, behauptete sie.

Wieder strich er sich mit den Fingern durch die Haare. »Wie kannst du das sagen?«

»Edmund durchschaut uns, weil er uns beide kennt.«

»Und was ist mit Nanny?«

Alice holte tief Luft. »Sie hat uns nicht zusammen erlebt.«

»Du hast gehört, was Edmund gesagt hat, Ali. Ich darf nicht zulassen, dass dir das passiert!«

»Ich habe es ebenfalls gehört, aber für seine Behauptungen gibt es keine Beweise. Wir müssen eben vorsichtig sein.« Sie stand auf.

»Aber wie?«

Sie dehnte den Nacken, sortierte ihre Gedanken und verdrängte ihre Furcht. »Keine Angelausflüge in der nächsten Zeit.«

Er nickte. »Wie werden wir uns verständigen?«

Sie strich sich nachdenklich mit der Hand über den Mund, während sie sich in seinem Cottage umsah. »Notfalls mit Federn und Fliegen und Büchern«, antwortete sie schließlich.

Er stand auf und schritt unruhig im Zimmer auf und ab. »Das könnte funktionieren.«

»Wir brauchen Zeit, um das Diadem zu verkaufen, die Papiere aufzutreiben und unsere Schiffspassage zu buchen.« Sie holte tief Luft. »Ich weiß nichts von einem Plan, mich von hier fortzuschicken, und ich werde brav sein. Eine perfekte Dame.« Sie lachte trocken. »Ich werde im Haus sitzen und nähen und lesen und Fliegen binden. Ich werde Nanny bei ihren kurzen Spaziergängen durch die Gärten begleiten und unterwegs das Sonettbuch für dich hinterlegen.«

»Wir brauchen einen Code.« Er rieb seinen Nacken. »Als Kinder haben Edmund und ich uns einen ausgedacht.«

Alice schüttelte den Kopf. »Er wird ihn wiedererkennen.«

»Er wird nicht ewig hier sein.« Er blieb am Feuer stehen.

Sie musste sich zwingen, sich nicht in seine Arme zu stürzen, denn das durfte sie nicht, wenn sie sich einen Plan zurechtlegen wollten. »Du hast recht.«

Er sah sie an. In seinem Blick lag so viel Gefühl, dass sie es nicht länger aushielt und zu ihm ging, doch dann blieb sie stehen. Sie musste Distanz halten, jemand hätte sie durch das Fenster beobachten können. Wer wusste schon, ob dieser fürchterliche Evans nicht auch zu nachtschlafender Zeit durch die Gegend schlich? »Ich bin immer noch deine

Verlobte, Zach. Ich werde dich heiraten, und wir werden gemeinsam nach Amerika gehen.«

»Das wünsche ich mir von ganzem Herzen«, pflichtete er ihr bei.

»Genau wie ich.« Sie drehte sich um und wandte sich zur Treppe. »Vielleicht ist das unsere letzte Chance: Bitte komm mit mir und liebe mich.«

»Ja«, sagte er und folgte ihr die Stufen hinauf.

Es regnete heftig, als sie den Fluss überquerte, doch es wurde bereits hell. Es hatte länger gedauert als gedacht, ihr den Geheimcode seiner Kindheit beizubringen, aber sie hatten es geschafft, und er hatte eine Karte angefertigt, auf der die Orte eingezeichnet waren, an der sie ihre Nachrichten hinterlassen konnten. Alice zog das Boot ans Ufer und huschte am Schwimmteich vorbei. Auf diesem Weg konnte sie ungesehen ins Haus gelangen. Selbst um diese frühe Uhrzeit stieg schon Rauch aus den Kaminen. Jetzt hing alles davon ab, dass sie ihre Rolle als untadelige Dame perfekt spielte. Doch zuvor würde sie noch eine letzte Runde im Teich drehen.

Sie zog sich aus und stürzte sich ins Wasser. Ihre Haut spannte sich vor Kälte, doch sie pflügte in großen, ungleichmäßigen Zügen durch den Teich. Gräser strichen um ihre Beine, erinnerten sie an Zachs Hände auf ihrer Haut. Sie tauchte unter und ließ die Pflanzen ihre Brüste liebkosen. Als sie an der Leiter wieder an die Oberfläche kam und nach den Sprossen griff, sah sie Edmund am Ufer stehen. Sie erstarrte.

»Guten Morgen, Schlingelchen.« Er stand direkt neben ihrer Kleidung.

»Morgen.« Sie zitterte im kalten Wasser.

»Vielleicht solltest du herauskommen und dich anziehen. Ganz gleich, wie schön du nackt bist, wirst du in mir keine Leidenschaft entfachen, das weißt du. Allerdings kann ich meine Hand nicht für den Jäger ins Feuer legen, der Patrouille geht, weil man einen Jungen gesehen hat, der nachts das Gelände durchstreift.« Er verschränkte die Arme vor der Brust.

Sie stieg aus dem Wasser und streifte hastig ihre durchweichte Kleidung über. Edmund schwieg, und Alice wünschte sich inständig, er würde etwas sagen. Irgendetwas. Als sie angezogen war, drehte sie ihre Haare zu einem Knoten und setzte den Hut auf.

»Du gibst einen ausgesprochen attraktiven Jungen ab, aber lass den Hut weg«, sagte er.

Sie warf ihm einen Seitenblick zu.

»Ich möchte nicht, dass der Jäger dich wiedererkennt.«

»Oh.« Sie drehte den Hut in den Händen.

Er fuhr sich mit den Fingern durchs Haar. Ihr fiel auf, dass Zach genau die gleiche Bewegung machte, wenn er nervös war. »Nanny ahnt etwas.«

»Nein.« Alice schloss die Augen, um das auszublenden, was er ihr klarzumachen versuchte.

Er schüttelte den Kopf. »Alice, du warst in der Vergangenheit vieles, aber niemals dumm.«

Sie wirbelte zu ihm herum und funkelte ihn an.

»Spar dir die Kraft. Du wirst sie brauchen, um dich und ihn zu retten.«

Sie presste die Lippen zu einer dünnen Linie zusammen.

»Bitte spar dir deinen Trotz. Ich weiß, dass du ihn liebst, was mich nicht überrascht.«

Alice machte den Mund auf, um etwas zu erwidern, doch Edmund fuhr fort: »Schlingelchen, wenn du ihn liebst, wirst du fortgehen. Sollte eure Affäre auffliegen, wird man ihn vernichten.«

Sie ballte die Hände zu Fäusten.

»Du bist die Tochter eines Dukes, und er ist ein Flussmeister, der nie mehr eine Arbeit finden wird. Er hat nichts anderes vorzuweisen als seine Liebe zu Shakespeare, und die wird ihm keine neue Anstellung eintragen.«

Dem konnte sie nicht widersprechen. Ihre Schultern sackten herab.

»So ist es schon besser.« Er räusperte sich. »Nanny späht aus dem Fenster, wie es alle Gouvernanten zu tun pflegen. Sieh um Himmels willen zu, dass sie uns das hier abkauft, Schlingelchen.«

Alice drückte den nassen Hut fest zusammen, dann kehrte sie mit Edmund zum Haus zurück. Der Regen prasselte auf sie herab. Sie stellten sich in der Laube im Garten vor dem Kinderflügel unter. Nanny kam aus dem Haus und gesellte sich zu ihnen.

»Guten Morgen.« Edmund schenkte Nanny sein charmantestes Lächeln. »Ich bin froh, dass ich mich ertüchtigt habe, solange der Regen noch gnädig war.« Er wedelte elegant mit der Hand. »Ich glaube kaum, dass er heute noch nachlässt.«

Nanny schaute in Richtung Wald auf der anderen Seite des Tamar. Alice hielt den Atem an.

»Da pflichte ich Ihnen bei, Lord Edmund.« Sie wandte sich an Alice und musterte deren durchweichte Kleidung. »Waren Sie wieder einmal schwimmen, Alice?«

Alice nickte stumm.

»Ich halte das für wenig angebracht.« Nanny zog tadelnd eine Augenbraue in die Höhe.

Wieder nickte Alice.

»Ich wünsche Sie zu sprechen, sobald Sie die nasse Kleidung gewechselt haben. Das Gleiche gilt für Sie, Edmund. Sie sind ja ebenfalls völlig durchweicht.«

»Selbstverständlich, Nanny.« Er senkte leicht den Kopf und verschwand im Haus.

Nanny konzentrierte sich auf Alice. »Ich hoffe nur, dass Sie nicht zu weit gegangen sind, junge Dame.« Damit drehte sie sich um und kehrte zurück in das kleine Zimmer im Kinderflügel.

Mit hämmerndem Herzen hastete Alice in ihr Zimmer, wobei sie im Stillen die Worte wiederholte, die sie vor nicht allzu langer Zeit zu Zach gesagt hatte. Dass es immer noch funktionieren konnte. Heute war der fünfte August, und bis Weihnachten würden sie Abbotswood verlassen haben und in Amerika sein.

Susan zog ihr wortlos die nasse Kleidung aus. Ihre steife Art zeigte deutlich ihre Missbilligung. Sie hatte Alice gewarnt. Mein Gott, wie stand sie nun vor den Angestellten da? Wie eine verwöhnte, verdorbene Prinzessin. Aber das war sie schon lange nicht mehr. Sie wusste, dass die äußere Erscheinung täuschen konnte. So viele Leute hatten sie heute Morgen gesehen, hauptsächlich Bedienstete.

Alice stieg in das heiße Bad, das Susan ihr eingelassen hatte. Sobald die Zofe sich zurückgezogen hatte, ließ sie ihren Tränen freien Lauf. Ihr Plan musste funktionieren. Sie würde alles in ihrer Macht Stehende tun, damit er aufging. Für einige Monate wollte sie sich vorbildlich verhalten und alle davon überzeugen, dass sie durchaus fügsam und bereit war, einen geistlosen Mann mit Titel, Land und Geld zu heiraten. Das ging allerdings nur, wenn sie tief im Innern wusste, dass es einen Ausweg gab. Sie hatte Liebe erfahren. Für sie gab es kein Zurück.

Sie hörte ihre Cousine ihren Namen rufen, noch bevor sie an der Badezimmertür erschien. »Darf ich reinkommen?«

»Ja.« Alice rutschte tiefer ins Wasser.

Constance hielt eine Zeitung in den Händen. »Krieg.«

»Wie bitte?« Alice setzte sich auf.

»Wir befinden uns im Krieg.« Bei dem letzten Wort überschlug sich Constance' Stimme.

»Nein.« Alice schloss für einen Moment die Augen. Bei all dem, was passiert war, hatte sie das Ultimatum des Premierministers ganz vergessen. Sie starrte auf die Zeitung in den zitternden Händen ihrer Cousine. »Halt still, damit ich lesen kann.« Constance trat näher an die Badewanne heran.

Großbritannien erklärt Deutschland den Krieg

»Mummy hat heute Morgen angerufen«, teilte Constance ihr kopfschüttelnd mit. »William hat sich bereits gemeldet.«

»Nein«, wiederholte Alice und stand auf. Die Zofe erschien mit einem Handtuch. »Ich hatte gehofft, es würde nicht so weit kommen.«

»Lord Edmund bereitet sich auf seine Abreise vor«, teilte Susan ihr mit.

»Ich muss mich schnell anziehen.« Alice sah ihre Cousine an.

»Er wird das Gleiche tun wie William.« Constance holte tief Luft. »Alle werden sich melden.« Sie verließ das Zimmer, damit Alice sich ankleiden konnte.

Während Susan Alice' Rock richtete, versuchte Alice, sich nicht allzu viele Gedanken zu machen. Sie betete inständig, dass die Regierung recht behielt und der Krieg nicht lange dauern würde. Gegen die aufsteigenden Tränen ankämpfend starrte sie in den Spiegel und sagte: »Bitte mach irgendetwas mit meinem Haar, es muss schnell gehen.« Sie hatte keine Zeit zu verlieren, hatte viel zu lange in der Badewanne gelegen.

»Sie werden alle in den Krieg ziehen, Mylady.«

Alice atmete tief durch, drückte Susans Hand und eilte hinunter ins Vestibül. Dort stand Edmund, die Automobilhandschuhe in der Hand, und wartete. Er wirkte schon jetzt anders als der Mann, mit dem sie heute Morgen am Schwimmteich gewesen war.

»Da bist du ja, Schlingelchen.« Er lächelte. »Ich fahre in die Kaserne von Bodmin, um mich zu melden.« Seine Augen schweiften zum Fenster und hinaus auf den Vorplatz. Sie folgte seinem Blick. Zach stand neben dem Wagen und trat unruhig von einem Fuß auf den anderen.

»Jetzt?« Sie wandte sich vom Fenster ab.

Edmund nickte. »Du hast das hier vergessen.« Er hielt ihr das Sonettbuch hin. Sie gab sich alle Mühe, es mit ruhiger Hand entgegenzunehmen. Der Code. Alice drehte sich zu Zach um. Er hielt ihren Blick für eine Sekunde fest, dann schaute er zu Boden.

»Ich denke, das ist das Beste. Und jetzt Kopf hoch!« Er legte ihr den Zeigefinger unters Kinn und hob ihren Kopf an. In diesem Moment betrat Nanny das Vestibül. »Bald sind wir alle wieder da.« Er ließ die Hand sinken, dann warf er ihr einen durchdringenden Blick zu und ging hinaus auf den Vorplatz, auf dem sich mehrere Männer mit ihren Angehörigen versammelt hatten. Alice folgte ihm.

Constance rannte zu ihm und rief: »Wie viele von euch werden sich melden?«

»Ich habe den Wagen voll kornischer Männer. Vermutlich werden sich bald weitere Gruppen nach Tavistock und Exeter auf den Weg machen.«

»Gute Reise.« Nanny kam aus dem Haus und küsste Edmunds Wange. »Und halten Sie uns bitte auf dem Laufenden.«

»Selbstverständlich, Nanny.«

Alice drückte das Buch so fest an ihre Brust, dass ihre Finger weiß wurden. Edmund drehte sich zu ihr, küsste sie auf die Wange und flüsterte ihr ins Ohr: »So ist es am besten. Sei artig, Schlingelchen.« Er drückte ihren Arm, gab Constance einen Klaps auf den Kopf und kletterte auf den Fahrersitz. Die Männer stiegen ein. Zach folgte als Letzter.

Als der Wagen davonfuhr, fing sie seinen Blick auf. Traurigkeit lag darin, aber sie spürte auch seine Aufregung, die er mit den anderen Männern teilte. Sie alle zogen in den Krieg, nur sie blieb hier zurück, nutzlos. Sie hätten einander, und sie hätte niemanden.

Gott, so durfte sie nicht denken. Sie sollte stolz auf die Männer sein, die ihre Pflicht erfüllten, dem König und dem Land dienten. Die ihr Leben riskierten, doch das war sie nicht. Sie schaute die Frauen an, die dem Wagen mit ihren Ehemännern, Söhnen und Brüdern nachblickten, und sah Tränen und tapferes Lächeln. Sie waren nicht eifersüchtig. Nein, sie waren traurig, besorgt, aber nicht zornig. Vielleicht hatte ihre Mutter recht, und Alice war tatsächlich ein fürchterlicher Mensch, für niemanden von Nutzen.

Nanny ging Alice und Constance voran in den Garten vor dem Kinderflügel. Von hier aus konnten sie sehen, wie der Wagen die Zufahrt von Abbotswood hinunterrollte. Als er außer Sichtweite war, drehte sie sich zu Alice um, betrachtete sie eingehend und sagte: »Es ist nie leicht, die Menschen, die man liebt, in den Krieg ziehen zu sehen.« Sie berührte Alice' Wange und murmelte kaum hörbar: »Allerdings hätte es kaum einen besseren Zeitpunkt geben können.«

»Habt ihr schon gefrühstückt?«, wollte Constance wissen.

Nanny und Alice schüttelten die Köpfe.

»Ich bin mir nicht sicher, ob ich im Augenblick Appetit verspüre«, erwiderte Nanny, dann fügte sie hinzu: »Und Alice bestimmt auch nicht.« Sie gab dem Mädchen einen sanften Schubs. »Ab mit Ihnen.«

Als Constance im Haus verschwunden war, sah sie Alice an und sagte: »Sie machen ein Gesicht, als hätten Sie einen Geist gesehen …«, sie kniff die Augen zusammen, »und vielleicht haben Sie das ja auch. Ruhen Sie sich ein wenig aus. Wir unterhalten uns später.«

Alice nickte und taumelte in ihr Zimmer, das Sonettbuch ans Herz gedrückt. Als sie die Tür hinter sich geschlossen hatte und endlich allein war, schlug sie es auf und suchte nach einem der vereinbarten Zeichen. Eine kleine Schwalbenfeder fiel aufs Bett. Sie hob sie auf und strich damit über ihre Wange. Die Schwalbe war der Vogel der wahren Liebe. Sie betrachtete das Sonett, das sie markierte. Nummer 116. Sie runzelte die Stirn. Dort hatte die Feder schon beim letzten Mal gelegen. Allerdings würde er ihr das Buch wohl kaum zurückgeben, ohne ihr eine Nachricht zu hinterlassen. Sie las:

Fürwahr! Nicht will ich die Vermählung hindern
Getreuer Seelen. Lieb' ist ja nicht Liebe
Wenn sie beim Wankelmuth sich kann vermindern,
Und nicht auch treu dem Ungetreuen bliebe.

O nein! Sie ist ein starkes Felsenriff,
An dem sich Sturm und Brandung donnernd bricht,
Ein Stern ist sie, für manch bedrängtes Schiff,
Gemessen ist sein Stand, sein Einfluss nicht.

Er hatte diese Verse in ihrer letzten gemeinsamen Liebesnacht rezitiert. Ihre Hand zitterte, als sie das zusammengefaltete Blatt Papier zwischen den Seiten hervorzog.

Lady meines Herzens,

mir fehlt die Zeit, mehr als ein paar Worte zu schreiben. Ich muss gehen, doch das wird uns letztendlich zusammenbringen. Indem ich Dich verlasse, ebne ich uns den Weg. Wenn der Krieg vorbei ist, werde ich nicht nach Abbotswood zurückkehren, aber ich kehre zu Dir zurück, so wie die Schwalben in jedem Frühjahr zurückkehren. Du bist mein Herz, meine Seele, mein Leben.

In Eile und so voller Liebe
für immer der Deine

Z.

Seine Liebe zu ihr war unerschütterlich. Sie wollte, dass er bei ihr war, doch sie verstand seine Entscheidung.

Alice stand auf und trat ans Fenster. Draußen hatte der Himmel aufgeklart, die Sonne schien, der Fluss glitzerte. Schwalben segelten durch die Luft, doch ihr Herz war in einem Automobil auf dem Weg in den Krieg, und sie wusste nicht, wann oder wie sie jemals wieder von ihm hören würde.

Kapitel 30

2019

Die Katze kam in die Küche geschlendert und musterte Theo abschätzig. Anscheinend war sie immer noch beleidigt, weil sie gestern Abend allein zu Hause gewesen war, noch dazu ohne Futter. Jetzt beschwerte sie sich bitterlich über den mangelnden Service im Boatman's Cottage.

Theo holte lachend die Futterpackung aus dem Schrank unter der Spüle und befüllte großzügig ihren Napf. Anschließend streichelte sie Katzes Köpfchen und überlegte, was heute auf dem Plan stand. Als Erstes wollte sie Karen anrufen und sich erkundigen, wie es ihr nach der Operation ging, außerdem hatte sie vor, sich schon vorab wegen möglicher Beschwerden des aufgebrachten Hochzeitspaars zu entschuldigen.

Gedankenverloren ging sie nach draußen und setzte sich auf die Stufe vor dem Haus, einen Becher Kaffee in der Hand. Die Hortensienblüten leuchteten im fleckigen Sonnenlicht. Theo zog ihr Handy aus der Tasche und rief die Fotos auf, die sie von den Gemälden gemacht hatte. Sie raubten ihr den Atem, selbst jetzt noch. Ihr schmerzte immer noch das Herz, wenn sie an Patricks kurzes Leben und sein tragisches Ende dachte. Sie hatte sein Fahrrad damals im Hof seines Wohnhauses stehen sehen. Er hatte es »Galahad« genannt. Dieses Detail aus ihrer gemeinsamen Zeit war ihr entfallen, bis sie gelesen hatte, dass ihn ein Auto vom Fahrrad geholt hatte. Er war noch am Unfallort gestorben.

David. Sie hatte die Nacht schlaflos auf dem Sofa in Hugos Wohnzimmer verbracht, während draußen der Sturm tobte. Erst am frühen Morgen hatte sie sich auf den Heimweg gemacht.

Der leise Zweifel, der sich schon vor Jahren in ihrem Hinterkopf festgesetzt hatte, wurde lauter. War Patrick Davids Vater und nicht Piers? Jedes Mal, wenn ihr dieser Gedanke gekommen war, zum Beispiel wenn David im Kunstunterricht Bestnoten nach Hause brachte, hatte sie ihn sich rigoros aus dem Kopf geschlagen.

Sie und Patrick hatten doch verhütet. Sie hatten vier Mal miteinander geschlafen, aber bevor sie nach Paris gegangen war, war sie auch mit Piers zusammen gewesen, genau wie nach seiner Beichte, dass er ihr untreu gewesen war. Zu jener Zeit hatten sie sich beide eine Familie gewünscht, und eine Woche vor der Hochzeit war ihnen Verhütung nicht mehr wichtig erschienen. Für sie war klar gewesen, dass Piers Davids Vater war. Eine gewisse Unsicherheit war dennoch immer geblieben. Jetzt, da sie Patricks Selbstporträt gesehen hatte, war sie sich sicher. Sie war überzeugt, dass Patrick Davids Vater war, doch was sollte sie tun? David war der Juniorpartner bei der Firma Henshaw & Son. Piers würde in die Luft gehen und David womöglich enterben. Vielleicht wäre es besser, ihre Gedanken für sich zu behalten und Davids Leben nicht unnötig zu verkomplizieren. Aber hatte er nicht ein Recht darauf, die Wahrheit zu erfahren?

Sie stand von der Stufe auf und schlenderte zum Fluss. Was hatte Martin über Geheimnisse gesagt? Man sollte sie besser aussprechen. Würde er genauso denken, wenn er von diesem Geheimnis erfuhr? Mein Gott, sie konnte es ihm nicht sagen.

Nach dem Regen stieg Nebel über dem Fluss auf. Drüben in Abbotswood gingen einige Hotelgäste im Garten spazieren. Piers und seine neue Frau waren bestimmt noch dort.

Als sie heute früh das Swiss Cottage verlassen hatte, war weit und breit niemand zu sehen gewesen. Im Schein der Morgensonne war sie zum Flussufer spaziert und über vom Sturm abgebrochene Äste und Pfützen gestiegen. Ihr Boot war voller Wasser, aber fahrtüchtig gewesen. Erleichtert war sie ins Boatman's Cottage zurückgekehrt. Jetzt warf sie einen letzten Blick auf die Gärten von Abbotswood House, dann drehte sie sich um und ging ins Haus. Anstatt über David nachzugrübeln, sollte sie lieber Karen anrufen.

Als das erledigt war, hielt sie Ausschau nach einer Stelle, an der sie den Seidelbast – *Daphne mezereum* – einpflanzen konnte, den Gayle ihr geschenkt hatte. Sie wollte ihn irgendwo platzieren, wo sie den Duft genießen konnte, also am besten nahe dem Eingang. Den Kopf in den Nacken gelegt, betrachtete sie den klaren Himmel. Es war ein herrlicher Augusttag. Der Garten um sie herum war grün, mit Ausnahme der Hortensien. Jetzt, da die Bäume zurückgeschnitten waren, hätte sie vermutlich genug Licht für Gartenmontbretien und vielleicht sogar Schmucklilien.

Ihr Handy pingte und kündigte eine Nachricht von David an. Er schickte ein unkommentiertes Foto von Piers und seiner neuen Frau, die offenbar ihren Brautstrauß zerpflückt hatte, möglicherweise war er aber auch dem Wetter zum Opfer gefallen. Tina sah völlig durchnässt und windzerzaust aus. Perfekt. Nein, das war gemein. Theo sollte sich schämen, weil sie so dachte. Trotzdem konnte sie sich nicht das Grinsen verkneifen, als sie ins Cottage zurückkehrte.

Was versuchte David, ihr mitzuteilen? Sollte sie ihn anrufen? Könnte sie für sich behalten, was sie wusste, wenn er ans Telefon ging? Ihr Handy pingte erneut.

Hatte vor, heute rüberzukommen und dich zu besuchen, aber hier ist es etwas chaotisch. Melde mich. Kuss D.

Langsam durchquerte Theo das Wohnzimmer und blieb vor dem alten Bücherregal aus Eiche stehen. Es hatte Grannie gehört, und Theo hatte es mit sehr viel Bienenwachs auf Hochglanz poliert. Nun glänzte es sanft im Morgenlicht. Sie nahm ihren Baedeker aus dem Regal, dann setzte sie sich wieder auf die Stufe und strich über den verblassten roten Einband. All die Jahre über hatte sie jedes Mal, wenn sie spürte, dass sie verzweifelte, den alten Reiseführer zur Hand genommen und sich vorgestellt, sie hätte Paris nie verlassen. Jetzt, da sie wusste, dass Patrick tot war, waren die bunten Farben ihrer Erinnerung getrübt.

Ihr Handy klingelte. »Hallo?«

»Hi, hier spricht Gayle.«

»Wie ist es gelaufen?«, wollte Theo wissen.

»Das erzähle ich Ihnen bei dem Drink.«

Theo lachte. »Einverstanden.«

»Um sieben im Pub?«

»Gern.« Ein Treffen mit Hugo und Gayle war etwas,

worauf sie sich freuen konnte. Und bis dahin würde sie noch etwas Farnkraut roden. Nicht nachdenken, nur arbeiten.

Gayle und Hugo saßen vor dem Pub. Es war ein warmer Abend, die Luft war feucht. Der Wind, der zwischendurch aufgefrischt war, hatte sich gelegt. Auf dem Tisch stand ein Weinkühler.

»Wie schön, Sie beide zu sehen«, sagte Theo und setzte sich. »Und noch eins: Sollten wir das förmliche Sie nicht langsam mal beiseitelassen?«

Hugo schenkte ihr ein Glas ein und schob es schmunzelnd zu Theo. »Nach diesem Desaster bin ich dir definitiv einen Drink schuldig.« Er hob sein Glas und prostete erst Theo, dann Gayle zu. »Euch beiden. Allerdings finde ich, du kannst froh sein, dass du nicht länger mit diesem Mann verheiratet bist, Theo. Das ist wahrhaftig ein Grund zum Feiern. Er war der unangenehmste Mensch, mit dem ich seit Langem zu tun hatte, und das will etwas heißen.«

Theo, die mit dem Rücken zum Fluss saß, stieß mit ihm an und sagte: »Darauf trinke ich.«

»So, und jetzt verrätst du uns bitte, warum um alles in der Welt du ihn geheiratet hast.« Gayle sah sie neugierig an.

Theo blickte in ihr Glas. Das würde nicht leicht werden. »Eine typische Jugendsünde.«

»Na ja, ihr wart immerhin zweiunddreißig Jahre verheiratet«, gab Hugo zu bedenken.

Theo drehte den Stiel ihres Weinglases in der Hand. »Das stimmt, aber wir haben einen gemeinsamen Sohn.«

»Richtig. David. Interessant.« Hugo füllte Gayles Weinglas nach.

»Inwiefern?« Theo musterte ihn durchdringend.

»Nun, er erinnert mich an meinen Onkel …« Er erwiderte ihren Blick. Seine Stimme verklang.

Sie schaute zur Seite. »Tatsächlich?«

Hugo nickte.

»Jetzt lasst mich nicht außen vor.« Gayle sah zwischen Theo und Hugo hin und her.

»David sieht Onkel Patrick zum Verwechseln ähnlich.«

Theo zuckte zusammen. »Das hast du ihm aber nicht gesagt, oder?«

»Doch.« Hugo griff in seine Jackentasche und holte seine Brieftasche heraus. »Ich habe ihm das hier gezeigt.«

Theo schluckte. Hugo streckte ihr ein Foto von einem Paar – vermutlich Hugos Eltern – und einem jungen Mann entgegen: Patrick, wie sie ihn gekannt hatte. Die Ähnlichkeit zwischen ihm und David war verblüffend.

Auch Gayle warf einen Blick darauf. »Doppelgänger. Seltsam, dass es so etwas tatsächlich gibt.«

»Ja«, pflichtete Theo ihr bei und begegnete kurz Hugos Augen.

»Er hat etwas Ähnliches gesagt.« Hugo steckte die Aufnahme zurück in seine Brieftasche.

»Warum trägst du das Foto mit dir herum?«, fragte Theo.

Hugo lächelte. »Es wurde aufgenommen, als sie sich zum letzten Mal getroffen haben. Sie waren glücklich und haben gelacht, und jetzt sind zwei von ihnen tot.«

Theo legte die Hand auf seinen Arm.

»Du bist das.« Er sprach so leise, dass sie ihn fast nicht gehört hätte, doch sein Gesichtsausdruck sagte ihr alles, was sie wissen musste.

Theo nickte. Es gab keinen Grund zu leugnen.

»Habe ich etwas verpasst?«, fragte Gayle.

»Ich wusste gleich, dass du mir bekannt vorkommst.«

Theo errötete und blickte auf ihre Hände.

Gayle sah Hugo an. »Ich verstehe nicht …«

»Ich denke, ich habe heute meinen Cousin kennengelernt.«

Theo nickte. »Das denke ich auch.«

»Du weißt es nicht?«

Sie schob die Haare hinter die Ohren. »Nein.«

»Verstehe. Dann hat David also keine Ahnung.«

»Nein. Ich habe es auch erst begriffen, als ich auf der Suche nach einem Morgenmantel in deinem Schlafzimmer gelandet bin.« Sie schüttelte den Kopf. »Ich hätte es sehen müssen. Aber um ehrlich zu sein, erschien es mir ausgesprochen unwahrscheinlich.«

»Also, ihr zwei: Weiht ihr mich ein, oder soll ich an einem anderen Tisch Platz nehmen?« Gayle sah Hugo fragend an.

»Du kennst doch das Gemälde in meinem Schlafzimmer?«

Gayle nickte, dann schweifte ihr Blick zu Theo. »Oh, du bist ja wirklich ein stilles Wasser.« Sie lachte. »Hugos Onkel ist der Vater deines Sohnes!«

»Wow, du hast den Zusammenhang wirklich schnell hergestellt!«

»Ist ja auch kaum zu übersehen«, sagte Gayle und betrachtete Hugo mit schmalen Augen.

Die Ähnlichkeit war in der Tat nicht zu leugnen, selbst der Tonfall der beiden war weitgehend gleich. Theo konnte nicht länger den Kopf in den Sand stecken. Sie war sich nicht sicher, was sie empfand, jetzt, da das Geheimnis ans Licht gekommen war, doch zunächst einmal sollte sie ein paar Dinge klarstellen. »Es ist lange her, und ich hätte es nicht tun dürfen.«

»Du warst damals noch nicht verheiratet?« Gayle zog fragend eine Augenbraue in die Höhe.

»Nein, aber … zehn Tage später schon.«

»Da bist du nicht die Einzige, der so etwas passiert. Es geht vielen Leuten so wie dir, unter anderem meiner besten Freundin. Allerdings ist sie nicht schwanger geworden. Sie ist immer noch verheiratet, und sie hat ihrem Mann nie davon erzählt.« Gayle drehte ihr Weinglas in den Händen. »Sie wollte sich einfach sicher sein.«

»Hm.« Theo strich erneut die Haare hinter die Ohren. »Ich kannte nicht mal Patricks Nachnamen.« Sie räusperte sich. »Was absolut schrecklich klingt, wenn ich es laut ausspreche.«

Gayle sah sie überrascht an. »Auf mich machst du gar nicht so einen wilden, freien Eindruck.«

Theo lachte, dann legte sie den Kopf in den Nacken und blickte in den dunkler werdenden Himmel. »Ich war nie wild oder frei, zumindest kannte ich diese Seite an mir nicht. Ich war dabei, meine Diplomarbeit fertigzustellen, und Patrick malte in den Trocadero-Gärten. Der Rest ist Geschichte.«

»Mein Vater sagt, Patrick hätte dich nie vergessen.«

Theos Magen schlug einen Purzelbaum. »Oh.«

»Dann seid ihr zwei also mehr oder weniger verwandt«, stellte Gayle fest. »Aber erzähl weiter, Theo, was ist dann passiert?«

Theo schenkte sich nach. »Wir haben uns kennengelernt, miteinander geredet und gelacht, und dann wollte er mich zeichnen.« Sie trank einen Schluck Wein. »Eins führte zum anderen.« Sie seufzte. »Patrick schlief noch, als ich gegangen bin, aber ich musste meinen Flieger erwischen. Ich hatte vor, die Hochzeit abzusagen.«

»Aber das hast du nicht getan«, sagte Gayle.

»Nein.« Theo schüttelte den Kopf. »Ich hatte Angst, war völlig durcheinander. Piers stand für das, was ich kannte, Patrick für das Unbekannte. Mein Vater behauptete, ich sei bloß nervös, meine Mutter dagegen war der festen Überzeugung, ich könne von Glück sagen, dass Piers mich nehmen würde.«

»Wie bitte?« Gayle verschluckte sich an ihrem Wein. »Er konnte sich verdammt glücklich schätzen, dass er dich hatte.« Sie schüttelte den Kopf. »Und du bist all die Jahre bei diesem Scheißkerl geblieben?«

»Traurigerweise ja, doch es gab auch Gutes in unserer Ehe, Higston Manor zum Beispiel.« Sie lächelte. »Und die ganze Zeit über habe ich mich gefragt, was wohl aus Patrick geworden ist. Ich war mir sicher, dass er irgendwo da draußen ist, bis ich ihn gestern gegoogelt habe. Der Verlust geht mir sehr nahe.«

»Ich denke, wir brauchen mehr Wein.« Gayle stand auf und ging zur Bar.

Theo wandte sich an Hugo. »Ich weiß nicht, was ich sagen soll.«

»Ich auch nicht.« Er lächelte. »Allerdings weiß ich, dass ich froh bin, dir endlich begegnet zu sein, Theodora Grace.«

Sie errötete.

»Er hat deinen Namen auf die Rückseite der Leinwand geschrieben und dich in seinen Tagebüchern erwähnt.«

»O Gott.« Theo schlug die Hände vors Gesicht.

»Nicht auf schlechte Weise.« Hugo berührte ihre Hände. »Er war nicht wütend, weil du gegangen bist. Er hat geschrieben, du hättest ihm gesagt, dass du gehen musst.«

Theo holte tief Luft, drehte sich um und schaute über

den Fluss und die Flussniederungen. Sie fühlte sich völlig leer. Wie ging man mit dem Verlust eines Menschen um, den man nie richtig kennengelernt hatte?

»Ich habe seine Fotos von dir und all seine Skizzen. Du warst für ihn eine Art Muse.«

Wieder schoss ihr das Blut in die Wangen. »O Gott«, stammelte sie erneut und blickte auf die Tischplatte.

Er lachte. In diesem Moment kam Gayle zurück.

Theo rutschte unbehaglich auf der Bank hin und her. »Genug von meiner wilden Vergangenheit«, sagte sie dann mit entschlossener Stimme. »Was ist bei der Hochzeit passiert?«

»Puh, das war eine einzige Katastrophe. Am Ende irrte die Braut über das Gelände, bis jemand aus dem Team sie unten am Strand von Black Rock fand.«

»Nein!« Theo lehnte sich zurück und versuchte, sich Tina mit ihrem makellosen weißen Kleid im strömenden Regen am Ufer des Tamar vorzustellen.

»O doch. Der Bräutigam wurde morgens um drei schlafend in den Toilettenräumen im Keller entdeckt.«

»Ach du liebe Güte«, sagte sie. Das hatte Piers immer schon gemacht.

Hugo schüttelte den Kopf.

»Es tut mir so leid.« Theo nippte an ihrem Wein und versuchte, das Gehörte zu verdauen.

Hugo wedelte abwehrend mit der Hand und fragte: »Wirst du es David sagen?«

»Ich weiß es nicht, und im Augenblick sehe ich auch keinen Sinn darin. Im Gegenteil: Für ihn würden sich die Dinge womöglich zum Schlechteren wenden – er ist der Juniorpartner bei Henshaw & Son.«

Hugo sah aus, als wollte er widersprechen, aber Gayle legte ihm beschwichtigend die Hand auf den Unterarm.

Theo wusste nur eine Sache mit Bestimmtheit: Sollte sie David die Wahrheit sagen, würde sie aller Welt bestätigen, dass ihre Mutter recht hatte: Sie war ein Dummkopf und um keinen Deut besser als Grannie. Aber wollte sie das überhaupt sein? War Grannie nicht im Grunde perfekt gewesen?

Kapitel 31

1914

In Gedanken schlenderte Alice am Flussufer entlang, während sie eifrig versuchte, sich aufs Nähen zu konzentrieren. In ihr tobte eine bis dahin nicht gekannte Rastlosigkeit. Bestimmt würde Edmund sich bald melden und ihnen mitteilen, was vor sich ging. Sie war bei den Cottages des Obergärtners, des Jägers und all der anderen gewesen, die mit Edmund im Automobil davongefahren waren. Die Ehefrauen tolerierten sie, denn schlussendlich hatten sie alle etwas gemeinsam: Sie verloren ihre Männer an den Krieg. Auch sie waren machtlos, und Alice war sich sicher, dass sie dachten, ihre Sorge gälte Edmund, doch es war Zach, ihr innig geliebter Zach, um den sie schreckliche Angst hatte. Jeden Tag verschlang sie die Zeitungen, um Neues über den Krieg in Erfahrung zu bringen, und jeden Tag zog sie sich ein Stück weiter in sich selbst zurück.

»Nanny, ich mache einen Spaziergang«, sagte sie schließlich und legte ihr Nähzeug beiseite. »Möchten Sie mich begleiten?«

Nanny schüttelte den Kopf. »Lady Constance?« Sie sah Constance an, die ein Aquarell von einem ihrer Schmetterlinge malte.

Sie hob den Kopf. »Ich würde das hier gern fertigstellen.«

»Wie Sie wünschen. Sie müssen wohl allein gehen, Lady Alice.« Nannys Lächeln erreichte nicht ihre Augen. Alice ergriff ihre Chance, aber sie zwang sich, nicht aus dem Raum zu stürmen, wie sie es am liebsten getan hätte. Stattdessen nahm sie ihren Hut und die Handschuhe und verließ gemessenen Schrittes das Haus. Draußen nickte sie Burton zu, der auf dem Rasen stand und sie beobachtete, doch sie schlug einen anderen Weg ein als sonst, um zum Cottage des Flussmeisters zu gelangen. Sie schlenderte zunächst hangaufwärts durch den Garten, in den langsam der Herbst Einzug hielt, erst dann wandte sie sich in Richtung Fluss. Die Fetthenne verfärbte sich, einige Bäume ließen bereits die Blätter fallen, als trauerten auch sie um die Gärtner, die diese für gewöhnlich zusammenrechten.

Die Flussüberquerung war heute nicht schwer, das Wasser stand so niedrig, dass sie an der Furt hindurchwaten konnte. Am anderen Ufer bahnte sie sich einen Weg zwischen den Bäumen hindurch, damit sie niemandem begegnete und ungestört ihren Gedanken an Zach nachhängen konnte. Sie sah ihn in jedem der vielen Schatten, die das Licht auf den Waldboden zeichnete, und doch war er fort.

Wann immer sie konnte, kam sie hierher, ging durch die Räume des Cottage und berührte alles, was sich darin befand, versuchte, es sich einzuprägen. Oben legte sie sich ins Bett und dachte an ihre letzten gemeinsamen Stunden.

Fürwahr! Nicht will ich die Vermählung hindern
Getreuer Seelen.

Seine Stimme schien in der Stille des Raumes widerzuhallen. Sie weinte, bis sie keine Tränen mehr hatte. Ihr Verstand sagte ihr, dass die Männer sich nicht weit von hier befanden, in Bodmin. Noch waren sie keine Soldaten, noch würde man sie nicht in den Krieg schicken. Diejenigen, die mit dem Krieg vertraut waren und wussten, wie man kämpfte, würden als Erste gehen. Sie flehte Gott an, dass es kein langer Krieg wäre, dass keiner der Männer, die sich jetzt meldeten, um ihre Pflicht zu erfüllen, je fremden Boden betreten musste.

Ein Schauder überlief sie, als sie ein letztes Mal an seinem Kissen schnupperte. Sein Duft war noch da. Lavendel und Holzrauch, dazu ein Hauch Rosmarin. Sie zog das Leinen vom Kissen und nahm es mit. An der Schlafzimmertür blieb sie stehen und suchte nach dem alten Spiegel, doch sie konnte ihn nicht finden.

Unten wanderte ihr Blick zu der Fensterscheibe, in die sie ihre Initialen geritzt hatten. Sie mussten genügen als Zeugen ihrer Liebe, ihres Versprechens.

An der Haustür drehte sie sich zögernd um. Sie wusste, dass ihr Herz sie hierher zurückführen würde, solange er von ihr fort war, doch sie durfte keinen Verdacht erregen. Nannys Adleraugen entging momentan nichts. Doch da immer mehr Männer das Anwesen verließen, sorgte Nanny sich mittlerweile nicht ganz so sehr, wenn Alice allein spazieren ging.

Ihr Leben hier hatte eine stille Schlichtheit angenommen. An den Abenden strickte Constance Socken. Sie hatte einen Artikel gelesen, in dem stand, dass Socken gebraucht wurden, und Alice hatte das Mädchen nie glücklicher gesehen. In aberwitziger Geschwindigkeit produzierte es ein Paar Socken nach dem anderen.

Alice' Blick schweifte durchs Wohnzimmer und blieb an dem leeren Kamin hängen. Nur ein halb verbranntes Holzscheit lag auf dem Feuerrost. Es war ein trauriger Anblick, und Alice konnte nicht noch mehr Traurigkeit ertragen. Es war, als wäre sie von einem Kokon aus Traurigkeit umgeben.

Sie überquerte den Fluss. Am Ufer von Devon blieb sie stehen und betrachtete das Haus. Es sah aus wie immer, obwohl von den Männern nur Burton und ein älterer Bediensteter geblieben waren. Sogar der Koch war fort, eines der Hausmädchen hatte seine Aufgaben übernommen. Alice fand Trost darin, im Küchengarten zu helfen; die Arbeit schenkte ihr ein wenig Frieden.

Ihr Blick fiel auf Constance, die vor dem Haus stand und wie verrückt winkte.

»Edmund ist am Telefon!«

Alice rannte los und hätte ihre Cousine fast umgerempelt, so eilig hatte sie es, zum Apparat zu gelangen.

»Hallo«, stieß sie endlich mit enger Brust hervor.

»Schlingelchen, ich habe schon befürchtet, ich könnte nicht mit dir sprechen. Ich musste mich zunächst von Nanny ausquetschen lassen«, sagte er.

»Wie geht es dir?«, fragte sie, dabei wollte sie so vieles gleichzeitig sagen.

»Gut. *Allen* aus Abbotswood geht es gut«, antwortete er.

Ihre Atmung normalisierte sich wieder. »Danke.«

»Wir werden uns bald auf den Weg in Richtung Norden machen, Militärübungen. Bodmin ist etwas überlaufen.«

»*Alle* brechen nach Norden auf?«, wiederholte sie.

»Ja, Schlingelchen, *alle.*« Er lachte. »Ich werde mein Bestes geben, um mit dir in Kontakt zu bleiben. Wenn du möchtest, kannst du mir schreiben.«

»Selbstverständlich.« An Zach würde sie nicht schreiben können, und selbst wenn sie es wagte, könnte er ihr nicht antworten. Es war eine furchtbare Situation. Sie konnte nicht einmal das Diadem veräußern, weil sie nicht wusste, wo er es vergraben hatte, konnte nichts tun, bis er nach Abbotswood zurückkehrte. Nachdem sie sich von Edmund verabschiedet hatte, legte sie den Hörer zurück auf die Gabel und betrat das Vestibül. Nanny stand keine zwei Meter von der kleinen Telefonkammer entfernt. Hatte sie etwa gelauscht? Nanny lächelte verhalten, dann zog sie sich zurück.

Alice sah ihr nach. Als sie außer Sichtweite war, rannte Alice in ihr Zimmer, holte Zachs Brief aus seinem Versteck und las ihn erneut. Dann fiel sie auf die Knie und betete laut: »Bitte mach, dass der Krieg schnell vorbei ist und alle wohlbehalten nach Hause zurückkehren.«

15. September 1914

Liebste Sylvia,

es tut mir leid, dass ich erst jetzt zurückschreibe. Der Ausbruch des Krieges und die daraus entstehende Notwendigkeit, alle bei Laune zu halten, haben es mir unmöglich gemacht, auch nur einen einzigen Satz zu Papier zu bringen.

Lord Edmund ist am fünften August aus Abbotswood abgereist, das Automobil voller Männer, darunter auch Zachariah Carne, der Flussmeister. Es hätte kein besserer Zeitpunkt sein können. Er ist ein charmanter Bursche und ein guter Flussmeister, aber Lady Alice hat wieder mit dem Angeln begonnen, und sie hat eine Bindung zu ihm aufgebaut. Ich war besorgt, und meine Sorge hat sich als berechtigt erwiesen.

Wie befürchtet, sind die Dinge hier aus dem Ruder gelaufen. Trotzdem bin ich davon überzeugt, dass sich eine annehmbare Lösung finden lassen wird.

Du wirst mir beipflichten, dass das unter diesen Umständen das Beste ist.

Ich hoffe, Du bist wohlauf. Ich werde mich bemühen, in Zukunft eine bessere Briefpartnerin abzugeben.

Deine Dich liebende Schwester
Eve

PS: Mein Asthma ist durch diese grauenvollen Zigaretten besser geworden. Hast Du sie schon probiert?

Kapitel 32

2019

Theo saß auf dem Anleger. Sie hatte eine Picknickdecke ausgebreitet und einen Imbiss für sich und Martin vorbereitet, der bald ankommen sollte. Als sie nach Abbotswood hinüberschaute, musste sie an Lady Alice denken. Anscheinend hatte sie eine Affäre mit Zachariah Carne gehabt, was zur damaligen Zeit aus vielerlei Gründen skandalös war. Lady Alice war eine junge, unverheiratete Adelige, und er war der Flussmeistergehilfe auf dem einstigen Anwesen ihres Vaters, das nach dessen Tod in den Besitz ihres Onkels übergegangen war. Sie hatte alles riskiert, um bei ihm zu sein. Wie viel Mut musste sie das gekostet haben? Doch offenbar war etwas schiefgelaufen. Neben Theo lagen die Briefe, die sie gefunden hatte. Zach brachte darin das Gefühl, verraten worden zu sein, so lebhaft zum Ausdruck, dass Theo fast meinte, seinen Verlust am eigenen Leibe nachempfinden zu können.

»Hallo?«, durchdrang Martins Stimme ihre Gedanken.

»Hier unten, auf dem Anleger!«, rief sie. Sollte sie Martin von ihrem Dilemma erzählen? Er würde ihr nicht sagen, was sie zu tun hatte. Er würde ihr zuhören.

Martin betrat den Anleger und machte es sich auf der

Decke neben ihr bequem. Mit leuchtenden Augen schenkte er sich ein Glas Wein ein.

»Was ist los?«, erkundigte sie sich.

»Tut mir leid, dass ich zu spät komme.«

»Kein Problem.« Sie musterte ihn. »Du siehst glücklich aus.«

»Ich war heute Morgen bei dem Institut für Ahnenforschung, bei dem ich meine DNA-Probe eingeschickt hatte. Volltreffer!«

»Und was bedeutet das konkret?«

»Wir sind St Loys! Auf uns.« Er hob sein Glas.

»Wirklich?«

»Gene lügen nicht.«

Theo nahm einen Schluck Wein und schaute erneut nach Abbotswood hinüber. Es war Teil ihrer Geschichte. Penhale war Teil ihrer Geschichte. Sie entdeckte ein Paar mit einem Kinderwagen, das auf dem Weg zum Fluss war. Auch ohne näher hinzusehen, wusste Theo, dass es sich um Piers und seine neue Familie handelte. Am liebsten wäre sie aufgesprungen und hätte ihm zugerufen, dass Martin ein Earl war, zumindest beinahe, und sie beide die Ururgroßenkel eines Dukes, doch dann schloss sie die Augen. Diese Dinge hatten ihr nie etwas bedeutet, und das würde sich jetzt nicht ändern. Das Paar auf der anderen Seite des Flusses wirkte glücklich, und sie war froh darüber. Auch sie war glücklich.

»Du sagst gar nichts, Schwesterchen.«

Sie nickte. »Da drüben ist Piers mit seiner Frau und seiner Tochter.«

»Oh.« Er legte den Kopf schräg und musterte sie. »Und das tut weh?«

Sie lachte. »Nein. Tatsächlich ist es eine Erleichterung.«

»Das ist gut. Ich hatte nämlich den Eindruck, eure Liebe sei schon vor Jahren erloschen.«

Theos Lachen wurde freudlos. »War das so offensichtlich?«

»Für mich ja, aber der Rest der Welt hat euch eure Show anscheinend abgekauft.«

Sie holte tief Luft. »Ja, wir waren gute Schauspieler. Das war ich ihm schuldig.«

Martin schüttelte den Kopf.

»Doch, Martin, wirklich.«

»Er war ein abscheulicher Mensch, untreu und verlogen von Anfang an.«

»Das stimmt, aber er war gut zu mir … und zu David.«

Martin setzte sich aufrecht hin. »Was verschweigst du mir, Theo?«

Sie warf ihm einen Seitenblick zu.

»Ich rieche es auf eine Meile Entfernung, wenn du versuchst, etwas vor mir zu verbergen.« Er hielt ihren Blick fest.

»Du meinst, genau wie du damals meine Tagebücher gerochen hast?«

Er nickte.

»Habe ich dir schon erzählt, dass Mum so unverschämt war, meine alten Aufzeichnungen zu lesen? Anschließend hat sie mich erpresst. Ich muss ihr Geld bezahlen, damit sie sie mir zuschickt.«

Martin lachte. »Nein, das hast du mir noch nicht erzählt, aber jetzt sag nicht, dass sie das Tagebuch aus Paris in die Finger bekommen hat!«

»O Gott.« Theo schloss für einen Moment die Augen. »Du hast es gelesen?«

»Ich habe all deine Tagebücher gelesen, jedes skandalöse

Detail. Es hat mich auf ewig gezeichnet, und mir blieb nichts anderes übrig, als Priester zu werden, um Buße zu tun.«

Sie gab ihm einen Klaps. »Um dafür zu büßen, dass du mich ausspioniert hast.«

»Nein, für all die schlimmen Dinge, die ich erfahren habe!« Er kicherte. »Warte mal, da gab es einen Tommy und einen Fred, und dann war da noch etwas, was mich besonders interessierte – das Techtelmechtel mit Susie.«

Theo schlug die Hände vors Gesicht.

»Doch was mich am meisten beeindruckt hat, war, dass du mit Piers Schluss machen wolltest, weil du in Paris einen gewissen Patrick kennengelernt hattest, doch dann hast du es dir anders überlegt. Das war der letzte Eintrag, den ich gelesen habe.« Er schüttelte den Kopf. »Ich wartete auf den nuklearen Fallout, darauf dass mir, dem Goldjungen der Familie, sämtliche elterliche Liebe zuteilwürde, aber dann hast du einfach weitergemacht, als wäre nie etwas gewesen, und Piers geheiratet.« Er nippte an seinem Wein. »Das habe ich nie verstanden.«

»Tja. Kurz gesagt: Piers hat mir gebeichtet, dass er während meiner Abwesenheit mit der Sekretärin seines Vaters geschlafen hat, und mich gebeten, ihm zu verzeihen.«

»Und das hast du getan?« Martin schüttelte bedächtig den Kopf. »Du hast dich schuldig gefühlt, deshalb hast du ihn damit durchkommen lassen.«

Theo lachte bitter auf. »Na ja, Mum hat immer schon behauptet, dass ich ein Dummkopf bin.«

»Bislang war ich da anderer Meinung.« Martin trank einen weiteren Schluck Wein, dann sah er Theo direkt in die Augen. »Ist David von Piers?«

Theo legte die Hand an ihren Hals. »Warum fragst du das?«

»Weil er weder Piers ähnlich sieht noch mir oder Dad.«

Sie senkte den Blick. »Ich weiß es nicht«, antwortete sie dann. »Eigentlich müsste er Piers' Sohn sein, denn Patrick und ich haben verhütet.«

»Aber du hast deine Zweifel.«

Sie nickte.

»Was wirst du jetzt tun?«, fragte er.

»Abgesehen davon, David um einen DNA-Test zu bitten, gibt es wohl kaum etwas, was ich tun könnte, und auch das würde nur weiteren Schmerz verursachen.«

»Es ist nicht gut, Geheimnisse zu haben, und David ist erwachsen.«

Theo schürzte die Lippen.

»Ich werde dir nicht vorschreiben, was du zu tun hast.«

»Das weiß ich.«

»Gut. Dennoch bin ich der Ansicht, dass David es verdient, die Wahrheit zu erfahren«, fügte Martin hinzu.

»Du Mistkerl.« Sie schob die Unterlippe noch weiter vor und überlegte, ihm einen ordentlichen Klaps zu verpassen.

»Immer wieder gern, aber bitte schlag mich nicht. Ich muss morgen wieder vor die Kamera.«

»Vor welche Kamera?«, fragte sie.

»Eine Produktionsfirma ist an mich herangetreten. Sie drehen eine Sendung für den Tag des Waffenstillstands. Damit war ich heute Morgen beschäftigt.«

»Amateurdarsteller.«

»Absolut. Ich liebe es, wenn die Menge zu mir aufschaut.«

Theo prustete los.

»Sie würden dich auch gern filmen.« Er legte den Kopf schief und warf ihr einen Dackelblick zu.

»Nein«, erwiderte sie grinsend.

»Komm schon, Schwesterchen. Für dein Alter siehst du doch noch ganz gut aus.«

»Es ist ein Wunder, dass ich dich liebe.«

»Aber das tust du. Komm. Das wird lustig. Sie drehen in Penhale. Es hat sich herausgestellt, dass unser Flussmeister«, er klopfte auf die Briefe, die neben Theo auf der Picknickdecke lagen, »ursprünglich aus Penhale stammte.«

»Tatsächlich?« Theo schaute zum Cottage hinüber. »Na schön, ich komme mit, aber es ist gut möglich, dass ich in letzter Sekunde einen Rückzieher mache.«

Martin nahm den obersten Brief in die Hand. »Hast du sie alle gelesen?«

»Noch nicht. Sie sind ausgesprochen emotional.«

»Darf ich?«, fragte er.

Sie nickte.

Martin faltete das dünne Blatt Papier auseinander und las laut vor.

20. April 1918

Meine Dame vom Fluss,

die Morgendämmerung bricht an. Alles ist still, abgesehen von den schnarchenden Männern. Regenwasser fließt in kleinen Bächen in den Schützengraben hinunter. Die Erde unter meinen Füßen hat sich eine schlammige braune Pfütze verwandelt. Die Ratten können gut schwim-

men, und wir schließen Wetten ab, welche von ihnen als Erste das Stück Brot erwischt, das wir ausgelegt haben.

Ich weiß nicht, warum ich Dir das erzähle. Ich weiß nicht, warum ich Dir überhaupt schreibe. Aber ich weiß auch nicht, wie ich es nicht tun könnte. Obwohl ich Dich hasse, bist Du in meinem Herzen und in meinem Kopf, und ich rede die ganze Zeit mit Dir. Irgendwie finden die Worte den Weg in meinen Bleistift und auf das Papier. Du willst nichts von den Rattenrennen oder dem Schlamm wissen. Du willst nichts von mir wissen. Es war ein Spiel, hast Du gesagt. Nein, diese Worte hast Du nicht benutzt. Deine Wortwahl war um einiges charmanter.

Aber was ist mit mir? Du hast mir das Herz herausgerissen. Ich weiß genau, wie so etwas aussieht. Ich habe das Herz eines Mannes gesehen, das ihm zusammen mit anderen Organen aus dem Leib gefetzt wurde. Ich habe seine Körperteile auf dem Boden verstreut liegen sehen. Genau so fühlte ich mich, in Stücke gerissen, und so fühle ich mich noch immer. Was kann man ohne Herz fühlen? Nicht viel. Es dauert länger, bis etwas zu mir durchdringt, vor allem schöne Dinge. Das Grauen macht sich schnell in mir breit, aber es vergeht. Ich halte nicht daran fest. Es ist gleich, ob ich lebe oder sterbe. Ich habe Dich verloren.

Z.

Martin ließ den Brief sinken. »Ich verstehe, was du meinst.«

Theo schüttelte den Kopf. »Seine Worte schneiden einem ins Herz. Ich denke, er hat sie an Lady Alice gerichtet.«

Martin faltete den Bogen sorgfältig zusammen. »Interessant.« Er blickte über den Fluss nach Abbotswood House. Theo hatte sich oft gefragt, was in seinem klugen Kopf vor sich ging, aber sie konnte es nie sagen.

»Denkst du, wir sollten Jeanette von dem Ergebnis des DNA-Tests in Kenntnis setzen?«, fragte er.

»Wenn wir es nicht tun, kommen wir vermutlich beide in Teufels Küche.« Theo reichte Martin einen Teller. »Sie wird morgen ebenfalls mitkommen wollen.«

»Und uns die Show stehlen.« Er grinste.

»Genau das befürchte ich.« Theo streichelte die Katze, die sich zu ihnen gesellt hatte, um herauszufinden, warum sie nicht endlich das Hühnchen aßen, auf das sie schon so lange gewartet hatte.

Kapitel 33

1914

Es war der erste Tag im September. Immer mehr Blätter fielen von den Bäumen, und Abbotswood leuchtete in allen möglichen satten Farben. Jeden Abend bei Anbruch der Dämmerung sah Alice den Schwalben zu, die sich am Fluss zu einem Insektenfestmahl versammelten. Auch die Fische kamen an die Oberfläche, um die Fülle zu genießen. Niemand angelte. Ihr Onkel war in London. Ihr Cousin Charles hatte sich ebenfalls zur Armee gemeldet. Ihre Mutter lamentierte über vertane Chancen und beklagte, dass Alice nun wohl niemals einen Ehemann finden würde.

Sie pflückte einen langen Grashalm und drehte ihn zwischen den Fingern, bevor sie ihren Rock zurechtzupfte. Er saß eng, obwohl sie kaum etwas zu sich nahm und ihr die ganze Zeit über vor lauter Sorge schlecht war. Die ersten Berichte aus Frankreich klangen gar nicht gut. Zum Glück waren Zach und Edmund noch bei militärischen Übungen in Aldershot. Sie gab sich alle Mühe, die Begeisterung über diesen Krieg zu verstehen, aber es wollte ihr nicht gelingen.

Allerdings hatte sie Edmunds Brief mit seinen Schilderungen all der Strapazen und albernen Possen zum Lachen gebracht. Sie bezweifelte, dass Letztere der Wirklichkeit entsprachen, doch er wusste, dass seine Briefe ihr Mut machten, außerdem enthielten sie stets Nachrichten über Zach. Nichts, was jemand anderem auffallen würde. Sie blieb unter der großen Eiche stehen und zog den Brief aus der Tasche, um ihn erneut zu lesen.

Liebes Schlingelchen,

die Übungen dauern an. Wir haben das Marschieren gemeistert. Ich kann Dich lachen sehen, aber es ist schwieriger, als Du denkst, vor allem wenn man von einer Hunderte Mann starken Truppe Perfektion erwartet. Beine und Zehen verknoten sich und stolpern – an vielen Tagen hat man den Eindruck, man würde einer Komödie beiwohnen. Wie dem auch sei, ich freue mich, Dir berichten zu können, dass all unsere kornischen Männer gut mit dem Gewehr umgehen können. Es versteht sich von selbst, dass der Jäger der beste Schütze ist, aber die Schießkünste der anderen können sich ebenfalls sehen lassen. Es ist gut, dass ich mittlerweile mein Pferd bei mir habe. Magpie ist mir ein ständiger Trost, und ich suche, so oft ich kann, ihre Nähe, genau wie Zach. Er arbeitet darauf hin, mein Offiziersbursche zu werden, damit er ein Auge auf mich haben kann.

Die Stimmung unter den Männern ist beschwingt, und die alten Offiziere, die uns ausbilden, sind ein guter Haufen. Viele von ihnen haben im Burenkrieg gedient und haben jede Menge Geschichten zu erzählen. Meistens bleiben sie ganz locker, aber an manchen Abenden sinkt die Stimmung. Gott sei Dank kommt das nicht oft vor, und für gewöhnlich nur dann, wenn der Portwein ausgeht.

Ich werde in Kürze nach London fahren, um mich um die Uniformen zu kümmern. Ich weiß, dass Du immer noch an Abbotswood gebunden bist, was schade ist, denn ich würde Dich liebend gern sehen und Dir alle Neuigkeiten persönlich mitteilen.

Ich hoffe, es besteht die Möglichkeit, dass ich mich davonstehlen und einen Abstecher nach Cornwall und natürlich auch nach Abbotswood machen kann, also mach bloß keine Scherereien oder versuch es wenigstens!

Dein Edmund

Sie faltete den Briefbogen zusammen und steckte ihn in ihre Tasche zurück. Als sie den Kopf hob, sah sie Nanny in ihre Richtung kommen. Sie würde also keine Möglichkeit haben, unbemerkt zum Cottage überzusetzen. Noch immer klammerte sie sich Nacht für Nacht an den Kopfkissenbezug und atmete seinen Duft ein, der doch nicht länger darin hing.

»Hat Lord Edmund geschrieben?«, fragte Nanny und blieb bei ihr stehen.

Alice nickte.

»Geht es ihm gut?«

»Ja, er schreibt, der Jäger sei der beste Schütze.«

Nanny zog eine Augenbraue in die Höhe. »Und was ist mit dem Flussmeister?«

Alice trat einen Schritt zurück. »Er hat nicht explizit über die Schießkünste des Flussmeisters berichtet, sondern lediglich erwähnt, dass sich alle kornischen Männer gut gemacht haben.«

»Aha.«

»Er sagt, dass er bald nach London fährt.« London war für sie derzeit so weit weg wie der Mond, und sie fühlte sich weniger davon angezogen als von der hellen Kugel am Firmament.

»Wegen der Uniformen.« Nanny starrte auf das zusammengefaltete Papier.

Alice ließ die Hand sinken. Vermutlich wäre es das Einfachste, wenn sie Nanny anbot, den Brief zu lesen. »Ja. Vielleicht ist es ihm möglich, Penhale einen Besuch abzustatten und hoffentlich auch hier Halt zu machen.«

»Es wäre schön, ihn zu sehen. Er ist ein guter Junge.« Nanny lächelte.

»Mit einundzwanzig ist er doch kein Junge mehr.« Alice schüttelte den Kopf.

»Ich sehe euch alle als Kinder.«

Alice holte tief Luft und machte sich auf den Rückweg zum Haus. Das Wort »Kinder« beunruhigte sie. Sie spürte, wie eine Woge der Übelkeit über sie hinwegschwappte. Es gelang ihr gerade noch, sich hinter einen Busch zurückzuziehen, dann würgte sie ihr bescheidenes Frühstück heraus. Nanny trat hinter sie und streichelte ihren Rücken, wie sie es getan hatte, als Alice noch ein kleines Kind gewesen war. Alice traten die Tränen in die Augen.

Als der Brechreiz nachließ, brachte Nanny sie in ihr Zimmer und steckte sie ins Bett. Anschließend servierte sie ihr wortlos einen leichten Tee mit einem trockenen Keks. In ihrem Gesicht spiegelte sich nichts als Liebe. Alice legte sich zurück in die Kissen, besorgt über Nannys Schweigen, doch trotz ihrer Sorgen schlief sie ein, obwohl es noch nicht einmal Mittag war.

Als sie aufwachte, fühlte sie sich noch immer unwohl, doch sie konnte nicht länger so tun, als hätte sie sich lediglich einen Magen-Darm-Infekt zugezogen. Sobald sie aufstand, überkam sie neuerliche Übelkeit. Susan erschien mit einer Schüssel. Als Alice endlich aufhören konnte zu würgen, reichte ihr die Zofe ein feuchtes Tuch. Alice wischte sich das Gesicht ab. Sie wollte es nicht wahrhaben, dass sie schwanger war. Ihre Periode war ausgeblieben, und selbst wenn man die üblichen Unregelmäßigkeiten mit einrechnete, konnte sie die Wahrheit nicht länger leugnen.

»Was werden Sie tun, Mylady?«, fragte Susan besorgt.

»Ich weiß es nicht.« Alice warf ihr einen hilflosen Blick zu, setzte sich aufs Bett und schlang die Arme um ihre Mitte. In ihr wuchs Zachs Kind heran. Ihr Herz schwoll an vor Liebe. Aus ihrer Liebe würde ein Kind hervorgehen. Sie schloss die Augen. Das war das Schlimmste, was ihr hatte passieren können. Es gab kaum einen schlechteren Zeitpunkt. Zach war bei der Armee. Er konnte nicht desertieren. Er konnte sie nicht retten. Herr im Himmel, was hatte sie nur getan? »Was würdest du tun?«, fragte sie die Zofe.

»Ich würde ihn heiraten«, antwortete Susan.

Alice lachte bitter. »Genau das unterscheidet uns.« Sie verzog die Mundwinkel zu einem traurigen Lächeln. »Du hast die Freiheit zu heiraten, wen du möchtest.«

»In der Tat, Mylady, doch sobald ich verheiratet bin, darf ich nicht mehr als Zofe arbeiten.«

»Das ist richtig.« Alles hatte seinen Preis.

»Allerdings könnte ich tatsächlich Hauswirtschafterin werden.« Susan lächelte freundlich. »Sie könnten doch bestimmt auch etwas finden.«

Alice stand vorsichtig auf, und Susan nahm ihren Arm,

um sie zu stützen. Wenn Susan es wusste, dann wusste auch Nanny Bescheid, und es würde nicht lange dauern, bis es sich herumgesprochen hatte. Die Zeit spielte gegen sie. Sie machte sich keine Illusionen, was passieren würde, wenn ihre Mutter und ihr Onkel von ihrem Zustand erfuhren.

Sie ging zu dem kleinen Schreibtisch in einer Ecke des Zimmers hinüber. Es gab nur einen einzigen Menschen, dem sie sich anvertrauen konnte, und das war Edmund.

Abbotswood, 1. September 1914

Liebster Edmund,

ich hoffe, Du bist wohlauf und genießt das Militärleben. Die Dinge hier haben eine unverhoffte Wendung genommen, ein absoluter Notfall ist eingetreten. Ich brauche Deine Hilfe, und zwar sofort. Sollte sich irgendeine Möglichkeit ergeben, komm bitte so schnell wie möglich nach Abbotswood, um Schlimmeres zu vermeiden.

Für immer die Deine
Schlingelchen

Während der letzten Tage war Alice allen außer Susan aus dem Weg gegangen, hatte weder Nanny sehen wollen noch Constance. Edmund hatte geantwortet und ihr mitgeteilt, dass er heute nach Abbotswood kommen würde. Sie wusste, was sie zu tun hatte. Sie würde dieses Problem lösen müssen.

Sie flüchtete sich in die Sicherheit des Muschelhauses und schloss die Tür hinter sich. Hoffentlich würde ihr niemand folgen. Warmes Licht fiel durch die runden Buntglasfenster und ließ die Amethyst- und Quarzkristalle in der Grotte glitzern. Der Eisenpyrit leuchtete golden. Überall waren Muscheln, aus weiter Ferne und aus der Gegend. Es war ein Ort voller Wunder.

Sie berührte ihren Mund und spürte Zachs Küssen nach. Dachte er noch an sie, oder hatte die anstrengende Ausbildung die Erinnerung an ihre Liebe aus seinem Kopf verdrängt? Nein, das war unmöglich. Er hatte sich in ihre Seele eingeprägt, genau wie sie einen unauslöschlichen Abdruck auf seiner Seele hinterlassen haben würde. Sie setzte sich auf die Bank, auf der sie die Fliege gemacht hatten. Und jetzt hatten sie ein Kind gemacht. Alice stand auf und ließ das Muschelhaus und ihre Träume hinter sich. Jetzt musste sie an ihre Zukunft und an die Zukunft ihres Kindes denken.

Beim Mittagessen war Alice nicht in der Lage, auch nur einen Bissen zu sich zu nehmen. Ihre Schwangerschaftsübelkeit wurde durch die Sorge wegen Edmunds bevorstehender Ankunft nur noch schlimmer. Sie hatte keine Ahnung, was sie ihm sagen sollte, kämpfte mit ihrem Zorn darüber, dass sie nicht den Mann heiraten konnte, dem sie sich versprochen hatte, dem sie ihr Herz geschenkt und der sie in diese missliche Lage gebracht hatte. Wären sie doch bloß zusammen weggelaufen!

Als sie das Motorengeräusch eines sich nähernden Automobils hörte, stand Alice auf und durchquerte das Vestibül. Ihr Mund war trocken, ihre Gedanken rasten. Sie tat das Richtige, redete sie sich ein, für sich und ihr Kind, und hoffentlich auch für Edmund. Ihr Puls wurde ruhiger, als er in seiner Uniform das Haus betrat. »Attraktiv« war nicht einmal ansatzweise die passende Beschreibung für seine Schönheit. Die Uniform stand ihm, sie betonte seine breiten Schultern und die schmale Taille. Er grinste, als er sie sah. »Komm schon, Schlingelchen, nichts kann so schlimm sein.« Er beugte sich zu ihr, küsste ihre Wange und hakte sich bei ihr ein. »Und jetzt lass uns einen Spaziergang an diesem wunderschönen Septembertag machen.«

Alice nickte und folgte ihm hinaus in den warmen Sonnenschein. Edmunds Arm gab ihr Halt. Ohne zu reden, schlenderten sie durch die Gärten zum Fluss, bis sie schließlich auf einer der Brücken stehen blieben, die den Tamar überspannten.

Er legte ihr einen Finger unter das Kinn. »Sieh mich an, Schlingelchen.«

Sie hob den Kopf.

»Ist es das, was ich denke?«

Alice nickte.

»Ich weiß, wessen Kind du unterm Herzen trägst, und du kannst ihn nicht heiraten, ganz gleich, was dir dein ungezähmtes, liebendes Herz sagt.«

Alice presste die Lippen zusammen. Es war schwerer, als sie gedacht hatte. Letzte Nacht hatte sie sich im Bett hin und her gewälzt und sich zurechtgelegt, was sie sagen wollte. Jetzt fiel es ihr schwer, überhaupt irgendwelche Worte zu finden. »Edmund, ich weiß, das ist absolut ungewöhnlich …«, sie holte tief Luft, »aber willst du mich heiraten?« Sie sah ihm ins Gesicht, zögerte, dann fuhr sie fort: »Ich weiß, dass es nicht das ist, was du dir gewünscht hast. Es ist auch nicht das, was ich mir gewünscht habe, aber es könnte eine Lösung für uns beide sein.«

»Eine Lösung.«

»Ja, eine Lösung. Eines Tages wirst du heiraten und einen Erben zeugen müssen.«

Er nickte mit angewidertem Gesicht.

»Ich kann den Vater meines Kindes nicht heiraten, obwohl ich mir das mehr als alles auf der Welt wünsche, aber nun muss ich dieses Kind beschützen.«

»Schlingelchen.«

»Wir lieben einander nicht wie Liebende. Wir haben beide Geheimnisse, und es gibt niemanden außer dir, dem ich mein Geheimnis anvertrauen würde.« Sie blickte ihm in die Augen. »Willst du mich heiraten, Edmund?«

»Das war ja klar, dass du mich zuerst fragst.« Er lachte. »Wie du dir sicher denken konntest, habe ich zwischen den Zeilen gelesen und mich darauf vorbereitet, dir einen Antrag zu machen.« Er schob ihr eine verirrte Locke aus dem Gesicht. »Typisch Schlingelchen. Immer musst du mir zuvorkommen.«

»Heißt das …«

»Ach, Schlingelchen, ja. Ich weiß, dass es nicht das ist, was du dir gewünscht hast, aber es ist das Beste.« Er streichelte ihre Wange. »Wir wollen doch nicht, dass sie dich zwangseinweisen.«

Sie schüttelte den Kopf. Ein Teil von ihr weigerte sich zu glauben, dass ihre Mutter so weit gehen würde, doch sie würde es tun. Auch ihr Onkel würde darauf bestehen, damit der Familienname keinen Schaden nahm.

»Ich hatte gehofft, um eine Ehe herumzukommen, doch das würde bedeuteten, dass die Grafschaft keinen legitimen Erben hätte.« Er verdrehte die Augen.

Sie warf ihm einen Seitenblick zu. Er nickte.

»Wenn ich dich also heirate, Schlingelchen, schenkst du

mir einen Erben, ohne dass ich vor dem Problem stehe, ihn selbst zeugen zu müssen.«

Sie schaute auf den Fluss, der unter der Brücke hindurchströmte. Alles rauschte an ihr vorbei, und sie hatte nichts, woran sie sich festhalten konnte. Aber Edmund war da, genau wie er in ihrer Kindheit da gewesen war. »Ich werde dich heiraten, Schlingelchen, und da ich die Situation vorausgesehen habe, war ich bereits bei deinem Onkel, um ihn um Erlaubnis zu bitten.«

Sie öffnete den Mund, wollte etwas erwidern, ihren Dank ausdrücken, doch Edmund kam ihr zuvor. »Ich nehme an, mich zu heiraten wird dir das größtmögliche Maß an Freiheit schenken.«

Sie sah ihn mit aufgerissenen Augen an. »Freiheit?«

»Das größtmögliche Maß an Freiheit, Schlingelchen. Du wirst Liebhaber haben, genau wie ich. Und wir werden beste Freunde bleiben.« Er nahm ihre Hand. Sie schaute ihm in die Augen, die voller Wärme und Liebe waren. »Und nur um meine eigene Eitelkeit zu befriedigen: Darf ich dir jetzt einen ordentlichen Antrag machen?«

Alice nickte lachend.

Er ging vor ihr auf ein Knie. »Willst du mich heiraten, Schlingelchen, und mir die Ehre erweisen, meine Ehefrau zu werden?«

Ihre Mundwinkel zuckten in die Höhe. »Das muss ich wohl, denn anscheinend haben wir das Schicksal herausgefordert, als du mich vor all den Jahren geküsst hast.«

»O ja, das haben wir.« Er stand auf, zog sie in seine Arme und drückte sie fest an sich. »Ich werde mein Bestes für dich geben, und ich werde mich um Zach kümmern, das verspreche ich dir.«

Alice legte den Kopf an Edmunds Herz und lauschte dem gleichmäßigen Pochen. Er war ein guter Mann, und sie konnte sich glücklich schätzen. Doch das konnte nicht die Tränen eindämmen, die ungehindert auf seine Uniform tropften.

Kapitel 34

Susan packte die letzten Sachen von Alice ein, nur Beatrice' Hochzeitskleid ließ sie noch draußen. Alice betrachtete es voller Abneigung; sie hätte es vorgezogen, eines ihrer eigenen Kleider zu tragen. Allerdings hatte ein Blick von Nanny genügt, sich jegliche Widerrede zu verkneifen. Stattdessen hatte sie höflich gelächelt und ihrer Tante für ihre Freundlichkeit gedankt.

Es hatte seit Sonnenaufgang geregnet, was ihre Laune zusätzlich trübte, doch jetzt hatte der Regen aufgehört. Sie sehnte sich nach etwas frischer Luft – nein, das war nicht richtig, sie *brauchte* frische Luft. Sie trat ans Fenster und schaute auf das südliche Flussufer. Dort wartete das Cottage auf sie, doch seit Edmunds Besuch vor ein paar Tagen hatte sie keine Minute für sich allein gehabt. Als sie an jenem Tag zum Haus zurückgekommen waren, war Nanny um sie herumgeschlichen, als hätte sie gewusst, was passiert war. Ihr breites Lächeln drückte Erleichterung aus. Auch Alice war erleichtert gewesen – und gleichzeitig zutiefst traurig. Ihre Träume von einem Leben mit Zach, einem Leben in Kalifornien, wo Männer und Frauen eine Stimme besaßen, waren gestorben. Für sie würde es keine Freiheit geben.

Heute würde sie Lady Alice St Loy werden, nicht Mrs Zachariah Carne.

Die Hochzeit war überstürzt arrangiert worden, wofür der Krieg eine perfekte Ausrede bot. Edmund war Sonderurlaub gewährt worden. Die Trauzeremonie sollte in der kleinen Hauskapelle von Penhale abgehalten werden.

Bevor irgendwer auf die Idee kommen konnte, Wirbel um sie zu veranstalten, eilte sie hinaus in den Garten und mit schnellen Schritten in Richtung Wald. Sie wollte eine Weile um das trauern, was niemals sein würde. Auf dem Waldboden entdeckte sie eine Schwalbenfeder und hob sie auf. Gestern Abend bei Einbruch der Dämmerung hatten sich die Schwalben zu ihrer langen Reise in den Süden versammelt. Wenn sie zurückkehrten, wäre sie nicht länger in Abbotswood, sondern in Penhale oder London. Ihr Herz jedoch würde stets an diesen Ort zurückkehren.

Ein prächtiger Fasan raschelte im Unterholz. Er unternahm einen kläglichen Versuch zu fliegen, wobei er eine Schwanzfeder verlor. Sie hob sie ebenfalls auf und schloss die Faust um die beiden Federn. Anschließend lenkte sie ihre Schritte zum Küchengarten, wo sie etwas Rosmarin pflückte. Auch das würde sie vermissen. Sie versenkte die Federn und den Rosmarin in ihrer Rocktasche, dann kehrte sie in ihr Zimmer zurück, wo ihre Mutter und Nanny auf sie warteten.

Es war so weit. Sie zwang sich zu einem Lächeln, dann wandte sie sich dem Brautstrauß auf ihrer Frisierkommode zu: prächtige blaue Hortensienblüten mit blauem und weißem Ehrenpreis. Dazwischen steckte sie die beiden Federn und den Rosmarin. Sie waren kaum zu sehen, und nur sie wusste, dass sie da waren.

»Hör auf zu trödeln, Alice, sonst kommen wir noch zu spät.« Ihre Mutter klopfte ungeduldig mit dem Fuß auf den

Boden. Alice wandte sich Susan zu und ließ die Zofe mit der Arbeit beginnen. Als sie fertig war, drückte Susan aufmunternd ihre Hand und sagte: »Sie sehen wunderschön aus, Mylady.«

»Vielen Dank, Susan.« Alice blickte in den Spiegel. Ihre makellose Erscheinung wurde lediglich durch die dunklen Ränder unter ihren Augen getrübt.

»Alice, weißt du, wo das Diadem deiner Großmutter ist?«, fragte ihre Mutter und strich mit der Hand über die Spitze des Schleiers. »Ich habe in London danach gesucht, aber dort war es nicht.«

Alice erstarrte. Ja, sie hätte den Lorbeerkranz heute tragen können, auch wenn sie sich nicht fühlte wie eine Siegerin. Sie schüttelte den Kopf.

»Ich habe mich bereits bei deiner Zofe danach erkundigt. Sie sagte, es sei hier, aber sie habe es schon eine ganze Weile nicht mehr gesehen.« Ihre Mutter legte die Stirn in Falten. »Ich frage mich, ob einer der Bediensteten es genommen hat, als die Männer in den Krieg gezogen sind.«

Alice schluckte. »Das kann ich mir nicht vorstellen. Bestimmt habe ich es verlegt.«

»Nun, es wird sich schon wiederfinden. Nimm die hier.« Sie nahm Haarklammern mit großen Perlen aus einer Schatulle und reichte sie Susan, die den Schleier damit befestigte. Alice tastete nach der Perlenkette an ihrem Hals. Sie war bereit, ein Leben zu beenden und ein anderes zu beginnen.

Penhale leuchtete im Septembersonnenschein. Unter ihren Füßen raschelten Blätter, und alle Bewohner des Anwesens, die nicht in den Krieg gezogen waren, hatten sich versammelt, um Edmunds Hochzeit zu feiern. Das hatte Alice nicht erwartet. Ihre Handflächen schwitzten in den Handschuhen, und sie fasste den Hochzeitsstrauß fester, während sie am Arm ihres Onkels zur Kapelle schritt. Vor dem Portal schloss sie kurz die Augen und dachte an Zach. Er hätte mit ihr vor dem Traualtar stehen sollen. Ihr Herz verzehrte sich nach ihm, und daran würde sich nie etwas ändern. Sie hob den Kopf und lächelte die Menschen an, die auf dem Vorplatz standen. Sie musste es tun, und sie musste überzeugend wirken.

Zusammen mit ihrem Onkel betrat sie das Innere der Kapelle. Es dauerte einen Moment, bis sich ihre Augen an das Dämmerlicht gewöhnt hatten. Sämtliche Bänke waren besetzt. Ihr Blick schweifte darüber hinweg zu Edmund, der stolz in seiner Uniform auf sie wartete. Er zwinkerte ihr lächelnd zu. Die Musik setzte ein, und ihr Onkel führte sie die kurze Strecke zum Altar. Dort überreichte er sie Edmund, der flüsterte: »Hallo, Schlingelchen, schön, dass du es geschafft hast.«

Sie unterdrückte ein Lachen. Der Gesichtsausdruck des Vikars war ernst. Alice konnte nicht sagen, ob er diese Verbindung billigte oder nicht. Vielleicht lag es daran, dass die Hochzeit so überstürzt arrangiert worden war, aber momentan, so hatte sie gehört, wurde überall geheiratet. Der Krieg dauerte an, und die Männer verließen scharenweise ihre Heimat. Edmund hatte ihr versichert, dass sie noch nicht nach Frankreich geschickt würden, doch sein Urlaub endete morgen.

Alice wusste, dass sie diese Farce nicht durchgestanden hätte, wäre ein anderer Mann an seiner Stelle gewesen. Aus den Augenwinkeln sah sie, wie er blass wurde, als der Vikar fragte, ob jemand etwas gegen diesen Ehebund einzuwenden habe. Sie wagte es nicht, in die Menge zu schauen, aber sie hörte das Rascheln und Füßescharren in den Bänken der Kapelle. Ihr Blick blieb fest auf Edmund geheftet. Als der Vikar fortfuhr, entspannte er sich. Niemand schien etwas bemerkt zu haben, aber ihr war seine Nervosität nicht entgangen. Nun wandte sich der Geistliche an Edmund. Alice betrachtete das Buntglasfenster hinter ihm mit dem Wappen der Familie St Loy: drei miteinander verbundene Hasen, die einen Kreis bildeten. Das Kind in ihr war der dritte Hase.

»Willst du diese Frau zu deiner rechtmäßig angetrauten Ehefrau nehmen, um gemeinsam mit ihr gemäß Gottes Gesetz im heiligen Stand der Ehe zu leben? Wirst du sie lieben, sie trösten, sie ehren und zu ihr stehen, in Krankheit wie in Gesundheit, und allen anderen entsagen, nur ihr gehören, solange ihr lebt?«, fragte der Geistliche.

»Ich will.« Edmunds Stimme war klar und kräftig. Sein Blick ruhte auf ihr, als der Vikar sie fragte, ob sie Edmund zu ihrem Ehemann nehmen wolle.

Alice holte tief Luft und antwortete laut und deutlich: »Ich will.«

Der Vikar führte sie weiter durch die Zeremonie, und Edmund nahm ihre Hand, als er ihr versprach, sie zu lieben und zu ehren, bis dass der Tod sie scheiden würde. Alice schloss erneut die Augen. Sie hatte diese Versprechen schon einmal einem Mann gegeben, wenn auch nicht vor den Augen der Gemeinde, sondern vor den Augen Gottes, der alles sah. Sie verhaspelte sich bei den Worten, aber sie schaffte es, dem Geistlichen nachzusprechen.

Edmund drückte ihre Hand, dann steckte er ihr den Ehering an den Finger und sagte: »Mit diesem Ring nehme ich dich zur Frau, mit meinem Körper ehre ich dich und teile all meinen weltlichen Besitz mit dir. Im Namen des Vaters, des Sohnes und des Heiligen Geistes. Amen.«

Auch als sie niederknieten, ließ er ihre Hand nicht los. Eine Welle der Übelkeit überkam sie, doch er schaffte es, dass sie auch den Rest der Zeremonie überstand. Anschließend schritten sie gemeinsam durch den Mittelgang der Kapelle, vorbei an ihrer Mutter, seinen Eltern, ihrem Onkel und ihrer Tante. Constance und Nanny saßen Seite an Seite, Nanny strahlte, doch Constance machte ein ernstes Gesicht.

Draußen vor der Kapelle regnete es Blütenblätter, als sie zum Haus hinübergingen. In der großen Halle war alles für das Hochzeitsfrühstück vorbereitet. Die Balken waren mit Girlanden aus Herbstblumen geschmückt – ein spektakulärer Anblick.

Sie sehnte sich danach, sich endlich hinzusetzen, aber Edmund und sie wurden zusammen mit seinen Eltern in den Salon gescheucht, wo sie auf einem Sofa Platz nehmen mussten. Der Fotograf machte sich an die Arbeit. Auf dem ersten Foto waren sie zu viert abgebildet, dann folgten Aufnahmen von Alice und Edmund. Die Bilder waren gestellt, ihr Gesicht würde darauf wie eingefroren wirken. Nanny kam mit einem Glas Wasser herein. Alice leerte es, dankbar für ihre Freundlichkeit.

Als sie in die große Halle zurückkehrte, nahm ihr frischgebackener Schwiegervater, der Earl St Loy, für einen Moment ihren Arm und sagte: »Wir können gar nicht genug betonen, wie froh wir über diese Ehe sind.« Sein Lächeln ließ ihr einen Schauder über den Rücken rieseln. Da war etwas in seinen Augen, was ihr nicht gefiel, doch sie wollte nicht weiter darüber nachdenken, da jetzt Edmund ihren

Arm nahm. Alle standen auf, als sie die Halle betraten. Er beugte sich zu ihr und flüsterte: »Das ist vermutlich nicht das Hochzeitsfrühstück, das du dir vorgestellt hast.«

Alice schüttelte lachend den Kopf. »Nein, wahrhaftig nicht; wenn überhaupt, wäre ich davon ausgegangen, dass die Feier in London stattfindet.«

Er führte sie zu ihren Plätzen. Das hier würde schwierig werden. Sie musste genug essen, um besorgte Blicke von vornherein zu vermeiden, den Gästen etwas vorspielen. Edmund schien das leichtzufallen. Er gab weiter den Mann, der bis über beide Ohren verliebt war. Nach der Tischrede wurden sie von den verbliebenen Bewohnern von Penhale beglückwünscht. Glücklicherweise war die gesellschaftliche Elite wegen der Kürze der Zeit nicht eingeladen worden.

Als sich die Feier bei Sonnenuntergang dem Ende zuneigte, konnten Edmund und sie endlich fliehen. Er führte sie zu einer Reihe von Zimmern, die sie noch nicht kannte. Von der Landschaft hinter den Fenstern war nicht mehr auszumachen als schattenhafte Umrisse. Alice ließ sich aufs Bett sinken.

»Deine Zofe wird jeden Moment hier sein, um dir zu helfen, außerdem habe ich darum gebeten, dass man uns eine leichte Mahlzeit nach oben schickt.«

Sie sah zu ihm auf. Er betrachtete ihren Brautstrauß. »Blaue Hortensien für tiefe Gefühle, Ehrenpreis für Treue, Rosmarin zum Andenken, die Schwalbenfeder für wahre Liebe und die Fasanenfeder für …«

»… dich oder als Glücksbringer.«

Edmund lächelte. »Diese Ehe wird Glück bringen.« Er setzte sich neben sie aufs Bett, hob ihren Fuß an, streifte den Schuh ab und massierte ihre Zehen. Als sie vor Wohlbehagen seufzte, nahm er sich auch den zweiten Fuß vor. »Nun, Lady Alice St Loy, jetzt bist du frei.«

»Ich bin eine verheiratete Frau, und du behauptest, ich sei frei.«

»Das tue ich. Ich werde dir nicht in die Quere kommen, und du wirst dir Geliebte nehmen, vielleicht sogar …« Seine Stimme verklang.

Sie schüttelte den Kopf. Er küsste ihren Scheitel. Jemand klopfte an die Zimmertür. Edmund stand auf und ließ die Zofe eintreten, dann verschwand er im Ankleidezimmer und kehrte im Morgenmantel zurück, als sie schon ihr Nachtkleid trug.

Eine Bedienstete brachte ein Tablett mit Suppe, Brot und etwas Käse, dazu eine Flasche Wein und Tee.

Sie setzten sich auf zwei Sessel, einander gegenüber. Alice war zu müde, um viel zu essen, aber es gelang ihr, zumindest etwas hinunterzuwürgen. Edmund drehte sein Weinglas in den Händen und betrachtete sie im Schein des Kaminfeuers. »Du siehst erschöpft aus.«

Sie nickte. Es machte keinen Sinn, etwas anderes vorzutäuschen.

»Spring ins Bett. Ich werde nebenan schlafen.«

Sie runzelte die Stirn. »Ich denke, wenn das hier funktionieren soll, muss es echt aussehen. Du musst bei mir liegen, wenn morgen früh die Bediensteten hereinkommen und das Feuer anzünden.«

»Hältst du das aus, Schlingelchen?«, fragte er.

Alice lachte. »Selbstverständlich. Wahrscheinlich finde ich es sogar beruhigend.« Sie unterdrückte ein Gähnen, dann stand sie auf, stellte sich hinter ihn und legte ihm die Hand auf die Schulter. Er hatte ein Muttermal hinten am

Hals. Vor Jahren hatte sie das gleiche Muttermal mit Tinte auf die andere Seite seines Nackens gemalt und behauptet, das seien die Stellen, an denen ihm Flügel wachsen würden. Nun berührte sie es und sagte: »Danke, dass du mein Schutzengel bist.«

Sie stieg ins Bett, und als er seinen Wein ausgetrunken hatte, legte er sich zu ihr. Er streckte den Arm aus und sagte: »Rück näher, Schlingelchen.«

Alice kuschelte sich an ihn und schlief ein.

Kapitel 35

1915

Wie jeden Tag seit ihrer Hochzeit im vergangenen Jahr im September ging Alice spazieren. Sie ging spazieren, um zu vergessen, um ihre Ängste zum Schweigen zu bringen, um ihren Körper zu ermüden, doch hauptsächlich, um ihre Hoffnung zu begraben. An einem strahlenden, warmen Tag Ende Mai wie heute keimte Hoffnung in ihr auf, und davor musste sie sich hüten. Um sie herum hielt der Frühling Einzug. Weißdorn blühte in den Hecken rund um die Felder. Die weißen Blüten dufteten zunächst süß, doch wenn sie sich näher zu ihnen beugte, meinte sie, in der Luft den Übelkeit erregenden Geruch des Todes wahrzunehmen.

Edmund und das sechste Bataillon der Leichten Infanterie unter dem Kommando des Duke of Cornwall würden bald nach Frankreich aufbrechen. Er konnte nicht genau sagen, wann, aber seine Rastlosigkeit während der wenigen Tage, die man ihm für die Taufe ihres Sohnes John gewährt hatte, sprach Bände. So offen er früher ihr gegenüber gewesen war, so zurückhaltend gab er sich nun. Im Augenblick war er bei seiner Mutter. Sein Vater war gestern Abend nach London zurückgekehrt, doch Clarisse war geblieben. Sie würde erst am Mittag aufbrechen und Edmund kurz nach ihr.

Dann würde Alice' Leben wieder in den Rhythmus verfallen, den es während der vergangenen Monate gefunden hatte: spazieren gehen, etwas über das Anwesen erfahren, die Abende mit Nanny und Constance verbringen. Seltsamerweise kam es ihr so vor, als hätte sich nichts verändert, abgesehen von ihrem Aufenthaltsort und der Ankunft von John vor sechs Wochen. Seine Geburt hatte ihr die Unmöglichkeit ihrer Träumereien deutlich gemacht und ihr Herz weiter geöffnet, als sie es je für möglich gehalten hatte. Das winzige, sich windende Menschenbündel hatte sie für immer verändert. John hatte ihr gebrochenes Herz genommen und es in Stücke zerschmettert, mit einer Liebe, die so groß, so schmerzhaft, so alles verzehrend war, dass es auf eine andere Weise wieder zusammengefunden hatte.

Nichts war wie zuvor, vor allem nicht sie selbst. Nichts hätte sie darauf vorbereiten können, dass ihre Welt kopfstehen würde. Zuvor hatte sie an erster Stelle gestanden, nun stand sie an letzter. Schlussendlich war alles so, wie es sein sollte, dennoch …

Constance war noch immer von Insekten besessen und betrieb eifrig ihre Studien, unterstützt von einem ehemaligen Oxforddozenten, der sich im Dorf zur Ruhe gesetzt hatte. Er war beeindruckt von ihrer schnellen Auffassungsgabe, genau wie Alice, doch anders als er fürchtete sie, dass sich ihre Cousine nicht mehr lange damit zufriedengeben würde. Mit jedem Brief, den ihre Brüder schickten, mit jedem Brief von Beatrice, die für das Rote Kreuz arbeitete, wurde Constance' Verlangen größer, für das Vaterland einzustehen, doch mit vierzehn war es besser, sie hier, in Penhale, vom Krieg fernzuhalten. Doch wenn Alice ehrlich war, wusste sie, dass der Krieg längst bei ihnen angekommen war. Überall fehlten Männer, sei es bei Tisch oder auf den Feldern.

Edmund hatte sich verändert. Kleinigkeiten, die nur diejenigen bemerkten, die ihn gut kannten. Er lachte nur noch ab und an, und wenn er es tat, dann mit weniger Freude als früher. Nur noch selten blitzte der Schalk in seinen Augen auf. Sein Körper war kräftiger geworden und, so vermutete sie, sein Herz noch größer. Sie hatten nicht über Zach gesprochen, doch Jedidiah Carne hatte Edmund direkt nach seinen Söhnen gefragt. Edmund hatte ihm lustige Geschichten über die Militärausbildung aufgetischt und dem alten Mann versichert, dass seine Jungs wohlauf waren. Alice bezweifelte, dass es Zach gut ging. Stunde um Stunde versuchte sie, sich vorzustellen, was er von ihr denken musste. Was er empfand. Wenn er überhaupt etwas empfand, wäre es Zorn. Er würde wütend auf sie sein. Sie hatte ihn betrogen. Wie sehr sie sich wünschte, nur einen Augenblick mit ihm zu haben, um ihm ihr Handeln erklären zu können! Es ging nicht länger nur um ihre eigenen Wünsche und Bedürfnisse, sie hatte die Verantwortung für ein Kind, *ihr* Kind. John war alles, was nun zählte.

Sie liebte ihn mehr als alles andere, und es machte ihr zu schaffen, dass sie zunächst eher unglücklich über die Schwangerschaft gewesen war. Sie schämte sich, quälte sich deswegen. Wenn sie ihn jetzt ansah, empfand sie nichts als Liebe. Sie liebte John um seiner selbst willen, liebte ihn wegen seines Vaters, und doch war er der Grund dafür, dass sie niemals mit seinem Vater zusammen sein konnte. Sosehr sie sich auch bemühte, diesen Gedanken aus ihrem Kopf zu verbannen – er blieb dort und wollte einfach nicht weichen.

Wenn sie so empfand, wie musste es dann erst um Zachs Gefühle bestellt sein? Sie erreichte den Kamm des Hügels und blieb stehen, um zu verschnaufen. Unter ihr fiel die Landschaft sanft zum Tamar hin ab. Von hier oben konnte sie bis zum Plymouth Sound blicken. Über ihr schwebten Schwalben, und ihr wurde schwer ums Herz. Sie musste ihrem Sohn Liebe schenken und Edmund eine gute Ehefrau sein, das war sie den beiden schuldig. Sie setzte sich auf einen umgestürzten Baumstamm und barg ihr Gesicht in den Händen.

Wenn sie Zach doch nur mitteilen könnte, dass sie ihn noch immer von ganzem Herzen liebte, würde es ihr leichter fallen, ihre Pflicht zu erfüllen, dann würde sie sich nicht länger fühlen wie ein exotischer Vogel im Londoner Zoo, eingesperrt, besessen von dem Wunsch zu fliegen, auch wenn der Käfig zu eng war. Wenn sie ihm alles erklären könnte, würde er sie verstehen. Sie zog den Brief aus ihrer Rocktasche, den sie ihm gestern Abend geschrieben hatte. Es war nicht der erste, doch die anderen hatte sie vernichtet.

Geliebter Zach,

es gibt so vieles, was ich Dir sagen möchte. Das Wichtigste ist, dass meine Liebe zu Dir unverändert ist. Ganz gleich, wie die Dinge auf Dich wirken, ich liebe Dich noch immer, habe nie aufgehört, Dich zu lieben.

Unser Sohn John hat alles verändert. Ja, er ist Dein Sohn. Edmund hat mich gerettet, genau wie er Dich und John gerettet hat. Er hat John einen Namen gegeben. Edmund ist mein Freund, aber nicht mein Geliebter. Ich habe so viele Wünsche, von denen ich Nacht für Nacht träume, aber John steht an erster Stelle. Ich werde Dich immer lieben, und ich werde unseren Sohn lieben und ihn zu einem Mann erziehen, auf den Du stolz sein kannst.

Es hat keinen Sinn, mir zu wünschen, die Dinge wären anders. Ich versuche, aus jedem einzelnen Tag das Beste zu machen, und ich hoffe, dass Du das ebenfalls tust. Jeden Abend vor dem Zubettgehen falle ich auf die Knie und bete um Deine sichere Heimkehr.

Pass auf Dich auf. Du sollst wissen, dass Du geliebt wirst und dass sich daran nie etwas ändern wird.

Für immer die Deine
Ali

Sie faltete den Bogen zusammen. Sobald sie ins Haus zurückkehrte, würde sie ihn verbrennen. Es wäre nicht fair, ihn abzuschicken, zumal Zach nicht antworten konnte. Zumal es nichts bewirken würde. Nichts würde sich ändern. Nein, sie durfte Zach nicht schreiben. Sie musste all das, was sie ihm sagen wollte, in sich verschließen. Es musste ein Geheimnis bleiben. Nicht um ihretwillen, aber zu Johns und Edmunds Wohl. Sie hatte selbstsüchtig, leichtsinnig und töricht gehandelt, um es mit Nannys Worten auszudrücken. Nanny hatte recht. Alice ließ den Kopf erneut in die Hände sinken. Nun war in ihrem Leben kein Platz mehr für derartige Unüberlegtheiten.

Durch ihre Finger hindurch sah sie khakifarbene Hosenbeine. Ein Soldat auf Heimaturlaub in Cornwall. Der Duft nach Rosmarin wehte zu ihr hinüber. Zach. Sie sprang auf, doch sie lief nicht zu ihm.

»Nanny Roberts hat mir gesagt, dass ich dich hier finde.« Seine Stimme klang ausdruckslos.

Alice betrachtete sein Gesicht, nahm jedes Detail in sich auf. Ihre Finger zuckten, wollten nach ihm greifen, ihn spüren.

Eine kalte Brise strich über ihre Haut, zauste die Haare in ihrem Nacken und liebkoste die Stelle, die er so gern geküsst hatte. Sie hatte sich nach diesem Moment gesehnt, und jetzt stand er vor ihr. Alles, was sie hatte sagen wollen, erstarb auf ihren Lippen, als sie den Ausdruck in seinen Augen sah. Sie hatte Zorn erwartet und Traurigkeit, nicht jedoch Mitleid. Bestürzt starrte sie ihn an.

»Lady Alice.« Er deutete eine spöttische Verbeugung an. »Lassen Sie mich Ihnen meine Glückwünsche zu Ihrer Hochzeit und der Geburt Ihres Sohnes aussprechen.« Er streckte ihr einen kleinen Strauß Duftveilchen entgegen.

Ihre Finger berührten sich, als sie sie nahm. Ihr stockte der Atem. Er zog die Hand zurück und machte auf dem Absatz kehrt.

»Zach.« Sie fasste ihn am Arm. Er blieb stehen und drehte sich um, dann musterte er sie mit zusammengekniffenen Augen, doch die Sonne in seinem Rücken machte es ihr unmöglich, seinen Gesichtsausdruck zu erkennen. Sie konnte ihm nicht sagen, dass sie ihn liebte – vermutlich hätte er sie dann nur noch mehr bemitleidet. Mit Zorn oder sogar Hass hätte sie umgehen können, doch damit nicht. Sie holte tief Luft und schob den Brief, in dem sie ihm ihre unsterbliche Liebe gestand, tiefer in die Rocktasche. Plötzlich wusste sie, was sie zu tun hatte. »Es hätte niemals funktioniert«, erklärte sie und spürte, wie sich ihr Magen zu einer kleinen, festen Kugel zusammenschnürte.

»Das hättest du von Anfang an sagen können.« Er trat näher.

»Ich … ich hätte …«, fing sie an, doch sie verstummte, als sie sah, wie sich sein Blick verfinsterte.

»Ich hätte bei dir gelegen, wie hätte ich das ausschlagen können?« Er strich eine Locke aus ihrem Gesicht und wickelte sie um seinen Finger, dann ließ er sie wieder los. Die Locke schnellte zurück und landete wieder auf ihrer Wange. »Allerdings«, fuhr er leise fort, »hätte ich mich niemals in dich verliebt. Für mich hat die Liebe alles verändert, Mylady.« Seine Worte klangen längst nicht so zärtlich wie in der Vergangenheit. »Aber so etwas verstehst du nicht.«

Er täuschte sich, doch sie brachte kein Wort zu ihrer Rechtfertigung über die Lippen. Sämtliche Luft war aus ihrer Lunge gewichen, als hätte er ihr einen Schlag verpasst. Sie verdrängte die Bilder von ihnen beiden, von seinen Lippen auf ihren, seinem Körper auf ihrem, verdrängte die Erinnerung an all die Versprechen und Verheißungen. Doch je mehr sie sich bemühte, sie aus ihrem Kopf zu verbannen, desto vehementer drängten sie hinein, bis sie alle anderen Gedanken vertrieben hatten. Ihr Blick blieb an seinem Mund hängen. Die zu einer schmalen Linie zusammengepressten Lippen erinnerten sie an seinen schmollenden Sohn. Sie hob das Kinn und drückte das Rückgrat durch. »Es sollte nicht wahr werden.«

»Wahr?« Er packte ihre Arme.

Sie unterdrückte einen Schmerzensschrei.

»Das hier …« Er küsste sie mit einer solchen Gewalt, dass sie sich versehentlich auf die Lippe biss. Nach einem kurzen Moment löste er sich von ihr und trat zurück, ohne ihre Arme freizugeben. »Das hier *war* echt. Es war wahr. Nicht wie dein leeres Versprechen. Von wegen, wir beginnen zusammen ein neues Leben. Für dich war das bloß ein Hirngespinst!«

Trotz seines festen Griffs spürte sie den Schmerz nicht in den Armen, sondern im Herzen. Sie schloss für eine Sekunde die Augen, dann öffnete sie sie wieder und sagte: »Es war alles nur gespielt. Ich hatte immer vor, einen Mann meines Standes zu heiraten.«

Er senkte den Kopf. »Das mag sein, aber du wirst bald feststellen, dass er dir im Bett nicht das bieten kann, was ich dir geboten habe.« Damit drehte er sich um und ging mit großen Schritten davon.

Alice sah ihm nach, betrachtete seine breiten Schultern in der Uniformjacke, bis sie nicht länger zu sehen waren. Aus einem plötzlichen Impuls heraus setzte sie sich in Bewegung, rannte ihm nach, den Brief in der Rocktasche mit der Hand umklammernd, dann blieb sie stehen. Sie durfte ihm nicht nachlaufen. Ihre Arme schmerzten, wo seine Finger sie gedrückt hatten. Ihre Zunge fuhr über die Innenseite ihrer Lippen. Sie schluckte den metallischen Geschmack nach Blut hinunter, zusammen mit den Erinnerungen an diese Begegnung. Nein, so wollte sie ihn nicht im Gedächtnis behalten. Sie wollte den liebevollen Flussmeister im Herzen bewahren, der ihr Ein und Alles gewesen war.

Sie schickte ein Stoßgebet zum Himmel, dass ihm nichts zustoßen möge, dann zwang sie sich, nach Penhale zurückzukehren und ihre Pflicht zu erfüllen, wohl wissend, dass die Tür zu Zachs Liebe für immer zugefallen war. Ihre Mutter hatte tatsächlich recht behalten. Alice war nicht gut genug. Wäre sie jemals gut genug gewesen, hätte sie Zach niemals das Herz gebrochen. Ihr wäre klar gewesen, dass alle

Märchen ins Reich der Fantasie oder auf die Seiten eines Buches gehörten anstatt ins wahre Leben, wollte man nicht, dass irgendwer Schaden nahm.

Alice trat vom Fenster zurück und versteckte sich hinter dem Vorhang. Unten stand Edmund mit fünf Männern seines Regiments, einschließlich Zach. Als sie von ihrem Spaziergang zurückkehrte, hatte Nanny ihr mitgeteilt, dass die Männer, unter ihnen auch Zach, am gestrigen Abend eingetroffen waren und bald zusammen mit Edmund aufbrechen würden. Es waren entsprechende Befehle erteilt worden. Nanny hatte Alice' Gesicht gemustert, aber Alice hatte sich nichts anmerken lassen. Sie hatte nicht erwartet, Zach nach ihrer Begegnung von vorhin noch einmal zu sehen. Sie rieb sich die Arme und zuckte zusammen, als sie die schmerzenden Stellen berührte. Der Schmerz tat gut. Er passte zu ihren Gefühlen. Sie ließ die Hände fallen und trat vom Fenster weg. John würde in Kürze aus seinem Mittagsschlaf aufwachen, und sie freute sich auf die Zeit mit ihm. Ihn in ihren Armen zu halten war für sie die einzige Möglichkeit, seinem Vater nahe zu sein.

»Wir brechen gleich auf«, hörte sie Edmund von der Tür aus sagen.

»Ihr zieht nach Frankreich, nicht wahr?«

Edmund sah sie schweigend an, dann sagte er: »Es ist gut möglich, dass ich diesen Krieg nicht überlebe, und dann, mein liebes, liebes Schlingelchen, bist du frei.«

Sie schüttelte den Kopf.

Er trat näher. »Als Witwe, Schlingelchen, wirst du endlich die Freiheit finden, die der Tod für mich mit sich bringt, noch dazu ein Tod, der meine Eltern stolz machen wird.«

»Nein.« Sie schüttelte vehement den Kopf.

»Doch. Du hast mir ein Geschenk gemacht, einen Erben, und ich kann dir Freiheit schenken.« Er nahm ihre Hand und drehte den Ring an ihrem Finger. Den Ring, den er ihr vor ein paar Monaten angesteckt hatte.

»Aber …«

»Kein Aber! Ich ziehe in den Krieg, und du bist jetzt meine Ehefrau, aber du bist immer meine Freundin gewesen.« Er küsste sie auf die Stirn. »Es tut mir nur leid, dass du nicht die Liebe bekommen kannst, die du verdienst.« Seine Lippen verzogen sich zu einem Lächeln. »Immerhin hast du erfahren, was Liebe ist.« Er drückte ihre Hände. »Das ist tröstlich.« Er schaute sie an. »Oder etwa nicht?«

»Hast du nie Liebe gefunden?«, wollte sie wissen.

Er lachte bitter. »Ich weiß, was Leidenschaft bedeutet, und vielleicht ist das alles, was ich je erleben darf. Das Gesetz macht die Liebe für Menschen wie mich riskant, und du weißt besser als fast alle anderen, welches Risiko die Liebe birgt.« Sein Blick schweifte zum Fenster. »Hast du mit ihm gesprochen?«

Sie schaute auf ihre miteinander verschränkten Finger.

»Schlingelchen?«

»So würde ich das nicht nennen.«

Er hob ihr Kinn an, bis sie ihm in die Augen blickte. »Was ist passiert?«

Sie presste die Lippen zusammen. »Nichts.«

»Ich habe gesehen, wie er losgezogen ist, um dich zu suchen.« Er musterte sie prüfend. »Du hast es ihm nicht gesagt.«

»Nein.« Wieder fuhr sie mit der Zunge über die Innenseite ihrer Lippe. Sie war geschwollen.

»Soll ich es ihm sagen?«

»Nein.« Sie schloss die Augen. »Das darfst du nicht. Er darf es nicht erfahren.«

Edmund runzelte die Stirn. »Das ist grausam. Es macht mir nichts aus, wenn er es erfährt. Er wird es ohnehin vermuten.«

»Sag es ihm nicht. Es muss ein Geheimnis bleiben.« Sie trat einen Schritt zurück, doch er ließ ihre Hand nicht los.

»Geheimnisse zu bewahren ist schwer, Schlingelchen«, flüsterte er.

Sie schaute aus dem Fenster. Zach stand neben seinem Bruder Brindley und Jedidiah Carne, ihrem Vater. Ihr Blick wanderte zurück zu Edmund. »Das ist unser Geheimnis. Er muss es nicht wissen. Und die Leute dürfen es nicht wissen.«

»Ich musste immer geheim halten, wer ich bin.« Er holte tief Luft und wirkte plötzlich traurig. »Ich darf nicht offen lieben. Die Art von Liebe, die ich empfinde, ist illegal.« Er schaute ihr direkt in die Augen. Alice sah den Schmerz, der darin lag. Sie drückte seine Hand.

»Ich weiß, was Geheimnisse mit einem machen.« Er zögerte, dann zog er sie an sich und legte sein Kinn auf ihren Kopf. »Sie fressen einen von innen auf, lassen alles trostlos erscheinen, rauben einem sämtliche Freude.« Er schüttelte den Kopf. »Ich weiß das, Schlingelchen. Denn ich darf niemals offen lieben.«

Sie berührte seine Wange. Sein Schmerz war ihm deutlich anzusehen.

»Du hast wahre Liebe erfahren, und du liebst noch immer«, fuhr er fort.

Sie wollte etwas erwidern, doch er kam ihr zuvor. »Belüge

ihn nicht, Schlingelchen. Sag es ihm, damit er sich in diesem Wissen dem stellen kann, was uns bevorsteht.«

Alice dachte an ihre Begegnung mit Zach auf dem Hügel, an all den Schmerz, den sie empfunden hatte. Sie *wollte* es ihm sagen. Sie könnte Edmund den Brief geben, den sie in ihrer Rocktasche verbarg, damit er ihn Zach überreichte, doch das war nicht der richtige Weg. Er würde nur an ihr festhalten, dabei mussten sie beide loslassen. Es würde ihm niemals genügen, nur ihr Geliebter zu sein, genauso wenig wie es ihr genügen würde. Er würde nicht glücklich damit werden, und sie auch nicht. Sie liebte ihn, und sie musste ihn loslassen. Das war das einzig Richtige.

»Nein, Edmund. Es muss ein Geheimnis bleiben, dass ich ihn liebe und dass er Johns Vater ist. Wenn Zach es weiß, besteht die Möglichkeit, dass es weitergetragen wird. Er darf es nicht erfahren. Um Johns willen, um seiner Zukunft willen darf es niemand erfahren.«

Er schüttelte den Kopf.

»Glaub mir, Edmund. So ist es am besten für Zach. Er wird in der Lage sein, mich zu vergessen, doch wenn er von John erfährt, wird ihm das niemals möglich sein. Er wird niemals eine andere Liebe finden.« Alice hielt inne und schaute Edmund in die Augen. »Du kennst ihn, und du weißt das.«

Sein Adamsapfel hüpfte.

»Versprich mir, dass du es ihm nicht sagen wirst«, drängte sie ihn.

Wieder schweifte sein Blick zum Fenster und zurück zu ihr. »Bist du dir ganz sicher?«, wollte er wissen.

»Je weniger Leute Bescheid wissen, desto besser.« Sie schloss die Augen und sah prompt Zachs mitleidigen Blick vor sich. Er *würde* sie vergessen und ihre gemeinsamen Träume ebenfalls. Es war der einzige Weg, ihn freizugeben. Das war sie ihm schuldig.

Edmund war nicht überzeugt. »Er liebt dich.«

»Ich liebe ihn, doch um seinetwillen darf er es nicht erfahren. Es steht ihm frei, mich zu hassen, und nur so wird es ihm möglich sein, mich zu vergessen.«

»Ich tue das für dich, Schlingelchen, und ich tue es für John. Ich werde Zach nichts erzählen, auch wenn ich weiß, dass du falschliegst.« Er zog sie erneut in seine Arme und drückte sie an sich. »Ich hoffe nur, dass wir ihm nicht noch mehr wehtun.«

Die Uhr schlug die volle Stunde. »Es wird Zeit.« Edmund trat zurück und reichte ihr die Hand.

Sie schluckte, dann verschränkte sie ihre Finger mit seinen und ging mit ihm hinunter, um sich zu den Männern zu gesellen. Zach stand im Hintergrund, das Gesicht ausdruckslos. Alice senkte den Blick. Nanny trat mit John auf dem Arm zu ihnen. Edmund küsste Johns Stirn, und das Baby griff nach seinem Finger. Alice wagte es nicht aufzuschauen. Wollte das Mitleid in Zachs Augen nicht sehen und alles andere auch nicht. Nanny reichte ihr John. Als sie aufschaute, um ihr den Kleinen abzunehmen, begegnete sie Zachs Blick und erstarrte. Sie war seiner Liebe nicht wert. Alles, was sie tun konnte, war, seinen Sohn von ganzem Herzen zu lieben. Es war nicht genug, aber es war alles, was in ihrer Macht stand.

Teil Vier

Alice lachte. »Es macht keinen Sinn,
es zu versuchen«, sagte sie.
»Etwas Unmögliches kann man nicht glauben.«

Alice hinter den Spiegeln, Lewis Carroll

Fall Nr. 752

Status: offen

15. August 2019

Die sterblichen Überreste von Captain Edmund St Loy, Earl St Loy, wurden identifiziert.

Begräbnis mit militärischen Ehren in Planung.

Kapitel 36

2019

Obwohl erst der halbe August verstrichen war, lag bereits der Herbst in der Luft. Theo konnte ihn am Geräusch des Windes in den Bäumen ausmachen. Die Blätter waren trockener und raschelten lauter. Einige trudelten bereits zu Boden, als sie mit David zum Flussufer schlenderte. Das Schweigen zwischen ihnen war erfüllt vom Rauschen des Wassers. Für Theo war es kein angenehmes Schweigen, denn sie wollte ihm einige Dinge mitteilen, und sie wusste nicht, wo sie anfangen sollte.

David ging, die Hände in die Taschen geschoben, neben ihr her. Er machte einen angespannten Eindruck. Früher hatte er so gewirkt, wenn er eine Prüfung ablegen musste. Vielleicht hatte ihn das Wiedersehen mit Abbotswood an die Hochzeit erinnert. Theo schlug den Weg zurück zu ihrem kleinen Haus ein. Sie wusste, dass sie ihn lieber nicht bedrängen sollte. Hab Geduld, hatte Martin ihr geraten.

»Es ist so schön hier, Mum«, sagte er und drehte sich zu ihr.

Theo lächelte. »Das ist es. Ich liebe es.«

»Das Boatman's Cottage ist wundervoll.«

Sie nickte. »Wie läuft's?«

Er sah sie an. »Um ehrlich zu sein, nicht brillant.«

Ihr Herz fing unruhig an zu pochen. »Meinst du die Arbeit oder etwas anderes?«

Er zuckte die Achseln. »Vieles.« Vor dem Cottage blieb er stehen. »Es gibt da etwas, was mir schon seit Jahren zu schaffen macht, und ich kann es nicht länger in mir verschließen.« Er sah sie mit traurigen Augen an.

»Du kannst mir alles anvertrauen, das weißt du«, sagte sie und berührte leicht seinen Arm.

Er verzog die Lippen zu einem schiefen Grinsen. »Ja, ich könnte dir alles erzählen, das weiß ich. Wir haben früher über vieles geredet, aber darüber konnte, nein durfte ich nicht mit dir sprechen.« Er blickte auf seine Füße.

Sie sah den kleinen Jungen vor sich, der eine Vase zerbrochen hatte, und hoffte inständig, dass es auch diesmal um nicht viel mehr ging als um kaputtes Porzellan. Sie nahm seine Hand. »Sag es mir.«

David schaute sie an. »Dad.«

»Was ist mit Dad? Ist alles in Ordnung mit ihm?« Sie suchte sein Gesicht nach Hinweisen ab.

»Ja, ja, er erfreut sich bester Gesundheit und ist ins Büro zurückgekehrt.«

»Ist das ein Problem?«, wollte sie wissen.

»Ja und nein. Weißt du, Mum, als ich damals meine ersten Ferienjobs bei Dad antrat, hatte er immer eine Affäre mit seiner Sekretärin, ganz gleich, welche gerade für ihn arbeitete. Er ließ mich schwören, dass ich das für mich behalten würde.« Er hielt inne und sah sie an. »Er machte mir weis, er würde dich lieben, und seine Seitensprünge hätten nichts zu bedeuteten.« Er schüttelte den Kopf. »Eine Zeit lang habe ich ihm geglaubt.«

Theo öffnete die Arme, aber David blieb, wo er war.

»Er hatte eine Affäre nach der anderen, und ich durfte dir nichts verraten. Es wäre ewig so weitergegangen, wäre Tina nicht schwanger geworden.« Er rieb sich das Gesicht. »Ich glaube nicht einmal, dass das Baby von Dad ist, denn zu der fraglichen Zeit hatte sie auch etwas mit dem Vorarbeiter, der eines unserer Projekte betreute.«

Theo lachte. Sie wusste, dass das die falsche Reaktion war, aber sie konnte nicht anders. David starrte sie konsterniert an.

Sie nahm seine Hand. »Es tut mir leid, dass du in diese grauenhafte Situation geraten bist. Ich hätte es vorhersehen müssen. Es tut mir wirklich leid, glaub mir, aber ich wusste immer über seine Affären Bescheid.«

»Du *wusstest* es?«

Sie nickte. »Ja.«

»Warum bist du bei ihm geblieben?«

»Komm, das erzähle ich dir bei einem Glas Wein.« Sie atmete tief durch und ging ihm voran ins Cottage. Ihr war klar, dass es mehr dazu brauchte als Wein, aber sie musste es tun. Er musste die Wahrheit erfahren. Sie holte zwei Gläser und eine Flasche Pinot aus der Küche und nahm sie mit ins Wohnzimmer.

David stand vor dem Tisch und blätterte durch Zachs Briefe. Ob Lady Alice sie jemals zu Gesicht bekommen hatte? Lady Alice war tapfer gewesen, und Theo würde genauso tapfer sein.

David sah auf. »Die Briefe sind so schön und so traurig.«

»Ja.« Sie stellte die Gläser ab, schenkte ihnen Wein ein und griff nach einem dicken DIN A4-Umschlag, dann setzte sie sich.

David warf ihr einen fragenden Blick zu. »Was ist das?«

Sie holte tief Luft. »Du hast mich gefragt, warum ich bei deinem Vater geblieben bin. Die Antwort liegt auf der Hand: deinetwegen.« Er wollte sie unterbrechen, aber Theo fuhr fort: »Piers und ich haben uns einst geliebt, zumindest dachte ich das. Er hat mich gebeten, ihn zu heiraten, und ich habe Ja gesagt. Das war in meinem Abschlussjahr, kurz vor der Fertigstellung meiner Diplomarbeit.«

David nickte.

»Ich bin nach Paris gegangen, um letzte Recherchen anzustellen, und dort habe ich einen Künstler kennengelernt, der die dortigen Gärten malte. Zwei Wochen lang haben wir nicht mehr als Hallo gesagt, und dann, an meinem letzten Abend …«

»Hast du dich auf ein Abenteuer mit ihm eingelassen«, vollendete David den Satz für sie.

Theo bemühte sich, ihre flatternden Nerven unter Kontrolle zu halten. Das war äußerst unangenehm, aber sie musste da durch. Musste ihm die Wahrheit sagen. »Ja. Ich habe mich so geschämt, dass ich die Hochzeit abblasen wollte, obwohl sie wenige Tage später stattfinden sollte.«

»Aber du hast es nicht getan«, stellte er fest und drehte den Stiel seines Weinglases zwischen den Fingern.

»Nein, denn Piers beichtete mir, dass er mit der Sekretärin deines Großvaters geschlafen hatte.«

»Nein.« David verdrehte die Augen.

Theo nickte. »Er bat mich, ihm zu verzeihen, und versicherte, dass er mich liebt.« Sie holte tief Luft. »Ich verzieh ihm, und wir schauten nach vorn. Acht Wochen nach der Hochzeit stellte ich fest, dass ich schwanger war und dass Piers die Affäre nicht beendet hatte.«

Zwischen ihnen hing Schweigen.

»Ist Piers wirklich mein Vater?«, fragte David bedächtig.

Theo sah ihn lange an, dann antwortete sie: »Ich dachte ja, denn ich hatte in Paris verhütet, aber ich habe mir diese Frage ebenfalls immer wieder gestellt.«

Er riss die Augen auf, aber sie sah, dass er sie nicht verurteilte. Sie schob ihm den Umschlag zu.

»Was ist das?«, fragte er und legte die Hand darauf.

Sie nahm einen Schluck Wein. »Das ist ein DNA-Test und ein Foto des Mannes, der meiner Meinung nach dein Vater ist.«

»Warum hast du nicht früher etwas gesagt?«

Sie stieß die Luft aus. »Gute Frage. Erstens hätte es unser Leben verkompliziert. Zweitens …« Sie zögerte und zog leicht den Kopf ein, doch dann fuhr sie fort: »Zweitens kannte ich bis zum Tag von Piers' Hochzeit mit Tina nicht einmal Patricks Nachnamen.«

»Mounsey«, sagte er. »Hugo ist großartig, und es ist wohl kaum zu übersehen, wie sehr wir uns ähneln.« David lachte. »Dann möchtest du also, dass ich einen Test mache?« Er öffnete den Umschlag.

»Das ist deine Entscheidung.«

Er nahm das Test-Set heraus, außerdem zwei Fotos. Eins war eine Kopie von dem, das Hugo bei sich trug, das andere eine Aufnahme von dem Selbstporträt mit Theo auf der Leinwand im Hintergrund. Davids Blick schweifte von den Fotos zu ihr und wieder zurück.

»Er ist mein Vater, stimmt's?«

Sie verschränkte die Finger. »Ich nehme es an, ja.«

Er nickte. »Das ergibt Sinn.«

»Was ergibt Sinn?«, hakte sie nach.

»Ich meine, ich liebe Dad, aber wir sind uns nie über etwas einig.«

»Es tut mir so leid.« Theo schüttelte den Kopf und wünschte, sie könnte ihm den Schmerz abnehmen, aber sie wusste, dass das nicht möglich war.

»Das muss es nicht, Mum.« Er warf einen Blick auf den Test. »Und da ich weder etwas gegessen noch getrunken habe, gibt es keinen besseren Zeitpunkt.«

»Bist du dir sicher?« Sie legte ihre Hand auf seine.

»Ja.« Er öffnete das Röhrchen, spuckte hinein und verschloss es wieder. »Es bedeutet ja nicht, dass sonst noch jemand davon erfahren muss.«

»Das ist richtig, doch erfahrungsgemäß kommen solche Dinge früher oder später ohnehin ans Tageslicht.«

»Grannie«, sagte er.

Theo nickte.

Er lachte. »Und jetzt erzähl mir, wo du dieses Gemälde entdeckt hast.«

»In Hugos Wohnzimmer.« Sie blickte in ihr Weinglas.

»Und was ist mit dem von dir, das darauf zu sehen ist?«

Sie zuckte zusammen. »Das klingt jetzt wirklich schlimm.«

»Raus mit der Sprache!«

»In Hugos Schlafzimmer.« Sie nahm einen großen Schluck Wein.

»In seinem *Schlafzimmer*? Das wirft wahrhaftig kein gutes Licht auf dich.« Er grinste. »Meine Mutter, die Silberlöwin.«

Sie hob abwehrend die Hände. »Haha. Während des Unwetters bei der Hochzeit deines Vaters habe ich bei Hugo Unterschlupf gefunden und die beiden Gemälde entdeckt.«

»Damit bist du aus dem Schneider: Hugo war den ganzen Abend mit den Hochzeitsgästen beschäftigt.« Sein Blick wurde ernst. »Hast du mit Patrick gesprochen?«, erkundigte er sich.

Theo schüttelte den Kopf. »Er ist 1990 gestorben«, antwortete sie leise.

Davids Schultern sackten herab. Theo stand auf und ging um den Tisch herum, um ihn in die Arme zu schließen. Er blieb sitzen und umschlang ihre Taille, und sie wurde an das Kind erinnert, das er einst gewesen war.

»Ich habe dich lieb, David«, sagte sie.

»Ich habe dich auch lieb, Mum.« Er stand auf, zog sie in seine Arme und drückte sie fest an sich.

Kapitel 37

1920

Wäre da nicht der Anruf von Constance gewesen, hätte Alice die Fahrt nach Abbotswood wohl kaum angetreten. Sie hätte es gerne vermieden, aber Nanny Roberts lag im Sterben und hatte nach ihr verlangt.

Als sie 1917 das letzte Mal bei Nanny gewesen war, hatte sie noch so etwas wie Hoffnung in ihrer Brust verspürt, doch dann hatte sie begriffen, was Verlust wirklich bedeutete. Die Zeiten, in denen sie am Ufer des Tamar entlanggerannt und Hasen und Hunden hinterhergejagt war, waren lange vorbei. Jetzt verbrachte ihr Sohn seine Tage mit ebendiesen Dingen. Er wusste nichts von Verlust oder doppelten Erbschaftssteuern. Ihr Schwiegervater war der Grippe erlegen, wenige Wochen bevor sie ein Telegramm mit der Nachricht von Edmunds Tod erreichte. Sie trug bereits Schwarz wegen der Trauer um den Earl St Loy, nun fügte sie eine schwarze Armbinde hinzu. Mehr konnte sie nicht tun. Dann erreichte sie die Nachricht, dass Zach am selben Tag gefallen war wie Edmund. Eine weitere schwarze Armbinde hätte nicht im Entferntesten ihre Trauer ausdrücken können. Es war, als hätte sich die Farbe in ihre Haut eingeprägt, doch selbst das spiegelte nicht einmal ansatzweise den Zustand ihres Herzens wider. Gebrochen. Ihr Herz war gebrochen, genau wie sie selbst. Mit Zachs Tod war sie gestorben. In wenigen Wochen würde sie vierundzwanzig werden, und wenn sie nicht aufpasste, würde sie vorzeitig altern. Es war, als hätte sie während der Trauer all ihre Gefühle verloren.

Ein Fasan flüchtete vor dem herannahenden Automobil. Angelfliegen, ihr Brautstrauß und weitere Erinnerungen aus ihrer Vergangenheit stiegen in ihr auf. Alice schob sie beiseite. Deshalb hatte sie nicht hierher zurückkehren wollen. Allein der Blick auf die Landschaft war furchtbar schmerzhaft. Sie schaute hinauf in den klaren blauen Himmel. Für März war das Wetter sehr gut. Alice wollte nicht an das letzte Mal denken, als sie hier gewesen war. Es würde ja doch nichts bringen. Sie konnte und würde die Vergangenheit nicht ändern. Die Liebe ihres Lebens war tot. Ihr bester Freund war tot. Sie war nicht bereit, etwas anderes zu tragen als Schwarz, weil nichts die Dunkelheit, die Leere in ihr so gut repräsentierte, doch das Trauerjahr war vorüber, und deshalb erschien ihr nachtblau als passende Alternative.

Der Waldboden war übersät mit den hellgelben Kelchen des Scharbockskrauts, an den Rändern boten lila Märzveilchen und Hain-Veilchen frühe Nahrung für die Bienen. Ihr Anblick war herzerfrischend, doch Alice konnte sich nicht daran erfreuen. Sie war völlig taub, das wusste sie. Nichts fühlte sich an, wie es sich anfühlen sollte. Ihre Stimmung hob sich auch nicht beim Anblick der Magnolien, die in Penhale in voller Blüte standen, nicht einmal bei Johns hellem Lachen. Das war es, was sie am meisten schmerzte. Sie war am Leben, aber sie lebte nicht wirklich. Das Leben war an sie verschwendet.

Die Rhododendren an der Auffahrt waren voller praller

Knospen, die auf die Maiwärme warteten, um ihre Blüten zu entfalten. Die Beete hätten mit Primeln und Narzissen bepflanzt sein sollen, aber sie waren beinahe verschwunden unter dem nicht gemähten Gras. Im Sommer 1914 waren fünfzig Gärtner in Abbotswood beschäftigt gewesen. Alle, mit Ausnahme des ältesten und des jüngsten, hatten sich gleich zu Kriegsbeginn zum Militärdienst gemeldet. Nur einer war zurückgekehrt.

Das Automobil hielt auf dem Vorplatz an, als die große Uhr zwei schlug. Die Haustür öffnete sich, und Burton trat heraus, gebückter, als sie ihn in Erinnerung hatte. Der Chauffeur öffnete ihr die Wagentür, und sie stieg aus und nahm Burtons ausgestreckte Hand. Er hatte einen Bruder an der Somme verloren. Niemand war vom Krieg oder der Grippe verschont geblieben, sie saßen alle im selben Boot.

Burton verbeugte sich. »Wie schön, Sie zu sehen, Lady Alice.«

»Vielen Dank, Burton. Geht es Ihnen gut?«

»Ja, Mylady.«

Sie schlenderte an ihm vorbei ins Vestibül. Der große Raum war voller Schatten, doch ein munteres Feuer hieß sie willkommen. An den Wänden hing eine große Gobelinstickerei, außerdem eine Reihe von Aquarellen, die Lachse, Forellen und Barsche zeigten. Nichts hatte sich verändert. Es gab nicht einmal elektrisches Licht. Die Öllampen waren gefüllt, aber nicht angezündet. Nur die Blumen auf dem Tisch am Eingang waren andere als früher.

Alice zog ihre Handschuhe aus. Sie wusste, was sie zu tun hatte, aber das bedeutete noch lange nicht, dass sie es tun wollte. Sie wappnete sich und fragte: »Nanny?«

»Sie schläft«, antwortete Burton.

»Und wo ist meine Cousine?« Sie musterte ihn. All das Misstrauen, das sie die Jahre über empfunden hatte, hing zwischen ihnen in der Luft. Jetzt konnte er nichts mehr tun, um ihr Leben zu beeinträchtigen. Sie musste loslassen. Sie war nicht länger eine unbändige, leichtsinnige junge Frau, sondern Mutter und Witwe. Er war nur ein Mann, der versuchte, seine Arbeit zu verrichten.

»Sie macht einen Spaziergang.« Er deutete in Richtung Bibliothek. »Ich habe mir die Freiheit genommen, den Tee für Sie am Feuer vorzubereiten.«

»Vielen Dank.« Sie betrat den Raum mit den hohen Regalen und stellte sich ans Fenster, das auf den Fluss hinausging, um das Ufer nach dem Unmöglichen abzusuchen. Ihr Blick fiel auf Constance, deren graues Kleid flatterte, als sie aus dem kleinen Ruderboot kletterte. In Abbotswood war die Entfernung zwischen Cornwall und Devon gering und doch, genau wie die Vergangenheit, weit wie ein Ozean. Doch wenn sie hier stand, konnte sie ihn und ihre Vergangenheit spüren.

In dieser Sekunde regte sich etwas in ihrem Innern. Wenn sie es doch nur festhalten könnte, doch als sie Constance beobachtete, die nun den Weg zum Haus zurücklegte, erstarb es wieder. Was um alles auf der Welt hatte ihre Cousine auf der anderen Seite des Flusses verloren? Dort gab es nichts, was ihr Interesse hätte erwecken können, weder damals noch heute. Oder doch? War etwa jemand ins Boatman's Cottage eingezogen? Aus dem Kamin stieg kein Rauch in den Himmel. Das war noch etwas, was sich durch den Krieg verändert hatte. Auch wenn er sich nicht mit Erbschaftssteuern herumschlagen musste, hatte ihr Onkel doch zu kämpfen, denn er fand keine Bediensteten, die sich um das Haus, den Garten, das gesamte Anwesen kümmerten. Die Tage eines munter flackernden Kaminfeuers, dessen Rauch über den Bäumen in den Himmel stieg, gehörten definitiv der Vergangenheit an.

»Darf ich einschenken?« Burton war unbemerkt ins Zimmer getreten.

Alice spürte, wie sie sich verspannte. Hier waren eindeutig zu viele Geister. »Nein danke, Burton, das mache ich schon selbst.«

»Sehr wohl.«

Sie lauschte seinen Schritten, die sich auf den breiten Holzdielen entfernten und verklangen, als er den Teppich im Vestibül erreichte. Das Gefühl, diese Situation schon einmal erlebt zu haben, verursachte ihr eine Gänsehaut. Fröstelnd rieb sie sich die Arme und starrte weiter aus dem Fenster. Unten am Flussufer entdeckte sie einen Hasen, der von einem Jagdhund gehetzt wurde. Es war, als hätte sich nichts verändert, aber das Gefühl des kühlen Goldrings mit dem schweren Smaragd an ihrem Finger belehrte sie eines Besseren: Alles hatte sich verändert.

Alice hörte, wie Burton Constance ihre Ankunft meldete, und drehte sich voller Vorfreude um. Sie lächelte, als ihre Cousine die Bibliothek betrat. »Constance, wie schön, dich zu sehen.« Das lockere graue Kleid, das sie trug, passte gut zu ihrem dunklen Haar und dem leicht gebräunten Teint. Constance war zu einer attraktiven Frau herangewachsen, und noch etwas hatte sich verändert. War es ihr strahlender Teint, überlegte Alice, oder der Glanz in ihren dunklen Augen?

»Du bist tatsächlich gekommen.« Constance blieb reglos auf der Schwelle stehen.

»Selbstverständlich.« Alice spürte den prüfenden Blick ihrer Cousine. Sie wusste, dass Constance ihre Blässe bemerken und sehen würde, wie dünn sie geworden war. Sie kannten einander zu gut. Auf ihre Art waren sie beide Außenseiter.

»Ich war mir nicht sicher nach unserem Telefonat gestern Abend.« Constance trat zum Tisch und schenkte den Tee ein.

»Ich sagte doch, dass ich komme.«

»Ach. Und warum bist du jetzt nicht bei ihr?« Constance reichte ihr Tasse und Untertasse.

Alice nahm ihr beides ab. »Burton sagte, sie würde schlafen.«

Constance füllte ihre eigene Tasse. »Und du hörst auf das, was er sagt?«

Alice schüttelte den Kopf. »Nun, ich wollte es nicht noch schlimmer machen.«

»Tja, dafür ist es wohl etwas zu spät.« Constance gab eine Scheibe Zitrone an ihren Tee.

Alice stellte die Tasse ab, unsicher, wie sie mit dieser Bemerkung umgehen sollte. »Sie darf nicht sterben. Sicher spielt nur mal wieder ihre Lunge verrückt, ihr Asthma.«

»Sie liegt im Sterben. Sie leidet unter der erdrückenden Last der Geheimnisse, die sie mit niemandem teilen darf.« Constance nippte an ihrem Tee. »Sie haben sich zu einem Krebsgeschwür entwickelt, das sie von innen auffrisst.«

»Nein.« Alice wurde blass.

Constance stellte die Tasse ab. »Dein Geheimnis wiegt am schwersten, denn dich liebt sie am meisten.«

Alice starrte ihre Cousine an. Was hatte sie da gerade gesagt? »Aber …«

Constance unterbrach sie. »Wir haben ihr das angetan. Du.«

Alice schüttelte den Kopf. »Ich …«

Wieder ließ ihre Cousine sie nicht aussprechen. »Du solltest dich bei ihr entschuldigen. Zumindest das bist du ihr schuldig.«

Alice straffte die Schultern. »Ich bin ihr gar nichts schuldig.«

»Doch, das bist du, und nicht nur ihr.« Constance sah Alice durchdringend an.

»Hm. Und was schulde ich dir?« Alice hob das Kinn. Wenn überhaupt, war Constance ihr etwas schuldig. Es war Alice zu verdanken, dass sie während des Krieges nicht in London hatte sein müssen. Sie hatte sie beschützt, indem sie ihre Cousine nach Johns Geburt zusammen mit Nanny nach Penhale holte und darauf bestand, dass die zwei ihr während der schlimmsten Kriegsjahre Gesellschaft leisteten.

»Denk mal nach.«

Alice schüttelte verständnislos den Kopf.

»Streng dich mehr an. Woher wusste Nanny deiner Meinung nach von dir und dem Flussmeister?«

»Nein.« Alice sah ihre Cousine entsetzt an.

»Das war ja klar. Du dachtest, ich hätte nichts bemerkt.« Constance lachte trocken. »Dabei wusste ich sogar, dass du schwanger warst.«

»Nein, das wusstest du nicht. Das ist unmöglich.« Alice machte einen Schritt zurück.

»Du wärst am Ende gewesen oder Schlimmeres.«

»Ich habe Edmund kontaktiert.« Alice warf Constance einen strengen Blick zu.

»Nanny war bereit zu handeln, wärst du ihr nicht zuvorgekommen.« Constance nahm ihr Zigarettenetui vom Kaminsims und öffnete es. »Ich habe zugesehen und gelernt. Du hast mir so viel beigebracht.« Sie nahm einen weiteren Schluck Tee, dann sagte sie: »Und jetzt geh zu Nanny, solange das noch möglich ist.«

»Ist sie in ihrem alten Zimmer?«

»Nein, ich habe das Bett ins Wohnzimmer im Kinderflügel schaffen lassen, damit sie auf den Springbrunnen, den Garten und den Fluss schauen kann.«

»Das ist vernünftig.« Alice stand auf.

Constance klopfte eine Zigarette aus dem Etui. »Ich war immer schon ein vernünftiger Mensch.«

Alice betrachtete sie. Etwas an Constance' Ton gefiel ihr nicht. Sie ging zur Tür und wartete.

»Ich trinke meinen Tee aus und rauche eine Zigarette, dann komme ich nach.« Sie legte das Etui auf den Tisch. »Ich bin mir sicher, Nanny möchte gern ein bisschen mit dir allein sein.«

Alice ging durch den langen Flur zum Kinderflügel. Sie konnte beinahe das Gelächter von den Wänden hallen hören. In ihre Erinnerung an die unbeschwerte Fröhlichkeit in der Vergangenheit mischten sich die Worte, die sie zu sagen hatte: »Nanny, es tut mir leid … so vieles tut mir leid.«

Vor dem Wohnzimmer blieb sie stehen und schloss für einen Moment die Augen. Sie würde das schaffen. Nanny hatte sie nie verurteilt, wenn überhaupt, hatte sie sich selbst die Schuld gegeben. Alice öffnete die Augen und stieß mit angehaltenem Atem die Tür auf. Sie hatte keine Ahnung, was sie erwartete. Durch die Grippe und den Krieg war sie viel zu oft mit dem Tod konfrontiert worden, aber das hier war anders.

Nanny lag verloren im Bett und sah eher aus wie ein zerbrechliches Kind als eine Erwachsene. Sie hatte die Augen geschlossen, ihre Haut wirkte fahl. Alice trat seitlich ans Bett, doch sie sagte nichts. Sie wollte ihre alte Freundin auf keinen Fall erschrecken, denn Nanny war ihr eine Freundin gewesen, eine Verbündete und eine Lehrmeisterin. Nanny hatte ihr alles gegeben, und Alice hatte alles in sich aufgesaugt und nie etwas zurückgegeben. Sie durfte nicht um Vergebung bitten, denn sie verdiente sie nicht. Mit größter Behutsamkeit streichelte Alice die Hand, die auf der Bettdecke lag, nahm sie und drückte sie ans Herz, wobei sie inständig flehte, dass sich etwas von ihrer eigenen Gesundheit auf Nanny übertragen möge.

Nanny öffnete die flackernden Lider. Als sie Alice sah, trat ein Lächeln auf ihre Lippen. »Lady Alice, Sie sind gekommen.« Ihre Stimme war kaum zu hören, trotzdem war es die Stimme, die Alice stets so geliebt hatte. Nannys ehedem hellblaue Augen waren blass und gelblich.

»Natürlich bin ich das.«

»Ich bin so …« Nanny hustete. Ihr zarter Körper erbebte. »Ich habe versagt.«

Alice zuckte zurück. Das stimmte nicht. »Nein.« Sie schüttelte den Kopf.

»Doch, das habe ich, ich weiß es.« Nanny zog angestrengt die Luft ein. »Wie Ihr Vater habe ich Sie zu sehr geliebt.«

»Nein«, sagte Alice noch einmal.

»Mein geliebtes Mädchen, ich habe Sie im Stich gelassen. Das sehe ich nun.« Nanny schloss erschöpft die Augen.

Alice schüttelte den Kopf.

»Sie sind nicht hier.« Nanny hustete. »Sie sind innerlich tot.«

Alice sackte in sich zusammen. Selbst jetzt konnte sie Nanny nichts vormachen. Sie schaute aus dem Fenster in das strahlende Frühlingswetter. Es war nicht richtig, dass die Sonne schien, der Himmel hätte bleigrau sein und seine Schleusen öffnen müssen. Stattdessen wiegten sich die Narzissen in der sanften Brise.

Nanny hustete erneut, und Alice nahm das Glas Wasser, das auf dem Nachttisch stand, und legte Nanny den freien Arm unter die Schultern, um sie ein Stück weit aufzurichten. Nanny trank ein paar Schlucke, dann sah sie Alice an und ließ sich zurück in die Kissen sacken. »Danke, dass Sie gekommen sind.« Sie wurde von neuerlichem Husten geschüttelt. »Ich wusste nicht, ob Sie …«

Alice setzte sich auf die Bettkante und nahm ihre Hand. »Das ist doch selbstverständlich.«

»Wie geht es John?«

Alice lächelte. »Er ist ein guter Junge, dem der Schalk im Nacken sitzt.«

Nannys Augen leuchteten auf. »Ihnen saß auch der Schalk im Nacken.«

»Das haben Sie mir oft gesagt!« Sie schaute sich im Zimmer um. Ihr Blick blieb an ihren alten Spielsachen hängen, darunter auch ihr geliebtes Schaukelpferd.

»Ist er wie sein Vater?« Nannys Augen wurden schmal.

Alice wandte sich ab. »Ja. Er ist ihm sehr ähnlich.«

»Das ist gut.« Sie hielt inne, dann fügte sie hinzu: »Sein Vater war ein guter Mann.«

»Ja, das war er.« Alice musste sich zwingen, die Worte hervorzupressen.

»Sie sind noch jung.«

»Ist irgendjemand nach einem Krieg noch jung?«, fragte Alice und las die Titel ihrer alten Kinderbücher im Regal. *Alice im Wunderland* und *Alice hinter den Spiegeln.* An Tagen, an denen es so heftig regnete, dass man den Fluss nicht mehr sehen konnte, geschweige denn das kornische Ufer, hatte sie mit ihren Cousins und Cousinen stundenlang am Kamin gesessen und den Geschichten gelauscht. Damals hatte sie gedacht, sie wären nur für sie geschrieben worden.

»Krieg lässt einen altern, aber Sie dürfen nicht zulassen, dass er Ihnen das Leben und die Liebe nimmt.«

»Es sind nur noch so wenige Männer übrig.« Alice schaute hinaus zum Springbrunnen. Zwei fette Ringeltauben nahmen ein Bad.

»Einst dachten Sie, Sie bräuchten gar keinen Mann.« Nanny versuchte zu lachen, doch ihr Lachen schlug um in ein Husten.

Alice nickte. »Das dachte ich tatsächlich.«

»Es geht auch ohne.« Nannys Lider flatterten vor Erschöpfung.

Alice streichelte ihre Hand. »Sie hatten nie einen Mann.«

»Nein, das ist nicht ganz richtig.« Nanny hustete erneut. Alice riss die Augen auf. »Ich habe geliebt, als ich jung war …« Ihre Stimme verklang. Alice senkte den Blick und versuchte, sich Nanny als junge Frau vorzustellen. Sie musste hübsch gewesen sein mit ihren blauen Augen.

»Er war der Sohn des Hauses.«

Alice blickte auf. Nanny betrachtete sie. Sie wusste zu viel.

»Uns war klar, dass wir niemals … Aber das kann die Liebe nicht aufhalten, nicht wahr?«

Alice schaute aus dem Fenster in den klaren blauen Himmel.

»Sehen Sie mich an«, krächzte Nanny. »Verschwenden Sie Ihr Leben nicht. Verpassen Sie keinen einzigen Augenblick mit John. Hören Sie nicht auf zu lieben.«

Alice hörte Nannys Worte, doch sie wollte sie nicht wahrhaben. »Die Vergangenheit liegt hinter uns. Blicken Sie nach vorn. Kopf hoch.« Nanny rang nach Luft.

Alice konnte ihre letzten Worte kaum verstehen, und dann war Nanny tot. Ihre Augen waren offen, und sie sah Alice an, so, wie sie sie immer angesehen hatte.

Alice erhob sich von der Bettkante. Sie fühlte sich seltsam leicht, als hätte sie eine Absolution erhalten. Doch natürlich hatte sie das nicht. Nanny hatte alles mit angesehen, und sie hatte sie dennoch geliebt, wie ihre Mutter sie nie geliebt hatte. Sie hatte sie beschützt und geleitet, und nun war sie für immer fort. Nun war Alice frei, freier. Ein Mensch weniger, der die Wahrheit kannte.

Kapitel 38

Während Constance mit dem Arzt sprach, ging Alice hinaus in den Garten. Die nickenden grünen Blüten des Nieswurzes füllten die Rabatte. Bei jedem Schritt musste sie daran denken, dass Nanny diese Welt verlassen hatte. War ihr Tod nur ein weiterer in einer Reihe von Todesfällen? Vergoss sie deshalb keine Tränen? Das Leben war kurz. Nanny hatte länger gelebt als viele andere, doch sie hatte nicht das Leben geführt, das sie sich gewünscht hatte.

Genauso wenig wie Alice. Als sie 1914 hier gewesen war, hatte sie so viele Wünsche gehabt. Das Frauenwahlrecht war nur einer davon gewesen, und wenigstens das war teilweise in Kraft getreten. Sie durfte immer noch nicht wählen, keine Frau unter dreißig und ohne eigenen Besitz durfte an die Urnen treten, aber immerhin jeder Mann. Der alte Zorn stieg in ihr auf, doch sie ließ ihn verpuffen. Sie hatte genug damit zu tun, Penhale für John über Wasser zu halten.

Alice gelangte ans Ende des Rosengangs und stieg die gemeißelten Steinstufen hinunter. Die ausladenden Äste einer alten Eiche teilten ihre Sicht auf das Muschelhaus. Jedes Mal, wenn sie zum Muschelhaus kam, entdeckte sie etwas Neues, einen Kristall, eine Muschel. Sie blieb stehen. Die Erinnerung an das, was sich hier zugetragen hatte, ließ sie erbeben. Ein Kuss war zur Verheißung auf Lust und Liebe geworden. Sie öffnete die Tür und blieb auf der Schwelle stehen. Ihre Hand berührte ein Fossil. Ein Moment, festgehalten für die Ewigkeit.

An jenem Tag hatte der Regen aufs Dach getrommelt, doch jetzt schien die Sonne warm auf ihren Rücken. Ohne die Grotte zu betreten, machte Alice kehrt und schlenderte durch das Tor neben dem kleinen Gebäude und mehrere grob behauene Stufen hinunter, jede einzelne voller Erinnerungen – in gleichem Maße freudvoll wie leidvoll. Alice dachte an Nanny. Sie hatte das Leben besser gekannt, als Alice je vermutet hatte. Fragen kreisten in ihrem Kopf.

Als sie am Black Rock stehen blieb, hörte sie nichts als das Rauschen des Flusses. Wie das Wasser, das vor ihren Füßen vorbeischoss, schossen ihr die Erinnerungen durch den Kopf und stauten sich strudelnd um jenen strahlend schönen Sommer von 1914. Alice schlug den Weg am Fluss entlang ein und kehrte zum Haus zurück. Der Tamar war angeschwollen, denn es hatte in den vergangenen Wochen oft geregnet. Am Ufer sammelten sich aufgewühltes Erdreich, abgebrochene Zweige und Gras, das Wasser war trüb wie ihre Gedanken. Trotz des anbrechenden Frühlings ließ er sie an den Winter denken.

Bei dem Boot, das Constance benutzt hatte, blieb sie stehen. Der alte Flussmeister war nirgendwo zu sehen.

Alice zögerte nicht. Sie stieg ins Boot, legte die Ruder in die Dollen, löste die Leine und ließ sich in die Strömung treiben. Erst dann begann sie, dagegen anzurudern, um auf die andere Seite zu gelangen. Sie hatte nicht bedacht, dass ihr Kleid völlig ungeeignet war, doch das war ihr gleich. Genau wie es ihr gleich war, was diejenigen, die sie beobachteten, von ihr denken mussten. Sie konnte rudern, und sie hatte den Fluss unzählige Male überquert, aber nie in aller Offenheit. Ihre Arme, Beine und Schultern spannten sich an, ihre Handflächen scheuerten an dem abgenutzten Holz auf. Nach einer Weile begann das Boot, sich flussaufwärts zu bewegen, und schon bald erblickte sie den Anleger vom Boatman's Cottage.

Als sie das Boot vertäut hatte, kletterte sie auf den Steg, strich ihr Kleid glatt und atmete tief durch. Der Duft nach Kiefern und Laubmulch füllte ihre Lunge. Sie warf einen letzten Blick auf den Fluss und sah einen Otter, der im tieferen Wasser verschwand. Sie wusste, dass sich zu dieser Jahreszeit Lachse dort aufhielten, doch die Wasseroberfläche war momentan zu trüb, als dass sie die schwer zu fangende Beute hätte entdecken können.

Beinahe zögerlich spähte sie durch die Bäume zum Cottage. Es stand da wie immer. In Gedanken war sie viele Male zurückgekehrt, hatte sich ein Leben mit Zach in diesem kleinen Steinhaus mit dem grauen Schieferdach ausgemalt. Ihre Füße schritten darauf zu, doch ihr Kopf rief: Nein! Was brachte es, dorthin zurückzukehren? Sie konnte nichts gewinnen.

Die Tür war geschlossen, das Holz trocken. Es bedurfte dringend eines Anstrichs. Die Bäume rundherum waren in die Höhe geschossen. Früher hatte man sie zurückgeschnitten, aber mittlerweile gab es niemanden mehr, der sich darum kümmerte. Die Natur hatte die Herrschaft übernommen. Das große Fenster war schwarz vor Schmutz, dennoch konnte sie die eingeritzten Buchstaben in der oberen rechten Glasscheibe erkennen. Vor sechs Jahren in aller Eile entstanden, doch für Alice hätten auch hundert Jahre vergangen sein können. Die Alice, die damals hier gestanden hatte, war eher ein Mädchen gewesen als eine Frau. Sie hatte das nicht so gesehen, aber sie wusste es jetzt.

Sie hob ihren Rock an, stieg die Granitstufe hinauf und drehte den Knauf. Die Tür schwang auf, Sonnenlicht fiel auf den Schieferboden. Sofort schweifte ihr Blick zum Kamin, Selbst an den wärmsten Sommertagen hatte ein Feuer darin gebrannt. Jetzt war ein verkohltes Holzscheit das einzige Relikt der Vergangenheit.

Der kleine runde Tisch mit den beiden Stühlen stand an der Rückseite des Raumes in der Nähe des Südfensters. Davon abgesehen war das Zimmer leer. Alice öffnete die Tür zur Rechten und betrat die Küche. Alle Hinweise darauf, dass hier jemand gewohnt hatte, waren verschwunden. In der Spüle stand kein benutzter Teller, an den Haken hing keine einzige Tasse. Sie wandte sich ab. Leere füllte ihre Brust, als sie die Treppe hinaufstieg.

Oben angekommen betrat sie das kleine Schlafzimmer. Das Bett war abgezogen, in den Resten der Matratze musste vor Kurzem ein Tier genistet haben. Alice strich über den ausgefransten Rand. Erinnerungen stiegen in ihr auf. Es kam ihr vor, als wäre eine Ewigkeit vergangen, seit sie das letzte Mal hier gewesen war. Seit er hier gewesen war. Es war aber keine Ewigkeit, auch wenn sein Sohn schon fünf Jahre alt war. So viele vielversprechende junge Männer waren tot. Sie wünschte sich ein anderes Leben für John. Deshalb war sein Vater gestorben: Er und seine Kameraden hatten ihr Leben für die zukünftigen Männer und Frauen geopfert. Sie hoffte, dass sie nicht umsonst gestorben waren.

Der Schrank war leer, das untere Regal unberührt. Nachdem er in den Krieg gezogen war, hatte sie Zachs Geheimversteck gründlich durchsucht. Er hatte es ihr während ihrer letzten gemeinsamen Nacht gezeigt. Es würde auch jetzt nichts darin verborgen sein. Sie warf einen letzten sehnsüchtigen Blick auf das Bett, bevor sie den Raum verließ und die Tür fest hinter sich zuzog. Im Cottage war alles still. Seit sämtliche Männer in den Krieg gezogen waren, wurde das kleine Haus nicht mehr gebraucht.

Stufe für Stufe ging sie hinunter in die Küche, bei jedem Schritt zog sich ihr Herz schmerzhaft zusammen. All ihre Träume aus der Vergangenheit wehten mit dem auffliegenden Staub davon. Das Cottage war dem Verfall anheimgegeben, und vielleicht war es besser so. Im Wohnzimmer blieb sie stehen und strich über den Tisch. Alles war so flüchtig gewesen. Ihr Blick fiel auf ihr Konterfei im Spiegel. Auf ihren Wangen zeigte sich keine jugendliche Röte, als sie darauf zuging. Warum hing der Spiegel hier und nicht wie damals im Schlafzimmer? Sie fuhr mit den Fingern über den Rahmen und die kleine Kerbe im Holz, dann schloss sie die Augen und stellte sich vor, wie er neben ihr stand und ihr seine Liebe erklärte. Sie betete, dass er schnell gestorben war und Frieden gefunden hatte.

Draußen wurde die Sonne von einer Wolke verdeckt, die Märzluft hatte sich abgekühlt. Fröstelnd schlug sie den Weg zum Anleger ein, ohne sich noch einmal zum Cottage umzudrehen. Nannys Tod hatte sie aufgewühlt und die Geister der Vergangenheit heraufbeschworen. Liebe.

Sie war rücksichtslos gewesen. Ihr Handeln hatte Zachs Leben ruiniert, und ganz gleich, was Edmund behauptet hatte: Sie hatte auch sein Leben beschränkt. Doch das hatte sie nicht gesehen. Sie war damals selbstsüchtig gewesen, und jetzt war sie es immer noch. Dennoch liebte sie John von ganzem Herzen, und das musste genügen.

Constance stand am Ufer und beobachtete Alice, die ans Ufer von Devon zurückruderte. Ihr Gesicht war ausdruckslos.

Alice war mit ihren eigenen Gedanken beschäftigt. Sie hatte keine große Lust, sich mit Constance auseinanderzusetzen. Während der Kriegsjahre hatte Alice sie heranwachsen sehen, und sie war für sie wie eine Schwester geworden. Dann hatte sich Constance durchgesetzt und sich in einem Hospital in London um verwundete Soldaten gekümmert, bevor sie nach Abbotswood zurückgekehrt war. Constance war erwachsen geworden, und nun trennte Alice und Constance mehr voneinander als nur der Tamar. Constance liebte Nanny, und ihr Tod würde sie zutiefst erschüttern. Doch ihren Kummer sah Alice nicht, nur ihren Zorn. Und Constance hatte viele Gründe, zornig zu sein. Sie hatte ihre Brüder verloren, alle, bis auf einen, und sie hatte die Zukunft verloren, die ihr im Sommer 1914 so sicher erschienen war. Oder glaubte Constance wirklich, dass die Last der Geheimnisse Nannys Tod verursacht hatte, an erster Stelle die Last von Alice' Geheimnissen?

Sie vertäute das Ruderboot und ging unschlüssig zu ihrer Cousine. Nachdem sie so lange sämtliche Gefühle blockiert hatte, wurde sie nun förmlich davon überrollt. Ihr Abstecher zum Cottage hatte bewirkt, dass sie sich öffnete. Die Tränen, die zuvor nicht hatten kommen wollen, brannten in ihren Augen. Sie holte tief Luft und versuchte, sie zurückzudrängen und ihre Emotionen in sich zu verschließen. Doch als Constance die Arme öffnete, brach alles aus ihr heraus. Sie klammerten sich aneinander.

Als die Tränen versiegten und Alice in Constance' tränenverschmiertes Gesicht sah, nahm sie die Hand ihrer Cousine, und sie legten schweigend den Weg zum Haus zurück. Es gab so viel zu sagen, dass sie keinen Anfang fanden.

Drinnen bedeutete Constance Burton, dass er sich zurückziehen konnte. Als er weg war, marschierte sie schnurstracks zum Brandy-Dekanter und schenkte ihnen großzügig ein. Sie reichte Alice ein Glas, hob ihr eigenes und sagte: »Auf Nanny.«

Alice senkte für einen Moment den Kopf, dann tat sie es ihrer Cousine gleich. »Auf Nanny.« Sie nahm einen Schluck und sah Constance an. »Ich …«

»Es ist vorbei. Du solltest es dabei belassen.« Sie kippte ihren Brandy in sich hinein. Alice riss erstaunt die Augen auf.

»Ich muss mich …«

»Entschuldigen«, entgegnete Constance mit einem trockenen Lachen. »Das Leben besteht aus lauter Entschuldigungen. Deine Liste mag vielleicht länger sein als meine, aber immer noch kürzer als andere.« Sie zuckte die Achseln und schenkte sich erneut ein. Anschließend warf sie einen Blick auf Alice' kaum berührtes Glas und steckte den runden Stöpsel aus geschliffenem Glas zurück auf den rechteckigen Dekanter. Dann fragte sie: »Und was machen wir jetzt?«

Alice musterte Constance. Die Frau vor ihr war anders als das fügsame, wissbegierige Kind, das sie gekannt hatte. Die Arbeit in dem Hospital mit kriegsversehrten Soldaten hatte sie verändert.

»Ich schlage vor, wir lassen die Vergangenheit hinter uns.« Alice hob erneut das Glas. »Auf die Zukunft, was immer sie bringen mag.«

Eine Träne rollte über Constance' Wange.

Alice streckte die Hand aus, aber Constance richtete sich auf und leerte auch das zweite Glas in einem einzigen Zug. Anschließend verließ sie lächelnd das Zimmer.

Alice fröstelte. Sie stellte ihr Glas ab, ging ins Vestibül und weiter zu dem kleinen Zimmer, das ihre Großmutter früher benutzt hatte. Es ging auf den Springbrunnen hinaus und fing das letzte Nachmittagslicht ein. Dort angekommen zog sie sich einen Sessel an den Kamin und schlang die Arme um die Mitte. Alles hatte sich verändert, auch sie selbst.

Kapitel 39

Die Schatten draußen wurden länger. Hinter ihr wurde ein Feuer im Kamin entzündet. Sie hatte mit Constance telefoniert, um Nannys Beerdigung zu organisieren. Ihr Besuch in Abbotswood kam ihr vor wie ein Traum. Der Fluss, das Cottage und Constance – und noch dazu Nannys Tod. Alice trat ans Fenster. John rannte unter Aufsicht seiner Kinderfrau durch den Garten. Auf gewisse Weise hatte Alice Freiheit erlangt, obwohl sie an Penhale gebunden war. Auch Constance war frei und gleichzeitig gebunden – an Abbotswood. Wegen des Krieges hatte sie nicht heiraten können, und es war unwahrscheinlich, dass sie einen Ehemann finden würde. So viele Männer waren gefallen, nur so wenige waren noch da …

Alice runzelte schuldbewusst die Stirn. Arthur Carew. Sie hatte kein Recht auf ihn, doch er war den ganzen Krieg über so höflich gewesen, hatte sie besucht, wenn er nach Cornwall kam. Inzwischen kam er immer öfter zu Besuch. Sie freute sich darauf, und sie freute sich auf sein Lächeln. Sie schnaubte leise. Früher war er für sie nur jemand gewesen, der ihr zugehört hatte, doch als sie nun an ihn dachte, regte sich etwas völlig anderes in ihr.

Alice legte den Kopf gegen die Scheibe, dann drückte sie den Rücken durch und ging zum Schreibtisch. Sie öffnete die mittlere Schublade und nahm Edmunds letzten Brief heraus.

31. Oktober 1918

Liebes Schlingelchen,
heute ist der Abend vor Allerheiligen, und ich spüre die vielen Seelen um mich herum in der Erde. So viele Männer in diesem Schlamm, betrauert, doch nie gefunden. Ich bete für sie, obwohl ich kein gläubiger Mann bin. Manchmal, wenn einem alles genommen wird, ist das Gebet die einzige Kraft, die einem noch bleibt, das Gebet und die Liebe. Irgendwie hängt beides zusammen.

Dein letzter Brief erfüllte mich mit Hoffnung und frohem Mut. Es freut mich, dass John so oft wie möglich draußen herumspringt. Ich möchte, dass er jede Hecke, jeden Baum, jeden Fisch, jeden Vogel, jedes Tier, jede Blume um ihn herum kennenlernt. Es ist seltsam, aber ich habe all das nie mehr geschätzt als jetzt. Ich erfreue mich an einer winzigen Feldmaus, der es gelingt, in dieser Hölle zu überleben. Ich bete, dass John niemals die Schrecken kennenlernen wird, die ich hier erfahre.

Ja, bevor Du fragst: Ich habe Mutter geschrieben. Danke, dass Du Dich um sie kümmerst. Ich habe so viele junge, starke, tapfere Männer sterben sehen – da macht mir der Tod meines Vaters nicht allzu viel aus. Es ist nicht so, dass er bedeutungslos wäre, aber er ruft in mir keine Emotionen hervor. Vielleicht sind meine Emotionen ja bereits gestorben.

Der Tod ist allgegenwärtig, jeden Tag, jede Stunde, mitunter jede Minute. Mein Vater ist nur ein weiterer Mann, der nun nicht mehr unter uns weilt. Ich klinge kalt, sogar lieblos, aber ich denke, der Krieg hat mich abstumpfen lassen, um mich zu schützen. Im Rückblick erinnere ich mich, dass ich gegen die Tränen ankämpfen musste, als der erste meiner Untergebenen fiel. Mittlerweile würde mich wohl nur noch Zachs Tod erschüttern. Er ist für mich ein Getreuer, ein Freund, ein Waffenbruder.

Bitte sprich mit den Anwälten über die Erbschaftssteuern und all das Chaos, das der Tod nach sich zieht. Sei nett zu meiner Mutter, aber ich weiß, dass Du das ohnehin sein wirst. Liebe John mit aller Kraft, die in Dir steckt. Ich muss das nicht schreiben, aber wenn ich dem Trommelfeuer lausche, habe ich den Eindruck, dass das das Einzige ist, was zählt. Liebe. Ich liebe Dich, Schlingelchen. Sei tapfer. Ich weiß, dass Du das bist. Sei stark. In Dir steckt so viel Stärke. Sei nachsichtig, und das ist vermutlich das Schwierigste, worum ich Dich bitte. Du bist zu klug, zu schön, zu stur. Dir wurde all das gegeben, also sei nachsichtig mit denen, die diese Gaben nicht bekommen haben, so wie ich.

Ich schreibe Dir wieder, sobald die Zeit es zulässt. Ich lege alles in Deine fähigen Hände, liebes Schlingelchen. Ich liebe Dich.

Dein Edmund

Sei tapfer. Sei stark. Sei nachsichtig. Sie drückte den Brief ans Herz. Er hatte sie so gut gekannt. Sie würde es schaffen.

Alice legte das Schreiben von Edmunds befehlshabendem Offizier in die Schublade zu dem Telegramm und Edmunds letztem Brief. Der Major hatte sich vollständig erholt und ihr geschrieben – um zu helfen, wie er behauptete. Doch hatte es ihr geholfen, von Edmunds Tapferkeit zu lesen? Seiner Güte? Oder hatte es einfach nur die Wunden aufgerissen, die kaum verschorft waren? Alles in ihrem Innern befand sich in Aufruhr. Nichts ergab einen Sinn, dachte sie jetzt, als sie aus dem Fenster blickte. Der Major hatte ein Foto beigelegt, das ihm in die Hände gefallen war. Es zeigte den Major und Edmund. Im Hintergrund stand Zach, Edmunds Schatten.

Sie war ihnen beiden treu gewesen, aufrichtig treu. *Und was ist mit Arthur?*, fragte ihr Herz vorwurfsvoll. Konnte man den Toten untreu werden? Sie holte tief Luft und versuchte, gegen die Enge in ihrer Brust anzuatmen, dann warf sie einen Blick auf die Schreibtischplatte. Darauf lag eine Nachricht von Arthur, die auf eine Antwort wartete.

In der Ferne hörte sie Johns kindliches Gelächter, dann das Geräusch schwerer Schritte hinter ihr. Ihre Nackenhärchen stellten sich auf. Wilfred kündigte sich immer durch seinen geräuschvollen Gang an. Er streckte ihr das Silbertablett mit der Post entgegen. Sie nahm die Umschläge von der glänzenden Fläche.

»Danke, Wilfred.«

Er verbeugte sich und verließ den Raum. Abwesend blätterte sie durch die schweren cremefarbenen Umschläge, während sie auf die Geräusche ihres Sohnes achtete. Sie sollte sich keine Sorgen um ihn machen. Er war stark und robust wie sein Vater. Dennoch sorgte sie sich ständig um ihn. Alles ruhte auf seinen jungen Schultern.

Ihr Blick wanderte wieder zu seiner kleinen Gestalt vor dem Fenster. In der Ferne glitzerte der Tamar. Obwohl heute der erste April war, schien die Sonne schon sommerlich warm. Späte Narzissen tanzten in der milden Brise. Was hatte Shakespeare noch gleich über diese Blumen gesagt? »Narzissen erscheinen, bevor die Schwalbe es wagt.« Das traf in diesem Jahr auf Penhale zu. Die ersten Narzissen hatten schon an Neujahr geblüht. Ihr übermütiger Sohn rannte einem Ball nach zur Gartenmauer.

Alice legte die Briefe auf den Schreibtisch. Was immer darin stand, konnte warten. Sie wollte mit John um die Wette laufen, wollte den heißen Sonnenschein und die sanfte Brise spüren und lachen. Sie warf einen letzten Blick auf die Post. Es wären doch nur Rechnungen, Forderungen, Verbindlichkeiten.

Die sich im Wind wiegenden Narzissen erinnerten sie an 1917. Der Mehltau hatte so viele befallen. Die Blumen waren ein weiteres Kriegsopfer. Niemand war da, um sich um die Zwiebeln zu kümmern. Der Verdienstausfall kam zum ungünstigsten Zeitpunkt. Erst in diesem Jahr hatten sie sich wieder um die Narzissen kümmern und damit Geld verdienen können. Und sie brauchten dringend Geld. Sie musste all das hier für John erhalten. Alice blätterte noch einmal die Umschläge durch, bis sie auf einen mit einer Marke aus Paris stieß. Sie schob den Brief in die Rocktasche und ging hinaus in den Garten, um sich zu ihrem Sohn und seiner Kinderfrau zu gesellen.

Auf halber Strecke über den Rasen blieb sie stehen. Arthur kam auf sie zu. Er hatte erwähnt, dass er von Samstag bis Montag in Cornwall sein würde, aber heute war Freitag. Sein offenes Jackett flatterte im Wind, der vom Fluss heraufwehte. Er winkte. Ihr Herz schlug höher. Sie wusste, dass das nicht richtig war, aber sie konnte nichts daran ändern. Arthur beschleunigte seine Schritte und strahlte sie an.

»Alice«, sagte er.

»Das nenne ich eine Überraschung.« Sie streckte ihm die Hand entgegen. Er umschloss sie mit beiden Händen und ließ sie gar nicht mehr los.

»Ich hoffe, eine angenehme.«

»In der Tat.«

Er zog eine Augenbraue in die Höhe. »Ist das alles?«

Sie hoffte, ihr Lächeln würde das sagen, was sie nicht in Worte zu fassen bereit war. Mit einem Augenaufschlag sah sie ihn an. Er verzog den Mundwinkel zu dem schiefen Grinsen, das sie so attraktiv fand, warum, konnte sie nicht genau erklären. Mit seinen sechsunddreißig Jahren war Arthur Carew ein ansehnlicher Mann, auch wenn sein blondes Haar dünner wurde. Es waren seine Augen, ja, seine Augen machten ihn so besonders. Sie waren grau und sprachen so eloquent von dem, was in seinem klugen Kopf vor sich ging, außerdem wiesen sie auf die Tiefen seines Herzens hin – Tiefen, die nach ihr verlangten.

Er hob ihre Hand an seine Lippen und hauchte einen Kuss darauf. Sie hielt den Atem an und ließ das Gefühl auf sich wirken. Ihre Augen begegneten sich.

»Alice«, flüsterte er.

»Ich weiß …« Es überkam sie völlig unerwartet, und sie hätte es nicht wollen dürfen, aber sie verspürte Verlangen nach ihm.

John rannte auf sie zu, und Arthur ließ ihre Hand los. Er hatte ihr gerade einen Antrag machen wollen, das konnte sie ihm an den Augen ablesen. Der Ausdruck darin erklärte seine Gefühle beredsamer, als Worte es je gekonnt hätten.

Während der vergangenen Monate hatte er beständig auf diesen Moment hingearbeitet, doch erst in letzter Zeit hatte er sein Werben verstärkt.

John umschlang ihre Beine. »Mama.«

»Mein Liebling.« Sie küsste ihn auf den Scheitel, bevor sie seine Ärmchen von ihrem Rock löste. Sie nahm seine Hand, dann schlenderten sie zu dritt durch den Garten. Er sang ein albernes Liedchen, das er sich gerade ausgedacht hatte.

Arthur passte sein Tempo an ihre und Johns Schritte an. In gewisser Hinsicht würde er sehr gut in ihr Leben passen. Doch er verbrachte viel Zeit in London, leistete in seinem Wahlkreis hervorragende Arbeit. Sein Anwesen lag nicht weit von Penhale entfernt. Obwohl sie ihn seit Jahren kannte, hatte sie ihn nie wirklich wahrgenommen, nicht so wie jetzt, wie in letzter Zeit. Nun fühlte es sich an, als wäre er stets in ihrem Blickfeld, ganz gleich, ob er neben ihr ging oder mit ihr telefonierte. Was sollte sie tun?

Kapitel 40

2019

Es war ein strahlender Septembertag. Theo und David gingen von der Metrostation Trocadéro zum Eingang des Cimetière de Passy. So viele Erinnerungen überfluteten sie, doch für sie bedeutete diese Reise keine Rückkehr in die Vergangenheit. Sie war wegen David hier. Das Ergebnis seines DNA-Tests war eingetroffen, und es war keine Überraschung. Piers war nicht sein Vater, und Hugo war sein Cousin ersten Grades. Piers wusste es noch nicht. Mit neuem Mut und der Unterstützung seiner Verlobten Natasha wollte David Henshaw & Son verlassen, seinem Herzen folgen und sich an einer Kunstakademie einschreiben. Theo war begeistert, auch wenn es ihr Sorgen bereitete, wie Piers reagieren würde.

David hielt die Karte in den Händen, auf der Patricks Grab markiert war. Als sie ihm die Reise vorgeschlagen hatte, hatte sie nicht damit gerechnet, dass sie sie so schnell antreten würden, aber er konnte es kaum erwarten, und sie war bereit. Hugo und sein Vater Ron, Patricks älterer Bruder, hatten sie in der Familie willkommen geheißen, genau wie die übrigen Mounseys. Theo hatte es David überlassen, sich in Paris auf Spurensuche zu begeben. Ihre Gefühle sollten seinen Erkundungen nicht im Wege stehen. Sie hatten noch jede Menge Zeit, sich mit der Vergangenheit auseinanderzusetzen.

Am Eingang blieb er stehen. »Bereit?«, fragte er.

Sie nickte. Ihr Mund war plötzlich trocken. Schweigend gingen sie zunächst nach links zur Avenue Chauvet, dann weiter zum hinteren Teil des Friedhofs. Die Vielfalt und Schönheit der Grabstätten überwältigte sie, vielleicht war das aber auch nur ihrem eigenen seelischen Zustand geschuldet. David mochte für diesen Moment bereit sein, doch sie war sich nicht sicher, ob das auch auf sie zutraf.

Sie riss den Blick von den Gräbern los und betrachtete die hohen Platanen hinter der Friedhofsmauer. Der Eiffelturm war nicht weit entfernt. Das Heulen einer Sirene mischte sich mit dem Verkehrslärm. Sie ließ zu, dass diese Äußerlichkeiten ihre Gedanken dominierten, bis David ihre Hand nahm.

Der Kontakt durchbrach die Mauer aus sensorischen Details, die sie um sich herum aufbaute. Sie hob den Blumenstrauß in ihrer Hand an die Nase und atmete tief ein. Jasmin für Liebe und Sinnlichkeit, Freesien für Unschuld, Hortensien für tiefe Gefühle und weißer Diptam für Liebe und Leidenschaft.

Als sie sich dem hinteren Ende des Friedhofs näherten, blieb David stehen. Theo hielt die Augen auf die Blüten gerichtet und atmete langsam ein und aus. Dieser Gang war schwer für sie, viel schwerer, als sie erwartet hatte. Der Druck von Davids Fingern verstärkte sich, dann ließ er sie los. Ohne die Wärme seiner Hand fröstelte sie.

David beugte sich über den länglichen Granitstein, der Patricks letzte Ruhestätte markierte.

PATRICK DANIEL SEBASTIAN MOUNSEY
KÜNSTLER

17. MÄRZ 1962
25. AUGUST 1990

Theo schloss die Augen und hielt sich die Blumen dicht vors Gesicht. Jasmin.

»Mum?« David berührte ihren Arm. »Alles okay?«

Sie schlug die Augen wieder auf. »Ja«, log sie. Sie bückte sich und legte den Strauß ab, dann drückte sie die Hand gegen den kühlen Stein. Hätte sie es durchgezogen und die Hochzeit damals abgesagt, wäre vielleicht alles anders gekommen. Patrick war ein so warmherziger Mensch gewesen, so echt, so liebevoll. Als sie sich wieder aufrichtete, fiel ihr der Kontrast zwischen dem glatten Granit und den farbenfrohen, üppigen Blumen ins Auge. Patrick hätte er gefallen.

David legte den Arm um ihre Schultern. Schweigend standen sie Seite an Seite in der warmen Septembersonne.

»Ich würde gern mit Natasha herkommen«, sagte er.

»Das wäre sicher gut.« Sie drehte sich zu ihm. »Vor oder nach der Hochzeit?« Er hatte seiner Freundin einen Antrag gemacht, und der große Tag sollte am einundzwanzigsten Dezember in Abbotswood begangen werden.

»Im neuen Jahr.« Er lächelte. »Jetzt werde ich erst mal ein paar Fotos machen.«

Sie trat im selben Moment zurück wie er. Beide stolperten und landeten auf dem Grab hinter ihnen.

»Alles okay?«, fragte sie.

Er nickte. »Ja, allerdings denke ich, wir sollten uns bei

dem Besitzer der Grabstätte entschuldigen.« Er strich über den Grabstein.

»Das finde ich auch«, sagte sie und richtete sich auf, dann sah sie nach, auf welche bedauernswerte Seele sie gestürzt waren. Theo erschrak, als sie den Namen las.

»Zachariah Carne«, sagte David.

»Das kann unmöglich derselbe Mann sein«, sagte Theo und ging um das Grab herum, bis sie direkt davorstand.

ZACHARIAH CARNE

8. JANUAR 1896
15. MAI 1920
IN LIEBE

Unter der Inschrift waren drei Hasen in einem Kreis zu sehen, deren Ohren sich berührten. Theo dachte an das St-Loy-Wappen, das jetzt auch ihr Wappen war.

Sie schaute zu David, der durch sein Handy scrollte. »Onkel Martin hat weitere Recherchen angestellt«, teilte er ihr mit, als er wieder aufschaute. »Zachariahs Geburt wurde im Februar 1896 eingetragen.«

Sie bückte sich erneut und strich über den kalten Granit mit den Hasen.

»Das kann kein Zufall sein.« Sie schaute David an. Er nickte. Sie machte ein Foto und schickte es an Martin, dann wandte sie sich wieder Patricks Grab zu, nahm eine Hortensie aus dem Strauß und legte sie zu Zachariah. Sie konnte sich nicht vorstellen, dass es tatsächlich möglich war, aber irgendetwas in ihr fühlte sich der armen Seele, die dort begraben war, verbunden.

Am nächsten Tag war Theo sehr emotional. Heute sollten Sergeant William Bowman und Captain Edmund St Loy mit militärischen Ehren beigesetzt werden. Es kam ihr surreal vor, zusammen mit Martin, David und Jeanette auf dem Britischen Militärfriedhof von Masnières zu stehen. Martin würde die Predigt halten, und Theo würde ihre Tränen, gegen die sie bislang so mühsam angekämpft hatte, nicht länger zurückhalten können. Ein Fernsehteam war da, aber man würde ihnen Zeit geben, bevor man mit den Aufnahmen begann. Auch die Familien der Männer, die am 2. November 1918 verschollen waren, hatten sich hier versammelt, einschließlich der Familie von Zachariah Carne. David und sie hatten mit Martin gesprochen und beschlossen, zunächst für sich zu behalten, dass sie sein Grab entdeckt hatten. Martin hatte gemeint, dass dieses Geheimnis so lange bewahrt worden war und die Angehörigen nicht unbedingt erfahren sollten, dass Zachariah Carne wohl desertiert war. Dieses Wissen würde niemandem helfen. David und sie waren seiner Meinung gewesen.

Die endlosen Reihen gleicher Grabsteine waren eine eindringliche Mahnung. All die Männer, die hier unter der Erde lagen, waren gleich. Alle waren in Erfüllung ihrer Pflicht für das Vaterland gestorben, und das Traurigste daran war, dass sie geglaubt hatten, dem Kriegführen damit ein für alle Mal ein Ende zu setzen. Theo holte tief Luft und betrachtete die Männer und Frauen in Uniform. Sie war ihnen und allen, die dienten, dankbar.

Die Frau von der Fernsehgesellschaft trat aufs Podium und sprach mit Martin. Es war so weit. Sergeant Bowman würde als Erster bestattet werden, anschließend Captain Edmund St Loy. David nahm ihre Hand, und sie gingen gemeinsam an ihren Platz. Jeanette stand Martin zur Seite. Sie hatten Toby, Johns Halbbruder, eingeladen, an der Bestattung teilzunehmen, doch er würde erst nächste Woche von seiner Reise durch die Staaten zurück sein.

Theo war froh, dass sie einen Hut trug. Die Sonne brannte gnadenlos auf sie herab, während sie die Zeremonie verfolgte, dankbar für ihre Familie – die neue wie die alte. Martin sprach mit fester Stimme, selbst als er sagte: »Bei Sonnenuntergang und am Morgen, wir werden uns an sie erinnern.« Erst als er die abschließenden Zeilen las, kam er ins Stocken:

»Wie die Sterne, die uns in Zeiten der Dunkelheit leuchten,
Bis zum Ende, bis zum Ende bleiben sie.«

Nachdem seine Stimme verstummt war, senkte sich ein schmerzvolles Schweigen über die Trauergemeinde. Dann ertönte ein letztes Mal die Trompete.

Jetzt konnte Theo nicht länger an sich halten: Sie weinte hemmungslos.

Kapitel 41

1920

Draußen auf dem Vorplatz stand Arthur, Hand in Hand mit John, ins Gespräch vertieft. John blinzelte konzentriert, während Arthur entspannt lächelte. Er würde einen wundervollen Vater abgeben. 1914 hätte sie ihn niemals als passenden Bewerber in Betracht gezogen, doch jetzt schlug ihr Herz schneller, wenn sie ihn mit ihrem Sohn sah.

Die Carews waren eine alte kornische Familie, Arthur war der Sohn des jüngeren Sohnes. Sein Vater war sowohl beim Bergbau als auch in der Politik erfolgreich gewesen. Arthur hatte auf beidem aufgebaut und war dabei sich selbst treu geblieben. Jetzt ging er in die Knie, um mit John auf Augenhöhe zu sein, und hörte ihm aufmerksam zu. John zeigte Arthur die Steine, die er bei seinem Spaziergang gesammelt hatte. Zum Glück hatte Arthur in Oxford Geologie studiert und konnte all seine Fragen beantworten.

Johns Kinderfrau trat zu ihnen, und der Kleine eilte mit ihr davon in Richtung Küche. Arthur schaute zu Alice hinüber, die auf der Türschwelle stand. Er winkte, und sie trat zu ihm hinaus.

»Gehst du ein Stück mit mir?« Er streckte die Hand aus, und sie nahm sie. Der große Magnolienbaum stand in voller

Blüte. Sie blieben stehen, um ihn zu bewundern. »Wunderschön«, sagte Arthur und drehte sich zu ihr.

»Ja.« Sie lächelte. Er sah nicht den Baum an. Sie war nicht mehr eitel, aber sie wusste, dass sie schön war. Schönheit hatte für sie nicht länger den Wert, den sie früher gehabt hatte. Ihre Schönheit hatte sie für kurze Zeit zur begehrtesten Trophäe gemacht. Jetzt war sie eine Mutter, eine Witwe, die ihr Schicksal selbst in der Hand hatte. Sie hielt den Atem an. Wenn sie Arthurs Antrag annahm, wäre das nicht länger der Fall.

»Du bist so abwesend …« Er berührte ihre Wange, dann ließ er die Hand sinken.

Sie lächelte ihn reuevoll an.

»Was muss ich tun, damit du mir deine Aufmerksamkeit schenkst?«, fragte er.

»Ach, das ist nicht schwer.« Sie nahm seine Hand. Sie liebte es, seine Wärme zu spüren.

»Das erleichtert mich.« Er zögerte. »Ich hätte nie gedacht, das Glück zu haben, deine Zuneigung zu gewinnen.« Seine grauen Augen suchten ihre.

Sie hielt seinen Blick fest. »Ich …«, fing sie an, doch er legte ihr den Finger auf die Lippen, strich ihr über den Mund und über die Wange. »Ich begehre dich.«

»Ja«, flüsterte sie.

»Ich habe gewartet …«

In diesem Moment kam ein Dienstmädchen aus dem Haus gelaufen. »Mylady, Telefon für Sir Arthur.«

»Das passt ja wirklich ganz hervorragend«, sagte er und ließ mit einem schiefen Lächeln die Hand über ihren Arm gleiten, dann eilte er ins Haus. Hoffentlich war nichts Weltbewegendes passiert. Es war Montagnachmittag, die Sonne schien, und die Welt befand sich nicht im Krieg. Sie sah einer nistenden Taube zu. Auch sie verspürte Frühlingsgefühle.

Unter ihr floss der Tamar in Richtung Meer. Er war voller Schiffe, die Güter transportierten. Um sie herum standen die alten Gemäuer von Penhale. Jed Carne nickte ihr grüßend zu, als er hügelaufwärts ging. Sie war des Öfteren versucht gewesen, ihm von John zu erzählen, aber sie hatte es nicht getan. Das war ihr Geheimnis. Sie gab sich alle Mühe, für das Wohlergehen des alten Mannes und dafür zu sorgen, dass Zachs älterer Bruder Brindley auf dem Anwesen beschäftigt war, auch wenn er im Krieg ein Bein verloren hatte. Sie rieb sich die Schläfe. Das Leben war kompliziert.

Sie hörte Arthurs Schritte hinter sich, aber sie wandte den Blick nicht vom Fluss ab. Sie wusste, dass er aufbrechen würde, denn sie hatte gehört, dass man seinen Wagen vorfuhr.

»Ich muss los«, flüsterte er. Sein Atem strich über die empfindliche Haut hinter ihrem Ohr. Sie begehrte ihn, aber sie würde warten. Sie waren an diesem bestimmten Punkt angelangt, und sie würden noch weiter gehen. Sie wandte sich um.

»Es tut mir leid«, sagte er und nahm ihre Hand in seine. Sie schüttelte den Kopf, dann stellte sie sich auf die Zehenspitzen und küsste ihn, um ihm eine Antwort auf die Frage zu geben, die er noch gar nicht gestellt hatte.

»Alice«, stieß er hervor, als sie von ihm wegtrat.

»Ja.«

Er hob ihre Hand an die Lippen und küsste die Innenseite ihres Handgelenks. Sie schloss die Augen. Verlangen durchflutete sie. Sie öffnete die Augen wieder und sah ihn an. Er hatte sie beobachtet.

»Ich muss fort«, sagte er.

»Ich weiß.«

Er verschränkte seine Finger mit ihren und fügte hinzu: »Ich komme bald wieder.«

Sie nickte und ließ seine Hand los. Mit stiller Entschlossenheit strebte er zum Wagen, und sie zügelte das Gefühl, das in ihr aufstieg. Verlangen. Leidenschaft. Sie hätte nie gedacht, dass sie je wieder etwas Derartiges empfinden würde, und das war auch nie ihre Absicht gewesen. Doch da waren sie, diese Gefühle, brachten die Welt um sie herum zum Strahlen und machten alles ein bisschen heller, vom wolkenlosen Himmel bis zum grünen Gras. Es war Frühling, und das neu erwachende Leben war voller Verheißungen.

Warum hatte sie bloß zugestimmt, Penhale und John zu verlassen und nach Castle Harkness zu reisen? Es war der erste Mai. Wie gern wäre Alice jetzt durch die Glockenblumen in Cornwall spaziert. Keine der für die nächsten drei Tage in Aussicht stehenden Aktivitäten interessierte sie. Als sie jung war, war es faszinierend gewesen, die Diener zu belauschen, die darüber tuschelten, wer aus welchem Schlafzimmer in welches gehuscht war, doch jetzt langweilte sie dergleichen.

Ihre Gastgeberin Nancy, Countess of Dunloch, war eine entfernte Cousine, und ihre Tochter war im selben Alter wie Alice. Sie hatten beide bei der Ballsaison 1914 debütiert. Jetzt war auch die Tochter verwitwet. Es gab zu viele Frauen ohne Ehemann, und Alice war sich nicht sicher, wie die

Countess die Tischordnung gestalten würde, wollte sie nicht auf die Toten aus der Familiengruft zurückgreifen.

Alice verließ ihr Zimmer. An der Tür außen war ein Schild angebracht, auf dem mit schwarzer Tinte geschrieben stand: Die verwitwete Countess St Loy. Auf dem Weg in den Salon stellte sie fest, dass ihre Mutter zwei Zimmer weiter untergebracht war. Die Tage hier wären erträglich, wäre Arthur angereist, aber er musste Verpflichtungen in Cornwall nachkommen, und ihre Mutter hatte darauf bestanden, dass Alice sich endlich wieder in der Gesellschaft blicken ließ. Alice wusste nicht, warum ihre Mutter sich einmischte. Als Witwe waren Olivias Interessen vielfältig, doch sie umfassten nach wie vor weder ihre Tochter noch ihren Enkel, wofür Alice dankbar war. Das Witwendasein gab auch Alice eine gewisse Freiheit, und darüber war sie froh, doch es wäre ihr lieber gewesen, wenn Edmund noch lebte. Sie malte sich aus, wie er neben ihr herging und ihr seine boshaften Kommentare und allerlei skandalösen Klatsch und Tratsch ins Ohr flüsterte.

»Schlingelchen, hast du gehört, dass Anthony … wie heißt er noch gleich … du kennst ihn. Nun, gestern Nacht ist er in Lady Grace' Schlafzimmer geschlüpft, hat sich das Nachthemd vom Leib gerissen und gebrüllt: ›Ich gehöre ganz dir, Liebling.‹« Sie stellte sich vor, wie er innehielt, ihre Reaktion abwartete und die Geschichte dann fortsetzte: »Der Bischof von Portsmouth war leicht verblüfft, als er das elektrische Licht anknipste und ein Mitglied des Hochadels nackt vor seinem Bett tanzen sah.« Edmund würde losprusten und leise weiterflüstern: »Nicht gerade schmeichelhaft in seinem Alter. Elektrisches Licht ist grausam, Schlingelchen, grausam.«

Am oberen Treppenabsatz blieb sie stehen und atmete tief durch. Mein Gott, wie sehr sie ihn vermisste! Es wäre so lustig gewesen mit Edmund an ihrer Seite. Stattdessen lag er auf irgendeinem Schlachtfeld in Frankreich, und sie musste das hier allein durchstehen, um Johns willen.

»Kopf hoch, Schlingelchen«, würde er sagen, wäre er hier, und sie würde den Kopf hochhalten. Entschlossen schritt sie die Stufen hinunter, auf der Suche nach ihrer Mutter und einem Drink.

Das Dinner zog sich hin. Anstatt Männer aus der Familiengruft am Tisch zu platzieren, war Nancy an die lokale Akademikerschaft herangetreten, was wundervoll war, von deren Alter einmal abgesehen. Ein Anwalt in den Siebzigern redete endlos auf sie ein, und einmal wäre sie beinahe eingenickt. Noch nie war sie so erleichtert gewesen, als sie sich von den Herren am Tisch verabschiedete. Sie trat an die offene Tür zur Terrasse und atmete die kühle Abendluft ein, die die Wirkung des Weins milderte. Hoffentlich wäre dieser Abend bald zu Ende.

Der Butler betrat den Raum. »Mylady«, sagte er an die Countess of Dunloch gewandt, »Sir Arthur Carew.«

Nancy klatschte in die Hände und stand auf. »Gott sei Dank.« Sie küsste Arthur auf die Wange, und Alice spürte, wie sich ihr ganzer Körper vor Vorfreude anspannte. »Arthur, mein Lieber, wie wundervoll, dass Sie es doch noch geschafft haben.«

»Wie hätte ich eine solche Einladung ausschlagen können?« Er schaute über Nancys Kopf hinweg und sah sich suchend um. Als sich ihre Blicke begegneten, zuckten seine Mundwinkel in die Höhe, und Alice fing an zu strahlen.

Ihre Mutter sagte: »Carew, wie schön, Sie zu sehen. Werden Sie sich zu den Herren gesellen oder mit uns vorliebnehmen?«

»Euer Gnaden, ich dachte, ich mache mich kurz ein wenig frisch.« Er lächelte und suchte erneut Alice' Blick. Sie mochte sich täuschen, aber sie hatte den Eindruck, ihre Mutter würde mit ihm flirten.

»Bis dahin werden die Herren wieder bei uns sein. Geben Sie Simms Bescheid, wenn Sie etwas benötigen.« Die Countess nahm wieder Platz, lehnte sich zu Alice' Mutter und setzte das Gespräch fort.

Alice schlenderte hinaus in den Garten. Die Luft war kalt auf ihrer nackten Haut, doch das steigerte nur das Gefühl, am Leben zu sein. Er war hier. Sie wusste nicht genau warum, aber ihr Herz jubilierte.

Der Rasen war nass von Tau, das Licht aus dem Salon fing sich in den Wassertropfen auf den Blättern der Bäume. Über ihr am Himmel funkelten unzählige Sterne. Sie konzentrierte sich auf den Großen Wagen, als sie plötzlich eine Hand an ihrem Ellbogen spürte.

»Solltest du nicht drinnen sein?«, fragte sie, drehte sich um und schmiegte sich in Arthurs Arme.

»Wie könnte ich drinnen sein, wenn dieser Engel allein durch den Garten schwebt?«

»Engel?« Sie trat einen Schritt zurück, um ihm ins Gesicht zu sehen, das halb im Licht, halb im Schatten lag.

»Ja. Mein Engel, hoffe ich«, antwortete er.

»Möglicherweise.« Sie lachte leise.

»Nur möglicherweise?« Er legte den Kopf schräg und sah sie fragend an.

»Nun, man muss sämtliche Optionen in Erwägung ziehen.« Sie zwang sich, einen ernsten Gesichtsausdruck aufzusetzen.

»Hm. Mal sehen.« Er strich ihr mit dem Finger über die Wange. »Da wäre zunächst einmal Lord Effingham.«

»Ja, das Hörrohr ist definitiv ein Pluspunkt.« Sie grinste.

»Vielleicht findest du ja Gefallen an dem Earl of Bloxham.«

»Ich denke, er ist eher seinen Hunden zugetan.«

»Das ist richtig.« Er legte seine Stirn gegen ihre. Sie genoss es, ihn zu spüren, und strich mit den Händen über seine Arme, bis sie seinen Nacken erreichten. Sein Haar kitzelte ihre Finger.

»Alice«, flüsterte er, zog sie an sich und küsste sie.

Hinter ihnen ertönte ein diskretes Hüsteln, eine glühende Zigarrenspitze leuchtete in der Dunkelheit auf. »Guten Abend, Carew, es freut mich, dass wir den richtigen Anreiz bieten konnten, Sie von Cornwall wegzulocken.«

Alice und Arthur fuhren auseinander. Arthur räusperte sich. »Das haben Sie, in der Tat.«

Zusammen mit dem Earl of Dunloch kehrten sie ins Haus zurück.

Am nächsten Morgen öffnete Alice eine Nachricht, die das Hausmädchen ihr überreichte.

Komm unverzüglich zu mir.
Mutter

Die Schrift verriet eine gewisse Hast. Alice warf einen Blick in den Spiegel, dann ging sie zu dem Zimmer, in dem ihre Mutter untergebracht war, und klopfte an die Tür.

»Komm rein.«

Alice öffnete die Tür und trat ein.

»Wie konntest du nur?« Ihre Mutter schritt aufgebracht im Zimmer auf und ab.

»Was habe ich denn getan?« Alice setzte sich ans Fußende des Betts. Es war offensichtlich, dass ihre Mutter, anders als Alice, die Nacht nicht allein verbracht hatte.

»Du wurdest gesehen.« Sie schaute Alice missbilligend an. Diesen Ausdruck kannte Alice nur zu gut.

Sie runzelte die Stirn. »Gesehen?«

»Effingham hat dich und Carew gestern Abend bei einer inniglichen Umarmung beobachtet.«

»Oh.« Alice entspannte sich und begegnete dem Blick ihrer Mutter. »Und?«

»Das geht nicht.« Sie schüttelte entrüstet den Kopf.

Alice hob abwehrend die Hand. »Ich bin verwitwet, und er ist nicht verheiratet.«

»Das ist der springende Punkt. Carew ist ein liebenswerter Mann, aber ein ernster. Er wird sich eine langweilige Ehe wünschen.« Sie warf einen Blick in den Spiegel über der Frisierkommode.

»Mutter«, sagte Alice.

»Jetzt mach mir bitte nicht weis, dass du ihn liebst.« Sie blickte ihre Tochter über die Schulter hinweg skeptisch an.

Alice kniff die Lippen zu einer schmalen Linie zusammen.

»Das wird niemals funktionieren. Von mir aus, hab eine Affäre mit ihm, aber heirate ihn nicht.« Sie setzte sich und rieb etwas Creme in ihre Wangen ein.

Alice setzte zu einer Erwiderung an, doch sie klappte den Mund wieder zu, als sie sah, wie ihre Mutter aufstand und nach ihrer Zofe klingelte. Alice war schon lange auf den

Beinen und hatte bereits einen morgendlichen Ausritt unternommen. Die ganze Zeit über hatte sie an Arthur gedacht und war zu der Entscheidung gelangt, dass sie Ja sagen würde. Das würde ihrer Mutter zwar gar nicht gefallen, aber es gefiel Alice.

Kapitel 42

Alice betrachtete sich im Spiegel, während Susan ihren Gürtel richtete. Die Mode hatte sich verändert, das war ihr bei ihrem Aufenthalt in Castle Harkness klar geworden, doch für Penhale war sie genau richtig gekleidet, eine praktische Lösung, außerdem mussten sie sparen. Der neue Stil mit tiefer Taille würde ihrer Figur schmeicheln, doch ihr momentanes Leben verlangte nicht nach den neuesten Trends aus London, geschweige denn aus Paris. Sie drehte sich und fing an zu lachen. Vor nicht allzu langer Zeit war Mode das Einzige gewesen, worüber sie und ihre Mutter sich einig gewesen waren, aber nun hatten sich die Dinge verändert.

Die Tage bei der Countess of Dunloch hatten gezeigt, wie weit Alice' Leben und das ihrer Mutter auseinandergedriftet waren. Alice trat ans Fenster und schaute zum Horizont, auf der Suche nach John. Er war unterwegs zum Fluss. John liebte es, die Boote zu beobachten.

Unten im Vestibül wurde sie von Wilfred begrüßt. »Sir Arthur ist am Telefon, Mylady.«

Alice zwang sich, gemessenen Schrittes zum Apparat zu gehen. Die Bediensteten würden nicht begeistert sein, wenn sie heiratete.

»Hallo«, sagte sie förmlich, nur für den Fall, dass nicht Arthur, sondern sein Sekretär am Telefon war.

»Alice.«

»Ja«, erwiderte sie, plötzlich außer Atem. Ganz gleich, was ihre Mutter ihr geraten hatte, Alice wusste, was sie wollte, und sie musste nicht länger den Wünschen von Olivia, verwitwete Duchess of Exeter, Folge leisten.

»Abgesehen davon, dass ich deine Stimme hören möchte, muss ich dir mitteilen, dass ich am Samstag leider nicht in Cornwall sein werde.«

»Oh.« Sie konnte nicht verhindern, dass man ihr die Enttäuschung anmerkte.

»Ich dachte, du und John hättet womöglich Lust auf einen Besuch in London, auf die Museen und die Parks.«

Alice stellte sich vor, wie Arthur John durch die Ausstellungen führte und sich die Zeit nahm, die Millionen Fragen zu beantworten, die der Junge ihm stellte. Sie lächelte. »Das ist durchaus möglich.«

»Es wäre wirklich toll.«

»Bist du sicher, dass du uns bei dir haben möchtest?«, fragte sie.

»Es gibt nichts, was ich mir mehr wünsche.« Seine Stimme wurde tiefer.

»Oh.« Sie errötete. Er sprach über ein paar Tage in London, rief sie sich zur Ordnung, doch sie war sich sicher, dass mehr dahintersteckte. »Ich werde mich darum kümmern und versuchen, bei meiner Mutter unterzukommen … oder bei meiner Tante.«

»Danke.« Er legte auf. Alice schloss für einen Moment die Augen, dann ging sie zur Haustür hinaus und blieb stehen, um ein paarmal tief durchzuatmen. Regenverheißende Wolken jagten über den Himmel, doch noch war es trocken. Gelegentlich kam die Sonne durch und veränderte die Landschaft: Die Grüntöne wurden heller, der Himmel blauer, ihr Herz leichter. Arthur wurde zur Sonne in ihrem Leben. Sollte sie es wagen, noch einmal zu lieben? Beim ersten Mal war alles schiefgelaufen, ein einziges Desaster.

Johns Gejubel in der Ferne riss sie aus ihren Gedanken. John war kein Desaster. Alice rannte durch den Garten zum Fluss. Der Verwalter, der sich seit Edmunds Tod noch intensiver um die Belange von Penhale kümmerte, konnte warten. Der Anruf bei ihrer Mutter konnte warten, aber der Frühlingssonnenschein nicht.

Am Flussufer hatte Jed, der alte Flussmeister, seine Kappe abgesetzt. Sein Blick folgte ihrem Sohn, der direkt aufs Wasser zustrebte. Jed schloss zu ihm auf und bückte sich, um mit ihm zu plaudern. Als sie in das konzentrierte Gesicht ihres Sohnes blickte, sah sie seinen Vater vor sich. Das war die Last, die sie tragen musste. John war in Sicherheit, und eines Tages würde sie mit ihm nach Frankreich reisen, um zu sehen, wo sein Vater gefallen war. Auf der Suche nach ihrem Taschentuch griff sie in die Rocktasche und bekam einen Briefumschlag zu fassen. Sie zögerte. Wann hatte sie das Kleid zuletzt getragen? Es war schon länger her, irgendwann Anfang April. Warum hatte Susan den Brief nicht bemerkt und ihr gegeben? Das passte gar nicht zu der zuverlässigen Zofe. Alice setzte sich auf einen großen Stein und betrachtete den cremefarbenen Briefumschlag. Jetzt fiel es ihr wieder ein: Wilfred hatte ihr die Post gebracht, und sie hatte diesen Brief draußen lesen wollen, doch dann hatte das Spiel mit John sie abgelenkt. Ihre Augen schweiften über die Absenderadresse: 7 Rue de la Chaise, Wohnung 7, Paris, Frankreich. Sie kannte niemanden, der dort wohnte. Verwirrt brach Alice das Siegel.

Sie hatte einen Brief erwartet, doch sie fand eine Fotografie vor. Sie blinzelte und unterdrückte ein Schluchzen, als sie sie betrachtete. Das Foto zeigte zwei Männer von hinten, die dicht zusammenstanden. Ihre Schultern berührten sich, genau wie ihre Hände. Die Männer blickten auf die Seine und den Eiffelturm, nicht auf den Fotografen. Edmund. Er war es eindeutig, seine Haltung, seine schlanke Gestalt, seine Schultern und das Muttermal in seinem Nacken, unterhalb des Haaransatzes. Er hatte stets darüber gescherzt, hatte behauptet, er sei fürs Leben gezeichnet. Er wusste, dass sie ihn daran erkennen würde. Engelsflügel.

Mit zitternden Händen drehte sie die Fotografie um. *1919* war mit Bleistift auf die Rückseite geschrieben. Das Foto glitt aus ihren Fingern ins Gras. Alice sah, wie ihr Sohn auf sie zulief. Bevor er, der alte Jed oder die Kinderfrau einen Blick darauf werfen konnten, hob sie es auf und steckte es zusammen mit dem Umschlag zurück in ihre Rocktasche. Wie konnte es sein, dass ihr Ehemann lebte, und mit wem war er in Paris?

Der Abendhimmel war blass und immer noch hell. Ihre Finger tasteten nach dem Umschlag in ihrer Tasche. Edmund war am Leben. Sie war keine Witwe. Während der vergangenen Tage war das ihr einziger Gedanke gewesen. Das und Arthur. Aber Edmund wandelte immer noch auf dieser Erde. Die Worte, die er an einem Maimorgen vor fünf Jahren zu ihr gesagt hatte, als er in den Krieg gezogen war, gingen ihr durch den Kopf.

Alice zog das Foto aus der Tasche und betrachtete es. Da war Liebe. Dort, wo sich die Körper der beiden Männer berührten. Vertrautheit. Sie konnte sich an die Liebe erinnern.

Edmund hatte sie gefunden. Er hatte recht behalten: Sie war frei, und ihr Schwiegervater war als glücklicher Mann gestorben. Edmunds Tod war ein ehrenhafter gewesen. Alice hatte einen männlichen Erben zur Welt gebracht, und die Familie St Loy würde weiter bestehen

Aber, Herrgott, sie war eifersüchtig. Sie war wütend, doch das durfte sie nicht sein. Trauer und Sehnsucht nach all dem, was sie verloren hatte, nach all dem, was hätte sein können, das sollte sie empfinden. Solche Gefühle würde sie sich gestatten, stattdessen sprudelte Schmerz an die Oberfläche. Sie betrachtete die Steine, aus denen Penhale erbaut war, und die Gartenmauern um sie herum. Sie war nicht frei.

Sie warf einen Blick auf die Kinderstube im ersten Stock, dann schob sie das Foto zurück in den Umschlag. Ein Klumpen, groß wie ein Pfirsichstein, bildete sich in ihrer Kehle. Sie hatte Liebe erfahren, aber sie hatte nie verstanden, was sie wirklich bedeutete – bis John zur Welt gekommen war. Die Leidenschaft dagegen, die sie einst kennengelernt hatte, würde für die kommenden Jahre genügen müssen.

An der hinteren Gartenmauer entdeckte sie einen Schatten, einen hinkenden Schatten. Brindley. Er war aus dem Krieg zurückgekehrt, aber er hatte ein halbes Bein verloren und den Großteil seines Verstands. Sie hätte es nicht ertragen, Zach derart gebrochen zu sehen.

Brindley sah auf und neigte sein blondes Haupt. Die beiden Brüder hätten nicht unterschiedlicher sein können. Sie drehte sich um und warf einen weiteren Blick zum Fenster des Kinderzimmers, das die letzten Strahlen der untergehenden Sonne reflektierte. Sie würde gleich nach oben gehen und John einen Gutenachtkuss geben, obwohl sie das schon vor ein paar Stunden getan hatte. Es musste mittlerweile fast halb zehn sein. Wahrscheinlich war er noch wach und blätterte in einem seiner Bilderbücher.

Sie betrat das Haus und nahm die herabgefallenen Blätter der Rosen vom Tisch. Sie verströmten noch immer einen starken Duft, als sie sie an die Nase hob, und sie fühlten sich so glatt und weich an wie Johns Haut. Alice lief die Stufen in den ersten Stock hinauf und betrat das Kinderzimmer. Sie musste ihren Jungen in die Arme schließen und ans Herz drücken. Er war kostbarer als das Leben selbst.

John war eingeschlafen, das Buch auf der Brust. Sie nahm es und steckte die Decke um seinen kleinen Körper fest. Anschließend legte sie das Buch auf die Fensterbank, damit sein Blick darauf fiel, sobald er aufwachte. Auf Zehenspitzen schlich sie danach aus dem Raum und hinunter in ihr eigenes Zimmer. Der Himmel in der Ferne war immer noch hell. Trotz der Freude, die John ihr bereitete, war ihr Herz schwer. Sie lebte eine Lüge. Sie war keine Witwe, sie war eine Ehefrau, und das war etwas ganz anderes.

Auf dem kleinen Tisch neben ihrem Bett lag ein Brief von Arthur. Er liebte sie, und sie hatte kurz davorgestanden … wovor? Ihn in ihr Leben zu lassen, denn in ihrem Herzen war er längst. Die meisten Männer ihrer Generation waren tot, und dieser unversehrte Mann wollte sie.

Nun konnte sie Arthur nicht mehr heiraten. Die Freiheit, die Edmund ihr so sehr gewünscht hatte, gab es nicht länger. Alice zog den Umschlag aus der Tasche. 7 Rue de la Chaise, Wohnung 7, Paris, Frankreich. Sie strich mit dem Finger über die Buchstaben. Paris. Das letzte Mal war sie vor ihrer Einführung in die Gesellschaft dort gewesen. Ihr Französisch war eingerostet, doch damals hatte sie fließend sprechen können. Mit siebzehn war sie von so vielen Dingen erfüllt gewesen, doch sie hatte nur so wenig tun können. Hätte sie anders gehandelt, hätte sie damals gewusst, was sie heute wusste? Nein.

Langsam schritt sie durch den Flur zum Damenzimmer. Sie musste Briefe schreiben, doch ihre Gedanken kamen nicht zur Ruhe. Das Leben hatte sich nicht so entwickelt, wie sie es sich gewünscht hatte. Sie tastete erneut nach der Fotografie.

Auf dem Schreibtisch lehnte sie sie gegen das Tintenfass und nahm sich einen unbeschriebenen Bogen Papier.

Penhale, 12. Mai 1920

Liebster Edmund,

ich weiß nicht, was ich anderes sagen soll außer: Gott sei Dank, dass Du am Leben bist. Ich bin überglücklich. Doch weil Du es bist, dem ich schreibe, darf ich nicht lügen. Ich bin auch voller Zorn, fühle mich hin- und hergerissen zwischen Erleichterung und Furcht. Ich muss Dich sehen, um zu erfahren, was Du tust, was Du denkst, wie wir weiter verfahren wollen.

Du musst wissen, dass zwischen all der Furcht und all dem Zorn unermesslich viel Liebe und Glück liegen. Ich warte ungeduldig auf Deine Antwort.

Kuss, Schlingelchen

Alice betrachtete die Zeilen. Sie wusste, dass sie nicht genügten, dennoch mussten sie fürs Erste reichen. Sie beschriftete einen Umschlag, steckte den zusammengefalteten Briefbogen hinein und schob ihn zusammen mit dem Foto in ihre Rocktasche. Sie würde ihn morgen persönlich zur Post bringen.

Kapitel 43

Alice' Gefühle waren gemischt, als sie in Abbotswood eintrafen, John dagegen sprang aus dem Auto, als er Constance aus der Haustür kommen sah, und rannte auf sie zu. Constance nahm John in die Arme und wirbelte ihn herum, wie sie es schon vor ein paar Jahren getan hatte.

»Du bist gewachsen«, stellte sie fest, setzte ihn ab und sah Alice an. »Unsere anderen Gäste sind noch nicht eingetroffen, deshalb dachte ich, ich könnte mit John zum Wasserfall gehen, wenn du nichts dagegen hast.«

Alice lächelte. »Es wird ihm gefallen.«

»Das dachte ich mir.« Constance griff nach Alice' Hand und sah sie fragend an.

»Wir sind am Friedhof von St Michael vorbeigefahren.« Alice betrachtete Abbotswood House, das sich dunkel vor dem strahlend blauen Himmel abzeichnete und ein wenig an ein Lebkuchenhaus erinnerte.

»Ich bin mir sicher, Nanny gefällt die Aussicht von dort«, sagte Constance. John zerrte an ihrer Hand, und sie setzten sich in Bewegung. In Constance' Augen spiegelte sich pures Glück. Wenn eine Frau es verdient hatte, Mutter zu sein, dachte Alice, dann ihre Cousine, doch da es nur noch wenige Männer gab, war es ausgesprochen unwahrscheinlich, dass es dazu kommen würde. Obwohl sie die Tochter eines Dukes war, verfügte Constance weder über ein großes eigenes Vermögen noch über überdurchschnittliche Schönheit. Sie war klug und liebenswürdig, und einst hatte das genügt. Alice ballte die Faust. Es war nicht richtig, aber es gab nichts, was sie dagegen tun konnte.

Burton stand an der Tür. »Der Tee ist in der Bibliothek angerichtet.«

»Nein danke, ich mache lieber einen Spaziergang.« Sie lächelte ihn freundlich an und schlenderte durch den Garten zum Fluss hinunter. Eine Wolke schob sich vor die Sonne, das lebhafte Frühlingsgrün der jungen Blätter verblasste. Alice schauderte. Sie warf einen Blick über den Fluss und wandte sich ab.

Auf dem Rückweg zum Haus machte sie einen Abstecher zum Schwimmteich. Das Wasser glänzte im Sonnenschein. Zwei Männer schritten auf sie zu. Einer war ihr Cousin, der Earl of Bath, den anderen kannte sie nicht. Bath hob die Hand, und sie ging zu den beiden. Der Herr zu seiner Linken war ein Ausländer, was man sowohl an seiner Haltung als auch an seiner Kleidung erkannte.

»Alice, Liebes.« Bath küsste sie auf die Wange.

»Bath.« Sie freute sich, ihn zu sehen. Er trug eine Klappe über dem linken Auge. Anstatt sein gutes Aussehen zu schmälern, verlieh sie ihm etwas Geheimnisvolles. Hatte der Krieg auch nur einen Mann unversehrt gelassen?

»Gestatte mir, dir Baron Conrad Villiars vorzustellen.«

»Lady St Loy, Ihre Schönheit ist weitaus größer, als ich gehört hatte.« Er beugte sich über ihre Hand und hob sie an seine Lippen.

Ihre Augen wurden schmal bei diesem übertriebenen Kompliment. Sie hatte vergessen, wie großmütig die Festlandbewohner sein konnten. Bevor sie etwas erwidern konnte, kam John auf sie zugelaufen und brüllte aus voller Kehle: »Mama!«

Constance, Arthur und das Kindermädchen folgten etwa zwanzig Meter nach ihm. Alice bückte sich und nahm ihn auf den Arm. Als er auf ihrer Hüfte saß, schaute er schüchtern auf die beiden Fremden.

»Ist das Ihr Sohn?«, fragte Baron Villiars.

Sie nickte.

»Er sieht aus wie sein Vater«, stellte er fest und kniff leicht die Augen zusammen, bevor er die Lippen zu einem Lächeln verzog.

Bath hob eine Augenbraue. »Das ist doch eine gute Sache.« Er lachte leise. »Es ist stets erleichternd, wenn der Sohn dem Vater ähnelt.« Alice streichelte John den Kopf, bis sie ihre Fassung wiedererlangt hatte.

»Da ist unsere Gastgeberin und der geschätzte Parlamentsabgeordnete. Was für eine illustre Versammlung.« Bath richtete seine Augenklappe. Mit seinem verwegenen Grinsen erinnerte er ein wenig an einen Piraten.

Alice schaute auf ihre Füße, dann sagte sie: »In der Tat.« Sie sah zu Arthur und spürte, wie ihr das Herz brach, dann zurück zu Baron Villiars. Es gefiel ihr nicht, wie er John und sie musterte.

Bath hatte dafür gesorgt, dass das Mittagessen fröhlich verlief, aber Alice fühlte sich erschöpft. Es war anstrengend, so nah bei Arthur zu sitzen und ihm nicht sagen zu können, dass sich zwischen ihnen alles verändert hatte. Als die Mahlzeit beendet war, stand sie erleichtert auf und ging mit den anderen in den Garten, wo sie ihrem Sohn zusah, der über den Rasen an den Rabatten vorbeirannte, die in voller Frühlingsblüte standen.

Die Frau, die neben ihr herging – Hester, Constance' Gefährtin –, hatte sich als die größte Überraschung entpuppt. Als Alice erfahren hatte, dass Constance das Familienanwesen in London verlassen und mit ihrer Gefährtin, Hester Clifford, nach Cornwall gezogen war, hatte sie sich eine robuste Frau undefinierbaren Alters vorgestellt. Mit einer schönen Dreißigjährigen, einer kinderlosen Witwe, hatte sie nicht gerechnet. Sie hatte beim Essen den witzigen Kommentaren von Bath gelauscht, doch ihr war nicht entgangen, dass Hester Constance beobachtete. Sie hatte auch bemerkt, dass Constance' Blick immer wieder verstohlen zu Hester schweifte. Sie kannte diese Zeichen.

»Sie wirken gar nicht schockiert.« Hester hielt sich eine Blume vor die Nase.

Alice betrachtete sie und versuchte herauszufinden, wohin dieses Gespräch führen sollte. Ein wenig entfernt sah sie ihre Cousine, die sich angeregt mit dem Baron unterhielt. Constance war glücklich. Aufgeblüht.

Sie richtete den Blick auf Hester. »Nein. Sollte ich?«

»Constance war nicht der Ansicht, dass Sie sich daran stören würden, aber ich war mir nicht sicher.«

Alice presste die Lippen zusammen. Hatte Constance mit dieser Frau über die Vergangenheit gesprochen? War es nicht das, was Liebende taten – Geheimnisse teilen? »Constance kennt mich gut.«

»Das tut sie, und sie spricht mit großer Zuneigung von Ihnen und John.«

»Wir vergöttern sie, aber leider sehen wir sie nicht oft genug.«

»Sie verlassen Cornwall nur selten?«

Alice schaute über den Fluss. »Ich liebe Cornwall, und London übt keinen wirklichen Reiz auf mich aus.«

»Früher schon.« Hester schmunzelte.

»Ah, meine berühmt-berüchtigte Vergangenheit.« Alice suchte in Hesters Gesicht nach Bosheit, doch sie konnte keine entdecken.

»Sie hatten recht. Es war unmenschlich«, sagte Hester.

»Ja, dennoch war es nicht die passendste Zeit für eine solche Aktion.« Vielleicht wäre alles anders gekommen, hätte sie darauf verzichtet, dachte Alice jetzt, doch mit ziemlicher Sicherheit wäre sie dennoch zur Witwe geworden.

»Bereuen Sie es?«, fragte Hester.

»Nein.« Alice' Gedanken wanderten zu der Zeit danach.

»Es war mutig von Ihnen, Widerstand zu leisten.«

Alice lachte. »Nun ja, von Widerstand kann wohl kaum die Rede sein. Ich wurde aufs Land verbannt und heiratete einen Angehörigen des britischen Hochadels. So viel zum Thema ›Unabhängigkeit für Frauen‹.« Ihr Lachen wurde bitter.

»Ja, das ist richtig, doch jetzt sind Sie verwitwet … und können sich entscheiden.« Hester blickte über die Schulter auf Arthur.

Alice atmete tief durch und schloss für einen Moment die Augen. Arthur. »Ja.«

»Auch wenn John für Sie selbstverständlich an erster Stelle steht.«

John stand an der Tür zum Muschelhaus und rief nach ihr.

Sie nickte. »Das tut er, und das wird auch immer so bleiben.«

»Ich hätte so gern Kinder gehabt.« Hesters Stimme wurde rau.

Alice wandte sich zu ihr.

»Aber es sollte nicht sein. Ich war zehn Jahre lang verheiratet und wurde nicht gesegnet.«

»Vielleicht lag es an Ihrem Mann?«

»Er hatte ein Kind von seiner Geliebten.« Sie sagte die Worte ohne Bitterkeit, was Alice nicht für möglich gehalten hätte. »Ich bin diejenige, die nicht funktioniert.«

Alice sah, wie Arthur Johns Hand nahm und die Tür zum Muschelhaus öffnete. Als Alice dort ankam, zögerte sie, aber John griff nach ihrem Arm und zog sie in die wundervolle Welt im Innern. Dort blieb er sprachlos stehen, riss weit die Augen auf und ging langsam von Kristall zu Kristall. Für die Muscheln interessierte er sich nicht, nur für die Steine und Fossilien. Arthur nannte ihm all die Namen, und Alice spürte, wie ihr das Herz aufging. John brauchte ihn, und bei Gott, sie brauchte ihn auch. Nein, das war nicht ganz richtig, sie wollte ihn, begehrte ihn. Doch sie hatte schon einmal jemanden begehrt, und das hatte sie hierher, in diese Situation gebracht. Sie drehte sich um und verließ das Muschelhaus.

Mit jedem Schritt hangabwärts versuchte sie, ihre wild durcheinanderwirbelnden Gedanken zu sortieren. Am Ufer blieb sie stehen. Das Wasser war klar, der Waldboden auf der anderen Seite des Flusses leuchtete blauviolett im Schein der Nachmittagssonne. Zwischen den Bäumen bewegte sich etwas. War das der Förster, der seiner Arbeit nachging? Hatte Abbotswood überhaupt noch einen Förster? Oder hatte sie sich die Bewegung nur eingebildet?

Hinter sich hörte sie ein Platschen. Ihre Finger zuckten,

fühlte sie sich doch unweigerlich an die Angelrute in ihren Händen erinnert. Seit jenem Sommer hatte sie die Schnur kein einziges Mal mehr ausgeworfen.

»Lady Alice«, sagte Baron Villiars und kam auf sie zu. »Darf ich mich zu Ihnen gesellen?«

»Gewiss.« Sie drehte sich zu ihm. »Verzeihen Sie mir meine Direktheit, aber was führt Sie nach Abbotswood?«

Er lächelte. »Ich könnte behaupten, ich wäre zum Angeln hier, aber das wäre gelogen.«

»Dann entgeht Ihnen etwas ganz Besonderes.« Sie schaute auf den Fluss.

»Das hat man mir bereits deutlich zu verstehen gegeben.« Er schmunzelte.

»Abbotswood ist berühmt für seine ausgezeichneten Fischgründe«, sagte sie, während er neben ihr am Ufer in Richtung Horsebridge entlangschlenderte.

»Allerdings bin ich Ihretwegen gekommen.«

Sie sah ihn erstaunt an. »Das ist eine Überraschung.«

»Das dachte ich mir.« Er nickte.

Sie blieb stehen.

»Es geht um Lord St Loy«, sagte er. Obwohl er ihr keinen äußerlichen Grund dazu gab, wurde sie unruhig, als er sie musterte.

»Um meinen Sohn oder um meinen verstorbenen Ehemann?«, fragte sie.

»Um Ihren Ehemann.« Er sprach so leise, dass sie ihn über das Rauschen des Wassers hinweg kaum verstehen konnte.

Sie bekam eine Gänsehaut und trat einen Schritt von ihm weg. »Haben Sie mit ihm gedient? Er hat eine Zeit lang mit der belgischen Armee gekämpft.«

»Ja.« Wieder war seine Stimme nicht viel mehr als ein Flüstern. Alice' Kehle wurde trocken. War er dabei, ihr mitzuteilen, dass Edmund desertiert war? Dieser Gedanke war ihr beim Anblick des Fotos durch den Kopf gegangen, aber sie hatte ihn verdrängt. Hoffentlich stellte sich nicht heraus, dass er nur deshalb noch am Leben war! Sie musste diesen Mann daran hindern weiterzureden. Wollte er sie etwa erpressen?

»Ihr Ehemann war …« Er wedelte mit den Händen durch die Luft, als würde ihm so das richtige Wort einfallen. »Nun, er war nicht der … Mann, für den Sie ihn gehalten haben.«

Sie räusperte sich und schluckte gegen die Trockenheit in ihrem Hals an. »Ich kannte Edmund, seit ich laufen lernte. Es gab nur wenig, was ich nicht von ihm wusste.« Sie zwang sich zu einem munteren Lächeln.

»Ich frage mich, ob wir einen anderen Menschen je wirklich kennen«, entgegnete er. Die Sonne verschwand hinter einer Wolke, das Wasser reflektierte nicht länger glitzernd das frische Apfelgrün der jungen Blätter, stattdessen nahm es eine trübe, schlammbraune Farbe an.

»Das ist eher eine philosophische Frage, und nein, ich denke nicht, dass das möglich ist.« Sie blickte ihm direkt in die Augen. »Wir haben alle Dinge getan und gedacht, von denen wir nicht möchten, dass ein anderer Mensch sie jemals erfährt.«

Er schien etwas sagen zu wollen, doch sie kam ihm zuvor.

»Ich habe herausgefunden, dass die Bibel in dieser Hinsicht gute Dienste leistet, Baron Villiars.« Sie sprach seinen Namen aus wie eine Liebkosung. »Derjenige unter euch, der ohne Sünde ist …«

»Mama!« John rannte auf sie zu. Alice begegnete dem Blick des Barons, bevor sie ihre Aufmerksamkeit auf ihren Sohn richtete. Sie zuckte weder zusammen, noch zeigte sie Anzeichen der Furcht.

»Villiars.« Bath näherte sich ihnen. »Wir müssen aufbrechen.« Er küsste Alice auf die Wange. »Meine Liebe, du wirst jedes Jahr schöner.«

»Und du wirst immer dreister.« Sie grinste. »Ich freue mich schon darauf, deine Verlobte kennenzulernen.«

»Du wirst sie mögen. Sie ist geistreich, wie du.«

Ihre Mundwinkel zuckten. Nur eine Person hatte sie vor Jahren nicht willensstark, sondern geistreich genannt. Es war Bath' Mutter gewesen.

»Lady Alice, es war mir ein Vergnügen, Zeit mit Ihnen zu verbringen.« Der Baron beugte sich über ihre Hand. »Ich bin mir sicher, dass wir uns wiedersehen.«

Alice widerstand dem Drang, ihre Hand zurückzuziehen, doch insgeheim betete sie inständig, dass dies das letzte Mal war, dass sie etwas von ihm sah oder hörte.

Kapitel 44

London war belastend gewesen. Sie hatte John so schmerzhaft vermisst, als hätte man ihr das Herz herausgerissen. Ein Ball hatte stattgefunden, ausgerichtet von ihrer Tante, der Duchess, und es war richtig gewesen, daran teilzunehmen. Doch als Alice jetzt durch die Straßen und Parks von London spazierte, fühlte sie sich fehl am Platz. Diese Umgebung, einst so vertraut, kam ihr fremd vor. Es ging ihr nur dann besser, wenn sie an der Themse entlangschlenderte, doch auch die war nicht wie der Tamar. Ihre schlammigen Tiefen waren braun und übel riechend, ganz anders als das klare Wasser, das ihr Fluss führte. Der Tamar war ihre Seele geworden oder vielmehr ihre Lebensader.

Ihre Zeit hier war eine Qual gewesen. Sie hatte die meisten Abende damit verbracht, mit Arthur oder anderen Männern zu tanzen. Fast alle waren entweder sehr viel älter als sie oder wesentlich jünger. Sie war Zeugin des Irrwitzes geworden, der die jungen Leute erfasste, doch sie konnte ihnen keinen Vorwurf machen. Alice' Generation und die Älteren hatten ihre Welt zerstört. Die Vergangenheit war vorbei, ausgelöscht durch den Krieg, der alle Kriege beenden sollte. Doch das Leben versuchte, in die gleichen Bahnen zu finden wie zuvor. Die Ballsaison war in vollem Gange. Am Rande der Tanzflächen standen die Versehrten, nicht in der Lage oder nicht willens zu tanzen, unerwünscht. Die leuchtenden Gesichter der diesjährigen Debütantinnen zogen an ihr vorbei, doch wofür? Für einen gebrochenen Mann, einen Jungen, kaum der Schulbank entwachsen, oder für einen Mann, der so alt war, dass sich ihr die Haare sträubten bei der Vorstellung, den Geschlechtsakt mit ihm zu vollziehen. Es war ganz anders als bei ihr damals.

Und trotzdem war Arthur an ihrer Seite, die Hand fest auf ihre Taille gelegt, verlockend, beruhigend. Er hatte sie bisher nicht gebeten, ihn zu heiraten. Hatte er ihre Zurückhaltung gespürt? Es war seltsam gewesen, plötzlich auf demselben Balkon zu stehen wie damals als naives junges Mädchen. Sie hatten sich beide verändert. Seine Hand suchte ihre in der kühlen Abendluft. Alice überlegte, ob er ihr nun einen Antrag machen würde. Hoffentlich nicht, denn sie würde ablehnen müssen, wenngleich ihn zu heiraten ihr einziger Wunsch war. Wie sehr sie sich verändert hatte. Einst war die Ehe mit einem ehrenwerten Mann das gewesen, was sie sich am wenigsten gewünscht hatte, und nun sehnte sie sich danach.

Doch London und Arthur waren weit weg. Der Regen prasselte unaufhörlich gegen die dünne Fensterscheibe. Sie saß in ihrem Sessel und beobachtete wie hypnotisiert, wie die Tropfen platzten und sich auf den schmalen Metallsprossen sammelten. Der Wind frischte auf und warf alles, was er zu fassen bekam, gegen die dünne Barriere zwischen nass und trocken. Reglos wartete sie darauf, dass die Scheibe einen Sprung bekam, zumal die Böen immer stärker wurden. Doch das Glas hielt.

Alice berührte ihre Lippen. An Arthur zu denken half ihr nicht weiter. Es wäre besser, alles in ihrer Macht Stehende zu tun, um die Situation zu lösen. Sie musste ihn freigeben. An ihm festzuhalten wäre unfair gegenüber ihm und all den anderen Frauen, die er lieben könnte. Sie drückte die Hand aufs Herz. Edmund war am Leben. Diesmal würde sie nicht zuerst an sich selbst denken. Sie würde an den Mann denken, den sie liebte.

Sie stand auf, trat an den Schreibtisch und legte mehrere Bogen Papier auf die Platte, dann setzte sie sich und füllte ihren Federhalter mit Tinte.

15. Juni 1920

Geliebter Arthur,

Sie knüllte den Bogen zusammen und begann erneut. Sie durfte ihm keinen Grund zur Hoffnung geben.

Lieber Arthur,

Wieder warf sie den Bogen in den Abfalleimer.

Carew,

Sie klopfte mit dem Füllfederhalter gegen ihre Zähne und überlegte, was sie ihm schreiben wollte. *Halte mich. Liebe mich. Mein Herz gehört Dir.*

Seit einiger Zeit stehen wir uns nahe und kommen uns immer näher. Das muss und wird aufhören. Es tut mir leid, wenn Du den Eindruck gewonnen hast, ich würde Deine Gefühle erwidern.

Sie hob den Stift vom Papier. Sie liebte ihn mehr als ihr Leben.

Aber das ist nicht der Fall. Wenn ich Dir Schmerz bereite, tut es mir leid. Doch wenn sich unsere Wege jetzt scheiden, kannst Du die Frau finden, mit der Du Dein Leben verbringen möchtest.

Alice schloss die Augen und lehnte sich zurück. Eine dicke Träne tropfte auf das Papier. Sie tupfte sie mit einem Taschentuch ab und trocknete anschließend ihre Augen. Sie würde diesen Schritt schaffen. Sie war hart wie Eisen.

Danke für Deine Liebenswürdigkeit, vor allem gegenüber John.

Mit besten Grüßen
Lady Alice St Loy

Sie stieß sich vom Schreibtisch ab. Der Regen hatte nicht nachgelassen. Ein Spaziergang würde ihr Erleichterung verschaffen, doch stattdessen war sie in diesem Haus und in ihren Gedanken gefangen. Sie faltete den Bogen und beschriftete den Umschlag. Sie hatte es geschafft.

Der morgendliche Vogelchor zwitscherte aus voller Kehle. Schweren Herzens trat Alice ans Fenster. Seit ihrem Brief hatte sie nichts mehr von Arthur gehört, aber was hatte sie erwartet? Er war ein stolzer Mann, und sie hatte ihn abgewiesen. Er würde ihr bestimmt nicht nachlaufen. Dieses Kapitel war abgeschlossen, und sie musste nach vorn blicken.

Sie mochte vielleicht eine Lüge leben, aber sie würde sie aufrichtig leben. Mit angehaltenem Atem blickte sie nach unten. Am Beetrand hockte ein kleiner Hase und mümmelte fröhlich die Blumen. Brindley würde außer sich sein, wenn er ihn erwischte.

Sie musste etwas unternehmen. Sie durfte Arthur nicht heiraten, aber das hieß nicht, dass sie nicht irgendetwas tun konnte. Entschlossen zog sie den Umschlag unter der Bibel hervor, wo sie ihn versteckt hatte, und las noch einmal die Adresse. 7 Rue de la Chaise, Wohnung 7, Paris, Frankreich. Sie strich mit dem Finger darüber. Paris. Das war die Antwort. Sie musste dorthin fahren.

Unter sich sah sie Wilfred mit großen Schritten den Vorplatz überqueren. Was mochte ihn diesmal aus der Fassung gebracht haben? Wilfred missbilligte einige der Entscheidungen, die sie bezüglich des Anwesens getroffen hatte, und genau wie Burton hatte er eine Art, seine Ansichten kundzutun, ohne sie in direkte Worte fassen zu müssen.

Alice ging in die Kinderstube zu John, der mit einem Modellflugzeug spielte, das Arthur ihm geschenkt hatte. Sie legte die Hand aufs Herz. Alles würde gut werden, und jetzt war es Zeit für den Abendmahlsgottesdienst in der Kapelle. Sie streckte die Hand aus, und John stellte widerstrebend das Flugzeug ab und hob einen Stein von den Bodendielen auf, den er in die Tasche steckte. Er schwieg, was untypisch für ihn war, aber vielleicht spürte er ihre Traurigkeit.

Der Duft nach Geißblatt lag in der Luft, als sie zur Kapelle gingen. Sie zog es vor, zu dieser Uhrzeit zu beten, und der Vikar tat ihr gern einen Gefallen. Die versammelte Gemeinde bestand aus ihren Dienstboten und einigen Dorfbewohnern. John wand sich neben ihr und drehte den

Stein in den Händen. Sie zog ein kleines Buch aus der Tasche. Der Vikar würde diesen Gottesdienst zum Glück kurz halten.

Aus den Augenwinkeln sah sie Jed Carne, Brindley und seine Familie, die in einer der hinteren Bänke Platz nahmen. Sie kamen wegen der Lieder. Sie wusste, dass sie einer Freikirche angehörten, aber Edmund, Zach und all den anderen Männern, die ihr Leben im Krieg verloren hatten, wurde in der Kapelle von Penhale auf Wandtafeln gedacht. Wie auf jedem Anwesen im ganzen Land waren die Wunden der erlittenen Verluste tief und verheilten nur schwer.

John drückte sich enger an sie und summte. Eines Tages wäre es an ihm, all das hier aufrechtzuerhalten, und sie wollte sicherstellen, dass er dieser Aufgabe gewachsen war. Sie war es nicht gewesen – aber sie lernte, und sie lernte schnell.

Die Gottesdienstbesucher erhoben sich und stimmten »Alle Dinge dieser Welt in ihrer ganzen Pracht« an, aber Alice war mit ihren Gedanken nicht bei der Sache. Sie schaute zur Decke und betrachtete die drei Hasen des St-Loy-Wappens an den hölzernen Gewölbe-Schlusssteinen. Bei ihrem Besuch in Abbotswood hatte sie das St-Loy-Wappen nicht im Esszimmer gesehen, aber sie hatte auch nicht darauf geachtet, war zu abgelenkt gewesen von Baron Villiars, obwohl dieser zu jenem Zeitpunkt noch gar nicht auf Edmund zu sprechen gekommen war.

John schmiegte sich an sie, als sie sich setzten, um der Predigt zu lauschen. Sie blickte auf das Buch, das sie mitgebracht hatte, um ihn bei Laune zu halten. *Alice im Wunderland.* Er betrachtete die Seite mit dem Märzhasen. Sie lächelte und nahm seine kleine Hand in ihre. Sonnenlicht fiel auf das Buntglasfenster und ließ einen Fisch aufleuchten, das Symbol für Christus und in gewisser Weise auch für ihren Sündenfall. Sie unterdrückte ein ironisches Lächeln.

Jetzt erhoben sie sich wieder für die Fürbitten. Alice formte stumm die Worte mit den Lippen. Sie betete nicht länger für die Seele ihres Ehemanns, sondern für ihn, der er noch atmete. Neuerlicher Zorn schnürte ihr die Brust zusammen. Er war in Paris und lebte seine Liebe, während sie ihrer Liebe den Laufpass hatte geben müssen.

Als der Gottesdienst vorüber war, setzte sie ein Lächeln auf und bedankte sich bei dem Vikar, der neben der Tür stand. John zog an ihrer Hand, was ihr einen Vorwand lieferte, sich mit ein paar oberflächlichen Worten davonzustehlen. Der Vikar hatte sie aufmunternd angesehen, aber sie würde sich ihm gewiss nicht anvertrauen. Ganz gleich, wie freundlich der Mann war – ihr Geheimnis durfte sie mit niemandem teilen. Jetzt musste sie schon zwei Geheimnisse bewahren: dass in Wahrheit Zach der Vater ihres Sohnes war und dass ihr vermeintlich gefallener Ehemann mit seinem Geliebten in Paris lebte.

Draußen auf dem Vorplatz riss John sich von ihr los und lief in die Küche, während sie durch den Garten Richtung Wald spazierte. War es Trost, den sie dort fand, oder waren es lediglich Erinnerungen? Sie und ihr Geliebter hatten Schutz zwischen den Bäumen gesucht, die sie vor der Sommersonne und vor neugierigen Blicken schützten. Als sie das Tor erreichte, blieb sie stehen und machte kehrt.

In der kleinen Privatkapelle roch es nach erloschenen Kerzen. Vor Edmunds Gedenkstein blieb sie stehen. Die Angaben darauf waren falsch, aber genau das würde ihm vermutlich gefallen. Eine Träne rollte über ihre Wange. Sie wischte sie ab. Sie hatte so viel verloren, doch allem Anschein nach nicht ihren Ehemann.

Fast alles war für ihre Reise nach Paris vorbereitet. Sie hatte einen plausiblen Vorwand für ihren Aufenthalt in London gefunden. Früher war Heimlichkeit leicht gewesen, notwendig, doch nun frustrierte sie sie auf Schritt und Tritt. Sie war gereizt. Das Wetter war so herrlich wie in jenem Sommer vor sechs Jahren.

Alice studierte die Kontenbücher, die vor ihr lagen. Sie hatten wieder Narzissen ernten können, und die Pacht der Höfe half ihnen ebenfalls über die Runden, aber es musste noch andere Einnahmequellen geben. Sie konnte und würde den Bauern die Pacht nicht erhöhen. Jeder Einzelne von ihnen hatte mit den Folgen des Krieges zu kämpfen. Sie tippte auf die Zahlen.

Das hier hätte Edmunds Problem sein sollen, doch sie bezweifelte, dass er einen besseren Sinn für diese Dinge bewiesen hätte. Er war nie ein praktischer Mensch gewesen. Gott, sie durfte nicht so denken, als wäre er tot, denn das war er nicht. Ihr Kopf schmerzte. Sie rieb ihre Schläfen und schloss die Augen. Als sie sie wieder öffnete, stand Constance vor ihr.

»Ist das nicht eigentlich Aufgabe des Verwalters?«, wollte ihre Cousine wissen.

Alice stand auf und umarmte sie. »Ja und nein.«

»Heißt das: ›Ja, er kümmert sich darum, aber nicht zu meiner Zufriedenheit‹?«

Alice lachte. »Du kennst mich einfach zu gut.«

Constance zog ihre Handschuhe aus. »Offensichtlich nicht.«

Alice runzelte die Stirn und läutete nach Wilfred, damit er ihnen Erfrischungen brachte.

»Ich komme gerade aus London und von Arthur Carew.« Constance warf Alice einen Seitenblick zu.

Alice schaute zu Boden.

»Ich habe zwar nicht viel Erfahrung, aber ich erkenne ein gebrochenes Herz, wenn ich eins sehe.«

Alice legte eine Hand auf den Schreibtisch. Der Raum drehte sich.

»Du bist nicht ohne Grund grausam.« Constance sah sie an, ohne zu blinzeln.

Wilfred trat ein. »Ich habe den Kaffee im Salon angerichtet.«

»Danke, Wilfred.« Alice schritt ihrer Cousine voran durch den Flur und versuchte, sich zu beruhigen.

»Ist John in der Nähe?«, fragte Constance, betrat den Salon und strebte sofort auf den Flügel zu. Darauf stand eins der drei Fotos, die Alice zusammen mit Edmund zeigten. Sie trug ein Abendkleid und er Uniform. Ein Freund von Edmund hatte die Aufnahme gemacht, und er hatte einen Moment der Heiterkeit, der Zweisamkeit eingefangen. Jeder, der das Bild betrachtete, würde meinen, sie seien das perfekte Paar gewesen. Für zwei Menschen, die nie mehr miteinander geteilt hatten als einen unschuldigen Kuss in ihrer Kindheit, waren sie wahrhaftig sehr vertraut.

»Die Post, Mylady.« Wilfred stellte das Silbertablett neben dem Kaffee ab. Alice sah, dass auch der zweite Brief, den sie Edmund geschickt hatte, zurückgekommen war. »Zurück an Absender, Empfänger unter angegebener Adresse unbekannt«, stand in französischer Sprache auf dem Umschlag. Sie drehte ihn um, damit Constance nicht sah, dass Alice

Briefe an ihren toten Ehemann nach Paris schrieb. Weiß Gott, was Wilfred dachte. Allerdings war sie sich sicher, dass es kaum etwas gab, was er in all den Jahren, die er in Penhale verbracht hatte, noch nicht erlebt hatte.

Als Alice sich aufrichtete, sah sie, wie Constance den Baedeker von Paris zur Hand nahm. Ihre Kehle wurde eng.

»Willst du verreisen?«, fragte Constance und blätterte durch die Seiten. Der Umschlag mit dem Foto fiel zu Boden. Sie hob ihn auf.

Mit zitternden Händen goss Alice den Kaffee ein. Niemand außer ihr durfte davon erfahren. Edmund war desertiert und lebte in Paris mit seinem Geliebten zusammen. Letzteres würde Constance verstehen, Ersteres würde sie niemals verzeihen. Alice hatte selbst jeden Tag damit zu kämpfen. Sie reichte ihrer Cousine die Tasse, und Constance legte den Reiseführer und den Umschlag zurück auf den Flügel. Alice musste vorsichtig sein.

»Du wirkst gar nicht wie du selbst.«

Alice räusperte sich. »Vor lauter Sorgen um das Anwesen habe ich einige schlaflose Nächte hinter mir.«

»Hm. Aber du siehst immerhin besser aus als Arthur.« Sie nahm vorsichtig einen Schluck von dem heißen Kaffee. »Er liebt dich.«

Alice schaute auf die Hände in ihrem Schoß. Sie liebte ihn.

»Er ist ein guter Mann. Vielleicht nicht so aufregend wie manch anderer, aber ich dachte, du hättest Gefühle für ihn.« Sie sah Alice durchdringend an. »Tatsächlich würde ich sogar das Vermögen, das ich nicht habe, darauf verwetten.«

Alles, was Alice darauf erwidern konnte, würde es nur noch schlimmer machen, also schwieg sie.

Constance stellte ihre Tasse ab. »Du bekommst die Chance, noch einmal zu lieben!«

Alice schaute aus dem Fenster. Der Himmel war strahlend blau, das perfekte Wetter, um glücklich zu sein. »Hat Arthur dich geschickt?«

»Nein, er hat keine Ahnung, dass ich hier bin.«

Die Anspannung in Alice legte sich. Alles würde gut werden. Alles würde sich von selbst ergeben. Arthur würde eine nette Ehefrau finden und sie vergessen. Es gab nur wenige Männer, und er war einer der besten.

John kam zur Tür hereingeflitzt und hielt schnurstracks auf Constance zu.

»Du liebe Güte, du wächst ja wirklich schnell!« Constance umarmte ihn fest. Alice lächelte, doch als sie Constance' Blick bemerkte, wurde sie sofort wieder ernst. Sie musste prüfenden Blicken um jeden Preis ausweichen. Zu viel stand auf dem Spiel.

Nach dem Kaffee fuhr Constance sie zum Bootsanleger, und John machte sich auf die Suche nach dem Flussmeister.

»Danke für deinen Besuch.« Alice sah ihrem Sohn nach, um nicht dem missbilligenden Blick begegnen zu müssen, mit dem Constance sie bedachte.

»Ruf ihn an«, sagte sie.

Alice schüttelte den Kopf, obwohl sie jedes Mal, wenn sie am Telefon vorbeiging, stehen bleiben wollte, um seine Nummer zu wählen und seine Stimme zu hören.

»Wirf das nicht weg.« Constance nahm Alice' Hand. »Du wirst es bereuen.« Sie stand auf. »Er würde nicht wollen, dass du auf ewig um ihn trauerst.«

Alice schwieg.

»Ich bin während der kommenden Woche in Abbotswood. Warum besuchst du mich nicht?« Constance küsste Alice auf die Wange.

Alice lächelte und winkte ihrer Cousine nach, die zu ihrem Wagen zurückkehrte. »Vielleicht tue ich das.«

Kurz darauf war Constance in einer Staubwolke verschwunden. Alice hustete. Die Worte ihrer Cousine hallten in ihrem Kopf nach: *Er würde nicht wollen, dass du auf ewig um ihn trauerst.* Wen von beiden meinte sie: Edmund oder Zach?

»Sieh mal, Mama.« John lief auf sie zu und zeigte ihr eine kleine Forelle. »Ich wollte, dass du sie siehst, bevor wir sie wieder freilassen.«

»Das ist ja wunderbar«, lobte sie ihn und begleitete ihn zum Flussmeister. Vorsichtig setzte der alte Mann den Fisch zurück ins Wasser, der nach wenigen Augenblicken anfing, sich zu winden und in die Strömung zu schwimmen. Alice strich mit den Fingern durch Johns glänzendes Haar. Eines Tages würde sie ihn loslassen müssen, aber noch konnte sie an ihm festhalten.

Kapitel 45

Alice stand am Fuß der Treppe des großen Saals von Exeter House und suchte nach einer Möglichkeit, sich unbemerkt aus dem Staub zu machen. Ihr war alles recht, wenn sie nur nicht hier sein musste. Arthur hatte gerade eben das Vestibül durchquert. Gott sei Dank hatte er sie nicht gesehen. Natürlich hatte sie gewusst, dass sie ihm wahrscheinlich hier begegnen würde. Constance nahm ihren Ellbogen und versuchte, sie in seine Richtung zu dirigieren, aber Alice machte sich los und zog sich in die hinterste Ecke des Saals hinter eine Säule zurück. Sie benahm sich wie ein Kind, ein ungezogenes Kind, das man bei einer Missetat ertappt hatte, dabei hatte sich nichts anderes getan, als einen liebenswerten Mann abzuservieren.

»Hier, das bringt vielleicht wieder etwas Farbe in deine Wangen.« Arthur streckte ihr ein Glas Champagner entgegen. Sie nahm es mit zitternder Hand. »Ich bin weder ein Geist, noch neige ich dazu, den Damen Angst einzujagen.«

Alice holte tief Luft. »Nein, diese Wirkung hast du für gewöhnlich nicht auf Frauen.« Sie sah ihn an. Ihre Brust wurde eng vor Schmerz.

»Es war vorherzusehen, dass wir einander begegnen würden«, sagte er.

Sie nickte. Er berührte ihre Hand, die unter dem Handschuh zu kribbeln begann. Diese Situation war verrückt. Ohne etwas zu schmecken, trank sie ihren Champagner.

»Ich wollte dir mitteilen, dass sich meine Gefühle für dich nicht verändert haben.« Er sah sie an.

»Nein.« Alice schloss die Augen. Das waren nicht die Worte, die sie hatte hören wollen, doch es war das, wonach sich ihr Herz verzehrte. Sie schlug die Augen wieder auf. Sie musste stark sein. Mit einem gezwungenen Lächeln sagte sie: »Wenn du mich bitte entschuldigst, ich habe meinen Onkel noch nicht begrüßt, und es wäre unhöflich, das nicht zu tun.«

Seine Fingerknöchel streiften ihre, und sie zögerte einen Moment, bevor sie die Flucht ergriff. Noch eine Sekunde länger in seiner Gesellschaft, und sie würde schwach werden – und das durfte sie nicht. Morgen würde sie nach Paris reisen. Sie musste Edmund ausfindig machen und ihm das Versprechen abnehmen, dass er vorsichtig sein würde, diskret. Es würde seine Mutter umbringen und für alle Ewigkeiten einen schwarzen Schatten auf den Namen St Loy werfen, sollten die Leute herausfinden, dass er desertiert und am Leben war.

Der Gard du Nord sah noch genauso aus, wie sie ihn in Erinnerung hatte, überfüllt und voller unangenehmer Gerüche. Die Julihitze trug ihr Übriges dazu bei. Ein Gepäckträger erschien und nahm ihre Koffer. Als sie im Taxi saß, musste sie die freudige Erregung unterdrücken, die in ihr aufstieg, weil sie in diese wunderbare Stadt zurückgekehrt war. Beim letzten Mal war ihr alles so verheißungsvoll erschienen, und nun wusste sie nicht, was sie denken sollte. Sie war so unschuldig gewesen. Ihre einzige Sorge hatte dem Frauenwahlrecht gegolten, den Kleidern und wie es ihr gelingen konnte, die Ballsaison zu überstehen, ohne an den Meistbietenden verkauft zu werden.

Sie hatte Gerüchte über einen bevorstehenden Krieg aufgeschnappt, aber sie hatte diese nicht ernst genommen. Jetzt waren so viele Männer gestorben und ihre Unschuld und Freude mit ihnen. Dennoch war Paris nach wie vor ein berauschender Ort. Aus jedem Stein sickerten aufregende Verheißungen.

Alice hatte gelogen, was ihre Reise in diese Stadt betraf. Sie wusste, dass Constance etwas vermutete, aber Susan war die Einzige, die wusste, wo sie sich aufhielt, und sie hatte geschworen, das Geheimnis zu bewahren. Alice hatte ihr weisgemacht, sie würde nach Paris fahren, um neue Kleider zu bestellen. Ihre Auftritte bei verschiedenen gesellschaftlichen Ereignissen während der vergangenen Wochen ließen diese Behauptung plausibel erscheinen. Die Zeit der Trauer war definitiv vorbei, und sie brauchte etwas Neues, Modisches.

Vor dem Hotel Meurice hielt das Taxi an. Alice stieg aus. Es lag eine seltsame Freiheit im Alleinreisen. Sie war noch nie zuvor allein unterwegs gewesen, und sie hatte eher das Gefühl, sie würde sich mit ihrem Geliebten treffen, als sich auf die Suche nach ihrem Ehemann zu begeben.

»Lady St. Loy, es ist mir ein Vergnügen, Sie im Hotel Meurice willkommen zu heißen.« Der Portier verbeugte sich und brachte ihre Taschen aufs Zimmer. Am liebsten wäre sie sofort losgezogen und hätte die Adresse aufgesucht, die auf dem Briefumschlag angegeben war, aber sie war erschöpft von der Reise. Ein Bad, eine Tasse Tee und ein erholsames Schläfchen würden ihr guttun, bevor sie sich auf die Suche machte.

»Soll ich ein Dienstmädchen hinaufschicken, damit es Ihnen behilflich ist?«

Sie nickte und folgte dem Portier zu ihrem Zimmer. Die Suite überblickte den Jardin des Tuileries, und sobald sie wieder allein war, öffnete sie weit die Balkontüren. Sie blickte hinab, nahm die breiten Boulevards, die wunderschönen Gärten und die Seine in sich auf. Irgendwo dort draußen war Edmund. Sie war überzeugt gewesen, seine Anwesenheit in der Stadt spüren zu können, doch so war es nicht.

Das Mädchen schwirrte geschäftig durch die Räumlichkeiten hinter ihr, packte ihre Taschen aus und ließ ein Bad einlaufen. Ein Klopfen an der Tür ließ ihr Herz schneller schlagen. Sie drehte sich nicht um. Es würde der Tee sein, nicht Edmund, der irgendwie in Erfahrung gebracht hatte, dass sie hier war. Sie sehnte sich danach, ihn zu sehen.

Bei ihrer letzten Begegnung hatte er sich von den Folgen eines Gasangriffs erholt. Er hatte viel Zeit mit John verbracht. Je größer ihr Sohn wurde, desto größer war Edmunds Liebe zu dem Jungen geworden. Bei der Taufe hatte er sich nicht sonderlich für das friedliche Bündel Mensch interessiert. Ihre Mutter hatte ihr ins Ohr geflüstert, dass nur wenige Männer etwas mit Babys anfangen konnten, doch bei Edmunds nächstem Urlaub und Johns erstem Lächeln hatten sich die Dinge verändert. Bei seinem letzten Aufenthalt in Penhale hatten sie mit Edmunds alten Zinnsoldaten gespielt. Sie hatte es genossen zu sehen, wie viel Freude die beiden dabei hatten.

Als der Brief von Edmunds befehlshabendem Offizier eingetroffen war, stand darin, dass seine Männer ihn geliebt hätten und dass er einer der Besten gewesen sei, die je im

Regiment gedient hatten. Doch Edmund war nicht tot. Er hatte sie, John und seine Männer im Stich gelassen, und das während der letzten Kriegstage. Und was war mit Zach? Sein Leichnam war niemals gefunden worden. Der Wind draußen frischte auf, die Blätter der Platanen, die den Boulevard säumten, trudelten aufs Pflaster.

Die Balkontür schlug zu. Alice kehrte zurück ins Zimmer, schenkte sich Tee ein und atmete tief den Duft von Bergamotte ein, wobei sie die Teeblätter betrachtete, die in dem silbernen Sieb hängen blieben. Sie gab weder Milch noch Zucker hinzu, wollte etwas Reines, Unverfälschtes schmecken. Der Tee enttäuschte sie nicht. Sie schenkte sich eine weitere Tasse ein und überlegte, womit sie wohl konfrontiert wäre, sollte es ihr gelingen, Edmund ausfindig zu machen. Das Einzige, was sie wusste, war, dass er Liebe gefunden hatte und dass das gut war. Sie musste ihn sehen. Mit ihm reden, bevor sie sich den Jahren der Einsamkeit ergab, die vor ihr lagen.

Das Personal schaute verblüfft, als Alice das Hotel unbegleitet verließ und auf ein Taxi verzichtete. So benahm sich keine Dame, aber im Augenblick war sie keine Dame, sondern eine Ehefrau auf der Suche nach ihrem Mann. In der heißen Nachmittagssonne spazierte sie am Rosengarten vorbei in den Park, und als sie sicher war, dass ihr niemand mehr nachblickte, schlüpfte sie durch das nächste Tor zur Seine und über den Pont Royal.

Auf der anderen Uferseite beschleunigte sie ihre Schritte. Unter ihrem Hut bildeten sich Schweißtropfen, die ihr langsam den Nacken hinunterliefen. Ihre Eitelkeit meldete sich zu Wort: Sie würde nassgeschwitzt sein, wenn sie Edmund wiedersah, was ihr gar nicht gefiel. Widerstrebend verlangsamte sie ihr Tempo. Es war nicht weit bis zu der genannten Adresse. Kurz bevor sie in die fragliche Straße einbog, hielt sie inne und betrat eine Kirche.

Im dämmrigen Innern war es kühl. Der Duft nach Weihrauch hing in der Luft. Kerzen flackerten unter den Statuen von Heiligen. Sie nahm in der letzten Bank Platz, um sich abzukühlen und sich zu sammeln. Die Handflächen in ihren Handschuhen waren feucht. Am liebsten hätte sie sich eingeredet, dass das der sommerlichen Hitze geschuldet wäre, doch der Schmerz in ihrer Brust sagte ihr etwas anderes. Wie trat man einem Mann gegenüber, um den man getrauert hatte? Sie hatte Edmund so lange Zeit geliebt. Als sie nun in der stillen Kirche saß, wusste sie nicht, was sie empfinden, denken oder tun sollte.

Ein Sonnenstrahl durchdrang die Dunkelheit und fiel auf die Füße des gekreuzigten Jesus über dem Altar. Irgendwo in den Tiefen ihres Gedächtnisses hallten die Worte des alten Vikars wider. *Er ist für uns gestorben.* Genau wie die Männer in diesem Weltkrieg. Edmund war nicht gestorben, er war geflüchtet, doch er hatte bis zum letzten Moment tapfer gedient. Genügte das etwa nicht?

In ihrer Tasche steckte einer seiner Briefe. Sie kannte ihn auswendig, was gut war, denn ihre Tränen hatten die Buchstaben auf dem Papier verlaufen lassen.

Mein liebstes Schlingelchen,

heute Morgen bin ich mit dem Gefühl aufgewacht, ich wäre in einen Kaninchenbau gestürzt und würde in einem Albtraum feststecken. Anstelle von verrückten Königinnen und noch verrückteren Hutmachern war ich umgeben von verzweifelten Männern und Schlamm.

Aufgeweckt wurde ich vom Gurren einer Ringeltaube, und in jenem Moment war ich zu Hause in meinem Bett, so wie beim letzten Mal, als ich dort war. Der kleine John zupfte an der Decke und wisperte: »Wach auf, wach auf.« Sein süßes Gesicht war voller Schalk und Freude. Es war ein Moment der Glückseligkeit, als ich mich an Dein wunderschönes Lächeln erinnerte, dann holte mich eine Explosion, so dicht neben mir, dass die Erde bebte, in die Gegenwart zurück.

Ich weiß nicht, was in den nächsten Tagen passieren wird. Ich will, dass Du weißt, dass ich Dich und John mehr als alles liebe, was ich mir je vorstellen konnte. Diese Liebe hat mein Leben so anders und so viel reicher gemacht. Ich wünschte, der Traum wäre wahr und nicht nur ein Luftschloss. Doch Liebe ist immer echt, ganz gleich, in welcher Form, und ich bin dankbar für die Liebe, die Du und John mir entgegenbringt. Ich halte daran fest. Du sollst wissen, dass ich Dich so liebe, wie es mir möglich ist, und dass der entzückende John mein Herz erobert hat.

Ich weiß nicht, wann ich Dir das nächste Mal schreiben kann. Pass auf Dich auf.

Für immer der Deine
E.

Eine Träne rollte über ihre Wange. Sie wischte sie weg. Was für eine Nachricht versuchte er, ihr mit dem Foto zu übermitteln? Sie stand auf und betrachtete den Altar. Liebe. Jesus Christus hatte sich geopfert, weil er die Menschen so sehr liebte. Sie durfte nichts anderes als Liebe zeigen, wenn sie Edmund gegenüberstand. Das wusste sie mit Sicherheit, alles andere war ungewiss.

Vor der besagten Adresse blieb Alice stehen. Das Gebäude war anders, als sie erwartet hatte, es hatte nichts Herrschaftliches an sich. Sie war davon ausgegangen, dass Edmunds Liebe zu schönen Dingen sich auch hier niederschlagen würde, aber sie wäre glatt an dem Haus vorbeigegangen, hätte sie sich nicht an den Hausnummern orientiert. An einem der Fenster im Erdgeschoss stand eine Frau hinter der Gardine und beobachtete sie. Alice rückte ihren Hut zurecht und ging zum Tor. Sie warf einen Blick auf die Wohnungsnummern und drückte auf die Klingel. Keine Reaktion. Sie versuchte es erneut. Wieder nichts.

Sie zog den Brief und das Foto aus ihrer Handtasche, um sich zu vergewissern, dass die Adresse stimmte. Sie war richtig. Die Gardine bewegte sich. Alice beschloss, mit der Frau zu sprechen. Jetzt war nicht der richtige Moment für Zurückhaltung. Sie war in Paris, und je länger sie blieb, desto wahrscheinlicher war es, dass irgendjemand zu Hause von ihrer Reise erfuhr.

Kurz entschlossen trat sie vor das Fenster. Die Frau zog sich hastig zurück, doch so schnell würde Alice nicht aufgeben. Sie klopfte sacht gegen die Scheibe. Die Frau stand in der Mitte des Raumes und sah sie an. Das Fenster stand einen Spaltbreit offen, der Geruch nach gekochtem Kohl schlug Alice entgegen. Sie rümpfte die Nase.

Sie hob die Hand und gab der Frau, die sie immer noch anstarrte, ein Zeichen, dann sagte sie: *»Excusez moi, s'il vous plaît.«* Die Frau rührte sich nicht vom Fleck. Alice zwang sich, sich ihren Ekel über den Kohlgeruch nicht anmerken zu lassen, und erkundigte sich nach Edmund St Loy, der in dem Gebäude wohnen sollte.

Die Französin schüttelte den Kopf. *»Non, Edmund St Loy n'habite pas ici.«*

»Bitte kommen Sie zum Tor und reden Sie mit mir«, bat Alice.

Die Frau blickte aus schmalen Augen, aber sie nickte und verließ das Zimmer. Alice trat vom Fenster weg zum Tor.

Schlurfende Schritte ertönten, die Frau erschien am Tor, steckte einen Schlüssel ins Schloss und öffnete. Alice lächelte. *»Merci.«*

Die Französin winkte sie in einen schmalen, dunklen Torgang. Hier roch es noch stärker nach Kohl als auf der Straße. Alice drehte sich der Magen um, aber sie behielt ihr freundliches Lächeln bei und erkundigte sich erneut nach Edmund.

Die Frau wiederholte, dass hier kein Edmund wohnte. Alice wollte gerade aufgeben, als ihr das Foto einfiel. In ihrer Verzweiflung zog sie es aus dem Umschlag und zeigte es der Französin. Diese nahm es und betrachtete es blinzelnd. Die beiden Männer waren darauf nur von hinten zu sehen, weshalb Alice wenig Hoffnung hatte, dass sie einen von beiden erkannte, aber sie wollte nichts unversucht lassen.

»Ah, Philippe et Zachariah.« Sie gab Alice die Aufnahme zurück, schüttelte den Kopf und murmelte: *»Ce n'est pas naturel«*, dann bekreuzigte sie sich.

Alice' Brust wurde eng. Zachariah? Edmund?

Sie fragte, ob die beiden da seien, und die Frau schnalzte missbilligend mit der Zunge, bevor sie verneinte. Nach Zachariahs Tod sei Philippe ausgezogen. Damit drehte sie sich um und ließ Alice stehen. Alice fasste ihren Arm. Sie musste Näheres erfahren.

»*S'il vous plaît …*« Sie ließ die Frau los und rang die Hände, dann erkundigte sie sich nach einer Adresse. Die Französin verschwand in ihrer Wohnung. Alice schloss die Augen. Was sollte sie jetzt tun? Als sie erneut die schlurfenden Schritte auf dem Fliesenboden hörte, schlug sie die Augen wieder auf. Die Frau streckte ihr ein Stück Papier entgegen. Auf Französisch teilte sie Alice mit, dass Philippe unter dieser Adresse anzutreffen sei und dass der andere auf dem Cimetière de Passy liege. Vor sechs Wochen beerdigt.

Alice bedankte sich, dann schlüpfte sie zum Tor hinaus und trat auf die Straße, den Zettel fest umklammert. Die darauf notierte Adresse befand sich in Brügge. Im Augenblick konnte sie nichts weiter unternehmen, als den Friedhof aufzusuchen. Sie zog ihren Baedeker aus der Tasche und warf einen Blick auf die Karte. Der Weg war nicht allzu weit, aber das Hotel lag in der entgegengesetzten Richtung. Egal. Sie musste es wissen.

Den Reiseführer in der Hand, marschierte sie an Cafés vorbei, die sich mehr und mehr mit Gästen füllten. Paare steckten die Köpfe zusammen oder hielten einander an den Händen. Musik füllte die kühler werdende Abendluft. Ein elegant gekleidetes Paar schlenderte zusammen in einen der Parks. Der Eiffelturm kam in Sicht und verschwand wieder, als wollte er Verstecken mit ihr spielen. Sie musste an Arthur denken. Paris, die Stadt der Liebe. Sie sehnte sich danach, hier eine Sommernacht mit ihm zu verbringen. Träume waren etwas Wunderbares, aber das war auch schon alles.

Die Schaufenster waren prächtig dekoriert, aber sie konnten ihre Aufmerksamkeit nicht fesseln. In Gedanken ging sie die Dinge durch, die sie mit Bestimmtheit wusste, und stellte fest, dass das nicht viele waren. Eine Uhr schlug die Viertelstunde, und sie beschleunigte ihre Schritte, da sie fürchtete, dass der Friedhof am Abend womöglich geschlossen wurde. Leicht außer Atem blieb sie stehen und wartete, bis sie die Straße überqueren konnte. Ein Mann sperrte die prachtvollen Tore des Friedhofs ab. Sie würde morgen wiederkommen und Zachariahs Grab suchen. Nichts ergab einen Sinn. Er konnte unmöglich hier begraben sein.

Der nächste Morgen war regnerisch und nicht gerade ideal für eine Dame allein in Paris. Es war nie unproblematisch, doch bei diesem Wetter konnte sie kaum den Vorwand benutzen, einfach nur ein wenig frische Luft schnappen zu wollen, denn ein Spaziergang würde eher einer Dusche gleichkommen. Unruhig ging sie in ihrer Suite auf und ab. Wie mochte es John gehen? Seine Kinderfrau würde gut auf ihn aufpassen. Vielleicht hätte sie die beiden mitnehmen sollen. John hätten die Parks und der Eiffelturm gefallen. Andererseits hätte sie sich dann eine bessere Erklärung einfallen lassen müssen, als in Paris neue Kleider bestellen zu wollen. Früher oder später würde das vermutlich ohnehin auf sie zukommen.

Die ganze Nacht über hatte sie sich schlaflos im Bett hin und her geworfen. Philippe und Zachariah. Wer war der Mann, der mit Edmund auf dem Foto abgebildet war? Sie wusste, dass die beiden ein Liebespaar waren, dafür hatte sie nicht die deutlich geäußerte Missbilligung der Französin aus der Rue de la Chaise benötigt. Wenn Edmunds Geliebter gestorben war, warum war er dann nach Belgien gezogen? Mein Gott, sie wusste wirklich nicht, wer wer war.

Sie drehte sich auf dem Absatz um und griff nach dem Telefonhörer, um sich nach Reisemöglichkeiten nach Brügge zu erkundigen. Sollte sich das Wetter am Nachmittag bessern, könnte sie zum Friedhof gehen und anschließend nach Brügge aufbrechen, und zwar so schnell wie möglich. Dort würde sie Philippe oder Zachariah antreffen und hoffentlich Antworten finden.

Als sie die nötigen Reisevorkehrungen getroffen hatte, hatte es tatsächlich aufgehört zu regnen. Wieder verließ sie, sehr zur Verwunderung des Personals, zu Fuß das Hotel und durchquerte den Park. Auf sämtlichen Oberflächen hatten die Regentropfen Pfützen hinterlassen, die Blumen ließen die Köpfe hängen von dem kräftigen morgendlichen Niederschlag. Sie fühlte sich ein wenig wie sie. Mit jedem Schritt wurde ihr bewusster, dass dies ein fruchtloses Unterfangen war, doch wenn sie schon einmal da war, würde sie die Sache auch zu Ende bringen.

Vor einem Blumenstand blieb sie stehen und kaufte weiße und gelbe Rosen. Gelbe Rosen standen für Erinnerung und Freundschaft. Es war schrecklich, sich vorzustellen, dass sie Edmund erneut verloren haben könnte. Sie musste Klarheit haben, denn ihr Herz konnte nicht mehr viel Schmerz ertragen. Sie hatte den Zorn überwunden, doch nun war sie voller Traurigkeit. Und was war mit diesem Zachariah? Das konnte doch kein Zufall sein.

Sie verwirrte die Blumenverkäuferin damit, dass sie drei rote Rosen mit geschlossenen Blüten und drei Tuberosen-Stiele kaufte. Der Duft kitzelte sie in der Nase. Es war ihr nicht gestattet gewesen, anders um Zach zu trauern als um die übrigen Männer aus Penhale, die sie im Krieg verloren hatten. Rosenknospen und Tuberose drückten alles aus, was sie empfand … leidenschaftliche Liebe, die mit gefährlicher Lust beginnt.

Ihre Schritte wurden kleiner, als sie den Jardin du Trocadero verließ und zum Friedhof abbog. Sie passierte die jetzt offenen Tore und suchte die Friedhofsverwaltung auf, doch sie war geschlossen. Also schlenderte Alice vorbei an prachtvollen Gräbern mit Statuen, die die Liebe und den Verlust der Hinterbliebenen zum Ausdruck brachten. Wie sollte sie diesen Zachariah finden? In der Ferne sah sie den Totengräber. Den Pfützen ausweichend eilte sie auf ihn zu.

»Bonjour«, grüßte er und nickte ihr zu.

»Bonjour.« Sie erkundigte sich nach der Verwaltung, und er erklärte ihr, es habe einen Notfall gegeben. Anschließend fragte sie nach einem Zachariah, der vor sechs Wochen beerdigt worden sei. Er erinnerte sich und ging ihr schweigend voran zum hinteren Teil des Friedhofs. Kurz vor der hohen Backsteinmauer blieb er stehen, um ihr ein wenig Privatsphäre zu geben.

Am liebsten hätte sie mit dem Fuß aufgestampft. Dort war nicht mehr als ein Erdhügel. Kein Grabstein, aber natürlich würde bald einer aufgestellt werden. Ihre Hand mit dem Blumenstrauß fiel herab. Sie stand dort, konnte sich nicht rühren, nicht denken. Die Erde war nass und dunkel. Ein Schauder überlief sie. Sie warf einen Blick über die Schulter, doch sie war allein inmitten der vielen Seelen, die hier begraben lagen. War es möglich, dass sie die Wahrheit niemals erfahren würde?

Alice legte die beiden Sträuße auf die Erde. Schlamm befleckte die makellosen Blüten. Sie wusste nicht, was sie empfinden sollte, wusste nicht, wen sie hier betrauerte, ja, sie wusste nicht einmal, was sie hier eigentlich machte.

Wieder begann es zu regnen, und sie lief auf die Tore zu, doch dann blieb sie stehen, als sie jemanden in der Verwaltung entdeckte. Sie klopfte an die Tür. Hoffentlich konnte man ihr die Informationen geben, die sie so dringend benötigte.

Ein Mann öffnete. Nachdem es ihr gelungen war, ihm ihr Anliegen umständlich auf Französisch zu erklären, bestätigte er, dass hier vor sechs Wochen ein gewisser Zachariah Carne begraben worden war, ein englischer Soldat, der in Paris lebte. Alice musste sich allergrößte Mühe geben, Haltung zu bewahren und das Gespräch mit dem freundlichen Friedhofsverwalter zu beenden. Dann drehte sie sich langsam um, kehrte zu dem Erdhügel zurück und fiel auf die Knie. Zunächst wollten die Tränen nicht kommen. Sie grub die Hände in die nasse Erde, um festzuhalten, was sich nicht länger festhalten ließ. Dann schüttelten krampfartige Schluchzer ihren Körper, und sie wurde vom Schmerz des Verlustes zerrissen.

Kapitel 46

In Brügge besorgte sich Alice beim Portier eine Touristenkarte und stellte fest, dass die Adresse, die die Frau in Paris ihr gegeben hatte, gar nicht weit vom Hotel entfernt war. Wieder machte sie sich mit einem bangen Gefühl allein auf den Weg. Die Schönheit der Stadt, die vom Krieg verschont geblieben war, beruhigte ihr aufgewühltes Gemüt ein wenig. Doch auch wenn die Gebäude äußerlich keinen Schaden aufwiesen, war ihr sehr wohl bewusst, dass die Menschen darin großes Leid erfahren hatten.

Während der Fahrt von Paris nach Brügge hatte sie darüber nachgegrübelt, wie es dazu gekommen sein mochte, dass Zachariah Carne unter dem Erdhügel auf dem Cimetière de Passy begraben lag. Anstatt sofort nach Brügge aufzubrechen, hatte sie sich dazu entschieden, noch ein paar Tage in Paris zu bleiben, die sie überwiegend in Kirchen verbrachte, in denen sie Kerzen anzündete. Sie wusste nicht, was sie sonst hätte tun können. So viele Dinge gingen ihr durch den Kopf, dass er schon schmerzte. Das Dienstmädchen im Hotel musste sie für verrückt gehalten haben, und vielleicht hatte es recht.

Der Tag war strahlend schön und beinahe zu warm. Sie blieb vor einem prächtigen herrschaftlichen Wohnsitz stehen. Der Kontrast zu dem Gebäude in Paris hätte größer nicht sein können. Das konnte nicht stimmen. Wer hatte ihr die Fotografie geschickt? Die Schrift hatte ausgesehen wie die von Edmund, doch mittlerweile war sie sich nicht mehr sicher. Anscheinend war alles anders, als sie gedacht hatte.

Arbeitete Philippe in diesem Haus? Alice stieg die Stufen hinauf zur Eingangstür. Sie war so weit gekommen, da würde sie jetzt keinen Rückzieher machen.

Bevor sie ihre Meinung ändern konnte, ging die Tür auf.

»Bonjour«, sagte sie und musste sich alle Mühe geben, nicht auf dem Absatz kehrtzumachen und davonzulaufen, wie sie es am liebsten getan hätte. *»Je cherche Philippe«,* platzte sie heraus. Der Diener musterte sie von oben bis unten, dann trat er zur Seite und öffnete die Tür ein Stück weiter, um sie eintreten zu lassen.

»Un moment, s'il vous plaît.« Er verbeugte sich, und sie blieb mit verschränkten Händen stehen. Das Innere des Hauses war opulent gestaltet. In der Mitte des Vestibüls befand sich eine breite, geschwungene Treppe, die zu einem Absatz führte, bevor sie sich erneut teilte und sich weiter in die Höhe erstreckte. Der Diener war in einem der Räume zur Linken verschwunden. Der kaffeebraune Marmor unter ihren Füßen glänzte und reflektierte das Licht des goldenen Kronleuchters über ihr. Das hier war so völlig anders als das nach Kohl riechende Gebäude in Paris, dass sie beinahe überzeugt war, hier völlig falsch zu sein. Eilig legte sie sich einige Erklärungen zurecht, die ihr einen würdevollen Abgang ermöglichen würden. Am einfachsten jedoch wäre es, sofort wieder zu verschwinden.

Alice wollte sich gerade in Bewegung setzen, als sie Schritte hörte. Sie drehte sich um und erblickte voller Entsetzen Baron Conrad Villiars.

Er kam mit ausgestreckter Hand auf sie zu. »Lady Alice.«

Sie reichte ihm die Hand, und er beugte sich darüber. Als er sich wieder aufrichtete, bemerkte sie die Traurigkeit in seinem Gesicht. Sie, dessen war sie sich sicher, musste eher einen verwirrten Eindruck machen.

»Tee?«, fragte er.

»Ja, vielen Dank.« Sie nickte.

»Bitte folgen Sie mir in mein Arbeitszimmer.« Er streckte die Hand aus, um ihr die Richtung zu weisen.

Der kleine Raum war im Vergleich zu dem opulenten Vestibül nüchtern gehalten. Die Wände waren voller Bücher, meist französische oder deutsche Titel, aber es fanden sich auch einige englische darunter. Alice' Blick blieb am Schreibtisch hängen. Darauf stand in einem verschnörkelten Silberrahmen eine Fotografie von Edmund, so wie sie ihn in Erinnerung hatte: ein leichtes Lächeln auf den Lippen, die Augen blitzend vor Schalk. Es sah aus, als wollte er gerade etwas Unverschämtes sagen, wie er es oft genug getan hatte.

»Bitte nehmen Sie Platz.« Villiars deutete auf einen roten Sessel. Erleichtert ließ sie sich hineinsinken. Sie war aufgewühlt. Das Foto von Edmund zerrte an ihren Nerven, genau wie Villiars.

Er nahm ihr gegenüber Platz. »Waren Sie schon einmal in Brügge?«

»Nein.« Ihr stand nicht der Sinn nach Smalltalk. Edmund. Zach. So viele Dinge gingen ihr durch den Kopf.

»Sobald der Tee serviert ist, werde ich versuchen, Ihre Fragen zu beantworten.« Er lächelte freundlich.

»Vielen Dank.« Sie hörte ein Kind rufen und sah ihn an.

»Allerdings möchte ich vorausschicken, dass wir wohl

beide ein kompliziertes Leben führen.« Seine Augenbrauen wanderten in die Höhe.

Dem konnte sie nicht widersprechen. Sie blickte auf ihre Hände und zog die Handschuhe aus. Der Diener brachte den Tee, und Villiars bedeutete ihm, dass er sich zurückziehen konnte, dann schenkte er ihr ein.

»Ich habe mich schon gefragt, ob es Ihnen gelingen würde, mich ausfindig zu machen.« Er reichte ihr Tasse und Untertasse.

Sie runzelte die Stirn. »Warum?«

»Wegen des Briefes, den ich Ihnen bei meinem Besuch in Abbotswood hinterlassen habe«, sagte er.

Alice schaute ihn irritiert an. »Ich habe keinen Brief bekommen.«

Er legte den Kopf schräg. »Seltsam, doch jetzt, da Sie hier sind, spielt es ohnehin keine Rolle mehr.«

»Verzeihen Sie, sind Sie Conrad ... oder Philippe?«, fragte sie.

»Ich trage beide Namen«, antwortete er.

Sie nickte und rührte ein bisschen Zucker in ihren Tee in der Hoffnung, er gäbe ihr Kraft für das, was nun kommen würde. »Verstehe.«

»Tatsächlich? Ich halte diese Angelegenheit für ziemlich komplex.« Er legte nachdenklich die Fingerspitzen gegeneinander.

»Was stand in dem Brief, den Sie für mich hinterlassen haben?« Sie nippte an ihrer Tasse.

Er zuckte die Achseln. »Ich weiß es nicht. Er war von Edmund, ich habe ihn nicht gelesen.« Er sah sie an. »Ich dachte, Sie hätten ein Foto von ihm bekommen.«

Sie nickte.

»Er wollte beides zusammen aufgeben, aber es ging ihm nicht gut, und er versuchte, den Brief vor mir zu verstecken.«

Sie holte tief Luft. »Warum?«

»Unser gemeinsames Leben bedurfte absoluter Geheimhaltung.« Er sah sich im Zimmer um. »Aber er wollte, dass Sie wissen, dass er Liebe gefunden hat.« Sein Gesichtsausdruck wurde weich.

Alice schloss die Augen und atmete tief ein. Als sie die Lider wieder aufschlug, musterte sie den Baron und sagte: »Edmund hat Sie geliebt.«

»Ich habe ihn geliebt.« Er hielt ihrem Blick stand.

Sie lächelte. »Das freut mich.«

»Er wusste, dass es Sie freuen würde, und er wollte Sie in keinster Weise verletzen.«

Sie stellte die Teetasse ab. »Ich fürchte, ich bin verwirrt.«

Er lächelte reuevoll. »Das überrascht mich nicht. Ich weiß gar nicht, wo ich anfangen soll und was Sie wissen und was nicht.«

Alice wollte das Foto aus ihrer Handtasche nehmen. Sie hatte es vorsichtig unter den Schutzumschlag des Reiseführers geschoben, doch dort war es nicht. Das letzte Mal hatte sie es im Zug nach Brügge betrachtet. Es musste ihr dort abhandengekommen sein. Ihre Brust zog sich schmerzhaft zusammen. Was würden die Leute denken, die es fanden? Sie entspannte sich. Nur sie allein wusste, dass Edmund darauf abgebildet war. »Das Foto?«, fragte sie.

»Ja, ich habe deswegen mit ihm gestritten, aber er wollte, dass Sie es bekommen.«

Sie senkte den Blick. »Ich dachte, er wäre tot.«

»Sozusagen ein doppelter Verlust«, stellte er fest.

Alice nickte. »Sie haben nichts gesagt.«

»Ich habe es versucht, doch es erwies sich als schwierig.« Er streckte in einer beinahe flehentlichen Geste die Hände aus.

»Was ist passiert?«

»Wie Sie wissen, kam Edmund bei einem Angriff mit Senfgas zu Schaden.«

Sie nickte erneut.

»Nun, gesundheitlich war er zwar wieder so weit auf der Höhe, dass er zu seinen Kameraden zurückkehren konnte, doch dann erkrankte er im vergangenen Winter an einer Lungenentzündung, der er schließlich erlag.«

Sie verschränkte fest die Finger.

»Er ist in meinen Armen gestorben.« Die Gefühle übermannten ihn, und er senkte eilig den Blick.

Auch sie schaute zu Boden und versuchte, sich zu fassen. »Es tut mir so leid.«

»Es war mir eine Ehre, mit ihm zusammen zu sein.« Im Korridor vor dem Zimmer hallte das Lachen von Kindern wider.

»Was ist mit Ihrer Frau?« Alice warf einen Blick zur Tür.

»Sie hat Verständnis für mich.« Er lächelte.

»Verstehe«, sagte Alice, dabei war sie sich nicht sicher, ob sie irgendetwas verstand.

»Ich liebe sie, aber nicht so, wie ich Edmund geliebt habe.« Er nahm einen Schluck Tee. »Bei ihm habe ich etwas gefunden, was ich mit meiner Frau nie erfahren habe, Leidenschaft, eine ganz spezielle Form der Liebe … außerdem haben wir zusammen gekämpft.«

»Was ist mit Zach?«, fragte sie.

»Zach, ja …« Er stand auf und trat ans Fenster.

»Er war mit Ihnen in Paris?«

Villiars hob den Blick und sah sie an. »Nein, der gute Zachariah war nie in Paris.«

»Aber ich habe vor seinem Grab gestanden!« Sie sprang auf.

Er schüttelte den Kopf. »Das ist Edmunds.«

Es dauerte einen Moment, bis sie die Sprache wiederfand. »Ich verstehe nicht …«

»Das überrascht mich nicht. Ihr Zachariah war der Beste der ganzen Truppe. Er hat Edmund das Leben gerettet und dabei das eigene verloren.«

Sie wollte etwas sagen, doch er hob die Hand. »Lassen Sie mich erklären.«

Sie nickte.

»An jenem Tag wurde Edmund während der Kampfhandlungen am Bein getroffen. Zach zog in der Nacht los, um nach ihm zu suchen.« Er stand auf und schritt im Zimmer auf und ab. »Er hat ihn gefunden, das Bein bandagiert und versucht, ihn zurückzutragen. Dabei wurde Zachariah getroffen.«

Alice zuckte zusammen.

»Es war eine tödliche Wunde. Edmund hat ihn bis zum Schluss in den Armen gehalten.« Er schloss die Augen.

Edmund und Zach. Sie holte tief Luft, wusste nicht, ob sie mehr hören wollte.

»Edmund erzählte mir nur wenig nach Zachs Tod, aber seinen Worten entnahm ich, dass er nicht mehr ertragen konnte. Er war gebrochen.« Er bebte.

»Edmunds Brief …« Sie zögerte und versuchte, sich zu erinnern, was er ihr geschrieben hatte. *Mittlerweile gehe ich davon aus, dass mich nur noch Zachs Tod erschüttern würde.* »Er glaubte, nur Zachs Tod würde ihm noch etwas ausmachen.«

Villiars nickte. »Kurz nachdem das Waffenstillstandsabkommen unterschrieben war, kontaktierte er mich.« Er seufzte. »Wie Sie dachte ich, er wäre tot.«

Sie blinzelte, versuchte zu verstehen, doch nichts von alldem ergab einen Sinn. »Wie hat er überlebt?«

Der Baron zuckte die Achseln. »Ich weiß es nicht, und er hat nie darüber gesprochen. Er war nicht mehr er selbst, aber ich hatte Hoffnung.« Er hielt inne und sah sie prüfend an. »Edmund war ein guter Mann.«

Sie nickte.

»Der Krieg hatte ihn verändert und ihn am Ende zerstört.« Seine zitternden Hände drückten aus, was seine Worte nicht vermochten.

»Ja«, flüsterte sie und setzte sich wieder. »Und Zach?«

Er stand auf, trat an seinen Schreibtisch und schloss eine Schublade auf. »Er hat Sie immer noch geliebt. Die hier habe ich nach Edmunds Tod gefunden. Es sind die Briefe, die Zach Ihnen geschrieben, aber nie abgeschickt hat.« Er reichte ihr das fleckige Bündel. »Edmund hat sie aufgehoben, und ich konnte sie nicht vernichten.«

Mit bebender Hand nahm sie die Briefe entgegen und ließ sie in ihren Schoß fallen. »Ich verstehe immer noch nicht.«

»Dem wenigen, was Edmund mir erzählt hat, konnte ich entnehmen, dass Zachs Tod ihn gebrochen hat. Als er zur Besinnung kam, entschied er, dass er nicht länger Edmund St Loy sein musste, zumal er unter einer anderen Identität lieben konnte, wen er wollte; er musste sich nicht mehr anpassen.«

»Verstehe«, sagte sie wieder, und wieder verstand sie nicht. Ihre Hand berührte die rostfarbenen Flecken auf den Briefen. Zach war in Frankreich gestorben. Er lag nicht auf einem Friedhof in Paris.

»Meine liebe Lady Alice, Ihre Verwirrung ist offensichtlich.« Er schenkte ihr Tee nach. »Wie kann ich Ihnen helfen?«

»Ich weiß es nicht.«

»Edmund und Zach standen einander sehr nahe. Näher als Brüder einander für gewöhnlich stehen.«

Sie schnappte nach Luft.

»Sie wussten nicht, dass sie Halbbrüder waren?«

Sie schüttelte den Kopf. Das erklärte so vieles, unter anderem, warum Zach als Heranwachsender so viel Zeit mit Edmund verbracht hatte.

»Es war richtig von Edmund, Sie zu heiraten, aber es hat eine Zeit lang einen Keil zwischen die Brüder getrieben.«

»Oh.« Sie strich über die Umschläge.

»Ich sehe, dass ich Sie überrascht habe«, sagte er.

Sie schüttelte den Kopf, unsicher, was sie denken sollte. »Aber sie haben einander vergeben?«

»Ja, schon vor dem Ende. So etwas bewirkt der Krieg. Er kann das größte Zerwürfnis heilen.«

Alice dachte an John, und ihr Herz zog sich schmerzhaft zusammen. »Ich bin so froh, dass ich Sie gefunden habe.«

»Ich auch. Es war wichtig.«

Sie nickte.

»Edmund war meine wahre Liebe, aber das liegt jetzt hinter mir.« Er legte eine Hand aufs Herz. »Es gibt viele Arten von Liebe, aber eine große Leidenschaft ist genug.«

Eine große Leidenschaft. Zach. »Danke.« Alice stand auf und drückte die Briefe an ihre Brust.

»Ich bin froh, dass ich so sentimental war, sie aufzuheben, sodass sie nun die wahre Empfängerin gefunden haben.«

»Ja.« Sie ging zur Tür.

»Werden Sie die Briefe lesen?«, fragte er.

Sie zögerte. »Ich weiß es nicht. Vielleicht gab es einen Grund, warum er sie nicht abgeschickt hat.«

»Da mögen Sie recht haben.« Er zog an einem Band. Eine Glocke läutete. »Pierre wird Sie hinausbegleiten.« Er beugte sich tief über ihre Hand.

»Eine letzte Frage ...«

»Ja?«

»Wissen Sie, wo Zach gefallen ist?«

Er nickte. »In der Nähe von Cambrai, Saint-Waast.«

Sie senkte den Kopf und versuchte, ihre Gedanken zu ordnen.

»Wenn Sie noch mehr erfahren möchten, rufen Sie mich an, allerdings denke ich, dass Sie erst einmal genug zu verdauen haben.«

Sie nickte. »Da haben Sie recht. Leben Sie wohl.« Damit drehte sie sich um und folgte dem Diener, der nahezu lautlos erschienen war, zur Tür hinaus.

Draußen blinzelte sie in das grelle Sonnenlicht, dann rückte sie ihren Hut zurecht. Auf der gegenüberliegenden Straßenseite erblickte sie eine Kirche. Mit zitternden Knien ging sie darauf zu.

Kapitel 47

Alice stieg aus dem Zug und legte sich Erklärungen für ihr Fortbleiben zurecht, denn ihr war klar, dass Fragen auf sie zukommen würden. Sie würde nur kurz in London verweilen und dann nach Cornwall zurückkehren, wo sie bleiben wollte. Sie hatte keine Lust auf eine Rückkehr in das gesellschaftliche Leben, sie zog es vor, ein ruhiges Leben mit John zu führen und Edmunds und Zachs zu gedenken. Wenn John alt genug war, um zu verstehen, würde sie ihm die Wahrheit über seine Abstammung mitteilen. Sie würde ihm erzählen, wie sehr sie sowohl Edmund als auch Zach geliebt hatte, die einander als Halbbrüder sehr nahegestanden hatten. Halbbrüder. Das erklärte so vieles, auch das Verhalten ihres Schwiegervaters. Was für ein widerwärtiger, privilegierter Mann! Sie schauderte, wenn sie daran dachte, dass Jedidiah Carne die ganze Zeit über mit diesem Wissen hatte leben müssen. Die bedauernswerte Mutter von Brindley und Zach war bei Zachs Geburt gestorben. So vieles war falsch in dieser Welt. Sie würde daran nichts ändern können, doch in Penhale konnte sie es. Nicht dass sie Jed oder Brindley gegenüber irgendetwas verlauten lassen würde, aber sie würde versuchen, den beiden das Leben zu erleichtern.

Damit sie im dichten Gedränge mit niemandem zusammenstieß, reckte sie den Kopf in die Höhe und sah Arthur auf dem Bahnsteig stehen, der suchend in die Menge blickte. Er würde doch nicht etwa Ausschau nach ihr halten? Niemand wusste, dass sie in Brügge gewesen war. Sie drehte sich nach dem Gepäckträger um, der ihre Taschen transportierte, dann senkte sie den Kopf und verbarg ihr Gesicht hinter dem Hut. Sie wollte niemanden sehen, schon gar nicht Arthur, wenn sie sich in einem derart aufgelösten emotionalen Zustand befand. Die ganze Zugfahrt über hatte sie Zachs Briefe in den Händen gehalten, doch sie hatte sie nicht geöffnet. Dies zu tun würde zu viele Gefühle in ihr hochkochen lassen, und dafür fehlte ihr die Kraft. Doch auch an Arthur hatte sie während der Rückreise nach London gedacht.

Jemand rempelte sie an, und sie schaute auf. Arthur stand vor ihr, die Arme ausgestreckt, um ihr Halt zu geben. »Alice.«

Sie blinzelte. »Warum bist du hier?«

»Deinetwegen«, antwortete er.

»Wie das?«

»Lass uns aus dem Gedränge gehen.« Er sprach mit dem Gepäckträger, dann nahm er ihren Arm. Eilig verließen sie den Bahnhof und stiegen in seinen Wagen. Arthur bezahlte den Gepäckträger, und der Chauffeur verstaute das Gepäck. Unterwegs wandte Alice sich ihm zu, um etwas zu sagen, doch Arthur schüttelte den Kopf, deutete auf seinen Chauffeur, und sie behielt ihre Fragen für sich.

Die kurze Fahrt wurde zur Tortur. Er war so dicht bei ihr, aber sie durfte ihn nicht berühren. Verstohlen musterte sie ihn unter der Krempe ihres Huts hinweg und bemühte sich, jedes Detail in sich aufzunehmen. Sie wollte auch die kleinste Kleinigkeit in ihr Herz prägen und nach Cornwall mitnehmen. Das wäre die einzige Möglichkeit, ihm nahe zu sein.

Sie kamen an seinem Haus in Chelsea an. Als sie im Salon standen, suchte sie seinen Blick. Er reichte ihr einen Sherry und schenkte sich selbst einen Whisky ein.

»Arthur, bitte erklär mir …« Schon als sie die Worte aussprach, wusste sie, dass eigentlich sie diejenige war, die ihm eine Erklärung schuldete. Dieser wundervolle Mann hatte es verdient zu erfahren, warum sie sich von ihm abgewendet hatte. Er würde ihre Geheimnisse für sich behalten.

»Ich habe ein Telegramm von Villiars bekommen«, sagte er.

»Von Villiars?«

Er nickte.

»Ich verstehe nicht …«

»Du hast dich mit ihm getroffen.« Er trank einen Schluck Whisky.

»Ja, aber …«

»Er hat sich Sorgen gemacht.« Er betrachtete sie prüfend. »Er hat mir mitgeteilt, du hättest erschütternde Nachrichten erhalten, und dachte, du könntest ein wenig Unterstützung gebrauchen.« Er stellte sein Glas ab. »Ihm sind meine Gefühle für dich bei seinem Besuch in Abbotswood nicht entgangen.«

Alice ließ sich auf einen Sessel sinken und sah zu ihm auf in der Erwartung, Zorn in seinem Gesicht zu entdecken, aber da war keiner.

»Möchtest du mir davon erzählen?« Er setzte sich ihr gegenüber und nahm ihre Hand in seine.

»Es ist kompliziert.« Sie starrte auf seine Finger, die ihre umschlossen, und versuchte, ihre Gefühle auszublenden.

Er warf ihr ein ermutigendes Lächeln zu. »Das Leben ist kompliziert.«

»Das ist richtig, aber meins erscheint mir im Augenblick besonders vertrackt.« Sie versuchte, Ordnung in das zu bringen, was sie erfahren hatte.

»Ich höre dir zu, Alice.«

Sie wandte den Blick ab, doch sie wusste, dass sie sich ihm anvertrauen musste. »Arthur«, begann sie, »du bist ein guter Mann, und ich …«

»Ich möchte, dass du meine Frau wirst«, sagte er leise.

Ihr stockte der Atem. Sie schnappte nach Luft und sah ihn an. Er war so blond, dass seine Wimpern kaum zu erkennen waren. Er trug keinen Schnurrbart, was in ihren Augen der Grund dafür war, dass er um einiges jünger wirkte als sechsunddreißig. »Sobald du gehört hast, was ich dir zu sagen habe, wirst du verstehen, warum ich ablehnen muss.«

Der Druck seiner Finger wurde stärker, aber er ließ ihre Hand nicht los. »Habe ich in der Angelegenheit ein Mitspracherecht?«

Sie schüttelte den Kopf. »Nein, denn du verdienst nur das Beste, und wie du gleich feststellen wirst, bin ich weit davon entfernt, das Beste für dich zu sein.«

Er wollte etwas sagen, doch sie kam ihm zuvor. »Die Geschichte beginnt in meiner Suffragettenzeit.«

»Als du vor den König getreten bist?« Er zog eine Augenbraue in die Höhe und fing an zu grinsen.

Sie widerstand dem Drang, sich vorzubeugen und ihren Mund auf seinen zu drücken, denn genau das wollte sie tun. »Ja, aber eigentlich reicht sie noch weiter zurück.«

»Ein Teil der Frauen hat das Wahlrecht bekommen, du hattest also recht.«

»Ich hatte recht, ja, aber ich war leichtfertig und rücksichtslos gegenüber meinen Mitmenschen und ihren Gefühlen, einschließlich mir selbst.« Sie sah ihm in die Augen. »Seitdem habe ich gelernt, wie kostbar die Gefühle anderer sind, und ich möchte niemanden mehr verletzen.«

»Alice.« Er legte seine andere Hand auf ihre.

»Als man mich nach Abbotswood verbannte, war ich wütend und gelangweilt. Dort begegnete ich dem wunderbarsten, aber unpassendsten Mann und verliebte mich in ihn.« Sie holte tief Luft. »Er ist Johns Vater, nicht Edmund.«

Arthur lächelte. »Ich bin nie davon ausgegangen, dass Edmund der Vater ist.«

Sie riss die Augen auf und starrte ihn an.

»Edmund war ein wundervoller Mann, warmherzig und geistreich, aber es war bekannt, dass er homosexuell war.«

Alice' Augen wurden noch größer. »Dann wussten es alle?«

»Ich bin mir sicher, alle gingen davon aus, bis sie John sahen, der Edmund stark ähnelt.«

Endlich verstand Alice dank Villiars Erklärung, warum das so war. Halbbrüder. Wusste Arthur auch darüber Bescheid? Wusste er, wer Johns Vater war?

»Die Welt jedoch bot andere Dinge, über die man sich den Kopf zerbrechen und reden konnte«, fügte er hinzu.

»Das ist richtig, aber …«

»Liebste, du warst nicht die erste Frau, die sich in einer solchen Situation wiederfand, und du wirst auch nicht die letzte sein. Ich gehe davon aus, dass Edmund froh war, dir helfen zu können.«

Sie nickte. »Verstehst du jetzt, warum ich nicht deine Frau sein kann?«

»Nein.« Er schüttelte den Kopf. »Ich habe mich schon vor langer Zeit in dich verliebt. Du warst mitreißend, unbesonnen, stur, aber in erster Linie warst du du selbst.« Er beugte sich zu ihr. »Deshalb habe ich mein Herz an dich verloren.«

Sie legte den Kopf schief. »Wie bitte?«

»Du bist unerschütterlich, leidenschaftlich und liebevoll«, fügte er hinzu.

Ihr Herz drohte zu bersten vor Sehnsucht und Liebe zu diesem Mann.

»Sag, dass du mich heiraten wirst«, drängte er sie.

»Du willst mich immer noch heiraten, obwohl du weißt, dass ich allein nach Frankreich gefahren bin, um meinen Ehemann zu finden?«

»Edmund ist tot.« Er rückte ein kleines Stück von ihr ab, um ihr ins Gesicht zu sehen.

»Ja, das weiß ich nun, doch als ich aufgebrochen bin, dachte ich, er sei noch am Leben und würde mit …« Sie verstummte. Beinahe hätte sie seinen Namen genannt, aber das wäre nicht richtig gewesen. »… mit einem Mann in Paris zusammenleben«, brachte sie ihren Satz daher zu Ende.

»Das erklärt vieles«, sagte er.

Sie runzelte die Stirn.

»Als ich dich das letzte Mal sah, warst du verändert. Du warst dir nicht sicher.«

Sie nickte, auch wenn sie sich sicher gewesen war, was ihre Liebe zu Arthur betraf. Sie hatte ihn zu jener Zeit geliebt, und sie liebte ihn jetzt. Nein, sie war sich vielmehr sicher gewesen, dass er etwas Besseres verdiente als sie und das, was sie ihm bieten konnte.

»Ich bin froh, dass es nicht an deiner Mutter liegt. Sie möchte partout nicht, dass du mich heiratest, das hat sie mir sehr deutlich zu verstehen gegeben.« Er grinste schief.

»Ich hatte jahrelang Zeit, mich an meine Mutter und ihre Enttäuschung darüber zu gewöhnen, dass ich nicht der Sohn bin, den sie so ersehnt hatte.«

Sein Grinsen wurde breiter. »Dafür bin ich dankbar.«

Er ging auf ein Knie und nahm ihre Hände in seine. »Bitte, nimm mein Herz und meine Liebe und willige ein, meine Frau zu werden.«

Alice hielt den Atem an. Alles in ihr verlangte danach, Ja zu sagen. Sollte sie es wagen? Sie sah aus dem Fenster. Die frühe Abendsonne brachte die Themse zum Funkeln. Es gab nur eine Antwort, denn sie wünschte sich von ganzem Herzen, aus ganzer Seele, mit ihm zusammen zu sein. Sie drehte sich zu ihm um. »Ja, ich will.«

Kapitel 48

2019

Sobald Theo die Wohnzimmertür öffnete, kam die Katze hereingeschlendert und strich schnurrend um ihre Beine. Es war ein herrlicher, diesiger Morgen, die Strahlen der aufgehenden Sonne tauchten Abbotswood in ein warmes Oktoberlicht. Jeanette würde in Kürze eintreffen. Auf dem Weg nach Tregare zu Toby Carew wollten sie Martin am Bahnhof Bodmin Parkway auflesen.

Theos Handy pingte. Eine Nachricht von David war eingegangen, er erkundigte sich, wie es ihr ging. Sie antwortete, dass alles in Ordnung sei, und schlug vor, am Abend oder am Wochenende zu telefonieren. Das Leben war seltsam. Sie hätte niemals damit gerechnet herauszufinden, dass der John, mit dem Grannie verlobt gewesen war, den Titel eines Earls trug, genauso wenig wie sie damit gerechnet hatte, neue Freunde zu finden, als sie dieses abgelegene Cottage kaufte. Letztere waren ein gewaltiger Bonus, weshalb sie sich nun guter Dinge auf den vor ihr liegenden Tag vorbereitete. Sie nahm eine Scheibe Toast aus dem Toaster und setzte sich damit an den Tisch im Esszimmer.

Der letzte Brief lag ganz oben auf dem Stapel. Sie würde ihn heute mitnehmen und Toby übergeben. Gedankenverloren biss sie in ihre Toastscheibe und betrachtete den Umschlag. Sie kämpfte gegen das Gefühl an, dass sie unbefugt in die Privatsphäre eines anderen Menschen eindrang, denn selbstverständlich tat sie das, auch wenn sie gleichzeitig den Eindruck hatte, dass diese Briefe auf sie gewartet hatten.

20. Oktober 1918

Mylady,

seit vier Jahren herrscht nun Krieg, und irgendwie ist es mir gelungen, noch immer am Leben zu sein. Der Wunsch zu sterben hat sich in das Verlangen verwandelt, zu überleben und Dich wiederzusehen, wenngleich wir nie mehr zusammen sein können. Dennoch bin ich froh, Dich in Penhale zu wissen, wo der kleine John die Freuden des Flusses und der Felder kennenlernen wird. All das wird ihm gehören. Ich weiß, dass er mein Sohn ist, auch wenn ich keinen anderen Beweis dafür habe als die Gewissheit, dass Lord Edmund niemals Dir oder einer anderen Frau beiwohnen würde.

Ich habe mir den Kopf darüber zermartert, bis ich gar nicht mehr klarsehen konnte, doch dann habe ich ihn mit einem belgischen Offizier beobachtet, und meine Zweifel versiegten.

Ich möchte den Krieg überleben. Ich möchte meinen Sohn kennenlernen. Ich möchte Dich sehen, um mich bei Dir zu entschuldigen. Du hast das Einzige in Deiner Macht Stehende getan, um Dich und unseren Sohn zu schützen. Du hast ihm gegeben, was ich ihm niemals hätte geben können.

Bete für mich, Mylady. Ich möchte leben. Ich möchte, dass Du lebst. Du sollst wissen, dass Dich zu lieben das Beste war, was ich jemals getan habe, selbst wenn es falsch war. Ich wünsche Dir ein erfülltes Leben. Du brauchst Liebe. Du bist aufgeblüht, als Du Liebe gefunden hattest. Wenn Lord Edmund etwas zustoßen sollte, musst Du mir versprechen, dass Du wieder heiratest. Dass Du wieder lieben wirst. Ich werde Dich immer lieben, aber sollte ich tatsächlich überleben, werde ich Abstand wahren und die Vergangenheit in meinem Herzen verschließen.

Wir ziehen gleich los, um nach Leichen zu suchen.

Für immer der Deine
Zach

PS: Ich habe eine Karte hinterlassen, die Dir zeigt, wo das Diadem vergraben ist. Du findest sie dort, wo sich Deine Schönheit spiegelt.

Tränen brannten in Theos Augen. Diese Männer, diese ganze Generation hatte so viel verloren. Die Katze schmiegte sich an ihre Hand. Theo war sich nicht sicher, ob sie das tat, um sie zu trösten oder um sie an ihr Frühstück zu erinnern.

Theo fütterte sie, dann betrachtete sie das Foto, das sie von Lady Alice' Porträt gemacht hatte. Vielleicht könnte Toby etwas Licht in die Angelegenheit bringen, aber würde Alice ihrem Sohn von dem Flussmeister erzählt haben? Vermutlich nicht. Unter anderen Umständen hätte auch sie David nichts von Patrick erzählt. Das Liebesleben der Eltern war ein Tabu, ganz zu schweigen von einer verbotenen Affäre, daran gab es nichts zu rütteln.

Theo war noch immer wütend auf Piers, weil er David in diese unangenehme Situation gebracht und ihn überredet hatte, ihn zu decken und für ihn zu lügen. Er hatte David nicht beschützt, er hatte ihn benutzt. Dennoch hatte David, großmütig, wie er war, Piers zu seiner Hochzeit mit Natasha eingeladen. Theo freute sich nicht darauf, ihren Ex-Mann zu sehen. Allerdings hatte Piers David großgezogen, und dafür war sie ihm etwas schuldig. David hatte Piers noch nicht die Wahrheit gesagt. Sie hatte ihrem Sohn angeboten, ihm bei dem Gespräch mit Piers beizustehen, aber David war noch nicht bereit dazu und würde es womöglich niemals sein. Doch das war Davids Entscheidung, und sie würde sie respektieren, ganz gleich, wie sie ausfiel.

»Hallo!«, rief Jeanette und marschierte ins Wohnzimmer, wo sie sofort nach dem Brief griff, der neben den anderen auf dem Tisch lag. »Hast du die alle gelesen?« Auch Jeanette und Theo waren längst zum Du übergangen, und Jeanette hatte Martin gleich mit einbezogen.

Theo schüttelte den Kopf und griff nach ihrer Handtasche, um sich zu vergewissern, dass sie einen Abzug von Grannies Foto eingepackt hatte.

»Nimmst du die mit?« Jeanette deutete auf den Stapel Briefe.

»Ja.«

»Fahren wir jetzt los und holen deinen Leckerbissen von Bruder ab?«, fragte Jeanette.

Theo lachte. Martin als »Leckerbissen« wollte sie sich lieber nicht vorstellen. Sie kraulte der Katze zum Abschied das Köpfchen, dann gingen sie zu Jeanettes Wagen. Als sie die Zufahrt entlangfuhren, sagte die alte Dame: »Ich habe die Papiere meiner Mutter durchgesehen.« Sie drehte das Radio leiser. »Vieles davon ist mühsame akademische Arbeit, aber sie war eine eifrige Tagebuchschreiberin.«

»Und wie fühlt es sich an, die Gedanken deiner Mutter zu lesen?«

»Gute Frage. Ich bin mir nicht sicher.« Jeanette folgte den kurvigen Landstraßen mit einer Leichtigkeit, die Theo noch nicht erlangt hatte. Draußen vor ihrem Fenster hielt der Herbst nun wirklich Einzug, die Bäume waren bunt, die Felder golden.

»Ihre Tagebücher von 1914 habe ich noch nicht gefunden, auch nicht von den Jahren, die sie während des Krieges in Penhale verbracht hat, bevor sie nach London ging, um als Schwesternhilfe zu arbeiten.«

Sie folgten der A38, bis Jeanette abbog, um zur Bodmin Parkway Railway Station zu gelangen. Martin stand wartend vor dem Bahnhofsgebäude. Er trug seinen Priesterkragen, was Theo jedes Mal aus dem Konzept brachte. In ihrem Kopf war er noch immer ihr nerviger kleiner Bruder.

Er nahm auf dem Rücksitz Platz. Jeanette gab Gas und fuhr los.

»Ausgesprochen fesch, aber doch sehr enttäuschend«, befand sie mit einem Blick in den Rückspiegel. »Ich ziehe die Lederjacke und das Nirvana-Shirt vor.«

»Ich hatte heute Morgen eine wichtige Sitzung und keine Zeit, mich umzuziehen. Außerdem strahle ich so ein bisschen mehr Würde aus.«

»Bei Toby?« Jeanette lachte.

»Ja«, erwiderte Martin und hielt sich am Haltegriff fest, als Jeanette mit hohem Tempo eine enge Kurve nahm.

»Das ist eine Abkürzung nach Tregare«, erklärte die alte Dame, als sie über eine holprige Zufahrt rasten, bis sie zu zwei stattlichen Torpfeilern gelangten. Die Fahrbahn wurde ebener, und schließlich kamen sie zu einem stattlichen weißen Herrenhaus im palladianischen Stil.

»Wow«, sagte Theo. Das Haus vor ihr passte nicht zu dem Bild, das die Biografen von der Rebellin Lady Alice Carew zeichneten, doch Theo war klar, dass sie es nur deshalb in die Schlagzeilen geschafft hatte und sich so für diejenigen einsetzen konnte, die wenig oder gar nichts hatten, eben weil sie Lady Alice Carew war.

»Es ist ein wundervolles Zuhause, und meine Tante hat es geliebt, genau wie sie Arthur geliebt hat. Sie waren ganz vernarrt ineinander. Man hat es an den Blicken gesehen, die sie sich zuwarfen, und an allem, was sie taten.« Jeanette hielt an. »Er war ein Schatz und ein wirklich engagierter Abgeordneter, der die Regierung zu Veränderungen drängte.«

Ein hochgewachsener Herr trat aus der Haustür und blieb zwischen den Säulen stehen, ein breites Lächeln auf dem Gesicht. »Jeanette, es ist mir stets eine Freude, dich zu sehen«, sagte er, als Jeanette aus dem Wagen stieg und auf ihn zueilte, ohne die Tür zu schließen.

»Ach, Toby, es ist viel zu lange her, aber jetzt versprichst du mir erst einmal, dass du vorbereitet bist auf das, was dich erwartet.« Sie umarmte ihn, dann trat sie einen Schritt zurück, und Theo sah, wie er nickte.

Erst dann stieg sie aus dem Wagen, gefolgt von Martin. Ihre Handflächen waren schweißnass, aber sie setzte ein Lächeln auf. Toby sah jung aus für seine fünfundachtzig Jahre, was an seinen eher blonden als grauen Haaren und den lebhaften blauen Augen liegen musste, mit denen er sie beide musterte.

Als sie näher kamen, nahm er Jeanettes Hand und sagte:

»Ich verstehe, warum du mich gewarnt hast.« Dann ließ er Jeanette los, trat auf den gekiesten Vorplatz und streckte Theo die Hand entgegen. »Die Ähnlichkeit mit meiner Mutter bringt mich zugegebenermaßen aus der Fassung, aber was für eine Freude, die Enkel meines Bruders John kennenzulernen.«

»Danke.« Theos Stimme zitterte.

Toby wandte sich an Martin und schüttelte auch seine Hand. »Ich erkenne John in dir. Aber kommt doch herein … Oder ist es vermessen, wenn wir uns duzen?«

Martin verneinte, Theo schüttelte stumm den Kopf, dann setzten sie sich in Bewegung und folgten ihm.

Er ging ihnen voran ins Vestibül, das durchflutet war vom Licht der frühen Nachmittagssonne. Sofort wurde Theos Blick von zwei Dingen angezogen. Schnurstracks ging sie auf eins davon zu, ein lebensgroßes Gemälde von Lady Alice. Theo nahm an, dass sie in ihrem Alter gewesen war, Mitte fünfzig. Die Ähnlichkeit war nicht geringer geworden, im Gegenteil: Sie trat noch stärker hervor.

»Wenn du bezweifelt hast, was für uns längst feststeht«, sagte Jeanette, die neben Theo trat, »sagt dieses Bild alles.«

Theo nickte. Alice stand in einem Rosengarten, einen Blumenkorb im Arm, in der Hand eine Rosenschere.

»Verblüffend«, stellte Martin fest, der ebenfalls zu Alice getreten war.

»Meine Mutter hat die Gartenarbeit geliebt«, sagte Toby. »Sie hat damit während des Krieges begonnen, als sie im Küchengarten von Abbotswood zur Hand gehen musste. Später hat sie sich um den Garten von Penhale gekümmert.« Er betrachtete Theo. »Du ähnelst ihr so sehr.«

»Danke«, murmelte Theo und wandte sich dem anderen

Gemälde zu, das einen attraktiven blonden Mann in Uniform zeigte.

»Mein Vater, Andrew Carew.« Toby hielt kurz inne, dann fuhr er fort: »Er war einer der wenigen, die Glück hatten.« Sie schwiegen für einen Moment, um derer zu gedenken, denen nicht so viel Glück zuteilgeworden war.

»Lasst uns ins Speisezimmer gehen«, schlug Toby vor. »Ich habe dort Fotos von John und dem Rest der Familie herausgesucht.«

Zögernd wandte sich Theo von den Gemälden ab. Ein Bild drängte aus den Tiefen ihrer Erinnerung an die Oberfläche, aber sie bekam es nicht recht zu fassen. Dieser Ort hatte für sie etwas Vertrautes, doch sie konnte nicht sagen, warum. Vielleicht war er in einer der Zeitschriften vorgestellt worden, die sie gelesen hatte. Sie folgte den anderen ins Speisezimmer und hörte, wie Toby sagte: »Du siehst meinem Bruder so ähnlich, Martin, nur dass er hellere Haare hatte als du. Ich bin froh, dass Jeanette euch gefunden und zu uns geführt hat.«

»Darüber sind wir ebenfalls glücklich.« Martin blieb vor dem Esstisch stehen, an dem mühelos zwanzig Personen Platz gefunden hätten. Er war voller Fotos.

»Ich habe sie chronologisch geordnet, aber ich denke, die, die euch am meisten interessieren, liegen in der Mitte.« Toby lächelte. »Es sind die Aufnahmen, die John unserer Mutter geschickt hat.«

Sie traten an die Mitte des Tisches. Theo hielt den Atem an. Sie hatte beinahe Angst, den Blick auf die Tischplatte zu senken, aber dann tat sie es doch. Wie nicht anders zu erwarten, lagen dort Bilder von Grannie, unter anderem ein weniger verblasster Abzug des Fotos in ihrer Handtasche.

»Ich bin gerade dabei, Mutters Briefe zu lesen. Das hätte ich wohl schon vor Jahren tun sollen, aber ihr wisst ja, wie das Leben so ist: Kinder, Enkel …« Er zuckte die Achseln.

»Wie geht es der Familie?«, erkundigte sich Jeanette.

»Alle sind wohlauf und …«, er grinste, »sie alle kehren im Dezember zurück nach Großbritannien. In Tregare wird wieder Leben einziehen.«

»Wie wunderbar! Wir sollten ein großes Familientreffen planen.« Jeanette wandte sich zum Tisch um und fragte: »Wie geht es den Familien deiner Schwestern?«

»Gut. Ich habe gestern Abend mit Janie telefoniert und mich auf den neuesten Stand bringen lassen.«

Theo blendete ihre Stimmen aus und betrachtete die Fotos ihres Großvaters in Penhale, in Oxford und in seiner Uniform. Alice hatte so viele Verluste erleiden müssen. Sie drehte sich um zu Toby. Er sah aus wie sein Vater.

»Tee?«, fragte er.

»Ja, vielen Dank.« Theo nickte. »Ich fürchte, ich habe tausend Fragen an dich.«

Toby lachte. »Es würde mich überraschen, wenn das anders wäre. Schieß los, ich werde mein Bestes geben, alle zu beantworten.« Zusammen gingen sie in den Salon, und Toby schenkte den Tee ein.

Theo setzte sich und nahm Zachs Briefe aus ihrer Handtasche. »Ich weiß nicht, ob Jeanette die Briefe erwähnt hat, die ich im Boatman's Cottage gefunden habe?«

»O doch, das hat sie.« Er sah zur Tür, wo Martin und Jeanette miteinander plauderten.

»Es sieht so aus …« Theos Stimme verklang.

Toby lachte. »Meine Mutter hatte eine Affäre mit dem Flussmeister.«

»Ja. Aber da ist noch etwas, hier, in dem letzten Brief, den er ihr geschrieben hat.« Sie öffnete ihn und legte ihn auf den Tisch. »Ich möchte nicht …« Weiter kam sie nicht, da sie nicht wusste, was sie sagen sollte.

Toby nahm den Brief. Sie sah, wie er ihn überflog. »Ach, das verschwundene Lorbeer-Diadem. Meine Urgroßmutter hatte es Mum hinterlassen.«

»Ich verstehe nicht …«

»Ich werde versuchen, dir alles zu erklären, und keine Sorge, dass du mir etwas erzählen könntest, was ich zuvor nicht wusste.«

Er schenkte Tee für Jeanette und Martin ein, dann sagte er: »Als sie älter wurde, wollte meine Mutter keine Geheimnisse mehr haben. Sie hat mir von diesem Flussmeister, Zachariah Carne, erzählt, der, wie sie es ausdrückte, ihre große Leidenschaft war. Mein Vater dagegen war ihre ewige Liebe.« Er hielt kurz inne, als sähe er seine Mutter vor sich, dann fuhr er fort: »Sie war seine große Leidenschaft, sein Ein und Alles.« Er holte tief Luft. »Zach war Johns Vater.«

Martin sah Theo an. »Dann ist es also nicht Edmund St Loy, den wir auf dem Friedhof von Masnières begraben haben.«

Theo dachte an das Grab in Paris.

»Nein, das war Zach.« Toby nahm einen kleinen Schluck Tee. »Das hat Mum mir erst kurz vor ihrem Tod verraten.«

»Dann sind wir auch keine St Loys«, schlussfolgerte Martin.

»Oh, ich liebe diese Verwirrspiele.« Jeanette nahm einen Keks und brach ihn in zwei Hälften.

»Doch, ihr seid St Loys.« Toby stellte seine Tasse ab.

»Wie das?«, fragte Martin.

»Das wird ja immer besser«, befand Jeanette.

»Zach war Edmunds Halbbruder.«

Theo sank in einen Sessel und sagte: »Was für komplizierte Verstrickungen …«

»In der Tat.« Jeanette setzte sich zu ihr und griff nach der Kanne, um sich nachzuschenken.

Martin beugte sich vor. »Wusste John davon?«

»Das habe ich meine Mutter auch gefragt«, antwortete Toby. »Als er einundzwanzig wurde, hat sie ihm die ganze Geschichte erzählt.«

»Ich frage mich, ob er es Grannie gesagt hat.« Theo stellte ihre Tasse ab.

»So wie ich John kannte, ja. Er war der beste große Bruder, den man sich wünschen konnte, stets zu Streichen aufgelegt, lustig. Und er liebte die Dichtkunst.«

»In gewisser Hinsicht bin ich erleichtert, dass die Dreharbeiten heute Morgen stattgefunden haben«, sagte Martin und stand auf. »Nicht dass es in irgendeiner Weise von Bedeutung wäre, aber einer der Rechercheure von der Produktion war fasziniert von der Geschichte und hat vor, tiefer zu graben.«

»Versuchen sie, dich zum Earl St Loy zu machen?« Jeanette bebte vor Aufregung. »Wie absolut köstlich!«

»Als Priester ist das nicht möglich, aber wenn sie in Erfahrung bringen, dass ein Erbanspruch auf den St-Loy-Titel besteht, ist es gut möglich, dass ihr die Countess St Loy vor euch seht. Andernfalls würde der Titel wohl auf David übergehen.«

Jeanette klatschte in die Hände. »Das wäre perfekt, meine Tante wäre begeistert gewesen!«

»Das wäre sie in der Tat, denn sie hat sich nicht nur für

die Gleichberechtigung von Frauen eingesetzt.« Toby deutete auf ein Foto, das auf dem Flügel stand. »Sie war für gleiche Rechte für alle.«

Theo stand auf und ging zu dem Bild. Ihre Urgroßmutter in vorderster Reihe einer Menschenmenge mit einem Banner in den Händen, auf dem »Schluss mit Rassismus« stand. Im Hintergrund war das Washington Monument zu erkennen. Martin stellte sich zu ihr.

»War das beim Marsch auf Washington, als Martin Luther King seine berühmte Rede gehalten hat?«, fragte er.

»Ja.« Toby trat zu ihnen.

»Ich wünschte, ich hätte sie gekannt«, sagte Theo.

»Ich bin froh, dass ihr hier seid. Meine Mutter lächelt in diesem Moment vom Himmel auf uns herab, da bin ich mir ganz sicher.« Er sah Martin an. »Wie schön, dass wir einen Priester in der Familie haben. Sie ist zwei Jahre vor ihrem Tod zum Katholizismus konvertiert.«

Martin lachte. »Dann bin ich also nicht der einzige Radikale in der Familie.«

Theo stimmte in sein Lachen mit ein. »Tja, jetzt wissen wir ja, woher das kommt.«

Kapitel 49

Theo kehrte mit der Post zum Boatman's Cottage zurück, dankbar für den Dezembersonnenschein. Sie liebte es, wie das Licht um diese Jahreszeit durch die kahlen Äste der Bäume schien. Die Architektur der Bäume zeichnete sich als dunkle Silhouette vor dem Himmel ab. In Kürze würde David eintreffen, während Natasha mit der kleinen Hochzeitsgesellschaft in Abbotswood abstieg. Piers hatte die Einladung ausgeschlagen, möglicherweise aus Trotz über Davids Rückzug aus der Firma. Dieser hatte ihm nichts von dem DNA-Test und dem Ergebnis erzählt. Theo war froh, dass Piers glücklich war mit Tina und ihrer gemeinsamen Tochter, doch er hätte etwas Zuneigung für David zeigen können.

Vor dem Cottage blieb sie stehen. Die Gartenarbeit war liegen geblieben, aber das kleine Haus war endlich fertiggestellt. Jetzt musste sie noch den Seidelbast pflanzen, den Gayle ihr geschenkt hatte. Der Dezember war nass gewesen, und es hatte noch nicht gefroren. Vielleicht sollte sie ihn heute einsetzen und anschließend damit beginnen, ihren Pflanzplan fürs Frühjahr auszuarbeiten.

Martin kam aus dem Cottage, einen Brief in der Hand. »Ich habe mir die Briefe noch einmal durchgelesen, insbesondere den letzten, in dem Zach Lady Alice das Versteck des Diadems nennt.«

»Toby sagte, sie hätten danach gesucht, aber seine Mutter habe nicht die leiseste Ahnung gehabt, wo er es vergraben haben könnte.«

»Zach schreibt: ›Ich habe eine Karte hinterlassen, die Dir zeigt, wo das Diadem vergraben ist. Du findest sie dort, wo sich Deine Schönheit spiegelt.‹«

»Vielleicht am Fluss?« Theo zuckte die Achseln.

»Das war auch mein erster Gedanke, doch dann fiel mir ein, dass es sich auch um einen Spiegel handeln könnte.«

Theo ging an ihm vorbei ins Wohnzimmer, wo sie den schweren Spiegel von der Wand nahm.

»Lass mich dir helfen.« Martin nahm ihn ihr ab, und Theo warf eine Decke auf den Tisch, damit er ihn mit dem Glas nach unten darauflegen konnte.

Sie schüttelte den Kopf. »Da ist nichts, außerdem ist die Vermutung ziemlich weit hergeholt, dass der Spiegel die ganze Zeit über hier war.«

Martin fuhr mit den Fingern über das Holz an der Rückseite. »Diese Nägel sind nicht so eben eingeschlagen wie die übrigen.«

»Ich hole schnell mein Werkzeug.« Theo eilte in den Hauswirtschaftsraum und kehrte mit einem kleinen Hammer und einem Flachkopfschraubenzieher zurück.

Martin trat einen Schritt zur Seite und sagte: »Du bist in solchen Dingen um einiges geschickter als ich.«

Theo machte sich vorsichtig ans Werk und entfernte die auf den Rahmen genagelte Holzplatte in der Erwartung, dahinter nichts als die quecksilberbeschichtete Rückseite des Spiegelglases vorzufinden.

»Was ist das?«, fragte Martin, der ihr über die Schulter geblickt hatte, und nahm ein Blatt Papier heraus, das er auf den Tisch legte. Als sie sich drüberbeugten, erkannten sie eine handgezeichnete Karte von Abbotswood.

Theo hielt nach einem X Ausschau, das die fragliche Stelle markierte, aber sie konnte keins entdecken. »Also ich finde keinen Anhaltspunkt.« Sie seufzte. Die Karte war schlicht. Abbotswood, der Tamar, das Cottage und ein paar markante Orientierungspunkte wie Black Rock waren darauf verzeichnet. Striche markierten den Ort einiger Solitärbäume, außerdem war ein Seidelbast eingezeichnet. Seidelbast. *Daphne. Daphne laureola,* Waldlorbeer, auch Lorbeer-Seidelbast genannt. »Das Diadem ist hier.« Sie tippte auf den Seidelbast.

Martin beugte sich vor. »Bist du dir sicher?«

Theo studierte noch einmal gründlich die Karte, dann holte sie ihre Gartenhandschuhe und eine Schaufel. Anschließend ging sie mit Martin in den Garten und suchte die Stelle, an der Zachariah den Waldlorbeer eingezeichnet hatte. Jetzt wuchs dort nichts mehr. In der Hoffnung, dass sie recht behalten würde, reichte sie Martin die Karte und fing an zu graben. Nach einer Weile hörte sie ein metallisches Geräusch, als sie den Fuß auf die Schaufel stellte. Sie legte die Schaufel beiseite, bückte sich und grub mit den Händen weiter, bis sie eine Blechdose entdeckte. Es dauerte eine Weile, aber es gelang ihr, sie aus der Erde zu ziehen, während Martin ihr dabei zusah.

Der Deckel war verrostet und ließ sich nicht bewegen, also kehrten sie mit der Blechdose ins Haus zurück, wo Theo sie vorsichtig mit demselben Hammer und Flachkopfschraubenzieher öffnete, mit dem sie auch die Rückwand vom Spiegel gelöst hatte.

Eine verblasste blaue Lederschatulle mit den eingravierten

Initialen DN auf dem Deckel kam zum Vorschein, unberührt von der Erde, die an der Blechdose haftete. Theo löste den Verschluss, klappte den Deckel auf und schnappte nach Luft. Das verschwundene Diadem. Sie nahm es aus der Schatulle und bewunderte die Diamanten, die im Licht der Wohnzimmerlampe glitzerten. Ganz unten in der Schatulle lag der riesige Diamant, der auch als Anhänger getragen werden konnte. »Wow.«

Theo drehte sich zu ihrem Bruder um. Hinter ihm standen Hugo und David, die unbemerkt den Raum betreten hatten und nun ebenfalls sprachlos auf das Diadem blickten.

David fing sich als Erster. »Wo hast du das denn gefunden?«

»Würdet ihr mir glauben, wenn ich euch verrate, wie die fragliche Stelle markiert ist?« Sie weihte sie in ihre Schlussfolgerungen ein.

»Du machst Witze …«, sagte Hugo.

»Nein, mache ich nicht«, widersprach sie.

»Darf ich?«, fragte Hugo.

Theo nickte, und er nahm ihr das Diadem ab. »Atemberaubend.« Er drehte es um und suchte nach dem Namen des Goldschmieds, der es gefertigt hatte. »Es stammt von Garrard. Es dürfte nicht allzu schwer sein, seine Geschichte herauszufinden.«

»Wir wissen, dass es Lady Alice gehört hat«, sagte Theo.

»Soll ich Toby anrufen?«, fragte Martin.

»Ja, es gehört ihm.« Kopfschüttelnd fügte sie den großen Diamanten ein, dann riss sie sich von dem überwältigenden Anblick los und wandte sich ihrem Sohn zu. »David, würdest du bitte den Spiegel wieder an die Wand hängen? Warte, du müsstest zunächst die Rückwand wieder befestigen …«

»Kein Problem.«

Als sich der Spiegel wieder an Ort und Stelle befand, trat Theo davor und setzte das Diadem auf. Die Diamanten fingen das Licht ein und warfen bei jeder ihrer Bewegungen funkelnde Prismen an die Wand.

»Ich muss sagen, es steht dir«, stellte Martin fest, der soeben wieder hereinkam. »Toby lässt uns die besten Grüße ausrichten. Er freut sich auf morgen. Übrigens ist er der Ansicht, das Diadem gehöre dir. Er möchte dich darauf aufmerksam machen, dass jede Countess eins besitzen sollte.«

Theo prustete los. »Ich bin keine Countess, und ich werde auch niemals einen Anlass haben, es zu tragen.« Sie zögerte, dann sah sie David fragend an. »Glaubst du, Natasha würde es morgen gern tragen?«

Er grinste. »Ich denke, sie wird begeistert sein. Es wird ihr eine Ehre sein, dass du sie das fragst.«

Es klopfte an ihrer Schlafzimmertür. Theo, die gerade ihre Schuhe für den Polterabend anzog, der heute Abend in Abbotswood stattfinden sollte, schaute auf. »Komm rein.«

»Hey, Mum.« David trat ein und ließ sich aufs Fußende von ihrem Bett fallen.

»Du siehst toll aus.« Sie trat zu ihm und richtete seine Krawatte. Er sah zu ihr auf. »Was ist los?«, fragte sie.

»Dad.«

»Ah.« Sie setzte sich neben ihn. »Es tut mir wirklich leid, dass er nicht gekommen ist, um mit dir zu feiern.«

»Es ist bloß so, dass …« Er verschränkte seine Finger.

»Was?«

»Nun, als er die Einladung ausgeschlagen hat, bin ich zu

ihm gefahren, und alles ist aus mir herausgeplatzt.« Er rieb sich das Kinn.

»Verstehe.«

Er schüttelte den Kopf. »Da bin mich mir nicht sicher. Ich war nicht gerade freundlich.«

Theo legte den Kopf schräg. »Was hast du gesagt?«

»Na ja, ich war wütend, und ich habe ihm an den Kopf geworfen, dass ich nicht sein Sohn bin. Er hat nur gelacht.« David stockte, dann fuhr er fort: »Und da habe ich ihm mitgeteilt, dass ich das beweisen kann.«

»Ach du lieber Himmel.«

David nickte. »Tja, daraufhin hat er dich aufs Übelste beschimpft und immer wieder das H-Wort verwendet.«

Theo zuckte zusammen.

»Er war außer sich darüber, ein Kuckuckskind großgezogen zu haben, und will Entschädigung fordern.«

»O nein.« Theo hatte eine solche Reaktion befürchtet, doch insgeheim hoffte sie, dass sein Wutgepolter ohne größere Folgen verstummen würde.

»Doch, leider, und leider war ich so außer mir, dass ich ihm entgegengeschleudert habe, er solle den Namen Henshaw & Son besser nicht in Henshaw & Daughter ändern, denn ich wäre nicht das einzige Kuckuckskind, das man ihm untergeschoben hat.«

»Autsch.«

»Das hat ihn ausgebremst. Und dann wollte er wissen, was ich weiß.« David lachte bitter. »Ich hätte es nicht sagen müssen, aber er war so gemein zu dir.«

Theo nahm seine Hand. »Es tut mir so leid, dass du das durchmachen musstest.« Sie holte tief Luft. »Er war wütend und verletzt und hat um sich geschlagen.«

»Aber …«

»Kein Aber«, fiel Theo ihm ins Wort. »Er hat ein Recht darauf, wütend zu sein, und er hat ein Recht darauf, glücklich zu sein. Ich hoffe, seine Tochter ist von ihm und nicht von dem Vorarbeiter.«

David schnaubte.

»Lass los und konzentriere dich auf das Glück und die wahre Liebe, deine wahre Liebe. Heute Abend werden wir tanzen, und morgen wirst du die Frau heiraten, die dir alles bedeutet, und das macht mich unendlich glücklich.«

»Danke, Mum.«

Sie stand auf und zog ihn hoch. »Alles wird gut.«

Kapitel 50

1921

Arthur ruderte Alice über den Fluss. Sie trug sein Kind unter ihrem Herzen, und er war wegen jeder Kleinigkeit besorgt um sie, wofür sie ihn nur noch mehr liebte. Er vertäute das Boot und half ihr ans Ufer.

»Warte hier«, bat sie ihn.

Er kniff leicht die Augen zusammen.

»Mir wird schon nichts zustoßen. Ich muss dies allein erledigen.«

Er nickte, und sie küsste ihn, bevor sie den Weg zum Cottage einschlug. Der Wald war voller Erinnerungen, die sie begleiteten, während ihr mit jedem Schritt der Duft von warmem Kiefernholz in die Nase stieg. Am Cottage angekommen öffnete sie die Tür. Ein feucht-klammer Geruch schlug ihr entgegen, und sie musste die Vorhänge zurückziehen, um etwas Licht hereinfallen zu lassen. Die beiden Initialen in der Fensterscheibe waren noch zu sehen. A und Z. Lächelnd ging sie die Treppe hinauf in das kleine Schlafzimmer und zu dem Schrank mit Zachs Geheimfach. Sie zögerte und dachte an das Diadem ihrer Großmutter. Es war hier irgendwo vergraben, und das würde auch so bleiben.

Sie hob das Holzbrett an und wollte gerade Zachs Briefe in dem Hohlraum darunter verschwinden lassen, als ihre Hand auf eine Metallkiste stieß, die bei ihrem letzten Besuch nicht da gewesen war. Sie zog sie heraus und öffnete sie. Darin lagen zwei Briefe. Auf einem davon erkannte sie Zachs Handschrift. Ein trauriges Lächeln trat auf ihr Gesicht.

Der zweite Brief war ebenfalls an sie adressiert. Sie fuhr mit dem Finger über die Tinte. Die Schrift kannte sie nicht, und der Umschlag trug keine Briefmarke. Mit dem Fingernagel brach sie das Siegel. Das Papier war bereits vergilbt, aber die Schrift darauf war klar zu erkennen. Ihr Herz setzte einen Schlag aus. Edmund.

Mein geliebtes Schlingelchen,

dieser Brief wird Dich schockieren. Es ist der siebzehnte März 1920. Ich bin am Leben und liege nicht im Boden von Frankreich. Es gibt so vieles, was ich Dir sagen sollte, doch meine Tage auf dieser Erde nähern sich dem Ende, und ich weiß nicht, wo ich anfangen soll. Ich, der ich nie um einen Scherz oder eine Geschichte verlegen bin, fühle mich in der Tat ratlos. Ich hoffe, Du findest das amüsant. Wenn der Tod anklopft, möchte ich amüsant sein, ich möchte lachen, denn seltsamerweise hält mich nur noch schwarzer Humor aufrecht. Im Krieg war es das Gleiche. Der Tod war überall, doch darüber zu lachen hat geholfen.

Es hat mir allerdings nicht geholfen, über Zachs Tod hinwegzukommen. Ich war am Bein verletzt und konnte mich nicht bewegen. Zach war an meiner Seite. Ich befahl ihm weiterzukämpfen, und er schwor, er würde zurückkommen und mich holen. Er hielt Wort. Er fand mich, in der Dunkelheit zwischen all den Toten, und er bandagierte mein Bein. Dann schaffte er mich zur Frontlinie, halb trug er mich, halb schleifte er mich hinter sich her.

Wir hatten es fast geschafft, als ein Heckenschütze ihn erwischte. Er ging auf der Stelle zu Boden. Ich hielt ihn, als er starb. Ich hielt meinen Bruder, als er starb. Ja, er war mein Bruder. Es war allgemein bekannt, dass mein Vater anderen Frauen nachstellte, und Zachs Mutter war außergewöhnlich schön. Sie starb bei der Geburt, aber ich nehme an, sie ist vor Scham gestorben. Sie war eine gute Frau, eine überzeugte Methodistin. Mein Vater zwang Jedidiah zu bleiben und für Zach dazusein. Wir waren vom Alter nur einen Monat auseinander. Ich denke, wir beide wussten es, aber wir haben nie etwas gesagt, bis er sterbend in meinen Armen lag. Obwohl wir uns so ähnlich sahen, hat niemand ein Wort darüber verloren, nicht einmal Du, liebes Schlingelchen.

Ich habe ihm gesagt, dass John sein Sohn ist, sollte er daran je gezweifelt haben. Ich habe ihm auch gesagt, dass Du ihn liebst. In diesem Wissen ist er gestorben. Ich habe das Versprechen gebrochen, das ich Dir gegeben habe, aber ich wusste, dass ich das Richtige tue. Es war an mir, ihm die Wahrheit mitzuteilen.

Was ich als Nächstes tat, war weniger ehrenvoll als vielmehr die Tat eines verzweifelten Mannes. Gleich nach Zachs Tod habe ich unsere Kleidungsstücke getauscht und ihm meinen Ring an den Finger gesteckt. Zumindest im Tod war er ein St Loy. Ich war in keiner guten Verfassung, und ich wusste, dass ich nicht länger kämpfen konnte. Ich fand Unterschlupf, und als mir klar wurde, was ich getan hatte, war der Krieg vorüber und ich auf dem Weg nach Paris.

Jetzt bin ich erschöpft, aber ich wollte Dich unbedingt wissen lassen, dass ich Liebe gefunden habe. Ich lege Dir ein Foto von mir und meinem Geliebten bei. Endlich weiß ich, was Du mit Zach erfahren hast: allumfassende Liebe. Trotz allem, was geschehen ist, bete ich, dass Du wohlauf bist. Ich stelle mir John vor und sehe einen kräftigen, gesunden Jungen, der über den Rasen von Penhale läuft.

Geliebtes Schlingelchen, vergib mir. Ich hätte zu Dir zurückkehren sollen. Ich hätte Dir Zach zurückbringen sollen, doch ich habe versagt.

Ich werde nicht mehr lange auf dieser Welt sein. Lebwohl, geliebtes Schlingelchen. Und liebe, immer.

Dein E.

Alice drückte den Brief an ihre Brust, dann faltete sie ihn vorsichtig zusammen und steckte ihn in ihre Tasche. Die restlichen Briefe legte sie in die Metallkiste und versteckte sie unter dem Bodenbrett des Schrankes. Eines Tages würde sie sie hervorholen und sie John aushändigen, doch fürs Erste gehörten sie hierher, sicher vor den Augen der Welt in einem vergessenen Cottage.

Sie richtete sich auf und sah sich ein letztes Mal um. Dank Edmund hatte Zach bei seinem Tod die Wahrheit gekannt. Sie legte eine Hand auf ihr Herz, in dem sie beide einen Platz hatten. Zach und Edmund. Auf dem Treppenabsatz blieb sie stehen. In ihrem Leib regte sich ihr Kind.

Sie trug Leben in sich, hatte erneut Liebe gefunden, wie Edmund es sich für sie gewünscht hatte. Und, das Wichtigste: Sie hatte gelernt, Nachsicht zu üben. Es war nicht immer leicht, aber seine Worte hingen ihr nach. *Sei nachsichtig, Schlingelchen.*

Unten am Kamin zog sie den Brief aus ihrer Tasche. Die Streichhölzer, die sie auf dem Sims entdeckte, waren feucht und ließen sich nicht entzünden.

Hinter ihr ertönte ein Hüsteln. Arthur. Sie drehte sich zu ihm um. »Könntest du mir bitte helfen?« Sie hielt ihm die Streichhölzer entgegen.

»Selbstverständlich.« Er kramte in seiner Tasche und zog ein Feuerzeug hervor. Als sie ihm den Brief reichte, sah er sie ungläubig an.

»Edmund«, sagte sie.

»Bist du dir sicher?«, wollte er wissen.

Sie nickte, und er steckte eine Ecke des Briefbogens in Flammen, dann ließ er ihn auf das Kamingitter segeln. Sie nahm seine Hand. Zusammen warteten sie, bis das Feuer erlosch und nichts als Asche hinterließ. Anschließend gingen sie schweigend zurück zum Flussufer.

Als sie den Tamar überquerten, warf Alice einen letzten Blick auf das Cottage, dann legte sie eine Hand auf Arthurs Knie, dankbar für die Liebe, die sie verband.

Kapitel 51

2019

Theo stand vor dem riesigen Kamin im Vestibül von Abbotswood und steckte David eine rote Rose ins Knopfloch. Er grinste. »Bist du bereit, Mum?«

»Das sollte ich dich fragen«, erwiderte sie.

»Ich bin bereit. Ich liebe sie mehr als mein Leben.« Er lächelte. Als sie ihn auf die Wange küsste, fing das Streichquartett an zu spielen. Er ging zu Hugo und Martin hinüber, der die Trauung vollziehen sollte.

Theo nahm Platz. Hugos Vater Ron saß neben ihr, neben ihm hatte ihre Mutter Platz genommen. Virginia hatte kein Wort mit Theo gewechselt, doch ausnahmsweise war Theo das gleich. Theo hatte ihr nicht erzählt, dass David nicht von Piers war, da sie keine Lust verspürte, sich anzuhören, was ihre Mutter dazu zu sagen hatte. Piers' Abwesenheit am heutigen Tag würde sie ohnehin misstrauisch machen. Doch auch das interessierte Theo nicht; so würde es auf jeden Fall friedlicher sein.

Theo gegenüber saßen Natashas Mutter und ihre Großeltern, hinter ihr waren Gayle, Jeanette sowie Toby mit seiner Tochter und deren Familie platziert.

Jeanette beugte sich vor. »Ich bin ja so gerührt«, flüsterte sie Theo ins Ohr, während Gayle ihr ein Taschentuch reichte. In dem Moment betrat Natasha am Arm ihres Vaters die große Halle. Alle standen auf. Das Kleid, das sie trug, hatte ihrer Urgroßmutter gehört, die wunderschöne elfenbeinfarbene Spitze stand ihr ausgezeichnet. Ihr Schleier wurde von dem Lorbeer-Diadem gehalten. Viele alte Dinge, um eine neue Liebe zu feiern. Der Brautstrauß passte mit den üppigen roten Rosen, dem Weißen Diptam und den Rosmarinzweigen zur Jahreszeit.

Als die beiden ihre Gelübde ablegten, musste Theo gegen die Tränen ankämpfen. Ron reichte ihr lächelnd sein Taschentuch. David küsste Natasha, dann schritten sie unter lautem Applaus durch den kurzen Mittelgang.

Hugo nahm ihre Hand und führte sie in die Bibliothek, wo der Champagner auf sie wartete. Sie sah ihn an und flüsterte: »Als Nächster bist du dran.« Er drehte sich grinsend zu Gayle um, die errötete.

Das Streichquartett spielte, als der Hochzeitsfotograf in dem nach Westen gerichteten Salon mit der prachtvoll handbemalten Tapete an die Arbeit ging. Theo achtete darauf, dass sie stets Abstand zu ihrer Mutter hielt. Sie wollte nicht, dass dieser Tag der Liebe ruiniert wurde.

Als die Fotos gemacht waren, wechselte die kleine Hochzeitsgesellschaft – es waren nur dreißig Gäste geladen – ins Speisezimmer hinüber, wo sie ein Festmahl erwartete. Nach dem ersten Gang hielt Natashas Vater eine Rede, und nach dem Hauptgericht stand Theo auf, um einen Toast auszubringen. Sie hob ihr Glas, ließ den Blick durch den großen Raum schweifen und bemerkte dabei die vielen Familienwappen, die die Wände schmückten. Ihr Blick fiel auf die drei Hasen im Wappen der St Loys. Alice, Zach und Edmund.

»Danke, dass ihr heute gekommen seid. Natashas Vater hat bereits so viel über dieses wundervolle Paar gesagt, dass ich nur hinzufügen möchte, wie begeistert ich bin, dass Natasha nun auch offiziell Teil meiner Familie ist.« Sie hob das Glas auf ihre Schwiegertochter. »Ich möchte mich außerdem bei allen bedanken, die geholfen haben, diese wundervolle Feier am heutigen Tag zu ermöglichen, angefangen beim Chef de Cuisine, dessen fantastische Speisen wir soeben genießen durften. Danke auch den Angestellten, die dafür sorgen, dass wir mit allem versorgt sind.« Sie holte Luft. »Angesichts all der Dinge, die ans Tageslicht gekommen sind, ist es etwas ganz Besonderes, hier in Abbotswood zu feiern.« Sie lächelte. »Auf die Menschen in unserer Vergangenheit, die uns ins Hier und Jetzt geleitet haben, um die Liebe zu feiern, die Liebe von David und Natasha.«

Alle standen auf und hoben die Gläser. »Auf David und Natasha.« Als sie wieder Platz genommen hatten, beugte Ron sich zu ihr und sagte: »Patrick hätte das gefallen.«

Sie nickte, da es ihr nicht möglich war, auch nur ein Wort über die Lippen zu bringen. Stumm sah sie zu, wie ihr Sohn die Frau küsste, die er liebte.

Nach dem Dinner gingen sie hinüber in den großen Salon, in dem man den Teppich aufgerollt hatte, um Platz für eine Tanzfläche zu schaffen. Virginia trat zu Theo. Theo wappnete sich. »Nun, etwas Gutes hast du im Leben immerhin zustande gebracht«, flüsterte ihre Mutter so leise, dass nur Theo sie hören konnte. »David.«

»Er ist ein wundervoller Mensch, und ich bin stolz darauf, seine Mutter zu sein, aber ich habe schon etwas mehr geleistet als nur das.« Sie sah Virginia an.

»Du hast jede Gabe verschwendet, die dir in die Wiege gelegt wurde«, sagte Virginia, immer noch lächelnd.

»In deinen Augen vielleicht, aber ich weiß, dass das nicht stimmt.« Theo straffte die Schultern und blickte auf ihre Mutter hinab.

»Du spielst mit Blumen.«

Theo schaute sich um und ließ lächelnd ihr Werk auf sich wirken. »Das tue ich, und es ist etwas Wundervolles.«

»Du hast ihn mit diesem Patrick betrogen.«

»Wenn du das denken möchtest, dann tu es.« Theo drehte sich um und rückte zwei Schritte von ihrer Mutter ab.

»Du bist genauso wie Claire.« Virginias Stimme klang ruhig und gleichmäßig.

»Das ist das Netteste, was du je zu mir gesagt hast. Ich bin auch wie Lady Alice, und dafür danke ich dem Himmel.« Damit nahm Theo Martins ausgestreckte Hand und begann zu tanzen.

Theo atmete die frische Luft ein, damit sie nach dem vielen Wein wieder einen klaren Kopf bekam. Es war eine strahlend schöne Nacht, der Mond stand hell am Himmel. Der Saum ihres Kleids wurde nass, als sie auf dem Weg zum Muschelhaus den taufeuchten Rasen überquerte. Am Gartenzaun blieb sie stehen und blickte über den mondbeschienenen Tamar in Richtung Boatman's Cottage. Als sie Schritte hinter sich hörte, drehte sie sich um.

»Was für eine schöne Hochzeit«, sagte Toby, der hinter sie getreten war.

Theo nickte und schaute auf Abbotswood House. »Wunderschön.«

»Das Diadem steht Natasha ganz hervorragend.«

»Das ist richtig, aber es gehört dir.«

»Nein«, widersprach er. »Meine Mutter besaß noch weitere, und am Ende haben meine Schwestern Broschen und was weiß ich noch alles daraus fertigen lassen.« Er schaute auf den Fluss hinunter. »Meine eigene Tochter hat kein Interesse daran. Wenn ich einmal tot bin, wird Tregare ihr gehören. Aber für dich habe ich noch etwas anderes.«

Theo runzelte die Stirn.

»Wie gesagt, bin ich dabei, die Papiere meiner Mutter durchzugehen, und dabei bin ich hierauf gestoßen.« Er streckte ihr einen Umschlag entgegen.

Theo nahm ihn. »Er ist ungeöffnet.«

»Sieh ihn dir an«, sagte er.

Sie drehte den Umschlag um und las blinzelnd die Adresse.

Miss C. Pascoe
24 Gunterstone Road
London
W14

Darunter war gekritzelt: »Unbekannt verzogen, keine Nachsendeadresse.« Der Poststempel datierte vom fünften August 1940.

Theo sah auf und fragte: »Warum hast du ihn nicht geöffnet?«

»Ich nehme an, dass meine Mutter ihn deiner Großmutter geschrieben hat, deshalb dachte ich, du solltest ihn zuerst lesen.« Er bedachte Theo mit einem schiefen Lächeln und machte sich auf den Rückweg zum Haus.

Theo blickte über den Fluss, dann betrachtete sie den

Umschlag in ihren Händen. Vorsichtig öffnete sie ihn und richtete den Schein ihrer Handytaschenlampe auf den Brief.

Tregare, 1. August 1940

Liebe Miss Pascoe,

es tut mir so leid, dass ich Ihnen erst jetzt schreibe. John hat mir alles von Ihnen erzählt, aber erst als mir seine Habseligkeiten zugeschickt wurden, fand ich Ihre Briefe.

Mein Herz ist bei Ihnen, wenn Sie verdauen, was ich Ihnen nun schreibe. Ich weiß nicht, ob Sie erfahren haben, dass John über Frankreich abgeschossen wurde. Ich hoffe, dass nicht ich die Überbringerin dieser schlimmen Nachricht bin, noch dazu so lange nachdem es passiert ist. Ich bete, dass einer seiner wunderbaren Freunde Sie persönlich von seinem Tod unterrichtet hat.

Dem, was John mir erzählt hat, und den Briefen, die Sie ihm geschrieben haben (verzeihen Sie mir, dass ich sie gelesen habe), entnehme ich, dass Sie beide einander von ganzem Herzen geliebt haben. Das gibt mir Trost in meiner Trauer um ihn. Seine Liebe zu Ihnen spiegelte sich in seinen Augen, wenn er von Ihnen erzählte. Er sprach davon, dass er Sie zu uns nach Hause einladen wollte, um Sie uns vorzustellen. Ich weiß, dass er beabsichtigte, Sie zu heiraten, da er mich um den St-Loy-Smaragd gebeten hat. Ich gab ihm den Ring und bat ihn, keine Sekunde zu zögern. Ich vertraue darauf, dass er meinen Rat befolgt hat.

Es gibt keine Worte, die den Schmerz des Verlusts schmälern können. Nur Liebe kann einen solchen Schmerz verursachen, und nur Liebe kann ihn mildern. Halten Sie an der Liebe fest, die Sie geteilt haben. Lassen Sie sich davon trösten und ihre Trauer lindern. Ich hoffe, dass Sie irgendwann in der Zukunft eine neue Liebe finden werden. Ich habe selbst großen Verlust erfahren, und ich habe große Liebe erfahren.

Sie sollen wissen, dass wir da sind. Wenn Sie es wünschen, würden wir liebend gern das Mädchen kennenlernen, das unseren Jungen so glücklich gemacht hat.

Möge Gott Sie segnen.

Mit besten Grüßen
Alice Carew

Theo konnte kaum atmen. Ihr Herz schmerzte. Claire hatte sich allein durchgekämpft, hatte nie diese tröstlichen Worte gelesen. Mit der Zeigefingerspitze fuhr sie die Schrift nach. Tregare. Sie dachte an ihren Besuch dort und an das Gefühl, schon einmal dort gewesen zu sein. Grannie hatte ihre Hand gehalten, als sie bei ihrem ersten Besuch in Cornwall die öffentlich zugänglichen Gärten besichtigt hatten. Theo war damals sechs gewesen. Eine schöne ältere Dame hatte mit Grannie gesprochen. Die Dame hatte sich gebückt und Theo ein Lutschbonbon geschenkt.

Theos Hand wanderte zu ihrem Herzen. Grannie hatte sie an all die Orte aus Johns Vergangenheit geführt und sich sogar mit seiner Mutter getroffen.

Grannie hatte große Liebe erfahren, wenn auch nur für eine kurze Zeit. Doch mitunter, so wusste Theo, war das genug. Sie faltete den Brief zusammen und schob ihn vorsichtig zurück in den Umschlag, den sie in ihrer Handtasche verstaute. Sie hatte ihr Zuhause und dabei sich selbst gefunden, sie war gut genug, nein, sie war so viel besser als das.

In dem Haus hinter ihr zelebrierten ihre Familie und Freunde die Liebe. Sie holte tief Luft und blickte zum Boatman's Cottage in Cornwall, auf der anderen Seite des Flusses, hinüber. Als sie vor Monaten einen Neuanfang gewagt hatte, hatte sie keine Ahnung, dass ein baufälliges Häuschen am Tamar ihr so viel bescheren würde. Dass es ihr ihre Vergangenheit nahebringen und sie in die Gegenwart führen würde. Theo rannte los, zurück ins Haus und zur Tanzfläche. Sie wollte keine einzige Minute ihres Lebens mehr versäumen.

Fall Nr. 752

Status: abgeschlossen

Captain Edmund St Loy und Sergeant William Bowman wurden am 6. September 2019 mit militärischen Ehren auf dem Friedhof von Masnières beigesetzt. Die Familien beider Männer waren anwesend.

Dank

Es ist unmöglich, all denen, die in beiden Weltkriegen gedient haben, auf angemessene Weise zu danken. Je mehr ich über die Geschichten der Betroffenen in Erfahrung bringe, desto mehr Ehrfurcht habe ich vor dem, was sie geopfert haben.

Dieses Buch wäre nicht ohne die unermüdliche Unterstützung von Brigid Coady und Deborah Harkness zustande gekommen. Sie haben meine Hand gehalten, Sherry getrunken und einen Entwurf nach dem anderen gelesen, wobei sie mich weder in Verzweiflung versinken noch mich zur Ruhe kommen ließen, bis ich das Bestmögliche aus der Story herausgeholt hatte. Ihr Glaube an mich hat es mir ermöglicht durchzuhalten.

Mein Ehemann, Chris Fenwick, ist die geduldigste, verständnisvollste Seele, die ich kenne, er akzeptiert meine schlechte Laune, wenn ein Charakter nicht so will, wie ich es will. Dann geht er endlose Meilen mit mir spazieren, während ich mit der Story ringe. Er hat sich daran gewöhnt, mit wahllosen Fragen klarzukommen, die aus heiterem Himmel auf ihn einprasseln, denn er versteht, dass mein Schriftstellerinnengehirn nun einmal genau so funktioniert. Ein großes Dankeschön auch an meine Kinder Dom, Andrew und Sasha: Danke, dass ihr eure Mutter ertragt und ihre Arbeit unterstützt, auch wenn es zutiefst peinlich ist.

Danke, John Jackson, Freund und früher Leser. Ein riesiges Dankeschön an Gwen Hammond, die Korrektur gelesen und die Fehler herausgefischt hat, die ich übersehen hatte. Danke für die kontinuierliche Unterstützung des gesamten Book-Camp-Teams. Nach der ersten Fassung dieses Buches wurde mir das Privileg zuteil, dem Breakout Novel Intensive Retreat beizuwohnen. Die dort gewonnenen Erkenntnisse gaben mir das Selbstvertrauen, tiefer in die Geschichte einzusteigen, die ich erzählen wollte. Ein besonderer Dank geht an die ganze Crew von Boni Retreat, vor allem an Don, Brenda und Lorin.

DNA und ihre Wunder führten mich in einen Kaninchenbau, und als ich unten ankam, konnte ich nicht mal mehr die Hand vor Augen sehen. Deborah Harkness gab mich in die erfahrenen Hände von Shelli Carter, einer Molekularbiologin, die mich aus dem Loch herausgezogen und mir erklärt hat, was genau DNA-Analysen können und was nicht. Sollten in diesem Bereich Fehler auftreten, gehen sie voll und ganz auf mein Konto.

Ein großes Dankeschön auch an die vielen Leute, die anonym bleiben möchten und die mir bei meinen Recherchen zur Identifizierung gefallener Soldaten geholfen haben. Auch hier übernehme ich die Verantwortung für mögliche Fehler.

Der Garten von Endsleigh ist großartig. Der Obergärtner, Ben Rushcombe-King, hat mit mir einen Rundgang gemacht und mich in die Geschichte eingeweiht, außerdem hat er mir die besonderen Aspekte eines Humphry-Repton-Gartens und die Magie des Ortes an sich gezeigt. Alle Fehler in der Beschreibung eines Repton-Gartens sind allein mir geschuldet.

Als ich mich im Hotel Endsleigh nach der Person erkundigte, die sich am besten mit der Geschichte des Hotels auskennt, verwies man mich an Amanda Randall Cox. Amanda gab mir einen reichen Einblick, das Gebäude und seine Geschichte betreffend, für den ich sehr dankbar bin.

Es gibt im Buch zwei Charaktere, die nach Gayle und Ron Mounsey benannt sind. Die beiden haben den Zuschlag bei einer Auktion erhalten, bei der Spenden für die Wohltätigkeitsorganisation Hope & Homes for Children gesammelt wurden. Diese Organisation hat es sich zum Ziel gesetzt, Kinder aus diversen Einrichtungen in Familien einzugliedern und so die institutionelle Betreuung noch zu unseren Lebzeiten zu beenden.

Im Leben einer Schriftstellerin gibt es viele Menschen, die eine wichtige Rolle spielen, und eine besonders große Rolle spielen Agenten. Alison und Luigi Bonomi haben meine Nerven beruhigt, meine Sorgen besänftigt und waren einfach für mich da. Danke.

Team HQ, wow! Ein riesiges Dankeschön an euch alle. Mein besonderer Dank gilt Kate Mills, die an meine Geschichten glaubt und die sich jederzeit mit mir an die Arbeit macht, um das Beste aus mir herauszuholen. Sie wird kompetent unterstützt von Becky Heeley, die sich mit endloser Geduld all meine Fragen anhört. Dann wären da noch das Produktionsteam, das Marketing-Team, der Vertrieb … allesamt brillante Menschen. Besonders erwähnen möchte ich Janet Aspey, Joe Thomas und Isabel Smith. Ein Dankeschön an Donna Hillyer, die das Manuskript so sorgfältig redigiert hat. Als Legasthenikerin bin ich meiner Korrekturleserin Mary Chamberlain zu großem Dank verpflichtet. Danke, dass du meine Worte so aufmerksam und sorgfältig überprüft hast.

Anmerkung der Autorin

Es hat mir viel Freude bereitet, die Geschichte von Lady Alice zu recherchieren und zu schreiben. Sich auf tatsächliche Ereignisse zu stützen und Fiktion darum herum zu erschaffen macht Spaß, doch es kann auch frustrierend sein, wenn das Timing nicht stimmt. Stimmt es, ist es magisch. 1914 war ein Jahr voller Geschichte, und ich habe es geliebt, mich durch die dazugehörige Literatur zu arbeiten. Mary Bomfield sprach bei ihrem Debut vor dem König, junge Suffragetten starteten Protestaktionen beim British-American Centenary Ball.

Das Herrenhaus Endsleigh Cottage, heute Endsleigh House, das Vorbild für Abbotswood, wurde 1815 als Jagdsitz für den fünften Duke of Bedford erbaut. Ich habe so viel wie möglich von der Geschichte Endsleighs mit meiner Story verwoben. Das magische Hotel Endsleigh, ein großartiges Cottage Orné, fühlt sich mit seinen eigentümlichen Zimmern und dem so vielschichtigen Dekor noch immer wie ein privates Zuhause an. Ich habe es geliebt, dort zu recherchieren.

Die Gärten von Endsleigh sind bezaubernd. Es ist nichts von Reptons Magie verloren gegangen, selbst wenn es sich bei einigen der riesigen Solitärgehölze mittlerweile um Söhne und Töchter oder sogar Enkel der ursprünglichen Bäume handelt.

Vom Muschelhaus mit der Muschelgrotte aus hat man einen fantastischen Ausblick über den Tamar. Als ich mich von der Aussicht losreißen konnte und hineinging, staunte ich noch mehr. Zum Glück ist mein Ehemann Chris Diplomgeologe, weshalb er in der Lage war, viele der Steine darin zu benennen. Fossilien findet man, anders als in meiner Geschichte, im Muschelhaus nicht.

Und was das Boatman's Cottage betrifft … Ich sah mir eine alte topografische Karte von Endsleigh an, als ich am kornischen Ufer das kleine Haus eines Flussmeisters entdeckte. Das hat meine Fantasie befeuert. Der alte Kamin und einige der Wände stehen heute noch, doch die Natur hat es sich zum Großteil zurückerobert.

Für weitere Informationen über *Der Himmel über Cornwall* einschließlich eines Familienstammbaums besuchen Sie die Website
http://lizfenwick.com/the-river-between-us-extras/

Autor

Man könnte sagen, dass Liz Fenwick schon als Weltbürgerin geboren wurde: Als Tochter irischer Eltern erblickte sie in Boston das Licht der Welt. Nach neun Zwischenstopps in verschiedenen Ländern lebt die dreifache Mutter nun mit ihrem Mann und zwei verrückten Katzen in Dubai. Wirklich zu Hause fühlt sie sich allerdings nur in ihrem Cottage in Cornwall, wo auch all ihre Geschichten beheimatet sind.

Liz Fenwick im Goldmann Verlag:

Ein Sommer in Cornwall. Roman
(nur als E-Book erhältlich)
Ein Garten in Cornwall. Roman
(nur als E-Book erhältlich)
Das Leuchten des Meeres.
(auch als E-Book erhältlich)
Sturm über Cornwall. Roman
(auch als E-Book erhältlich)